© 우동완

양귀자

1955년 전주에서 태어나 원광대 국문과를 졸업했다.
1978년 『문학사상』 신인상을 수상하면서 문단에 나온 이후,
소설집 『귀머거리 새』『원미동 사람들』『슬픔도 힘이 된다』『지
구를 색칠하는 페인트공』『길모퉁이에서 만난 사람』을, 장편
소설 『희망』『나는 소망한다 내게 금지된 것을』『천년의 사랑』
『모순』을, 장편동화 『누리야 누리야』와 산문집 『따뜻한 내 집
창 밖에서 누군가 울고 있다』『삶의 묘약』『부엌신』『엄마노릇
마흔일곱 가지』등을 펴냈다. 유주현문학상, 이상문학상, 현대
문학상, 21세기문학상을 수상했다.

Cover image : George Wylesol's Diptych
형태와내용사이 *design* 홍지연

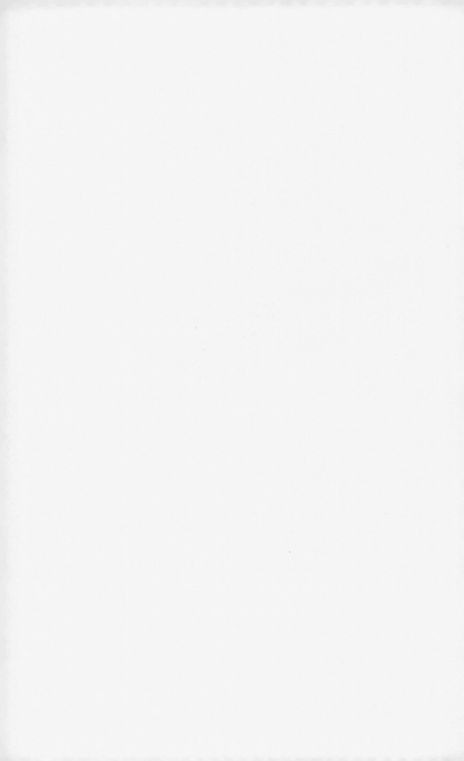

희망

희망

양귀자 장편소설

쓰다.

차례

1.

나성여관

○

　다시 아침이 왔다. 그러나 여느 아침과는 달랐다. 눈을 뜨면서부터 나는 그것을 느꼈다. 그것은 마치 호흡처럼 자연스럽게 내 속에서 뿜어 나왔다. 나는 그것을 뱉었다. 그러자 수증기가 걷히듯 모든 것이 환해졌다. 나는 자유인이었다.

　오늘부터는 결단코 그 지긋지긋한 곳에서 죽기보다 싫은 몸짓으로 책상을 끼고 앉아 있지는 않을 것이었다. 나오는 하품을 밀어 넣기 위해 내가 어떤 꼴을 하고 있는지 만약 보여줄 수만 있다면. 목구멍을 꽉 채운 하품을 아래로 욱여넣으면 두 눈은 반드시 튀어나온다. 간단한 이치였다. 말랑말랑한 풍선을 떠올리면 되었다. 여기를 누르면 저기가 불룩 튀어나온다. 나는 말랑말랑한 것들과 마주치면 구역질이 나오려고 했다. 그것은 부드러움과는 전혀 달랐다.

　내가 오늘부터 삼수생의 자리에서 이탈하기로 작정한 것은 정말 우발적이라고 말하기는 어렵다. 아니, 차근차근히 생각해보면 어느 정도 그런 점이 있기는 하였다. 가령 어젯밤 이불을 뒤집어쓰고 누워서 (나는 언제나 잠들기 직전에 이불을 뒤집어쓴다. 잠은 내리누르듯이,

무게를 달고 와야 한다고 믿으므로) 잠이 찾아오기를 기다리던 순간만 해도 당장 내일 아침부터 실행할 것이라는 결심 따위는 하지 않았다. 언젠가는 학원을 그만두게 될 테지만 그때가 언제일지에 대해서는 구체적으로 생각해보지 않았다.

나는 언제나 그런 편이었다. 계획을 세우고, 그것을 무슨 명화처럼 벽에 붙여놓은 채 자신을 감금하는 짓을 자랑으로 여기는 모범 인간들을 나는 한 번도 부러워해 본 적이 없었다. 그저 아무 때나 온몸으로 무언가를 느끼게 되면 나는 단박에 무슨 일이든 결행할 수 있었다. 학원을 그만두는 날이 바로 오늘이 되어버린 데에는 아무래도 햇볕이 마구 쏟아지고 있는 동쪽 창문의 붉은 커튼 때문일 것이었다. 오늘 아침의 붉은 커튼은 도저히 그냥 넘길 수 없었다.

그냥 넘어가기 어려울 때 나는 미뤄두었던 골칫거리들을 하나씩 처단하는 버릇이 있었다. 커튼은 원래 조금 짙은 분홍빛이었지만 거기에다 아침 햇살을 덧칠해놓으면 섬뜩할 만큼 시뻘겠다. 커튼을 바꾸자고 하면 어머니는 홍, 코웃음을 쳤다. 그러면 나는 얼굴이 벌겋게 달아올랐다.

초등학교 시절, 가정환경 조사서에서 재산목록을 따지는 칸이 있었다. 나는 있지도 않은 피아노에 동그라미를 쳤다가 어머니한테 들켰다. 어머니는 그 옆의 '서재'에도 동그라미를 쳐서 내 턱밑으로 쑤욱 내밀었다. 물론 서재는커녕 삼 남매의 수련장이나 교과서를 정리할 책꽂이조차 변변찮던 우리 집이었다. 지금도 피아노나 서재는 우리 집에 없다. 커튼이라는 이름의 그 붉은 천 조각조차 우리 집이 여관이었기에 가능했다. 붉은 커튼은, 지독하게 구린 어머니가 꾸려나가는 나성여관의 한 상징이었다.

하기야 붉은 커튼에 모든 것을 떠넘길 수는 없었다. 노상 말썽인 것은 그놈의 햇볕이었다. 신경을 쓰지 않으려 해도 동쪽 창문이 벌겋게 달아오르는 것을 눈치채기만 하면 그 순간부터 머릿속이 바글바글 끓기 시작하는 것이었다. 내내 잊고 있었던, 되도록 영원히 잊혀도 좋을 세상살이의 복잡한 기호들이 마치 암호 해독의 순서대로 하나씩 하나씩 풀어지면서 잠의 너울이 벗겨지는 것도 바로 그 순간부터였다.

그렇게 해서 잠에서 깨는 것이 나는 끔찍이도 싫었다. 기왕이면 단칼에 베이듯이 눈시울을 덮은 잠이 단숨에 사라져주길 나는 원하고 또 원하였다. 눈꺼풀 밑에서 은박지처럼 사각거리는 잠을 매달고 슬그머니 정신이 열리는 꼴만큼이나 더러운 것도 없었다.

만약에 새로이 방을 구하는 사람이 있다면 내가 중요한 충고를 하나 해줄 수도 있다. 절대로 동쪽에 창이 뚫린 방은 구해선 안 된다. 그런 방은 밤과 낮의 은밀한 경계를 이해할 줄 모른다. 신경이 동아줄 같은 사람이라면 관계없다. 그런 사람은 아침마다 동창이 밝았고냐, 노고지리 우짖는다를 외면서 이불 속에 누워 눈곱이나 한 시간씩 뜯어라.

나성여관에는 방이 열네 개 있다. 어머니는 형과 누나와 나에게 방 한 칸씩을 따로 떼어주면서 유독 나에게만 단서를 달았다. 손님이 넘칠 때는 가차 없이 네 방을 압류하겠다고. 어머니가 우리 삼남매에게 방 한 칸씩을 너그럽게 불하한 것도 재작년부터였다. 그때까지는 누나는 내실에서, 형과 나는 내실 옆의 이불방에서 살았다. 밤이 되면 아무 데나 빈방을 찾아 잠들면 되었다. 나성여관 열네 개의 방이 다 너희 것인데 무슨 잔말이 많으냐던 어머니도 손님이 뜸해지자 선심을 베풀었다. 우리 삼 남매는 희희낙락하며 뒤채의 방 세 개에 장기투숙객처럼 보퉁이를 풀었다.

내가 동쪽 창문에 진저리를 치면서도 방을 옮기지 못하는 데는 다 그만한 이유가 있었다. 뒤채의 방 여섯 개는 애초에 모두 동쪽으로 창을 냈다. 하기야 그것들을 빼버려도 여덟 개씩이나 방이 더 있기는 하다.

나는 자리에 누운 채로 벌써 스무 번도 더 해본 덧셈과 뺄셈을 시작한다. 여덟에서 출입구 쪽의 소위 내실이란 이름의 안방을 빼면, 그러면 일곱이다. 일곱 중에 다섯은 내실과 마주 보고 있는 방들이다. 나성여관과 역사를 같이한 이 다섯 개의 방은 매일 밤 충성스럽게 숙박료를 우려내는 개국공신들이다.

좁은 터에 새로 들인 뒤채의 방들보다 평수도 어지간히 넓다. 어머니가 이 다섯 개의 방 중에서 어느 하나를 나한테 선선히 내어주리라고 기대할 수는 없다. 설령 허락이 떨어진다 해도 이번에는 내가 그 방 중 하나를 선택할 까닭도 없다. 붉은 햇볕에 짓눌려 숨을 못 쉬는 한이 있어도 내실을 지척에 두고 살 내가 아니다.

내가 듣기 싫어하는 소리는 구토와 욕지기가 아니라 너무 마셨거나 너무 덜 마신 자들이 입 운동 삼아 내지르는 온갖 흰소리들이었다. 터무니없이 악을 써대며 물을 달라는 치들이 없나, 화투판을 벌여놓고 쉴 새 없이 낄낄거리는 패들이 있지를 않나, 복도를 쿵쾅거리며 달려와서는 술 심부름을 시키고 다시 쿵쾅거리며 달려가는 성질 급한 사내도 섞여 있게 마련인 내실 쪽의 손님들을 나는 곱게 봐줄 수 없었다. 그자들은 여관이란 곳에서는 마땅히 지저분한 행동을 해야 한다고 믿고 있었다. 그런 자들일수록 호텔에 들어가면 눈도 크게 못 뜨고 개처럼 낑낑거릴 것이다.

나는 내실 쪽에 손님이 들기 시작하면 내 방에 틀어박혀 꼼짝도 하지 않았다. 흡사 집오리가 꽥꽥대는 것 같은 어머니의 악쓰는 소리가 쉼 없이 뒤채까지 들려오는 날은 내실 쪽에 술꾼 손님들이 들었다는 신호였다. 술꾼들은 심부름을 많이 시켰고 아버지는 늘 그렇듯이 굼떴으며 어머니는 집오리의 노래로 술꾼들과 아버지를 지휘하였다. 그 난장판 속에 내가 끼어들 이유가 어디 있겠는가. 그러므로 내실 쪽의 방 다섯 개는 제외되어 마땅했다.

자, 그럼 이제 나머지 두 개의 방에 대해 말할 차례이다. 이 두 개의 방은 나와는 거의 무관한 방이라고 말해야 옳다.

나성여관이 자랑하는 특실이 바로 그 방들이었다. 나성여관이 한창 손님들을 끌어모으던 삼 년 전쯤에 마당 한쪽을 도려내고 새로 지은 특실 두 칸은 명칭과는 달리 사실상 행랑채가 앉은 모양새와 흡사했다. 그래도 손님들은 행랑채의 그 특실을 좋아했다. 물론 이런 손님들은 안채의 떠버리들과는 달리 대개는 여자를 거느린 수상한 사내들이기가 십상이었다. 우선은 대문과 가까워서 소리 없이 빠져나가기가 좋다는 이점이 있었다. 물론 어머니는 방을 배정함과 동시에 숙박료를 받아 채는 일만큼은 어김없이 시행하는 터이므로 손해 보는 일은 결코 없었다.

손님들이 특실을 좋아하는 또 하나의 이유는 거기에 딸린 부대 시설 때문이기도 하였다. 그 두 개의 방에는 따로 용변을 해결할 수 있는 공간이 딸려 있었다. 말이 여관이지 실제는 여인숙보다도 시설이 조잡한 우리 집에선 그것만도 정말 대단한 배려였다.

굳이 화장실이라거나 욕실이라는 이름을 붙이기는 좀 그렇지만 그래도 어머니는 눈 하나 깜짝 않고 "욕실 달린 방이 있다우." 하는 말로 손님들을 혹하게 했다. 썰렁한 외등 하나로 밝혀놓은 양철 간판의 때 묻은 옥호나, 천장이 높으면 큰일이나 난다는 듯 납작하게 땅바닥으로 고개를 숙인 썩은 기와지붕의 수준으로 보아서는 여인숙 요금도 과하지 싶어 자신만만하게 들어섰던 가난한 데이트족들은 덤으로 욕실까지 얻게 된 기쁨에 아주 좋아하는 것이었다.

어쩌다 욕실을 따낸 데이트족들과 마주치는 경우도 종종 있었다. 욕실이 있다는 말에는 우선 여자 쪽이 반색하게 마련이었다. 여자가 좋아하는 것을 보면 남자는 으레 어깨에 힘을 주며 주머니에서 돈을 꺼내었다. 그러면 어머니는 비호같이 그 돈을 낚아채 손금고 속에 집어넣었다.

하지만 그 욕실이란 곳의 모양은 실로 가관이었다. 용변만을 겨우 해결할 수 있을 정도로 좌식변기 하나 덜렁 앉혀놓은 채 더는 몸을 좌우로 움직일 수 없도록 사방 벽이 밀착된 공간 안에는 거짓부렁이래도 수도꼭지 하나쯤은 있어야 합당한 노릇이었다.

그래야 어머니가 느릿느릿 힘주어 내뱉곤 하는 욕실이란 호칭에 근접할 구실이 될 것이었다. 하기야 나성여관 안에서 어머니가 구실이나 변명 따위를 준비해놓고 입을 벌려야 할 만큼 작은 배포를 지녔다고 믿을 사람은 아무도 없을 것이었다. 그나마 변기뿐인 욕실이라 하여도 있는 것은 사실이니까 어머니의 욕실 운운은 지극히 자연스러운 것이었다. 설령 욕실이 없다 한들 그것이 어머니의 자연스러움을 해치지는 않겠지만.

어쨌거나 그 특실 두 개는 감히 넘볼 수가 없는 방이었다. 언제라도 빈방으로 노는 적이 없을 만큼 특실의 인기는 대단하였다. 낮 동안에도 심심찮게 시간 손님들이 들랑거렸다. 그런 이유가 아니라도 나는 특실이라고 불리는 문간 앞의 두 방을 택할 생각은 추호도 없었다. 무엇 때문이라고 확실히 설명할 수는 없지만 내 느낌에 특실은 속속들이 썩은 오물 구덩이로 보였다.

문을 열면 살이 썩는 고약한 냄새가 확 풍겨올 것이란 상상은 이미 오래전부터 거듭된 것이었다. 냄새라면 나처럼 민감한 사람도 없을 것이었다. 실제로 나는 특실 앞을 지날 때 숨을 쉬지 않았다. 한번 냄새를 맡아버리면 그걸로 끝이었다. 나는 뒤채의 내 방에서도 쉴 새 없이 큼큼, 그 냄새를 떠올리게 될 판이었다. 냄새를 쫓아다니는 일이 얼마나 괴로운지 나는 이미 경험한 바가 있었다. 지금 그 경험을 털어놓을 수는 없지만, 하여간 한 달 이상 나는 지독하게 당했다, 냄새에. 그래서 나는 가능한 한 절대로 앞문으로 들락거리지 않았다.

나성여관에 좋은 점이 있다면 뒷문이 있다는 사실이다. 손님들이야 앞문으로 들어왔다가 앞문으로 나가지만 우리 식구들은 뒷문으로 잘 다녔다. 특히 누나와 나는 절대로 뒷문만을 이용하였다. 아버지는 누나와 나를 위해 뒷문에 자물쇠를 매달고 우리에게 열쇠를 하나씩 나누어주었다. 나는 학원에 가는 시간이 빨랐기 때문이었고 누나는 처녀 신분으로 여관 현관에 출입하는 것이 좋지 않다는 이유였다. 우리 아버지가 요 몇 년 사이에 한 일 중에서 가장 괜찮은 것을 꼽으라면 나는 서슴없이 '열쇠'라고 말하리라.

특실 두 개를 빼고 나면 더는 계산을 할 수가 없다. 나성여관의 방 열네 개는 그렇게 뒤채, 내실 쪽의 안채, 특실로 삼등분된다. 뒤채의 여섯 개 방은 모두가 징표처럼 동쪽으로 붉은 창을 지니고 있으므로 어디로 옮긴들 그게 그거였다.

하기야 이제 새삼스레 방을 옮기고 어쩌고 하는 수선을 피울 까닭이 없다는 것을 나는 알고 있다. 조금 전에 내가 내린 결정, 이제는 학원을 그만둔다는 중대 결심은 동쪽의 붉은 창 따위와는 얼마든지 협정을 맺어가며 살 수 있는 여지를 안겨줄 것이었다. 말하자면 동쪽으로 뜨는 해를 향해 이런 식으로 지청구를 먹이는 것도 그냥 해보는 놀이와 다를 게 없었다.

나는 이미 오래전에 내 방의 동쪽 창문에 까만색으로 물들인 창호지를 바를 계획까지 세워둔 바 있었다. 그동안 전기대 입시 실패, 후기대 또한 실패, 삼수생으로 학원등록 따위에 쫓겨 그럴 틈이 나지 않았을 뿐이었다.

나는 기분이 좋았다. 아니, 좋을 것 같았다. 나는 이제 두 번 다시 그 문제로 머리를 썩이지는 않을 것이었다. 나는 원래 그런 놈이었다. 한번 정해버린 일에 미련을 품거나 하는 짓은 도대체 성격에 맞지 않았다. 그런 점에서는 어머니와 닮았는지도 몰랐다. 어머니는 싫어하지만 가끔씩 어머니와 닮은 나를 발견하는 일은 그리 싫지 않다. 왜일까. 이제 학원을 그만두었으니 시시한 문제라도 이것부터 연구해볼 일이었다.

하기야 콧수염이 점점 불어나면서부터는 일말의 후회나 미련도 없이 산다는 것이 몹시 힘들다는 것을 조금씩 느끼고 있기는 했다.

어쨌거나 나는 더는 자리에 누워 있을 수가 없었다. 나는 벌떡 일어나서 못에 걸려 있는 녹색의 티셔츠를 걷어내 서둘러 목에다 꿰었다. 오늘은 녹색을 입을 것이었다. 특별히 기분이 좋거나 의미를 새겨두고 싶은 날에는 녹색 셔츠를 입는 것이 내 버릇이었다. 버릇이라는 말이 이상하게 들린다면 녹색 셔츠는 나의 기호품이라고 해도 좋다. 나는 이 옷이 좋았다. 누나가 작년 내 생일에 선물한 이 셔츠는 비싼 옷은 아니었다. 어디서나 흔히 볼 수 있는, 심지어는 누나가 흔히 '루마 패션'이라고 통칭하는 길가의 노점 리어카에서 샀을지도 모른다는 의심이 들 만큼 그저 그런 옷에 불과했다.

그러나 색깔만큼은 기가 막히게 좋았다. 누나는 색깔에 대해서는 박사였다. 만약에 어머니가 누나의 소원대로 그림 개인지도를 받게 했다면 누나는 틀림없이 굉장한 화가가 되었을 것이다. 누나는 어려서부터 별나게도 색깔을 가렸고 색깔에 집착했다. 연필 한 자루라 해도 마음에 들지 않는 색깔이면 망설이지 않고 나에게 던져버렸다. 누나는 정말 굉장한 사람이었다. 색깔에 한해서.

미술대학만 아니라면, 특히 간호대나 교육대학을 간다면 얼마든지 학비를 대주겠다는 어머니의 제안을 누나는 일언지하에 거절했다. 어머니의 제안은 말 그대로 선택의 여지가 없는 최후의 통첩이었다. 그런 면에서 어머니는 융통성이라곤 약에 쓸래도 없는 사람이었다. 누나 또한 그런 어머니의 성격을 누구보다도 잘 알고 있었다. 자신이 한 번 거절하면 두 번 다시 대학 진학의 기회가 없다는 것을 알면서도 누나는 그렇게 했다. 융통성이 없기로는 누나도 어머니 못지않았다.

누나는 나중에 내게만 그 이유를 살짝 말해주었다. 누나는 간호사나 교사라는 직업에는 색깔의 자유가 없다고 했다. 정해진 색깔의 옷만 입는다는 사실이 누나를 경악하게 한 모양이었다. 흰색의 가운이나 무채색의 수수한 양장만으로 평생을 살아야 한다면 차라리 한강에 뛰어드는 것이 낫다고 말하던 날, 누나는 채 자라지 않은 단발머리 밑으로 엄청나게 밝은 노란색 목 긴 셔츠를 입고 있었다.

그런 누나에 의해 골라진 옷이니만큼 나는 무조건 녹색 셔츠를 좋아할 수밖에 없었다. 이 셔츠는 또한 사시사철 입을 수 있어서 한 철이라도 서랍 속에 잠겨있지 않는 게 장점이었다. 여름에는 걷어 올려서 입고 겨울에는 점퍼 속에 껴입으면 그럴싸했다. 어떤 계집애들은 내게 녹색이 잘 어울린다고 아첨하기도 했었다. 일 년 열두 달 언제라도 기분만 좋으면 입어버리는 녹색 셔츠인지라 아첨인 줄 알면서도 나는 늘 기분이 야릇했다.

옷을 입고 난 다음에 잠시 나는 망설이지 않을 수 없었다. 학원에 갈 일이 없어졌으므로 이전처럼 서두를 필요가 없었다. 그렇다고 다시 이부자리 속으로 기어들고 싶은 마음도 들지 않았다. 나는 일단 누나의 방에 가보기로 했다. 내가 이제 삼수생이 아니라는 사실을 누나한테는 알리고 싶었다. 누나와 나 사이에는 비밀이 없었다. 물론 몇 개의 말하지 못할 사연이야 혼자 간직하고 있기는 하지만 대충은 그런 사이라는 이야기다. 형과 나 사이에 가로놓인 쑥스러움을 생각하면 누나와는 단짝이라고 해도 과할 것이 없었다.

누나의 방은 바로 옆이었다. 언제나처럼 건너간다는 신호로 벽을 두 번 탁탁 두들긴 뒤에 나는 방문을 열고 복도로 나왔다. 어젯밤은 월요일이어서 손님이 많지 않은 날이었다. 그런 날에는 뒤채까지 숙박객이 들어올 이유가 없었다. 나는 마음 놓고, 아주 천천히, 거의 다섯 걸음이나 걸려서 누나의 방 앞에 섰다.

방에서 나와 복도를 걸을 때 이만한 여유를 갖기란 좀체 어려운 일이었다. 나는 복도의 다른 방들에서 누군가 튀어나올 것이란 상상을 무슨 고집처럼 지니고 있었다. 좀 더 구체적으로 말하자면 그 누군가는 여자였다. 그것도 슈미즈 차림의 반라 여인이었다.

머리를 길게 늘어뜨린, 관능적인 젊은 여자가 어느 방에선가 튀어나와 와락 내게로 덤벼들지도 모른다는 상상은 상상만으로도 나를 질리게 하였다. 문제는 내가 그 여자를 어떻게 껴안아야 할지를 모른다는 데 있었다. 나는 한 번도 여자를 껴안아 본 적이 없다. 포옹의 자세가 어떠해야 한다는 것을 일러주는 주간지도 없다. 포옹 따위는 저절로 되는 것인지도 모른다. 그러나 두 손을 어떻게 처치

해야 한단 말인가. 그것을 알기 전에는 상상 속의 불상사가 일어나서는 안 된다.

이왕이면 나는 세련된 포즈로 함정에 빠진 여자를 안아주고 싶다. 그런 다음 여자를 내 방이나 누나 방에 숨겨주고 겉옷 하나로 벗은 가슴을 가리게 해줄 것이었다. 오직 그뿐이었다. 나는 미련 없이 그것만으로 여자에게서 손을 뗄 것이다. 그렇다고 내가 여자들을 싫어하고 있다는 뜻으로 해석하면 곤란하다. 싫어하다니. 그건 천만의 말씀이다. 굉장히 점잖은 표정으로, 여자 따위는 관심 없다는 투의 말을 천연덕스럽게 지껄이는 사내를 나는 아주 혐오한다. 차라리 여자라면 넋을 놓고 덤벼들어 해치우는 쪽의 사내가 견디기 쉬울 정도였다.

나는, 솔직히 말하지만, 여자들을 싫어하기보다 두려워하는 쪽이었다. 여자라는 족속들은 정말 알다가도 모를 존재였다. 가끔 나성여관에서 하룻밤을 유한 여자 손님들과 정면으로 부딪치는 수가 있는데 그때마다 나는 진정 헷갈렸다. 분명 사내와 긴 밤을 동침하고 나온 직후이면서도 모두 밤새 길쌈이나 했다는 표정으로 시침을 떼었다. 그런 점에서는 남자들이 더 순진했다. 괜히 헛기침을 한다거나 복도의 거울을 핼끔거리며 간밤의 욕망을 부끄러워하였다.

어쨌거나 상상 속의 사건 같은 일은 한 번도 일어난 적이 없었다. 유감스럽게도 나성여관에 투숙하는 여자 중에는 남자를 무서워하는 처녀는 없었던 모양이었다. 그렇다고 내 상상이 소멸하는 것은 아니었다. 되려 더욱 끈질기게 코앞에 다가온 디데이를 벼르는 형국이었다.

내가 누나 방 앞에서 여느 때와는 달리 점잖게 노크를 하면서도 눈길만은 시종 복도의 이쪽저쪽 방문을 살피고 있는 것도 다 그 때문이었다. 지금 이 순간부터 난 삼수생이 아니었다. 난 이제부터라도 치한에 쫓기는 여자 하나를 구했다는 경험담을 지녀야 할 필요가 있었다. 나는 신중해야 했다.

누나는 그러나 방에 없었다. 대답이 없어서 손잡이를 비틀어보았으나 요지부동, 꼼짝도 하지 않았다. 이건 정말 뜻밖이었다. 이렇게 이른 시각에 누나가 할 일도 없이 외출했다는 것이 믿어지지 않았다. 누나는 어젯밤에 분명 아홉 시가 조금 넘어 귀가해서 곧장 불을 끄고 자겠다고 했었다. 나는 그때 번개처럼 무언가를 깨달았다.

알리바이.

누나는 어젯밤 귀가 사실을 공표한 후 곧장 다시 뒷문을 통해 나갔다. 누나는 모두를 속였다. 그리고 누나는 어머니가 눈치채기 전에 곧 들어올 것이다. 뒷문을 통해서.

나는 잠시 곤경에 빠졌다. 모처럼 녹색 셔츠를 입고 기분 좋게 누나를 방문했는데 누나는 간밤에 거리로 도망을 쳤다. 내가 하는 일은 꼭 이 모양이었다. 학원을 그만두겠다는 이야기를 어머니나 아버지한테 고스란히 털어놓을 내가 아니다. 누나가 아니더라도 나는 이미 거짓말을 시작하고 있는 셈이었다. 그런데 엎친 데 덮친 격으로 누나의 거짓말까지 지켜주어야 할 처지에 빠진 것이다.

별수 없는 일이었다. 나는 일단 안채로 건너가 오늘이 다른 날과 다를 바 없이 시작되었다는 것을 부모님께 시위하듯이 보여주었다. 아직 이불 속에서 빠져나오지 않은 채 어머니는 실눈을 뜨고 나에게 말했다.

"밥 먹었냐?"

"아직 일곱 시밖에 안 되었어요."

여덟 시가 다 되어 가는데 나는 어머니한테 시간을 속였다. 한 번 거짓말을 시작하면 끝까지 거짓말로 맞추어야 한다는 사실을 나는 알고 있었다. 손님 시중으로 늦게 잠드는 부모님은 나의 거짓말에 안심을 하고 다시 잠 속으로 빠져들었다.

나는 재빨리 다시 뒤채로 건너와 누나 방문을 두들겼다. 아직 돌아오지 않은 모양이었다. 시간이 없었다. 누나가 밤에 집을 빠져나간 사실을 알면 어머니는 아마 누나의 옷을 다 벗겨 거리로 내쫓을지도 몰랐다. 어머니는 그렇게 하고도 남을 사람이었다. 어머니는 화가 났다 하면 우리 옷을 벗겨놓고 닥치는 대로 손에 잡히는 것을 들고 마구 팼다.

어머니는 두들겨 패는 것이 가장 효과적인 교육이라고 믿었다. 나도 어려서는 깡그리 옷을 벗긴 채 죽도록 두들겨 맞은 적이 몇 번 있었다. 그러나 콧수염이 생기기 시작한 뒤로는 나도 그리 만만하지 않았다. 나는 무서운 어머니 밑에서 처세술을 익혔지만 형은 콧수염이 생긴 이후로도 여러 번 어머니한테 두들겨 맞았다. 물론 옷을 다 벗기지는 못했다. 이미 형의 완력이 어머니를 이기고 있기 때문이었다. 어머니가 형을 때려야 하는 이유는 번번이 형에게 있었다. 형은 어머니가 가장 증오하는 데모꾼이었다.

지금은 형이 데모꾼이라는 이야기를 할 시간이 아니었다. 나는 다시 내 방으로 들어와 초조하게 옆방의 기척을 살폈다. 나는 누나를 좋아했다. 누나가 다치는 것을 원치 않았다. 누나는 정말 예뻤다. 빌어먹게도 나는 누나를 전혀 닮지 않았다. 누나는 내가 만난 여자 중에서 가장 아름다웠다. 누나에게 불행이 닥친다면 그건 모두가 아름다움 때문일 것이었다.

아름다움은 쉽게 상한다. 나는 누나를 볼 때마다 가슴이 조마조마하였다. 누나처럼 예민하고 참을성이 없는 성격은 꼭 터지기 직전의 다이너마이트와 흡사하다. 누군가 성냥불만 댕기면 끝장이다. 나는 그 끝장이 행여 오늘이 아닐까 싶어 등허리에 식은땀이 흘렀다.

하필 오늘에.

나는 좁은 방을 오락가락하며 어쩔 줄 몰라 하다가 갑자기 방문을 열고 뛰어나왔다. 기가 막히게도 나는 누나의 냄새를 맡았던 것이었다. 누나는 막 신발을 벗고 살금살금 복도를 걸어오기 시작하다 갑작스레 나타난 나를 보고 흠칫 놀랐다. 누나는 검정 코트에 자줏빛 목도리를 두른 차림이었다. 역시 아찔할 만큼 멋진 색깔들이었다.

나는 누나의 입술에 딱지가 앉은 것을 보았다. 그러나 누나도 다른 여자들처럼 밤새 길쌈을 하고 왔다는 표정으로 나를 보며 웃으려고 입을 비틀어 올렸다. 나는 아무 말도 하지 않고 누나를 내 방으로 끌고 들어왔다. 씩씩거리는 나에게 누나는 슬픈 목소리로 말했다.

"왜 그러니? 정말 왜 그래?"

누나의 슬픈 목소리가 내 마음을 약하게 한 것은 사실이었다. 나는 가짜인 줄 알면서도 여자의 눈물 앞에서는 힘을 쓰지 못하는 약점이 있었다. 나는 누나를 밀어붙이던 기세를 약간 누그러뜨렸다.

그때 누나의 머리칼에서 비누 냄새만 풍겨오지 않았더라면 그대로 누나를 용서했을지도 몰랐다. 비누 냄새를 맡는 순간 울컥 욕지기가 솟았다. 믿어지지 않겠지만 내가 가장 싫어하는 냄새 중의 하나가 비누 냄새였다. 그 비릿하고 퇴폐적인 냄새라니. 나성여관의 세면실에 가면 그 냄새를 실컷 맡을 수 있다.

어머니는 늘 상표도 없이 싸구려로 공급되는 세숫비누를 사들여서 세면실에 놓아두었는데 그것은 물에 불어 썩은 흰죽처럼 비눗갑에 담겨 있기 일쑤였다. 투숙객들이 뱉어놓은, 그래서 세면실 어딘가에 끈덕지게 붙어있을 누런 가래와 풀어진 세숫비누를 실수 없이 구별하는 일은 나같이 지독한 근시에는 더할 나위 없이 헷갈리는 문제였다.

나는 벌써 오래전부터 부엌 앞의 수돗가에서 손발을 씻곤 했었다. 비가 오거나 추운 날에는 좀 괴로웠지만 고집을 굽히지는 않았다. 수채 앞에 웅크리고 있는 쥐새끼를 만나는 일이 비누 냄새를 견디는 것보다 훨씬 수월했다. 누나의 머리칼에서 비누 냄새를 맡는 순간 나는 포악해졌다. 어느 여관의 습기 찬 욕실에서 젖은 머리칼의 물기를 털고 있는 누나의 모습이 떠오르자 거의 미칠 듯한 심정이 되어버렸다.

"어디 갔다가 이제 오는 거야?"

나는 다시 씩씩거렸다. 여차하면 누나의 다리를 걸어 쓰러뜨릴 작정이었다.

"순조 집에서 잤어. 알잖아? 너 김순조 알지?"

물론 나는 김순조를 알았다. 그 애는 누나 친구도 아니었다. 굳이 따지자면 누나 후배였다. 만약 이런 말을 써도 된다면 인생 후배쯤이라고 해두자. 누나는 내가 순조를 좋아하는 것으로 오해하고 있었다. 그 땅콩만 한 계집애를, 세상에, 얼굴 면적이 내 주먹보다 작은 그 계집애를 내가 좋아하는 줄 믿는 것이었다.

"순조가 밤새 이야기나 하자고 졸라대지 않겠니? 그 애, 무슨 고민이 있나 봐. 남자가 생긴 게지 뭐."

누나는 KO 펀치를 날린 줄 알고 잔뜩 으스댔다. 순조에게 남자가 생겼다는데 네가 누나 외박 문제나 따지고 있겠냐는 투였다.

그러나 나는 누나가 거짓말을 하고 있다는 것을 눈치로 알 수 있었다. 그렇지만 제기랄, 그야말로 심증만 가지 물적 증거가 없는 상황이었다. 그리고 분명히 말해서 나는 더 이상 누나를 다그칠 자격도 없었다. 나는 누나의 동생이었다. 누나는 나보다 정확히 6백65일을 먼저 태어났다. 가끔 누나가 나보다 6백65일 늦게 태어난 것으로 착각되는 관계이긴 했지만.

"엄만 아직 안 일어나셨지?"

코트와 목도리를 벗어 품에 안으면서 누나는 생긋 웃었다. 별수 없이 나는 복도의 상황을 살핀 다음 누나를 자기 방으로 보내주었다.

"어머, 너 녹색 셔츠 입었구나. 멋지다."

나가기 직전에 누나가 내게 아첨을 했다. 가까이 스치니 또 비누 냄새가 솔솔 풍겨왔다. 참으려고 했지만 뭔가 울컥 넘어오려고 했다. 나는 누나가 순조네 집에서 잤다는 것을 일 퍼센트도 믿지 않겠다고 다짐을 했다.

나와 누나는, 누나와 형 혹은 나와 형과의 관계에 비길 수 없을 만큼 서로에게 절대적인 존재였다. 나는 누나가 잘못되면 나도 따라서 잘못되겠다고 마음을 먹을 정도였다. 그런데 어떻게 되어야 잘못되는 것일까. 누나가 잘못되는 길은 어렴풋이 짐작할 수 있었다. 그것은 썩은 비누 냄새와 비슷한 타락일 것이었다.

그러나 나는?

나는 지금도 잘못되는 중이었다. 누구나 그랬다. 내가 올해의 전·후기 대학입시 모두에 차근차근 낙방을 해버리자 다들 고개를 갸웃거렸다. 잘못되었다는 이야기였다. 입으로는 삼수쯤이야 뭐 어떠냐고 하면서도 속으로는 전부 구제 불능의 돌대가리로 나를 점찍었다. 그런 점에서 어머니가 차라리 나았다.

"삼 년씩 공부하면 설마 또 떨어지기야 하겠냐. 그만치 하면 돌대

24

가리에도 구멍 뚫린다."

말하자면 삼수까지 해도 대학에 못 들어가면 그 후에는 세상 탓이라는 말씀이셨다. 어머니는 돌대가리라 해도 형보다 내가 나을 거란 믿음을 지니고 있음이 분명했다. 형만 제대로 대학을 졸업했다면 문제는 또 달랐겠지만. 어쨌거나 내 인생은 형 때문에 왕창 구겼다.

누나는 아무래도 배우가 되는 것이 나을 뻔했다. 아침 밥상에 앉아 누나는 배우 뺨치게 연기를 했다.

"피곤해 죽겠어. 다 그만둘까 봐."

어머니는 누운 채로 하얗게 눈을 흘겼다.

"정말이야. 하루 내내 서 있는 일이 쉬운 줄 아세요?"

누나는 아주 지겹다는 표정을 지었는데 이번엔 아버지가 영문도 모른 채 누나의 연기를 거들었다.

"수련이 입이 부르텄어. 저 애는 몸이 약해서……."

아버지도 역시 누워 있었다. 우리 집의 아침 풍경은 노상 이랬다. 부모님은 아랫목에 누워 있고 백화점 점원인 누나와 삼수생인 나는 윗목에서 밥상을 받았다.

그때쯤에는 부모님도 얼추 잠에서 깨어나지만 여관 장사 십여 년 동안 밴 버릇이 그거였다. 쓸데없이 이른 아침부터 주인들이 설치면 손님들이 싫어한다는 것이었다. 어차피 부엌일은 뽕짝아줌마가 다 해치웠다. 나성여관의 진짜 아침은 오전 열 시가 넘어야 시작되었다.

"도연이는 언제 오냐?"

아버지는 오줌이 마려운지 흘러내리는 파자마를 끌어 올리며 일어났다. 그래도 수시로 형의 존재를 확인하는 사람은 아버지밖에 없었다.

형은 지금 여행 중이었다. 형은 종종 며칠씩 집을 비우곤 했는데 그때마다 '여행 중'이었다. 나는 그 말이 못 견디게 근사해서 한동안은 누구한테든 그런 쪽지를 남기고 떠나버릴 계획을 수도 없이 세웠으나 한 번도 실행하지는 못하였다.

"그깟 놈이야 언제 오거나 말거나."

어머니는 벽을 향해 돌아누우며 있지도 않은 형을 저주했다.

나는 번개처럼 빠르게 그 순간을 이용하기로 마음을 먹었다. 오늘부터 거리에서 시간을 죽이려면 돈이 필요했다. 어머니가 형을 증오하고 있는 순간을 이용하면 안 될 일이 없다는 것을 나는 경험으로 알고 있었다. 클클클.

나는 멋진 생각이 떠오르면 속으로 클클클 웃는다. 웃음소리가 하하하 혹은 호호호, 가 아니고 클클클, 이어야 한다는 사실을 가르쳐준 것은 스포츠신문의 성인만화에서였다. 만화의 주인공은 늘 그렇게 웃었다. 특히 카페 같은 곳에서 멋진 여자를 후릴 때면 주인공은 이빨을 드러내며 웃었다. 클클클.

"어머니, 렌즈가 깨졌어요."

벽을 향해 돌아누운 어머니는 대답이 없다. 즉각 부정적인 대답을 퍼붓지 않은 것만 해도 반 이상 성공이다. 나는 준비해두었던 한 마디를 마저 풀어놓았다.

"이번엔 싸게 맞춰주는 안경점을 하나 알아냈어요. 삼만 원이면 된대요."

나는 언제나 콘택트렌즈값으로 오만 원씩 타냈다. 한쪽만 망가졌어도 양쪽 값을 다 받아냈다. 어머니는 콘택트렌즈에 대해서는 일자무식이니 마음껏 속일 수가 있었다. 어머니가 꽥 소리치지 않은 것만으로도 이미 성공이었다. 나는 그것을 믿었다.

"그놈의 것은 왜 그리 잘 망가져."

어머니는 누운 채로 속주머니를 뒤져서 정확히 석 장의 지폐를 꺼냈다. 어머니는 잠자리에 들기 전에 그날의 수익금은 꼭 속바지 주머니에 챙겨 넣고 자는 버릇이 있었다.

"이 새끼야. 네 눈깔 값으로 들어간 돈이 대체 얼마나 되는지 아나?"

어머니는 그냥 주기 아깝다는 듯 한 말씀 곱게 타이르신다. 눈깔 어쩌고 하는 말투가 우리 어머니만큼 잘 어울리는 사람도 없다. 나는 어머니가 던져주는 눈깔 값을 소중히 받아서 바지 주머니에 넣었다. 누나가 콩나물 가닥을 집어 올리며 한쪽 눈을 찡긋했는데도 나는 엄숙한 표정을 바꾸지 않았다. 까딱 잘못했다간 다 된 죽에 코 빠뜨리기가 돼버린다. 누나는 어머니를 너무 만만하게 본다. 나는 절대로 이런 부분에서 실수하지 않는다.

"3호실 손님 나갔나? 문이 활짝 열려 있데."

화장실에 다녀온 아버지가 파자마 끈을 놓지 않은 채 이불 속으로 다시 들어갔다. 끈을 놓으면 파자마가 흘러내릴 것이다. 아버지의 바지는 언제나 금방이라도 흘러내릴 듯이 엉덩이에 걸쳐 있다. 파자마가 아니더라도 어떤 바지건 늘 괴춤을 끌어올리는 몸짓은 우리 아버지만의 전매특허였다.

"젊은 청년? 아까 뽕짝아줌마 올 때 나갔지, 아마."

뽕짝아줌마는 나성여관의 허드렛일을 거들어주는 아줌마였다. 집이 멀지 않아서 늦은 밤에 퇴근했다가 아침 일찍 출근하는 아줌마였다. 노래를 입에 달고 살아서, 그것도 뽕짝 노래만 하도 시들어지게 불러대서 여관 손님들이 오며 가며 달아준 별명이 '뽕짝아줌마'였다.

나는 지금까지 아줌마처럼 노래를 좋아하는 사람을 만난 적이 없다. 대형 건전지를 고무줄로 칭칭 동여맨 라디오는 아줌마 가는 곳을 따라 어김없이 이동하는 물건이었다. 수돗가에서 빨래를 할 때도, 부엌에서 음식을 만들 때도, 객실 청소를 할 때도 라디오는 깨지는 소리로 뽕짝을 흘려보냈다. 아줌마는 라디오 방송의 프로그램을 다 꿰고 있어서 시간마다 이리저리 다이얼을 돌려 가요프로를 찾아냈다. 그리고는 쉬임 없이 그 노래를 따라 불렀다.

그것뿐이 아니었다. 가사를 모르는 노래가 나오면 몽당연필에 침을 묻혀가며 따라 적었다. 방에 걸레질을 치다 말고 주머니에서 연필과 종이를 꺼내 침을 묻혀 가사를 받아 적는 아줌마의 모습은 꼭 훈장 앞에서 글씨를 받아쓰는 서당의 학동과 닮아 있었다. 그 큰 엉덩이를 하늘로 쳐들고 방바닥에 엎드려, 머리로 박자를 맞춰가며 정신없이 노래 가사를 받아쓸 때는 어머니가 아무리 악을 써도 꿈쩍도 하지 않았다. 오히려 노래가 잘 안 들린다고 어머니한테 타박을 주었다.

"아따, 가만 있으랑게요. 오매, 또 놓쳐부렀네."

그러면 제아무리 호랑이 같은 어머니라 해도 조용히 입을 다물 수밖에 없었다. 오매, 또 놓쳐부렀네. 아줌마의 이 탄식은 말로 표현할 수 없을 만큼 절실했다. 그 탄식은 호랑이 발톱까지 뽑아버리는 무서운 위력이 있었다.

나는 뽕짝아줌마가 싫지 않았다. 아줌마는 모든 것을 노래로 말하고 노래로 대답하는 사람이었다. 여관비가 없어서 시계를 풀어놓은 손님 옆을 지날 때 아줌마는 백발백중 '돈 없으면 집에 가서 빈

대떡이나 부쳐 먹지……' 어쩌고 하는 "빈대떡 신사"를 흥얼거렸다. 어머니가 그악스레 다그치면 돌아앉아 한숨과 함께 "애수의 소야곡"을 불렀다.

분위기에 맞는 곡을 그때그때 골라내기 위해 다른 노력을 할 필요는 전혀 없었다. 아줌마 머릿속에 항목별로 차근차근 정리된 노래들은 아줌마 마음과 자동감응 장치로 연결되어 있어서 저절로 떠올랐다.

다 먹은 아침상을 내가려고 아줌마가 들어왔을 때 누나와 나는 약속이나 한 듯 일어나 내실을 나왔다.

"너, 거짓말이지?"

누나가 뒤채로 통하는 쪽문을 밀면서 갑자기 톡 쏘았다. 어젯밤 자신의 외박과 렌즈가 깨졌다는 거짓말은 이로써 서로 상쇄되었다는 다짐이었다.

그러나 누나는 하나만 알고 둘은 몰랐다. 상쇄시키자는 다짐의 신호를 보냄으로 누나는 이미 어젯밤 순조네 집에 있지 않았다는 사실을 스스로 밝힌 셈이었다. 누나는 때로 이렇게 어리석었다. 나는 몹시 슬펐지만 꾹 눌러 참았다. 누나가 순조 집에서 밤을 지냈다는 것을 믿고 싶었는데.

방에 돌아와 렌즈값으로 받은 삼만 원을 지갑 속에 빳빳하게 집어넣은 나는 담배를 한 대 피워 물었다. 내가 담배 피우는 것을 아는 사람은 수련 누나밖에 없었다. 형은 좀체 내 방에 건너오지 않았고 방을 비울 때는 어김없이 배꼽 단추를 눌러 문단속을 해온 나였다.

내 나이 이제 스물. 나는 담배를 공개적으로 피워도 된다. 어머니나 아버지가 알아버린다 해도 이 문제로 발가벗겨 내쫓길 까닭도 없다. 세상에 아무리 지독한 어머니라 해도 스무 살짜리 아들 녀석의 담배질로 꽥꽥거릴 어머니는 없다. 그래도 나는 숨어서 담배를 피운다. 숨어서 피우기 시작한 게 아마 고등학교 입학해서 바로일 것이다. 그러니까 벌써 오 년째다. 내 흡연 경력도 만만치 않다.

아시는 분은 아시겠지만 화장실에 숨어서 몰래 피우는 한 모금, 쉬는 시간 뒷자리에 모여 얼른 한 입씩 빨아 당기는 그 맛은 기가 막힌다. 한 놈은 망을 보고, 필터에 침을 많이 묻혀놓은 녀석의 머리통을 쥐어박아 가면서, 앞문으로 선생님이 들어오는데도 기어이 한 모금을 더 빨았다가 연기를 뱉어낼 길이 없어 숨이 막히던 기억. 눈에 그렁그렁 고이는 눈물을 훔치며 콧구멍으로 연기를 빼던 야릇한 기분.

나는 숨어서 피우는 스릴이 아니라면 굳이 담배를 피울 생각도 없었다. 어른들이 내놓고 권장하는 짓치고 재미있는 일은 하나도 없다. 내가 담배를 피우는 까닭도 혹시 여기에 굉장한 재미가 숨어 있지 않나 탐색해보기 위해서다.

그래서 어머니는 내가 영 글러 먹은 놈은 아니라고 뽕짝아줌마에게 자랑한다.

"담배나 술을 안 배우는 것을 보면 우연이 저 새끼도 신통한 구석이 있잖우. 지 애비는 안 닮았어."

그럴 때마다 나는 더욱 교묘하게 나의 흡연을 숨긴다. 우리 어머니를 속일 수 있는 경우란 그리 흔하지 않다. 담배거나 콘택트렌즈 정도가 고작이다.

콘택트렌즈를 끼기 시작한 것은 고3 시절부터였다. 그보다 앞서 나는 초등학교 2학년 1학기에 안경을 맞추었다. 내가 보통의 다른 사람들보다 먼저 시작한 것이 있다면 그 유일한 승리가 안경이다.

지독하게 질긴 감기를 한 달쯤 앓았는데 병이 낫고 나서 갑자기 칠판 글씨가 안 보였다. 거짓말 같은 이야기였다. 형도 누나도 눈이 좋았다. 어머니도 지금껏 시력이 썩 좋은 편이었다.

어머니와 아버지는 한동안 내 말을 믿지 않았다. 담임선생이 가정방문을 와서 어머니에게 안경을 맞추어주는 것이 좋겠다고 부탁했다. 담임이 돌아가고 난 뒤 어머니는 내 손을 붙잡고 동네 안경집에 갔다. 예나 지금이나 우리 어머니는 선생님이라는 직업을 하늘같이 받든다.

안경집 주인은 근시가 심하고 난시도 보통이 아니라며 제꺽 검은 뿔테 안경을 내 얼굴에 씌워주었다. 안경값이 생각보다 훨씬 비싼데 경악한 어머니는 내 시력이 얼마인지에 대해서는 도대체 관심이 없었다. 그 첫 안경값이 심어준 충격이야말로 지금까지 렌즈값 속이는 음모에 큰 기여를 하고 있었다.

콘택트렌즈를 맞추러 안과에 갔을 때는 형이랑 함께였다. 그때 형은 군대에 있었다. 휴가를 나와 집에 오면 어머니랑 한마디 말도 나누지 않은 채 겉돌던 시절이었다. 형은 난시가 심해 안경으로는 교정이 불가능하다는 나를 끌고 선배가 일하는 종합병원의 안과로 갔다. 군복을 입고 철커덕거리는 군화를 신은 형은 어쩐지 남 같아서 나는 병원에서 일을 마칠 때까지 입을 열지 않았다. 아니, 시력검사표 앞에 앉아 제일 위의 커다란 글자조차도 안 보인다고 "안 보여요!" 하고 크게 외치느라 입술을 벌리기는 했다.

렌즈를 껴야 할 사람은 정작 나인데도 형과 형의 선배라는 안과의사는 자기들끼리 나를 놓고 쑤군덕거리더니 모든 것을 결정해버렸다. 그리고 이틀 뒤 병원에 가서 맞춘 렌즈를 찾아올 때도 형과 동행을 했다. 그날 형은 병원 앞 분식집에서 내게 떡만둣국을 사주었다. 떡만둣국을 다 먹고 병원으로 갈 때 형은 문득 내 머리통을 만지며 이렇게 말했다.

"짜식. 기집애같이……."

대체 나의 어디가 계집애 같다는 것인지 알 수 없어 나는 몹시 억울했다. 계집애들처럼 조잘대지도 않았고 헤프게 웃지도 않았는데. 지금도 나는 그때 형이 왜 그런 말을 했는지 해답을 찾지 못한 채이다.

그날 나는 조그맣고 푸르스름한, 플라스틱 유리 같은 이물질을 눈에 쑤셔 넣고 집으로 돌아오면서 몹시 어지러웠다. 그래도 형한테는 한마디도 어지럽다는 하소연을 하지 않았다. 집에 돌아와 나는 형과 함께 먹은 떡만둣국을 고스란히 토해버렸다. 정말 지랄 같은 기분이었다.

렌즈 때문에 나는 고3의 1학기를 망쳐버렸다. 그때도 우리 반에는 안경 대신 콘택트렌즈를 낀 친구가 몇 명 더 있었다. 그런데 나와 같이 딱딱한 유리는 아니었다. 모두 우무같이 능글능글하고 말랑말랑한 것을 눈동자에 척 붙이고 있었다. 그들 것은 소프트렌즈였고 내 것은 하드렌즈였다. 나는 난시가 너무 심해 소프트렌즈를 낄 수가 없었다. 그리고 말랑말랑한 그것을 내 눈에 집어넣어야 하는 것도 끔찍이 싫었다. 그것은 마치 살인 문어의 악착같은 흡혈판 같았다. 한번 눈깔에 붙으면 죽을 때까지 떨어질 것 같지 않았다. 나는 말랑말랑한 그것이 싫었다.

하지만 내가 렌즈에 적응하기까지의 고통은 다른 녀석의 거의 열배였다. 소프트렌즈는 괜찮지만 하드렌즈는 먼지나 바람에 치명적일 만큼 약했다. 주번이 되어 칠판이라도 닦을라치면 분필 가루가 눈에 들어가 서너 번씩은 코를 횡 풀어 젖히도록 질질 짜고 있어야 했다.

장난치는 녀석들 곁을 지나다가 주먹에 눈이라도 맞게 되면 그길로 난 끝장이었다. 축구공에 눈을 맞아 각막을 다친 적도 있었고 눈동자를 잘못 굴려 땅바닥에 렌즈를 떨어뜨리고 못 찾은 때도 있었다. 렌즈를 잘못 집어넣어 눈꺼풀 위 미궁 속으로 사라지는 사건도 종종 생겼다. 그러면 아무 짓도 못 하고 기도하는 심정으로 그것이 길을 찾아 내려와 주길 기다려야만 했다.

아침에 일어나면 그것을 집어넣고, 저녁에 잠들 때 다시 그것을 빼야 하는 번거로움은 차라리 아무것도 아닐 만큼 렌즈 착용의 길은 멀고도 험했다. 콘택트렌즈를 끼게 된 뒤부터 나는 훨씬 위축되었다. 매사에 조심, 또 조심이 아니고는 언제 그놈의 눈깔 때문에 낭패를 당할지 몰랐다.

길을 걷다가도 갑자기 티끌에 한 방 먹어 쩔쩔매야 하는 내 꼴을 어떻게 설명해야 할까. 그것은 마치 거대한 공룡이 참새한테 공격당해 쓰러지는 것과 비슷한 꼬락서니였다. 나를 쓰러뜨리는 것은 주먹도 칼도 아니었다. 나를 치는 무기는 언제나 눈에는 보이지도 않는 한 점의 먼지였다. 그것이면 적어도 몇 분쯤은 나를 꼼짝 못하게 묶어둘 수 있다.

사실 나는 이 일에 대해 말하고 싶지조차 않은 심정이다. 누구에게도 내가 렌즈를 끼고 있다는 사실을 먼저 실토하지는 않는다. 자신의 약점을 스스로 까발릴 만큼 난 바보가 아니다. 난 언제나 두 눈을 크게 뜨고, 내 눈 속에 뭐가 있는지 찾아보려면 찾아보라고 하는 식으로 사람을 만난다.

사람들은 상대의 눈을 오래 쳐다보지 않으려 한다. 눈이 마주쳐도 금방 시선을 돌린다. 하지만 때때로 이상한 사람도 있는 법이었다. 그런 사람에게는 나도 별수 없다. 내 눈 속에서 렌즈를 찾아낼 때까지 버티고 있을 배짱도 없다.

나는 그렇게 눈을 빤히 들여다보는 사람, 당당하게 고개를 쳐들고 사는 사람은 정말 싫다. 공부를 잘하는 놈도 싫다. 주먹이 센 놈도 싫다. 무엇이든 다 자신만만하다는 듯 행동하는 녀석을 만나면 칵 침을 뱉고 싶어진다. 그러나 한 번도 침을 뱉은 적은 없다. 나는 언젠가는 꼭 그렇게 할 것이다.

나는 눈이 상상 이상으로 나쁘다. 아니 이것은 눈이라고 부를 수도 없다. 렌즈를 빼고 나면 일 미터 앞에 있는 사람의 얼굴도 정확히 볼 수 없다. 나는 이미 중학교 때 시력검사표의 맨 윗줄까지 정복한 몸이다. 아무것도 읽어내지 못하는 나에게 체육선생이 불쑥 감자를 먹이며 물었다.

"이건 뭐냐?"

"감자요."

아이들이 킬킬댔고 나는 그 주먹으로 눈물이 쑥 빠지게 머리를 쥐어박혔다.

렌즈 없이 내가 할 수 있는 일은 잠자는 일밖에 없다. 그래도 집에서는 더러 렌즈를 빼고 알눈으로 지내기도 한다. 그럴 때는 방문과 창문을 꼭꼭 걸어 잠근다. 알몸으로 있을 때 사람들이 그렇게 하듯 알눈일 때 나는 사람을 피한다. 그리고 방바닥의 모든 것을 치운다. 내 방에 있는 것이라면 눈을 감고도 찾아낼 수가 있으나 방바닥에 물컵이나 재떨이가 있다면 문제가 다르다. 렌즈를 끼고 있어도 나는 무엇을 걷어차는 데에는 뛰어난 재주가 있다.

그리고는 뭔가를 해보려고 애를 쓴다. 대개는 책을 읽거나 일기를 쓰고 싶을 때 나는 렌즈를 뺀다. 글씨를 쓸 적에는, 특히 일기를 쓸 때는 반드시 연필을 사용한다. 샤프펜슬은 툭툭 분질러지기도 잘하지만 지울 수가 있어서 나처럼 수줍음 많이 타는 인간한테는 아주 좋다.

나는 날짜 밑에 한 줄의 일기를 적어놓곤 십 분 이내로 그것을 지워버린다. 어떤 내용이든 일단 글씨로 박아놓으면 도무지 새롭지 않다. 일기를 쓰고 싶다는 마음은 넘치는데 이 하늘 아래 새로운 문장은 없어서 늘 골치였다. 누구나가 쓸 수 있는 글을 비밀처럼 일기장에 채워 넣는 녀석들처럼 바보도 없다.

'아침밥을 먹고 공원에 갔다.'라고 쓰거나 '오늘 그녀와 만났다.'라고 한 줄 적어놓고는 대단한 글을 쓴 것처럼 담배를 피우는 자들은 모두 가짜다. 그런 녀석일수록 자물쇠 달린 일기장을 사용하고 꼭 열쇠 채우는 서랍에 그것을 보관한다. 정말 웃기는 일이다. 아무도 남의 일기 따위엔 관심이 없는 법이다. 관심이 있다면 그것은 열리지 않는 자물쇠, 입을 꼭 다문 서랍이다.

책을 읽기가 지겨운 것도 그 때문이다. 근시니까 책쯤이야 코앞에 당겨놓고 읽을 수도 있다. 그러나 어떤 진리라도 코앞에 있으면 다 시시하게 보인다. 코앞에, 확 낚아챌 수 있는 위치에, 날 잡아잡수, 하고 누워 있는 진리란 없다.

나는 말머리에 꼭 유명한 철학자나 시인의 이름을 들먹이는 녀석을 하나 알고 있다. 그런 녀석들은 대학에 좀체 떨어지는 법도 없다. 그들은 손해 보는 짓은 절대 하지 않는다. 힘들여 책을 읽는 것도 나중에 다 써먹기 위해서이다. 내가 아는 그 녀석도 지금은 대학생이 되어 요새는 그럴싸한 계집애들을 꼬시기 위해 더욱 열심히 책을 읽는다. 여자애들은 사르트르가, 하면서 이야기를 시작하면 꼼짝 못 한다. 나는 말끝마다 "그 책 읽어봤니?" 하고 물어보던 녀

나성여관

석이 미워서 언젠가는 형이 읽는 책 제목들을 외워서 역으로 공격했다가 통쾌하게 이긴 적도 있었다. 형도 때로 쓸모가 있기는 했다.

그래서 나는 곧잘 종이공을 만들며 시간을 죽인다. 이 일만큼은 눈이 아무리 나빠도, 감은 채라도 해낼 수 있다. 아예 쳐다볼 필요도 없다. 종이를 아주 작게 잘라낼 때만 눈을 뜨면 된다. 그런 담에는 양손의 엄지와 검지만 잽싸게 움직여서 지름 일 센티미터의 종이공을 접을 수 있다.

아니, 접을 때는 아직 공이 아니다. 다 접은 뒤 꼭짓점의 조그만 틈에 후욱, 입김을 불어 넣어야 불룩 배가 튀어나와 공이 되는 것이다. 유리구슬보다 더 작은 이런 종이공들이 내 책상 오른편 서랍에 수북하게 쌓여 있다. 모두 내가 외로울 때 접은 종이공이다.

종이공 접는 버릇을 익힌 것은 재수할 때였다. 서랍 속에 들어 있는 종이공을 세어보면 내가 몇 시간 몇 분 몇 초 동안 외로웠는지 헤아릴 수 있다. 종이공 하나 접어서 후욱 입김을 불어 넣기까지 나는 십 초면 충분했다. 물론 처음에는 더듬거려서 시간을 꽤 잡아먹었으나 점점 숙련되어 십 초로 단축했다.

서랍 속의 종이공은 모두 십 초 기록을 뽑았을 때부터 기념으로 모아둔 것들이었다. 그때 이후 나는 기록 단축을 위해 노력하지 않았다. 더 짧은 시간에 해낼 수도 있지만 악착같이 덤벼들어 버둥거리는 인간을 닮을 이유는 하나도 없었기 때문이었다. 그럴 바에는 아예 접지 말 일이다.

콘택트렌즈 이야기가 빗나가서 엉뚱한 곳으로 처박혔지만 어쨌든 나는 학원에 가는 척하고 뒷문을 통해 골목으로 나왔다. 하기야 학원에 가는 척 일부러 신경을 쓸 필요도 없는 노릇이었다. 아무도 내가 학원을 가는지 다시 자는지 알고자 하지 않았다.

나성여관이 자리 잡은 동네는 예전에 무슨 방죽 자리가 아니었나 하는 의심이 들 만큼 지대가 몹시 낮았다. 서대문이나 마포 쪽에는 이렇게 푹 꺼진 동네가 많았다. 나성여관은 서대문과 마포의 경계선 부근에 있다. 자전거 두 대도 간신히 비켜 가야 할 나성여관 앞의 좁은 골목은 어느 쪽으로도 통했다.

골목 왼쪽으로 가면 곧장 마포로 나갈 수 있는 가파른 시멘트 계단을 만날 수 있다. 오른쪽은 미로 같은 골목길을 꾸불꾸불 헤매야 하는 불편함이 있기는 해도 계단 없이 바로 서대문 쪽 버스정류소로 갈 수가 있다. 나는 언제나 미로의 오른쪽 길을 택했다. 때로는 느닷없이 구정물을 뒤집어쓸 우려도 있고 낮게 뽑아놓은 연통에서 새 나오는 지독한 연탄가스로 숨쉬기가 어렵긴 해도 그 길이 좋았다. 연탄가스 따위로 벌벌 떨 내가 아니었다. 세숫비누 냄새보다는 연탄가스 쪽이 낫다. 이건 절대 거짓말이 아니다.

골목을 빠져나가면서 나는 내가 타야 할 버스의 번호를 머릿속에 굴리고 있었다. 말하자면 어디로 가야 할지를 재고 있다는 뜻이었다. 학원에 다닐 때는 그렇게도 가고 싶은 곳이 많았는데 지금은 당장 어디라고 떠오르는 곳이 없었다.

그런데 그 순간, 느닷없이 주름 자국이 때처럼 묻어있는 늙은 얼굴이 내 앞을 가로막았다.

"같이 가자우."

낯익은 털목도리만 보아도 그가 누구인지 나는 금방 알아차릴 수 있다. 작년 가을부터 나성여관 10호실에 묵고 있는 장기투숙객이었다. 그는 늙을 수 있을 만큼 다 늙어버려서 그도 한때는 어린아이였을 것이란 사실이 나에겐 도무지 믿기지 않았다.

노인은 방구석에 처박혀 온종일 신문만 읽었다. 방에 있을 때도 그 털목도리는 절대 풀지 않았다. 틀림없이 몇 년 동안 한 번도 빨지 않았을 털목도리에서는 쉴 새 없이 악취가 풍겨 나왔다. 이제는 10호실 문만 열어도 그 냄새가 코를 찔렀다. 뽕짝아줌마는 그것이 곧 늙은이 냄새라고 했지만 나는 한사코 털목도리 냄새라고 우겼다.

내 말이 틀리지 않는다는 것을 나는 지금 확인하고 있다. 노인은 주름 자국을 손으로 문대며 나를 보고 반갑다는 미소를 짓고 있었는데(그것도 미소라고 할 수 있다면), 손이 털목도리를 스칠 때마다 시금털털하고 지린내 같기도 한 그 냄새가 사정없이 내 코로 쳐들어 왔다.

미리 말한 바가 있지만 내 코는 정말 대단한 물건이었다. 대뇌가 미처 명령을 내리기도 전에 코가 먼저 알아 조처를 했다. 내 발은 이미 노인의 시금털털한 냄새에서 벗어나기 위해 두어 걸음 뒤로 후퇴 중이었다. 눈치가 없는 노인은 내가 왜 그러는지도 모른 채 계속해서 바짝 붙어왔다.

"같이 가자우."

이윽고 나는 노인의 냄새에서 탈출하려는 음모를 중단하였다. 노인은 찰거머리 같았다. 그리고 나는 아직 노인을 잘 몰랐다. 잘 모르는 사람을 대할 때 나는 까닭 없이 위축되었다. 상대방이 어떤 인간인지 알아내기 전에는 조심할 필요가 있었다.

이 노인은 나성여관에 오래 묵고 있었지만 나는 그와 별다른 이야기를 나눈 적이 없었다. 내가 이 세상에서 가장 싫어하는 일이 있다면 나이 많은 사람들, 특히 할아버지들과 이야기하는 것이었다. 그들은 항상 간교한 덫을 준비하고 있다가 사정없이 내 약점을 붙들고 늘어졌다. 말투가 싸가지 없다거나, 할아버지 함자를 제대로

댈 줄 모른다거나, 버르장머리가 없다거나 하면서 으름장 놓는 데
는 노인들을 당할 수가 없다.

그뿐이 아니다. 그들은 무엇을 이야기해도 한문으로 뜻풀이를 요
구했다. 그리고는 고개를 끄덕끄덕하며 손가락으로 허공에 그 한
문을 써 보이는 것이다. 그럴 때 나는 정말 화가 치밀었다. 대체 허
공에 글씨를 쓸 안다고 해서 무엇이 달라진단 말인가. 그런데 이
노인도 대뜸 나를 보고 이러는 것이었다.

"여기, 이것 좀 읽어보라우."

나는 노인이 내미는 작은 수첩을 받고서도 어디를 읽어보라는 것
인지 알 수가 없어 멍하니 서 있었다.

"여기, 여기 보라우."

노인은 이제 사정없이 내게 다가서서 마른 나뭇가지 같은 손가
락을 뻗쳐 어느 한 부분을 짚었다. 다행히 한문은 얼른 눈에 뜨이지
않았다. 수첩에는 똥 자국이 번져있는 지저분한 볼펜 글씨로 주소
들이 빼곡하게 적혀 있었다. 노인은 수첩의 제일 아래를 가리키고
있었다.

"경기도 군포시 금정동……."

"됐어. 그만!"

노인은 갑자기 내 낭독을 중단시키더니 그 낡은 수첩을 휙 낚아
챘다. 내가 마치 그것을 빼앗기라도 했다는 듯이. 노인들은 언제나
그랬으니까 별로 실망할 것도 없다. 읽기 시험을 마쳤으니까 나는
이제 가면 된다. 그런데 노인이 또 내 앞길을 가로막았다.

"자네 대학생이디? 기렇디?"

나는 얼결에 고개를 끄덕였다. 그러다가 얼른 "형이 대학생이에
요. 나는 아니에요." 하고 정정했다. 그러나 사실은 형도 복학하지

않았으니 내 말은 옳지 않았다.

　물론 가끔은 대학생 흉내를 내는 적도 있기는 하다. 특히 내가 대학생이길 간절히 원하는 계집애들을 만나면 꼭 그렇게 했다. 그렇다고 별문제가 있는 것은 아니었다. 나는 두 번 다시 만나고 싶지 않은 인간들 앞에서는 나 자신도 어쩔 수 없을 만큼 폭풍 같은 거짓말을 했다. 그래야 두 번 다시 만나지 않을 테니까. 그러나 이 노인은 엄연히 나와 한 지붕 아래서 살고 있다. 두 번은커녕 이백 번도 더 마주칠 것이다. 거짓말을 했다간 금세 들통이 날 게 틀림없다.

　"기럼 고보에 다니는가?"

　고보에? 아이고. 정말 웃기는 할아버지다. 지금이 어느 때인데.

　"아뇨, 놀고 있습니다."

　나는 씩씩하게 내 직업을 말했다. 나는 놀고 있다!

　"놀아? 기냥 논단 말이디?"

　"예."

　그러자 노인이 거짓말처럼 씨익 웃었다. 누런 이빨이 보이고 놀랍게도 은단 냄새가 싸하니 풍겨왔다. 그사이에 노인은 번개처럼 입속에 은단을 털어 넣었던 것이다.

　"자네 바쁘디 않디?"

　노인은 'ㅈ' 발음은 모조리 'ㄷ'으로 하는 해괴망측한 버릇을 가지고 있었다. 나는 노인이 이북 출신인지도 모른다고 생각했다. 학교에서 단체관람하는 반공영화에서도 그렇게 발음하는 간첩들을 종종 보았었다. 어쨌거나 나는 노인에게서 벗어나기 위해 굉장히 바쁜 몸짓을 지어 보였다. 내가 둘러댄 말은 내가 생각해도 기가 막히게 멋있었다.

　"서울역 광장에서 누가 기다리고 있어요. 서둘러야 해요."

특히 나중에 덧붙인 서둘러야 한다는 말은 너무나 좋았다. 오늘부터 무한정한 자유가 날 기다리고 있다. 집 앞 골목길에서 노인과 어성버성할 겨를이 어디 있겠는가. 정말 나는 서둘러야 했다. 나는 좀이 쑤셨다. 인제 그만 가봐야겠다는 손짓과 함께 꾸벅, 머리통을 숙여 보이고 나는 노인의 곁을 지나쳤다.

그러나 노인은 정말 찰거머리였다. 갈퀴 같은 손으로 내 가방을 꽉 붙잡더니 노인이 말했다.

"나도 서울역에 가. 서울역텬에 가서 수원 가는 전철을 타야 한다고 그랬거덩. 나도 서울역에 가야가써."

그리고 노인은 자기가 먼저 앞장을 섰다. 별수 없이 우리는 나란히 정류소로 향했고 서울역으로 가는 버스에 함께 올라탔다. 노인은 차비를 낼 생각도 하지 않았다. 하는 수 없이 내가 노인의 차비를 물었다. 진짜 어이가 없었다. 나는 서울역으로 가야 할 이유가 없었다. 이건 사실 전혀 계획에 없는 일이었다. 내가 하는 일은 항상 이 모양이었다. 젠장, 나는 입을 꽉 다물고 앞만 보고 서 있었다. 잽싸게 자리를 잡은 노인은 그러나 입을 다물지 않았다.

"경기도 군포시 금령동에 딸이 살고 있디. 초행길이지만도 주소가 있으이."

숨을 헐떡거리면서 노인은 말을 이었다.

"이번 달엔 달포가 디나도록 등기가 안 와서 기래 내가 딕접 가보는 거라우. 한 번도 날짜를 어긴 적이 없었거덩. 기쎄, 잘 찾아갈디 모르갔어."

가래를 갸르릉거리며 노인은 어깨를 움츠렸다.

그러고 보니 이제 생각이 났다. 노인은 딸이 보내주는 돈으로 여관비도 치르고 우리 집에서 밥을 대 먹고 있었다. 딸은 늘 월초에 등기우편으로 돈을 보내온다고 했다. 한 달에 한 번씩 우체국에 가서 돈을 찾아오는 일이 노인의 유일한 외출이라고 뽕짝아줌마가 말했다. 그런데 딸이 돈을 보내오지 않은 것이다. 애가 탄 노인은 직접 딸을 찾아갈 작정을 한 모양이었다.

나는 난처해졌다. 노인은 내가 바쁘지 않다면 딸을 찾으러 가는 길에 동행하자고 부탁할 심산이었다. 실제로 나는 전혀 바쁘지 않았다. 학원에 가서 몇몇 친구한테 내가 내린 결정을 통고해주는 것 이외 달리 할 일은 없었다.

하지만 나는 결코 할아버지와 동행할 마음이 아니었다. 우선은 목도리에서 풍겨오는 냄새를 참을 수 없었고 'ㅈ'을 'ㄷ'으로 발음하는 말투를 참을 수 없었다. 그 말투는 꼭 혀 밑에 종기가 난 것처럼 여겨졌다. 나는 오래 망설이지 않고 결정을 내렸다. 서울역에 내려 수원행 전철을 타는 데까지만 함께 있기로. 그다음에 학원으로 가도 늦지는 않다. 어차피 점심시간이 되기 전에는 녀석들과 오래 이야기할 시간도 없다.

나는 지갑에서 수도권 전철 노선표를 꺼내 수원행 줄을 따라가 보았다. 군포역이 있었다. 안양을 지나서였다. 나는 노인을 바라보았다. 노인은 이제 아무 말도 하지 않고 피곤한 표정을 짓고 앉아 있다. 갈색의 얼굴빛은 주름의 고랑으로 인해 더욱 피곤하게 보였다.

노인은 끊임없이 눈가에 고이는 눈물을 손등으로 훔쳐내고 있었다. 처음에는 노인이 딸 이야기 끝에 우는 것으로 생각했다. 그러나 오래지 않아 그 눈물이 땀 같은 종류의 수분임을 알 수 있었다. 하도 눈가를 문질러서 깊숙이 들어간 눈꼬리 부분이 헐어버렸다.

우리는 서울역에서 버스를 내렸다. 노인이 어찌나 굼뜨게 행동했던지 나는 지하도 중간에 서서 하품을 해야 했다. 노인은 내가 곧장 서울역 광장으로 가지 않는 것을 보고도 다른 말이 없었다. 으레 내가 따라올 줄 알았다는 투였다. 여전히 차표를 끊을 생각도 하지 않았다. 할 수 없이 이번에도 내가 차표를 샀다. 그것도 두 장씩이나. 노인이 제대로 전철을 탔는지 확인하려면 나도 플랫폼까지는 가야 했다. 안 가도 그만인 것을 내가 왜 이러는지는 말로 설명할 수가 없다. 내가 표를 한 장 건네주자 노인은 그제야 입술을 실룩이며 야단을 쳤다.

"늙은이들은 공짜야. 물어보라우, 공짜디."

그러나 나는 아무에게도 물어보지 않았다. 대신 빨리빨리 그놈의 수원행이 들어오기를 하늘에 빌었다. 계단을 내려온 탓인지 노인은 몹시 헐떡였다. 턱 밑부분의 목도리는 아예 축축하게 젖어 있을 정도였다. 인천행 전철이 도착했다가 떠나고 잠시 후 안내판에 빨간 불이 들어왔다. 이번에는 기다리던 수원행이었다. 나는 노인을 돌아보며 음흉하게 미소 지었다.

"이제 타시면 돼요. 차가 도착한대요."

반대편에도 전동차가 들어오고 있어서 노인은 내 말을 알아듣지 못했다.

"어드러케? 나가라구?"

"차가 들어온다고요."

내가 악을 쓰니까 옆에 서 있던 계집애가 힐끔 쳐다보았다. 예뻤다. 누나만큼은 못 되어도 어쨌든 괜찮은 얼굴이었다. 그 애도 수원행 전철을 기다렸던 모양이었다. 차가 구내로 들어오자 우리는 문이 열리는 지점에 나란히 섰다. 이윽고 차가 멈추었고 자동문이 스르륵 열렸다. 노인이 먼저 타고 여자애가 다음에 탔다.

"군포에서 내리세요."

나는 마지막으로 노인에게 친절을 베풀었다. 마지막이라고 생각하니 목소리도 한결 사근사근해졌다. 더욱이 바로 앞에 아까 그 계집애가 서 있었다. 점잖을 필요가 있었다.

"어드르케, 어드러케 하란 말이가?"

갑자기 노인이 처량한 음성으로 부르짖었다.

"함께 가디…… 엉, 이래 가디고야 어드러케…….'"

노인이 사정하는데 자동문이 닫히려고 했다. 옆에 계집애가 나를 또 빤히 쳐다보았다. 확실히 순조 따위와는 비길 수도 없을 만큼 괜찮은 얼굴이었다. 나는 그 애의 눈에 내가 냉혈동물로 비칠 것이 두려웠다. 게다가 닫히려던 문이 다시 활짝 열렸다.

"함께 가디."

노인이 또 속삭였다. 여자애는 계속 나를 보고 있었다. 문이 닫히려는 순간, 나는 그만 안으로 쑥 들어가 버리고 말았다. 내가 타자마자 전동차는 기다렸다는 듯이 출발했다.

"군포꺼정 가려문 한참 가디 않갔어?"

노인은 두리번거리며 앉을 자리를 탐색하였다. 세상에, 아까는 그토록 어리숙하게 굴더니. 나는 아무래도 노인의 교활한 꾀에 속은 기분이었다. 정말 약이 올랐다. 수원행 전철까지 함께 타리라고는 꿈에도 생각지 못한 일이었다. 나는 화가 나서 동행이 없는 사람처럼 노인의 반대편에 서 있었다.

노인은 어린애처럼 전동차 안을 휘휘 둘러보았다. 옆자리의 한 처녀가 벌써 그 지독한 목도리 냄새를 맡은 모양이었다. 슬그머니 코를 움켜쥐고 있었다. 나는 출입문 근처에 서 있는 그 계집애를 쳐다보았다. 찰랑찰랑한 단발머리가 계집애의 동그란 머리통을 감싸고 있는 것이 밉지 않았다. 나는 울퉁불퉁한 머리통의 여자애를 싫어한다. 순조가 바로 그런 머리통을 갖고 있었다. 앞뒤 꼭지 삼천리라더니 그 애만 한 짱구를 본 적이 없다. 내가 쳐다보는 시선을 느꼈는지 어느 순간 계집애가 예고 없이 고개를 돌려 나를 똑바로 바라보았다. 머리통만큼이나 동그랗고 검은 눈이었다.

군포에 도착할 때까지 나는 숱한 유혹을 물리쳤다. 자동문이 열릴 때마다 몰래 달아나버려 노인을 골려주고 싶다는 유혹에 시달렸다. 무엇보다도 동그란 머리통이 안양에서 훌쩍 내려버린 것이 가장 지독했다. 계집애는 내리기 직전 또 나를 핼끔 쳐다보았는데 이건 영락없이 이브의 유혹이었다.

게다가 안양에서는 신호대기라든가 뭐라는 것으로 한참씩이나 문이 닫히지 않았다. 마치 내 참을성을 시험해보려는 꼴이었다. 나는 하마터면 시험에 빠질 뻔했으나 용케 참아냈다. 그 계집애를 따라가 봤자 내가 얻어낼 것은 아무것도 없었다.

나는 도대체 길거리나 차에서 여자를 꼬시는 법을 하나도 알지 못하는 인간이다. 어떤 녀석들은 육교 위에서도 계집애들을 꼬셔낸다. 내가 아는 놈 하나는 횡단보도를 건너는 짧은 순간에도 번개같이 계집애 하나를 꼬셔냈다. 푸른 신호가 깜박거리며 시간이 다 되었음을 예고하고 있을 때는 이미 쫄면이나 한 그릇 먹자고 이야기를 끝낸 뒤였다.

나는 그 옆에서 그저 입을 다물지 못했고 녀석의 솜씨에 넋을 잃었다. 그것은 마치 마법사의 묘기 같았다. 나는 죽었다 깨어나도 녀석처럼 솜씨를 부릴 수 없을 것이다. 나는 원래 그런 놈이었다. 하루를 송두리째 준다 해도 여자 하나를 꼬셔내지 못할 위인이 바로 나였다. 그러니 노인을 버려두고 동그란 머리통을 뒤쫓아 가보았자 아무런 이득도 없다는 것은 불을 보듯 환한 이치였다. 나에게 좋은 점이 있다면 바로 이것, 자신의 주제 파악을 잘한다는 것이다. 나는 누구보다도 나를 잘 안다. 그리고 내가 아는 나를 믿는다.

군포에서 내릴 때는 노인을 흔들어 깨워야 했다. 이건 숫제 코까지 골며 자는 형국이었다. 나는 별수 없이 노인의 더러운 목도리에 손을 대었다. 그것 말고는 함부로 흔들 만한 입성이 없었다. 얼룩투성이 바지도, 땟국에 절은 윗도리도 노인의 몸에 찰싹 휘감겨 있어서 마치 살갗의 일부분으로 느껴질 정도였다.

"할아버지, 할아버지!"

노인은 번쩍 눈을 뜨더니 느닷없이 "어이구, 군포에서 내렸어야 하는데! 군포에서 내렸어야 하는데!" 하고 외쳤다. 노인이 하도 절박하게 부르짖으니까 여기저기에서 "이제 군포예요. 내리시면 돼요." 하고 친절하게 일러주었다.

나는 기가 막혔다. 노인은 잠이 든 사이 나를 까맣게 잊은 것이 분명했다. 내가 여태껏 유혹에 시달리면서도 비겁한 놈이 되지 않으려고 애를 쓴 사실 따위는 도대체가 바보짓에 불과했다. 나는 화가 나서 혼자 출입문 앞으로 가버렸다. 노인도 허둥지둥 내 뒤를 따라왔다.

"여기가 군포 맞디? 금명동 가려면 여기서 내려야 하디?"

노인은 또 처량한 목소리를 지어 보였다. 나는 돌아보지도 않고 "네" 하고 대답했다. 말하고 싶지 않을 때 목구멍에 공기를 집어넣어 말해야 하는 일처럼 고역인 것도 없다. 하지만 살아가려면 목구멍에서 말을 꺼내오는 비법도 익혀야 한다. 노인은 내 퉁명스런 말투도 눈치채지 못하고 내 옆에 바싹 붙어서 내렸다. 나는 곧장 건너편으로 도착할 청량리행을 타고 되돌아갈 생각이었다. 그런데 노인이 내 팔을 꽉 붙들었다.

"내레 가버린 줄 알았디. 날래 가자우. 날래!"

그렇게 해서 결국 난 노인의 딸네 집까지 동행하는 신세가 되고
말았다. 이 일은 오늘 하루를 다 허비하는 짓이었다. 자유의 첫날
을 이렇게 보내도 되는가에 대해선 따져볼 겨를도 없었다. 나는 끊
임없이 외치고 부르짖는 노인을 따라 주소만으로 알지도 못하는 여
자를 찾아다녀야 했다. 노인의 딸을 만나 이 허풍 심하고 엄살 많은
할아버지를 인계하기 전에는 자유라는 말은 그림의 떡이었다.

나는 맹렬한 자세로 집 찾기를 시도했다. 이 말은 내가 맹렬한 정
신으로 자유를 위해 노력했다는 뜻이기도 하다. 금정동까지 가는
일은 버스를 타면 되었으므로 간단했다. 그러나 노인이 들고 있는
주소는 정확하지 않아서 우리는 금정동 전체를 향해 속수무책으로
덤벼들어야 했다.

야산을 끼고 있는 언저리 집들이 모두 같은 번지였다. 말하자면
노인의 주소로 찾아낸 것은 딸의 집이 아니라 딸이 사는 동네였을
뿐이었다. 이런 때 노인은 조금도 도움이 되지 않았다. 밤사이 얼었
던 땅은 낮의 햇빛으로 녹아 한없이 질척거렸고 노인은 끊임없이
숨넘어가는 소리로 한탄만 해댔다. 벌써 점심때였다. 이 동네에서
얼마나 더 헤매야 하는지 알 수조차 없었다. 그러나 나는 포기하지
않았다. 아니, 포기할 수가 없었다. 빨리 이 구렁텅이에서 도망치고
싶다는 일념뿐이었다. 그래서 닥치는 대로 아무에게나 주소와 이름
을 외쳤다.

"신정순 아줌마, 그런 아줌마 아세요?"

그러다가 행운이 찾아왔다. 목욕탕을 가는지 어린 것들 손을 잡
고 비누랑 수건이 든 세숫대야를 옆에 끼고 있던 젊은 여자가 우리

나성여관

를 돌아보고 아는 척을 했다.

"젊은 댁네지요? 사내애도 하나 있고……."

노인이 얼른 그렇다고 했다.

"인구조사를 할 때 보니까 우리 옆방 여자 이름이 신정순이대. 우
리 엄니랑 이름이 같아서 안 잊어버렸지."

인구조사가 날 살렸다. 나는 신정순이란 이름을 지어줬을 그 여
자 어머니의 아버지를 향해 고개를 숙였다. 그리고 인구조사라는
것을 만들어낸 관료들에게도 감사했다.

"스물여덟 살이디. 우리 덩순이가 올해 스물여덟 되디."

맙소사. 하필 딸의 이름조차 정순이어서 '덩순이'가 될 게 뭐람.

나는 귀를 틀어막고 싶었다. 그러나 노인은 아랑곳하지 않고 헐
떡이는 목소리로 계속 딸 자랑을 해댔다. 노인이 되면 아마도 눈치
라는 것이 다 닳아 없어지는 모양이었다.

"내레 이남에 와설라무네 고것 하나를 생산했디. 엄청 착해. 암,
그런 아가 없디. 우리 덩순이가 스무 살 때부터 날 먹여살리디 않았
갔어."

생산이라니, 아이 낳는 것이 신발 공장에서 고무신 생산하는 것
하고 같단 말인가. 나는 그 와중에도 생산이란 말이 우스워 클클클
웃었다. 어쩌면, 아마도, 그럴 수도 있겠다.

노인의 딸 자랑은 아줌마가 일러준 집 앞에 이르러서도 멈추지
않았다. 노인의 입을 막아준 것은 이 추운 날씨에 아랫도리를 홀랑
벗고 얼어버린 엉덩이를 씰룩거리며 놀고 있는 사내아이였다.

나는 도대체 아이의 나이를 짐작할 수가 없었다. 엉덩이의 크기
나 쪽마루에 엎드려 있는 덩치로 보아서는 초등학교에 다닐 수도
있는 나이였다. 그러나 아이가 하는 짓은 맙소사, 세 살짜리 어린애

수준에도 못 미치는 것이었다. 그 덜떨어진 녀석은 지금 당장 내다
버려도 조금도 아까울 것이 없는 흉측한 꼴의 토끼 인형을 입안에
송두리째 집어넣고 빨아대고 있다. 얼마나 오랜 세월 먼지와 침 속
에 키웠는지 그것이 토끼 모양을 하고 있다는 것을 알아채는 것만
도 기적에 가까웠다.

"아이구, 이 아가……."

노인은 더 이상 말을 잇지 못하고 아이를 덥석 끌어안았다.

"민구 맞디? 민구디?"

그러나 민구란 꼬마는 숨이 막힌다는 듯 버둥거리기만 했다. 나
는 녀석의 내복 앞섶이 온통 침으로 젖어있는 것을 보았다. 그것도
한두 번 침에 젖은 자리가 아니었다. 꾸덕꾸덕 말라가는 부분의 요
란한 무늬를 보아도 아이가 흘려대는 침의 양을 알만했다.

그때 깊숙이 들어간 안채 쪽에서 거짓말처럼 한 할머니가 나타났
다. 그 할머니가 뭐라고 웅얼웅얼 말하긴 했으나 나는 한마디도 알
아들을 수 없었다. 하지만 노인은 금방 할머니의 말을 알아들었다.
역시 통하는 데가 있는 모양이었다.

"기러문 방에 들어가 기다리디요. 이 아 외할애비 되는 사람입네
다."

그리고는 날 돌아보더니 통역을 해주었다.

"우리 덩순이는 일 나갔다누먼. 곧 오겠디."

내가 노인을 따라 그 어두침침하고 냄새나는 방에 들어간 것은
정말이지 딴생각이 있어서가 아니었다. 나는 단지 눈앞으로 다가온
자유의 시간을 여유 있게 즐기기 위해서였다. 오랫동안 기다리던
것을 마침내 얻게 된다고 하면 누구나 조금쯤은 늑장을 부려보는
법이었다.

방은, 그것도 방이라고 할 수 있다면, 정말 가관이었다. 나는 이런 꼴의 방을 본 적이 없었다. 우선 방이 네모반듯하지 않고 세모꼴인 것이 더 웃겼다. 방은 직사각형이거나 정사각형이라고 믿었는데 그게 아니었다. 방은 때로 마름모꼴일 수도 있고 타원형일 수도 있고 아예 세모일 수도 있다. 윗목으로 갈수록 점점 좁아지는 방의 모양새는 그렇다 쳐도 살림살이라고 놓여있는 것들은 한 가지도 성한 게 없으니 신기하기조차 했다. 그것은 마치 뒤지다 만 커다란 쓰레기통 같았다. 세모꼴의 쓰레기통.

쪼개서 불쏘시개나 해도 아깝지 않을 서랍장은 군데군데 생살이 드러나 있다. 어쩌면 장작으로 쓰려고 패다가 말았는지도 모를 일이었다. 서랍장 위로 대충 구겨서 얹어놓은 이불의 꼬락서니도 대단했다. 코를 들이밀지 않아도 지린내가 하늘로 솟을 것이 틀림없었다.

그 옆의 고리짝은 위에 낡은 흑백텔레비전을 이고 있는데 여닫는 문짝의 아귀가 맞지 않아 속에 들어있는 옷가지들이 비죽 빠져나와 있다. 텔레비전을 빼고 나면 더 이상은 봐줄 물건이 없다. 방바닥의 비닐은 그나마도 찢어지고 모자라서 군데군데 테이프로 땜질을 해놓았다. 벽이라고 다를 게 없다. 아랫목 쪽은 달력 뒷장으로, 천장은 회푸대 종이로 갖가지 무늬를 박아놓았으나 땟국물이 지독해 그나마도 원래 벽지의 무늬는 간 곳이 없다.

노인도 방의 꼴에 놀란 듯했다. 이 방에 비하면 그가 묵고 있는 나성여관의 10호실은 궁궐이었다. 우리 집의 방은 적어도 네모반듯했고 아직은 벽지의 사방연속무늬를 또렷이 헤아릴 수 있다. 노인은 그래도 방바닥을 짚어보아 미지근한 구석을 찾아 아이의 언 궁둥이를 내려놓았다.

꼭지가 달아난 냄비 뚜껑, 라면 빈 봉투, 찢긴 신문 조각, 그야말로 걸레에 다름 아닌 꾸깃꾸깃한 쪽이불 따위로 좁은 방은 한층 지저분했다. 아이는 그 틈에도 어느새 쪽이불을 둘둘 말아 한끝을 입에 물고 우리 두 사람을 빤히 쳐다보았다. 무심한 눈빛, 비비 꼬일 정도로 야윈 팔다리가 보통 아이 같지 않았다. 초라하고 더러운 방에다 정상이 아닌 꼬마까지, 정말이지 끔찍했다. 나는 마침내 이들과 헤어질 시간이 왔음을 깨달았다.

"이제 가야 해요."

노인도 더는 훼방을 놓지 않았다.

"덩순이가 있었으면 밥을 차렸을 거인데…… 시장하디?"

노인은 눈에 띄게 풀이 죽어 있었다. 내 눈을 똑바로 바라보지도 않았다. 아이는 그 더러운 이불을 잘근잘근 씹으며 여전히 우리 두 사람을 구경하고 있다. 나는 쪽마루로 나와 운동화를 신었다. 진흙이 더께더께 묻어 꼴이 형편이 아니었다.

"잘 가라우. 덩순이가 있었으문 요기나 하고 갈 텐데……."

노인은 힘이 하나도 없는 목소리로 작별을 고했다. 눈가에 고여 있는 눈물은 곧 흘러내릴 듯이 보였다. 시급히 요기가 필요한 사람이 있다면 그것은 내가 아니라 노인이었다. 바로 그때 또록또록하고 낭랑한 목소리가 날아와 내 귀에 꽂혔다.

"형아. 가지 마."

나는 정말 깜짝 놀라서 그 덜떨어진 녀석을 돌아다보았다. 녀석은 방긋 웃고 있었다. 그리곤 또 말했다.

"나랑 놀아."

침을 질질 흘리고 서서, 그러나 방긋 웃으면서, 녀석이 나를 꼬시는 것이었다. 그 순간에 바로 그 여자가 나타나지 않았으면 마음이

약한 나는 틀림없이 그대로 주저앉았을 것이었다. 몸을 비틀어가며 수줍게 '나랑 놀아' 할 때의 녀석은 상당히 귀여웠다.

그런데 때마침 신정순 씨가 돌아온 것이었다. 나는 금방 여자가 노인의 딸이라는 것을 알아보았다. 이들 부녀는 신기하리만치 똑 닮아 있었다. 깊숙이 들어간 눈이랑 콧방울이 넓은 것도 똑같았다.

나는 이들 부녀가 어떻게 해후하는지 몹시 궁금했다. 노인의 이 야기대로라면 두 사람은 거의 일 년 만에 만나는 것이었다. 그러나 여자는 자신을 찾아온 사람들이 전혀 보이지 않는다는 듯이 행동하였다. 들어오자마자 쪽마루 한쪽을 들어 올려 사그라져가는 연탄불부터 갈았다. 연탄 가는 일조차도 여자는 쳐다보지 않고 처리했다. 그녀의 눈은 대체 어느 곳도 보고 있지 않았다. 그런 몽롱한 눈빛은 정말 처음이었다. 이상하긴 노인도 마찬가지였다.

"기쎄, 내레 연탄 생각은 못했디. 기런 줄 알았으문……."

연탄불을 챙기지 못했다고 노인은 쩔쩔맸다. 그래도 여자는 아버지를 아는 척하지 않았다. 여자는 퍽 소리가 나도록 요란하게, 시위하듯이 쪽마루에 걸터앉았다. 그리고는 다짜고짜 주머니 속의 동전과 천 원짜리 지폐들을 우르르 마룻바닥에 쏟아냈다. 돈이 쏟아지는 소리에 아이가 제일 좋아했다. 녀석은 후다닥 튀어나와 냉큼 백 동전 하나를 집었다.

"이리 내!"

새된 소리를 지르며 여자가 찰싹 아이의 엉덩짝을 후려갈겼다. 때 긴 엉덩이에 금방 발갛게 손자국이 묻어났다. 아이는 울지도 않았다. 응당 그럴 줄 알았다는 듯 고분고분 멀찌감치 물러나 앉았다.

우리는, 나와 노인과 그 덜떨어진 녀석은 여자의 돈 세는 일을 숨죽이며 지켜보았다. 천 원씩 백동전 탑이 완성될 때마다 나도 모르게 침이 꼴깍 삼켜졌다. 여섯 번째의 탑에 이르러서는 동전 세 개가 모자라 미완성인 채로 끝났다. 나는 내 주머니 속의 동전을 보태어 그 탑을 완성시키고 싶었으나 꾹 눌러 참았다. 여자가 무서웠기 때문이었다.

꾸깃꾸깃한 지폐는 모두 열한 장이었다. 그렇게 해서 돈은 합계 일만 육천칠백 원이었다. 여자는 그 돈을 부엌에서 꺼내온 작은 항아리에 쏟아붓고 나서 우리 쪽은 쳐다보지도 않은 채 허공에 대고 물었다.

"점심은 드셨어요?"

노인은 황망히 손을 내저으며 밥이야 진즉에 먹었다고 거짓말을 했다. 딸이 착하다고 자랑한 것은 그러고 보니 순 거짓말이었다. 노인은 처음부터 끝까지 날 속였다. 내가 보기에 여자는 자살만 빼고는 이 세상의 모든 일을 다 겪은 사람임이 분명했다.

나는 여자의 볼에 칼자국이 있는 것도 보았다. 손등에는 담뱃불로 지진 흉터도 있었다. 만약 맨몸을 볼 수만 있다면 구석구석에 흉터가 있음 직한 여자였다. 무엇보다 지독한 것은 여자의 입술이었다. 여자의 입술은 새파랗다. 그야말로 푸른 입술이었다. 어떻게 하면 저토록 푸른 입술이 되는지 나는 도저히 알 수가 없었다. 그 입술을 벌려 수다를 떨었다면 더 섬뜩했을 판이었다. 상상만 해도 끔찍했다. 나는 이 황당무계한 곳에서 서둘러 도망치기로 작심을 했다. 나는 누구에게랄 것도 없이 꾸벅 인사를 했다.

"안녕히 계세요."

이번에는 꼬마도 나를 붙잡지 않았다. 노인만이 겁에 질린 눈빛으로 내 시선을 붙잡으려고 애를 썼다. 내가 떠나면 딸한테 얻어맞을지도 몰랐다. 그래도 어쩔 도리가 없다. 어쨌거나 나는 지옥에서 탈출하는 기분으로 그 집을 뛰쳐 나왔다. 등짝에 식은땀이 흐를 정도였다. 푸른 입술의 여자가 긴 팔을 뻗쳐 내 뒷덜미를 낚아챌지도 모른다는 생각에 나는 마구 뛰었다.

얼마나 뛰었는지 점퍼 속에 입고 있던 녹색의 티셔츠가 축축하게 젖어버렸다. 속옷을 입고 있지 않았기 때문에 녹색 티셔츠에 흠뻑 땀이 배어버린 것이다. 나는 비로소 뛰는 일을 멈추고 사방을 휘둘러보았다. 버스정류소도 그냥 지나친 것이 분명했다. 이대로 뛴다면 전철역까지도 금방일 것 같았다.

그러나 나는 내가 좋아하는 녹색 셔츠가 더 많이 축축해질까 봐 겁이 났다. 나는 축축한 느낌이 몹시 싫었다. 축축함보다는 차라리 왕창 젖는 것이 훨씬 견디기 쉬웠다. 그래서 나는 비가 오는 날이면 아예 비를 맞거나, 아니면 남의 우산을 슬쩍해서라도 처음부터 한 방울도 적시지 않으려고 애를 썼다.

그래서 나는 다시 정류소까지 돌아가 점잖게 버스를 타기로 결심했다. 그러나 몇 발자국 걷기도 전에 나는 한 가지 중요한 사실을 깨달았다. 내 위장이 텅텅 비어있다는 사실이었다. 한 번 배가 고프다고 느끼면 참을 수가 없었다. 나는 그런 놈이었다. 하여간 무언가를 느끼면 도저히 참아내지 못한다. 그래서 어쩌란 말인가.

나는 당장 눈앞의 분식집에 들어가서 칼국수를 주문했다. 그것 이외에는 먹을 만한 게 없었다. 나는 찐빵이나 만두를 싫어했다. 비빔밥은 절대 먹어본 적이 없었다. 그렇지만 칼국수는 너무나 맛이 없었다. 밀가루 냄새만 풀풀 났고 국물 속에는 비닐 조각이 하나 떠 있었다. 더럽게 재수 없는 날이었다. 나는 그만 칵 울어버리고 싶었다.

2.

길 위의 친구들

○

형이 돌아왔다.

나는 내 방에서 낮잠을 자고 있었다. 물론 콘택트렌즈를 뺀 알눈
이었다. 일요일이어서 학원에 가는 척 집을 나설 필요가 없었다. 일
요일이 아니었더라도 나는 오늘쯤 뻗어버릴 작정을 하고 있었다.

학원에 다니는 일보다 하릴없이 거리를 쏘다니는 일이 더 힘들었
다. 나는 하루에 스무 개 이상의 육교를 오르락거렸고 스무 권쯤의
만화를 읽었고 괜히 순조에게 전화해서 그 계집애랑 맛도 없는 커
피를 마시곤 했다. 순조는 꼭 카페에서 만나려고 했으므로 커피값
도 배로 들었다. 얌체 같은 그 계집애는 쫄면보다도 돈가스나 스파
게티를 먹자고 나를 꼬셨다. 하여간 여러모로 나를 피곤하게 하는
계집애였다.

그렇게 열흘을 보내고 나니 온몸이 쑤셨다. 아프지 않은 구석이
없었다. 이제는 죽인대도 더는 육교를 오르락거리고 엉터리 만화를
보며 시간을 죽이지 못할 것 같았다. 그래서 오늘 아침에 나는 단단
히 작정하고 이부자리 속으로 기어들어 갔다. 하루 내내 눈을 뜨지

않을 생각이었다. 하나님이 와서 흔들어댄다 해도 결코 눈을 뜨지 않으리라.

그런데 두 시간도 자지 않아서 나는 다리가 아팠다. 믿기지 않겠지만 오래 누워 있으면 다리가 아팠다. 나는 꼭 그랬다. 마치 두 시간 내내 걸어 다닌 것과 다름이 없을 만큼 아팠다. 그때부터 나는 자꾸 몸을 뒤척였다. 반쯤은 잠 속에 발을 걸쳐놓고 나머지 반은 세상 가운데 발을 디밀고 누워서 끙끙 앓고 있는데 문득 왼쪽 벽이 우르르 경련을 일으켰다.

그것은 말할 필요도 없이 잠겼던 형의 방문이 벌컥 열렸다는 신호였다. 형의 이번 여행은 꽤나 길었다. 나는 형이 군대에 있을 때처럼 집안에 형이 부재한다는 사실에 익숙해져 있었다. 그런데 형이 돌아왔다. 그대로 누워 있을 일이 아니었다. 나는 벌떡 일어났다. 그러나 콘택트렌즈를 끼지 않고는 방을 나갈 수가 없었다. 그것은 마치 알몸으로 사람들 앞에 나서는 꼴과 같았다. 나는 절대 알몸으로 거리를 달리는 인간들과 한 족속이 아니다. 단언하지만 그런 일은 내 생애에 결코 일어나지 않을 것이다.

나는 급한 김에 침을 묻혀 렌즈를 닦은 다음(이것은 정말 비밀이다. 나는 침을 묻혀 렌즈를 닦는 일과 수음하는 짓만큼은 결코 공개할 수 없다고 믿는 사람이다.) 그것을 익숙하게 눈 속에 집어넣었다. 급할 때는 착용감 따위가 전혀 문제 되지 않는다.

나는 얼른 방문을 열고 나갔다. 그리고 형의 방문 앞에서 예의를 갖추어 노크했다. 잠시 후 문이 열리고 형의 얼굴이 나타났다. 충혈된 두 눈이 몹시 피로하게 보였다. 정말 긴 여행에서 돌아온 사람답게 보였다. 아니, 그 이상이었다. 나는 속으로 감탄을 했다.

형은 언제나 그랬다. 일의 형식과 내용이 겉돌지 않았다. 그런 점에서는 누나와 정반대였다. 누나는 속마음과 정반대의 표정을 짓는 데 능숙했다. 그러나 실제로는 누나 같은 사람이 훨씬 대하기에 편한 법이다. 엄숙한 것은 좀 지루하니까.

형은 문을 활짝 열지 않고 문틈으로 내게 말했다.

"잘 있었니?"

이건 정말 이상한 일이었다. 형은 아무 때라도 방문을 가로막고 서서 이야기하는 사람이 아니었다. 이런 짓은 오히려 내가 더 잘했다. 형은 늘 자기 방에 들어올 것을 권하곤 했었다. 그래도 나는 번번이 그 권유를 물리치고 문 앞에서 용무를 마쳤다. 한 번 들어갔다가는 쉽사리 빠져나올 수 없을 것 같다는 막연한 불안감 때문이었다. 하지만 지금은 좀 달랐다. 형은 분명히 등 뒤에 무언가를 감춘 사람처럼 성급히 방문을 닫으려고 하였다.

"이번엔 좀 오래 걸렸지? 잠깐 쉬었다가 안채에 인사드리러 가마."

제대로 깎지 못한 수염과 충혈된 두 눈 때문에라도 형이 좀 쉬겠다는 말은 굉장히 실감 나게 들렸다. 형은 확실히 쉬어야 할 사람처럼 보였다. 그러나 나는 귀신같이 형의 방에 누구 다른 사람이 있다는 것을 알아차렸다. 방 안에서 형 냄새 말고 틀림없이 다른 사람의 냄새가 풍겨왔다.

나는 순식간에 아주 그럴듯한 상상을 하고 몸을 떨었다. 형이 여자를 숨기고 있을 것이란 상상이었다. 이거야말로 특종이었다. 형이 집엔 웬 여자를 데리고 와서 자기 방에 숨겨두는 일은 얼마든지 가능한 음모였다. 물론 다른 집에서는 어림도 없는 일이겠지만 우리 집이라면 충분히 해치울 수 있다.

어머니는 절대 형의 방을 들여다보지 않는다. 형이 군대에 가기 전, 두 명의 형사가 찾아와 형 방을 완전히 뒤집어놓은 이래 어머니는 한 번도 형의 방에 들어가지 않았다. 재수가 없다는 것이었다. 그 방을 보게 되면 틀림없이 꿈자리가 사나울 것이라는 게 어머니의 이유였다. 덕분에 어머니는 뒤채에도 가급적 기웃거리지 않았다.

아버지 또한 자식들 방을 드나들며 훈화를 늘어놓는 다른 아버지들과는 거리가 멀다. 아버지는 어머니가 싫어하는 일은 덩달아 싫어하기로 작정을 한 사람 같았다. 확실하지는 않지만 아버지가 그런 결심을 한 시기는 아마도 내가 중학교 졸업반이었을 무렵으로 기억된다. 내가 그렇게 추측하는 이유는 그때부터 집안이 조용했기 때문이다. 그때 이후로 어머니가 아버지에게 베개며 밥그릇을 던진 기억이 별로 없다.

그전에는 굉장했었다. 싸움이 일어났다 하면 어머니는 마구 던졌다. 시계, 전화기, 주전자가 픽픽 날았다. 아버지의 피하는 솜씨도 만만찮았다. 두 사람은 마치 누가 더 잘 던지고 잘 피하는지를 겨루려고 싸움을 시작하는 것처럼 보였다.

하지만 실수도 있는 법이었다. 언젠가는 하필 어머니가 휙 내던지는 손금고를 가슴으로 받다가 뒤로 넘어져 허리를 삐끗한 적도 있었다. 그 허리를 치료하느라 돈이 엄청 들었기 때문에 어머니는 한동안 던지는 일을 중단했었다. 물론 아주 그 버릇이 고쳐진 것은 아니었지만 손금고만큼은 더 이상 무기로 사용하지 않았다.

어쨌든 형이 자기 방에 여자를 숨겨놓고 애를 낳으며 산다 해도 까딱없을 곳이 바로 우리 집이었다. 그 애가 제 발로 기어서 안채로 건너가지 않는 한은. 그런 장면을 상상하면 배꼽이 빠질 만큼 웃음이 터져 나왔다. 엉금엉금 기어오는 아이를 보고 어머니는 아마 "이 애가 뉘 집 애야? 어떤 손님이 데려온 애야?" 하며 하던 일을 계속할 것이다. 그리고 여관에까지 아이를 데려온 손님을 향해 지독한 욕을 퍼부을 것이었다.

나는 하염없이 전개되는 상상을 그쯤에서 접어두고 일단 형 앞에서 물러났다. 그다음에는 곧장 안채로 건너가서 부모님의 동정을 살폈다. 어머니는 마침 내실에 없었다. 어머니가 없는 나성여관은 그야말로 엉망진창이었다. 아버지는 소주병을 끼고 앉아 텔레비전의 미국영화를 보며 낄낄거리고 있었다. 뽕짝아줌마는 빈방 하나를 차지하고 세상모르게 자고 있다. 밤이 될 때까지는 이 꼴로 엉망진창이어도 굴러가는 것이 여관 장사였다. 어머니는 어디에 갔는지, 그것이 궁금한 게 아니었으므로 나는 회심의 미소를 띠고 뒤채로 돌아왔다.

안채 풍경으로 보아서 어머니의 귀가 시간은 상당히 늦어질 게 분명했다. 형은 운이 좋았다. 어머니가 나성여관 내실의 손금고 앞을 떠나는 일은 좀체 없었다. 어머니는 남들이 다 다니는 교회도 나가지 않았다. 동네 아줌마들끼리 모여 온천에 가는 친목계 회원에도 끼어본 적이 없다.

친구 녀석들이 가끔씩 "우리 엄마 오늘 곗날이다. 우리 집에 가서 비디오나 보자."고 하면 참 신기했다. 아, 다른 엄마들에게는 곗날이란 것도 있구나 생각하면 한편으로는 분하기도 했다. 남들 다 가지는 무엇 하나를 공평치 못하게 놓쳐버린 고약한 기분이었다.

그랬지만 형이 느꼈을 기분에 비하면 정말 아무것도 아니다. 어머니는 형을 아예 개미만큼도 취급하지 않았다. 내가 개미로 비유하는 데에는 다 그만한 이유가 있어서다. 형은 있는 듯 없는 듯이 잠자코 자기 구역만 기어 다니는데도 어머니는 눈에만 띄면 앙앙거렸다. 형이 만약에 아무 일 없이 무사히 대학을 다니고 있다면 판도는 확 달라졌을 것이다. 어쩌면 개미 역할을 맡아야 하는 쪽이 나였을지도 몰랐다.

아니, 그것은 확실했다. 나는 형 덕분에 이 돌대가리를 가지고도 호랑이 같은 어머니와 괜찮은 관계를 유지할 수 있다. 형이 아니었다면 나는 벌써 숱하게 깨져서 가출해버리고 말았을 것이다. 나로서는 형을 도와야 할 이유가 있는 셈이었다.

나는 다시 용기를 내어 형의 방문 앞에 섰다. 이번에도 점잖게 노크를 했다. 기척도 없이 문을 열어서 이상한 장면을 보아버릴 내가 아니었다. 형은 역시 잠깐의 시간을 두었다가 문을 열었다. 나는 형의 옷차림부터 살폈다. 흐트러진 차림새는 아니었다. 누나의 외박을 확인했을 때는 미칠 듯한 심정이었는데 형의 경우엔 조금 달랐다. 뭐랄까, 미래의 나를 보는 느낌이었고 그리 싫지 않은 기분이었다.

"왜?"

형이 또 고개만 내밀고 물었다.

"아니……."

나는 우물거렸다.

"나한테 할 말이 있니?"

나는 얼른 그렇다고 했다. 형이 내 방에 가서 이야기하자고 할까봐 나는 재빨리 "들어가서 말하면 안 돼?" 하고 애원했다. 그리곤 속으로 클클클, 기분 좋게 웃었다. 이 집안에 어머니나 누나 말고 가족이 될지도 모를 여자가 함께 있다고 생각하니 긴장이 되는 순간이기도 했다.

"좋아, 들어와라."

포기한 듯 형이 문에서 비켜났다. 그 순간 내가 머뭇거린 것은 순전히 내 사정 때문이었다. 이빨 사이에 고춧가루가 끼었는지, 눈가에 눈곱이 매달려 있는지 점검도 하지 않은 채 서둘렀다는 사실을 깨달은 탓이었다. 나는 결코 그런 식의 치욕스러운 실수를 저지르고 싶지 않았다. 그리고 지금까지는 적어도 완벽했다. 언제나 철저하게 확인하고 사람을 만났으므로 실수를 할 까닭이 없었다.

내가 머뭇거리자 형이 먼저 실토를 했다.

"손님이 와 있다."

그 말이 끝나기도 전에 누군가 기분 나쁜 목소리로 흐흐흐 웃었다. 흐흐흐, 라니. 나는 이빨 사이의 고춧가루 따위는 까맣게 잊고 얼른 방 안을 둘러보았다.

있었다. 분명 손님이 있었다. 그러나 김이 팍 새게도 손님은 남자였다. 게다가 무섭도록 말라 있어서 마치 미라 같은 사내였다. 더 정확히 말하면 미라 같은 게 아니라 살아 있는 미라 그대로였다. 어여쁜 처녀가 다소곳이 앉아 있다가 수줍게 일어서리라 믿고 있었던 나는 기절할 만큼 놀랐다. 아니, 관의 못을 뜯어내고 휘청휘청 걸어왔음 직한 사내의 꼴을 보고 놀라지 않을 사람이 어디 있겠는가. 나는 내 눈을 의심했다.

사내는 윗목 구석에 무릎을 세운 자세로 쪼그리고 앉아서 나를 올려다보며 또 흐흐흐, 이빨 사이로 괴상망측한 웃음을 흘렸다. 등골이 서늘할 만큼 기분 나쁜 웃음이어서 나는 그대로 도망치고 싶은 심정이었다.

"내 선배야. 당분간 우리 집에 있기로 했는데……."

뒷말을 잇지 못하는 형의 마음을 백번이라도 이해할 수 있었다. 저런 꼴의 식객을 달고 나타난 것을 알게 되면 어머니는 나성여관 지붕을 뚫고 하늘로 솟아오르려고 할 것이었다.

나는 아무 말도 하지 못하고 비실비실 뒷걸음을 쳤다. 사내가 연신 흐흐흐 웃어대는 통에 도무지 정신을 차릴 수가 없었던 것이었다.

길 위의 친구들

"나중에, 난 다음에 이야기해도 돼."

나는 그대로 형의 방을 나와 버렸다.

"아무한테도 이야기하지 마라. 내가 기회 봐서 말씀드릴 테니까."

형이 문을 닫으며 당부했다.

"어머니는 지금 집에 없어."

형이 고개를 끄덕였다. 그리고 소리 없이 방문을 닫았다. 곧이어 손잡이의 배꼽단추를 누르는 소리가 들려왔다.

내 방에 돌아와서도 나는 마음을 진정시킬 수가 없었다. 퀭하게 들어간 사내의 눈에서 무시무시한 빛이 쏟아지고 있었다는 것도 그제야 떠올랐다. 무릎을 만지고 있던 하얗고 긴 손가락의 무수한 뼈들도 선명하게 눈앞에 나타났다. 앉아 있는 자세였지만 사내의 옷이 얼마나 몸에 맞지 않고 펄렁거리는가는 금방 드러났다. 머리통을 잡고 일으키면 옷은 그대로 남고 몸만 홀렁 빠져나올 것 같은 꼴이었다.

이제껏 그렇게 뼈만 남은 말라깽이를 본 적이 없었다. 거기다 그 기분 나쁜 웃음이라니. 나는 차라리 펼쳐놓은 채 있던 이부자리 속으로 다시 기어들어 가는 게 낫다는 결론을 내렸다. 이 시간 이후로 어떤 일이 일어날지 도저히 짐작조차 할 수 없었다. 하여간 형은 이해할 수 없는 부분이 너무나 많았다. 저런 작자와 함께 다니다니, 웃기는 일이 아닐 수 없었다. 한눈에 보아도 사내는 제정신이 아니었다. 또라이였다. 나는 더 생각하기 싫어 이불을 뒤집어 써버렸다.

이럴 때 누나가 있어야 하는 건데. 누나는 일요일에도 출근을 했다. 누나가 일하는 백화점은 화요일이 휴점일이었다. 누나는 그것이 늘 불만이었다. 화요일에는 도대체 누구와도 만날 수 없다고 했다. 기가 막힌 색깔의 옷을 입고 외출하기엔 일요일만큼 멋진 날이 없다는 게 누나의 생각이었다. 일요일에 쉬는 직장이라면 아무 데 건 상관이 없으니 백화점은 그만두고 싶다고 입버릇처럼 말했다.

"일요일엔 또 손님이 얼마나 많은 줄 아니? 말 상대해주다 보면 오후엔 십 년쯤 늙어버리는 기분이라구. 립스틱 새로 바를 시간도 없다니까."

누나는 처음엔 식품부에 있었다가 작년부터 2층의 여성의류 매장에서 일하고 있었다. 누나는 그런 사람이었다. 어디에 있어도 남들로 하여금 자신에게 굉장한 색깔 감각이 있다는 것을 알아차리게 만드는 사람이 누나였다. 그런 누나가 언제까지 지하식품부에서 햄이나 소시지를 팔고 있을 리가 없었다. 누나는 점원들한테 배당되는 아이보리색 제복이 싫어서 그렇지 않아도 백화점을 그만둘 찰나에 다행히 2층으로 뽑혀 간 것이었다.

물론 2층에서도 제복은 입어야 했지만 대신 각양각색의 옷들을 지척에 쌓아두고 즐길 수 있는 재미가 있었다. 손님이 없을 때는 마음에 드는 옷을 살짝살짝 입어볼 수도 있었다. 누나는 의류 매장에서 일한 뒤부터 몰라보게 예뻐졌다. 길거리를 다 뒤져봐도 누나만큼 예쁜 여자는 없었다. 누나의 아름다움은 나의 자랑이고 힘이었다.

나는 이불 속에서 간절히 누나를 기다렸다. 누나가 아니고서는 절대 이불 밖으로 나오지 않겠다고 다짐했다. 그러나 이번에도 나를 불러일으켜 세운 것은 형이었다.

"우연아, 부탁이 있다. 이불방에 가서 이부자리 한 채만 가져다 줘."

나는 시키는 대로 했다. 아버지는 이미 술에 취해 베개도 없이 고꾸라져 자고 있었다. 사내가 미라임을 고려해 되도록 두툼한 요와 가벼운 이불을 골라서 뒤채로 돌아왔을 때 형은 내 방에 없었다. 할 수 없이 나는 이부자리를 들고 형의 방으로 갔다. 그리고 노크도 없이 바로 문을 밀고 들어갔다.

사내는 아까와 똑같은 자세로 윗목에 있었다. 다행히 아까처럼 호호호 웃지는 않았다. 두 번째 대하니까 처음보다는 덜 으스스했다. 세 번째는 또 훨씬 나아지리라. 나는 형이 또라이 하고도 친구가 될 수 있었음을 조금 이해할 것 같았다. 이부자리를 내려놓고 돌아서는데 형이 사내에게 날 소개했다.

"형, 내 동생이에요. 진우연. 올해 재수에도 실패해서 다시 입시 준비를 하고 있어요."

그럴 필요가 없는데도 형은 자세하게 나를 설명했다. 나는 어쩔 수 없이 사내한테 꾸벅 고개를 숙여 인사하는 시늉을 했다. 내 형이 형이라고 부르는 사람이니까 어쨌든 건방을 떨어서는 안 되었다. 그러나 나는 그가 내 이름 석 자는커녕 내 얼굴조차 기억하지 못할 것이라고 단정했다.

그는 쉴 새 없이 눈동자를 움직이고 있었는데 그럴 때마다 눈에서 불꽃이 튀었다. 나는 도저히 그의 얼굴을 똑바로 볼 수가 없었다. 이부자리를 펴는 형한테 "나 갈게." 한마디를 던지곤 빠르게 등을 돌렸다. 그때 갑자기 사내가 내 이름을 불렀다. 정말이었다. "이봐, 우연 군." 하고 분명 미라가 입을 벌려 내 이름을 불렀다. 나는 순간 발이 방바닥에 달라붙고 말았다. 아교로 붙여버린 것처럼 꽉 달라붙은 발을 떼 보려고 안간힘을 쓰는데 형이 끼어들었다.

"뭐 해? 부르잖아?"

나는 엉거주춤 사내 쪽으로 고개를 돌렸다. 그게 내 대답의 전부였다. 그는 무릎 위에 얹어놓았던 오른손을 쳐들어 가까이 와보라는 시늉을 했다.

나는 벌벌 떨면서 조금씩 조금씩 그에게 가까이 갔다. 오, 하느님. 나는 마음속으로 부르짖었다. 제발 나를 구해주십시오.

사내는 내가 다가가자 몸을 흔들며 마침내 흐흐흐, 바람 빠지는 소리를 냈다. 그리고는 뼈다귀뿐인 손을 내밀어 악수를 청했다. 악수를 청하기 위해 오른손을 쳐드는 일도 그에게는 굉장한 모험인 듯이 여겨졌다. 오른팔 전체가 후들후들 떨렸다. 내가 빨리 그 손을 잡지 않으면 사내가 앞으로 고꾸라질 게 분명했다. 나는 단지 그 이유 때문에 죽기보다도 싫은 악수를 하였다.

사내의 손을 잡았을 때의 그 느낌이라니. 나는 생전 그처럼 딱딱하고 뜨거운 손을 잡아본 적이 없었다. 흡사 활활 타오르는 박달나무를 쥐고 있는 느낌이었다. 나는 뜨거움에 못 견뎌 하마터면 비명을 지를 뻔하였으나 안간힘을 다해 참아냈다.

"네가 좋다는 표시야."

맙소사. 옆에서 형은 한술 더 떴다. 형은 사내가 나한테 악수를 청한 것이 무척이나 기분 좋은 모양이었다. 형의 얼굴에 그렇게 쓰여 있었다. 그러자 희한한 일이 일어났다. 믿어지지 않겠지만, 나도 슬금슬금 기분이 좋아지는 것이었다. 어떤 대단한 일을 해치웠을 때의 통쾌함과도 비슷한 기분이었다. 나는 미라하고 악수를 나눈 것이었다. 이건 정말 굉장한 일이었다.

나는 이제 조금 대담해져서 형이 미라를 요 위에 눕히는 것도 눈하나 깜짝 않고 지켜보았다. 형은 사내를 가볍게 들어 올려서 자리에 뉘었다. 그렇지만 사내는 요 위에서도 좀체 구부린 무릎을 펴려고 하지 않았다.

"형, 무릎을 펴세요. 괜찮아요. 어서 해보세요."

형은 아주 조심스럽게 그의 무릎에 손을 댔다. 그러나 사내는 겁에 질린 표정으로 활처럼 몸을 구부리며 저항을 했다.

길 위의 친구들

"괜찮아요. 편히 누워야죠."

형은 아기를 달래듯 그를 다루었다. 목소리도 더할 나위 없이 다 정했다.

"흐흐흐, 무서워."

사내는 몸을 떨며 애처롭게 형과 나를 번갈아 쳐다보았다. 참말 이지 말도 안 되는 이야기였다. 누우려면 당연히 무릎을 펴고 허리 를 붙여야 할 것이었다. 그게 무섭다니. 그것이 무섭다면 밥 먹는 일도, 노래하는 일도 무서워야 할 것이다. 게다가 무섭다면서 흐흐 흐, 는 또 무슨 웃음이란 말인가.

내가 두 사람을 경멸하고 있는 동안에도 그들은 지치지 않고 계 속해서 무릎 문제로 씨름을 하였다. 사내는 한사코 무섭다는 것이 었고 형은 조금도 무서운 일이 아니라고 설득하였다. 그런 형의 얼 굴에 진땀이 배어있다. 나는 별것 아닌 일을 가지고 형을 귀찮게 하 는 미라가 미워서 죽을 지경이었다.

"형, 걱정 말아요. 여기는 안전해요. 이곳에선 아무도 형을 해치 지 않아요. 봐요. 아무도 없잖아요."

형은 그의 창백한 이마를 부드럽게 문지르면서 소곤소곤 낮은 음 성으로 이야기했다. 바로 그 순간 사내가 번쩍 빛나는 눈으로 나를 보 았다. 그리곤 갑자기 손가락으로 나를 가리키며 짐승처럼 울부짖었 다. 내가 정확히 들었다면, 그 울부짖음의 내용은 바로 이것이었다.

"칠성판!"

칠성판. 유감스럽게도 나는 그것을 알고 있었다. 내가 아는 한 그 것은 관의 바닥에 까는 널빤지를 가리키는 말이었다. 관(棺) 말이 다. 혹시 미라의 외침을 잘못 들었나 했지만 아니었다. 그는 틀림없 이 날 가리키며 그렇게 외쳤다.

"여기에 칠성판 따윈 없어요. 없다니까요."

형이 다급한 목소리로 미라를 달래는 소리도 나는 분명히 들었다. 나는 기가 막혀서 한동안 정신이 띵할 지경이었다. 그렇지 않아도 미라 같은 사내의 언저리에서 끊임없이 죽음의 냄새가 풍겨오고 있었다. 사내가 나를 칠성판을 들고 서 있는 저승사자쯤으로 보았다면, 만약 그게 사실이라면 이건 정말 환장할 노릇이었다. 나의 어디가 그토록이나 음산하단 말인가.

그런데 형까지 한술 더 떠서 얼른 나가라고 손짓을 해댔다. 나가라고? 물론 당장 뛰쳐나가고 싶어 안달이 난 쪽은 오히려 나였다. 하지만 그 시기를 놓쳐버리고 말았다. 형이 먼저 나가 달라는 경고를 해버린 것이다. 나는 이런 일로도 금방 자존심에 구멍이 나는 놈이었다. 진즉에 나갈 참이었는데 미라가 악수하자며 나를 꼬드겼다. 형도 그런 미라를 보며 매우 반가운 표정이었다. 나도 그랬다. 제법 용감한 일을 해치운 것 같아 우쭐했다가 그만 이런 꼴을 당했다.

형은 이런 나의 심정을, 복잡하고 미묘한 심리를 읽어낸 모양이었다. 당연했다. 형은 수재였으니까. 짐승처럼 끙끙대는 미라를 잠시 놓아둔 채 형이 내 손목을 잡고 앞장서서 방을 나왔다.

"이해할 수 없겠지만."

이해할 수 없겠지만, 이란 서두 뒤에 형은 한동안 침묵을 했다. 어두컴컴한 복도, 해는 이미 서산으로 넘어간 듯싶었다. 그러자 무언가 형언할 수 없는 답답함이 밀려왔다. 특히 형의 침묵이 그러했다. 그 침묵 속에 미라에 관한 산적한 이야기가 숨어 있다는 것을 눈치챌 수 있었기 때문에 나는 갑갑했다. 형이 제발 미라 문제에 나를 끼워 넣지 않길 속으로 빌었다.

형 말대로 미라의 모든 것을 나는 이해할 수 없었다. 이해할 수 없는 일이라면 계속해서 이해하고 싶지 않았다. 솔직히 나는 자신의 문제만 해도 몹시 복잡한 놈이었다. 더는 복잡해지는 것을 원치 않았다.

"저 선배는, 대단히 아름다운, 영혼을, 가졌었지."

형은 마디마디 말을 끊어가며 힘을 주었다. 그렇게 말하니까 굉장히 무게가 있었다.

"하지만 이젠, 폐인이야. 완전히."

안에서 미라의 신음이 새어 나왔다. 형은 입술을 깨물며 붙잡고 있던 내 손목을 놓았다.

"나 때문이야. 알겠니? 나 때문이야."

자기 때문이란 말을 남기고 형은 방으로 들어가 버리고 말았다. 나는 솔직히 감동하고 있었다. 설명할 수 없지만 형의 말 몇 마디는 되게 감동적이었다. 그러나 나는 애써 무덤덤한 포즈로 돌아섰다. 이해하는 일과 감동은 전혀 별개의 것이 아니던가.

내 방에 돌아오자마자 나는 책상 밑으로 기어들어 갔다. 다른 이유가 있어서는 아니었다. 나는 다 읽은 책들은 책상 밑에 쌓아두었다. 다 읽은 책을 사람들 눈에 띄는 곳에 놓아두는 녀석들을 나는 경멸했다. 책상 밑의 헌책 더미 속에서 나는 국어사전이 있는지 알아보려고 했다. 그러나 내 기억이 정확하다면 내게 국어사전은 없었다. 영어사전이나 독어사전이라면 분명히 있었다. 국어사전은 없어도 아무 문제가 없었지만 영어와 독어사전 없이는 학교에 다닐 수가 없기 때문이었다.

내가 만약 영어나 독일어로 칠성판을 알고 있었다면 문제는 간단했다. 하지만 나한테 그런 실력이 있을 턱이 없다. 영어라면 입술이 부르트도록 읊을 수 있는 녀석을 알고는 있었다. 그 녀석은 이름조차도 '쥬노'였다. 아니, 악착같이 '쥬노'라 불리기를 고집하는 녀석이었다. 녀석의 실제 이름은 준호였다. 그 이름을 혀 짧은 소리로 발음하면 쥬노가 된다는 것이었다. 그러니 쥬노라 불러 달라고 숫제 사정하는 녀석이었다. 녀석은 그런 놈이었다.

그렇지만 쥬노는 부드러웠고 상냥했으며 나보다 훨씬 겁이 많았으므로 같이 다녀도 전혀 귀찮은 일이 일어나지 않았다. 나는 누구의 친구가 되는 일도 귀찮았고 정성을 다해 친구를 키우는 일도 귀찮았다. 그러나 어떤 인간이 좋은 사람인지는 대충 알고 있다. 나한테 친구가 별로 없는 까닭도 사실은 그만큼 좋은 녀석이 없었다는 데 있다. 그런 점에서 쥬노는 나쁜 친구는 아니었다. 좀 모자라지만 않는다면 아주 좋은 친구일 수도 있었다.

쥬노가 혹시 칠성판을 영어나 독일어로 알고 있는지 전화로라도 물어볼까 했으나 금방 포기해버렸다. 물론 귀찮아서였다. 아무리 쥬노라 해도 칠성판까지 알고 있으란 법은 없었다. 나는 그렇게 단정했다. 일요일 아침에는 꼭 교회에 가야만 하고, 술이나 담배는 마귀의 음식이며, 대학 졸업 후에는 외국 유학이 필수라고 믿는 쥬노 같은 녀석이 칠성판처럼 기분 나쁜 단어까지 외울 필요가 어디 있겠는가. 나는 그쯤에서 칠성판에 대해 더 자세히 알고 싶다는 마음을 지워버렸다. 사전을 뒤진다 해도 새로운 사실을 알아낼 것 같지 않았다.

나는 이미 수많은 낱말이 사전의 본뜻과는 영 다르게 쓰임을 알고 있었다. 삼수생쯤의 신세가 되면 알게 모르게 얻어듣는 것이 많은 법이다. 나는 절대 어린애가 아니었다. 그렇다고 어른도 아니었다. 나한테 가장 괴로운 일이 있다면 바로 이것이었다.

술집에서 만나는 계집애들은 어린애 냄새가 나면 싫어했다. 그럴 때는 두 살쯤 나이를 올렸다. 그런가 하면 간섭하기 좋아하는 어른들 앞에서는 한 살이라도 줄여야 하는 신세가 바로 나였다. 어른들은 나이가 많다면 많은 대로, 적다고 답하면 또 그대로, 언제든 가시 박힌 충고를 준비해두고 있다. 그래도 한 살이라도 줄이면 좀 쉽게 넘어가는 편이긴 했다.

내가 가장 듣기 싫어하는 말 중에 '나잇값이나 해라' 는 것이 있다. 나이에 값이 있다는 것이야 뭐 그럴 수 있다손 쳐도(특히 여자들의 나잇값?) 어떻게 하는 것이 그 값에 걸맞은 행동인지는 도대체 알 수가 없었다. 나처럼 소속이 불분명한 인간한테는 나잇값을 할 기회조차 없었다. 내 나잇값은 대학 합격 때까지 늘 유보되어 있었다.

사실 내 위치가 어린애도 아니고 어른도 아닌 경계에 있듯 내 얼굴 또한 꼭 그만큼 어정쩡한 구석이 있었다. 그러자 갑자기 맹렬한 적개심이 솟아올랐다. 아무리 그렇기로서니 내 얼굴을 보고 칠성판을 연상시킨 미라가 가증스러웠다. 그런 것은 전설의 고향에 숱하게 등장하는 검은 도포의 저승사자가 납빛 얼굴로 들고 서 있어야 어울리는 것이었다. 나는 새삼스럽게 서랍에서 손거울을 꺼내 내 얼굴을 두루 살폈다. 내 방에 있는 유일한 거울이었다. 나는 아무 때나 거울을 헬끔헬끔 쳐다보는 지저분한 버릇은 가지고 있지 않았다.

손거울이 필요한 이유는 딱 한 가지, 여드름 때문이다. 나는 이마에 평균 다섯 개 정도의 잘 익은 여드름을 매달고 있다. 다른 녀석들은 온 얼굴에 주렁주렁 매달고 있지만 나는 절대 그런 꼴은 아니었다. 여드름을 짜기 위한 것이라면 거울 따윈 필요하지 않다. 나는 보기 흉하게 눈을 치뜨고 두 손가락을 집게처럼 만들어 여드름을 꾹꾹 눌러대는 녀석이 아니다. 여드름은 수시로 쥐어뜯는 것으로 해결했다. 다만 외출할 때 앞 머리칼을 슬쩍 늘어뜨려 교묘하게 여드름 자국을 감추기 위해 거울이 필요할 뿐이었다.

거울 속의 내 얼굴은 그런대로 괜찮았다. 눈이 약간 길다는 것, 코가 지나치게 높다는 것, 윗입술이 조금 부풀어 오른 것. 이런 것들이 내 얼굴의 약점이었다. 그러나 전체적으로 별 무리가 없었다. 이건 내 말이 아니라 남들이 모두 그렇게 말했다.

쥬노는 내 얼굴이 '델리키트'하다고 말하곤 했다. 녀석은 무엇이든 그렇게 영어로 표현해야 직성이 풀리는 놈이었다. 우리말로는 도저히 표현이 안 된다는 것이었다. 언젠가 순조를 한 번 보여주었더니 단박에 '섹슈얼하지 못해서 제로'라고 품평을 하던 놈이었다.

한문을 쓰기 좋아하는 어른들은 걸핏하면 허공에 한자의 획을 그어보는 버릇이 있지만, 쥬노 같은 영어 남용자들은 허공에 철자를 써보지는 않는다. 입으로 조잘조잘 스펠링을 외우긴 해도 손가락으로 허공에 그림을 그리지는 않았다. 대신 영어 단어를 꼭 두 번씩 말하는 버릇이 있다. 일테면 "섹슈얼, 알지? 섹슈얼하지가 못하다고." 하는 식이다.

그렇지만 사이에 끼어드는 "알지?"라는 확인처럼 또 얄미운 것도 없다. 말하자면 자기는 온갖 단어 중에서 애써 쉬운 말을 골랐으니 제발 되묻지 말아 주라는 오만이기 때문이었다. 물론 나는 쥬노에게 "그건 무슨 뜻이지?" 하고 되물은 적은 없다. 내 자존심이 그걸 허락지도 않았거니와 녀석이 내가 모르는 단어를 입에 올린 적도 거의 없다.

내가 아무리 돌대가리라 해도 그 정도는 알았다. 나를 진짜 돌대가리로 여기는 것은 아주 곤란하다. 돌대가리와 삼수생과는 어떤 함수관계가 있을 것이라 믿는 작자야말로 정말 돌대가리다. 한 번

길 위의 친구들

더 말하지만 나는 일등짜리 녀석들을 믿지 않는다. 쥬노는 영어는 꽤 하지만 나처럼 삼수생이니까 더불어 시간을 보낼 수도 있다. 앞으로도 나는 일등을 훈장처럼 걸고 사는 녀석들과는 상종도 하지 않을 참이다.

나는 씩씩거리며 하루 내내 깔려 있던 이부자리를 개기 시작했다. 곧 저녁밥을 먹어야 할 시간이었다. 밤이 온다 해도 이부자리 속으로 들어가기가 어려울 것 같았다. 낮잠을 잔 데다가 벽 하나 사이에 미라와 나란히 누워 있기로는 내 신경이 너무 가냘팠다. 게다가 칠성판이 어쩌고 하는 기막힌 소리까지 들었다.

누나가 돌아오면 누나 방에서 텔레비전이나 보며 실컷 빈둥거리다가 늦게야 내 방으로 돌아올까 싶었다. 누나 방에는 누나의 월급만으로 사들인 텔레비전이 있었다. 밤에 내실에서는 한가하게 텔레비전을 볼 시간이 없었다. 어머니는 뉴스만 보고 나면 스위치를 꺼버리는 성질이었고 아버지는 한밤중까지 유선방송에서 보내주는 영화를 보아야 직성이 풀리는 버릇이 있었다. 어머니와 아버지는 저녁마다 텔레비전을 껐다 켰다 하며 말싸움을 하곤 했다.

누나는 월급을 한 푼도 집에 내놓지 않았다. 대신 보너스를 타는 달에는 어머니와 아버지의 기분에 꼭 맞는 선물을 하였다. 구두쇠 어머니도 누나에게 넘어가 별 타박이 없었다.

"젠장. 그거 몇 푼이나 된다고 내놓고 자시고 할 게 있냐. 니 혼자 착실히 시집갈 밑천이나 장만하면 그만이지."

이건 어머니 말씀이시다. 어머니는 언젠가 지나가는 말처럼 슬쩍 흘린 누나의 한마디를 철석같이 믿는 눈치였다. 뭐, 은행에 3년이라나 5년짜리라나, 그런 적금을 넣어야겠다는 말이었다. 그러나 내가 알기로 누나는 은행에 적금을 부은 적이 한 번도 없었다. 하기야 그때도 넣어야겠다는 희망 사항을 말했을 뿐이지 넣고 있다는 말은 하지 않았었다.

누나가 은행에 적금을 넣고 있다면 백화점 점원 월급으로 어떻게 그 많은 옷과 화장품을 사들일 수 있겠는가 말이다. 누나는 뒷문으로 살짝살짝 다니기 때문에 어머니로서는 그 휘황찬란한 차림새를 볼 기회가 거의 없었다. 정말 누나는 운이 좋았다. 하긴 어머니가 누나의 화려한 차림새를 보았더라도 누나한테는 당할 재간이 없을 것이다.

"아이, 이것 동대문 보세시장에서 샀어요. 찍 해야 만 원도 안 되는 원피스라구요. 요새 옷값이 얼마나 싼데 엄마는 그것도 모르나 봐."

이렇게 종알거리면 그만이다. 세상 돌아가는 이치에 대해선 나성여관 안주인도 만만찮게 꿰고 있지만 백화점 점원인 누나 또한 전문분야가 있는 법이었다. 어머니가 낡고 우중충한 나성여관 수준이라면 누나는 곧 죽어도 으리번쩍한 백화점 수준이었다.

우리 집안에서 가장 당당하게 어머니와 맞설 수 있는 사람은 오직 누나뿐이었다. 누나는 어머니의 약점을 기가 막히게 꿰뚫어 보고 있었다. 같은 여자끼리는 그것이 가능한지도 몰랐다. 게다가 누나는 고등학교 졸업 이후 어머니가 늘 노래 부르는, 돈벌이에 나선 몸이었다. 우리 집에선 거의 처음인 놀라운 일이었다. 어머니는 아버지한테 실컷 데어서 돈벌이에 무능한 인간은 사람으로 여기지도 않았다. 아버지는 평생을 어머니한테 껴묻어 사는 신세였다. 형의 앞날도 뻔하다는 것이 어머니 믿음이었다. 나는 좀 더 두고 먹여야 할 약병아리쯤이라고나 할까.

내가 이런 생각을 하며 이불을 개고 있는데 뒤채와 안채를 막아 주는 쪽문이 덜컹 열리는 소리가 들렸다.

"밥 먹어. 상 차려놨으니께."

뽕짝아줌마는 밥상을 차려 10호실로 가는 길이었다. 10호실 노인은 그날 군포의 딸 집에서 빈손으로 돌아오지는 않은 모양이었다. 항아리 속의 돈이 얼마였던가. 그거로는 턱없이 모자랐을 한 달 숙식비를 계산해보다가 나는 고개를 흔들었다. 신정순 씨는, 그러니까 푸른 입술의 그 여자는 정말로 착한 사람이었을 것이다. 그렇게 사는 형편으로 노인의 한 달 생활비를 댄다는 것은 보통 일이 아니었다. 얼추 계산해도 그런데 실제로는 아주 죽을힘을 다해 노인을 먹여 살리고 있을 것이다. 노인이 딸 앞에서 벌벌 기는 것도 이해할 만했다.

그래도 노인은 너무했다. 그날 밤 노인은 늦은 시간에 나성여관으로 돌아왔다. 화장실을 다녀오다가 노인이 축 처진 어깨로 힘없이 들어오는 것을 보았다. 나를 보자 노인은 또 허풍을 떨었다.

"덩순이가 마구 붙잡는데도 그냥 오디 않았갔어. 나는 방이 바뀌면 눈을 못 붙이거덩. 날밤을 새우는 고약한 버릇이 있으니께 어쩔 수 없디. 마구 붙잡드구먼."

마구 등을 떠민 것이 아니라 마구 붙잡았다는 이야기였다. 하여간 못 말리는 할아버지였다. 자존심이라면 아마도 나보다 더 강할지 몰랐다.

"고약한 버릇이디. 방이 바뀌문 날밤을 새야 하니간두루 참말 고약하디."

그날 밤 노인은 열 번도 더 넘게 자신의 잠버릇을 한탄했었다.

밥을 먹으러 안채로 건너가기 전에 나는 조금 망설였다. 형 때문이었다. 뒤채는 늘 조용했기에 형도 뽕짝아줌마가 말하는 소리를 들었을 것이다. 그러나 나는 그 방에 대해 아는 척하기가 싫었다.

그래서 곧장 안채의 내실로 건너갔다. 어머니는 아직도 돌아오지 않았다. 아버지는 어머니가 오늘 밤 늦을 것이라고 했다. 일요일 밤에는 평일보다 손님이 많았다. 토요일과는 비길 수 없어도 나성여관의 일요일 밤에 어머니가 없다는 것은 놀라운 일이었다.

"빚 받으러 갔다. 받지 못하면 네 엄마 거기서 눌러살 거다."

그러면 그렇지. 사실이 그렇다면 놀라운 일이었다, 라고 말한 것을 취소해야 한다. 빚 받아내기 위해 강원도 춘천에서 일주일씩이나 버티다가 돌아온 전력도 있었다. 어머니는 비싼 이자로 돈 불리는 재미에 빠져서 여기저기 돈을 놓았는데 그러다 보면 가끔은 호랑이 같은 어머니 돈을 떼먹고 도망치는 사람도 생겨났다.

물론 어림 반 푼어치도 없는 일이었다. 어머니는 어떤 일이 있더라도 돈을 떼일 사람이 아니었다. 대개는 도망친 사람을 수소문해 찾아내는 일이 어려웠다. 있는 곳만 알면 쳐들어가 돈이 나올 때까지 깽판을 치는 것이었다. 이건 전혀 나의 추측이지만, 뽕짝아줌마의 경우도 도저히 돈을 갚을 형편이 못 되어서 몸으로 때우겠다고 우리 여관에 들어온 것이 아닐까 하는 생각을 나는 가끔 하곤 했다. 나는 한 번도 어머니가 뽕짝아줌마에게 월급을 주는 것을 보지 못했다.

내가 이런 추측을 하는 데는 다 이유가 있었다. 나성여관에 머물렀던 종업원이 그동안 남자 여자 합해서 열 명은 되었는데 그들 중 절반 이상이 품삯으로 빚을 에워가다가 그것이 끝나면 반드시 침을 뱉고(어머니 면전에서가 아니라 나성여관을 나선 뒤 골목길 어디쯤에서 그렇게 했을 것이라는 상상이다.) 이곳을 떠났다.

이런 내막들은 어머니와 아버지가 싸움을 시작하면 구멍 난 항아리에서 물이 새듯 줄줄 흘러나왔으므로 그다지 벌벌 떨 비밀도 아

길 위의 친구들

니었다. 아직 뽕짝아줌마 사연은 들어보지 못했는데 그만큼 요즘은 싸움이 줄었다는 이야기이다.

뽕짝아줌마처럼 여관 안팎의 일을 자기 몸 아끼지 않고 다잡아 해치우는 종업원을 구하기란 그리 쉬운 일이 아니었다. 그래서 어머니도 아줌마 비위를 건드릴까 은연중 조심하는 눈치였고 아줌마 쪽에서도 볼모인 신세는 아랑곳없이 사뭇 당당해졌을 것이라는 게 내 추측의 전부였다. 실제로 아줌마가 없다면 어머니도 이처럼 만만히 빚을 받으러 나갈 수가 없다. 내가 보아도 아버지는 장사에 젬병이었다. 아버지는 고작해야 물 쟁반 나르기, 술과 안주 가져다주기, 혹은 연탄 갈아주는 것으로나 여관 일을 도왔다. 한 가지 더 있기는 했다. 이불 빨래를 할 때 커다란 플라스틱 통에 쑥 들어가 질근질근 밟아대는 것, 그 일도 아버지 몫이었다.

그것 외에는 아버지가 똑 떨어지게 잘하는 일이 없었다. 지금만 해도 그랬다. 한 쌍의 손님이 들어와 특실을 차지했는데 아버지는 안채 숙박요금밖에 받지 못하는 것이었다. 그러자 어디선가 뽕짝아줌마가 튀어나와 아버지를 가로막았다.

"안 된당게 그러시네. 이천 원이 모자라는디. 특실 아닝게비요. 워쩔려구 이러서요."

결국 아줌마는 그들한테서 돈을 더 받아냈다. 아줌마는 본때 있게 솜씨를 보여주곤 '버들잎 외로운 이정표 밑에 말을 매는 나그네야……' 어쩌고 하는 노래를 흥얼거리며 부엌으로 돌아갔다.

아버지와 겸상을 막 시작하려는 그때 형이 들어왔다. 형이 밥상 앞에 앉자 아버지는 당황해서 어어, 이상한 소리만 냈다. 나는 부엌으로 가서 시치미 뚝 떼고 형이 지금 막 왔다고 일렀다. 뽕짝아줌마가 형의 밥을 챙겨오는 동안 우리는 밥상을 앞에 두고 서먹하게 앉

아 있었다. 아버지와 형 사이는 노상 이랬다. 아버지는 형을 두려워
했고 형은 아버지한테 냉정했다.

나는 아버지가 형을 좋아하며 때때로 자랑스럽게 생각하고 있음
을 알고 있었다. 그래도 늘 어머니에게 타박만 듣고 잔뜩 주눅이 든
아버지는 섣불리 애정 표시를 하지 못하였다. 어머니와 형의 관계
가 개선되지 않는 한 아버지는 어쩔 수 없었다.

아버지는 혹시 미국에 가면 모를까 이 나라에서는, 특히 어머니
가 있는 나성여관에서는 영원히 빌빌거리며 살 사람이었다. 아버지
는 꼬박 30년간 미국에서 날아올 초청장 하나만을 기다리며 살았
다. 아버지의 누이가, 그러니까 내게는 고모가 되겠지만, 미군과 결
혼해서 미국에 간 것이 꼭 30년 전의 일이었다.

고모는 떠나면서 반드시 아버지를 데려가겠다고 열 번도 넘게 새
끼손가락을 걸었다고 했다. 부모도 없이 달랑 남은 남매여서도 그
랬겠지만(나의 할아버지와 할머니는 전쟁이 일어나기 한참 전에 앞서거
니 뒤서거니 세상을 떠났다고 했다.) 아버지는 유별나게 누나를 따르
며 자란 모양이었다. 지금 내가 수련이 누나를 따르고 좋아하는 것
도 따지고 보면 유전인 셈이었다.

오직 하나의 피붙이였던 누이가 미국으로 떠나자 아버지는 완전
히 대합실 인생이 되었다. '대합실 인생'이란 표현은 고백하자면 내
작품이 아니다. 언젠가 형이 그렇게 말했었다. 연착하고 또 연착하
는 기차를 기다리다가 대합실에서 한평생을 다 소비한 인간이 대합
실 인생이라는 것이었다. 아버지는 대합실 긴 의자에서 대충대충
세월을 보내다가 느닷없이 어머니를 만났다.

고모는 미국으로 간 직후에는 소식을 자상하게 보내주며 곧 초청
이 이루어질 것이라고 끊임없이 희망을 주었다. 그러다 이내 편지

길 위의 친구들

가 끊겼다. 연락 두절의 상태에서 아버지는 한때 실의에 잠겼다. 누이 없이는 이 거친 세상을 살아갈 자신이 없었다. 그 무렵 어머니를 만났다. 그때도 어머니는 우람했고 천하에 거칠 것이 없었다. 아버지는 즉각 결혼을 해버렸다. 우산 없이 비를 맞고 있다가 넓고 편한 우산 속으로 기어들어 간 심정이었으리라.

곧이어 형이 태어났고 비로소 고모의 소식이 전해졌다. 그러나 여전히 조금만 더 기다리라는 것이 되풀이되는 소식의 전부였다. 아버지는 다시 기다리기 시작했다. 대합실로 되돌아간 것이었다. 힘들여 취직할 생각도 하지 않았다. 곧 미국에 들어간다고 운전이랑 사교춤을 배우며 돌아다녔다. 체구가 크고, 잔정 없고, 수전노이고, 남자 알기를 발톱에 낀 때처럼 여기는 어머니와의 결혼생활도 아버지가 감당하기론 너무 벅찼을 것이다.

아버지는 초청장이 오면 가족을 팽개치고 혼자 줄행랑을 칠 계획이었는가 보았다. 어머니가 악에 받쳐 소리소리 지를 때 꼭 그 무렵 일이 거론되었다. '미국이라면 애새끼고 뭐고 발로 차버릴 위인'이란 표현은 내 귀에 너무 익숙한 것이다.

하지만 나라고 해도 역시 그렇게 했을 것이다. 미국까지 데려가기론 어머니는 너무 거칠었다. 그러나 고모는 끝내 초청장을 보내지 않았다. 내가 열 살 때까지도 잊을 만하면 한 번씩 기다리라는 편지가 왔었다. 그때부터 이미 발신인의 주소는 모호했다.

아버지가 대합실 인생이 된 것은 그러니까 순전히 고모 탓이었다. 다문다문 연착 신호만 보냈지 한 번도 운행이 중단되었으니 포기하라는 최후의 통첩을 보내지는 않았다. 하기야 그 연착 신호마저 끊긴 지도 벌써 십 년이 다 되어가지만.

형의 의견을 소개하자면, 고모는 진즉에 파경을 맞아 독신으로 한인사회 여기저기에 빌붙어 살다가 약물복용이나 가스 흡입으로 죽어버렸다는 것이다. 어머니의 의견도 비슷하였다. 양키와는 일 년도 못 되어 헤어지고 사창가를 전전하다 그나마 밥벌이도 못 하는 폐인이 되어, 소식이 끊긴 무렵에 뒷골목에서 사고로 죽었을 것이라고 했다.

나는 이름만으로 기억하는 고모가 죽었다는 의견에는 동의할 수 없었다. 물론 파경도 있고 파탄도 있었겠지만 어딘가에 살아 있을 것 같았다. 언젠가는 당당하게 귀국하여 하나뿐인 남동생의 가족을 찾아볼 수도 있는 문제였다. 소설이나 영화에 늘 등장하는 이야기도 대충 이런 식이었다. 그래서 설령 우리를 미국으로 데려간다 해도 나는 안 갈 것이 분명하지만, 고모에 얽힌 이야기를 그렇게 비극으로 끝내버릴 이유가 어디 있는가 말이다.

그런 점에서 아버지와 나는 닮아 있었다. 아버지는 고모가 굉장한 미인이고(누나가 고모를 쏙 뺐다는 것이다.) 생활력도 강해서 결코 호락호락 무너질 사람이 아니라고 믿는 눈치였다. 아버지가 미국영화라면 아무리 삼류라 해도 눈이 빠지도록 텔레비전 앞에 앉아 있는 데는 그만한 이유가 있었다. 웃기는 이야기지만 아버지는 길거리에서나 공항 같은 곳에서 고모가 카메라에 찍힐 수도 있다고 여겼다. 그래서 사람이 북적거리는 장면이 나오면 텔레비전 속으로 들어가 버릴 만큼 가깝게 붙어 앉아 고모의 모습을 찾았다.

아버지를 나는 이해할 수 있었다. 나도 미국영화를 볼 적에는 덩달아 스크린 속의 인파에 얼굴도 본 적 없는 고모가 있나 찾아보곤 했다. 지금은 너무 늙어 설령 아버지가 고모를 본다 해도 알아볼 수 있을지 그것이 문제이긴 했다. 그러나 포기할 필요는 없었다. 실제 그와 비슷한 일이 있었다.

작년 추석 때, 텔레비전의 9시 뉴스에서는 명절 맞이로 붐비는 백화점 풍경을 보여주었는데 갑자기 누나 얼굴이 나타난 것이었다. 일 초 동안 누나의 얼굴이 화면에 비친 것을 두고 아버지는 오랫동안 흥분을 감추지 못하였다. 그리곤 더욱 열을 올려 미국영화를 보았다. 그런 아버지는 참, 내가 보아도 한심했다. 이해할 수는 있지만 한심한 것도 사실이니까 어쩔 수 없다. 그러나 아버지를 싫어하지는 않는다. 어머니가 아버지를 발로 밟을 듯이 함부로 취급할 때는 어머니가 미워서 숨도 쉬고 싶지 않았다. 어떤 경우라 하더라도 사람을 발로 밟을 듯이 덤비는 것은 옳지 않다.

우리 삼부자의 저녁 식탁은 몹시 침울했다.
"집에 좀 있거라."
아버지는 간신히 위엄을 갖추어 한마디 한다.
"제 일은 제가 알아서 합니다."
형의 싸늘한 대꾸가 아버지의 안간힘을 쓰러뜨렸다. 나는 형 몰래 형을 한번 째려보았다.
"뭐……그렇겠지만……네 어머니가……."
아버지는 더듬거리면서도 애써 말을 이으려고 끙끙거렸다. 보다 못해 내가 나섰다.
"아버지. 오늘 저녁에는 제가 내실에 있을게요."
어머니가 없다면 내실에 앉아 있는 일도 그리 나쁘진 않았다. 가끔 재미있는 구경거리도 생기는 곳이 여관이다.
"엉? 우연이 너는 그렇지만……공부를 해야지……."
아버지는 그러면서도 기분이 좋아 히죽 웃었다. 웃으니까 술 냄새가 무자비하게 풍겨 나왔다. 나는 금방 내 말을 정정했다.

"초저녁에만 있을게요."

나는 숟가락을 놓고 텔레비전 앞에 앉았다. 그때 현관문이 열리며 중년의 남녀가 들어왔다.

"방 있어요?"

어럽쇼. 방이 있냐고 묻는 쪽은 여자였다. 눈썹이 크레파스로 칠한 듯 뭉툭해서 분장한 희극배우를 보는 느낌의 아줌마였다.

"방 있어요."

내가 나섰다. 손님 받는 일은 여간해선 안 하지만 형 앞에서 아버지 체면을 세워주고 싶었다. 형은 돌아보지도 않고 밥만 먹었다.

"3호실로 모셔라."

아버지가 말했다.

"방은 깨끗하죠?"

여자가 따지듯 물었다. 나는 그들을 3호실로 안내했다. 무엇 때문이었는지 여자는 계속 구시렁거리고 있었다.

"욕실도 없잖아?"

그게 내 책임이기나 한 듯 여자가 앙앙거렸다. 나는 알아서 하라는 투로 그냥 서 있기만 했다.

"에이. 그냥 자자고."

남자가 이불 밑으로 발을 집어넣었다. 그러나 여자는 신경질을 내며 남자를 끌어당겼다.

"여인숙보다 못하잖아요."

여자가 먼저 쿵쾅거리며 나가버렸다.

"쌍년."

남자가 표정 하나 구기지 않고 여자 등에 대고 욕을 했다. 나는 정말 기가 막혔다. 마치 '사랑해' 하고 말하듯이 '쌍년'이라고 말하는 것이었다.

　그들이 돌아간 뒤 내실에 와보니 형이 없었다.

　"목간통에도 안 가는 년인가벼. 욕실은 머 할라고 찾아쌌는겨."

　밥상을 거두고 있던 뽕짝아줌마가 아까 그 여자를 욕하며 실실
웃었다.

　미라의 저녁밥을 어떻게 할 것인지 나는 우선 그것이 궁금했다.
굶기지는 않을 테고 머리 좋은 형이니까 비상수단이 마련되어 있겠
지 생각하는데 드디어 누나가 돌아왔다. 나는 금방 머리가 말갛게
개는 기분이었다. 게다가 누나의 그 옷차림이라니, 이건 완전히 패
션모델이 잡지 화보에서 막 튀어나온 듯 어마어마했다.

　아무리 보아도 이건 보통 옷이 아니었다. 연두색 주름 스커트에
황금빛 실크 블라우스, 치마와 같은 색깔의 재킷은 넓은 옷깃과 치
켜진 어깨의 디자인이 유별났다. 그러나 누나에게는 너무나 어울렸
다. 이건 어울릴 정도가 아니라 눈이 부셨다.

　누나는 치마 끝을 살짝 추켜올리며 내실 바깥에서 나를 불렀다.
아버지에겐 "아빠, 저 왔어요. 저녁은 먹었구요. 곧장 자버릴래요.
아이, 피곤해." 하곤 숨 돌릴 새도 없이 쏟아놓았다.

　"이리 와봐. 응, 이리 와."

　누나는 내 손목을 잡고 나비처럼 날아서 자기 방으로 나를 밀어
넣었다. 환한 형광등 불빛 아래서 보니까 누나는 정말 예뻤다. 화장
도 오늘따라 정성 들여 다듬은 모양이었다. 눈 코 입이 또록또록 살
아서 반짝반짝 빛을 낼 지경이었다. 나는 넋을 잃고 누나를 바라보
았다.

　"어떠니? 말해 봐. 이 옷 어때? 색깔이 기가 막히지?"

　누나는 진짜 모델처럼 빙글 한 바퀴 돌고 턱을 치킨 자세로 새침

한 표정을 지어 보였다. 그리곤 입술만 살짝 벌려 또 다그쳤다.

"나 어때? 괜찮아?"

"좋아. 너무 멋져."

나는 진심을 다해 소감을 피력했다.

"이 옷이 얼마짜리인 줄 넌 모르지?"

"십만."

"피이."

"이십만."

"흐흥."

누나는 코웃음을 치며 윗도리를 벗어 팔목에 걸치고 방 안을 한 바퀴 또 돌았다.

"좋아. 삼십만."

나는 배짱 좋게 삼십만 원을 불렀다. 그러나 웬걸, 누나는 또 "천 만에." 하고 혀를 날름 내미는 것이었다. 나는 가만있지 못하고 나비처럼 풀풀 날아다니는 누나를 붙잡아 옷을 만져보려고 했다. 그러자 누나가 날카롭게 비명을 질렀다.

"안 돼! 때가 묻으면 큰일 나! 이거 오십만 원짜리야. 정말이라구. 패션계에선 최고로 쳐주는 디자이너 작품이야."

나는 어이가 없어 입을 다물지 못했다. 누나의 말은 결코 거짓이 아니었다. 누나의 표정만 보아도 그것을 알 수가 있었다. 그렇지만 오십만 원이란 당치도 않은 소리였다. 한 푼도 쓰지 않고 모은다 해도 그것은 누나의 두 달 월급에 가까웠다. 누나가 제정신 가지고 이렇게 비싼 옷을 살 리가 없었다.

"누나, 미쳤어?"

나는 정말 걱정이 되었다.

길 위의 친구들

"왜? 난 오십만 원짜리 옷 입으면 안 되니? 돼지 같은 여편네들은 몇백만 원짜리 모피코트도 잘만 입더라."

누나는 입을 뾰족 내밀며 화가 난 표정을 지었다.

"근데, 어때? 이 옷 정말 괜찮지? 나한테 잘 어울리지?"

그건 사실이었다. 어떤 옷을 입어도 잘 어울리는 누나지만 그러고 보니 이 옷은 돈만큼 품위도 있어 보였다. 누가 봐도 고관대작의 외동딸로 여길 만큼이었다. 나는 한숨을 쉬었다. 너무 아름다운 것을 보아도 나는 한숨이 나온다.

"어디 나갈 거야?"

"응."

누나는 여전히 거울에 자기 모습을 비추어보느라 정신이 없었다. 거울에 비치는 자신의 황홀한 모습에 스스로가 잔뜩 취해있는 꼴이었다. 하기야 그럴 만큼 충분히 아름다운 자태였다.

"지금?"

"그래. 어머, 늦었네. 괜찮아. 어차피 택시를 탈 거니까."

나는 맥이 풀렸다. 누나와 함께 있으려 했던 계획이 무너진 탓이었다. 형이 돌아왔다는 이야기를 해볼 틈도 없었다.

"속상해. 핸드백이 제대로 된 게 하나도 없어."

누나는 핸드백들을 있는 대로 꺼내놓고 짜증을 냈다.

"이 옷에는 자그마하고 화려한 게 어울리는데."

"핸드백도 비싼 것으로 하나 사지그래."

내가 비아냥거렸다.

"미쳤니? 돈이 어딨어. 이 옷도 슬쩍해서 입는 거라구."

맙소사. 옷을 슬쩍하다니? 기가 막혀 말도 나오지 않았다.

"걱정 마. 내일 아침에 고스란히 가져다 놓을 테니까. 마네킹이 입고 있던 옷을 살짝 벗겨왔지 뭐."

누나는 천연스럽게 잘도 떠들었다. 심장이 두근두근 뛰기 시작한 사람은 누나가 아니라 나였다. 누나는 마침내 핸드백 하나를 고른 모양이었다. 어깨에 걸쳐보고 이리저리 맵시를 살폈다.

"온종일 입술이 마르도록 이 옷이 입고 싶었단 말이야."

누나가 슬픈 목소리로 입술이 마르도록, 할 때는 내 가슴도 바작바작 마르는 것 같았다.

"조심하면 돼. 구김살이 지면 살짝 다림질해서 가져다 놓으면 감쪽같다니까."

누나는 나를 안심시켜놓고 별안간 두 손을 뻗쳐 내 얼굴을 감싸 안았다.

"우연아. 너무 놀란 얼굴 하지 마."

그리곤 누나는 가버렸다. 자기 방에서 텔레비전을 보고 있어도 좋다는 허락을 남기고. 나는 꿈결처럼 홀로 누나 방에 남았다. 완전히 홀린 기분이었다. 마네킹이 입은 오십만 원짜리 옷을 벗겨오다니, 정말 굉장한 누나였다.

누나가 돌아오기 전에 어머니가 먼저 귀가했다. 내실에 앉아 있는데 현관문 소리도 요란하게 어머니가 들어왔다. 한눈에도 대단히 화가 난 얼굴이었다. 나는 긴장했다.

"얼라? 주무시고 올 줄 알았는디 일찍 오시네."

뽕짝아줌마가 인사랍시고 한마디 던졌다가 본전도 못 건질 만큼 당했다.

"연놈들이 함께 튀어버렸는데 대문 앞에서 자고 오란 말이야? 무슨 말이 그리 본데가 없어? 아예 영원무궁토록 돌아오지 말라고 정

길 위의 친구들

화수 떠놓고 빌지 그랬어?"

"어이구, 본데 없이 말하는 사람이 누군디……."

어머니 성격을 익히 잘 아는 아줌마는 그렇게 구시렁거리고는 말았다. 아버지는 아예 입을 꾹 다물고 어머니 눈치만 살폈다.

"온종일 대문간에 서 있었더니 가래톳이 다 섰네. 어디 두고 보자. 내가 가만 당하고만 있을 줄 알고."

어머니는 이를 갈았다. 나는 슬금슬금 내실을 빠져 나왔다. 가만 있다간 언제 내게로 불똥이 튈지 모를 일이었다. 나오지도 못하고 엉거주춤 앉아 있는 아버지가 불쌍했지만 할 수 없는 일이었다. 아버지는 내실 이외 갈 곳이 없는 몸이었으니까.

이런 지경에 형이 돌아온 것을 알게 되면 난리가 날 판이었다. 아버지도 눈치는 있으니까 오늘 저녁에는 형 이야기를 꺼내지 않을 것이다. 형은 재수가 좋은 듯했으나 지금은 완전히 뒤바뀌었다. 빚을 받아내기 전에는 어머니 불쾌지수가 늘 저럴 것이니까. 완전히 시한폭탄이었다. 나는 등골이 오싹했다. 빚받이로 집안에 살얼음이 깔리는 일은 일 년에 한 번 있을까 말까 한 일이었다. 그런데 하필 형이 미라를 데려온 날 이런 일이 터진 것이다.

나는 당분간 더 어머니를 속이기로 마음을 굳혔다. 사실은 나도 오늘쯤 어머니에게 대학을 포기했다고 말할 생각이었다. 하지만 지금은 위험했다. 언제나 그랬다. 고백을 결심하고 나면 항상 시기가 좋지 않았다. 이러다간 어쩌면 영영 시기를 잡지 못하리라. 아마도 그럴 것이 틀림없다.

누나는 자정이 넘어서 돌아왔다. 누나 방에서 텔레비전을 보다가 나는 설핏 잠이 들었었다.

"네 방에 가서 자. 얼른."

누나는 그 비싼 옷이 상할까 봐 조심스럽게 몸을 움직였다.

"어디 갔다가 이제 오는 거야?"

나는 누나 없는 동안의 외로움이 생각나 투정을 부렸다.

"옷만 아니었다면 들어오지 않았을 거야. 너무 멋진 밤이었어."

한숨을 푹 쉬며 누나는 불빛에 대고 옷에 얼룩이 생기지 않았나 검토했다. 누나가 이상해졌다는 것은 진즉에 눈치챘지만 이건 보통 일이 아니었다. 누나의 입에서 분명 술 냄새가 풍겨 온 것이다. 술기운 때문이겠지만 발그레한 얼굴도 예전의 누나 같지 않게 천박함에 물들어 있다.

"누구야?"

나는 긴말 하지 않고 직접 대들었다.

"나가주세요. 옷 갈아입고 자야 하니까."

달콤함을 깨기 싫다는 듯 누나는 다짜고짜 내 등을 밀었다.

"어떤 놈이야?"

씨근덕거리며 어떤 놈이냐고 캐묻자 누나가 깔깔 웃어댔다. 정말이지 나는 지독하게도 슬펐다. 어떤 놈인지만 알면 당장에라도 뛰어나가 결투를 신청하고 싶었다. 내가 누나를 얼마나 사랑하는지, 그것은 아무도 모른다. 아직은 누구에게도 누나를 빼앗기고 싶지 않았다. 빼앗길 때 빼앗기더라도 이런 시각에까지 술집에 누나를 앉혀두는 놈은 분명 비열한 자식이니까 만나서 버릇을 고쳐주어야 했다.

"얘가 왜 이래? 난 남자 만나지 말란 법이 어디 있니? 내 나이가 몇인데?"

누나는 스물두 살이다. 물론 남자를 만날 수도 있고 결혼을 해버릴 수도 있다.

길 위의 친구들

"어떤 남자인지 내가 뒷조사를 해보겠단 말이야."

비장한 어조로 내가 말했다.

"뭐? 뒷조사?"

누나는 배를 잡고 웃었다.

"까불지 말고 네 방으로 가."

나는 결국 쫓겨났다. "형이 왔어."라고 말해주지 않은 것은 누나가 당장 형의 방으로 뛰어갈까 걱정이 되어서였다. 누나는 형하고도 잘 지냈다. 물론 나하고 만큼은 아니지만 그래도 나와 형과의 관계보다는 돈독했다.

형이 군대에 있을 때 우리 집에서 유일하게 위문편지를 보낸 것도 누나였다. 누나는 형 같은 남자만 있으면 언제라도 시집을 가겠다고 말한 적도 있었다. 여자들 눈에는 형 같은 남자가 매력적인지도 몰랐다. 나는 이중 삼중으로 쓸쓸해져서 힘없이 내 방으로 돌아왔다.

미라는 생각보다 얌전했다. 나는 밤중에 미라가 뛰어들어 내 목을 조를지도 모른다고 생각했으므로 방문이 닫혔나 여러 번 확인하고 잠들었지만 밤새 별다른 일은 일어나지 않았다.

다음날도 무사히 지났다. 나는 택시기사들의 구호처럼 '오늘도 무사히'라고 일기장에 써넣었다. 순조에게서 전화가 왔지만 만나자는 말은 싹 뭉개버렸다. 집안이 뒤숭숭한 판국에 순조 따위를 만나 더욱 기분을 잡칠 이유가 없었다.

그다음 날은 화요일이었다. 누나가 백화점을 쉬는 날이었다. 누나는 아침 늦게 일어나 오전 내내 목욕탕과 미장원에서 살았다. 저녁에 또 약속이 있다는 것이었다. 나는 진정 서글펐지만 누나 앞에서는 애써 냉랭한 얼굴을 하였다. 형이 왔다는 사실은 월요일 아침에 이미 선포되었다.

"흥, 굶어 뒈질 만하면 기어들어 오니까. 어딜 가면 저 같은 놈, 그저 밥 먹여줄까 봐."

어머니는 그뿐, 형을 만나보지도 않고 빚 받으러 분주하게 나다녔다. 누나는 복도에서만 형을 몇 번 마주쳤을 뿐, 아침에는 출근이 바빴고 저녁에는 데이트로 늘 귀가 시간이 늦었다.

그러니까 미라가 이 집 안에 있다는 사실을 아는 사람은 오직 나밖에 없었다. 형이 이처럼이나 용의주도한 사람인 줄은 미처 몰랐다. 화장실은 어떻게 가는지, 식사는 어떻게 해결하는지 나로서는 도저히 엄두도 안 나는 일이었다.

나는 혼자서만 애가 달아 살이 마를 지경이었다. 어머니가 외출하면 좀 안심이 되었다가 어머니가 돌아오면 심장이 뛰었다. 어떤 의미로는 어머니가 빚받이 때문에 안달복달인 게 되려 다행인 점도 있었다. 정작 형은 태연했는데 미라를 두고 속이 타는 것은 언제나 내 쪽이었다. 나하고는 전혀 관계없는 일인데 내가 왜 이러는지 나도 몰랐다. 미라가 나를 보면 또 발작을 일으킬까 봐 그런지 형은 좀체 나를 부르지 않았다.

나는 때로 미라를 보았던 일이 꿈이 아니었던가 싶을 때도 있었다. 형 방에는 누구도 숨어 있지 않은데 혼자 조바심치는 것은 아닌지 의심이 솟구치는 것이었다. 그게 환상이 아니라면 미라는 벌써 우리 집을 떠났을지도 몰랐다. 불가능한 상황이란 것을 파악한 형이 재빨리 조처했을 수도 있다.

형이 뽕짝아줌마를 매수했다는 사실을 알게 된 것은 화요일 점심때였다.

길 위의 친구들

나는 누나가 미장원에서 돌아왔는지 알고 싶어 수시로 누나 방을 들락거리고 있었다. 그리고 어머니의 동정을 살피기 위해 안채에도 계속 들락거렸다.

누나를 기다린 것은 미라에 관한 비밀을 고백해버릴 생각 때문이었고 내실을 기웃거린 것은 어머니가 행여 미라에 관한 비밀을 알게 될까 염려를 감추지 못해서였다. 그러다가 나는 뽕짝아줌마의 거동이 수상하기 짝이 없다는 사실을 발견했다.

뽕짝아줌마는 아줌마대로 내 거동에 신경을 쓰고 있었던 모양이었다. 쟁반을 들고 뒤채로 들어오려다 나를 보고 얼른 돌아서는 일이 두 번 있었다. 한 번은 우연히 마주쳐서 그랬고 두 번째는 일부러 숨어 있다가 불쑥 튀어나왔더니 또 화들짝 놀라는 것이었다. 금방 짚이는 것이 있었지만 나는 시침을 떼고 부엌으로 갔다.

"10호실 할아버지 아파요?"

"아녀……."

뽕짝아줌마는 능청스럽게 딴전을 피웠다.

"쟁반 날라줘요?"

"아니랑게. 안채로 갈 것인디 깜박해갖고 그랬구만."

아줌마는 바쁜 척 왈그랑 왈그랑 설거지만 했다.

"그럼 내가 가져갈게요."

나는 짓궂게도 선반에 얹어둔 쟁반을 내려서 밥그릇 뚜껑을 열어보았다. 참기름 냄새가 썩 고소한 흰죽이었다.

"형이 부탁했죠?"

아줌마가 깜짝 놀라서 손을 내저었다.

"아녀. 아니랑게 그러네."

"에이, 나도 알고 있어요. 형 친구가 먹을 흰죽인데요, 뭘."

그제야 뽕짝아줌마가 하얗게 눈을 흘겼다.

"아이구, 간 떨어질 뻔했네. 엄니 알믄 큰일낭게 입 꼭 다물어야 혀. 도연이 학생 부탁이 아니더라도 엄니 알믄 얼마나 난리가 나겄어. 그랑게 입 조심혀."

이제는 아줌마가 내게 신신당부를 했다. 아닌 게 아니라 뽕짝아줌마까지 공범인 줄 알면 난리도 그런 난리가 없을 것이었다.

아줌마는 이제 마음 놓고 흰죽 쟁반을 들고 뒤채를 드나들었다. 나는 그동안 안채에서 파수병 노릇을 했다. 그러면 그렇지. 뽕짝아줌마가 뒷수발을 해주니 저렇게 머리카락 한 올 들키지 않고 숨어 있지.

나는 왠지 기분이 좋아 클클클 웃었다. 미라는 무서웠지만 이렇게 한통속이 되어 어머니를 속여 넘기는 것이 통쾌했다. 마치 일본 경찰에 쫓기는 독립투사를 숨겨주고 있는 으쓱한 기분이기도 했다. 이제 누나까지 한통속이 되어 형을 돕는다면 미라 문제로 어머니의 벼락이 떨어질 염려는 하지 않아도 좋을 것 같았다.

"쯧쯧. 젊은 청년이 어쩌다가 저리됐을꼬. 아예 산송장이랑게. 도연이 학상은 어디서 저런 인간을 데려다가 저 고생인가 몰러. 참말 속을 모르겄당게."

빈 쟁반을 등 뒤에 감추고 서서 뽕짝아줌마는 하염없이 혀를 찼다. 그러더니 한층 목소리를 낮추어 비밀을 말해주듯 소근거렸다.

"정신도 오락가락하는 개비여. 인자막 보니까 책상 위에 올라앉아서 발발 떨고 있네. 땀을 뻘뻘 흘림시로 뭐라고 막 중얼거리는디 무서워서 혼났네. 어휴, 징해."

책상 위에 올라가서? 나는 또 와락 궁금증이 솟았다.

숨기지는 않겠다. 사실 나는 미라가 겁도 났지만 한편으로는 호

길 위의 친구들

기심의 대상이었다. 뭐, 별다른 호기심도 아니다. 대다수 사람이 무섭다고 아우성을 치면서도 공포영화 매표구에 줄을 서 있는 식의 느낌이니까. 그러나 형의 방을 들여다볼 구실은 좀처럼 생겨나지 않았다.

때마침 누나가 명주실처럼 부드러운 머리칼을 휘날리며 돌아왔다. 머리칼에서 반짝반짝 빛이 나고 있었다. 누나 표현대로 되돌려 주면 '아, 부셔!'였다.

누나는 세상의 모든 아름다운 것들과 마주칠 때마다 '아, 부셔!'를 외쳤다. 쇼윈도에서 발견한 멋진 색깔의 스카프, 주홍과 푸름이 어울린 비 온 뒤의 석양, 빌리 조엘의 노래, 안성기의 수줍은 미소 등등이 바로 눈부신 것들이었다.

하지만 나에게는 언제나 누나가 눈부셨다. 미장원까지 다녀온 누나의 모습은 혼자 보기 아까울 정도였다. 나는 미라에게 누나를 보여주고 싶었다. 아니, 누나에게 미라를 보여주고 싶었다.

어떤 쪽이라 해도 상관없다. 나는 그 두 가지를 충돌시키고 싶었다. 수채화 물감을 사용해 그림을 그릴 때, 누구나 다 검은색과 흰색을 마구 섞어보고 싶다는 충동을 받듯이.

"형 방에 가봐. 굉장한 것을 볼 수 있을 거야."

내 말이 얼마나 진지했던지 누나는 두말도 하지 않고 쪼르르 형의 방으로 달려갔다. 어쩌면 그것은 누나가 시간이 없었기 때문인지도 모른다. 누나는 약속 시각에 늦지 않으려고 조바심치는 중이었다. 누나는 조심하지 않고 함부로 방문을 두들겼다.

금방 형이 나타났다. 누나를 발견한 형은 얼른 방에서 나와 빠르게 문을 닫아버렸다.

"오빠, 우연이가……."

형이 나를 보았다. 내가 조금 웃었는지도 모르겠다. 웃었다면 아마 마피아단의 졸개가 두목에게 보냄 직한 미소였을 것이다. 형은 문에서 비켜나 말없이 방문을 열었다. 누나는 짧은 비명과 함께 두 손을 좍 펴서 얼굴을 가렸다.

"내 선배야. 안채에선 모르니까 조심해."

누나는 손가락 사이로 미라를 샅샅이 살펴보았다.

"병원에 가야 할 사람 같아."

신음처럼 소감을 말하고 누나는 다소곳이 물러 나왔다. 나는 누나 뒤를 쫓아가 다그쳤다.

"뭐 하고 있어? 책상 위에 올라가 있지?"

"아니."

누나는 치마를 걷어 올리고 스타킹을 신었다.

"책상 위에 없단 말이야?"

"아냐. 바닥에 엎드려 있었어. 송장 같더라."

그러면서도 누나는 차근차근 자기 할 일을 해나갔다. 나는 어이가 없었다. 새파래진 얼굴로 무서워 벌벌 떨지는 않을망정 놀라는 기색이라도 있을 줄 알았다.

"무섭지 않았어?"

"조금."

"그런데 왜 비명을 질렀지?"

"너무 지저분해서, 쓰레기 같았어."

기가 막혔다. 누나는 무서워 비명을 지른 것이 아니라 지저분하고 더러워서 그랬다고 했다.

"엎드려서 뭐 하고 있어?"

그래도 나는 호기심의 끈을 놓지 않았다.

길 위의 친구들

"몰라. 그냥 엎드려서 끙끙 앓는 것 같았어."

누나는 거울 앞에 붙어 서서 화장을 시작했다. 무얼 물어도 건성이었다. 누나의 얼굴 곳곳에 색깔이 입혀지는 것을 구경하는 일도 재미는 있었다. 그렇지만 누나가 미라에 대해 그 정도 반응인 것이 내게는 못내 수수께끼였다. 나는 누나가 적어도 한 시간 이상은 미라에 대해 캐물을 것으로 기대했었다.

그러나 립스틱을 고르는 누나의 진지한 옆얼굴은 이미 미라 따윈 까맣게 잊은 표정이었다. 확실히 여자가 남자보다 강할 때가 있었다. 아니, 강함 그 이상이라는 사실을 인정하지 않을 수 없다.

그 며칠 후, 여자가 남자보다 강하다는 것을 대표적으로 보여주는 우리 어머니가 드디어 떼먹힐 뻔한 빚을 성공적으로 받아냈다. 어머니는 운이 좋게도 그들이 숨어 있는 집을 찾을 수 있었다. 어머니는 정말 운이 좋았다. 어머니가 쳐들어간 날은 마침 그들이 팔아넘긴 집의 잔금을 받는 날이었다.

"싸가지라고는 한 푼어치도 없는 년놈들이야. 아주 계획적이드구만. 집 판 돈 챙겨갖고 서울 떠서 장사할 꿍심이었어. 용케 오늘 잡았으니 망정이지 까딱했으면 영영 날린 돈이었다니까."

어머니는 기분이 좋아서 아버지한테 줄 소주 한 병도 사 들고 귀가했다. 어머니에게는 그런 면도 있었다. 물론 드물기는 하지만 가끔은 아버지 몫으로 술이나 과일을 사 왔다. 그러면 아버지는 너무나 좋아서 연신 큼큼, 헛기침을 해댔다.

이때를 놓치지 않고 나는 어머니에게 손을 내밀었다.

"돈은 또 무슨 돈?"

내가 이렇게 말없이 손을 내밀 때 원하는 것은 보통 만 원짜리 한

장이었다. 그야말로 수수한 용돈인 셈이다. 어머니는 그걸 안다. 사실 용돈을 받아낸 지도 꽤 오래되었다. 나는 이미 누나에게 두 번이나 손을 벌렸다. 누나는 찍 해야 오천 원이다. 그것도 세 번쯤 눈을 흘기고 준다.

어머니는 기분 좋게 가짜 악어가죽 손지갑을 열었다. 혹시 했으나 역시 어머니는 손가락을 교묘하게 놀려 한 장을 빼냈다. 팁을 주듯 녹색 지폐 한 장을 내밀며 어머니는 갑자기 내 엉덩이를 후려갈겼다.

"새꺄. 허튼짓하고 다니면 죽을 줄 알어!"

어머니의 애정 표시는 늘 이런 식이다. 내가 중학교 다닐 때까진 늘 바지 앞의 그것을 툭툭 쳤다. 머리통이 굵어지니까 대신 엉덩짝을 친다. 내가 어른이 되면 어디를 갈길지, 짐작도 안 된다.

어머니한테 우려낸 푸른 지폐 한 장을 쑤셔 넣고 나는 모처럼 학원 앞 단골집으로 쥬노를 만나러 갔다. 점심시간이 되자 녀석들이 하나씩 둘씩 고생보따리를 울러메고 모습을 나타냈다.

맨 처음에 나타난 놈은 역시 형무였다. 여전했다. 형무는 머리에 무스를 처바르고 다리를 건들건들 흔들며 걷는 그런 놈이었다. 오늘도 옆머리는 무스로 넘기고 검정 코르덴 상의 속에 흰 티셔츠 차림으로 한껏 멋을 내고 있다. 형무는 재수생이지만 나이는 나와 동갑이었다. 고등학교 때 한 번 쉬었는데 녀석 말을 빌리면 '인생을 정리하기 위해서'였다. 집에서는 어떻게 하든 4년제 대학만 붙여주면 자가용 사준다고 꼬시는데 녀석은 정작 방송국 무용수 시험만 붙으면 집을 나오겠다고 공언하고 있었다.

형무의 꿈은 텔레비전 쇼 무대에 출연할 수 있는 전속무용수였다. 고등학교 시절에도 판만 벌어졌다 하면 뛰어나와서 신나게 흔들어대던 놈이었다. 형무가 한번 마이클 잭슨 흉내를 내기 시작하면 우리는 모두 까무러쳤다. 녀석은 언제 어디서라도 마이클 잭슨의 춤을 출 수 있도록 가방 속에 테이프와 녹음기, 선글라스, 무스, 빗을 넣어 다녔다.

형무 다음에 등장한 것은 진휘와 종식이었다. 이 둘은 고등학교부터 단짝이었는데 기어이 삼수까지 붙어 다니고 있다. 이밖에 고등학교 동창으로 이곳에서 빌빌거리는 녀석이 둘이나 더 있다. 바로 나와 쥬노다. 우리는 앞으로 절대 동창회 따위에 나가지 말자고 굳게 맹세까지 해두고 있다.

진휘도 그렇지만 종식이는 이 근방에서 알아주는 주먹이다. 녀석과 함께 다니면 세상에 무서울 게 없다. 체구도 남들 두 배였다. 그게 모두 비곗살이 아니라 근육이라는 점을 특별히 강조하겠다. 녀석의 이두박근 삼두박근은 정말 죽여준다. 성질도 불같아서 걸핏하면 "우와— 졸도하겠네!" 하고 외치며 윗도리를 벗어부친다. 그러면 제아무리 심장 강한 녀석이라도 일단은 모골이 송연해진다.

진휘랑 종식이는 단짝인 만큼 비슷한 구석도 많다. 그 첫 번째가 두 놈 모두 너무나 제 분수를 모른다는 점이다. 공부는 지지리도 못해서 시험 보아 뽑는 입시학원에도 못 가는 주제에 지망대학은 둘다 으리번쩍하다. 그러니까 아무 데나 가기로 하면 벌써 배지를 달아도 열두 번은 더 달았다는 식의 이야기가 두 녀석의 입버릇이다.

두 번째로 닮은 점은 이빨이 세다는 것이다. 한번 입을 열면 처음부터 끝까지가 다 뻥이다. 나는 이제까지 녀석들보다 뻥이 센 사람을 만나지 못했다. 어느 정도인가 하면 녀석들은 만나는 계집애들 모두에게 서울대 법대에 입학했다가 적성에 안 맞아 재수하는 거라고 떠벌렸다. 더욱 미칠 노릇은 계집애들이 꼬박꼬박 잘도 속아 넘어간다는 사실이다.

쥬노는 우리가 각자 주문을 마친 다음에야 죽을상을 하고 모습을 드러냈다.

"왜 그래?"

종식이가 어깨를 들썩거리며 물었다. 어깨에 힘을 넣는 것은 종식이 버릇이었다.

"바이슨! 알아? 바이슨!"

"또 뭐야?"

이번엔 형무가 머리를 쓸어 올리며 물었다. 흐트러진 머리칼도 없는데 손바닥을 옆으로 뉘어 빗질 시늉을 하는 것은 형무의 버릇이다.

"완전 들소라니까. 어이구! 끔찍해!"

그러자 나만 빼놓고 모두를 우와와, 웃어대기 시작했다. 나는 영문을 몰라서 웃는 입들만 휘둘러보았다.

"또 왔어? 뭐래?"

진휘가 탁자를 치며 웃는 바람에 물컵이 출렁였다.

"계집애 하나가 쥬노한테 죽자 하고 매달리는 거야. 완전 이래."

종식이가 인상을 잔뜩 찌그러뜨렸다.

"몸은 이거구."

이번에는 진휘가 허공에 호박을 그렸다. 그것도 넙다 살찐 호박이다.

"물불을 안 가려. 공격밖에 모르는 애야."

쥬노가 슬픈 목소리로 내게 부연설명을 해주었다.

"학원 애야?"

쥬노가 고개를 끄덕였다.

"들소가 사냥 나왔다가 저 새낄 찍은 거지. 종식이하고 붙어도 끄 떡없을걸."

진휘의 말에 종식이가 펀치를 날리는 시늉을 해 보였다.

"야야, 지지배들 어디 때릴 데가 있어야 붙어보지."

낄낄거리는데 음식이 나왔다.

"오랜만이네. 다른 학원으로 옮겼어?"

주인아주머니가 내게 아는 척을 하자 진휘가 가로막고 나섰다.

"얘, 취직했어요."

그러니까 이놈 저놈이 여관, 호텔, 뿌이, 어서 옵쇼 해가며 낄낄 댔다. 우리는 밑도 끝도 없는 이야기를 떠들어대며 국수 가닥을 정 신없이 배 속에 몰아넣고 일어섰다. 점심값은 내가 냈다. 그러자 딱 사천 원이 남았다.

우리는 길 건너 카페로 우르르 몰려갔다. 커피는 석 잔만 시켰다. 형무가 주머니에서 담배를 내놓기가 무섭게 모두 하나씩 꺼내 불을 붙였다. 형무 녀석이 담배 인심 하나는 되게 후했다.

"아버지가 경기도 어디 기숙사를 알아보고 있어. 완전 밟아버리 는 곳이래."

형무가 시무룩하게 입을 열었다.

"스파르타식?"

쥬노가 아는 척을 했다. 그런 곳이 많았다. 방망이 들고 지키는 사범이 좍 깔렸다나. 어떤 학원은 학습감시용 카메라까지 있다고 했다. 은행이나 백화점에서 볼 수 있는 그런 것이다. 잠깐 딴짓을 하거나 졸기라도 하면 금방 들통이 난다. 생각만 해도 끔찍하다. 나 는 녀석들이 불쌍해서 눈물이 날 지경이었다. 화창한 봄날에도 여 전히 밑줄 그어가며 참고서나 파야 한다니. 그것도 2년, 3년씩이나.

"가야겠어. 여의도가 두 시부터거든."

형무가 먼저 일어났다. 여의도에서 녀석은 브레이크 댄스를 배우고 있었다. 곧 무용수를 뽑는 시험이 있다고 했다.

"오후 수업 들을 거야?"

진휘가 종식이 의향을 물었다. 모두 공부하기 싫어 몸이 비비 꼬였다.

"한 큐 잡고 들어가자."

종식이랑 진휘는 당구장으로 갔다.

"야, 나중에 또 보자. 하나 달고 니네 집에 가면 좋은 방으로 줘야 한다!"

진휘가 마지막으로 이빨을 까고 사라진 다음 나는 쥬노를 쳐다보았다.

"어떻게 할래?"

나는 쥬노를 꼬드길 참이었다. 영화를 보거나 오락실을 가면 오후를 심심찮게 보낼 수 있다.

"큰일 났어."

"왜?"

"바이슨과 데이트 있단 말이야. 약속을 안 해주면 깔아뭉갤 태세였어."

"나갈 거야?"

"네가 같이 가준다면."

"좋아. 가주지."

영화보다 더 재미있을지도 몰랐다. 녀석은 겁이 많았다. 들소 아니라 황야의 이리떼가 몰려든다 해도 계집애한테 겁을 먹다니.

"걱정 마. 내가 잘 타일러서 널 단념시킬게."

"어떻게?"

"못 말려, 이 등신! 두고 봐."

내가 하도 큰소리를 치니까 쥬노도 조금은 마음이 놓이는 눈치였다.

우리는 카페에서 시간을 때우다가 약속장소로 떠났다. 커피값은 쥬노가 냈는데 돈을 내야 할 때 머뭇거리지 않는 점으로는 쥬노만큼 신사도 없었다. 하기야 나보다 늘 주머니 사정이 좋은 녀석이니까 괜히 감탄할 필요는 없다.

"없어?"

약속장소인 카페의 이름은 '자기주장'이었다. '자기주장' 옆에는 '영웅찬가'가 있었고 그 옆에는 '홀로서기'가 있다. 모두 지랄 같은 헛소리들이다. 그런 이름들은 모두 카페라는 명칭으로 어둡고 좁은 공간에서 맛도 없는 커피와 싸구려 칵테일을 팔고 있다. 학원들이 많은 이 거리에는 아예 '재수부락'이란 술집도 있다. '삼수부락'이 생길 날도 멀지는 않으리라.

들소는 아직 안 온 모양이었다. 오후 수업들을 빼먹고 죽치는 패거리가 두엇 있었는데 여학생은 한 명도 없었다. 쥬노는 으슥한 곳으로 나를 끌고 갔다. 가장 구석 자리였다. 쥬노가 말했다.

"창피하잖아? 바이슨하고 데이트라니."

우리는 점잖게 콜라를 주문했다. 커피보다는 음료수가 조금 쌌다. 콜라는 얼음을 너무 많이 넣어 싱거웠지만 음악은 기가 막히게 좋았다.

조지 해리슨의 'What is life'가 나오나 했더니 이어서 해리 닐슨의 'Without You'가 흐르는 것이었다. 나는 요즘 유행하는 하드록보다는 한 십 년쯤 묵은 옛날 노래를 더 좋아한다. 흘러간 노래를 좋아하는 것을 보면 나도 확실히 문제가 있다(이건 내 견해가 아니다. 사람들은 상식을 벗어나면 으레 문제가 있는 것이라고 단정을 하는 버릇이 있으니까).

쥬노는 끊임없이 눈동자를 굴리며 두리번두리번, 우왕좌왕 헤매었다. 콜라는 입에도 대지 않고 문이 열릴 적마다 깜짝 놀라는 시늉을 했다.

"이 벼엉신."

나는 정말 녀석의 얼굴을 한 대 후려치고 싶었다. 얼마나 불안해하는지 나까지도 괜히 콜라에 체할 지경이었다.

"말도 마. 그 애를 생각하면 자다가도 놀라 깬다니까."

쥬노가 입천장이 훤히 들여다보이도록 악, 소리를 흉내 내고 있는데 계단을 오르는 발걸음 소리가 요란하게 들려왔다.

"들소야. 오고 있어!"

쥬노가 탁자 밑으로 기어들어 가는 시늉을 하며 자지러졌다. 아닌 게 아니라 지축을 뒤흔드는 요란한 음향이었다. 나도 은근히 떨렸다.

이윽고 문이 벌컥 열리며 거대한 체구의 계집애가 쑥 들어왔다. 문을 다 가릴 만큼 덩치가 굉장했다. 게다가 그 얼굴이라니. 짧게 깎은 머리야 그렇다 쳐도 그 얼굴은 완전히 주무르다 만 메주였다. 옅은 회색의 점퍼, 빨간 주름치마의 들소는 보무도 당당하게 우리 쪽을 향해 돌진해 왔다.

드러난 종아리가 거짓말 하나도 안 보태고 파르테논 신전의 기둥만 했다. 카페 안에 있던 사람들 모두가 그 애를 쳐다보았다. 전부 우와, 소리를 삼키느라 목젖이 불룩해졌다. 쥬노가 엉거주춤 일어서려는 통에 나도 두목을 맞는 졸개 꼬락서니로 일어나 그 애를 맞

길 위의 친구들

았다.

"괜찮아. 앉지 그러니?"

목소리까지 와랑와랑 카페를 진동시킨다. 쥬노 얼굴이 걸레보다 더 지독하게 구겨지고 있다.

"앉아라. 친구야?"

반말을 갈기며 들소가 턱으로 나를 가리켰다.

"으응, 저, 우연이라고……."

녀석이 벌벌 떨길래 씩씩하게 내가 나섰다.

"나, 진우연이야. 만나서 반갑다."

만나서 반갑다고? 아이구. 정말 미치고 환장할 일이다.

"그래? 난 정은미야. 너도 종합반에 다니지?"

얼씨구. 이름 하나는 죽여준다. 은미가 쥬노 대신 나를 찍었다고 상상하니까 눈앞이 노래질 정도이다. 그 순간에 카페 종업원이 웃음을 감추지도 않고 우리 좌석으로 왔다.

"은미, 요구르트 따블로 가져다줄까?"

은미는 이 카페 단골인 모양이었다. 종업원 누나가 겁도 없이 은미 어깨에 손을 얹는 것을 보니 조금 마음이 놓이기는 했다.

"난 요구르트만 마셔. 피부미용에 좋대."

하마 같은 입을 쩍 벌리고 윗몸을 흔들어대며 웃는 모습이 참 가관이다. 들소가 몸을 움직일 때마다 의자가 괴상한 비명을 질러댔다.

"난 재수하는 거야. 느그들은 삼수지?"

요구르트 두 개를 한입에 털어 넣고 계집애는 본격적으로 우리를 심문하기 시작했다. 그때 쥬노가 내 옆구리를 쿡쿡 찔렀다. 빨리 작전을 개시해 계집애의 야코를 죽이라는 신호였다.

나는 우선 담배를 한 대 피워 물었다. 그럴듯하게 담배를 꼬나물고서, 옆으로 삐딱하게 앉은 채, 담배 연기는 이럴 땐 도넛 모양으로 재주를 피우는 것이 좋으니까 입을 오므려 솜씨를 부렸다. 그런 판에 계집애가 불쑥 도넛 연기 하나를 주먹으로 박살을 냈다. 나는 기분이 상했다.

"너 몇 킬로 나가니?"

몸무게부터 공략하는 것이 효과적이라고 생각한 나의 첫 질문이었다. 한데 계집애는 눈 하나 깜짝 않고 "68." 하고 대답했다.

"다이어트는 잘 돼?"

뚱뚱한 사람들은 자신의 몸무게가 화제에 오르는 것을 끔찍이 싫어한다. 나는 그것을 알고 있었다. 하기야 세상 사람 누구라 해도 자신의 약점이 공개적으로 토론되는 것을 좋아할 사람은 없다.

"다이어트? 난 그런 공부는 해본 적 없어."

확실히 그 두꺼운 얼굴에도 반응은 있었다.

"제인 폰다의 다이어트 성공비법 읽어봤니? 리즈 테일러 것도 괜찮던데?"

계집애가 짜증스러운 표정으로 고개를 흔들었다. 그러자 선풍기 날개가 돌기나 한 듯 찬바람이 휘잉 몰려왔다. 정말 대단한 힘이었다. 쥬노는 조마조마한 얼굴로 계집애와 나의 얼굴을 번갈아 쳐다보며 마른침만 삼키고 있다.

"허리통은 몇 사이즈나 되니?"

마침내 들소가 콧구멍을 씰룩거렸다. 에라, 모르겠다. 나는 내처 되지도 않은 소리를 지껄여댔다.

"다이어트를 왜 안 하지? 잠자리에 들기 전에는 절대 음식을 먹어선 안 돼. 그쯤은 알고 있겠지?"

"무엇 때문에 자꾸 그런 이야기를 하니? 너, 날 놀리는 거야?"

"아냐. 난 그저 궁금해서. 근데 작년에는 몸무게가 얼마였지?"

"이봐, 자꾸 그런 이야기를 하면……."

드디어 들소가 엉덩이를 쳐들고 내게 덤벼들려고 하였다.

"알았어. 한 가지만 말하고 그만둘게. 너 68 아니지? 78이지? 아
냐. 88일지도 몰라. 솔직해져 봐."

"요게."

우와. 들소가 힘을 한번 쓰니까 빈 요구르트병 두 개가 그 애 손
바닥에 깔려 종잇장처럼 얇아졌다. 쥬노가 이번엔 다급하게 내 옆
구리를 찔렀다. 그러나 이젠 누구도 날 막을 수는 없다.

나는 쥬노에게 물었다.

"너, 엊그제 그 여자애는 어떻게 했니? 또 찼어?"

"누, 누구……."

"새로 꼬신 머리 긴 애 말이야. 그날 밤 어디로 갔지? 재미 좋았
어?"

쥬노의 눈이 둥그레졌다. 분명히 말하건대 쥬노는 동정을 지키고
있다. 그건 나도 마찬가지지만. 그래도 여기선 천하의 난봉꾼으로
둔갑한다.

"좀 심한 거 아니냐? 벌써 몇 명째야? 네가 데리고 놀다 버린 계
집애가 한 타스는 될걸."

"야야. 너, 너…… 지금 무슨 소릴 하는 거야?"

"짜식. 음흉스럽긴."

나는 점잖게 쥬노를 나무랐다.

"은미 씨. 은미 씨는 몸무게만큼 속도 넉넉할 테니까 털어놓는 이
야긴데, 저 녀석 보기는 저래도 지독한 흥물이야. 집안이 원래 그래.
성생활 알지? 그게 복잡한 집안이라서 저 녀석도 어쩔 수 없나 봐."

나는 이제 지겨웠다. 빨리 끝내고 이 자리를 나가고 싶었다.

"이 새꺄. 좀 솔직해라. 괜히 은미 씨 같은 순결한 여성 짓밟지 말고. 너, 지난번에 뭐랬지? 뚱뚱한 계집애하고는 어떻게 그 짓을 해야 하는지 그게 숙제라구. 그랬잖아? 그러더니 그새 하나를 낚았구나."

쥬노 얼굴이 하얘졌다. 들소는 완전히 폭발상태다. 나는 만약에 대비해서 콜라 잔 두 개를 옆 탁자로 옮겨놓았다.

그때였다. 문이 열리면서 단발머리 계집애가 하나 들어왔다. 별다른 장식 없이 밋밋한 봄 코트를 입고 있었는데 동그란 머리통과 스탠더드 칼라가 귀엽게 어울렸다. 들소 때문에 탁해졌던 시야가 한꺼번에 맑게 개는 느낌이었다. 쥬노도 참 불쌍한 녀석이었다. 기왕이면 저런 계집애가 오빠, 오빠 하며 달라붙어야지 하필 저런 들소가.

나는 시치미를 떼고 슬그머니 쥬노를 돌아보았다.

"야, 저기 봐. 작년에 헤어졌던 그 애 아냐?"

"으응, 그렇구나……."

멍청한 녀석치곤 어지간히 손발을 맞추고 있는 쥬노가 눈물겹다. 녀석도 들소한테는 두 손 두 발 다 든 모양이다.

"와! 더 예뻐졌다. 근데 왜 찼니? 저 애랑은 꽤 오래 붙어 다녔잖아. 아깝다, 아까워."

우리가 찬사를 보내며 입맛까지 다시자 씩씩거리던 들소도 그 육중한 몸을 뒤로 돌려서 단발머리 계집애를 위아래로 훑어보았다. 그러더니 갑자기 들소가 벌떡 일어났다.

"보라야! 이리 와봐, 보라야!"

출입문 가까운 곳에 자리를 잡고 막 앉으려던 단발머리가 들소의 외침에 핼끔 우리 쪽을 돌아보았다. 그리곤 환하게 웃었다. 물론 들소한테였지만 나는 정말 기가 막혔다. 하필 들소와 친구였던 모양이니 내 헛소리가 왕창 체면을 구겨놓을 판이다.

"빨랑 와봐!"

들소가 손까지 흔들면서 안달을 해대니까 단발머리도 하는 수 없다는 듯 일어섰다.

"보라야. 너 이 애들 아니?"

쥬노가 질끈 눈을 감았다. 나는 아예 천장에 매달린 꼬마전구의 숫자를 세는 척하고 있었다.

"누구? 몰라. 내가 어떻게 알아?"

"틀림없지?"

들소가 이빨을 으르렁거리며 내 얼굴을 노려보았다. 그런데, 들소의 험상궂은 이빨이 문제가 아니었다. 보라라는 계집애, 저 단발머리는 실제로 어디선가 본 적이 있는 얼굴이었다. 분명 그랬다. 동그란 머리통, 찰랑거리는 머리칼, 동그란 눈. 나는 사정없이 머리를 굴려 기억 속의 한 장면을 찾아보기 시작했다.

"얘는, 싱겁게 왜 그래?"

단발머리가 새침한 표정으로 자기 자리로 돌아가 버렸을 때까지도 나는 안갯속 같은 기억을 휘젓고 있었다.

"애, 넌 어디서 저런 삼척동자를 데려와서 애를 먹이냐?"

들소가 나를 째려보았다. 잘난 척, 있는 척, 아는 척하는 인간이 바로 삼척동자다. 단발머리를 어디에서 만났는지 확인하는 일만 아니면 다시 들소에게 돌진해야 옳았다. 돌진은 들소가 대신했다.

"나가자. 저기 피자집 새로 생겼어. 너희들 실컷 먹어. 내가 사줄게."

쥬노가 엉거주춤 나를 보았다. 주제 파악도 못 하고 먹을 것만 생각하는 들소가 너무 웃겼다. 저러다간 아예 굴러다니지. 나는 쥬노의 쩔쩔매는 시선을 외면했다. 나는 실제 들소 따윈 이미 안중에도 없었다.

"나, 바빠. 얘랑 어디 갈 데가 있어."

쥬노는 들소에게 숫제 애원하고 있었다.

"에이, 빨랑 가자."

들소가 발을 쾅쾅 굴렀다. 앉아 있는 내 엉덩이가 들썩거릴 정도였다. 그러자 기적처럼 지하철의 전동차가 떠올랐다. 플랫폼에 서 있으면 바닥이 흔들리는 느낌과 함께 전동차가 들어온다.

그랬다. 그리고, 맞아. 10호실 할아버지랑 거기에 서 있었지. 수원행 전철이 도착하자 냉큼 올라타던 동그란 머리통. 그 반짝이는 시선이 날 빤히 지켜보았기 때문에 울며 겨자 먹기로 할아버지를 따라 군포까지 갔었다.

틀림없었다. 그러자 갑자기 기가 팍 죽었다. 들소 앞에서라면 열흘이라도 삼척동자 노릇을 할 수 있지만 내 마음에 드는 계집애 앞에서는 도저히 마음먹은 대로 되어주지 않는다.

"갈 거야, 안 갈 거야?"

들소는 여전히 으르렁거리고 있었다.

"우, 우연아, 헬프 미!"

쥬노가 내 손을 꽉 잡으며 쓰러지는 시늉을 했다. 그래도 영어가 새어 나올 만큼 입 하나는 야무지다.

"따라가 봐. 지금부턴 이 일에서 손 떼겠어."

나는 팔짱을 끼고 의자의 등받이에 편하게 몸을 기댔다. 그때였다. 단발머리 계집애가 책과 가방을 챙겨 일어났다. 그리곤 계산대 옆의 메모판에 쪽지를 꽂았다. 인사도 잊지는 않았다.

길 위의 친구들

"은미야. 먼저 갈게. 나중에 보자."

"알았어."

들소가 씨름선수처럼 팔을 추켜올려 주먹을 흔들었다. 순간 마음 한쪽이 쿵 무너져 내리는 기분이었다. 더는 참을 수가 없었다.

"간다. 잘해 봐."

나는 번개같이 의자를 박차고 튕겨 나왔다.

"우연아! 가지 마!"

뒤에서 쥬노 녀석의 애절한 목소리가 내 발목을 붙들었지만 돌아 설 수는 없었다.

나는 최고로 흥분한 상태였다. 지금 저 애를 놓치면 백 년 동안 후회할 것 같다는 이 기분을 녀석에게 미주알고주알 털어놓을 시간 이 없었다.

그렇게 재빨리 쫓아 나왔지만 카페 계단을 내려오니 그 애가 없 었다. 나는 미칠 것 같았다. 한걸음에 길 이쪽저쪽을 다 훑어보았으 나 그림자도 없다.

에이. 나는 길바닥에 침을 칵 뱉고 머리칼을 쥐어뜯었다. 이게 땅 으로 꺼졌나, 하늘로 증발했나. 나는 괜히 거칠어져서 주머니에 손 을 집어넣고 걸렁걸렁 카페로 되돌아오는 중이었다. 아까 메모를 남겼으니 혹시 다시 올지도 모를 일이었다. 바로 그때 계집애가 눈 앞의 문방구점에서 거짓말처럼 톡 튀어나왔다.

"어!"

나도 모르게 신음 같은 비명이 튀어나왔다. 단발머리가 그런 내 얼굴을 보더니 쿡쿡 웃음을 터뜨렸다. 아무튼 되게 잘 웃어주는 계 집애였다.

나는 용기를 내었다. 나로서는 죽을힘을 다한 용기였다.

"저…… 은미 씨하고 친구세요?"

은미 씨? 들소한테 퍼붓던 것을 생각하면 속이 찔끔했지만 사실 이게 내 진짜 모습이다.

"3학년 때 같은 반이었어요. 근데, 왜요?"

왜요, 는 무슨. 이렇게 따져 묻는 것은 정말 질색이었다. 그러나 단발머리한테만은 예외이다.

"같은 학원에…… 함께 다녀요?"

"아니요. 나는 저기."

단발머리가 몸을 돌려 가리키는 쪽은 이 동네에서는 그래도 성적 좋은 애들이 다니는 학원이다. 그곳 종합반은 칠십 퍼센트 이상이 대학에 합격한다고 했다.

나는 좀 자존심이 상했다. 그리고 더는 할 말이 떠오르지도 않는 다. 내가 다음 화제를 생각하느라 쩔쩔매는데 단발머리가 고개를 까딱 숙여 보이고 돌아섰다. 볼일 다 보았으면 그만 가보라는 투다. 단발머리는 내 얼굴을 조금도 기억하지 못한다. 기대하지도 않았지 만 나는 좀 섭섭하다.

나는 별수 없이 계집애를 그냥 보낸다. 그러나 돌아서기도 싫다. 나는 슬금슬금 단발머리의 뒤를 밟기 시작했다. 어쩌자는 생각도 없이.

주머니 속에 든 사천 원으로 어디 가서 돈가스나 먹자고 해볼까. 음악다방에 가자고 할까. 차라리 쫓아가서 내일 시간 있냐고 물어 보는 게 좋지 않을까. 머릿속은 복잡했고 마음은 한없이 뜨거웠다.

단발머리는 버스가 다니는 큰길을 따라 하염없이 올라가고 있다. 그러다가 가끔 서점이나 옷가게 앞에서 멈추었다. 단발머리가 멈추

길 위의 친구들

면 나도 아무 상점이든 쇼윈도를 들여다보는 척하며 머뭇거렸다.

도대체 어쩌자는 것인지. 아까 카페에선 약속까지 포기한 채 메모를 남기고 일어서더니 지금은 천연스럽게 상점들을 기웃거리며 한없이 시간을 끈다. 벌써 해가 지고 있었다. 어둠이 깔리면 뒤를 밟기도 어려울 것이다. 나는 내 시력을 잘 안다. 나는 단발머리가 갑자기 버스를 탈 것에 대비해서 회수권 한 장도 미리 준비해놓았다.

그런데 어디쯤에서 갑자기 단발머리가 오던 길을 되짚기 시작했다. 나는 빠르게 옆의 서점 안으로 들어갔다. 잠시 몸을 숨겼다가 단발머리가 지나가면 다시 뒤를 쫓을 계획이었다.

한데 이게 웬일인가. 그 애는 내가 있는 책방으로 쑥 들어오는 것이었다. 거침이 없었다. 나는 얼른 서가 쪽으로 돌아서서 책을 고르는 시늉을 하였다. 계집애도 내 쪽으로 다가오며 서가의 책들을 훑어보기 시작했다. 가슴이 쿵쿵 뛰었다. 숨이 턱 막히는 것 같아서 눈앞에 책들이 뿌옇게 보일 지경이었다.

단발머리는 바로 내 옆에 서서 책꽂이의 책들을 빼보기도 하고 책장을 넘겨보기도 했다. 나는 계집애에게 밀려 점점 안쪽으로 들어갔다. 정말 죽을 노릇이었다. 등허리에서 식은땀이 흐르는 듯했다. 그런 내 사정을 알 턱이 없는 단발머리는 한껏 느긋하게 책을 골랐다. 나도 닥치는 대로 아무거나 책을 뽑아서 넘겨보았다. 글자가 보일 턱이 없었다.

계집애가 가까이 오면 얼른 책을 제자리에 넣고 한 걸음 옮겨서 또 다른 책을 뽑았다. 나는 벌써 서점의 가장 구석진 곳까지 밀려와 있다. 애써 태연함을 가장하며 책장을 넘기는데 옆에서 쿡쿡 웃는 소리가 들려왔다. 옆 눈으로 살짝 보니까 단발머리가 나를 보고 웃는 것이었다. 그것도 우스워 미치겠다는 표정이었다. 나는 금세 얼굴이 발갛게 달아올라서 열심히 책갈피에 고개를 처박았다.

"그 책."

마침내 단발머리가 입을 열었다.

"예?"

내가 돌아보자 계집애는 아예 배를 움켜잡고 깔깔 웃어댔다. 나는 얼른 책 표지를 들여다보았다.

임신에서 분만까지.

세상에. 나는 질끈 눈을 감았다. 태아 교육이 천재를 만든다, 는 부제까지 붙어 있고 배부른 여자가 의자에 앉아 행복에 겨운 표정을 짓고 있는 사진도 박혀 있다. 얼굴이 확 달아오르더니 아예 불이 붙는 듯했다.

내가 질끈 감은 눈을 떴을 때는 이미 단발머리 모습은 보이지 않았다. 계집애는 벌써 계산대에서 돈을 치르는 중이었다.

"생일선물이니까 예쁘게 싸주세요."

계집애의 낭랑한 목소리가 내 귀에 닿았다. 하지만 돌아볼 수도 없었다. 얼굴이 너무 빨개져서 자신도 주체할 수 없을 정도였다.

나는 언제나 이랬다. 항상 가장 중요한 순간에 결정적인 실수를 저지르는 놈이 바로 나였다. 나는 이제 계집애를 쫓아갈 수가 없다. 다리에 힘이 쭉 빠졌고 어디 가서 콱 죽어버리고 싶을 뿐이었다.

계집애가 서점을 나간 뒤에도 족히 몇십 분은 더 기다렸다가 나는 되는 대로 한 권을 골라 계산대로 갔다. 주인은 비닐표지를 해주겠다고 했으나 나는 싫다고 했다. 나는 그냥 돈만 치렀다. 내 주머니에는 달랑 오백 원짜리 동전 하나만 남았다.

버스에 타고서야 나는 내가 산 책이 무엇인지 확인해보았다. 맙소사. 나는 기가 막히게도 『도적과 개들』이란 제목의 책을 들고 있었다. 정말 되는 일이 하나도 없었다. 이건 『임신에서 분만까지』와 조금도 다를 바가 없었다. 울고 싶었다.

버스에서 나는 내내 책 표지를 감추기 위해 전전긍긍했다. 할 수만 있다면 창밖으로 내던져버리고 싶었으나 창문들은 모두 굳게 닫혀 있다. 나는 사람들이 책을 볼 수 없도록 겨드랑이 사이에 끼고 엉거주춤 서 있다가 몇 번이나 넘어질 뻔했다.

실제로 나는 집으로 가는 골목의 쓰레기통 하나에 그 책을 처박아버릴 생각을 하고 있었다. 어서 버스에서 내리기만 해봐라. 아까 당한 치욕까지 보태서 호되게 앙갚음을 하는 방법으론 쓰레기통에 처박는 것뿐이라고 나는 생각했다. 『도적과 개들』을 내 방까지 가져갔다간 아마 밤새도록 도적과 개새끼들한테 쫓기는 꿈을 꿀 것이었다. 그것도 석 달 열흘은 충분히 시달리는 인간이 바로 나였다. 나는 너무나도 나를 잘 알고 있었다.

그때 한 사내가 나타나 내게 말을 걸지만 않았더라면 나는 틀림없이 골목의 첫 번째 쓰레기통에 책을 던졌을 것이었다. 나는 비참한 기분으로 버스에서 내려 집으로 들어가는 골목길로 접어들고 있었다.

사내는 골목 입구에 그림자처럼 서 있다가 나를 붙들었다. 평상시 같았으면 놀라서 후다닥 튀어버렸을 만큼 느닷없는 행동이었다. 하지만 나는 너무도 절망적인 상황이었기 때문에 겁도 없이 사내를 노려보았다.

"왜 그래요?"

내가 제법 대드는 눈치여서 그랬는지 사내는 붙잡았던 어깨를 얼른 놓아주었다. 얼핏 보아도 사내에게 악의는 없어 보였다.

"아, 미안!"

사내는 커다란 배낭을 메고 있었는데 수염이 덥수룩하고 눈이 부리부리했다.

"학생 이 동네 사나?"

수염 사이로 흰 이빨이 반짝였다. 하고 있는 꼴에 비해선 칫솔질만큼은 잘하는 인간인가 보았다.

"그런데요?"

내가 여전히 퉁명스럽게 되물으니까 사내는 잠시 난처하다는 표정으로 수염만 만지작거렸다. 30초만 기다려주었다가 나는 그만 가버릴 생각이었다.

"여기, 싸고 좋은 하숙집 없을까?"

쳇, 기껏해야 그런 것이나 물으려고 폼을 잡았단 말인가. 나는 잔뜩 경멸하는 어투로, 어깨를 으쓱대며, 자신 있게 말해주었다.

"이 골목 끝에 나성여관이라고 있어요. 이 동네에선 거기가 제일 싸고 좋아요."

3.　기도·빵·석양

○

이 계절이 싫다.

이 분홍의 햇볕과 연록의 잎사귀와 옥색 하늘의 쨍쨍함이 싫다. 너무나 단조로운 내 삶의 무대에 4월은 어울리지 않는 소도구이다. 나는 하루하루를 죽일 수 없어 거의 미칠 지경이었다.

나는 매일같이 카페 '자기주장'에 등교했다. 구석 자리에 앉아 커피를 마시며 담배를 다섯 개비쯤 피우고 일어나서는 학원 골목을 어슬렁거리다 돌아오곤 했다. 음악 취향이 나처럼 복고풍인 주인 덕분에 썩 지루하지는 않았다. 서른대여섯 살쯤 되어 보이는 여주인은 계산대에서 늘 신문만 읽고 있었다. 내가 무엇 때문에 '자기주장'에 가는지 제발 묻지 말아 달라. 그건 아직 내가 나에게도 하지 않은 질문이니까.

이건 정말이다. 나는 한 번도 스스로가 '자기주장'에 등교하는 이유를 생각해본 적이 없다. 그냥 가는 것이다.

그곳에서 보라는 계집애를 만났다는 사실을 잊은 것은 절대 아니다. 하지만 나는 혹시 그 애와 마주칠까 봐 늘 구석에 등을 돌리

기도 · 빵 · 석양

고 앉는 것을 잊지 않는다. 그날 서점에서의 내 꼴을 생각하면 지금
도 등에 식은땀이 흐르는데 내가 왜 그 애를 만나고 싶겠는가. 내
마음은 분명하다. 나는 그 계집애와 마주치고 싶지 않다. 그러나 분
명한 것이 다 옳은 것은 아니다. 나는 슬프게도 그 배반의 논리를
깨닫는다.

나는 카페의 지린내 풍기는 구석 자리에 앉아서 하릴없이 낙서를
하거나 풀 죽은 몸짓으로 얼굴의 여드름을 쥐어짜곤 했다. 내게 있
어 쥐어짜고 학대할 그 무엇이라곤 여드름밖에 없다. 진정코 나는
이 봄이 지겹다.

그러다가 사건이 일어났다. 정말 끔찍했다. 하지만 마침내 올 것
이 오고야 말았으므로 놀라지는 않았다. 일은 전적으로 방심한 형
때문에 일어났다. 형이 그런 실수를 하다니 믿어지지 않았지만 어
쨌든 일이 터지고 말았다.

그 일은 모두가 잠든 한밤중에 일어났다. 물론 나도 자고 있었다.
내 잠을 깨운 것은 유리창이 박살 나는 무시무시한 소리였다. 그 소
리가 무시무시했던 까닭은 와장창하는 파열음에 섞인 짐승의 울부
짖음이 원인이었다. 나성여관 지붕 아래에서 잠들어 있던 모든 사
람이 뛰쳐나온 것도 그 기이한 비명의 섬뜩함 때문이었다.

"으흐흐, 캬아악……."

그리곤 또 와장창 유리창이 쏟아져 내리고 다시 괴성이 집안을
흔들면서 유리창이 박살 나곤 했다. 제일 먼저 뛰쳐나온 사람은 역
시 형이었다. 내가 방문을 열고 나왔을 땐 형은 이미 안채로 달려간
뒤였다.

그러나 때는 벌써 늦었다. 내실의 어머니와 아버지는 형보다 한
발 앞서 눈앞에 펼쳐진 광경에 넋을 잃고 있었다. 내가 안채에 도착

해보니 2호실과 5호실에 묵었던 투숙객들까지 모두 문을 열어젖히고 눈을 동그랗게 치뜬 채였다.

미라는 완전 피투성이였다. 현관문 두 짝의 유리가 전부 깨졌고 벽의 대형거울도 가운데가 뻥 뚫려 있었다. 유리 조각이 흐트러진 현관 바닥에도 핏자국이 난무했다. 누나는 내 등에 얼굴을 묻고 "저 피!" 하고 외쳤다. 벽과 벽이 만나는 귀퉁이에 몸을 잔뜩 오그려 붙이고 앉아 벌벌 떨고 있는 미라의 볼에서, 팔뚝에서, 이마에서 피가 주르르 흘러내렸다.

"모두 들어가세요. 제 친구예요. 술에 취해 실수했나 봅니다."

형은 침착하게 세수수건을 찾아와 미라의 피를 닦았다. 미라는 형의 팔뚝에 얼굴을 묻고 흐흐흐, 웃음인지 울음인지 분간하기 어려운 신음을 토하며 부들부들 몸을 떨었다.

마침내 어머니가 앞으로 나섰다. 어머니는 난데없는 벼락에 놀라서 한동안은 어이구, 어이구 소리만 외고 있었다. 혈압이 높은 어머니는 그게 약점이었다. 너무 약이 오르거나 화가 나면 말문이 막히는 것, 그럴 때는 몸까지 굳어졌다.

"어이구, 저놈이…… 저 화상이 니 친구라고?"

이번에는 어머니가 얼굴에 경련을 일으켰다.

"참아, 술에 취했다고 그러잖아?"

아버지가 어머니를 붙잡았다.

"술? 술을 아가리로 처먹지, 주먹으로 처먹어? 아니, 어따 대고 술주정이야! 어디 와서 술주정이냐고오!"

악을 쓰던 어머니가 잠시 호흡을 고르는 사이였을 것이다. 형의 팔을 뿌리치며 돌연 미라가 입을 열었다.

"술 마시지 않았어. 으흐흐, 나 술 마시지 않았어."

기도 · 빵 · 석양

"형, 괜찮아요. 괜찮아."

아기를 달래듯 형은 미라의 푸득거리는 어깨를 자꾸 쓰다듬었다.

"오냐! 술 처먹은 놈치고 술 취했다고 지 입으로 말하는 놈 없드라. 아이구, 저 원쑤."

유리 조각 때문에 현관 바닥으로 내려서지는 못하고 삿대질만 해대는 어머니 얼굴이 굉장했다. 손님들은 그쯤 해서 각자의 방으로 돌아갔다. 형이 내게 눈짓을 보냈으므로 나는 빗자루를 찾아와 흐트러져 있는 유리 파편들을 쓸어 모으기 시작했다. 아슬아슬한 순간이었다.

술 취한 친구가 하룻밤 묵어갈 수는 있다. 형과 미라가 제발 이쯤에서 위기를 모면할 수 있기를 나는 진심으로 빌었다. 그러나 행운의 여신은 형의 편이 아니었다. 미라가 형을 따라 순순히 방으로 돌아갔으면 만사형통일 수 있었다. 한데 미라는 좀체 말을 들어주지 않았다. 형이 부축해서 일으키려면 더욱 몸을 움츠러서 나중에는 아예 바닥에 드러누울 태세였다. 꼴이 하도 같잖으니까 그만 들어갈까 하던 어머니의 부아가 다시 돋아졌다.

"내쫓아버려, 이놈의 새꺄! 무슨 장한 일을 했다고 얼싸안고 난리야? 술 처먹었거들랑 지네 집에 가서 자빠져 자지 않고 남의 집엔 왜 와서 행패냔 말이야!"

다시 미라가 형에게 찰싹 붙었다. 그래도 어머니는 계속 발을 구르며 소리쳤다.

"내쫓아버려, 얼른!"

"어머니!"

형이 정색하고 어머니를 보았다.

"오냐, 이눔아! 니가 날 노려보면 어쩔 테냐? 니가 뭘 잘했다고 눈 똑바로 뜨고 덤벼? 엉? 이 싸가지 없는 놈의 자식."

어머니가 갑자기 형의 뺨을 올려 붙였다. 얼마나 세게 후려쳤던지 형은 뺨을 감싸 안고 앞으로 고꾸라졌다. 그때 또렷한 목소리로 다시 미라가 끼어들었다.

"도연아. 날 보내줘. 여긴 싫어. 열흘만 있다가 보내준다고 그랬지. 날 보내줘. 으흐흐…… 보내줘."

"뭐야? 열흘만?"

어머니가 되물었다.

"나는 갈 거야. 으아악! 제발 때리지만 말아요. 무서워. 여기 무서워……."

"아이구, 내가 못 살아. 지금 보니 이거 미친놈 아냐? 술 취했다는 건 말짱 거짓말이었구나?"

"엉?"

아버지도 그제야 감을 잡은 모양이었다. 그리곤 가만있어도 좋으련만 미라에게 다가가 요모조모 살펴보았다. 미라는 아버지가 다가오는 기척에 이젠 사시나무 떨듯 떨어댔다.

"살려줘, 제발…… 내 몸에 손대지 마."

하얗게 질린 얼굴, 퀭한 눈에는 감당할 수 없는 고통의 빛이 서려 있었다. 더 놓아두었다간 꼴깍 숨이 넘어갈 것 같았다.

형도 이 상황이 미라에게 큰 위기임을 깨달았다. 그를 둘러업고 길을 비켜달라는 몸짓으로 우리 앞에 섰다. 내가 먼저 길을 터주었다. 누나도, 아버지도 얼결에 그렇게 했다.

형의 베이지색 티셔츠에 붉은 피가 선연했다. 핏자국은 형과 형의 등에 업힌 미라를 전장에서 돌아온 병사처럼 보이게 했다. 그것이 우리를 압도했으나 어머니만큼은 그 자리에서 꼼짝도 하지 않았다.

　　　　　　　　　　　　　　　　기도 · 빵 · 석양

어머니는 추리에 추리를 거듭함과 동시에, 눈앞에 벌어진 사태를 추리에 연결시키느라 얼굴 근육이 팽팽하게 당겨져 있었다. 형은 그런 어머니 앞으로 전진했다. 좁은 복도의 가운데를 막고 서 있는 어머니를 물리쳐야 형은 앞으로 나갈 수가 있었다.

"못 간다. 집 안으론 못 들여. 나가라!"

형의 눈에 푸른 불꽃이 이글거렸다. 어머니 눈도 형과 다름이 없었다. 불꽃이 서로를 향해 무섭게 튕겨 나왔다.

"죽어도 못 비켜! 이놈의 새꺄, 나가!"

악을 쓰는 어머니를 무시한 채 형은 더욱 바짝 다가섰다. 그러자 어머니는 형의 목덜미를 움켜쥐었다. 형은 어머니의 손을 떨치기 위해 몸을 세게 흔들었다. 우리는 두 사람의 대결에 숨을 죽였다. 누구 하나 나설 생각도 하지 못한 채였다.

어머니는 그악스럽게 형의 목덜미를 낚아챘고 형은 악착같이 그 손아귀를 벗어나기 위해 몸부림쳤다. 그래도 움켜쥔 어머니의 손에서 벗어날 수 없게 되자 형은 갑자기 어머니의 배에 고개를 박아버렸다. 그리곤 황소처럼 어머니를 밀어붙였다.

눈 깜짝할 사이에 어머니는 복도에 나동그라졌다. 뒤로 벌떡 넘어진 어머니의 다리를 뛰어넘은 형은 뒤도 안 돌아보고 자기 방으로 뛰어갔다.

"엄마!"

누나가 쓰러진 어머니에게 달려들었다. 나는 어느 쪽을 따라야 할지 몰라서 빗자루를 든 채 두리번거리다가 이윽고 형을 따르기로 결심했다. 가정의 평화를 위해서라도 나는 형을 도와야 했다. 어머니는 누나와 아버지의 부축을 받아 그 무거운 몸을 일으키고 있었다.

"따뜻한 물수건."

형은 당연히 내가 따라오리라 믿었던 모양이었다. 나는 누나 방의 커피포트를 가져다가 물을 채운 다음 형의 방으로 갔다.

"주물러, 빨리."

형은 미라의 심장 근처를 마사지하였고 나는 팔과 다리를 맡았다. 미라의 몸은 물에서 튕겨 나온 붕어처럼 쉴 새 없이 펄떡거렸다. 그런데도 두 눈은 뚫어져라 천장만을 똑바로 쏘아보고 있어 섬뜩하기 그지없었다.

"물."

형이 시키는 대로 나는 얼른 컵에 물을 따랐다. 형은 윗목에서 약병을 집어 왔다.

"조심해서 일으켜봐."

나는 미라의 등 밑에 손을 넣어 그를 일으켰다. 불을 뿜는 듯한 그의 두 눈이 무서워서 시선은 다른 곳에 두고서였다.

"입을 벌려."

맙소사. 형은 점점 더 어려운 주문을 했다. 나는 멈칫거리며 미라의 입술에 손을 대어보았다. 그의 차가운 살갗에 손이 닿는 순간은 정말 견디기 어려웠다.

"입을 벌려줘야 약을 먹이지."

형은 나의 망설임에 가차 없이 야단을 쳤다. 나는 눈을 질끈 감고 미라에게 덤볐다. 알약 두 개를 먹이는데 형과 나의 온몸이 땀으로 젖어버렸다. 자물쇠를 채우기라도 한 듯 두 입술은 맞붙어 좀체 열리지 않았다. 내가 끓고 있는 커피포트의 물을 수건에 적셔 여러 번 얼굴을 닦아준 뒤에야 입의 근육이 풀렸다.

나는 미라의 뼈만 남은 얼굴을 겁도 없이 만져댔다. 처음이 어려웠지 다음부턴 오직 그의 입이 벌어지기만을 고대했다. 어떻게 그

기도 · 빵 · 석양

렇게 할 수 있었는지, 그건 나도 모르겠다. 나는 미라가 이대로 죽
는다고 믿었다. 미라의 죽음만 아니라면 무엇이든 다 할 수 있다고
생각했다.

알약만이 최후의 희망이라고 여겼으므로 우리는 죽기 살기로 그
일에 매달렸다. 형 역시도 거의 필사적이었다. 입가로 흘러내린 물
이 미라의 앞섶을 흥건히 적셔버린 뒤에야 마침내 알약이 그의 목
구멍을 통과했다. 알약이 무사히 넘어간 것을 확인한 형과 나는 기
진맥진해서 벽에 등을 붙이고 발을 뻗어버렸다.

땀에 젖어 이마에 달라붙은 머리칼을 쓸어 넘기면서 나는 휴우
큰 숨을 내쉬었다. 옆의 형을 흘깃 보니까 형도 얼굴이 땀에 푹 젖
어있었다. 눈을 감은 채 벽에 기대 있는 그 모습이 너무 쇠잔해 보
여 순간 마음이 찡했다.

"형……."

나는 무작정 형을 불러보았다. 형은 힘들여 눈을 떠 나를 보았다.
할 말이 없어진 나는 눈짓으로 미라를 가리켰다. 경련이 멈추고 호
흡도 한결 부드러워진 미라가 두리번두리번 형을 찾았다. 미라는
형이 안 보이면 금세 죽을 듯이 벌벌 떨었다. 형은 무릎걸음으로 그
에게 다가가 그의 앙상한 손을 잡아주었다.

"미안해요. 힘들었지요?"

형은 분명 울먹이고 있었다. 한순간의 잠이 얼마나 깊었으면 미
라가 방을 나가 집 안을 헤매도록 몰랐을까. 형은 자신의 실수를 뼈
저리게 후회하고 있었다.

"집에 갈게. 집으로 보내줘."

"걱정하지 말아요. 형을 병원으로 옮겨야겠어요."

"집으로 보내줘."

"안 돼요. 돌봐주는 사람 없이 온종일 방에 갇혀 있게 할 순 없어
요. 형은 이제 내가 지켜요. 날 믿어요."

미라는 거짓말처럼 철철 눈물을 흘렸다. 그 앙상한 몸 어디에 저
렇게 많은 양의 눈물이 숨어 있었는지 믿기지 않을 정도였다. 형은
물수건으로 미라의 눈물을 닦아주었다. 이마의 상처에서는 아직도
피가 번지고 있었다.

그때 누나가 왔다. 형 대신 내가 어머니의 동정을 물었다.

"불 끄는 것 보고 왔어."

"뭐래?"

"낼 아침에 가만 안 두겠대."

손님들 때문에도 밤중에는 더 이상 소란을 피울 수 없으리라.

"고맙다. 어서들 가."

형이 무너지듯 미라 곁에 누웠다. 미라는 누나가 오니까 이불을
끌어 올려 얼굴을 가렸다. 이럴 때는 분명 제정신임이 틀림없었다.

"불 끄고 나갈까?"

내가 물었으나 형은 고개를 저었다.

나는 내 방으로 들어가지 않고 누나를 따라갔다. 누나도 내가 오
는 게 싫지 않다는 표정이었다. 나는 누나의 이불 속으로 기어들어
갔다. 몸은 고단했지만 머리는 말갛게 개었다. 한바탕 난리를 치른
뒤라 누나의 얼굴에도 졸음기는 찾아볼 수 없었다.

"너, 저 사람이 누군 줄 모르지?"

누나가 물었다.

"대학 선배라던데?"

"글쎄, 단순한 선배가 아니야."

"복잡한 선배도 있나?"

"이런 바보."

누나가 눈을 흘겼다. 나도 바보가 아닌 이상 미라와 형과의 관계에 곡절이 있으리란 것쯤은 짐작하고 있다. 그런데 누나는 짐작 이상의 사실을 알고 있다는 말투였다.

"형이 말해줬어?"

"아니, 오빠가 그런 말 하는 거 봤니?"

"그럼 누난 어떻게 알았어?"

그러자 누나가 서랍 깊숙한 곳에서 무언가를 꺼내왔다. 누렇게 바랜 봉함엽서였는데 발신인 주소는 없이 수신인 주소만 또렷하게 적혀 있었다.

"뭐지?"

"오빠가 입대하고 난 뒤에 방 청소를 하다가 책상 뒤에 끼어 있는 걸 우연히 찾아냈어. 써놓고 끝내 부치지는 않은 모양이야."

나는 봉함엽서의 수신인이 누군지 읽어보았다. 수유리에 사는 홍정미라는 여자였으나 나로서는 처음 들어보는 이름이었다.

"읽어봐. 쓰다 만 편지야."

나는 엽서를 펼쳐 반도 채 못 되는 편지를 읽었다.

'……나는 무장해제 되어 무력한 상태로 조사받고 있다. 나는 하루에도 몇 번씩 희망과 절망을 넘나든다. 나는 해냈지만, 그러나 이루어진 것은 아무것도 없었다. 올해는 우리 모두에게 격랑의 해였다. 내가 이 격랑에 좌초되었다고는 믿지 말길. 나는 끝까지, 두 눈 똑바로 부릅뜨고 이 역사를 지켜볼 것이다. 이정하, 그는 우리 모두를 구하기 위해 완벽하게 망가졌다. 덕분에 나는 무사했다. 네가 나의 무사함에 관심이나 있는지, 대체 나라는 사람을 기억이나 하는

지, 그것조차 자신 없어 하면서도 이 소식을 전한다. 무사하다는 그 말, 그 언어의 실질적 내용과는 전혀 무관하게 나는 무사하다……'

편지는 거기서 그쳤다.

"그럼 저 미라가 이정하야?"

"그때 기억나니? 오빠가 군대 가던 해 가을 말이야."

"그래. 신문이랑 텔레비전에서도 굉장했었잖아. 형은 풀려난 뒤에 갑자기 영장을 받았고."

"오빠가 구속되는 줄 알았는데 열흘 만에 풀려나서 우리 식구들 모두 깜짝 놀랐었지? 그때 이정하라는 사람이 후배랑 동료들 대신 죄를 많이 뒤집어썼대. 잡혀 들어갈 땐 멀쩡했는데, 결국 거기서 되게 당한 거야."

"그런데 얼마나 때리면 저렇게 미라가 되지?"

미라가 이정하라는 이름으로 싱싱하게 뛰고 달렸다는 사실을 나는 인정하기가 어려웠다. 누나도 그런 모양이었다. 고개를 설레설레 흔들며 목소리를 낮추었다.

"무지막지하게 고문을 당한 거야. 말을 듣지 않으니까 저 지경으로 만들었겠지."

우리 둘은 그 순간부터 침묵에 잠겼다. 피가 튀고 살점이 떨어져 나가는 장면을 상상하며 몸을 떨기도 했다. 형과 미라, 아니 이정하와의 관계는 앞으로 어떻게 될까. 형은 언제까지 저 사람을 책임져야 할까.

"우연아."

한참 후 누나가 가라앉은 음성으로 내 이름을 불렀다.

"왜?"

"넌 아니?"

"뭘?"

"오빠랑, 또 오빠의 친구들은 어디서 그런 용기가 날까? 왜 남들처럼 편한 세상을 살지 않을까? 무슨 힘으로?"

누나의 얼굴은 몹시 진지했다.

"사랑일 거야."

나는 불쑥 사랑이란 말을 뱉어버렸다. 이거야말로 전혀 뜻밖의 발설이었다. 사실 내가 사랑이란 말을 떠올린 것은 아까 형 방에서 잠깐이었다. 무릎을 꿇고 앉은 형이 깡마른 미라의 손을 부여잡고 울먹였을 때, 나는 문득 사랑이란 낱말을 상기했었다. 그리곤 그뿐이었다.

그런데 누나는 내 말을 아주 감명 깊게 받아들인 눈치였다. 사랑, 이라고 몇 번 되뇌더니 정색을 하고 물었다.

"어떤 사랑?"

"몰라. 암튼 형은 우리가 모르는 사랑을 하고 있을 거야. 그건 좀 특별한 사랑이겠지. 그 이상은 묻지 마."

그러자 갑자기 누나가 훌쩍훌쩍 울기 시작했다.

"왜 그래?"

"몰라."

"형 때문에?"

"아냐. 나한테 겁이 나서 그래."

"뭐?"

"누구를 사랑한다는 것이 너무 두려워."

그러면서 누나는 팔뚝에 얼굴을 묻고 본격적으로 흐느끼기 시작했다. 아니, 누나의 이 착각이라니. 나는 열이 나서 누나에게 쏘아붙였다.

"이 바보! 그런 사랑이 아니야. 내가 말한 사랑은 그런 게 아니라고."

그래도 누나는 계속해서 울었다. 울거나 말거나 나는 누나 방을 나올 생각이었다. 뭔가 혼자 있고 싶은 심정, 생각을 정리해보고 싶다는 마음이 가득했기 때문이었다. 그러나 돌아보니 누나의 물결치는 어깨가 몹시 애처로웠다.

"누나. 형은 누나와 달라. 제발 유치하게 굴지 마."

누나를 위로할 생각이었는데 또 말이 빗나갔다. 아무래도 나는 누나가 사랑에 빠졌다는 사실을 인정하기가 싫은 모양이었다.

"넌 몰라. 나는 정말 무서워. 다른 세상으로 가야 할 일이 두려워. 지금처럼 살고 싶기도 하고……."

코를 팽 풀면서 누나가 또 말을 이었다.

"그런데도 자꾸 빠져들어 가는 거야. 나도 어쩔 수가 없어. 이런 것도 용기일까?"

"체!"

나는 심통이 나서 누나의 말을 뭉개버렸다. 그런데, 얄궂게도 그 순간 보라의 단발머리가 떠올랐다. 나는 정말 약이 올랐다. 누나 때문에 나까지도 유치해졌다는 기분이었다.

하기야 누나 탓만은 아니었다. 나는 요즈음 정말 이상해졌다. 여자들을 보면 저절로 보라가 떠올랐다. 보라의 동그란 머리통을 한번 만져보고 싶다는 음흉한 생각도 솟구쳤다. 머리통, 손이 아니고 머리통을 쓰다듬어보고 싶다는 것을 보면 나도 정말 웃기는 놈이다.

"오빠한테 아는 척하지 마. 알았지?"

그새 눈물을 닦아내고 말끔한 얼굴이 되어 누나는 봉함엽서를 제자리에 간직했다. 울고 난 누나의 얼굴은 더욱 깨끗하였다. 누나는, 참, 알 수 없는 여자였다.

다음 날 아침, 형은 어머니 앞에 무릎 꿇고 앉았다. 아버지는 형이 건너오는 기척이 들리자 허둥지둥 목욕간다고 나가버렸다. 아버지는 원래 그런 사람이었다.

누나는 진즉에 출근했으므로 두 사람의 대결을 지켜볼 증인은 나밖에 없었다. 한 사람이 더 있긴 했다. 그러나 밤사이의 사건을 대충 전해 들은 뽕짝아줌마는 어머니 앞에 그림자도 비치지 않으려고 무진 애를 썼다.

"오메, 인자 난 죽었네. 이 일을 어쩐다냐? 도연이 학상이 지발 내 이야긴 쏙 빼부러야 허는디 그러코롬 해줄랑가 모르겄네."

뽕짝아줌마의 우그러진 얼굴을 뒤로하고 나는 내실 앞을 어슬렁거리며 방 안의 동정을 살폈다. 형의 목소리는 방 밖으로 새 나오지 않았지만 어머니 음성은 듣지 않으려 해도 들려왔다.

"인제 니놈이 에미를 쳐! 너는 에미를 쳐도 좋다고 배웠드냐?"

어머니.

"니놈 하나로도 징그럽다. 감히 어디라고 그런 인간을 데려오냔 말야."

어머니.

"뭐여? 니가 인제 날 가르칠래? 갈쳐서 데모 잘하는 에미 만들래?"

우당탕. 어머니가 뭔가를 던졌다.

나는 얼른 안으로 뛰어 들어갔다. 어머니가 던진 것은 역시 물주전자였다. 방바닥이 온통 물바다였다. 형은 물을 뒤집어쓰고도 꼼짝하지 않은 채였다. 그것이 더욱 어머니를 못 참게 했다.

"에라, 이 순 상놈의 새꺄!"

132

말과 동시에 두루마리 휴지가 날고 이어 양은쟁반이 형의 머리에 명중하면서 요란한 소리를 냈다.

"에이고, 이놈의 집구석, 사시장철 내 속이 푹푹 썩는다!"

어머니는 힘껏 문짝을 걷어차고 나가버렸다. 형은 미동도 없이 처음 그 자세 그대로 앉아 있다. 방바닥의 물이 아랫목으로 흘러 이불을 적시려고 했기 때문에 나는 얼른 밀쳐놓은 이불을 들어 올렸다. 이불 밑에는 손금고가 있었다. 나는 별다른 생각 없이 손금고를 열어보았다.

아니, 이건 거짓말이다. 손금고를 보는 순간 어젯밤 형의 말이 떠올랐다. 걱정하지 말아요. 형을 병원으로 옮길 거예요.

형에게 무슨 돈이 있어서 미라를 병원으로 보낼 것인가. 그러나 손금고 속에는 만 원짜리 한 장도 없이 천 원짜리만 몇 장 덩그러니 들어 있다. 그럼 그렇지. 우리 어머니가 어떤 사람인데. 나는 맥이 풀려서 손금고를 닫아버렸다. 그때 번개처럼 스치는 생각이 있었다.

나는 어머니가 돈을 숨겨두는 장소를 알고 있었다. 이건 정말 나만 아는 비밀이었다. 어머니는 내가 그 사실을 알고 있다는 것을 까맣게 모르고 있다. 언젠가 아주 중요한 일이 생기면, 그래서 꼭 돈이 필요해진다면 이 비밀이 요긴하게 쓰이리라 생각했었다. 하지만 지금이 바로 그 요긴한 때인지는 얼른 판단이 서지 않았다.

나는 잠시 망설였다. 그러나 시간이 없었다. 어머니는 곧 돌아올 것이고 그 전에 형은 미라를 옮겨야 한다. 할 수 없이 나는 형의 의사를 묻기로 했다. 나는 아주 담담하게, 목소리에 무게가 실리지 않도록 조심하면서 운을 떼었다.

"형, 어떻게 할 거야?"

침통한 표정으로 고개를 숙이고 있던 형은 그제야 자세를 고쳐

기도 · 빵 · 석양

접힌 무릎을 폈다. 밤사이에 형의 눈은 십 리나 더 쑥 들어간 것 같았다.

"아침이나 먹고, 그리고, 나가봐야지."

형은 띄엄띄엄 자신의 계획을 설명했다.

"병원으로?"

"글쎄……."

"돈이 필요해?"

형은 묵묵히 일어섰다.

"돈만 있으면 병원에 보낼 수 있는 거지? 안 그래?"

나는 다급하게 형 앞을 가로막았다.

"저 속에 든 돈 가지고는 어림도 없다는 걸 너도 알잖아."

형이 손금고를 가리키며 쓸쓸하게 내뱉었다. 나는 금세 형의 심중을 알아차릴 수 있었다. 형도 나와 똑같은 생각을 하고 있었던 것이다. 나는 내실 문을 열고 잠시 바깥 동정을 살폈다. 누가 오는 기척은 없었다. 그래도 나는 은밀하게 속삭였다.

"어머니가 돈을 숨겨두는 곳을 알아."

형은 내 얼굴을 뚫어져라 쳐다보았다. 나는 한층 목소리를 낮추었다.

"어떻게 할까?"

나는 흉물이었다. 그 순간에도 형이 먼저 자존심을 굽혀 내게 도움을 청할 기회를 만들었다. 형은 자진해서 내가 친 덫으로 기어들어 왔다.

"좋아. 지금은 그 방법밖에 없어."

"정말이야?"

"어딘데?"

나는 이제 망설이지 않고 윗목에 놓인 문갑 앞으로 다가갔다. 문갑은 방의 오른쪽 구석에 붙어 있었다. 나는 별 힘도 들이지 않고 문갑을 앞으로 약간만 빼냈다. 그리고 방 귀퉁이의 비닐장판을 들어 올렸다.

틀림없었다. 여러 겹으로 접힌 비닐봉지가 얌전하게 내 손길을 기다리고 있다. 비로소 가슴이 심각하게 뛰기 시작했다. 나는 형에게 그것을 건네주었다.

비닐봉지 속의 돈은 신문지로 다시 겹을 두르고 있다. 형이 신문지를 풀어냈다. 시퍼런 돈다발이 그대로 드러났다. 수표 한 장 없이 그냥, 마구 쓸 수 있는 만 원짜리가 예상보다 훨씬 많이 들어 있었다.

형은 낮게 신음을 뱉었다. 나도 그랬다. 지난번 고생 끝에 떼일 뻔했던 빚을 받아내는 데 성공했던 어머니는 그 돈을 고스란히 여기에 묻어둔 모양이었다.

형은 돈다발을 반으로 뚝 잘라서 나머지는 다시 신문지에 싸 비닐봉지에 넣었다. 나는 그 비닐봉지를 원래 자리에 넣어두고 장판 귀퉁이를 잘 단속한 다음 문갑도 제자리에 밀어붙였다. 그리고 우린 시침 뚝 떼고 뒤채로 건너왔다. 형의 뒷주머니가 돈다발로 불룩했다. 마치 오리 궁둥이 같은 꼴이었다. 나는 자꾸 오리 궁둥이를 연상하며 웃어보려고 애를 썼다. 그래도 도무지 웃음이 나와주지 않았다.

내 방 앞에서 형은 걸음을 멈추었다.

"고맙다."

나는 아무런 말도 하지 못했다. 바로 그때 안채에서 어머니의 목소리가 들려왔다. 뽕짝아줌마를 부르는 소리였으나 우리 둘은 황급히 헤어져 각자의 방으로 몸을 숨겼다. 정말 아슬아슬한 순간이었다. 뒷골이 서늘한 만큼 아찔했다.

　그날 형은 미라와 함께 집을 나갔다.

　"잠잠해지면 돌아올게."

　형이 남긴 마지막 말이었다. 돈이 없어진 사실은 곧 발각될 것이고 일차로 지목될 이는 두말할 것 없이 형일 터였다. 형은 어머니의 분노가 가라앉은 뒤에나 돌아오겠다고 말하는 것이었다.

　그러나 이상한 것은 그 뒤의 어머니 거동이었다. 어머니는 며칠이 지나도록 전혀 눈치를 채지 못하는 듯했다. 형에 대해서도 전혀 언급이 없었다. 못 견딜 사람은 바로 나였다. 나는 하루하루가 송곳 박힌 의자에 앉아 있는 기분이었다. 언제 어느 때 불벼락이 떨어질지 모르는 판국이라 잠깐도 마음을 놓을 수가 없었다. 나는 학원 골목에 나가보는 일도 중단한 채 내 방에 틀어박혀 그날을 기다렸다.

　어머니가 손금고나 은행에 큰돈을 넣어두지 않는다는 사실을 익히 아는 나로서는 그날이 멀지 않다는 것을 충분히 각오하고 있었다. 그리고 어느 날, 그러니까 닷새쯤 지난 후에 나는 어머니가 돈을 세고 있는 장면을 목격하였다. 마침내 때가 온 것이었다. 돈을 다 센 다음에는 어김없이 비밀장소에 넣으리라. 그때는 홀쭉해진 돈다발의 부피를 한눈에 알아차릴 것이다.

　나는 일부러 어머니 턱밑에 바짝 앉아서 돈 세는 것을 구경하였다. 그러고 보면 나도 꽤나 대담한 놈이었다.

　"저리 가."

　어머니가 말했다.

　"무슨 돈이에요?"

　"무슨 돈이면? 거저 생긴 돈일까 봐?"

"이잣돈 받았어요?"

"이자는 무슨. 계 탔다. 일 년간 뼈 빠지게 부은 곗돈이야."

모처럼 기분이 좋은 어머니는 연신 침을 묻혀가며 돈을 세었다. 나는 슬그머니 뒤채로 물러와 벼락이 떨어질 순간을 기다렸다.

그러나 정말 희한한 일이었다. 하루가 지나도록 내실에서는 아무일도 일어나지 않았다. 아버지는 여전히 헐렁한 파자마를 추슬러가며 복도를 어슬렁거렸고 어머니는 손금고를 차고앉아 들고나는 손님을 상대하였다.

더는 견딜 수가 없었다. 오후가 겨워 내실이 잠깐 빈 사이 재빨리 문갑을 잡아당기고 비닐장판 밑에 손을 넣어보았다. 하지만 손끝에 닿는 것은 축축한 시멘트 바닥뿐이었다.

설마 했는데 역시 돈 봉투가 없었다. 고개를 처박고 장판 밑을 어디까지나 쑤셔봤지만, 그곳에는 정말 아무것도 없었다. 귀신이 곡을 할 노릇이었다. 여태껏 어머니한테서 아무런 말이 없는 것으로 미루어 장판 밑은 확인하지 않은 것이라 철석같이 믿었던 나였다. 그러나 그게 아니었다.

이 사건에 대해 더는 추측하지 않기로 했다. 나로서는 도저히 해독이 안 되는 암호였다. 몇 시간을 내리 머리를 굴렸어도 장판 밑에서 돈이 없어진 부분에 이르면 암흑이 돼버리고 말았다. 그 암흑은 아무리 해도 더듬어갈 길이 없었다. 나는 이 사건을 영구미제의 미궁 속으로 떨어뜨릴 작정을 하였다. 이 일에는 내가 끼어들 수 없는 모종의 비밀이 있다는 사실만 인정하기로 했다.

그러자 갑자기 나성여관 전체가 흐르지 않는 못처럼 답답해지기 시작했다. 미라도 떠났고 내가 진두지휘한 도둑질도 미로 속으로 흘러가 버렸다. 이제는 나를 끌어당길 그 무엇도 남아 있지 않은 집

기도·빵·석양

에서는 한시도 견딜 수가 없었다.

　나는 며칠 동안 쉬었던 학원 골목 더듬기를 재개하였다. 쥬노도 가끔씩 만났다. 들소와는 여전히 그렇고 그런 관계라고 했다. 그래도 내 덕분에 전보다는 훨씬 기가 죽었다는, 제법 인사치레도 하는 녀석의 얼굴이 꺼벙했다.

　"죽을상이네. 왜 그래?"

　"위가 쓰려. 소화도 안 되고."

　그 체구로 삼수까지 왔으니 위인들 구멍이 나지 않고 배기랴. 녀석이 측은해서 나는 한참 동안 혀를 차주었다.

　형무는 무용수 시험에 떨어진 뒤 풀이 죽어 있었다. 시험에 떨어진 것은 형무의 춤 실력이 부족해서가 아니라 경쟁률이 너무나 어마어마해서라고 하였다. 밤낮없이 빙글빙글 돌며 야릇한 춤이나 추는 무용수 시험에 그렇게나 많은 인간이 모여들다니, 나로서는 참 이해가 안 가는 일이었지만 형무에게는 아주 심각한 문제였다. 한번은 같이 점심을 먹는데 형무 녀석이 냄비국수 안에 눈물방울을 툭툭 떨구는 것이었다.

　"야, 그렇지 않아도 국물이 짠데 왜 또 소금을 치냐?"

　내가 타박을 하니까 녀석은 아예 엉엉 울어댔다. 나무젓가락으로 이마를 쑤셔가면서 우는 꼴은 정말 가관이었다.

　"왜 그래? 가을에 또 오디션이 있다고 그랬잖아?"

　여태도 기다렸는데 가을까지 기다리지 못할 게 무언가.

　"떠났어. 그 애는 합격했거든. 벌써 딴 새끼들하고 다니는 거 내가 봤어."

　아하. 나는 녀석의 눈물을 이해하였다. 함께 춤을 배웠던 여자애

하나와 사귀고 있었는데 불합격을 빌미로 차인 모양이었다.

"야야, 너도 딴 계집애 하나 고르면 되지 뭘 그래? 그거 있잖아? 마이클 춤 한 번이면 수십 명씩 몰려올 텐데."

"돈만 있으면 쇼에 출연시켜준다는데, 쓰벌, 돈이 있어야지."

녀석은 무용수가 되기만 하면 단 며칠 새에 스타가 될 자신이 있다는 놈이었다. 요즘은 무용수에다 하나 더 꿈이 보태졌는데, 그건 바로 비디오형 가수라는 것이었다. 길러둔 춤 실력에, 이 수려한 외모에, 장안의 계집애들은 금세 침을 질질 흘리며 자기에게 몰려들 테고, 하여간 소녀들의 우상이 될 자신은 차고도 넘치게 지닌 녀석이었다.

"느그 엄마한테 까놓고 사정해봐."

"시끄러워. 되는 소리를 해라. 누구 머리 박박 미는 꼴 보려고 그래?"

형무가 벌컥 화를 내는 바람에 나는 입을 다물고 말았다. 무용수 혹은 가수가 어쩌고 하는 말만 들어도 형무 어머니는 고혈압으로 쓰러진다고 했다. 직업군인인 형무 아버지는 심심하면 가위 들고 덤벼서 자식 기를 죽여 놓는 사람이었다. 딸 셋 다음에 겨우 얻은 외동아들을 대학에 보내기 위해 할머니까지 동원되어 백일기도를 하는 집안이니 말해 무엇하랴(그런 집에 태어나지 않은 것은 정말 불행 중 다행이다. 나 같으면 숨이 막혀서 단 하루도 못 견딜 테니까).

그날 이후 형무 녀석은 걸핏하면 학원을 빠진다고 했다. 그래도 만약의 경우에 대비해서 학원 수업은 대충 받아두던 녀석이었는데 이젠 아예 여의도 바닥에서 사는 모양이었다.

그리고 토요일이 왔다. 4월의 두 번째 토요일이었다. 며칠간 여

기도 · 빵 · 석양

름 못지않게 기온이 오르더니 아침부터 비가 쏟아졌다. 나는 오전 내내 머뭇거리다가 마침내 집을 나왔다. 그래도 집에 있는 것보다는 학원 근처에서 어슬렁거리는 쪽이 시간 때우기론 가장 적당했다. 비만 아니라면 아침부터 뛰어나갔을 나였다.

나는 비 오는 날이 싫다. 이유는 단 한 가지, 나는 걸을 때마다 바짓가랑이에 흙물을 튕기는 몹쓸 버릇이 있었다. 조금만 걷다 보면 무릎 아래로 흙탕물 얼룩이 굉장했다. 어떤 날은 엉덩이까지 튕겨서 체면이 말씀이 아니곤 했다.

비 오는 날, 홀로 빗속을 돌아다니며 제법 근사한 표정을 짓는 재주라도 있었다면 진작 계집애 하나쯤은 확보했을 수도 있을 것이었다. 그러나 나는 그렇지가 못했다. 걸음걸이를 고쳐보려고 애는 썼지만 이건 수학 공식처럼 외워서 될 일이 아니었다. 걸음걸이를 고치느니 평생을 하늘 수도꼭지에 매달려 비가 내리지 않도록 용을 쓰는 편이 더 나았다.

집에서 버스정류소까지 가는 동안 내 바지 뒷자락은 이미 형편없이 젖어버렸다. 이제야말로 물이 튕길까 봐 신경을 곧추세울 필요가 전혀 없었다. 그런 법이다. 무슨 일이든 처음의 망가짐이 어렵지 일단 망가지면 그 이후에는 너무나 편안하다. 망가짐 그 자체가 행복할 지경이다. 나는 그런 기분으로 학원 골목을 서부의 무법자처럼 휘젓고 돌아다녔다.

내 바지는 이제 더는 젖을 데가 없었으므로 나는 걸음걸이와는 상관없이 마구 자유로웠다. 믿어지지 않겠지만 어떤 때는 뒷덜미에도 물이 튀어 올랐다. 그 정도로 비는 조금도 수그러지는 기색 없이 줄기차게 쏟아졌다. 정상적으로 걷는다고 잘난 척해보았자 바지 아랫단을 적시는 것은 시간문제였다.

그쯤 되자 나는 묘한 충동을 느끼기 시작했다. 쉽게 말하면 우산을 접어버리고 싶었다는 뜻이다. 뼛속까지 왕창 젖어버리고 싶었다는 뜻이다. 돌대가리 골통 속으로 생수를 부어 넣고 싶었다. 사시사철 갇혀 있는 배꼽과 사타구니에 찰랑찰랑 물을 채우고 싶었다.

마침내 나는 그렇게 하였다. 간단한 일이었다. 우산을 접어 옆구리에 끼기만 하면 되었다.

맨몸으로 하늘 아래 서니까 이건 정말 근사한 기분이었다. 마치 진공 속에서 대기 중으로 뛰쳐나온 듯한 해방감이 온몸을 근질근질하게 만들었다. 잠깐 사이에 내 꼴은 비틀어 짜면 물이 주르르 흘러내릴 듯 푹 젖어버렸다.

그 꼴로 나는 이곳저곳을 가리지 않고 침범했다. 카페 '자기주장'에 갔고 우리들의 단골 분식집도 갔다. 한군데에선 내 꼴에 놀라 나를 쫓아내기 바빴고 다른 곳에선 나의 정신건강을 의심한 듯 뒷걸음을 쳐댔다.

나는 몹시 통쾌하였다. 어디 조용한 곳에서 한 번 원 없이 웃어보았으면 싶었다. 영웅호걸들의 그 호탕한 웃음 말이다. 그러나 통쾌한 웃음 대신 발등을 찧어가며 통곡을 해야 할 순간이 다가오고 있었음을 어찌 짐작이나 할 수 있었으랴.

나는 정말이지 곧 이 거리에서 퇴장할 생각이었다. 이러다가 재수 없게 보라 눈에 띄기라도 하면 공든 탑이 와르르 무너지는 판이었다. 하지만 그런 일이 일어날 가능성은 없었고 실제의 퇴장 이유는 따로 있었다. 나는 어차피 돌아가야 했고 이 꼴로는 버스나 택시를 탈 수가 없었다. 그래서 나는 나성여관까지, 적어도 열 몇 개의 정류소를 이 두 발로 통과할 계획을 세웠고 곧 실행에 옮길 생각이었다.

내가 목재공장의 담벼락에 줄줄이 늘어선 포장마차를 기억하고 그곳으로 발길을 돌린 것도 다 그 때문이었다. 비도 오고, 시간도 일러서 포장마차는 대부분 문을 닫았지만 그 가운데 딱 하나가 장사를 하고 있었다. 펄럭이는 포장 사이로 허연 김이 나오는 것을 확인하고 나는 그곳으로 들어갔다. 추위가 덮치기 전에 배 속을 데워놓아야 집까지의 긴 행군을 성공적으로 마칠 수 있기 때문이었다.

나는 뜨거운 우동 한 그릇과 소주 한 잔과 꼬치 어묵 한 개를 주문해서 의자에 앉지도 않고 그것들을 해치웠다. 다른 손님들은 없었는데 주인 여자도 굳이 앉으라는 말을 하지 않았다. 축축하게 젖은 지폐로 계산을 치르고 포장마차를 나오는데 주인 여자가 나를 불렀다.

"이거, 학생 우산 아니야?"

"맞아요."

잊어버리고 그냥 갈 뻔했던 우산을 챙겨주면서 아주머니가 나를 보던 눈빛은 뭐랄까, 공부를 너무 많이 하면 저렇게 미치는 수도 있나 보다, 하는 깨달음을 담고 있었다. 클클클.

그것도 뭐 재미있는 일이었다. 나는 진심으로 그렇게 생각했다. 한 번쯤 미친 척 헤매지 않고서는 빡빡한 가슴으로 어디 숨이나 쉴 수 있겠는가 말이다.

그리고 다음 순간이었다. 우산을 옆구리에 처억 끼고, 휘감겨 드는 옷을 쥐어뜯으며 빗속으로 뛰어드는데 포장마차 앞에서 빨간 우산과 정면충돌을 하는 사건이 일어나고 말았다. 우산은 벌렁 뒤집혀서 땅에 뒹굴었고 나는 정신없이 그걸 주워 주인에게 돌려주었다. 한 방울이라도 비에 젖지 않으려고 애쓰는 우중의 행인에게 이런 실수는 큰 실례였다. 절대 남에게 실례를 범하며 살지는 않겠다고 작정한 바가 있던 나는 하도 황망해서 우산 주인은 쳐다보지도 않았었다.

하필 이때 이런 우연이 일어나다니. 빨간 우산 속에는 그 단발머리가, 보라가 서 있었다. 이럴 때 내가 무슨 말을 할 수 있으랴. 처음엔 눈앞이 캄캄했다가 조금 시간이 지난 뒤에는 위기를 모면할 방법을 연구하기 위해 마구 머리를 돌려댔다.

방법은 하나뿐이었다. 나는 무뚝뚝하게 "실례했습니다." 하고 말했다. 그리고는 태연하게 돌아섰다. 나는 지금 내가 아니다. 무슨 소리냐고 따지려거든 아예 사라져 달라. 어쨌든 이 진우연이는 이 순간 박 아무개거나 김 아무개이지 결코 진우연이 아니다. 따라서 계집애도 지금 처음 보는 얼굴이고 계집애 역시 박 아무개거나 김 아무개로 여기면 되는 것이다.

그런데 요 계집애가 눈치도 없이 돌아서 가는 나를 쫓아와 친절하게도 우산을 씌워주는 것이 아닌가. 낭패스러운 일이었지만 동시에 기분은 삼삼하기 그지없었다. 나는 물이 줄줄 흐르는 옷을 철벅거리며 묵묵히 걸었다.

"우산이 있잖아?"

어라, 요게 말을 놓고 있다. 요컨대 나와는 구면이다, 이거였다. 나도 오기가 솟았다.

"우산이 고장 났어. 펴지질 않아."

"그래?"

계집애가 내 옆구리에서 우산을 빼갔다. 나는 얼른 그것을 낚아챘다.

"애쓸 것 없어. 죽었다 깨어나도 안 펴지니까."

그러자 계집애가 갑자기 내 오른손을 잡아끌었다. 스치는 손가락

기도·빵·석양

들이 솜털처럼 부드러웠다. 그 와중에도 난 그 부드러움에 흐물흐
물해지고 말았다. 나란 인간은 하여간. 내 오른손에 빨간 우산의 손
잡이를 쥐여 준 계집애는 말릴 틈도 없이 다시 우산을 빼앗아서 삽
시간에 활짝 펼쳐버렸다.

나는 얼굴이 후끈 달아올랐지만, 끝까지 버티기로 결심했다.

"어? 펴졌네?"

"치, 거짓말이었지? 그럴 줄 알았어."

보라가 생글생글 웃어댔다.

"진짜야, 난 거짓말 안 해."

"그럼 왜 얼굴이 빨개졌니?"

"얼굴? 아, 술을 좀 마셨더니 그런가 봐."

"술?"

보라가 얼굴을 찡그렸다.

"아주 조금 마셨어. 딱 한 병."

"애 좀 봐. 한 잔이 아니고 한 병이래."

"놀랄 것 없다. 보통은 세 병인데 오늘은 아주 가볍게, 딱 한 병."

어깨까지 으쓱대며 나는 마구 거짓말을 늘어놓기 시작했다. 이건
아주 중요한 문제다. 거짓말은 한번 시작하면 터진 봇물이나 마찬
가지다. 처음 거짓말이 거짓말이 아님을 증명하기 위해서는 열 가
지, 백 가지 거짓말이 동원되어야 한다.

나는 이럴 때의 감정 처리에도 능숙하다. 가장 중요한 것은 나 스
스로 거짓말에 몰입해야 한다는 점이다. 나는 실제로 한 병의 소주
를 마신 것처럼 행동하기 시작했다. 소주 한 병이라면, 쥬노와 둘이
나눠 마시고 사흘을 끙끙 앓았던 경험밖에 없는 나였다. 한 병의 술
이 나의 뇌를 점령하고 있다는 상상은 정말 아찔하였다. 나는 계속

해서 내 위장 속에서 출렁이는 알코올을 상상하였다.

이윽고 나는 대담해졌다. 술꾼 흉내를 내는 게 아니라 실제 시방의 나는 술꾼이었다. 진실로 나는 몽롱한 상태였다. 나는 딸꾹질도 첨가하고 중심 잃은 걸음걸이를 구사하기도 했다. 이쯤 되면 무어가 거짓말이고 무엇이 또 진실인지 그 경계가 흐려지는 법이었다. 나는 최고의 도취상태에서 마침내 멋진 사나이로 되살아났다.

"자, 좀 걷기로 하자."

내 목소리는 분위기도 있고 호소력도 있다. 내가 들어도 정말 멋졌다. 이런 대사를 읊어야 할 때를 대비해서 틈틈이 연습해둔 덕분이었다. 우리는 빨간 우산 속에서 어깨를 나란히 하고 걷기 시작했다. 뭔가 일이 잘 풀릴 것 같다는 예감이 들었다.

"이렇게 흠씬 젖었는데 춥지도 않아?"

역시 계집애들 마음은 따뜻하다. 나는 그 말에 감격해서 콧등이 찡 울렸다.

"아니."

일부러라도 가슴을 죽 펴고 나는 씩씩하게 걷는다.

"술을 마시면 춥지 않나 봐."

계집애가 고개를 갸웃거렸다.

"야, 이건 마셨다고 할 수도 없는 거야. 목만 축였을 뿐이지."

사나이라면 술과 담배와 근육이 세야 한다고 텔레비전과 영화가 가르쳐주었다.

"학원은 왜 그만두었니?"

보라가 물었다.

"그건 어떻게 알았어?"

"피이, 이름도 아는걸."

계집애가 씩 웃었다. 들소한테 찾아가 나에 관해 묻는 보라를 상상하자 기분이 마구 좋아졌다. 이 기회를 놓칠 수가 없다. 나는 슬그머니 주머니 속의 자금을 헤아려보았다. 불행하게도 오늘의 자본금으로는 커피값도 달랑달랑한 형편이다.

자본금에 생각이 미치자 금세 어깨가 움츠러들었다. 한번 기가 죽으면 죽을 쑤고 마는 내 약점을 잘 아는지라 나는 계속해서 너스레를 떨었다.

"학원에선 이제 배울 게 없어. 혼자 해도 충분하거든. 이번엔 꼭 서울대만 고집할 생각도 아니니까."

이런 허풍은 종식이랑 진휘에게 배운 것이다.

"시간 있으면 어디 가서 호세 펠리치아노의 레인이나 신청해서 들을까?"

이런 대사는 형무 덕분에 주워 꿰는 것이다. 나는 시시하게 노래로 여자를 꼬시지는 않는다. 형무 녀석은 기가 막힌 노래들을 테이프에 녹음해서 계집애들에게 선물하는 버릇이 있었다. 비록 차이긴 했어도 지난번 그 계집애도 실은 이 수법으로 사귄 것이었다.

"레인? 봐, 비가 그쳤는데?"

보라는 우산을 걷어 보였다. 정말 비가 그쳤다. 제기랄. 하필 지금 그칠 게 뭐람. 우산 속의 감미로운 분위기를 벗어나고 보니 더욱 다급해졌다.

"그냥 이야기나 하자는 거지 뭐."

난 새삼 목소리를 잔뜩 깔았다. 성량만 풍부하다면 바리톤으로 분위기를 확 잡을 수도 있으련만.

"약속이 있어. 다섯 시까지 가야 해. 어머, 벌써 5분 전이네."

계집애가 갑자기 도망갈 자세를 취했으므로 나는 얼떨결에 빨간 우산을 꽉 쥐고 버티어 섰다.

"친구들이랑 모임이 있어서 오늘은 안 되겠어. 나중에 보자."

"내가 약속장소까지 에스코트해줄게."

이번엔 쥬노의 흉내까지 내서 영어를 섞어보았다. 최후의 수단이 하나 더 있었으므로 아직 절망은 일렀다.

"웃기지 마. 바로 저기야. 다 왔단 말이야."

나는 그 애가 가리키는 쪽은 쳐다보지도 않고 다시 빨간 우산을 펴서 작은 공간을 마련했다. 마침내 최후의 수단을 발휘해볼 순간이었다.

"그럼 이렇게 하자."

"어떻게?"

"지금부터 내가 퀴즈를 하나 내는 거야."

"그래서?"

"만약 네가 맞추면 무엇이든 원하는 대로 들어줄게. 무엇이든."

"못 맞춘다면?"

"그럼 네가 내 요구조건을 들어주는 거야. 어때?"

"네가 원하는 게 뭔데?"

"딱 하나. 돈도 안 들고, 시간도 안 걸리고, 힘도 안 드는 거 하나."

"그게 뭔지 말해줘."

"지금은 안 돼. 네가 못 맞추면 그때 말할게."

보라는 조금 망설이는 눈치였다. 나는 계속 유혹했다.

"네가 정답을 대면 넌 횡재한 거야. 뭐든 다 요구하라고. 정말이야. 원하는 것이라면 뭐든."

"좋아, 해봐."

마침내 계집애가 팔짱을 끼고 빤히 내 얼굴을 쳐다보았다. 이길 수 있다는 자신감이 가득한 표정이어서 오히려 내 쪽의 기세가 꺾일 지경이었다. 그래도 나 역시 자신만만이어서 겁날 것은 없었다. 나는 이 퀴즈를 학원 동네에서 입수한 게 아니었다. 이쪽에서 돌고 있는 이야기라면 최후의 수단으로 내놓지도 않았다.

　"자, 시작한다."

　"얼른 해."

　"너 독서실 알지?"

　"응."

　"화장실이 뭐 하는 곳인 줄도 알지?"

　"그래."

　"그럼 말이야, 독서실과 화장실의 공통점 세 가지만 대봐."

　"으응, 글쎄……."

　예상했던 대로 보라는 이 퀴즈를 모르는 모양이었다. 그럼 내가 이긴 것은 불을 보듯 명확한 사실이었다. 최신 참새 시리즈나 개구리 시리즈, 혹은 무협소설류의 연작 개그는 나오는 족족 유행되기 때문에 위험하다고 생각한 내 판단이 과연 옳았다.

　"그럼 두 가지만 대도 좋아."

　나는 한껏 너그러워졌다.

　"시간이 오래 걸린다는 것, 그거 아닐까?"

　"틀렸어."

　"옳지, 글자 수가 세 개라는 것?"

　"역시 아냐."

　보라는 열심히 생각에 생각을 거듭하고 나는 그런 보라의 동그란 눈이 귀여워 미칠 지경이었다.

"어렵지? 좋아. 그럼 셋 중에 하나만 대도 이긴 걸로 해줄게. 인심 푹 썼다."

"모르겠어."

"그럼 넌 진 거야. 알아? 내 요구조건을 들어줘야 해."

"말해 봐."

"약속부터 해. 이의 없지?"

"글쎄, 말해 봐."

"니네 집 전화번호."

"피이."

"약속 지켜!"

"알았어. 써줄게. 이만하면 확실하지?"

보라는 가방을 열어 메모지와 연필을 꺼냈다. 나는 찢어지는 입을 감추지도 않은 채 그 애가 건네주는 메모지를 받아 소중히 보관했다.

"이제 말해. 세 가지가 뭐야?"

"독서실과 화장실의 공통점 세 가지 중 첫째는, 학문에 힘쓴다는 사실."

"학문? 아아, 항문?"

그러더니 보라는 입을 크게 벌리고 사정없이 웃기 시작했다.

"둘째, 학문을 넓힌다는 점. 셋째, 학문을 닦는다는 점. 맞지? 내 말에 틀린 것 없잖아."

보라는 아예 내 어깨를 두드리며 박장대소를 했다. 계집애 하나를 이렇게 웃겨보는 일도 나로선 난생처음이었다. 나는 기분이 좋아 하늘로 날 듯했다.

그렇게 한참을 웃던 보라는 갑자기 정색하고 나를 보았다.

기도·빵·석양

"우리 집에 전화 자주 하지 마. 알았지?"

그리곤 내가 들고 있던 빨간 우산을 빼앗아 팔랑팔랑 달아나버렸다. 말갛게 드러난 종아리가 그렇게 예쁠 수가 없었다.

그런데 저 애가 뭐라고 그랬지. 집에 전화를 자주 하지 말라고? 나는 보라가 남긴 마지막 말을 분석해보려고 머리를 핑핑 돌렸다. 그 말은 전화를 해달라는 뜻이 아닌가. 그것도 자주 해달라는 뜻의 반어법인지도 몰랐다. 내가 알기로 계집애들은 종종 반어법을 사용하여 의중을 드러낸다. 그게 아니라 해도 최소한 전화는 해도 좋다는 허락임에는 분명했다.

전화해도 좋다! 야호!

나는 펄쩍펄쩍 뛰어서 삽시간에 버스정류소로 내달렸다. 빨리 내 방에 돌아가 문 잠그고 들어앉아 생각을 더 계속해보고 싶다는 욕망으로 나는 온몸이 근질거렸다. 버스에 올라타고서야 나는 아직도 옷이 흉측하게 젖은 채라는 사실을 깨달았다. 하지만 물이 뚝뚝 흘러내릴 정도는 아니었다.

설령 그렇다 해도 버스를 타지 않을 내가 아니었다. 나는 기분이 좋으면 방에 틀어박혀 염소처럼 몇 시간이고 그 행복을 되새김질해야 직성이 풀리는 버릇이 있었다. 나는 빨리빨리 반추의 공간으로 돌아가고 싶을 뿐이었다.

버스에서 내린 다음에는 숨도 쉬지 않고 달렸다. 얼마나 정신이 없었던지 나는 뒷문으로 돌아가는 습관조차 잊고 요란스레 현관문을 통해 집으로 들어갔다. 계산대에는 아무도 없었다. 이런 꼴을 보이지 않은 것도 행운이었다. 구멍으로 살짝 들여다보니 아버지는 늦은 낮잠이 한창이었다. 낮잠을 자는 아버지 모습처럼 아버지한테 어울리는 것도 없다.

나는 그대로 뒤채를 향해 돌진했다. 흐린 날이라 더욱 침침한 뒤채 복도에는 불이 켜져 있었다. 이상했다. 10호실 노인은 밖으로 좀체 나오지도 않고, 내가 불을 켜놓고 나갔을 까닭도 없다. 누군가 이곳을 다녀갔다. 나는 얼른 형을 생각했지만 그럴 리는 없었다.

그때 9호실 문이 덜컥 열리면서 러닝셔츠만 입은 사내가 수건을 목에 두르고 나타났다. 아직 시간도 이른데 안채 놓아두고 뒤채까지 손님을 넣다니, 이상한 일이었지만 그런 시시껄렁한 호기심 따윈 안중에도 없었으므로 나는 그를 무시한 채 내 방의 손잡이에 열쇠를 꽂았다. 그런데 사내는 세면실로 곧장 가지 않고 내게로 다가왔다.

"여기가 네 집이었구나."

"예?"

나는 그제야 남자의 얼굴을 똑바로 보았다.

"이 동네에서 제일 좋은 여관이라고 네가 그랬잖아."

아아. 비로소 나는 사내를 알아볼 수가 있었다. 얼마 전에 골목 입구에서 배낭을 멘 차림으로 나에게 값싼 하숙집을 묻던 바로 그 사내였다. 어둠 속에서 유독 이빨만 하얗게 빛났던 것도 기억이 났다. 그날이 참, 책방에서 보라에게 톡톡히 창피를 당했던 날이었다. 『임신에서 분만까지』란 바로 그 책 때문이었다.

오늘도 사내는 여전히 흰 이빨을 자랑하고 있다.

"그날은 하루만 묵었는데 오늘은 아예 이 방에다 짐을 풀었다. 네 말이 맞았어. 이 동네에선 여기가 제일 싸고 좋더라."

수염을 깎아서인지 그날 밤의 인상보다는 훨씬 부드럽고 게다가 잘생긴 면도 없지 않은 외모여서 일단은 호감이 갔다. 더욱이 오늘은 최고로 기분 좋은 날 아닌가. 산적 같은 인간이 아는 척을 해도 너그럽게 받아줄 수 있을 것 같았다. 그러고 보니 이 사내와는 참 이상한 인연이었다. 지난번에도 그렇고 오늘도 그렇고, 보라와 만난 다음에는 꼭 이 남자를 만난다. 보라가 만들어주는 인연이라면, 그렇다면 무조건 오케이다.

"그럼 앞으로 잘 지내자. 방도 나란히 있으니 이제부턴 이웃사촌이 되는 거다. 알았지?"

"예."

나는 말 잘 듣는 학동처럼 얼른 대답했다. 만나도 손해는 입히지 않을 사람으로 보여서였다.

"가끔 내 방에도 놀러 오고."

사내가 내 어깨를 툭 치고 세면실로 갔는데도 기분이 상하거나 그러지는 않았다. 평소에는 누군가를 툭툭 치며 말하는 녀석을 가장 싫어했었다. 단 여자는 제외다. 여자들이 날 건드려주는 것은 언제라도 좋으니까.

그런 녀석이 하나 있었다. 두 손을 끈으로 꽁꽁 묶어놓고 싶게 말 한마디에 어깨 툭, 또 한마디에 가슴 툭, 웃으면서는 등짝 후려치기, 만나면 반갑다고 발로 걸어차기, 기분 나쁘면 수틀린다고 배에다 한 방, 매사에 이런 식이었다.

그 녀석은 운이 좋아 대학에 합격했는데 들리는 소문으로는 연극을 한다고 했다. 하기야 모든 행동을 극적으로 하던 놈이었으니까 그럴듯하기는 했다. 문제는 녀석의 상대역을 맡은 여배우가 타박상으로 울긋불긋 멍이 드는 불상사가 생길까 봐 그게 걱정이지만.

젖은 옷을 갈아입고 나는 즉시로 내 일기장에 보라의 전화번호를 다섯 번쯤 써넣었다. 어디를 펼쳐도 번호가 나타날 수 있게 한 것이다. 그리고 오늘을 기념하기 위해 일기를 써보기로 했다. 우선 신보라, 하고 그 애의 이름을 첫 줄에 적었다. 이름만 적어도 기분이 아찔했다. 붕 뜨는 느낌이었다. 그리고 한참 생각한 뒤에 이렇게 썼다. 또박또박.

빨리, 함께 취하자.

나는 입속으로 내가 만든 문장을 서너 번 외어보았다. 좋았다. 기가 막혔다. 천재가 아니고서는 이런 문장을 생각해내지 못할 것이란 생각도 들었다. 허풍은 아니다. 나도 가끔은 천재니까.

더 이상 쓸 말도, 쓸 필요도 없다. 오늘 일기는 지우지 않아도 부끄럽지 않을 만큼 훌륭했다. 나는 분명 취해 있다. 이 기분을 나만 느낀다는 것은 너무 미안한 일이다.

그러니까, 보라야. 빨리, 함께 취하자.

행복의 시간이 흐른 다음에는 당연히 고통의 시간이 왔다.

다음날 나는 온종일을 똥 마려운 강아지 새끼처럼 끙끙거리며 집안을 헤매었다. 일요일이었다. 보라는 집에 있을 것이고 나는 그 애의 전화번호를 알고 있었다. 바로 여기에 나의 절망과 고통이 담겨 있다.

지금 전화를 하면 그 애가 뭐라 할까. 만약에 그 애의 어머니나 아버지가 받으면 어떻게 할 것인가. 혹시 그 애가 내 전화를 기다리고 있을지도 모르는데 너무 점잔을 빼는 것은 아닐까. 그냥 전화번호만 확인할 셈 치고 한번 해 봐?

내가 쉴 새 없이 내실을 들락거리니까 마침내 어머니는 내게 베개를 던져버리고야 말았다.

"이 오살 놈아, 왜 그리 정신없이 쑤시고 다녀?"

그러는데도 클클클, 웃음이 새어 나왔다. 아버지는 궁상맞게도 어머니의 흰머리를 뽑는 중이었다. 이마 바로 위, 혹은 귀밑머리 근처의 것들을 뽑아 차곡차곡 신문지 위에 모으고 있는 모습을 보자니 나는 정말 기가 막혀 말도 안 나올 지경이었다.

아버지는 어머니에게 아쉬운 소리를 할 일이 생길 때마다 저런 식으로 아부를 하곤 했다. 하지만 흰머리 뽑기는 오늘이 처음이었다. 아버지도 되게 급하긴 급한 모양이었다. 내실을 들락거리며 수집한 정보로는 아버지한테 필요한 것은 역시 돈이었다.

어머니하곤 달리 아버지는 이 동네에 친구들이 많았다. 그래 봤자 복덕방, 쌀집, 전당포, 구멍가게의 범위에서 벗어나지 못한 교류인 것은 사실이라도 더러는 불광동이거나 안양 혹은 부산까지 세가 확장되는 때가 왕왕 있었다. 물론 이 동네에서 살다가 정을 맺고 이사를 한 경우들이었다. 전당포 박 씨 아저씨가 지난해부터 자가용을 몰기 시작하면서는 부쩍 원정 나들이가 늘었는데 이번에는 아예 부산까지 뛴다고 하는 모양이었다.

소문에 의하면 박 씨 아저씨는 늘 자가용만 제공할 뿐 기름값에서 밥값, 술값에 이르기까지 한 푼도 추렴에 응하지 않는 사람이었다. 이것은 소문이 아니라 사실인데, 실은 그 자가용조차도 누군가 전당포에 잡혔던 것을 원금 대신 압수한 형편이었다.

그처럼 지독한 자린고비에게 붙어서 부산까지 뛰려면 아버지 자금 사정으로는 굉장한 무리를 해야 할 터였다. 모르긴 몰라도 6박 7일쯤 매달려서 어머니의 흰머리를 깡그리 제거한 후에야 몇 푼 뜯어낼까, 그러지 않고서는 좀체 어려울 듯싶었다.

"인자 나이도 나인데 넘들한테 신세만 지고 살면 되겠는가."

"누가 당신보고 신세 지고 살랍디여? 우리가 어디 밥을 굶소, 기운 옷을 입고 다니길 하요, 왜 신세를 져?"

어머니는 아무리 찔러도 피 한 방울 나지 않을 소리만 잘도 해댄다.

"어허, 아녀자들 만나는 거 하고 우리들 모임이 같남. 세상 물정이라면 알만치 아는 사람이 부러 막힌 소리만 골라 하고 있구먼그려."

평수 넓은 몸을 방바닥에 부리고 누운 어머니와 그 머리맡에 쪼그리고 앉아 한 가닥씩 흰머리를 뽑고 있는 아버지 사이에 내가 끼어들었다.

"아버지. 흰머리 하나에 천 원씩만 받아요. 내가 도와줄게요."

그러자 어머니가 누운 채 내게 발길질을 했다.

"이놈아, 돈이 썩어도 그런 장사는 못 해준다. 앞에 훤히 보이는 것 몇 개만 뽑으랬더니 나중엔 별소릴 다 듣겠네. 그저 부자간에 돈 울궈 먹을 꿍심밖에 없어. 지겨워."

"체, 하숙 손님도 새로 들어왔잖아요? 그 손님 내가 데려온 거라고요."

"누구? 공사장 인부한다는 이?"

아버지가 물었다.

"9호실 노가다 말인갑소. 예배당 공사 끝날 때까지 있는답디다. 공사 끝나고 날라버리면 큰일이니까 방값이랑 식대는 미리미리 선불로 받아내기로 했지."

어머니는 자신의 똑 부러진 일 처리가 어떠냐는 표정으로 아버지와 나를 보았다.

"참, 그 교회를 우리나라에서 제일 크게 짓는다면서? 신문에도 났다는구먼."

"돈들도 많은갑다. 예배당만 크게 지면 복은 저절로 쏟아지는감? 나한테 그래쌌지 말고 당신도 거기나 가서 돈복 좀 터지게 빌지 그러요. 안 그러면 10호실 영감 밥값 좀 받아내서 쓰던가. 그 영감탱

기도 · 빵 · 석양

이가 겨우 방값이나 내면서 나갈 생각은 눈곱만큼도 안 하니, 쯧쯧."

"거, 좀 놔둡시다. 그래도 방값은 꼬박꼬박 내는데."

"인생이 불쌍해서 나도 더 두고 보는 거요. 그것도 이번 달뿐이요. 아무리 궁해도 공밥 꼬박꼬박 먹여가며 방 놓을 생각은 없으니까."

머리를 만져주니 어머니는 슬슬 졸음이 오는 모양이었다. 슬쩍 눈을 감더니 이내 푸아푸아, 바람 빠지는 소리를 내기 시작했다. 어머니가 잠들었는데 애써 흰머리를 뽑아 무엇하랴. 아버지는 담배를 한 개비 꺼내 들고 마당으로 나갔다.

10호실 그 노인이 밥값을 못 내고 있다는 소리는 처음 들었다. 요새는 통 얼굴도 구경하지 못했다. 계산을 제때 못 하니까 아예 방에 틀어박혀 있는지도 몰랐다. 문득 푸른 입술의 딸과 질질 침을 흘리던 사내아이가 떠오르자 나도 모르게 한숨이 나왔다. 내가 생각해도 노인이 푸른 입술의 딸에게 기대어 사는 일은 정말 무리인 듯싶었다.

어머니는 노인에게 딸이 있다는 것을 알고 적이 믿는 눈치였지만 일이 이쯤 되면 노인의 신상이 평탄하기는 아예 그른 것 같았다. 어머니 입에서 밥값 운운하는 소리가 떨어진 이상 노인이 쫓겨나는 것은 시간문제였다.

노인을 좋아하지는 않지만, 노인과는 뭐 아무런 관계도 없지만, 노인이 밥값 때문에 우리 집에서 쫓겨나는 꼴은 절대 보고 싶지 않았다. 노인이 원한다면 한 번쯤 더 군포의 딸 집에 같이 가줄 수도 있다. 나는 또 문갑 뒤의 비밀장소를 떠올렸다. 어머니는 분명 다른 곳에 돈을 감추었겠지만 찾아내기로 하면 금방 묘안이 떠오를 것이다. 게다가 훔쳐낸 돈은 노인을 통해 다시 어머니 지갑으로 들어갈 것이므로 죄가 되지도 않는다.

나는 상습절도범처럼 내실 이곳저곳을 탐색하며 침을 삼켰다. 매번 어머니 돈만 노리는 것이 딱하긴 했으나 아버지는 빈털터리니 어쩔 도리가 없었다. 그때 전화벨이 울렸다. 도둑이 제 발 저리다고 나는 심장이 멈추도록 깜짝 놀랐다. 전화를 건 사람은 누나였다. 누나는 내가 전화를 받은 것이 그렇게도 신통한 모양이었다.

"내실에 있었니? 세상에, 어쩜. 꼭 그럴 것 같았어. 어쩐지 너한테 전화를 막 하고 싶더라니까. 정말 신기하지? 우리 사이엔 뭐가 통하나 봐. 그치? 그렇게 생각하지?"

그렇다면 보라도 지금 전화기 옆에 있지 않을까? 우리 사이도 누나처럼 마음이 통하면 꼭 그렇게 될 텐데. 나는 보라와의 교감을 간절히 원하는데 그런 줄은 모르고 누나는 연신 감탄이었다.

"진짜야. 갑자기 네 생각이 나는 거 있지? 만약에 네가 집에 있다면,"

"있다면?"

"모든 사실을 다 털어놓겠다고 마음먹었어. 알겠니? 특별히 너한테만은 숨김없이. 모두."

"털어놓을 게 뭐가 그리 많아?"

나는 갑자기 불안해져서 꽁무니를 빼고 싶었다. 아무리 누나라 해도 남의 비밀을 간직한 채 벌벌 떨고 싶지는 않았다. 아니, 비밀을 알고 싶기는 했지만 그와 동시에 안다는 일이 몹시 두려웠다. 나는 원래 이런 놈이었다. 뭐든 한 가지만 고르라면 그만 마음이 부산해진다. 선택을 해버리면 또 보물을 놓친 것은 아닐까 해서 오래도록 애가 쓰인다.

"그러지 말고 우연아. 너 지금 이리로 나올래? 오늘 저녁 식사에 초대할게. 굉장한 곳으로 말이야."

"지금?"

"그래. 백화점으로 와. 끝나면 곧장 가야 하니까. 알았지? 빨랑 와야 해."

"갈게."

이건 운명이었다. 누나가 날 부르면 나는 어디든 가야 했다.

"참, 너 올 적에 내 방에 들어가서, 화장대 서랍 왼쪽을 열어봐. 거기 립스틱이 몇 개 있을 거야. 그중에서 682번을 좀 가져다 줘. 잘 들어, 682번이야."

"그게 무슨 색인데?"

"말로는 설명이 안 돼. 그건 그냥 682번의 빛깔이야. 여기 있는 애들은 누구도 그 빛깔을 쓰지 않는 거야. 어떡하니?"

"뭘 어떡해. 그냥 아무거나 바르지."

사내대장부한테 립스틱 심부름이나 시키다니. 나는 그저 멍할 따름이었다. 그러나 누나의 목소리는 더할 나위 없이 절실하기만 했다.

"안 돼. 난 그걸 바르고 싶어. 정말이야. 682번이 아니고서는 진짜 곤란해. 넌 몰라. 꼭 682번이 필요하다니까. 꼭이다, 꼭!"

누나가 하도 꼭꼭거려서 내 뒤통수가 다 따끔따끔할 지경이었다. 482번이면 어떻고 582번이면 어때서 꼭 682번이어야 한단 말인가. 나는 툴툴거리며 누나 방으로 갔다. 그리고 화장대 서랍을 열고 문제의 682번 립스틱을 찾아냈다. 뚜껑을 열고 살펴보았지만 누나 말대로 딱히 무슨 빛깔이라고 말하기는 어려웠다. 그렇다고 특별하게 다른 빛깔도 아니었다. 내 눈으로 보기엔 바르면 빨갛게 되는 여느 립스틱들과 비슷할 뿐이었다.

하지만 뭐가 달라도 다를 것이었다. 색깔 도사인 누나가 고른 것인데 다르지 않을 수 있겠는가 말이다. 나는 손등에 그 화사한 립스틱을 살짝 문대보고서야 뚜껑을 닫았다. 달콤하고 향기로운 냄새가 손등에서부터 솔솔 풍겨 나왔다.

나는 색깔 도사의 동생답게 심사숙고하여 옷을 갖춰 입고 내 방을 나왔다. 삐죽삐죽 솟은 턱수염도 깎았고 혹시 몰라서 얼굴에 로션도 문댔다. 굉장한 곳이라면 나도 필히 가보아야 할 이유가 있었다. 나라고 해서 보라를 데리고 그런 곳에 가지 말란 법이 어디 있는가. 그러나 또한 내 주머니 속에는 잊지 않고 챙겨온 짱돌 한 개도 들어 있다. 누나의 애인이 기분 나쁘게 굴 때를 대비해서였다. 만약 그런 일이 생긴다면 나는 이 짱돌로 녀석의 콧잔등을 무너뜨리고 토껴버릴 생각이었다.

솔직히 말한다면, 상대가 어떤 태도로 나오든 내 속마음은 녀석의 면상을 한 대 후려쳐줘야 시원할 것 같았다. 누나의 애인은 그게 누구라 해도 적개심이 솟는 것을 나도 어찌해볼 수가 없었다.

집을 나오다가 나는 또 9호실 사내와 부닥쳤다. 공사장에서 오는 차림은 아니었다. 꽤 말쑥해서 딴 사람처럼 보이기도 했다.

"이웃사촌. 어딜 가나?"

"누나한테요."

어떤 까닭인지 이 사람한테는 참말만 하게 된다. 행여 거짓말을 해도 내 속이 환하게 들여다보일 것이란 믿음이 드는 것이다.

"누나도 있구나. 이웃사촌은 좋겠네. 형도 하나 있다면서? 가운데에서 귀염을 잔뜩 받겠는걸."

내가 뭐 어린애인가. 귀염을 받다니, 하필 귀염은 또 뭔가. 그래도 나는 다소곳이 대답한다.

"빨랑 가야 해요. 누나가 기다리거든요."

"그래. 잘 가라. 이웃사촌."

사내는 입만 열었다 하면 이웃사촌이다.

"내 이름은 진우연이에요. 진우연."

이웃사촌이란 소리가 듣기 싫어 이름을 일러주고 나는 얼른 돌아서 뛰었다.

한쪽 주머니에는 짱돌을, 다른 주머니에는 682번 립스틱을 담고 나는 누나가 일하는 백화점으로 갔다. 누나가 일하는 2층으로 올라가다가 나는 백화점에서 내보내는 안내방송을 들었다. 삼십 분 후에 폐점한다는 안내였다. 시간은 적당히 맞춰 온 것 같았다.

나는 일부러 매장을 빙 돌아서 누나에게 갔다. 뚱뚱한 부인이 거울 앞에서 옷맵시를 살펴보고 있었는데 누나는 그 옆에서 깃을 세워주거나 치마를 바로 입혀주며 손님의 기분을 맞춰주고 있다. 내가 온 것을 알아차린 누나는 눈짓만으로 그 상황을 풍부하게 전달해주었다. 대충 이런 것이다.

아이, 지겨워 죽겠다. 벌써 몇 벌째 입어보는 줄 아느냐? 자기 몸매는 생각도 하지 않고 옷 타박만 하고 있으니 가소로워 죽겠다. 보나 마나 트집만 잔뜩 늘어놓고 그냥 가버릴 것이다. 이런 손님을 어디 한두 번 겪어봤어야지. 이거야 그렇다 치고 립스틱은 잘 찾아왔느냐? 잊지는 않았겠지.

누나가 눈짓으로 립스틱을 물었으므로 나는 내 주머니를 툭툭 쳐주었다. 누나는 안심했다는 듯 환하게 웃었다. 누나가 손님을 상대하는 동안 나는 한 바퀴 더 매장을 돌기로 했다. 2층에는 여자 옷만 있으므로 어슬렁거리기에 적합하지 못했다. 내가 가까이 다가가서 옷들을 만져봐도 아무도 아는 척하지 않았다.

나는 3층으로 가보기로 했다. 그곳에는 내가 입을 만한 옷들이 꽉 찼다. 살 형편은 못 된다 해도 멋진 옷들 사이를 걸어 다니며 기분을 내보는 일도 나쁘지는 않았다. 내가 어떤 옷을 조금만 주의 깊게 들여다보아도 금세 점원이 다가왔다. 그리곤 온갖 소리를 늘어놓기 시작하는 것이다. 속으로는 끊임없이 진짜 옷을 사줄 사람인지 의심하면서도 겉으로는 상냥하기 그지없는 여점원의 표정을 보는 것이 재미있었다.

그러다가 나는 그곳에서 마음에 꼭 드는 청재킷을 하나 발견했다. 진짜 마음에 드는 옷일 때는 일부러 가까이 가서 호감을 표시해서는 안 된다. 나는 멀찌감치 서서 충분히 살펴본 뒤에 슬쩍 가격표만 확인했다. 역시 엄청났다. 어머니에게 말하면 무슨 대답이 돌아올지 뻔했다.

"이 미친 새끼! 그 돈 만들려면 방을 몇 개나 채워야 하는 줄 알아?"

어머니는 무슨 돈이든 일단은 그렇게 계산하는 버릇이 있었다. 어른들은 다 그랬다. 신발가게를 하는 진휘 아버지는 신발 몇 켤레를 팔아야 하는가로, 찐빵 장사하는 어떤 친구의 엄마는 찐빵 몇 개를 팔아야 그 돈이 생기는가로 이 세상 모든 돈 계산을 처리한다고 했다. 나는 한 번 더 청재킷의 디자인이랑 상표를 확인한 뒤에 다시 2층으로 내려왔다. 잘 기억해두었다가 할인매장이나 동대문에 가서 살 생각이었다.

누나는 일이 끝나기가 무섭게 화장을 고치고, 제복을 벗어 던지고, 머리도 요모조모 손대어 부풀릴 곳은 손가락을 넣어 부풀리고 죽일 곳은 꽉꽉 눌러 죽여서, 삽시간에 기가 막힌 모습으로 변모하여 내 앞에 나타났다. 물론 입술은 내가 가져다준 682번으로 세차게 문질러 반들반들 윤이 났다. 그렇게 봐서 그런지 누나의 입술 색깔이 너무 멋졌다. 누나의 지금 차림새로는 그 색깔 이상의 것을 구할 수는 없다. 역시 누나는 굉장한 사람이었다.

"괜찮아?"

자신의 아름다움을 내게 확인하곤 하는 누나의 버릇은 정말 어쩔 수가 없었다.

"정말 멋져!"

번번이 진심을 다해 누나의 아름다움에 감탄하는 나 또한 못 말리는 인간이었다. 우리 남매는 그런 점에서는 척척 죽이 잘 맞는다.

죽이 잘 맞는 오누이는 씩씩하게 명동으로 갔다. 백화점 앞에서 지하도로 길을 건너면 바로 명동이었다. 나는 옆에 있는 누나 때문에 한껏 당당하게 걸을 수가 있었다. 아무리 둘러보아도 누나만큼 아름다운 여자와 동행하는 남자는 없었다.

누나가 요리조리 인파를 비켜가며 나를 데려간 곳은 입구에서 나비넥타이의 남자가 구십도 각도로 절을 하는 레스토랑이었다. 자주색 양탄자, 경박하지 않고 은은한 조명, 등받이가 긴 의자와 식탁에는 눈부시게 깨끗한 식탁보가 씌워 있었다.

그리고 몹시 조용하였다. 여기도 밥을 먹고 트림을 해대는 곳임에는 여느 식당과 다름이 없을 터이지만 어찌나 고요한지 무슨 회의실에 들어온 느낌이었다. 실내 분위기의 고급스러움보다 더 나를 주눅 들게 한 것이 바로 이 고요함이었다.

이런 곳에서는 콩 한 톨만 씹어도 옆 사람이 돌아보게 생겼다. 김이 안개처럼 피어오르고 쉴 새 없이 그릇 부딪치는 소리가 들려오는 분식집 출신인 나로서는 금방 기가 죽을 수밖에 없다. 쥬노나 형무 같은 녀석은 식구들과 함께 곧잘 이런 고급식당에 드나드는 모양이지만 나는 정말 난생처음이다.

학원 근처의 단골 경양식집도 결코 이런 분위기는 아니었다. 거기서는 돈가스를 먹다가 김치나 단무지를 더 달라고 손뼉을 쳐서 종업원을 불러도 되었고 나이프나 포크가 바닥에 떨어진들 주워서 쓱쓱 닦아 먹으면 그만이었다. 하기야 그래 봤자 배 속으로 넘어가 위벽 안에 갇히는 것은 똑같은 이치 아니겠는가.

나는 어깨를 죽 펴고 누나 뒤를 따라서 창가의 좌석에 앉았다. 주름 풍성한 커튼 때문에 중세의 백작 저택에 초대된 기분이었다. 누나는 이런 곳에서도 의젓했고 전혀 쭈뼛거리지 않았다. 이런 곳에서 보니 누나가 나성여관 뒤채의 골방에만 박혀 있기론 너무 아깝다는 생각도 들었다.

"여긴 예약이 아니면 곤란해. 이 좌석도 그이가 직접 예약한 거야."

꾸어다 놓은 보릿자루처럼 앉아 있는 내 귀에 대고 누나가 속살거렸다.

"왜 안 와?"

"아직 시간이 안 됐어. 기다려봐."

그리고 우리는 남들처럼 조용히 앉아 실내를 떠다니는 나지막한 피아노 연주를 들었다. 내가 무슨 말을 하려고 입술을 달싹이면 누나가 쉿, 하며 침묵을 강요했다. 마치 음악회에 온 교양 있는 청중처럼 가만 앉아서 피아노 연주나 감상하라는 투였다. 그런 누나가 조금 아니꼽기도 했지만 그래도 그때까지가 좋았다. 얼마 기다리지 않아 그 사람이 왔는데, 그때부터 나는 완전히 제정신이 아니었다.

처음 그 남자를 본 순간, 나도 모르게 주머니 속의 짱돌을 움켜쥐었다면 더 말해 무엇하랴. 나는 정말 미칠 것 같았다. 미칠 것 같은 기분을 억누르고, 만나서 반갑다는 투의 표정을 짓고 있어야 하니 이런 비극이 없다. 왜냐고 묻지 말라. 아니, 묻기 전에 내가 먼저 말

기도 · 빵 · 석양

해버리겠다. 누나가 '그이'라고 부르는 남자는 아무리 낮춰보아도 마흔은 넘어 보이는 배불뚝이 영감이었다!

나로서는 상상도 못 한 일이었다. 나는 으레 누나보다 서너 살 혹은 다섯 살 정도 더 많은 청년이 나타날 것이라 믿었다. 그러면 나는 그를 형이라 부르며 때로는 응석도 부리고 때로는 점잖게 누나에 대해 의견을 교환해보리라 마음먹었었다.

상대방의 신상에 대해서는 한마디 언급도 없었던 누나를 처음부터 의심했어야 옳았다. 그러나 때는 이미 늦었다. 우리 아버지보다야 약간 젊은 그 사내는 들어오는 길로 자동차 열쇠를 탁자에 내려놓고 다리를 벌린 흉한 모습으로 아예 드러누울 듯이 의자에 기댔다.

밥을 먹으러 왔는지 이발소에 왔는지 알 수 없는 자세였다. 그 바람에 내 눈높이가 상대적으로 높아져 보지 않아야 할 부분까지 봐버리고 말았다. 그 남자는 배불뚝이인 것도 모자라서 머리 가운데가 지름 5센티미터쯤으로 동그랗게 벗겨지고 있다. 그 순간부터 난 아예 입을 꾹 다물었다. 마음 같아서는 누나를 끌고 그곳을 뛰쳐나오고 싶었지만 솔직히 내게는 그런 용기가 없었다.

자신의 용기 없음, 누나에 대한 배신감, 사내의 뻔뻔스러움, 이런 것들이 겹쳐 나는 완전히 뒤죽박죽이었다. 그런데도 누나는 어쩌면 그리 태연한지 사내가 입만 벌렸다 하면 빨려 들어갈 듯이 넋을 잃고 경청하였다.

이거야말로 누나의 눈이 어떻게 잘못되지 않고서는 있을 수 없는 일이었다. 누나는 이런 사람이 아니었다. 세상의 아름다움, 그것이 빚어내는 색깔, 멋진 것에는 즉각 감응하던 그 경이로운 감수성은 대체 다 어디로 사라져버렸단 말인가. 나는 너무나 분해서 고기를 씹어대며 울었다. 눈으로는 눈물을 씹고, 입으로는 고기를 씹었고,

가슴으로는 늙은 남자를 짓씹어댔다. 너무 많은 것들을 씹어대느라 식사를 마쳤을 때는 기운이 하나도 없을 지경이었다.

"이 집 고기가 연해. 그런데 입에 맞았는지 모르겠군. 모처럼 귀한 손님을 모셨는데 말이야."

나는 일부러 물을 마시며 그의 말을 무시했다.

"동생도 수련이를 닮아서 잘생겼어. 공부하기 힘들지?"

이번에도 나는 냅킨으로 입가를 문지르며 그의 말을 못 들은 척했더니 영락없이 누나가 옆구리를 꼬집었다. 벌써 몇 번째 나는 누나한테 꼬집힘을 당했는지 모른다. 그래도 나는 도저히 이 뻔뻔한 사내와 대화를 할 수 없었다. 안 하는 것이 아니라 못 했던 것이었다. 입이 벌어지지 않았다.

"대학에만 들어가. 그럼 내가 아주 크게 한턱을 내지."

헤어지면서 남자는 내 어깨를 치며 제법 다정한 척했다. 나는 표가 나게 몸을 비틀어서 어깨에 놓인 그의 손을 떨구어버렸다. 송충이가 기어가는 기분보다 더 지독했으므로 내가 나를 어찌할 수가 없었다.

그가 몇 번씩이나 자동차로 데려다주겠다고 권했지만 누나와 나는 사양했다. 누나는 나 때문에 몹시 화가 났다. 어서 남자와 헤어져 나를 족칠 속셈인 것이 누나 표정에 훤히 드러났다.

"너, 그게 무슨 꼴이니?"

누나는 둘만 남자 참았던 화를 터뜨리며 발을 동동 굴렀다.

"창피해서 죽을 뻔했단 말야. 무슨 애가 그래? 왜 묻는 말에 대답도 못 해? 무슨 원수가 졌다고 접시에서 끽끽 소리가 나도록 칼질을 해? 촌스럽게 코나 훌쩍거리고 주머니 속에 손을 집어넣고 있지를 않나, 나 참 기가 막혀서……."

기도 · 빵 · 석양

누나가 한바탕 몰아세운 뒤 이번엔 내가 바락바락 달려들었다. 나도 어지간히 참고 있었던 판이었다. 할 말이 많기론 오히려 내 쪽이었다.

"미쳤어! 누난 제정신이 아니야. 누나가 사랑한다는 사람이 그 영감이야? 누나 지금 몇 살이지? 그 사람은 몇 살이야? 아랫배 튀어나온 꼴도 안 보이냐고. 아니, 아랫배는 놓아두고 그 사람 대머리인 것도 못 봤냐고. 그래, 다 그만두자. 대머리도 좋고 배불뚝이도 좋아. 그 사람 결혼했지? 아마 누나 같은 딸이 있을걸. 내 또래 아들도 있을 거야. 날 보고 그런 사람을 매형이라고 부르란 말이야? 난 가만 안 있겠어. 어머니한테 당장 이를 거야. 지금 당장 어머니에게 이 사실을 말해버릴 거야. 정말이야. 누나가 이럴 줄 몰랐어."

"우연아……."

"싫어. 이제는 누나라고 부르지도 않을 테니까, 다 그만둬. 누난 미쳤어. 미쳤다고……."

한참 악을 쓰다 보니 갑자기 공허해졌다. 쓸쓸하기도 했다. 난 울고 싶었다. 엉엉 울어버리고 싶었다. 그러나 울고 있는 것은 누나였다.

하여간 누나는 잘도 울고 잘도 웃는다. 나는 미워할 수 없는 누나가 진정 미워서 눈물까지도 삼켜버리고 씽씽 걸었다. 사람들과 수시로 어깨가 부딪쳤고 발이 걸렸다. 거리의 사람들은 하나같이 입을 크게 벌리고 웃고 있었지만 나는 쓸쓸했다. 가슴이 텅 비어버린 느낌이었다. 너무 쓸쓸해서 어딘가에 처박혀 칵 죽어버리고 싶었다.

나는 마냥 걸었다. 어딘지도 몰랐다. 누나는 손톱을 물어뜯으며 내 뒤를 따라오고 있다. 다시 백화점 쪽으로 나가야 집에 가는 버스를 탈 수 있었지만 나는 일부러 반대쪽만 헤맸다. 그래 봤자 다람쥐 쳇바퀴 도는 꼴이었다. 나는 불빛 휘황한 상점들의 거리를 떠나지 않았다. 이대로 집에 돌아갈 수는 없었다. 물론 어머니에게 고자질할 만큼 어리석은 나도 아니었다.

누나가 원한다면 어딘가에 자리를 잡고 앉아 긴 시간을 이야기해볼 수도 있었다. 그러나 누나는 좀체 그럴 생각이 없는 눈치였다. 그뿐만 아니라 어느새 모든 감정을 다 정리했는지 쇼윈도 속의 마네킹이 입은 옷이나 구두를 곁눈질하며 즐기는 기색이 역력했다. 기가 막혔지만 그렇다고 곁눈질하지 말라며 화를 낼 수도 없었다.

누나는 원래 그렇게 만들어진 사람이었다. 아름다움에의 도취가 누나만큼 진지한 사람도 없고 그것에의 탐닉이 누나만큼 무조건적인 사람도 없었다. 나는 누나가 미술 공부를 계속했어야 옳았다는 것을 절실하게 깨달았다. 그것이 빗나가서 누나는 세상의 허황한 아름다움에만 집착하는지도 모른다. 배불뚝이 남자를 사랑한다고 믿을 수 있는 것도 모두 그 때문이었다. 남자는 불룩 튀어나온 배와 벗겨진 머리에서 눈을 돌릴 수 있도록 다른 아름다움을 제공하고 있을 것이다.

아름다운 옷, 아름다운 음악, 아름다운 분위기의 레스토랑, 아름다움으로 가득 찬 미래. 누나가 지금 어떤 길로 접어들려는지 어렴풋이 알아챌 수 있었지만 더 완벽하게 누나를 설명할 수가 없다. 나는 나의 모자람 때문에 간절히 형을 원하였다. 이럴 때 형이 있었다면 누나가 어떻게 잘못되었는지를 명확하게 짚어내서 가장 효과적인 말로 설득할 수 있을 것이다. 형은 충분히 그럴 수 있다. 나는 그런 점에서는 형을 존경한다.

바로 그런 간절함 때문이었을까. 길 건너편, 꼬마전구 수백 개가 깜박거리는 나이트클럽 입구에서 나는 놀랍게도 형의 모습을 발견하였다. 형은 오늘의 특별프로그램을 광고하는 클럽의 입간판 옆에서 있었다. 정말 형이었다.

형이 분명했으므로 나는 망설이지 않고 2차선 도로를 건너갔다. 이런 걸 보고 텔레파시가 통한다고 하던가. 어머니의 돈을 훔치는 일에 협조한 이후 우리 형제 사이에 소통의 길이 뚫렸다고 해서 이상할 것도 없다. 내가 형을 원했고, 형은 기적처럼 여기에 나타났다. 길을 건너면서 혹시 누나가 나를 놓칠까 봐 잠깐 뒤돌아보고 손짓을 했던 것밖에 내가 딴눈을 판 시간은 없었다.

"누나! 빨리 와. 형이야!"

그런데 막상 나이트클럽 앞에는 이상한 차림새의 청년들만 어슬렁거리고 있을 뿐 형은 그림자도 없었다.

"어, 분명 형이었는데……."

나는 당황해서 클럽으로 내려가는 계단 입구까지 확인해봤으나 역시 형을 찾을 수가 없었다. 형이 클럽 안으로 들어갔다고 믿었으면 까짓것 안에까지 따라가 좌석마다 수색할 수도 있다. 하지만 형은 그럴 사람이 아니었다. 나는 잠깐 생각에 잠겼다.

형은 클럽 입구에서 사람을 기다렸거나 우연히 아는 사람을 만났을 것이고, 그리고 곧장 어딘가로 가버렸으리라. 내가 형을 발견했을 때는 분명 혼자였지만 별 볼일 없이 거리를 쏘다니는 모습은 아니었다. 오히려 중대한 일을 앞에 둔 사람처럼 몹시 긴장해 보였다.

"오빠가 여길 왜 오니?"

누나는 이 기회다 싶었는지 필요 이상으로 나를 몰아세웠다.

"오빠 비슷한 사람도 없는 걸 괜히 그래."

나로서도 할 말이 없다. 형을 생각하며 걷다가 헛것을 보았거나 다른 사람을 착각했을 수도 있다. 나는 한층 풀이 꺾여서 돌아섰다. 분명히, 틀림없이, 형이었는데.

바로 그때였다.

"이게 누구야? 이웃사촌 아닌가?"

반갑게 아는 척을 하는 사람은 뜻밖에도, 엉뚱하게시리 형이 아닌 9호실의 이빨아저씨였다. 이런 곳에서 그를 만나다니 전혀 뜻밖이었지만 정작 그는 이빨을 다 드러내놓고 반가워 못 견디겠다는 표정을 지었다. 어쨌거나 나도 9호실 남자가 몹시 반가웠다. 옆에서 누나가 누구냐고 눈짓으로 물었다.

"아저씨, 우리 누나예요."

"집에서 잠깐 봤어. 인사는 없었지만."

남자는 두툼한 손을 내밀어 누나에게 악수를 청했다. 누나는 별 흥미도 없다는 듯이 마지못해 손을 내밀었다. 그런 누나가 나는 또 미웠다. 누나의 관심을 끌기론 너무 나이가 많은 아저씨였긴 해도 아까의 배불뚝이보다는 훨씬 젊다는 것을 누나는 모르는 모양이었다.

"아저씨. 여기 들어갈 거예요?"

나는 클럽으로 가는 계단을 가리켰다. 그래도 설마 했는데 남자는 대뜸 고개를 끄덕였다.

"그런데, 손님으로 가는 것은 아니니까 딴생각은 하지 마."

"그럼요?"

"누굴 찾는데 여기 일하는 이가 그 사람을 보았다고 해서 알아보러 온 거야."

"누굴 찾는데요?"

"임마, 넌 몰라도 돼."

내 질문이 계속될까 봐 그런지 남자는 슬쩍 말머리를 돌렸다. 자세히 보니 점퍼 속에는 와이셔츠며 넥타이까지 갖춰 입고 꽤 신경을 쓴 차림새였다. 얼굴은 볕에 그을려 검고 거칠었지만 체구만큼은 당당하고 힘차서 그 정도만 갖춰 입어도 내 눈에는 아주 그럴듯하게 보였다. 그러나 누나한테는 그게 아닌 모양이었다.

"똥색 넥타이는 또 뭐고 그 무릎 나온 바지는 무슨 꼴이니? 얼굴도 이빨밖에는 안 보이더라. 칙칙해!"

그와 헤어진 후 누나가 뱉은 품평이었다. 칙칙하다는 지청구는 누나가 가장 못마땅할 때만 쓰는 표현이었다. 칙칙하다니, 공사장의 막일꾼 흔적을 누나가 그렇게 표현한 것에 대해 나는 벌컥 울화가 치밀었다. 조금 가라앉으려 했던 마음이 치솟은 역정 때문에 걷잡을 수 없이 뒤틀렸다. 이 정도의 뒤틀림은 누나한테만큼은 결코 처음이었다.

누군가와의 대면이 끝나면 누나는 칼같이 상대방의 미적 감각을 채점해서 내게 들려주곤 했다. 그것이 누나의 취미이고 특기였다. 나는 언제나 누나의 채점을 이의 없이 내 것으로 받아들였다. 그런 쪽으로는 누나를 따를 자가 없다고 믿었으므로 나는 전폭적인 지지를 보내고 또 보냈었다. 인제 와서 하는 말이지만, 나는 보라와 누나가 만나는 날 어떤 점수가 나올지 무척 두려웠다. 그럴 리는 없겠지만 혹시 형편없는 점수가 나오면 보라에 대한 내 마음조차 달라질까 봐 겁이 났다.

그 정도였다. 누나에 대한 나의 신뢰는 이만큼이었다. 그런 누나가 나를 배신했다. 모처럼 마음이 이끌려 썩 후한 점수를 매긴 9호실 남자에 대해 누나가 야박한 품평을 한 것이 갑자기 크게 거슬렸다. 나는 아까의 기분 나쁨까지 보태서 나도 모르게 지독한 말을 하고 말았다.

"흥. 누나가 뭘 안다고 그래? 누나가 좋아하는 배불뚝이와는 비교할 수도 없더라. 누나는 그런 말을 할 자격도 없어. 메스꺼워."

누나의 얼굴이 하얗게 질렸다. 나는 한 번 더 씹어뱉듯이 "메스껍다고."라고 말했다.

그리고 끝이었다. 우리는 집에 돌아오는 길에 서로 간에 한 마디도 나누지 않았다. 복도에서 각자의 방으로 들어갈 때는 아예 고개를 꼬고 외면하기에 바빴다. 나중에 세면장에서 부딪쳤을 때는 찬바람이 나도록 등을 돌렸다. 얼마나 얼굴에 힘을 주고 있었는지 잠자리에 들어가서는 얼굴 근육을 마사지해줘야 할 정도였다.

얼음장 같은 분위기는 다음 날 아침에도 이어졌다. 우리는 복도에서 또 마주쳤는데 나는 그제야 일어난 참이었고 누나는 출근하는 길이었다. 문을 열고 나오다 나를 본 누나의 표정에는 확실히 머뭇거림이 있었다. 냉전을 먼저 끝낼 것인가, 말 것인가에 대한 망설임, 화해하고 싶다는 소망이 담긴 그 표정을 내가 묵살해버렸다.

솔직히 나도 그런 갈등이 있었지만 자존심이 허락하지 않았다. 내 자존심은 조금 더 냉정해야 한다고 나를 자꾸 꼬드겼다. 나의 냉정한 태도를 확인한 누나는 금세 돌변하여 한층 더 차가운 바람을 일으키며 내 곁을 스쳐 갔다. 그러면 나도 누나 이상으로 차가워지기 위하여 온몸의 솜털까지 일으켜 세워 표독해지려고 애를 썼다.

이런 식으로 우리는 완전히 굳어져 버렸다. 화요일은 누나가 쉬는 날이었는데 우리는 마주칠 때마다 못 잡아먹어서 미치겠다는 얼굴로 으르렁거렸다. 내실에서 밥을 먹을 때는 같은 반찬 그릇으로 동시에 젓가락이 나갈까 봐 신경을 쓰며 앙앙거렸다. 내 손이 누나 앞을 지나쳐 나물 그릇으로 가면 누나는 냉큼 그것을 내 앞으로 소리 나게 밀어놓았다. 누나가 혹시 내 쪽으로 반찬 국물을 튕기면 내가 또 벌컥 화를 냈다.

"야들이 왜 이래?"

마침내 어머니가 우리 두 사람 사이의 전쟁을 눈치챘다. 약점이 많은 쪽은 누나였다.

"뭘요?"

아무 일도 아니라는 투로 되묻는 누나 앞에서 어머니는 같잖아 죽겠다는 표정으로 말한다.

"뭘요, 라고? 지금 그 꼬락서니들이 대체 뭐냐구?"

"우연이 얘가 괜히 신경질이잖아요."

"내가 언제?"

나는 능청스럽게 대꾸한다.

"까불지 마!"

누나가 눈꼬리에 힘을 주면서 은근히 나를 다독거린다. 그러나 나는 누나 말대로 '까불고 싶어서' 미칠 지경인 것이 사실이었다. 문제는 까불어댄 결과까지도 까분 것이 돼버릴까 봐 두렵다는 사실에 있었다. 어느 쪽이 누나를 위한 것인지 판단할 수만 있다면, 그러니까 내게 미래를 꿰뚫어 보는 눈이 있다면, 그래서 마음 놓고 까불 수 있다면 얼마나 좋을까.

나는 비로소 우리 사이에 삶의 육하원칙만으로는 간단히 해결할 수 없는, 난이도 높은 숙제가 주어지기 시작했다는 사실을 깨달았다. 이 깨달음은 나를 몹시 맥 빠지게 하였다.

이제는 내 힘만으로 모든 사건을 해결할 수 없다. 복선이 두터워지고 함정이 산적한 미로로 접어들었다는 자각 때문에 나는 휘청거렸다. 나는 누나와 이 휘청거림에 관해 이야기하고 싶었다. 예전처럼 누나의 말을 곧이곧대로 믿는 시절로 되돌아가고 싶었다. 그러나 마음과는 달리 내 입에선 계속 야유만 터져 나온다. 이건 나로서도 어쩔 수 없는 일이다.

　누나와의 싸움은 표면의 앙앙거림이 보여주는 단순함을 뛰어넘어서 이내 깊은 골이 파인 양상으로 변모하고 말았다. 목요일쯤에 이르러서는 우리 둘 다 서로의 얼굴을 보는 일이 고역이 되었다. 금요일에는 아예 시간 관리를 잘하여 누나 얼굴을 한 번도 보지 않고 보낼 수 있도록 조심했다.

　토요일에는 누나가 매우 늦었다. 귀가 시간은 기어코 자정을 넘기고 말았다. 반듯하지 못한 누나의 발소리가 내 방 앞으로 지날 때, 나는 온몸의 신경을 곤두세우고 귀를 기울였다.

　얼마쯤 후 누나 방에서 울음소리가 들려왔다(일부러 크게 우는 것 같았다. 내가 듣도록). 가슴이 미어지는 것 같았지만 화해하기 위해 누나한테 가지는 않았다. 요즈음의 누나는 확실히 달랐다. 겉으로 티격태격할 때와는 비길 수 없을 만큼 누나는 속으로 멍든 표정이었다. 누나는 시간에 쫓려 벼랑에 선 듯 위태롭게 내 곁을 스치기만 하였다. 그런 누나가 어색하여 화해를 청하기가 점점 어려워졌다.

　일요일 아침에 나는 누나의 출근길을 가로막았다.

　"어젯밤에는 왜 늦었어?"

　진정코 이 말은 어젯밤 내가 누나를 기다리고 있었다는 고백의 다른 표현이었다. 또한, 그 울음소리에 내 가슴이 찢어지는 듯했다는 고백이기도 했다. 그러나 누나는 공교롭게도 이 말을 재공격으로 해독하였다.

　"건방지게. 네가 뭔데 그딴 걸 따지니?"

　이야기가 이렇게 나오면 나도 어쩔 수가 없었다. 잡동사니들을 모아둔 낡은 트렁크에서 쓸 만한 물건을 찾아내듯이, 나는 그렇게

　　　　　　　　　　　　　　기도 · 빵 · 석양

적의도 없이 대응할 수 있는 무기를 찾아내 누나에게 한 방 먹였다.

"좋아. 그럼 따질 자격이 있는 사람한테 다 털어놓을까?"

거듭 말하지만 이 무기는 낡은 가방에 쑤셔 박아놓았던, 나로서는 거의 내키지 않는 방법의 한 도구였으므로 조금도 마음이 담기지 않은 것이었다. 그런데 누나가 예상을 뒤엎고 히스테리 환자처럼 격하게 반응했으므로 놀란 쪽은 오히려 나였다.

"네 맘대로 해! 엄마한테 이르든 신문에 광고를 내든, 너 하고 싶은 대로 하라고."

그렇게 소리 지르고 누나는 가버렸다. 나는 얼떨떨해져서 누나를 잡지도 못하고 복도에 멍하니 서 있었다. 그러고 있는데 9호실 문이 비끗 열리면서 이빨아저씨가 얼굴을 내밀었다.

"누나가 왜 저래?"

나는 고개를 흔들었다. 말하고 싶지 않다는 뜻이었는데 그는 모르겠다는 대답으로 알아들은 모양이었다.

"하긴, 여자들은 가끔 그러니까. 자, 이리 와. 오징어 구운 게 있다."

맙소사, 오징어라니? 그러나 다시 생각해보니 오징어 핑계를 대고 9호실을 들여다보는 일도 기분전환에 도움이 될 것 같았다.

나는 느닷없이 오징어에 이끌려서 9호실로 들어갔다. 그 방에 들어간 것은 처음이었다. 그는 아침 일찍 나갔다가 밤늦게 돌아왔으므로 좀체 마주칠 기회가 없었다. 그러니까 지난 일요일에 나이트클럽 앞에서 몇 마디 나눈 이후로 오늘이 처음이었다.

9호실은 생각보다 훨씬 깔끔하게 정돈되어 있었다. 10호실 노인의 방은 얼굴만 들여놓아도 시금털털한 냄새가 코를 찔렀는데 이방은 되려 향기가 날 정도였다. 나는 찬찬히 방을 둘러보았다. 내 믿음으로 방은 곧 주인의 마음씨였다. 비록 여관방이긴 했어도 이

네모를 어떻게 활용하는가는 늘 내 호기심의 대상이었다.

우선 눈에 띄는 것이 박스를 이용한 간이찬장이었다. 희한했다. 냉장고 박스로 보이는 상자를 옆으로 길게 뉘어놓고 잡동사니를 일목요연하게 정리해놓았다. 박스의 윗면은 얼마든지 책상으로 쓸 수 있을 만큼 넓어서 그가 신문이며 시사 잡지, 그리고 필기도구를 담은 유리컵을 얹어둔 것이 조금도 우습게 보이지 않았다.

"앉아. 대충 두리번거리고."

그는 식전부터 술을 마시고 있었다. 오징어는 안주였다. 소주가 반병쯤, 오징어는 몸통만 남아 있다.

"오늘은 일 안 나가요?"

술 마시고 벽돌을 져 나르다 추락하면 이건 음주운전 아닌가.

"일요일은 쉰다. 내가 안 하는 게 아니라 건축주가 안 하지. 예배당이니까 주일은 쉰다는 거야."

말이 되는 소리였다.

"술 마시는 인부는 해고 안 시켜요?"

"얌마, 술 안 마시는 노가다가 어디 있냐? 술이 곧 노동력인데."

그러면서 맑은 술을 한 잔 찰랑찰랑 부어서 한입에 털어 넣었다. 솜씨로 보아 보통 실력이 아닌 듯싶었다.

"너 아니? 내가 예배당을 몇 개나 지었는지 알려줄까?"

"교회 말이에요?"

"그래, 이래 보여도 난 교회 건축 전문가란다. 햇수로 5년 동안 스무 개쯤 신이 살 집을 만들었지. 난 교회 공사 아니면 일을 안 해."

"왜요? 기독교 신자인가요?"

"신자? 난 아무것도 안 믿어."

"그런데……."

"내가 교회 공사만 하는 이유는…… 아니다. 그만두자."

"말 못 할 사정이 있다는 건가요?"

"그래. 말할 수 있는 이유도 있지. 일요일엔 쉴 수가 있고, 난 일요일이면 만나야 할 사람이 있다는 정도……."

그러나 그는 그게 누구인지는 말하지 않았다. 다만 눈빛만이 조금 거세어졌다가 이내 고요해지는 잠깐의 변화가 있었을 뿐이었다. 그러다가 나는 박스 위에서 사진 몇 장을 발견했다.

"이거 봐도 돼요?"

그가 고개를 끄덕였다. 열 살쯤 되어 보이는 소년이 햇빛에 이마를 구기고 어색하게 웃고 있는 비슷비슷한 사진들이었다. 소년은 요즘 꼬마들답지 않게 상고머리였는데 그래서인지 얼핏 사내의 어린 시절 모습이 아닌가 하는 느낌이 들었다.

"날 닮았지?"

내가 그 느낌을 말해주니까 사내가 벙싯 웃었다.

"모두 날 쏙 뺐다고 그랬지. 내 아들이야."

"어디 있어요?"

"서울에……."

그런데 왜 함께 살지 않느냐, 물을 수가 없었다. 다시 사내의 눈빛이 불끈 빛을 발했으므로 나는 얼른 사진을 내려놓았다. 가만 보니 그는 눈빛으로는 고통을 표현하고 이빨로는 웃음만을 표현하는 사람이었다.

"이봐, 이웃사촌."

맛있게 술잔을 비운 뒤 그가 정색하고 나를 불렀다.

"이웃사촌 소리는 뺄 수 없어요?"

"그래, 우연아."

"말씀하세요."

"누나에게 무슨 일이 일어난 거지?"

"맞아요."

"너희 엄마가 알면 난리가 날 일이지?"

난리만 날까. 아마도 누나 머리는 바리캉으로 다 밀리고 말리라. 하긴 파랗고 반들거리는 머리통을 하고 있어도 누나는 아름다울 것이다.

"내가 한마디만 할까?"

"아저씨는 우리 누나에 대해서 아무것도 모르잖아요?"

"모르지."

"그런데 무슨 말을 할 수가 있어요?"

우리 누나가 대머리에 배불뚝이 영감을 애인으로 사귄다는 사실을 당신은 짐작이나 하겠는가. 나는 들으나 마나 한 소리를 충고랍시고 하는 인간들이 제일 싫었다. 괜히 귀만 더럽혀지고 귀지만 쌓여 파내는 일만 남게 된다. 나는 그가 설익은 충고를 할까 봐 얼굴을 험상궂게 하고 오징어만 열심히 씹어댔다.

"우연이는 찌르레기라는 새를 아나?"

"몰라요."

찌르레기는커녕 짜르레기도 모른다. 갑자기 무슨 새 타령일까 싶어 나는 비로소 그의 얼굴을 쳐다보았다.

"찌르레기는 사람 사는 동네를 떠나지 않고 근처에 모여 사는 새야. 등은 회갈색인데 머리통은 까맣지. 그리고 울음소리가 되게 슬퍼. 바람만 불어도 가슴이 아프다고 찌르륵 찌르륵 울어대는 거야."

"그런 새도 있어요?"

"있지. 찌르레기는 내 별명이기도 해. 밤이면 술 처먹고 찌르륵

기도 · 빵 · 석양

찌르륵 울어댄다고 함바집 아줌마들이 붙여준 별명이다. 싫지 않더라. 찌르레기, 좋지? 너도 그렇게 불러봐. 가슴이 찌잉 울릴 거야."

그가 밤이면 찌르륵 찌르륵 울어댄다니, 이건 뜻밖의 고백이었다. 찌르레기 아저씨, 찌르레기 아저씨.

"그건 그렇고, 이 찌르레기가 한마디 충고해줄 게 있는데 말해도 되겠나?"

나는 고개를 끄덕였다.

"남을 비방하긴 쉬워도 남을 위로하긴 어려운 법이야."

무슨 말인지는 알 것 같았다.

"누나를 외톨이로 만들지 마. 알겠나? 누나를 자꾸 구석으로 몰면 안 돼."

찌르레기 아저씨는 또 찰랑거리는 술잔을 집어 입안에 털어 넣었다. 술 한 병이 다 비워졌는데도 그는 전혀 이상이 없었다. 빈 병을 구석에 밀쳐놓으며 씩 웃을 때는 피붙이처럼 정다워 보이기도 했다.

피붙이처럼.

그런 느낌은 누나가 미래의 '매형'에 관해 품고 있던 나의 희망과 설렘을 짓밟아버린 탓에 더 사무쳤다. 매형이 생기면, 이란 상상 속에서 요모조모 궁리했던 꿈들이 훨훨 사라졌다. 그리고 내 헛헛한 마음에, 그 빈자리에 찌르레기라는 이름의 새 한 마리가 날아와 앉았다.

문을 열고 나오다가 나는 문에 붙어 있는 그림을 보았다. 여태 방안에 있었으면서도 발견하지 못한 것은 문이 비끗하게 열린 상태였기 때문이었다. 나성여관 뒤채의 방들은 문이 모두 안으로 열리게 되어 있었다. 아저씨는 문의 안쪽에다 그 그림을 풀로 붙여놓고 혼자서 즐기고 있었던 모양이었다.

그림은, 길거리의 싸구려 액자 장사들에게서 흔히 보던 것이었는데도, 그럼에도 이 방에서는 유독 내 마음을 잡아당겼다. 수염이 덥수룩한 노인이 검소한 식탁 앞에서 두 손을 모으고 기도하는 모습이었다. 석양이었고 식탁에는 굳은 빵 한 덩어리가 놓여있다.

"그 그림 좋지?"

내가 유심히 그림을 들여다보니까 그도 덩달아 그림 앞에 섰다.

"「고아들의 아버지」라는 제목이래. 누가 그렸는지는 몰라도. 함께 살기 위해 하늘에 일용할 양식을 구하는 저 기도가 난 좋아."

주홍의 어둠, 간절한 기도, 딱딱한 빵조각. 나는 내 방에 돌아와서도 그 그림을 떨치지 못하였다. 찌르레기 그 남자와 석양의 기도는 어딘가 몹시 닮은 데가 있었다.

내 방은 아직 이부자리도 걷지 않은 채였다. 나는 다시 이불 속으로 기어들어 갔다. 하지만 다시 일어나 붉은 커튼을 내렸다. 방이 금방 석양으로 변하였다. 나는 이불을 머리끝까지 끌어올리고 눈을 감았다. 차렵이불의 얇은 막을 뚫고 나온 붉은 빛은 감은 눈까지 도달해서 나를 건드렸다. 좀 슬펐다.

어머니는 요즘 내 행동이 긴가민가해서 썩 불안한 눈치였다. 학원에 좀 더 붙어 있지 않는다고 잔소리를 늘어놓는 날이 부쩍 늘었다.

"너 요즘에 공부를 하긴 하는 거냐?"

이렇게 나를 떠보다가, "야, 때려치울 거면 학원 좋은 일만 시키지 말고 빨리 때려치워." 그랬다. 그렇지만 어머니의 진짜 속마음은 그것이 아님을 나는 알고 있었다.

"어쨌거나 학원 선생님들 하라는 대로만 해 봐. 그 사람들이 맹탕으로 남의 돈 우려먹진 않을 테니까."

이것이 어머니의 본심이었다.

"학원만 열심히 다닌다고 저절로 머릿속이 채워지나요, 뭐."

내가 심드렁하게 대꾸하면 아버지가 역성을 들었다.

"지겨울 때도 되었다. 삼 년째 똑같은 공부를 하고 있으니 속에서 불이 날만도 하지."

"아이구, 그게 다 잘난 당신 덕분 아니에요? 그저 노는 문리만 트여갖고 공부라면 신문 들여다보는 일도 오 분을 못 견디고."

"그런 자네는 신문 다달이 받아보믄서 뭘 읽었나? 이날 입때껏 살았어도 자네가 치부책 들여다보는 것 외에 글씨라고 읽는 꼴을 본 적이 없네. 쯧쯧."

자식 앞에서 무식을 성토당한 아버지는 오랜만에 어머니를 짱짱하게 닦아세우고, 그러면 어머니는 늘 하던 전략대로 먹고살기에 바빠서 가랑이 찢어지는 줄 모르게 만든 인사가 누구냐고 덤벼들었다. 그런 와중에 어느 날인가는 얼떨결에 나의 삼수 생활 종료가 선언되기도 했다.

"하긴 그래. 보나 마나 또 미역국일 텐데 아까운 학원비만 내버릴 게 없지. 그 애비에 그 아들, 일찌감치 그만두자. 그게 너도 좋고 우리도 좋겠다!"

"어머니 자리는 어디 놀러 간 새에 낳은 아들인감."

아버지는 비아냥거리고 어머니는 열이 뻗친 김에 거듭 확인하였다.

"알았지? 너 그놈의 삼수인지 대학인지 다 그만둬라. 대학 나온 자식 두었다고 나중에 네 애비 으스댈 것 생각하니 오장육부가 뒤틀려서 안 되겠다."

그러나 실제 상황은 전혀 달랐다. 어머니는 아직도 내게서 희망을 거두지 않았고 나는 여전히 학원비 받아 용돈으로 굴리며 삼수생 시늉을 계속해야만 했다. 하긴 나에게도 갈등은 있었다. 보라 때문에라도 학원에 재등록하는 것이 좋지 않을까 하는 생각이 들기 시작했던 것이다. 보라만 아니면 그런 생각을 할 턱도 없지만 이 문제는 꽤나 심각하였다.

나는 지난주 내내 보라를 만나기 위해 기회를 노렸으나 허사였다. 시험이 있다고 했다. 벼르고 별러서 전화를 했는데 요게 "시험이 끝나면……" 하고 말끝을 흐렸다.

그 시험이 어제 끝났을 것이다. 나는 벌떡 일어나서 내실로 달려갔다. 그러나 아직 열 시도 채 되지 않은 이른 시각이었다. 여자 친구 집에 전화하기론 조금 이르다는 생각이었다. 지난번에는 밤중에 걸었는데 어머니처럼 들리는 음성이 교양 있는 말투로 "조금 늦은 시각이네. 그렇죠?" 하고 되물어서 뻥 했던 경험이 있었다.

이번에는 그 애 아버지가 받아서 '새벽부터 웬 전화질이냐!' 하고 호통을 치는 사건이 생길 수도 있다. 나는 마음을 바꾸어 큰길의 오락실에 갔다. 거기서 꼭 삼십 분 동안 컴퓨터 고스톱을 쳤다. 그리고 공중전화기에 동전을 넣었다. 신호음이 가는 동안 나는 벌벌 떨고 있었다. 보라네 딴 식구가 받으면 틀린 전화번호를 대고 시치미를 뗄 요량이었는데도 자꾸 떨렸다. 무슨 일이거나 시작하기 전에 덜덜 떠는 버릇은 내 고질병이었다. 닥치면 그런대로 잘하면서 미리 왕창 겁을 먹는 것이다. 지금도 그랬다. 나는 차라리 학원 앞을 지키는 쪽을 택할 걸 그랬다고 후회했다. 그러나 이미 저쪽에서 수화기를 들어버렸다.

"여보세요."

기가 막히게도 목소리는 보라의 것이었다. 나는 너무도 기뻐서

기도 · 빵 · 석양

다짜고짜 떠들기 시작했다.

"너 보라지? 야 신통하다. 내가 기도를 했거든. 네가 전화를 받게
해달라고 예수님, 부처님, 공자님께 두루 다 기도를 했다고."

그런데 보라가 다급하게 내 말을 끊었다.

"아닌데요."

"뭐라고? 뭐가 아냐?"

"난 보라 언니예요. 기다려요."

세상에, 나는 하마터면 들고 있던 전화기를 떨어뜨릴 뻔했다. 분
명히 보라 목소리였는데 이런 실수를 하다니. 그리고 금세 똑같은
목소리가 "여보세요." 하고 나타났다. 아까의 목소리와 맹세코 조금
도 다르지 않았다.

"누, 누구세요?"

"그러는 댁은 누구세요?"

"보, 보라 언니 아니에요?"

쿡.

짧게 웃더니 보라가 "나야." 하고 나섰다. 웃음소리를 들으니 보
라가 분명했지만 나는 마음을 놓을 수가 없었다.

"보라, 맞아요?"

"맞다니까. 우리 언니한테 실수했구나. 그치?"

"실수라기보다……."

나는 대충 얼버무렸지만 이렇게 해서 나의 두 번째 전화도 실패
작이 되어버렸다.

월요일 오후에 카페 '자기주장'에서 만난 보라는 대뜸 "너, 기도
를 잘한다며?" 하고 나를 놀렸다. 나는 시종 엄숙하게 굴기로 작정
하고 보라를 만났으므로 그 애의 놀림도 점잖게 묵살하고 뻣뻣하게

대화를 이끌어나갔다. 그래야 그동안에 왕창 구겨놓은 체면을 조금
만회할 것 같았다.

이 작전은 다소 효과가 있었다. 카페를 나와 저녁이나 먹자고 했
더니 보라는 순순히 내 말에 따랐다. 이 정도면 성공이었다. 여자와
저녁 식사까지는 가본 적이 없는 내 과거 경력으로도 그렇고 좀처
럼 빈틈을 안 보이던 보라가 별말 없이 순종하는 것도 그렇고 완전
성공이었다(여자들이란 분위기만 잡아주면 그저 만사 오케이라던 진휘
말은 역시 옳았다. 여자 문제에 관한 한 진휘나 종식이가 곧 교과서이다).

우리는 근처 경양식집에서 돈가스를 먹었다. 연두색 원피스 차
림의 보라는 조그만 입을 오물거리면서 맛있게 음식을 먹었고 나는
혀를 조심하며 근엄한 표정으로 칼질을 하였다. 그리고는 정중하게
그 애를 버스정류소까지 데려다주었다. 내가 얼마나 점잖게 굴었는
지는 보라의 다음 말로 증명이 되었다.

"무슨 걱정이 있어?"

"아니."

나는 가만히 고개를 저었다. 그 애의 근심 어린 표정을 확인하고
나는 속으로만 만세를 불렀다.

"오늘은 좀 다른걸. 말해줘. 무슨 일이 있어?"

나는 또 고개를 저었다.

"우리 언니 때문에?"

보라는 아예 내 팔뚝을 잡고 흔들며 안타까움을 표시했다. 그 애
의 동그랗고 까만 눈이 내 얼굴을 빤히 쳐다보고 있어서 난 좀 더
슬픈 표정을 짓지 않을 수 없었다.

"그까짓 실수쯤이야, 뭘."

"맞아. 우리 언니도 그랬어. 네가 되게 귀엽더래. 흉을 보지는 않

기도 · 빵 · 석양

앉단 말이야."

나는 한술 더 떠서 한숨까지 보탰다. 그리고 눈빛은 어디 먼 데를 보는 몽롱함으로 처리했다. 이런 연기도 뜻밖에 내게 잘 맞는 듯싶었다.

"말해줘. 왜 그래? 어디가 아파?"

보라가 내 팔을 잡고 흔들 때마다 그 애의 머리통에서 풀꽃 향기가 퍼졌다. 그래서 나는 계속 한숨을 쉬는 척하며 기분 좋은 풀꽃 내음을 실컷 들이마셨다. 머리가 아찔할 만큼 굉장한 기분이었다. 마음 같아서는 언제까지나 이런 분위기를 이어가고 싶었지만 그러면 써먹을 대사가 바닥 날 위험이 있었다.

"나중에 이야기할게. 나중에……."

나는 슬픈 미소와 함께 그 애에게 작별인사를 했다. 보라는 몇 번씩이나 뒤돌아보며 버스를 탔고 나는 쓸쓸한 포즈로 손을 한 번 들어 보였다. 이런 연기도 평소 영화를 많이 보아둔 덕분이었다.

보라가 탄 버스가 떠나기 전에 나는 앞질러서 먼저 걸어갔다. 그것도 힘없는 걸음걸이, 축 처진 어깨를 용의주도하게 연출하면서. 아마도 보라는 버스 창문으로 그런 내 뒷모습을 보았을 것이다. 나는 버스가 멀리 사라진 뒤까지도 치밀하게 무대에 남아 있었다.

이제 내게 남은 것은 보라한테 들려줄 슬픈 사연을 꾸미는 일이었다. 무엇이 적당할까. 나는 머릿속에 떠오른 온갖 영화와 소설들을 모조리 검토하였다. 백혈병? 시한부 인생? 출생의 비밀? 부모의 냉대? 자살의 유혹?

나는 한 주일 내내 모든 비극을 다 해부하고 검증하는 것으로 내 전부를 바쳤다. 보라와 다시 만나기로 한 토요일이 오기 전에 그럴듯한 비극을 하나 꾸며야 했으므로 내 머릿속은 몹시 복잡하였다.

그러나 나는 괜한 헛수고만 한 셈이었다. 지어낼 것도 없이, 가증스러운 연기로 대신할 것도 없이 비극은 저절로 내게 덤벼들었다. 그일을, 이 엄청난 배반을 어찌 설명할까. 나는 지금도 금요일 아침의 그 장면이 떠오르면 가슴이 무너져 내린다.

그날 아침, 누나는 뜻밖에도 내 방을 찾아왔다. 노크 소리에 문을 열어보니 누나가 서 있었다. 못난 내 자존심은 미소도 허락하지 않았다. 나는 그냥 있었다. 누나가 먼저 말했다.

"자고 있었니?"

그래도 나는 입을 열지 않았다. 나는 누나가 요 며칠간의 냉전을 없었던 일로 돌리려고 나를 찾아왔다고 믿었다.

"미안해. 내가 출근한 뒤에 이 편지를 읽어봐. 그냥…… 말로 하기가 그래서 편지를 썼어."

누나가 내미는 봉투를 받아 나는 말없이 책상 위에 엎어놓았다.

"갈게. 잘 있어."

누나가 그때 나를 보고 웃었던가. 나는 그때 어떤 표정이었을까.

누나가 두고 간 편지는 나한텐 그대로 칼이었다. 편지는 딱 두 줄이었다.

'집을 떠나기로 결심했단다. 다시 만날 때까지 계속 네가 보고 싶을 거야.'

그렇게 누나는 떠났다. 누나는 정말 그날도, 그다음 날도, 그다음 다음 날도 돌아오지 않았다. 백화점에서는 오히려 집으로 전화를 걸어 누나의 행방을 물었다.

기도 · 빵 · 석양

4. 고통의 우물

○

누나가 사라지고 대신 5월이 왔다. 납작 엎드린 낡은 기와지붕들 사이로 도도하게 솟아올랐던 풍성한 목련들은 황갈색으로 야위다가 하나씩 둘씩 꽃잎을 떨구었다. 그다음 마른 가지를 뚫고 새순이 움텄다.

불어오는 바람 속에는 달짝지근한 땅의 열기가 묻어 있다. 사람들은 아침마다 팔을 걷어붙이고 씩씩거리며 물청소를 했다. 그래야 할 만큼 5월의 세상은 깨끗하고 환해 보였다.

나성여관의 겉모양은 5월의 찬란함이 거의 치명적일 정도로 음침하고 폐가 같은 분위기였다. 외출에서 돌아와 멀리 나성여관의 그 누추한 자태와 남루한 빛깔이 보이면 숨이 막혔다. 이제라도 금방 늪으로 가라앉을 것 같았다. 겉모습만이 아니라 속사정은 훨씬 더 암울했다. 연인들은 모두 야외로 나가거나 관광지를 찾아 떠났으므로 방들은 밤이 와도 굳게 닫힌 채 열리지 않았다.

늦가을까지는 계속 이럴 것이었다. 오다가다 발이 묶인 투숙객들이 떨구는 푼돈을 헤아리면서 어머니는 한숨을 쉬었다. 며칠 사이

고통의 우물

에 많이 늙어버린 얼굴이었다. 딱히 수입 때문만은 아니었다. 행락철에는 어김없이 이러했다. 어머니만큼 여관 수입의 변동을 잘 점치는 사람도 없다. 겨울이나 와야 손금고 여는 손길이 부산해질 것을 잘 아는 어머니가 잦은 한숨을 쉬는 데는 다른 이유가 있었다. 어머니는 펄쩍 뛰며 잡아떼지만, 나는 안다. 누나의 가출은 어머니의 자신만만함에 일격을 가한 것이다. 어머니는 좀, 아니 많이 휘청했다.

손님이 들지 않으니까 밤이 와도 나성여관은 조용했다. 어머니는 초저녁에도 곧잘 드러누워 있다. 텔레비전은 켜져 있어도 꼭 화면의 움직임을 좇는 시선도 아니었다. 누나의 가출을 인정할 수 없었던 처음 며칠은 몹시 어머니답게 반응했으므로 우리 집은 매우 정상적이었다. 어머니는 펄펄 뛰고 아버지는 어머니 서슬에 화도 내지 못한 채 쩔쩔매고, 누나의 가출은 형이 이미 밟고 간 길로 무리 없이 이어지는 단순한 불행이라고 믿어질 만큼 정상적이었다.

나의 상심이나 애통함에 비하면 적어도 내 눈에는 어머니와 아버지가 그렇게 보였다는 이야기다. 그러나 나는 잘못 생각하고 있었다. 나는 부모라는 존재가 가슴속에 얼마나 깊은 동굴을 지니고 있는지 미처 헤아리지 못한 것이다. 억세고 질길 뿐 감정 이입에는 철저하게 무능하다 여겼던 어머니는 봄을 탄다는 구실로 딸에 대한 회한을 숨긴 채 눈에 띄게 약해졌다.

아버지도 그랬다. 어머니의 압제가 느슨해졌으므로 다소 숨통이 트였을 텐데 표정은 멍했다. 어머니와 다른 점이 있다면 아버지로서는 이 모든 불행이 어머니를 중심으로 일어났으니 책임감이 좀 덜하다고 생각할 수 있다. 일단은 자신부터 피해자였고 그래서 어머니는 자신의 불행에 절대 자유로울 수 없다고 믿는 아버지는 시간이 흐를수록 피해자의 관용으로 여유 있게 아내를 달래고 보살폈다.

그것은 아버지가 오랫동안 원했던 행동이었으므로 딸기를 사 들고 오는 귀가 혹은 뽕짝아줌마에게 지시해서 입맛 돋울 나물을 찾게 하는 배려를 오히려 즐기고 있다는 느낌까지 들었다. 아버지는 쓰러진 황후를 돕는, 그 황후에게서 오래전에 배척당한 정의로운 신하처럼 굴었다. 그렇게 행동함으로써 딸의 타락을 막을 수 있다고 믿는 듯이.

누나가 사라진 것으로 나는 하루아침에 열 살은 더 먹은 듯이 늙어버렸다. 세상 모든 것이 다 시시하고 우울했다. 우울함은 머릿속 얽히고설킨 사념에서 비롯되었다. 나는 늘 머리가 무거워 고개를 바로 세울 수 없다는 느낌에 시달렸다.

후회와 원망이 번갈아서 머릿속을 점령하는 동안 나는 완전히 바보 같았다. 후회로 가슴을 쳤던 모든 이유가 금방 원망의 대상이 되어 마음을 들끓게 하였으므로 나는 평정을 유지할 수 없었다.

아침이 되면 행여 하는 마음으로 누나 방에 달려가지만, 온기 하나 없는 냉랭한 방이라도 희미하게나마 누나의 냄새가 묻어 있어 매번 울컥 목이 메었다. 고백하자면, 나는 누나가 집을 나간 지 만하루도 되지 않아 못 견디게 누나가 보고 싶었다. 누나가 가출을 취소하고 돌아오기만 한다면 대머리 아저씨, 그 배불뚝이 아저씨가 내 매형이 되는 문제까지도 진지하게 고려해볼 생각이었다.

그러나 누나는 돌아오지 않았고 누나 스스로 그럴 생각이 전혀 없는 것이 확실했다. 누나의 방을 샅샅이 뒤진 다음 나는 그런 결론을 얻었다. 누나는 이미 치밀하게 가출 준비를 하고 있던 것이 분명했다. 누나가 소중하게 여겼던 모든 것들이 누나와 함께 사라진 방에는 누나와 나의 추억조차 부재하여 온통 평범하고 무의미했다.

고통의 우물

그것은 너무나 잔인한 폐허였다.

자신의 물건들을 며칠에 걸쳐 몰래 집 밖으로 날랐을 누나를 상
상하는 일이 나에게는 무엇보다도 큰 괴로움이었다. 그 배반의 절
차는 너무나 비인간적인 것으로 여겨졌고 그럴 때 나는 누나를 포
기하고 싶었다. 포기해버리면 누나가 아닌 여자 때문에 상심할 이
유가 없는 것이다. 그러나 그 일이 가능하기나 한 일이던가. 포기조
차 마음대로 되지 않는 세상, 음모와 쾌락으로 뒤범벅된 이 세상에
대해 나는 눈곱만큼의 애정도 줄 수가 없었다.

이 수렁에서 나를 건져주려고 애쓴 사람은 어머니도, 아버지도
아니었다. 물론 보라도 아니었다.

그는 찌르레기 아저씨였다. 그는 또한 누나를 외톨이로 만들지
말라고 충고해준 사람이기도 했다. 그의 말에 따랐다면 누나의 가
출을 막을 수 있었을까. 적어도 연기시킬 수는 있었을 것이다. 찌르
레기 아저씨는 나에게 많은 말을 해주었다. 나는 거의 매일 저녁 그
의 방에서 함께 저녁을 먹었다.

그는 뽕짝아줌마에게 나와 겸상을 부탁했다. 어머니도 아무런 이
의를 달지 않았다. 어머니는 당분간 자식이라는 애물단지를 눈앞에
보고 싶지 않은 것인지도 몰랐다. 찌르레기 아저씨는 그것까지 염
두에 두었을까.

그는 내가 보기에 나성여관 안에서 유일하게 제정신을 지니고 살
기 위해 애쓰는 사람이었다. 그는 침착했고 단호했다. 누나 사건이
일어났을 때 그가 어머니를 어떻게 진정시켰던가를 생각하면 정말
그는 대단한 사람이었다.

어머니는 신기하게도 그가 명령하는 대로 잘 따랐다. 백화점에

사직원을 제출토록 한 사람도 그였고 아버지를 시켜 누나의 친구들 집을 돌아보게 한 사람도 그였다. 나성여관 안에서 진짜 말다운 말을 하는 사람은 그밖에 없었으므로 그가 무슨 말을 하면 다들 주목하였다.

그는 더듬거리지 않았고 감정을 말로 솔직히 표현할 줄도 알았다. 아버지도 그렇고 나도 그렇지만 부끄럽고 민망해서 한 번도 사용하지 않았던 단어들, 이를테면 '삶'이거나 '영혼' 혹은 '진실'이란 말을 자연스럽게 섞어 쓸 줄 아는 사람이 바로 그였다(나는 좀 진지해지려면 우선 코가 간질간질하고 뒷목이 슬슬 당긴다. 하여간 엄숙하고 교훈적인, 말발이 설 만한 이야기는 그래서 아예 마음속에 담아두지도 않는다).

거친 노무자들을 많이 상대했던 어머니는 그가 몹시 이상하게 생각되는 눈치였다. 추측하건대 그것은 경험에서 나오는 불길한 예감이었을 것이다. 어머니는 미처 그것이 어디에서 기인하는지 알아내지 못하였지만 나는 바로 눈치챘다. 그의 언어는 형의 언어와 닮아 있었다. 어머니는 오랜 세상살이의 후각으로 냄새는 맡았지만 단순한 일꾼인 그가 대학생들이나 하는 운동을 할 리가 없다는 굳건한 고정관념이 장애가 되어 명확히 분별해내지 못했을 뿐이었다.

고정관념은 그게 전부가 아니었다. 어머니로서는 시멘트를 이기고 벽돌을 져 나르는 인부들의 세계에 그처럼 풍요로운 어휘가 무슨 소용이 있는지 믿을 수가 없었다. 어머니 스스로 그들 계층에 속해 있었기 때문에 이 의심은 추호도 흔들리지 않을 터였다. 그래서 어머니는 언젠가 이렇게 나의 주의를 환기시켰다.

"그 사람, 무슨 말 못할 과거가 있는 게야. 틀림없어. 뒤가 구린 인간일지도 모르니까 너무 믿을 것 없다."

고통의 우물

그렇지만 뽕짝아줌마는 어머니 말에 반대하였다. 누구나 눈치를 채고도 남을 만큼 뽕짝아줌마는 찌르레기 아저씨를 옹호하고 격상하는 데 열심이었다.

"맨날 입 드러운 소리만 골라서 하다 본 게 양반 말하는 뽄새도 사기꾼으로 보이는 개비여. 그 사람 워디가 워쩌서 그란디야. 사람이 맘 따시고 인사성 바르고, 영 배운 데 있는 사람이드만."

뽕짝아줌마는 내가 그와 겸상을 하게 된 것을 빌미로 반찬의 질을 높이기 시작했다.

"니가 장조림 좋아하길래 쪼까 해봤제."

변명 한마디에 맛깔스러운 반찬 한 가지씩 새로 선보였다. 어느 날은 닭튀김이, 그것도 통째로 상 위에 올라왔다. 내가 내실의 밥상을 확인한 바로는 그쪽에 통닭은 그림자도 없었다.

"우연이 니가 닭 먹고 싶댔제? 이건 내 돈으로 산 것잉게 넘기지 말고 싹 비워라 잉?"

누가 뭐랬나, 괜히 얼굴이 붉어져 방을 나가는 뽕짝아줌마였다. 물론 전에도 가끔은 "이건 내 돈으로 산 것잉께 어여 먹어봐." 하면서 주전부리를 내주곤 했었다. 그래 봤자 기껏 풋사과나 붕어빵, 시장에서 튀겨낸 도넛이 전부였다. 닭 한 마리는 생각도 못 할 일이었다.

그러나 나는 너무나 누나 가출에만 골몰했던 까닭에 그런 일들은 곧 잊었다. 조금만 주의해서 살펴보았더라면 아줌마가 안 하던 짓을 하고 있다는 사실을 몇 가지 발견했을 것이었다. 예를 들면 틈틈이 립스틱을 바르고 나타난다거나, 발목에 고무줄을 넣은 편한 바지 차림에서 무늬가 호화스러운 긴 치마로 의상이 바뀐 것 등등이다.

그래도 나는 입 짧은 내가 누나 걱정에 밥을 못 먹을까 아줌마가 애쓰는 것으로만 생각했다. 덕분에 찌르레기 아저씨만 호사한다고 여겼다. 아저씨는 밥 한 그릇을 거침없이 비우면서 당당하게 밥상 위의 반찬들을 골고루 섭렵했다.

"먹어. 어딘가에서 누나도 맛있게 저녁을 먹고 있다고 생각하면 돼."

그의 말은 사실일 것이다. 누나는 분명히 더 나은 생활을 보장받고 집을 버렸을 것이다. 집보다 더한 남루함으로 자리를 옮길 누나는 절대 아니었다.

저녁을 먹고 나면 아저씨가 차를 끓였다. 감잎차였다. 그는 등산용 버너를 가지고 있었다. 물을 끓인 다음 어느 정도 식혀서 감잎을 넣어 우려낸 차를 한 잔씩 마셨다. 찻잔은 여기저기 이가 빠진 싸구려였어도 나는 그 분위기가 좋았다. 나성여관 같은 곳에서는 식사 후의 차 한 잔 같은 문화는 상상할 수 없었다. 사실 우리 이웃들 대개가 다 그러하였다. 운이 좋으면 제철 과일 한 조각을 얻어먹거나 손님이 남기고 간 청량음료를 물컵에 나누어 마신 것이 내가 아는 후식의 전부였다.

"커피는 싫어해요?"

내가 물으면 그는 감잎을 우린 물에서 고향 냄새가 나지 않냐고 되물었다.

"잘 삭은 퇴비 냄새 같기도 하고 비 온 뒤 숲에서 나는 향 같기도 하고 참 좋잖아?"

서대문구에서 태어나 서대문구 안으로만 빙빙 돌며 자라온 나한테는 이해되지 않는 비유였지만 그런 말을 할 줄 아는 그가 나쁘지는 않았다.

"누나에게 더 많은 용기와 더 많은 행운이 오기를 빌어줘라. 우리가 할 수 있는 일이 그 밖에 또 뭐가 있겠나."

그러나 나는 그렇게 객관적이 될 수 없었다. 누나와 나는 그런 사이가 아니었다.

"네가 누나를 사랑한 것은 곧 너 자신을 사랑하는 일이었겠지. 우리가 모두 그렇다. 너는 사랑을 준 만큼 사랑받고 싶었겠지만 인간 정신의 무게는 각각 다르다. 네 고집에서 깨어나. 누나는 어차피 자신의 길을 선택해서 떠난 사람이야. 누나에게 행운이 있기를, 그래서 그 행운이 인도하는 대로 빠른 시일 내에 집으로 돌아올 수 있도록 하늘에 비는 수밖에."

아무리 구질구질하고 어두운 나성여관일지라도 이곳이 집인 이상 바깥세상보다는 안전하다고 말해주는 그가 고맙기도 했다.

우리는 감잎차를 다 마신 뒤에도 금방 헤어지지는 않았다. 그는 일을 끝내고 돌아오는 길에 산 석간을 읽었고 나는 옆에서 담배를 피웠다. 그는 자기 앞에서 담배를 피워도 좋다고 허락했다. 하고 싶은 일은 일단 다 경험해보라고 했다. 금지된 것을 향한 무모한 욕망이 불러올 불행보다는 훨씬 현명한 처신이라고도 말했다.

그는 낮 동안에는 휴식 참마다 달게 담배를 피우지만 방에 돌아오면 거의 손을 대지 않았다. 대신 그는 소주를 무척 좋아했다. 소주만큼은 때를 가리지 않고 조금씩 조금씩, 마치 과자를 깨물어 먹듯 그렇게 마셨다.

"내 영양제가 소주야. 이게 아니면 불면증, 속 답답증, 두통, 신경통이 마구 덤벼든다."

그가 한때 중동에서 철근 기술자로 외화를 벌어들인 적도 있다는 것을 아는 나로서는 그 모든 질병을 옮겨준 곳 또한 중동이러니 여겼다. 실제로 그는 중동에서의 3년이 자신을 완전히 망가뜨렸다고 말한 적도 있었다.

찌르레기 아저씨에 대한 신뢰는 나로 하여금 어머니에게도 숨겨 왔던 누나의 비밀을 고백하게 했다. 그 고백은 몹시 용기가 필요했 기 때문에 기회를 잡기가 힘이 들었다. 누나의 치부를 보여주는 일 은 나까지도 수렁으로 끌려가는 꼴이라고 나는 믿었다. 그게 내 자 존심이었다.

그러나 그에게만큼은 사실을 사실대로 말해버리고 싶었다. 내가 왜 그의 말처럼 누나의 행운이나 빌며 기다리고 있을 수 없는가에 대한 변명이기도 했다. 배불뚝이 사내가 누나를 후려냈다고, 그 짜 식이 누나를 꾀었노라고 씩씩거리며 그날 저녁의 일을 들려주었을 때 그는 나 이상으로 굳은 표정이었다. 그는 내 손을 꼭 잡았고 그 리고 나지막하게 말했다.

"아는 게 더 없나? 이름이나 직장 같은 것, 무엇이든."

나지막했지만 저항할 수 없을 만큼 단호한 질문이었다. 불행하 게도 나는 아무것도 더는 알고 있지 않았다. 그가 하도 눈에 불꽃을 튕기며 채근했기 때문에 나는 마치 큰 죄나 지은 양 겁에 질려버렸 다. 행여 도움이 될 수 있을까 해서 우리가 만났던 레스토랑과 그의 자동차 색깔을 일러주긴 했다.

"그것만으론 안 돼. 잘 생각해 봐."

아무리 머리통을 흔들어도 더 생각나는 단서가 없었으므로 나는 곧 의기소침해졌다. 누나를 그렇게 철저히 외면하지 않았다면 누 나 성격으로 그 남자의 모든 것을 토해내고 말았을 것이었다. 누나 는 그런 사람이었다. 가슴에 무얼 담아놓고 오래 견디지 못했다. 누 나의 가슴은 감정이 들어가기 무섭게 바글바글 끓고 마는 양은 냄 비였다. 그냥 놓아두었다간 가슴까지 새까맣게 타버릴 판이었다.

그런 누나를 경멸한 보답이 바로 이것이라고 생각하니 나는 누나가 가엾어 참을 수가 없었다.

"우연아, 너 몽타주라는 것 알지?"

찌르레기 아저씨가 갑자기 박스 안을 뒤적여서 종이와 연필을 꺼내왔다.

몽타주.

물론 나는 알고 있었다. 누나처럼 나 역시 어렸을 적부터 사람 얼굴 그리는 솜씨가 꽤 있었다. 수업 시간에는 종종 선생님의 얼굴을 그렸고 심심한 저녁에는 내가 좋아하는 여배우의 찡그린 얼굴, 혀를 내민 얼굴 따위를 그리는 때도 있었다.

그래서 우리는 그날 저녁 이후 감잎차를 마신 다음, 신문과 담배를 각자 섭취한 뒤에, 방바닥에 배를 깔고 엎드려 몽타주라는 것을 그리기 시작했다. 이 작업에는 그가 모아놓은 헌 잡지들이 꽤 도움을 주었다.

"이 사람 코하고 비슷하겠구나."

찌르레기 아저씨가 잡지들을 뒤적여서 비슷한 코를 찾아내면 나는 신중하게 그것을 들여다보았다.

"아닌데, 구멍이 더 컸었어요."

그러면 그는 다시 잡지들을 뒤적여서 비슷한 콧구멍을 찾느라 분주했다. 어느 날은 계속 콧구멍만 찾았고 다음 날은 또 입술만 연구했다. 가장 어려웠던 일은 비슷한 대머리를 찾는 작업이었다. 나는 대머리의 모양이 그렇게나 다양하다는 사실을 처음 발견했다. 또한 유명한 인물로 잡지에 오르내리는 사람들 중에 머리 벗어진 사람이 그렇게 많다는 사실도 처음 알았다.

일주일쯤 후, 노력한 보람으로 상당히 비슷한 몽타주가 작성되었다. 그가 적절하게 지시하고 수정한 덕분에 몽타주는 전문가 솜씨 못지않게 완성되었다. 적어도 내 눈에는 그렇게 보였다.

나는 다음날 문방구에서 배불뚝이 몽타주를 여러 장 복사했다. 한 장은 찌르레기 아저씨에게, 한 장은 내 손지갑 안의 만 원짜리를 숨겨놓는 곳에 간직했다. 그리고 내 방의 벽에도 한 장 붙여놓았다. 그렇게 하니까 조금 속이 후련해졌다. 나는 비로소 구체적인 대상을 향해 증오심을 키울 수 있었다.

구체적인 대상이 있을 때와 없을 때의 차이는 엄청난 것이었다. 막연하고 과장된 증오는 분산되기 때문에 풀잎보다 더 힘이 없었다. 하지만 구체적인 대상이 생기면 사정이 달랐다. 분노가 결집할 수 있다는 사실은 아주 중요했다. 저녁에 잠들 때 나는 벽에 붙여놓은 배불뚝이 사내의 면상을 후려갈기며 한마디 던지는 것을 잊지 않았다.

"꿈속까지 쫓아갈 테야."

아침에 일어나면 사내의 콧잔등을 쿡쿡 쑤시며 비아냥거렸다.

"꿈자리가 사나웠을걸."

내가 아침저녁으로 그렇게 하고 있다는 말을 해주자 찌르레기 아저씨는 박장대소를 했다. 오래지 않아 사내의 꿈자리가 진짜로 시끄러워질 것이 분명하다는 그의 말이 나를 위로해준 것도 사실이었다. 그것은 정말일 듯싶었다. 나는 더욱 열을 내어 아침저녁으로 배불뚝이의 얼굴을 괴롭히고 저주의 말을 던졌다.

그것만으로 끝내지 않고 나는 용기를 내어 누나를 찾기 위해 거리로 나섰다. 나는 먼저 백화점에서 같이 일했던 누나의 동료를 찾아갔다.

"왜 그만뒀지? 시집갔니?"

미스 박이라는 그 아가씨는 호기심으로 반짝반짝 빛나는 눈을 하고서 오히려 내게 연거푸 물었다.

"전화를 자주 하던 남자가 있었는데 바로 그 사람하고 결혼하는 거야?"

그러나 미스 박도 '전화를 자주 하던 남자' 외에는 아는 것이 전혀 없어서 내게 실망만 안겨줬다. 누나와 같은 매장에서 일했던 미스 박이 영 맹탕이었던 것에 비하면 혹시나 해서 들러본 지하식품부의 미스 김 누나는 의외로 많은 것을 알고 있어 나를 들뜨게 했다.

"수련이 집 나갔지? 박 사장하고 살림 차렸지?"

미스 김은 나를 보자마자 귀엣말하듯 소곤거리며 숨을 헐떡였다. 나는 이 짧은 머리의 아가씨를 우리 집에서 처음 보았다. 미스 김은 누나와 함께 나성여관에 온 적이 있었다.

누나는 그 이후 누구도 집으로 데려오지 않았다. 나성여관을 방문한 미스 김의 첫마디, "너희 여인숙 하는구나." 때문이었다. 그녀가 "여관 하는구나."라고만 이야기해줬어도 누나의 자존심이 덜 다쳤을 것이다.

왜냐면 누나와 나는 똑같이 나성여관이라는 배경에 영향을 받으며 자랐기 때문이었다. 철이 들기 전에는 아버지의 직업을 묻는 칸에 '사업'이라고 적는 것이 썩 괜찮았다. 뒷날에는 오기 비슷한 심정으로 '여관업'이라고 보다 구체적으로 적었다. 나는 누가 묻기도 전에 내가 나성여관의 둘째 아들이라는 것을 떠벌리고 다니기도 했다.

내 영악함은 그쪽이 훨씬 덜 상처받는다는 사실을 일찍부터 깨닫고 있었다. 하지만 거기에도 문제는 있었다. 친구들은 나성여관이 호텔보다야 못하겠지만 고급여관 정도의 품위는 있을 것이라 지레짐작으로 단정하고 만다. 내가 하도 당당히(그러나 속으로는 지긋지

굿해 하며) 떠벌리니 그럴 만도 했다.

그 결과 녀석들은 절대 나성여관의 실제 모습을 볼 수가 없었다. 나는 여인숙이나 여관에 대하여 과장된 경멸감을 지닌 녀석들의 면상을 후려치는 대신 엄격한 출입통제를 함으로써 그들을 응징하였다.

나는 성격으로나 친밀도로나 전혀 하자가 없는 몇 놈을 선별하여 그들에 한해서만 나성여관 뒷문에서 내 이름을 부를 수 있도록 허락하였다. 누나는 그런 나에 비하면 훨씬 치밀하지 못했다. 아니, 여고 시절의 누나는 나 이상으로 치밀했다고 기억된다. 다만 미스 김의 부모가 청과물 도매시장의 배추장사라는 사실에 터무니없이 방만했으리란 추리는 가능하다. 누나는 어리석게도 배추장사와 여관업 사이에 놓여 있는 도덕적 거리를 눈치채지 못했던 것인지도 모른다.

나는 미스 김으로부터 누나와 그 배불뚝이 남자, 즉 박 사장과의 첫 만남에 관한 상세한 이야기를 들었다. 물론 내가 누나의 퇴직이 사직서에 기재된 '건강상의 이유'로 이루어진 게 아니라 순전히 일신상의 중대한 착오에 의한 것이었음을 순순히 고백한 것에 대한 보답이었다.

"박 사장 그 사람이 수련이를 꼬여낸 첫 마디가 뭐였는 줄 아니?"

내가 그것을 알 턱이 없음에도 불구하고 미스 김은 계속해서 "몰라? 정말 몰라?" 하고 다그쳤다. 정말 의심이 많은 여자였다.

그때 젊은 남자 손님이 김밥용 햄과 불고기 햄의 차이점이 무엇인지를 물어왔으므로 미스 김은 한동안 내게 등을 돌리고 본업에 충실했다. 나는 그사이 저만큼 옆에서 빈대떡 굽는 여자의 능숙한 손놀림을 구경하였다.

"박 사장이 글쎄,"

돌아와 다시 입을 여는데 또 옆에서 무언가를 묻는 손님이 있었다. 그러면 미스 김은 금세 말끔한 표정으로 고객의 질문에 답하곤 내게로 돌아섰다. 그럴 때마다 마치 카메라 앞에서 중단된 연기를 자연스럽게 이어가는 배우들처럼 몹시 천연덕스러워서 나를 감탄케 하였다.

"너, 그레타 가르보 알지? 박사장이 말이야, 자기는 지금까지 금세기 최고의 미인이 그레타 가르보라고 믿었는데 이제 그 생각을 고쳐야겠다고 그러지 뭐겠니? 수련이가 그 여자를 능가하는 미모라는 칭찬이지."

그레타 가르보. 공교롭게도 나는 그레타 가르보가 얼마 전에 팔십몇 살의 나이로 죽었다는 기사를 읽었으므로 몹시 기분이 안 좋았다. 죽은 그레타 가르보와 집을 뛰쳐나간 누나. 이 공교로운 대비 속에서 나는 누나의 가출 이후 처음으로 분노를 누르고 솟아오르는 공포심에 휩싸이고 말았다.

"그 남자, 얼마나 언변이 좋은 줄 아니? 나이보다 감각도 있고 센스도 있더라. 하여간 말 하나는 끝내주게 잘하더라. 듣는 사람이 푹 빠지도록 하는 재주가 있어. 그레타 가르보를 들먹이면서 수련이를 은근 달뜨게 해놓고 일주일간 계속 출근을 하다시피 치근덕거리는데……."

이 부분에서 미스 김은 입을 비죽 내밀고 아니꼽다는 표정을 지었다. 그러나 배불뚝이 사내가 어떻게 누나를 후렸는가에 관해서는 지나치도록 상세히 설명하려 들었다. 그렇게 자세히 기억하는 것으로 미루어 박 사장이 노린 상대가 자기가 아니고 누나였다는 것에 적개심을 품고 있었는지도 몰랐다.

이야기는 계속되었지만 미스 김의 수다스러운 보고에서 누나의 행방을 알만한 구체적인 단서는 찾기 어려웠다. 그녀가 중요하게 기억하는 부분은 주로 박 사장의 언변이나 경제적 지위, 호사를 약속해주던 언질이 전부였다. 나는 형사 콜롬보처럼 삐딱한 표정을 지으며 이리저리 그녀를 떠봤지만 누나가 지금 어디에 있는지는 미스 김도 모른다는 사실만 확인했다.

"미안하다. 최근 들어서는 어찌나 조심하는지 아무리 캐물어도 한마디도 비치는 법이 없어. 아마 박 사장이 그러라고 단단히 훈련을 시켰나 봐. 처음에는 광화문 어디에 그 사람 사무실이 있다고 하더니 나중에는 그런 말을 한 기억이 없다고 막 우기더라니까."

그쯤에서 나는 미스 김을 햄과 소시지, 어묵과 치즈에게 돌려보냈다. 물론 손지갑 속의 몽타주를 꺼내어 박 사장이 맞는지 확인하는 일은 잊지 않았다. 미스 김은 내가 몽타주를 꺼내자 단박에 감탄과 존경의 빛이 역력한 얼굴로 나를 보았는데 그때만큼은 나도 형사들 특유의 무뚝뚝함과 민첩함을 연기하며 어깨를 으쓱했었다.

나는 누나 수색 작업에 관해 매일같이 찌르레기 아저씨에게 보고하였다.

"누나 사진 가진 거 있나?"

미스 김을 추궁한 결과를 다 듣고 난 뒤 그는 대뜸 사진이 있냐고 물었다.

"사진만 있어도 곤란해. 필름이 있어야 수십 장 뽑아내니까."

다행히도 누나의 독사진이 담긴 필름이 내게 있었다. 작년 여름에 쥬노랑 백화점의 누나를 찾아갔다가 분수 옆의 식당가에서 찍은 것이었다. 쥬노는 누나를 모델쯤으로 착각한 듯 요모조모 포즈를 취하게 한 뒤 연신 셔터를 눌렀었다.

쥬노 녀석은 내 생일선물로 자신이 쓰던 카메라를 아낌없이 주었

고통의 우물

다. 하기야 더 좋은 카메라를 손에 넣은 탓이기는 했지만 그 우정만큼은 감동해도 좋았다(그 카메라는 지금 수리공의 손에 가 있다. 오래전부터 플래시와의 접촉 부분에 이상이 있었는데 버려두고 있다가 보라와의 야외소풍에 대비해서 맡겨 놓은 것이다). 찌르레기 아저씨는 당장 스무 장쯤의 사진이 필요하다고 말했다. 사진이 손에 들어오면 그때부터 함께 나서보자고 했다.

"서두르지 마라. 누나는 찾을 수 있어. 네가 누나를 꼭 찾겠다는 마음만 있으면 얼마든지. 알아? 그게 바로 세상 이치야."

그는 나를 안심시켜놓고 밖에 볼일이 있다면서 나갈 채비를 하였다. 아저씨는 그즈음 다른 일로 분주한 눈치였다. 나와 같이하는 저녁 식사가 조금 뜸해졌고 귀가 시간도 매우 늦었다. 예배당 공사는 아직 일이 많이 남았는데 올해 봄에는 유난히 비가 잦아 쉬는 날이 많았다. 당연히 교회 측에서는 준공날짜를 맞추지 못할까 봐 닦달이 심하다고 했다.

"일주일 전에 성탑 골조공사를 하던 인부가 추락한 사고가 있었지. 그 인부는 평생을 누워 지내야 하는데 안전시설에 돈을 아낀 장로님들께선 지금 와서 오리발만 내미는 거야."

요즈음은 밖에 일이 많은 듯하다는 나의 말에 그가 추락 사고를 전해주었다. 평생을 누워 지내야 한다는 말의 그 비장함이나 그의 불꽃 튀는 눈빛으로 보아 바깥일이란 바로 그것 때문인 게 분명했다. 아저씨는 그 말 외 더는 이야기하지 않고 서둘러 나갔다.

이틀 뒤의 토요일 아침, 찌르레기 아저씨는 일부러 내 방까지 찾아왔다.

"사진 뽑았나?"

하지만 사진관에서 오라는 날짜는 내일이었다.

"오늘은 일 안 한다. 우리, 데모한다."

그가 머리띠와 핸드마이크를 흔들었다.

"이길 수 있지요?"

나는 엉뚱하게 일의 결과부터 묻고 있다. 그가 하는 일이라면 무조건 옳은 것이라는 내 믿음이 무의식적으로 드러난 물음이기도 했다.

"이런 싸움에는 패배가 없는 법이야. 시작한 것만으로도 우리는 이미 승리했으니까."

무슨 뜻인지 이해하지도 못했으면서 그 말을 듣는 순간 내 등으로 세찬 전율이 훑고 지나갔다. 싸움, 승리, 이런 말만 들어도 나는 지나치게 감동한다. 그게 내 버릇이다.

"저녁에는 못 들어오기가 쉬울걸."

그 말을 듣고서야 나는 불현듯 열쇠에 생각이 미쳤다. 오래전부터 그것을 아저씨에게 주려고 했는데 기회가 없었다.

그것은 누나와 내가 주로 사용했던 나성여관 뒷문의 열쇠였다. 누나가 집을 나갔을 때 나는 누나의 방을 뒤지다가 열쇠를 발견했다. 이제야 고백하는 말이지만 그 열쇠 때문에 나는 누나가 영영 돌아오지 않을 것이란 사실을 예감했다. 누나는 돌아온 탕자가 되어 눈물로 귀가하는 감동적인 드라마를 연출할 생각이 전혀 없는 것이었다. 그렇지 않다면 왜 열쇠를 버려두고 갔겠는가.

나는 누나가 사용하던 열쇠를 찌르레기 아저씨에게 주고 싶었다. 아저씨라면 밤늦은 시각이라 해도 거침없이 나성여관으로 들어올 자격이 있었다. 나는 벌써 그를 아군으로 받아들인 지 오래였다. 바로 여기에, 이 부분에서 나의 절망과 희망이 교차하였다. 나는 누나와 형이 영영 이 집을 떠났다 해도 결코 낙담만 하지는 않을 것이었다. 그 대신 찌르레기라는 커다란 새 한 마리가 날아들었기 때문이었다.

"이것 가져가요."

나는 노란 열쇠를 그의 손바닥에 떨구었다.

"이건 무슨 열쇠지?"

"나성여관 뒷문 열쇠예요."

"그런데?"

"늦더라도 돌아오셔요. 그건 누나가 쓰던 열쇠예요."

잠깐, 아주 잠깐 그는 처음으로 빛나는 눈과 흰 이빨을 동시에 보여주며 웃었다. 진정 처음이었다. 내가 아는 한 그는 눈과 입으로 따로따로 감정을 표현하는, 절대 단순치 않은 인물이었다.

"쨔식!"

그가 내 머리통을 함부로 주물렀다. 그래도 내 기분은 썩 좋았다. 클클클. 그가 떠난 뒤 나는 모처럼 기분 좋게 웃었다.

우리끼리 쓰는 농담이지만, 세상을 살면서 가장 즐거울 때가 '작은 코딱지 후비는데 억수로 큰 코딱지가 나올 때'라는데 지금이 바로 그런 경우인지도 몰랐다. 나는 시간이 흐를수록 칫솔질이나 열심히 하는 남자인 줄 알았던 그가 의외로 괜찮은 사람이라는 사실을 확인하고 몹시 즐거웠다.

그의 어디가 괜찮은지 묻는다면 사실 할 말도 없다. 어디가 어떻다고 딱 부러지게 대답할 수 있을 만큼 그에 대해 잘 알지도 못했다. 그냥, 아무 이유도 댈 수 없지만 그냥 내 마음에 어긋나지 않고 역겹지 않으며 정답다. 그렇지만 나는 나의 이 '그냥'에 한해서는 대단한 자부심을 가지고 있다.

여태까지 살면서 특별하고 거창한 사람이나 물건이 흡족하게 제

몫을 다 하는 것을 나는 본 적이 없다. 그런 것을 쫓아다니다간 시간만 헝클어놓기 딱 알맞다. 나는 그런 것을 믿지 않는다. 나는 그냥 나의 '그냥'을 믿는다.

찌르레기 아저씨가 저녁밥을 거르기 시작한 이후 눈에 띄게 볼이 부은 사람이 나성여관 안에 하나 있었다. 뽕짝아줌마였다. 오늘 저녁도 아저씨는 밖에서 밥을 먹는다는 내 말에 아줌마는 비죽 입을 내밀었다.

"반찬이 시원찮아서 못 자시것다는 말인갑네. 흥."

"그게 아니라 중요한 모임이 있대요."

나는 슬쩍 모임으로 말을 바꾼다.

"여기를 떠날 모양이제. 하숙집을 새로 구했능갑다."

콩나물 뿌리를 잘라내는 손길은 여전히 심드렁하고 목소리에도 아직 가시가 남았다.

"어디로 옮긴다냐? 여기도 비싸믄 삼시세끼를 팅팅 불어터진 라면으로나 때워야 할 신세인갑다. 그 나이에 징허게도 복도 없는 인간이여. 무슨 팔자인지 참 한량없이 드러."

마음에도 없는 흉을 보다 말고 아줌마는 불쑥 정색했다.

"이런 소리 또 훌랑 이를까 무섭네, 잉. 아서라. 사내는 모름지기 입이 무거워야 하는 거여. 촐싹거리덜 말라고오."

자기 혼자서 죽을 쑤었다가 밥을 지었다. 온갖 변덕을 부리던 아줌마는 마침내 부엌 바닥에 털썩 퍼지르고 앉아 유장한 가락으로 흘러간 유행가를 한 곡조 뽑아 올렸다.

'장벽은 무너지고 강물은 풀~려, 어둡고 괴로웠던 세월은 흘~러, 끝없는 대지 위에 꽃이 피~었네……'

그리고 마지막은 '한 많고 설움 많은 과거를 묻지 마세요'로 끝이

고통의 우물

나는 이 유행가는 뽕짝아줌마가 가장 자신 있어 하는 십팔번이었다.

"아줌마, 혹시……."

마침내 나는 확인의 절차를 밟지 않을 수 없었다. 이미 분명한 사실로 드러난 이상 망설일 것도 없다.

"머시 혹시여?"

"9호실 아저씨 좋아해요?"

나 또한 그가 좋은데 아줌마라고 좋아하지 말란 법은 없다.

"코끼리 방구 꾸는 소리 허구 앉았네."

아줌마는 시침을 딱 떼었다. 말을 꺼낸 이상 호락호락 물러날 나도 아니다.

"우리는 서로 동맹 관계잖아요. 내가 도와줄 게 털어놔 봐요."

그건 사실이었다. 나성여관에서 내실에 알리지 않고 무슨 일을 도모하려면 반드시 뽕짝아줌마를 통해야 한다. 마찬가지로 아줌마쪽에서도 나를 통하지 않으면 나성여관에서 일하기 불편한 경우가아주 많다. 우리는 서로 필요에 의해서 여러 번 동맹의 관계를 맺었었다. 지난번 형의 친구 미라가 머무를 때도 아줌마는 얼마나 훌륭한 우군이었던가.

"빨랑 이야기하세요."

"얼라? 귀신 낮밥 먹는 소릴랑 작작 허랑게. 왜 저런디야? 시방내 나이가 몇 살인디……."

그랬다. 나는 미처 거기까지는 생각을 못 했다. 아줌마에겐 나와동갑인 딸이 있었다. 나의 가장 굳건한 고정관념 중의 하나가 바로이 나이였다.

복잡하게 따질 것도 없이, 우리 부모세대의 나이에서는 연애라는것이 가능하지도, 존재하지도 않는다고 나는 믿는다. 생각해보라.

우리 어머니한테서 애교나 추파, 짝사랑의 감정이 생산된다고 믿을 수 있겠는가. 어머니는(특히 우리 어머니는) 그저 어머니일 뿐이다.

나는 아줌마에게 걸었던 혐의를 얼른 취소할 작정이었다. 인간적으로(이건 요즈음 우리 아버지가 자주 사용하는 관용구이다.) 괜찮은 사람이 눈앞에 있으면 따습게 해주고 싶은 것일 뿐이리라. 그렇게 믿고 돌아서는데 뽕짝아줌마의 은밀한 목소리가 내 목덜미를 움켜잡았다.

"홀아비 생활이 햇수로 다섯 해가 되어가는 개빈디 언제꺼정 혼잘 살랑가?"

찌르레기 아저씨가 홀아비인 것은 나도 짐작만 할 뿐 본인에게 직접 확인한 사항이 아니다. 그런데 아줌마는 한 고개를 또 넘는다.

"남정네들은 혼자 살기 어려운 거여. 그 형편에 처녀 장개 들라고 기다리는 게 아니라믄 싸게싸게 살림을 차려야 쓰는디. 혼자 사는 심정은 혼자 살아본 사람이 아니믄 잘 모르는 법잉게."

휴우우. 마지막에는 폭포 같은 한숨까지 곁들였다.

이쯤 되면 내가 가진 고정관념 따윈 문제가 되지도 않는다. 아줌마는 거의 노골적으로 예전의 동맹 관계를 자청하고 나선 셈이었다. 나는 머리가 땡했다. 그 길로 나는 내실로 달려가서 카운터 앞에 매달아 놓은 숙박계를 뒤졌다. 있었다. 3월 말경의 하루 묵은 날짜에 그의 이름과 주민등록번호가 있었다. 강용우. 나는 진즉에 그의 이름을 알고 있었다.

시간 손님도 아니고, 여자를 달고 온 바람둥이도 아니면, 그러니까 임검이 나와도 당당하게 투숙의 이유를 댈 만한 손님들은 꼬박꼬박 숙박부에 인적사항을 기록했다. 나는 숙박부의 주민등록번호를 확인했다. 그는 꼭 마흔 살이었다. 우연하게도 그의 생일이 며칠

고통의 우물

남지 않은 것까지 알아낸 것은 수확이었다. 나는 그의 생일을 마음속에 잘 간직했다. 뽕짝아줌마에게도 알려줄 생각이었다.

이번에는 어머니한테 뽕짝아줌마의 나이를 물었다.

"이 새꺄, 그런 건 왜 묻냐?"

이불 홑청을 시치고 있던 어머니는 바늘로 머리를 득득 긁으며 나를 보았다. 말은 험했어도 목소리에는 풀기가 없어 오히려 정답게 들리기까지 했다.

"그냥 궁금해서요. 어머니보다 많아 보이기는 한데……."

어머니보다야 밑이라는 사실은 하늘에 맹세코 나도 아는 것이었다. 누가 봐도 한눈에 척 알아볼 수 있는 것을 그렇게 말한 데에는 다 이유가 있었다. 첫째는 빠른 대답을 유도하기 위해서고 둘째는 풀기 빠진 어머니를 즐겁게 해주고 싶어서였다.

"스물둘에 결혼했다가 서른여섯에 서방이 죽었고, 그 딸이 너랑 동갑이라니까……."

이건 완전히 삼차 방정식이다. 나 같은 수퍼맨(수학을 포기한 남자)한테는 그놈의 미지수 X를 구하기 위해 한참은 머리통을 굴려야만 한다. 결혼하기 무섭게 바로 딸을 낳았을까? 그렇다면 배 속의 열 달은? 그러다가 나는 신통하게도 아줌마의 나이를 가장 정확하게 표현할 수 있는 등식을 발견하였다.

뽕짝아줌마의 나이는 마흔둘보다 크거나 같다.

또 하나의 엄연한 사실도 저절로 확인되었다. 그러므로 찌르레기 아저씨보다 최소한 두 살은 더 많을 것이란 점이다. 진실을 확인한 결과 나는 이 두 사람 사이의 관계에 가위표를 긋지 않을 수 없었다. 연상의 여인에 관한 내 고정관념 또한 이 더러운 세상이 불어넣은 것이므로 내 잘못이 아니다. 나는 나성여관을 거쳐간 숱한 연상의 여인과 연하의 남자들을 떠올리며 설레설레 고개를 흔들었다.

그들은 부끄러움을 몰랐고 대신 음지식물처럼 비뚤어진 표정을 짓고 있었다. 어떤 경우더라도 여자들은 주름살을 가리기 위해 짙은 화장을 하였고 남자들은 거의 틀림없이 껌을 씹고 있었다. 나는 한 번 더 고개를 흔들었다. 그때 아버지가 돌아왔다. 아버지는 무슨 중요한 보고사항이 있는 것처럼 신발을 아무렇게나 벗어던지고 내실로 들어왔다.

"이봐, 교회 공사장에서 데모를 해."

나는 가슴이 철렁했다. 그렇지 않아도 지금쯤 한번 나가볼까 했는데 소식이 먼저 날아온 것이다.

"요샌 배 속에서부터 데모하는 법들을 배워가지고 나온다니까."

어머니는 눈살을 찌푸리며 어서 다음 소식이나 전해보라는 투로 아버지를 쳐다본다. 어머니의 신호가 떨어지자 아버지는 또 충실하게 다음 대사를 왼다.

"연좌 농성인가 뭔가 암튼 아주 볼만해. 머리띠 두르고, 구호 외치고, 노래 부르고, 아, 꽹과리도 동원했더구면."

그리고 아버지는 본론은 바로 지금부터라는 것을 암시하기 위해 목소리를 한껏 낮추었다.

"9호실 손님이 앞에서 지휘해."

"9호실 남자?"

"그래, 물 먹다가 나를 보더니 그 와중에도 깍듯이 인사를 하드구면."

"아이구, 인사까지 받아서 살찌겠수! 그럴 줄 알았어. 그럴 것 같았다구. 그러니까 그이가 데모 주동자구면. 주동자라 이 말이구면."

어머니는 느닷없이 목청을 돋우었다. 그리곤 바늘을 실패에 찔

고통의 우물

러놓고 아예 본격적으로 따져볼 생각인 듯 씩씩거렸다. 심드렁하던 어머니의 표정이 금세 살기등등하게 바뀌었고 축 늘어졌던 근육들도 적개심으로 팽팽하게 당겨지는 게 눈에 보였다.

마침내 예전의 그 거칠고 마음대로인 어머니로 회복되는 순간은 짧고도 강렬했다. 흡사 얼굴에서 가면을 벗어던지는 것처럼 그 절차는 정말 찰나에 불과했다. 난처해진 것은 아버지였다. 한동안 기죽은 마누라 앞에서 살맛을 찾았던 아버지는 그제야 뭔가 잘못되어감을 깨닫고 허둥지둥 어머니를 달랬다.

"왜 이래. 왜 갑자기 열을 내고 이래? 데모라지만 화염병이 있나, 최루탄이 있나. 아주 인간적이더구만. 그건 데모도 아녀. 그런 건 농성이라고 하는 거여."

"이 양반이 농성 모르고 데모 모르는 척 순진 떨고 있네. 아, 지긋지긋하게 당해보고도 그게 무슨 덜떨어진 소리유? 다 시끄럽고, 하여간 나성여관 방을 텅텅 비워놓는 한이 있더라도 데모꾼은 얼씬도 못 하게 할 모양이니 두고 봐요."

참말이지 기가 막힐 노릇이었다. 이러다간 미라가 쫓겨났듯이 찌르레기 아저씨도 쫓겨나게 생겼다. 가만히 구경만 하고 있을 형편이 아니었다. 나는 우선 두 사람을 진정시켰다.

"제발 그만들 하세요. 9호실 아저씨가 오늘 데모한다는 사실은 나도 알아요. 공사장 동료들이 그분 아니면 이 억울한 사정을 풀 길이 없다고 얼마나 열심히 매달렸는데요. 어머니도 데모는 모두 나쁘다는 그런 생각일랑 버리셔야 해요. 아세요? 힘없고 가난한 사람들이 최소한도의 끼니를 위해 들고 일어나는 수도 있단 말이에요."

나는 아버지는 물론 어머니도 깜짝 놀랄 만큼 조리 정연하게, 때때로 유식한 문자도 구사해가면서 그 농성에 대한 전후 사정을 설명했다. 내가 생각해도 대단한 웅변이고 능변이었다. 어디서 그런 상상이 솟았는지 추락 사고로 중상을 입은 인부의 형편도 가장 비참하고 눈물겹게 그려내서 데모의 타당성을 입증해 보였다.

"인제 아셨죠? 9호실 아저씨는 그런 사람이에요. 다친 사람은 그렇다 쳐도 식구들을 거리로 쫓겨나게 할 수는 없지요. 아저씨가 그랬어요. 멋진 교회의 완성을 위해서는 교회 건축에서부터 사랑이 포개져야 한다고. 아저씨는 정말 괜찮은 사람이에요."

말을 마치고 나서는 내 가슴도 감동으로 울렁거렸다. 이 기분은 썩 괜찮아서 지금이라도 뛰어나가 그와 함께 구호를 외쳐도 좋을 만큼 잔뜩 고무되었다. 역시 말이란 사람을 끌고 다니는 채찍 같은 것이었다.

그러나 어머니는 죽었다 깨어나도 어머니였다. 분명히 내 말에 마음을 움직였으면서도 결론은 여전히 바꾸지 않았다. 어머니는 원래 그런 사람이었다. 어떻게 대화를 해도 결론은 꼭 자신이 원하는 쪽으로 맺었다.

"억울하고 분통 터지는 일이 어디 한두 가지더냐? 그런다고 전부 들고 일어서면 세상 꼴이 뭐가 되게? 아이구, 난 그 꼴 싫다. 내 새끼 하나 그 구덩이에 집어넣은 걸로도 끔찍한 판에 남의 장단까지 심장 벌렁벌렁 뛰어가며 구경할 필요가 어딨냐고."

그러더니 아버지를 향해 똑 부러지게 매듭을 지었다.

"이참에 뒤채를 다 비워버립시다. 저 10호실 노인네, 이번 달에는 아예 꿩 구워 먹은 소식이구먼. 자기도 미안하니까 낮에는 내내 쏘다니다가 밤이 되면 슬그머니 자러 기어들어 온다니까. 9호실도 비워야지 저 새끼까지 물들게 생겼고."

기가 막혔다. 그만큼 설명을 했는데도 어머니의 데모 알레르기는

고통의 우물

진정되지 않는 것이었다. 어머니에게 그처럼 지독한 병을 옮겨놓은 형이 그 순간만큼은 말할 수 없이 미웠다.

형은 자신의 길만 갔을 뿐이지 어머니는 완전히 무시했다. 최소한 자신이 선택한 길에 대한 설명만은 멈추지 않는 노력이 있었어야 했다. 그런 점에서 형의 운동은 실패였다.

나는 마침내 품고 있었던 최후의 한 마디를 뱉어내고 내실을 뛰쳐 나왔다.

"마음대로 하세요. 뒤채 내 방도 비워줄 테니까."

골목길을 내달리면서 나는 정말 그럴 수 있을 것 같다고 생각했다. 형도, 누나도 모두 버리고 가버린 집이었다. 찌르레기 아저씨가 나간다면 나도 떠나리라. 그렇게 작정하고 나니까 눈시울이 뜨거워졌다. 서편 하늘에는 붉은 노을이 걸려 있었다. 나는 쓸쓸하고 외로웠다. 감정이 격했던 뒤끝이라 쓸쓸함도 아주 강렬하게 밀려왔다.

외롭다고 생각하니까 자동으로 보라가 떠올랐다. 공중전화기는 마침 비어 있었다. 이번에는 보라의 동생인가 보았다. 연년생으로 3남매가 있는데 보라는 그 중간이라고 했다.

"누나 아직 안 왔어요."

짜식. 나는 녀석의 퉁명스런 목소리가 불쾌했지만 보라의 동생인 까닭에 그냥 넘겼다. 전화기 동전 구멍에 100원짜리를 넣었기 때문에 돈은 아직 80원이나 남아 있다. 나는 쥬노네 전화번호를 눌렀다. 쥬노 어머니가 받았다.

"우연이구나? 공부 열심히 하지? 준호는 자율학습 끝나면 오는데."

그 녀석은 토요일 오후의 자율학습까지도 빠짐없이 참석한단 말인가. 내 아들은 공부 중인데 넌 놀고 있으니 조금 기분이 좋다는, 그런 감정이 묻어 있는 쥬노 어머니의 목소리가 또 내 마음에 상처를 냈다. 고등학교 때부터, 아니 중2 때부터 해온 그 지긋지긋한 자율학습. 도대체 자율적인 공부라는 것이 있기나 하단 말인가.

전화기 잔금 액수는 60에서 나를 유혹하고 있었다. 내친김에 나는 형무에게 전화를 했다. 그 녀석도 없었다. 지독했다. 문득 요즈음 형무를 만나기 어렵다던 쥬노의 말이 떠올랐다.

이제는 40원이 남았다. 진휘와 종식이 집에 한 번씩 전화하면 바닥이 날 것이다. 진휘는 들어오긴 했는데 제 동생이랑 목욕탕에 갔다고 했다. 함께 목욕탕에 갈 수 있는, 그래서 서로 등을 밀어주며 비누 거품을 부풀릴 수 있는 동생도 없는 내 신세.

마지막으로 종식이한테 걸었다. 진휘가 집에 왔다면 종식이도 가능성이 있다. 두 녀석은 죽기 살기로 붙어 다니니까. 내 짐작은 맞았다. 마지막 20원이 기계 속으로 굴러떨어지고 숫자판에 0이 떠오르자 기다렸다는 듯이 종식의 목소리가 멀리서 들려왔다.

그러나 나는 이미 지쳐 버렸다. 무엇 때문에 열심히 숫자판을 눌러댔는지, 100원을 탕진하기가 이토록이나 어려운 것인지, 물론 외롭고 축축했던 최초의 감정도 다 사라진 채였다.

"얌마. 요샌 뭐 하느라고 꼼짝도 안 해? 보란지 빨강인지 그 계집애랑 재미 좋다며?"

종식이는 여전히 입이 더럽다. 나는 그만 전화를 끊고 싶어진다. 전화로 이야기하기엔 가장 역겨운 상대만 내게 안겨준 운명이 얄미웠다.

"넌 어때?"

나는 되는 대로 아무 말이나 뱉어본다.

고통의 우물

"나? 이 몸이야 바쁘지. 당구 치면서 삼각함수 배우고 술 마시면서 화학 공부하고 디스코텍 가서 체력 단련하며 지낸다. 왜?"

빈말은 아니다. 종식은 꼭 그렇게 지낸다. 일찌감치 문 활짝 열어놓은 전문대학 하나 점쳐놓고 입으로는 서울 법대 지망하며 맘 편하게 사는 놈이 종식이다.

"이 새꺄. 국어를 배웠으면 주제를 알고 산수를 배웠으면 분수를 좀 알아라. 공부해서 땅에 묻냐?"

"얼씨구. 형님 할 소리 아우가 잘도 가로채는구나. 헌데 왜 전화했어?"

"심심해서."

쥬노라면 솔직히 '쓸쓸해서'라고 말하겠지만 종식은 뻥이 세므로 좀 줄이기로 한다.

"야, 이 형님이 그럴 줄 알고 신경 좀 썼다. 걱정 말그라. 네 입에서 심심하단 소리 싹 들어가게 해줄 테니까."

종식이는 전화기 속에서 튀어나올 작정인 듯 본격적으로 뻥을 튀기기 시작한다. 마침 한 남자가 초조한 표정으로 내 뒤에 섰으므로 나는 서둘러서 녀석이 본론을 꺼낼 수 있도록 유도해야만 했다.

"보나 마나 미팅이겠지."

내 짐작은 잘도 맞아떨어졌다.

"오냐. 죽여주는 미팅이니까 수요일 분식집으로 일단 나와 봐."

"알았어. 가볼게."

"이건 굉장한 미팅이야. 발랑 까진 고삐리들만 고른 거야."

고등학생들이 여대생인 척 가짜 배지 달고 음흉 떠는, 되바라진 고삐리들과는 하루 잘 놀고 헤어지면 그걸로 끝이다. 화끈하고 야하다.

"너, 오늘 재수 좋은 줄 알아라. 신청자가 많아서 제비 뽑을 참이었는데, 넌 행운아야."

"됐네, 이 사람아. 그만 끊는다."

"오냐. 수요일에 보자. 그때 많이 예뻐해 줄게."

나는 뒷사람에게 전화기를 물려주고 계속해서 길을 올라갔다. 약간 오르막길이어서 자연 숨이 차고 헐떡거리게 되었다. 요즘은 조금만 움직여도 숨이 가쁘다. 봄은 늘 이랬다. 나는, 다시 말해두는 바이지만 봄이 싫다. 빛의 터널 같은 봄을 통과하고 나면 체중이 몇 킬로그램씩 팍팍 줄어버리는 것이다.

나는 오른쪽으로 길을 바꾸었다. 곧장 가면 교회 신축현장이 나올 것이다. 나는 별수 없이 어슬렁거리며 팔짱까지 낀 채 그곳을 향해 걸어갔다. 드문드문 지독하게 낡은 함석지붕의 주택이 끼어 있고 그 사이사이에 덩치가 커다란 창고 건물들이 줄을 지어 늘어선 거리였다. 멀지 않은 날에 이 거리는 깨끗이 철거될 것이었다. 아버지가 주워온 정보에 의하면 이 거리는 빌딩들이 밀집한 신시가지로 변모되어 월급쟁이들이 거리를 메우게 될 것이라고 했다.

그렇게 되면 어수선한 목공소, 낡은 소파나 철제책상을 늘어놓은 가구점들도 모두 사라지고 깔끔한 일식집이나 카페들이 하나둘 문을 열 것이라고 했다. 그런 날이 오면 나성여관을 헐어버리고 그 자리에 대형호텔을 지을 수도 있다고 어머니를 꼬드기는 아버지였다.

공사장에 도달하기도 전에 나는 가구점 앞에서 찌르레기 아저씨를 만났다.

"어디 가?"

"끝났어요?"

이리도 싱겁게 끝나나 싶으니 묘하게 맥이 풀렸다.

고통의 우물

"철물점에 스티로폼 사러 간다. 밤에는 기온이 낮아지니까."

끝나진 않은 모양이었다.

"밤샘해요?"

"그래야 할까 보다. 전혀 대화가 안 돼."

나는 그를 따라서 오던 길로 내려갔다. 그의 입에서 옅게 막걸리 냄새가 풍겼다. 철물점은 멀지 않은 곳에 있었다. 그는 철물점 주인에게 추가로 석 장을 더 가져간다면서 값을 치렀다. 그는 스티로폼 석 장을 옆구리에 끼고 급히 현장으로 되돌아갔다.

"나중에 보자."

그가 헤어지면서 내게 던진 작별인사였다. 그러나 그가 말한 '나중에'는 몹시 길었다.

세어보니 그가 다시 나타난 것은 닷새만이었다. 그동안 아저씨는 나성여관 9호실에도 모습을 나타내지 않았다.

노동자들의 밤샘 농성 계획이 있던 그 일요일 오후에 성전신축을 위한 기도예배가 공사장 복판에서 요란하게 열렸기에 온 동네가 양쪽 소음으로 몸살을 앓았다. 한쪽에서는 구호를 외치고 다른 한쪽에서는 찬송가를 불렀다. 양쪽 모두 있는 대로 목청을 높여서.

처음부터 예배시간만은 비켜줄 계획이었으나 성도 하나가 다짜고짜 "사탄아, 물러가라!"고 외치며 모래를 끼얹은 사건이 발생해서 대립이 극심해졌다는 이야기도 들려왔다. 본시 직장 단위의 노조원들이 모인 것도 아니고 일용직들이 태반인 건축현장의 단체행동이 길게 갈 수는 없었다. 일요일의 그 사건만 아니었어도 일찌감치 매듭지었을 시위가 월요일까지 이어졌다.

하지만 월요일 오후에는 벌써 벽돌이며 모래를 실어 나르는 트럭이 들어오기 시작했다. 월요일 오후, 나는 교회 신축 공사장에 있었다. 아저씨를 만날 생각이었다. 밤샘 시위 현장에서 혹시 무슨 사고를 당하지 않았을까 걱정하는 마음이 나를 그곳으로 떠밀었다. 그 때는 이미 구호와 함성은 사그라진 다음이었고 인부들은 각자의 일 감에 매달려 흐트러진 작업 도구들을 추스르고 있었다.

그들 가운데 아저씨의 모습은 보이지 않았다. 몇몇 사람에게 묻기도 했으나 현장이 워낙 분산되어서 쉽게 확인할 수 없었다. 말 그대로 동양 최대의 규모였다. 조금씩 드러나는 본당의 외부 모습도 엄청나지만, 교육관이며 문화관 따위 부속건물의 크기도 만만치 않았다. 마치 조그만 마을 하나를 새로 세우는 듯한 대공사였다.

화요일 오후에도 나는 공사장을 찾았다. 이번에는 누군가가 총감독쯤으로 보이는 사람을 알려주었다.

"강 씨? 아, 급한 연락이 와서 부산인가 어딘가, 하여간 좀 멀리 내려갔다. 한 사나흘 걸린다고 하더라."

그는 월요일 아침에 이미 서울을 떠났다고 했다. 총감독은 그밖에도 내게 여러 가지를 물었다. 그는 내가 누구인지, 왜 강 씨를 찾는지 매우 궁금하다는 표정이었다.

찌르레기 아저씨는 목요일 저녁에야 모습을 나타냈다. 토요일 아침에 입고 나갔던 차림 그대로였는데 거의 못 알아볼 정도로 꼴이 엉망이었다.

"네가 찾아왔던 모양이지? 여러 사람이 그러더라."

그는 그렇게 몇 마디만을 떨구고 이내 자신의 방으로 들어갔다. 나는 아저씨의 뒤를 쫓아가지 않았다. 고통으로 이글거리는 그의 눈빛을 보았기 때문이었다.

그리고 얼마 후, 거칠게 내 방문을 두들기는 사람이 있었다. 놀라

　　　　　　　　　　　　　　고통의 우물

서 문을 열어보니 뽕짝아줌마가 복도에 밥상을 내려놓고선 팔짱을 낀 채 버티고 서 있었다.

"흥, 지까짓 게 뭐길래 사람을 요로코롬 인간 이하로 취급하냐 이 말여."

아줌마는 다짜고짜 밥상을 들이밀며 내 방으로 진군해왔다. 탱크보다 더한 위세다.

"왜요? 아저씨가 저녁 안 먹겠대요?"

"곱게 안 먹는다고 그랬으면 누가 뭐래? 아니, 지가 뭐 간디 밥상을 내가라, 마라 소가지를 부리고 난리여, 난리가."

"아저씨가요?"

"그려! 시상에 이럴 수가 있냐? 남은 기껏 자기 몸 생각해서 성의 껏 한다고 하는 짓인디 난데없이 팩 소리를 지르더란 말여."

뽕짝아줌마는 분을 삭이지 못해서 한참 동안 더 시근덕거리다가 돌아갔다. 믿을 수 없는 소리였다. 나는 일부러 시간을 끈 다음에 밤늦게 그의 방문을 두들겼다. 대답이 없었다. 한 번 더 두들겨보려다가 살그머니 문을 열었다.

방은 지독하게 어두웠다. 복도의 불빛을 받아 희미하게 드러난 모습의 그는 벽에 기댄 채 망연자실 앉아 눈을 부릅뜬 채였다. 섬뜩한 분위기의 그가 얼마나 낯설었던지 나는 뒷걸음질이라도 해서 내빼고 싶은 마음이 가득해졌다.

"아저씨."

당연히 내 목소리도 갈라져 나왔고 음울했다.

"가."

한 음절의 대답이 돌아왔다. 나는 그 발음을 해독하지 못했다.

"아저씨."

"가라니까!"

그는 휙 얼굴을 돌려 나를 쏘아보았다. 눈물로 번들거리는, 참혹하게 일그러진 그 얼굴을 어떻게 설명할 수 있을까. 세상에 태어나서 나는 그처럼 절망으로 일그러진 얼굴을 본 적이 없다. 그 표정은 백 마디의 말보다 더한 웅변으로 그가 처한 상황을 설명하고 있었다. 나는 더는 그를 귀찮게 해서는 안 된다는 사실을 깨달았다.

나는 조용히 문을 닫아주었다. 그리고 멍한 얼굴로 복도에 서 있었다. 그때 내실 쪽에 손님이 드는 기척이 들려왔다. 적어도 세 명 이상일 것으로 추측되는 사내들 일행이 잠겨 있던 나성여관을 뒤흔들고 있었다.

10호실의 노인이 잠을 깨고 나온 것도 모두 내실 쪽의 소란스러움 때문일 터였다. 신음인지 혼잣말인지 알 수 없는 웅얼거림과 함께 문이 열리고 누런 러닝셔츠 차림의 노인이 나타났을 때, 나는 못된 짓을 하다가 발각된 것처럼 엉거주춤 복도 한가운데에 서 있었다.

"자네가 그랬디? 엉? 자네가 그랬구먼."

노인은 다짜고짜 그렇게 말했다. 헐렁한 잠옷 바지는 구부정한 허리 근처에서 비비 꼬여 있고 터무니없이 큰 러닝셔츠는 노인의 야윈 가슴팍을 풍선처럼 부풀려놓고 있다.

"뭘요?"

"자네가 벽에 발길질을 하디 않았어? 기러문 어드러케? 잠을 깊이 못 자개지구 요샌 아주 죽갔어. 어케 눈을 좀 붙였는데 망할 놈의 벽이 자꾸 흔들리지 않았어?"

노인은 말을 하면서도 연신 킁킁거리며 막힌 코에 바람을 집어넣었다. 목소리도 그렇고 벌건 얼굴도 그렇고 아마 노인은 감기를 앓는 듯했다. 하지만 맹세코 나는 벽에 대고 발길질을 하지는 않았다.

고통의 우물

노인이 복도로 나왔을 때는 내실의 취객 일행이 방을 배정받기도 전이었으므로 그들의 소행이라고 말할 수도 없다.

그렇다면.

나는 얼른 아저씨의 방을 돌아보았다. 그리고 목소리를 낮추었다.

"벽이 쿵쿵 울렸어요?"

"기랬댔어. 꼭 내 머리통에 대구서 발길질을 하는 꼴이지 않았어?"

아저씨가 머리통을 벽에 찧고 있다는 추측은 내 가슴을 철렁 내려앉게 하고도 남음이 있을 만큼 충격적이었다. 몇 달 전, 미라가 그러는 꼴을 보고 얼마나 놀랐던가. 벽에다 머리를 짓이겨야 할 고통까지는 도달하지 못한 나의 빈약한 인생행로는 그런 모습과 마주하면 지레 심장 박동이 거세어지곤 했다.

다음 날 아침, 나는 숨을 죽인 채 9호실의 기척을 살폈다. 간간이 노인의 가래 긁어 올리는 소리와 기침 소리만 잡힐 뿐 9호실은 고요했다. 나는 슬그머니 방을 빠져 나와 부엌으로 갔다. 뽕짝아줌마는 밥상에 숟가락을 내던지듯 놓고 있다가 나를 핼끔 쳐다봤다.

"아이구, 내 팔자야. 인간들이 술만 목구멍으로 넘길 일이제 으째 똥물까지도 목구멍으로 넘기고 지랄여, 지랄이."

이건 또 무슨 소린가.

"그래놓고 즈그도 미안헌게 새벽같이 날라버렸구먼. 증말 드러운 내 팔자."

짐작건대 어젯밤의 취객들이 이부자리에 오물을 토해놓고 내뺀 모양이었다. 그런 일이야 나성여관 역사에 심심찮게 끼어드는 작은 사건에 불과했다. 시간이 되어도 방을 비워주지 않아 문을 따고 들어가 보면 숨넘어가기 일보 직전의 자살 시도 투숙객도 겪어보았다. 한밤중 동숙한 여자에게 칼부림하다가 기어이 경찰을 출동시키는 성질 급한 사내가 있는가 하면, 어떤 미친 사람은 덮고 잤던 이불을 갈가리 찢어놓은 채 태연히 사라진 경우도 있는 판에 그까짓 오물이야 얼마든지 있을 수 있는 일이었다.

그것보다 더 중요한 것은 뽕짝아줌마에게 오늘이 바로 찌르레기 아저씨의 생일임을 일러주는 일이었다. 그러나 어젯밤 일로 잔뜩 볼이 부은 아줌마의 마음을 움직이려면 우선 초부터 쳐야 한다.

나는 아주 심각한 어조로 어젯밤 아저씨가 벽에 머리통을 짓이기며 몸부림쳤다는 사실을 전달했다. 10호실 할아버지가 잠을 못 이루고 뛰쳐 나왔더라는 것도 약간 과장되게 전했다.

"무슨 끔찍한 일이 있었기에 저럴까요? 대체 무슨 일인지 모르겠어요."

내 말이 효과는 있었다. 인정 많고 마음 약한 뽕짝아줌마는 당장 수그러진 음성으로 장단을 맞추기 시작했다.

"그러게. 무슨 일일꼬. 혹시 부모 초상 치고 오는 길이나 아닌지 모르것다. 시상에, 을마나 괴로웠으면 그랬을꼬. 쯧쯧쯧."

바로 이때였다. 나는 넌지시, 지나가는 말처럼 이야기했다.

"오늘이 생일인데, 아저씨 기분이 저래서야……."

"생일? 오늘이 그 양반 귀빠진 날이여? 우연이 네가 그걸 으찌 안다냐? 확실한 거여?"

"그래요. 틀림없다니까요."

그것으로 내 임무는 끝났다. 뽕짝아줌마가 9호실 아저씨의 생일을 그냥 넘길 리가 없다. 아저씨는 이 아침, 난데없는 생일상을 받고 조금쯤 기분을 만회할 수도 있다.

한 시간쯤 후 나는 부엌에서 풍겨오는 진한 미역국 냄새를 맡았

고통의 우물

다. 9호실은 아직 아무런 기척도 없다. 그의 생일상은 내가 들고 갔다. 아줌마가 한사코 그 일을 내게 떠맡겼다.

"오늘은 일 안 나가세요?"

나는 일부러 밝은 음성을 냈다. 그는 제대로 펴지도 않은 이부자리 위에 엎드려 있다가 부스스 일어났다.

"웬 밥상은……."

난데없이 아침상이 들어오자 그는 헝클어진 머리칼을 쓸어 넘기며 다소 무뚝뚝하게 말했다. 그는 나성여관에서 아침밥까지는 대먹지 않았다. 말하지 않아도 그가 하룻밤을 꼬박 새웠다는 사실을 알 수 있을 만큼 초췌한 얼굴이었다. 그리고 나는 윗목에서 뒹구는 소주병 두 개도 보아버렸다.

"미역국을 끓였대요. 아줌마가 아저씨 생각해서 일부러 끓였대요."

그는 미역국의 의미도 모르는 모양이었다. 하지만 제법 신경을 쓴 밥상임을 그라고 못 느꼈을 리가 없다.

"오늘이 스무이레?"

"예."

"짜식. 별걸 다 알고 있네."

그가 비로소 희미하게 미소를 지어 보였다.

"아줌마가,"

"알았다. 어서 먹자."

뽕짝아줌마가 차려낸 생일상이라고 다시 강조하려는 내 입을 그가 막아버렸다. 뽕짝아줌마의 남다른 감정을 아저씨도 알고 있다는 사실을 나는 그 표정에서 확인하였다.

그날, 그 밥상 앞에서 나는 수요일에 있었던 미팅 이야기를 미주

알고주알 떠벌렸다. 웃기지도 않은 이야기를 전하며 자꾸 헛웃음을 날리기도 했다. 그는 미역국에 밥 한 숟갈을 말아서 지극히 오랜 시간에 걸쳐 그것을 비워냈다. 마치 밥이나 국이 저 혼자 증발하여 사라지기를 기다리는 듯한 태도였다. 나 역시 실컷 떠들면서도 그의 속도에 맞추느라 신경을 썼다.

"하여간 굉장했어요. 쥬노도 얼이 빠져서 입을 헤벌리고 그 계집애 얼굴만 보더라니까요. 쥬노한테는 정말 보기 드문 퀸카가 걸렸는데 형무 파트너는 또 그럴 수 없이 지독한 열카가 안겨졌지 뭐예요."

"열카?"

"보면 열만 나는 파트너를 우린 열카라고 해요. 형무가 요새 완전 맥이 풀린 상태거든요. 형무 아버지한테 되게 당했대요. 앞으로 무용수가 어쩌고 하는 날에는 반쯤 죽여 놓겠다고 엄포가 굉장했었나 봐요. 형무는 원래 소심해서 지 아버지라면 벌벌 떨어요. 아니, 그 애 아버지는 워낙 그렇게 생겼어요. 한 대 맞으면 이빨이 세 개쯤 나간대요. 하여간 형편이 그런 녀석이 하필 무용수가 어떻고 스타가 어쩌고 하니 한심할밖에요. 그 앤 정말 못 말려요."

형무는 그날따라 못하는 맥주를 거푸 마셔댔는데 나중에 들은 소식으로는 쥬노와 진휘가 떠메고 집에 데려다 줬을 정도라고 했다. 그런 형무를 위로한답시고 종식이가 계속 녀석의 귀에 속살거렸던 말이 생각났다.

"야, 그래도 네가 나은 거야. 난 엿카야. 알아? 만나면 재수 없는 엿 같은 파트너라니까."

엿카는 커녕 쥬노 파트너가 워낙 뛰어난 미모여서 그렇지 종식이 파트너도 다른 때 같았으면 틀림없이 퀸카일 상대였다.

"너는 어땠니? 좋았어?"

내가 하도 열심히 떠들어주니까 아저씨가 관심이 있는 척 내 파트너에 대해 물었다.

"뭐, 그저 그랬어요."

그건 진심이었다. 디스코 클럽으로 자리를 옮길 때까진 그럭저럭 즐거운 시간을 보냈었다. 솔직히 말하면 보라와 함께 내 여자 친구 명단에 넣어볼 속셈도 없지 않았으니까.

하지만 디스코 클럽에서 그 애가 보여준 광란의 몸짓은 참말이지 돈 주고도 못 볼 희한한 구경거리였다. 그 애는 클럽에 들어서기가 무섭게 물을 만난 미꾸라지처럼 갑자기 딴 사람으로 변하였다. 빠른 음악만 나오면 미친 듯이 뛰어나가 몸을 흔들어댔고 좌석을 지킬 때는 줄담배를 피웠다.

나는 정말이지 그런 애는 딱 질색이었다. 그런 애들은 언제 어디에나 있었다. 가방 속에 담뱃갑은 물론 어른들 뺨치는 요란한 화장품을 넣어 다니며 잠깐 만에 요염한 얼굴로 변하는 데 능숙한 애들이었다. 흡사 한세상 다 살아봤다는 식의 거침없는 말투, 더욱 강렬하고 더 자극적인 것만 쫓아다니는 무모한 용기는 애초 내 취향이 아니었다. 그런 애들 또한 나 같은 위인은 벌레 대하듯 경멸했으므로 피차 손해 볼 일은 없다. 그런 애들은 늘 "지겹지 않아?" 묻거나 "아이, 따분해. 미칠 것 같다." 이러면서 짜증을 냈는데 그날의 내 상대도 역시였다.

"뭐 해? 따분하게 왜 안 춰?"

이쯤은 그래도 괜찮다.

"나중에 본전 생각나서 울지 말고 실컷 즐겨라. 난 내숭 떠는 남자애들 정말 밥맛이더라."

결국 서로 밥맛없어한다는 사실을 확인했으므로 내 자존심이 가만있을 턱이 없다.

"나중까지 갈 것도 없이 지금도 본전 생각에 목이 메는 중이다."

나는 이내 그 계집애랑 헤어져 디스코 클럽을 나오고 말았지만 여섯 개비쯤 남은 담뱃갑을 놓고 나온 것이 다음날까지도 아까울 지경이었다.

그날 내가 얼마나 많이 보라를 그리워했는지는 아저씨 앞이라도 털어놓을 용기가 없다. 고백하자면 디스코 클럽을 뛰쳐 나와서 내가 가장 먼저 한 행동은 공중전화기 동전 구멍에 돈을 넣은 것이었다. 그런데 그만 실수를 하고 말았다. 미팅이 있었다는 말을 해버린 것이었다. 할 말을 미리 준비하지 않으면 나는 늘 이런 실수를 한다. 도대체 내 입은 자꾸 내 마음을 잘못 이해해서 탈이다.

미팅이라는 말이 떨어지는 즉시 구박이 쏟아졌다.

"그랬어? 으응. 재미있었겠네. 근데 나한테 전화는 왜 하니?"

"미팅은 진작에 끝났고, 그냥 심심해서……."

그러자 보라가 발끈했다.

"애! 내가 네 심심풀이용 여자니? 난 사양한다. 끊어!"

하여간 나는 모자라도 한참 모자라는 놈이었다. 도대체가 여자를 다루는 법에 관해선 완전 젬병인 것이다. 보라를 화나게 했으니 당분간은 집에서 근신하며 용서해주는 날까지 기다리는 수밖에 다른 방법이 없었다. 요새 보라는 그야말로 설탕처럼 달콤했는데. 전화를 받는 목소리도 얼마나 나긋나긋했는데.

"아직도 우울해?"

지난번 만났을 때는 직접 녹음한 곡들이라며 내가 좋아하는 가수들 노래가 담긴 테이프를 선물하기도 했었다. 거기에 생각이 이르자 나도 모르게 한숨이 나왔다.

　　　　　　　　　　　　　　　　고통의 우물

아저씨는 그런 나를 흘낏 보더니 숟가락을 놓았다.

"넌 안 나가니?"

"나가야죠."

"너도 지겹겠다. 어머니에게 대학 포기했다고 말하지 그래."

"누나 때문에 또 기회를 놓쳤어요."

"하긴 그렇다."

"실은요. 학원비 덕분에 용돈 궁하지 않은 점도 중요해요. 그리고 할 일도 있잖아요. 오늘부터 본격적으로 누나를 찾으러 다닐까 해요."

아저씨는 잠자코 듣기만 한다. 그에게 어떤 일이 닥쳤는지, 내가 얼마나 걱정하는지 알면서도 계속해서 입을 다물고 있는 그가 몹시 야속했다. 나는 별 성과도 없이 잔뜩 수다만 떨었다는 찝찔한 기분으로 그의 방을 나왔다. 그때 허겁지겁 뽕짝아줌마가 뒤채 쪽문을 밀고 나타났다.

"도연이 학생 전화야. 빨랑 가보랑게."

"형 말이에요?"

"쉬이! 목소리 낮춰, 어머니 일어났어. 용케 내가 전화를 받았는디 우연이 있으면 바꿔달래야."

"알았어요."

"엄니한테는 친구라고 했으닝께 눈치 안 채게 잘 혀. 어머니 모르게 해주십시오, 이러더랑게."

"알았다니까요."

전화는 카운터에 나와 있었으므로 내실에 들어가지 않고 받을 수 있었다.

"나야."

나로서는 꽤 신경을 쓴 목소리 연기였건만 당장에 카운터 쪽문으

로 어머니의 매서운 눈초리가 쏟아졌다. 형은 의외로 생기 있는 목
소리였다.

"잘 있었니? 암말 말고 적당히 대구하면서 잘 들어라."

"알았다니까."

짐짓 귀찮은 말투로, 게다가 현관 거울에 비친 얼굴을 보며 딴전
을 피우는 연기를 펼쳤더니 어머니는 탐색을 그만두고 텔레비전의
아침 연속극으로 시선을 돌렸다.

"날씨가 더워져서 여름옷들이 필요하다. 네가 대충 챙겨서 집 근
처 그 책방에 맡겨놓으면 틈 봐서 내가 찾으러 가마."

"그것뿐이야?"

"담요도 한 장 필요하고."

"또?"

"없다. 편안하기로 들면 끝이 없으니까."

"좋아. 그럼 이따 만나자. 바빠서 못 가면 편지할게."

형은 내 말의 속뜻을 금방 알아차렸다.

"그래. 할 말 더 있으면 메모도 함께 보내고."

그날로 나는 형의 여름옷과 형이 쓰던 담요, 그리고 몇 가지 자잘
한 일상용품을 챙겨서 버스 정류소 옆의 형 친구 책방에 맡겼다. 메
모도 옷 갈피 사이에 끼워 넣었다. 아주 간단한 메모였다.

1. 누나가 집을 나갔음. 소식도 없고 돌아올 가망도 없음(인신매
   매가 아님. 편지를 남긴 진짜 가출임).

2. 아버지가 부쩍 바깥세상에서 재미를 보는 낌새임. 비밀이 많
   은 얼굴을 하고 있음.

3. 어머니는 여전함. 이런 상태로는 형의 무사 귀환을 보장할 수
   없음(대신 형의 연락처를 알려주기 바람).

고통의 우물

형은 어디에 가 있더라도 안심이 된다. 형은 집에 있으면 오히려 불안하게 보이는 사람이다. 나는 형이 잘 지낼 것을 믿었으므로 형의 부탁을 해결한 뒤 곧장 누나를 수색하는 일에 뛰어들었다.

나는 우선 강남의 아파트단지를 표적으로 삼았다. 박 사장쯤의 능력이라면 괜찮은 아파트 한 채를 얻어 누나의 거처로 제공했으리라는 추측은 오래전부터 하고 있던 바였다. 내가 취할 방법이란 아주 상식적인 것이어서 현관의 경비실에 누나의 사진과 박 사장의 몽타주를 보여주는 것 외에 최근 새로 이사 온 집의 가족 상황을 묻는 것이 고작이었다.

몽타주는 별 효과가 없었다. 그림으론 도저히 감을 못 잡겠다는 것이 한결같은 반응이었다. 하지만 경비원 중의 몇몇은 누나의 사진 앞에서 제법 긴 시간 고개를 갸웃거렸는데 그럴 때면 나도 덩달아 심각해졌다. 그렇게 관심을 보이고 긴가민가하는 경비원이 있으면 사진을 두고 돌아왔다. 일주일쯤 시간을 둔 후 다시 찾아가 확인을 할 생각이었다.

둘째 날까지 내 사진 봉투에서 석 장이 소비되었다. 대개는 시큰둥한 반응이었지만 경비원들 가운데는 의협심 강한 인물도 없지 않아서 때로 큰 위로가 되기도 했다. 그들 중 한 사람은 내가 보는 앞에서 사진을 책상 귀퉁이에 테이프로 붙여놓는 성의를 보여 나를 감동시켰다. 이 현관을 사용하는 경우라면 말할 나위도 없고 나아가서는 틈틈이 전체 아파트 주민을 모두 수소문해서 결과를 일러주겠노라고 했다. 그이가 세 번째로 사진을 받아 간 경비원이었다.

바로 거기에서 나는 뜻밖의 인물과 맞닥뜨렸다. 푸른 입술, 그러니까 군포에 사는 10호실 노인의 딸과 만난 것이었다. 나는 수첩에 그 경비원이 일하는 아파트의 주소를 꼼꼼하게 적어 넣고 있었다. 그때 한 여자가 나를 스쳐 엘리베이터 앞에 섰다. 나는 무심코 그녀를 바라보았는데 금방 기억 속의 푸른 입술을 떠올렸다. 그뿐이 아니었다. 이름도 곧장 뒤따라 떠올랐다. 신정순.

노인과 함께 그 이름이 적힌 주소를 들고 몇 시간이나 헤맨 덕분이었다. 그때 여자가 얼마나 무섭게 굴었던지 지금도 새삼스럽게 머리끝이 쭈뼛해지는 기분이었다. 그리고 그 덜떨어진 녀석, 그녀의 아들 민구의 얼굴도 선연히 떠올랐다.

노인은 지금 나성여관 10호실에서 질긴 감기를 앓는 중이었다. 노인은 이번 달부터 대 먹던 밥도 끊었다. 방값 밀리는 것도 괴로운데 밥값까지 없을 수 없어서 그랬을 것이다. 그렇다고 틈을 보이는 어머니도 아니었다. 어머니는 그 정도로 마음이 약해지는 사람이 절대 아니다. 노인이 쫓겨나고 안 쫓겨나고는 모두 이 여자에게 달려 있었다. 나는 노인을 좋아하지는 않았지만 그가 나성여관에서 쫓겨나는 꼴을 구경하고 싶은 마음은 눈곱만큼도 없었다. 노인 또한 나성여관에서 쫓겨날까 봐 발발 떨고 있는 형국이었다.

노인은 어떤 식이든 간에 늙은이들이 우글거리는 양로원에 대해 터무니없는 공포심을 가지고 있었다. 갈 곳이 없어 거리를 헤매는 노인들을 위한 시립양로원 같은 시설도 그 노인에게는 지옥의 다른 이름이었다.

노인은 별의별 흉측한 소문들을(주로 학대받는 노인에 관한) 알고 있었다. 가족이 없는 노인들을 잡아 가두는 골방의 비참함에서 시작하여 깊은 산에 노인들을 내다 버리는 현대판 고려장에 관한 뜬소문까지 그 소문의 종류도 각양각색이었다.

그는 때때로 남산이나 탑골공원으로 출타해서 다른 노인들한테 허풍까지 보태 자신의 과거를 들먹이다가, 피곤해지면 자신이 혼자 쓰는 방으로 돌아와 자유롭게 살 수 있는 지금의 생활이 파괴될까 봐 몹시 전전긍긍하였다. 노인에게는 나성여관 10호실의 삶이 천국이었다. 내가 보기엔 눈살이 찌푸려지도록 남루하고 비참했음에도 불구하고.

나는 노인이 종종 "수용소 영감들이 말이야." 하고 이야기하는 것을 들었다. 수용소 영감이란 바로 양로원에 버려진 영감들을 지칭하는 말이었고 그 말 속에는 그지없는 경멸과 두려움이 담겼다. 노인은 수용소로 가느니 차라리 거리에서 굶어 죽는 쪽을 택할지도 몰랐다. 내가 겁도 없이 푸른 입술에게 용기를 내 아는 척을 한 것도 사실은 이런 사정을 잘 아는 까닭이었다.

그런데 여자는 나를 알아보지 못하였다. 기억을 못 찾는 것이 아니라 이건 아예 기억의 갈피에 입력도 되지 않은 것이 분명했다. 할 수 없이 나는 내가 나성여관의 아들이며 한 번 군포에 간 적이 있다는 사실을 시시콜콜 털어놓아야 했다. 그제야 푸른 입술의 얼굴에 표정이 나타났다. 우묵하게 들어간 두 눈으로 나를 살피던 여자가 볼에 난 칼자국 흉터를 손으로 쥐어뜯으며 겨우 입술을 달싹였다.

"아."

그뿐이었다. 두 눈은 다시 몽롱해졌고 표정도 스러졌다. 처음 봤을 때도 그랬지만 정말이지 지독하게도 음산한 얼굴이었다. 차림새도 그때와 별반 다르지 않았다. 그녀가 이 아파트와 너무나 어울리지 않는다는 것은 신고 있는 플라스틱 슬리퍼만 보아도 알 수 있었다.

"할아버지가 많이 아파요. 오래됐어요."

그때 엘리베이터가 도착했다. 엘리베이터를 타기까지 여자는 내 말에 아무 반응도 하지 않았다. 하다못해 내 얼굴을 보지도 않았다.

나는 기가 막혀서 말이 나오지 않았다. 노인이 수용소로 끌려가는 것은 이제 시간문제였다. 나의 어머니는 하늘이 두 쪽 나더라도 자선사업에는 취미가 없으니까 선택의 길은 없다.

한마디 대꾸도 없이 엘리베이터 안으로 사라진 푸른 입술의 여자에게 질려서 나는 그만 집으로 돌아오고 말았다. 그러나 그녀의 대답은 그로부터 꼭 이틀 뒤에 있었다. 정말 놀랍도록 느린 대답이었다.

"얼마나 아픈지……."

점심때가 겨워서 어정어정 집으로 돌아오는데 여자 하나가 내 앞을 가로막으며 그렇게 말했다. 푸른 입술이었다. 그 뒤로는 노인을 볼 기회가 없었기에 이번에는 내 쪽에서 대답이 궁색했다.

"우선 약값이라도……."

여자는 손에 쥔 봉투를 내밀었다. 끝까지 말을 맺지 않고 흐리는 것이 여자의 말버릇인 모양이었다. 그럴 때는 꼭 뺨의 흉터를 손으로 뜯어내는 시늉을 했다.

"안 들어가세요?"

내가 집을 가리키며 재촉했을 때도 그랬다.

"봐서 뭐 좋은 게 있다고……."

몽롱한 눈빛 밑으로 기미 긴 뺨의 근육이 움찔 떨었을 뿐 여자는 그 길로 돌아섰다.

"덩순이가 왔었어? 기레, 우리 덩순이가 여기에 왔단 말이디?"

어디서 얻은 것인지 말라비틀어진 참외 하나를 깨물어 먹고 있다가 노인은 내가 건네준 봉투를 품에 안고서 눈물을 찔끔거렸다. 짓무른 눈자위를 적시는 저 눈물은 아마도 회색 빛깔이리라.

나는 참외 씨가 붙어 있는 노인의 입가를 외면한 채 다른 곳을 보았다. 한쪽 구석에 수북이 쌓인 종이상자들과 빈 병이 흡사 고물상

　　　　　　　　　　　　　　　　고통의 우물

한 귀퉁이를 떼어다 놓은 꼴이었다. 물론 냄새, 10호실 특유의 그 퀴퀴한 냄새도 한몫을 단단히 했다. 행여 어머니가 보았다면 날벼락이 떨어졌을 광경이었다. 노인도 그런 내 마음을 알아챈 모양이었다.

"이놈의 고뿔 때문에 저거도 못 치웠댔어. 기레도 오늘만 지나문 말짱 치울 수 있으니깐두루. 푼돈 얻어 쓰는 재미가 꽤나 짭짤하니께."

노인은 비굴한 웃음을 아낌없이 펼쳐 보인다. 눈가에는 아직도 물기가 축축한 채, 썩은 이빨을 드러내며 보여주는 웃음은 정말 끔찍했다.

"너는 사람에 대해서 어떻게 생각하니?"

찌르레기 아저씨에게 이런 엉뚱한 질문을 받은 것은 바로 그날 밤이었다.

뒷문으로 들어왔다가 네 생각이 나서 다시 나가 사 왔다면서 튀김 봉지를 손에 든 채 그는 비틀거리는 걸음으로 내 방에 찾아왔다. 술 냄새가 금세 방 안을 가득 채울 만큼 지독했다.

사람에 대해서 어떻게 생각하느냐고?

나는 갑작스러운 그의 질문에 얼떨떨해져서 보던 책을 덮어놓고 눈만 껌벅거렸다. 나는 물론 이런 식의 질문에 익숙하지 못했다. 그건 내 잘못이 아니었다. 나는 학교라는 곳에 입학한 이후 이날까지 사람의 이름·출생연도·업적 따위의 간단하고 명료한 해답이 가능한 것만 공부하는 기술을 익혀왔다. 사람의 무엇에 대해서, 이를테면 사람의 진화나 분류, 혹은 신체적 특성에 대해서 말하라면 또 모를 일이다. 그런 것이라면 삼수생인 만큼 즉각적인 답변이 가능하니까.

그러나 이날까지 수없이 많은 시험을 치렀어도 이런 문제를 내는 어리석은 교사는 없었다. 그럴 바엔 수학 공식 하나를 더 외우는 것이 훨씬 능률적이라는 사실을 모르는 학생도 없다. 나는 쉽게 입을 열지 못하였다. 하지만 아저씨는 집요했다.

"내 말은, 그래, 좋다. 이렇게 말하자. 너는 이 세상의 정의나 불의에 대해서 어떤 생각을 하고 있지?"

"그게 어디 간단한 문제인가요?"

나는 일단 되묻고 보았다.

"흥. 그렇지. 그래. 그건 간단히 구별할 성질이 아니지. 너도 제법 아는구나."

그는 연신 고개를 끄덕였다. 그러더니 주머니에서 종이팩 소주를 불쑥 꺼냈다. 또 다른 주머니에선 반쯤 뜯어 먹은 쥐포 한 마리와 담배가 나왔다.

"네 말이 맞아. 무를 자르듯 정의와 불의를 갈라 보일 수는 없지. 난 말이다, 비록 배운 것 없이 노가다판에서 굴러먹는 인간이지만 이것 하나는 안다. 뭐냐고? 이 세상 사람들 모두, 한 명도 남김없이 전부 다, 악의 뿌리를 묻어두고 있다는 사실. 알겠니? 제아무리 성인인 척하는 인간도 한 꺼풀 벗기면 곰팡이 핀 심장이 나타나지. 살인자는 태어날 때부터 이마에 표적을 달고 나오나? 흥. 어림도 없지. 알아? 세상은 엉망진창이야. 한 번도 제대로 굴러간 적이 없었다. 그런 곳에서 우리가 사는 거야. 마치 곡예사처럼."

그는 쥐포 한 입 뜯어 먹고 술 한 모금 마시고, 그런 다음 담배를 빨아들여 연기를 뿜었다. 마치 그 세 가지 과정이 혼합되어야 구름 같은 연기가 나온다는 착각이 일 만큼 아주 규칙적으로 그렇게 했다. 물론 종이팩의 소주는 금방 바닥이 났다. 그는 빈 종이팩을 주먹 안에 넣고 힘껏 우그러뜨렸다.

"우연아. 난 이 세상이 싫다. 견딜 수가 없어. 그러나 죽을 수도 없다. 왜냐? 두려움 때문에? 미련 때문에? 아니야. 절대 아니다. 내가 사는 이유는 그런 시시한 이유 때문이 아니다. 내가 아니면 안 되는 일, 그 일이 나를 기다리고 있기에 나는 산다."

그게 뭔데요, 하고 묻는 따위 미련퉁이 질문은 다행히 하지 않았다. 나는 숨을 죽이고 그의 다음 말을 기다렸다. 대답은 절로 나올 테니까.

"그게 뭔지 말해줄까? 그건 말이다. 좀 그럴듯하게 표현하면, 정의의 이름으로 불의를 행하는 것, 간단히 의로운 심판이라고나 할까. 하여간 나는 불의를 행할 그 날을 위해 산다."

눈을 부릅뜬 그의 얼굴이 고통스럽게 일그러진다.

"이제까지 아무도 그런 심판을 하지 않았어. 심판은 족히 했다고 착각을 한 성질 급한 작자들이야 역사 이래 무수했지. 기껏해야 정의를 위장한 증오의 복수, 내가 한 대 맞았으니 너도 한 대 맞아라, 그런 투정이 고작이었다. 그러나 우연아. 난 아니다. 난 결코 아니야."

만약 사람의 두 눈에서 번쩍이는 불꽃에도 폭발력이 있다면 아저씨가 쏟아내는 불꽃 정도면 이 세상을 남김없이 잿더미로 만들기에 충분하다. 그러나 아저씨는 금방 자신의 불꽃을 꺼버릴 줄도 아는 사람이었다.

"이런. 술이 떨어졌으니 그만 가서 자야겠다. 자야지. 암, 자야 또 내일이 오지 않겠니?"

그는 비틀거리며 일어섰다. 금방이라도 넘어질 것 같았는데 내 부축은 단호히 거절했다.

"널 좋아한다. 넌 예뻐."

그는 내 어깨를 지그시 눌렀다.

"넌 대학에 못 가더라도 계속 예쁠 거야. 아, 내가 말을 잘못했구나. 넌 대학을 포기했으므로 계속 예쁠 거야. 지식? 교양? 정신? 흥. 나쁜 자식들."

그는 다시 사나워졌다. 하여간 술이란 인간을 수시로 변모시킨다. 그는 너무 취했다.

"이 어지러운 세상을 구한다는 명분으로 지식을 쌓은 이들이 과연 어떠했지? 머릿속에 지식이 쌓이는 순간부터 그들은 우리 편이 아니었어. 머리를 채우면 채울수록 그들은 우리와 멀어진다. 알아? 그들은 배신자야. 우리가 쇠를 깎으며 일할 때 그들은 우리를 팔아 쌀을 구한다. 그리곤 자기들끼리 수군거려. 아, 저 인간들은 어쩔 수가 없어. 아무리 말해도 알아먹질 못하거든. 내버려 둬. 젠장 할. 그게 우리 잘못이야? 글줄을 읽으면서 점차 다른 언어로 표현하는 비법을 터득한 저희가 잘못인 거지. 그자들은 우리의 언어로 말하지 않아. 그러기는커녕 우리의 언어 그 자체를 잊고 싶어 안달하지. 그게 그자들의 질서야. 가증스러운 권위이고. 도대체 우리에게 완벽한 형식이 주어진 적이 있기나 하던가? 형식이 있고 나서야 질서도, 권위도 발생하는 것 아니던가? 흥. 이젠 아무도 속지 않아. 더욱이 난 절대 그럴 수 없어."

그가 다시 눈의 불꽃을 껐다. 그리고 은근한 목소리로 날 꼬드겼다. 연극을 보는 듯한 지독한 변신이었다.

"너, 혹시 숨겨둔 술 없나?"

"없어요."

"나가서 사올까?"

그가 주머니를 뒤졌다. 내가 뛰어갈 수도 있지만 그의 기복 심한

고통의 우물

감정 상태가 두려웠다.

"그냥 주무세요."

"자라고?"

"네?"

"찌르륵 찌르륵 울면서?"

"그래서 찌르레기잖아요."

"그렇지. 찌르레기. 새 중의 새. 울지 않는 새는 새가 아니야. 그 건 미물이고 곤충이지. 난 목청 좋게 우짖는 찌르레기니까."

그는 딸꾹질과 함께 휘청휘청 자기 방으로 건너갔다. 그 밤 나는 오래도록 잠을 이루지 못하고 뒤척였다.

다음 날 아침, 그러니까 아저씨의 의미 깊은 술주정을 해석하다 가 잠을 놓치고 새벽에서야 얼핏 눈을 붙여 한숨 자고 난 뒤에 나는 생각지도 않은 일을 저지르고 말았다. 내가 찌르레기 아저씨의 방 에 들어간 것은 그의 방이 잠겨 있지 않아서였을 뿐 절대 다른 뜻이 있어서가 아니었다.

나는 아침부터 그의 기척을 주목하였다. 요즘은 늘 그랬다. 그는 아침 일찍 일을 나갔다. 아줌마는 저녁만이 아니라 아침 식사도 자 기 손으로 차려주고 싶어 했지만 아저씨는 해장국으로 때우는 아침 이 편하다고 여러 번 거절했다. 뽕짝아줌마는 아저씨가 원하기만 하면 새벽같이 달려와 기쁘게 아침밥을 지을 것이다.

나는 늘 그가 일을 나가는 기척에 잠에서 깨곤 했다. 복도의 조심 스런 발걸음 소리, 세면장이나 방의 문이 여닫히는 소리에 꼭 잠이 깼다. 이래 봬도 난 굉장히 예민한 사람이었다. 내 방에만 있어도 안채에 드는 투숙객 숫자를 환히 알아맞히는 실력이 나에게 있다.

어쨌거나 그가 일터로 떠난 후에 다시 잠들긴 하지만 매일 있는 그의 새벽 출정을 거의 놓쳐본 적이 없는 나였다. 그날도 일찍 눈을 뜨기는 했었다. 눈을 뜨고 보니 복도에 아저씨의 기척이 있었다. 전날 저녁의 과음에도 불구하고 참 대단하다 싶었는데 그만 뒷문 소리를 듣지 못한 채 곧장 다시 잠에 떨어지고 말았다. 간밤에 설친 잠이 넓고 넓은 옷자락을 펼치며 달려든 탓이었다.

내가 완전히 자리를 걷고 일어난 시각은 아홉 시가 다 되어서였다. 그가 제대로 일터로 나갔는지가 궁금해서 세수하러 가는 길에 방문 손잡이를 돌려본 것이 화근이었다. 문은 저항 없이 그대로 열렸으나 그는 보이지 않았다. 늘 입고 다니는 작업복이 사라진 것으로 미루어 공사장에 갔다는 사실은 확인할 수 있었다.

방을 비우면서도 그는 문의 배꼽단추를 누르지 않았다. 나처럼 비밀 많은 인간이라면 도저히 방문을 허술하게 단속하고 외출할 수는 없다(내게 있어선 벗어놓은 속옷조차도 모두 나만의 비밀이 된다. 나는 문이 잠겼는가를 확인하기 위해서라면 버스에 탔다가도 내려 돌아오는 놈이다. 나는 그렇다).

나에 못지않게 비밀투성이인 그가 방문을 잠그지 않고 다닌다는 사실에 조금 놀라기는 했다. 그뿐이면 좋은데 나는 빈방으로 들어갔다. 내가 왜 그랬는지는 나도 모를 일이다. 때로는 정신보다 육체가 먼저 앞서는 수도 있는 법이다. 무의식적으로, 다른 생각은 전혀 없이 나는 주인 없는 방에 들어가 밖에서 보이지 않도록 문을 닫았다.

방은, 그것이 제아무리 단순한 치장을 하고 있다 해도 어김없이 그 주인의 정신과 닿아 있다. 주인 없는 방에서는 더욱 그것을 실감할 수 있다. 나는 그것을 느꼈다.

방은 고스란히 깊고 어두운 우물 같았다. 아무리 퍼올려도 고통의 쓴 샘물만 소유하게 되는 불행한 우물. 볕이 닿지 않는 복도 쪽

　　　　　　　　　　　　　　　　　　고통의 우물

벽에는 얼룩덜룩 곰팡이도 피어 있다. 뒤채의 9호, 10호는 형편이 똑같아서 천장에서 원인 모를 습기가 스며들며 벽이 상하고 있다.

곰팡이와 함께 갈색의 문짝에 붙여놓은 기도하는 노인의 그림도 고통의 상징 같았다. 그 기도는 희망을 구하는 것이 아니라 간직한 슬픔을 털어놓는 절망의 탄식처럼 보였다. 석양으로 뭉개진 그림 속의 창문 또한 닫힌 출구처럼 답답하게 여겨져 나까지 우울해졌다.

방의 갖가지 잡동사니들, 급하게 개켜놓은 이불이나 구석의 빨래 뭉치, 혹은 못에 걸린 세수수건과 옷가지들까지도 묘하게 고통으로 일그러진 형상으로 보이는 것은 왜일까.

책상이나 서랍 대용으로 놓아둔 기다란 박스 안에서 노트 한 권을 발견하고 그냥 지나치지 못한 것도 사실은 그 때문이었다. 겉표지가 유독 단순했고 바탕색은 그대로 순백이어서 깊은 우물 속 같은 방과 너무 동떨어진다는 느낌이 나를 붙들었다. 게다가 내가 알기로 노트는 지식의 기록장이었다. 그는 기록과는 별 상관이 없어 보이는 건축현장 노동자였다.

노동자의 방에 노트가 있다. 물론 있을 수도 있다. 누구라도 노트를 소지할 수는 있다. 노트 속에 무엇을 담는가는 그들 각자의 문제일 뿐이다. 나는 그 노트가 순결한 여백을 고스란히 지니고 있으리라 생각했다. 그런데 천만에, 펼쳐본 그것은 까맣고 작은 글씨로 빼곡하게 채워져 있다.

지난밤 그는 노트로 상징되는 정신적 무장을 실컷 경멸했었다. 이렇게 되면 배반감을 맛보는 쪽은 나였다. 나는 배반감 때문에라도 그 노트의 글자들을 파헤치고 싶었다.

나는 그의 노트를 내 방으로 들고 와서 읽기 시작했다. 국어 시간에 배운 글의 형식대로 분류하자면 그것은 형식을 뛰어넘는 자유로운 글이었다. 어떤 페이지는 일기처럼 읽혔고 어떤 부분은 깊고 깊은 고백록으로 다가왔다.

짐작했던 대로 그의 문체는 수준 이상의 숙련된 솜씨였다. 그럴 줄 알았다. 나는 처음부터 그가 예사롭지 않은 인간임을 간파했다. 내가 틀리지 않았다는 사실을 노트는 시작부터 분명하게 보여주었다.

꼬박 한나절에 걸쳐 나는 그것을 다 읽어냈다. 마지막 페이지까지 읽고 나서야 비로소 강렬하게 담배 생각이 솟구쳤다. 나는 연달아서 두 개비의 담배를 필터가 타들어 가도록 빨아들인 뒤 현기증으로 핑글 돌아버리고 말았다.

고통의 우물

5. **40세의 노트**

○

나는 지금도 이 짓, 쓰고 있는 이 행위가 미친 짓이라는 생각을 버릴 수가 없다. 연장 사용의 중복으로 생긴 손가락의 옹이는 펜을 움직일 때마다 배겨서 묘한 고통을 주고 있다. 이 고통 또한 끊임없이 내게 미친 짓을 그만두라고 타이른다.

내 두 손은 철근을 구부리거나 용접기 움켜쥐고 강판 땜질할 때, 또는 무한대의 삽질, 망치질에만 최적의 도구임이 틀림없다. 그래서 처음 펜을 쥐었을 때는 마치 갓난아이들의 장난감을 탐낸 거인의 꼬락서니처럼 몹시 민망스러웠다.

나는 몇 번이고 노트를 덮어 멀리 치워버리곤 했다. 내가 왜 이러는지 이해할 수 없어서 죄 없는 노트와 펜을 노려보기도 했다. 이처럼이나 오래 노트의 유혹에 저항하게 되리라곤 짐작도 못 했다. 나는 단 몇 초 만에 기록이나 고백 따위의 알량한 유혹을 뭉개버릴 수 있다고 생각했다. 아니, 이건 유혹도 뭣도 아니었다. 생각하기도 민망한 낯 뜨거운 행위에 지나지 않았다.

하지만 오랫동안 이런 노트에 내 삶을 기록하고 싶었던 욕망까지 숨기지는 않겠다. 그건 아마 누구나 다 가진 본능적인 욕구일 것이고, 실행에 옮겼거나 포기했거나 간에 그런 계획을 한 번쯤 세워보며 일생을 살 것이다. 사람들은 죽는 순간까지 자신의 일생이 무의미한 연명으로만 평가될까 봐 조바심을 친다. 할 수만 있다면, 어떤 대가를 치르더라도 작은 의미는 있었다는 표적을 남기고 흙으로 되돌아가기 위해 발버둥을 친다.

나는 역사의 눈금에 새겨진 모든 사건, 혹은 영혼의 교류라는 문화유산들이 바로 이 발버둥의 흔적이라고 믿는다. 자기 현시욕의 바닥 모를 갈증이 깊은 자일수록 도취와 자만이 넘치는 난해한 웅변을 쏟아내고 우리는 몇십 년, 몇백 년 뒤에도 행여 진실이 있을까 그것들을 해독하느라 나날이 피곤하다.

나는 그래서 이 세상의 수많은 인생독본을 혐오했다. 그것들은 너무 더디거나 혹은 너무 빠르게 온다. 당연히 독본이 일러준 지혜가 내 삶에 유용한 적도 없다. 하물며 내가 인생독본 부류의, 아니면 변명과 자만이 뒤섞인 자서전 부류의 이런 글쓰기에 매달릴 이유가 없다.

이 미친 짓의 발단은 순전히 아름다운 노트를 발견한 데서 비롯된다. 나는 종이를 만지며 사는 세계에 속한 사람이 아니었다. 내가 정도 이상으로 노트의 아름다움에 감탄했던 것도 내가 속한 세계를 벗어난 신선함 때문일지도 모른다.

어느 날, 일하다 말고 나는 매직펜을 사기 위해 문구점으로 달려갔다. 철근을 조임틀에 장착하기 전 정확한 길이를 표시하려니 펜이 필요했다. 교회 성탑 하단공사는 대칭면의 계산에 한 치의 착오도 있어서는 안 되었다.

문구점에서 나는 한 여학생이 계산대에 올려놓은 멋진 노트를 보았다. 십 년을 써도 망가지지 않을 튼튼한 제본이 우선 내 눈을 끌었다. 내 식으로 이야기하자면 하자 없이 완성된 멋진 제품을 보는 충만한 느낌이었다. 그리고 푸른빛이 돌도록 순결한 흰색 표지의 단아함, 표지 종이 자체가 지닌 은은한 나무 무늬도 참 신비했다. 내 평생 처음으로 노트가 아름답기도 하다는 사실을 깨닫는 순간이었다.

　나는 갱지를 묶어 숙제장으로 쓰던 시절에 학교를 다녔고 걸핏하면 연필심에 찢겨 쑥쑥 구멍이 나는 질 낮은 공책에 필기하느라 애를 먹었다. 공책이 그 이상이어야 한다고 생각한 적도 없었다. 산업 현장의 기계들이 새롭게 바뀌고, 바뀔 때마다 작업 공정이 놀랍도록 단축되고, 나아가 제품의 질이 현격히 상승하는 것을 보며 느꼈던 경이로움에는 익숙했지만 이런 느낌의 감탄은 정말 처음이었다.

　여학생이 문방구점을 나간 뒤 나는 조심스레 주인에게 물었다. 혹시 외제 공책이 아니냐고. 주인은 웃으면서 아니라고 했다. 나는 부끄러움을 무릅쓰고 여학생과 똑같은 노트를 한 권 사겠다고 말했다. 내 방에 노트를 가져다 놓고도 며칠은 부끄러웠다.

　그런데 더 이상한 일이 일어났다. 노트의 아름다움에 익숙해지자 이번에는 노트의 공백에 무언가를 채워야 마땅하다는 생각이 나를 지배하기 시작했다. 진정으로 웃기는 생각이었다. 하긴 현장의 동료 하나는 옆방 사람이 이사 가면서 준 바둑판 때문에 삼 년째 바둑을 배워야 한다는 숙제 아닌 숙제로 끙끙대고 있기는 했다. 그는 평생 바둑을 배우지 못할 사람이었다. 시간이 있다면 술을 마셨고, 그래도 시간이 남으면 쓰러져 자야 하는 그이의 처지로는 틀림없이 그랬다.

그러나 노트가 내게 주는 유혹은 집요했다. 나는 꿈속에서도 노트 첫 장 첫 줄에 적을 수 있는 낱말을 찾아 헤매었다. 확실히 이건 새로운 열병이었다. 오래전에 스러져 버린 것이라고 믿었던 이 열정은 어쩌면 내게 주어진 마지막 신의 은총일지도 몰랐다.

아니, 확실히 말해버리자. 나는 내 삶의 마지막 순간이 오고 있다는 절박함에 쫓기고 있다. 끝나버리면 아무것도 남을 게 없다는 사실이 나를 공포에 질리게 했다. 내 의식의 밑바닥에선 이미 두려움에 항복하려는 조짐도 엿보인다. 아직 정신이 자유로울 때 나는 내 40년 인생 기록의 초를 잡고 싶다. 그래서 자신에게 읽어주고 싶다. 오직 나에게만.

나는 이 미친 짓이 나에게서 시작해 오로지 나에게로 끝난다는 것을 변명 삼아 내 나이 40세를 증언할 결심을 하기에 이르렀다. 어찌해도 미친 짓임은 틀림없지만 결국 노트가 이겼다. 나는 비로소 펜을 들었다.

나는 예의 오만불손한 자서전들의 시작처럼 언제, 어디에서, 어떻게 태어났다고 기술할 생각은 전혀 없다. 누구나 다 언제 어디에서 태어난다. 그게 무슨 상관인가. 그렇게 한가하지가 않다, 내 인생은. 게다가 나는 태어나지 말았어야 할 인간이었다. 이것은 절대 저 흔해빠진 '어머니 왜 날 낳으셨나요.'의 독백이 아니다. 나는 불륜의 저주받은 잉태였고 나로 인해 불륜이 드러날 것이 두려운 어머니는 온갖 비방을 다 동원해서 나를 없애고자 했다. 아니, 그럴 것이라고 믿어지는 정황이 아주 많다.

그럼에도 나는 세상에 태어났다. 그리고 곧바로 방물장수에게 인도되어 백 리 밖에 사는 양부모의 손에 넘겨졌다. 딸은 많았어도 제

사 지내줄 아들이 없어 나를 들인 양부모네 가세도 근동의 다른 집과 다를 바 없이 옹색했다. 그랬지만 기억을 더듬어보면 양부모는 나한테 잘했던 것도 같다. 적어도 등짝을 후려친다거나 밥을 굶기는 짓은 하지 않았다. 일은 혹독하게 시켰지만.

그러나 양부모들마저 내 나이 열 살에 모두 세상을 떠났다. 나는 곧 내 출생의 비밀을 알게 되었고 그때까지 친누이로 알고 있던 여자들한테 노골적인 학대를 받기 시작했다. 나는 말 그대로 겨우겨우 다니던 초등학교를 마치고 밥벌이를 위해 읍내로 나왔다.

내가 처음 행한 밥벌이는 철물점의 점원이었다. 하는 일이란 고작 못 몇 근을 판다든가 고무호스 몇 미터를 잘라 파는 것이었지만 어김없이 세 끼의 밥이 해결되었다. 철물점 주인을 통해 부모보다 타인이 더 따뜻할 수 있다는 소중한 체험을 할 수 있었다.

철물점 주인은 드물게도 책을 사랑하는 사람이었다. 그래 봤자 작은 읍의 철물점 주인 처지에 굉장한 독서 경력을 쌓은 것은 아니었지만 그 무렵 읍에서는 유일하게 월간 『사상계』를 정기구독하는 인물이었고 백범 김구 선생이나 도산 안창호의 정신을 잊으면 안 된다고 열변을 토할 줄도 아는 기백이 있었다.

나는 주인이 읽고 난 책을 받아 밤새워 탐독하곤 했다. 그런 다음 날이면 약 먹은 병아리처럼 시글시글 조는 일이 여러 번이었으나 한 번도 꾸중을 듣지 않았다. 그가 아니었다면 그 후의 내 조잡한 독서 편력마저 전혀 불가능했을 것이고 세상살이의 여러 다양한 형태들을 이해하지 못한 채 깊은 고립감 속에 방황했을 것이다.

철물점 주인은 내가 야간 중학교를 마치기도 전에 다른 도시로 이사를 가버렸다. 하지만 그때는 이미 나도 머리통이 굵었다. 읍내의 여러 상점을 전전하며, 성실한 소년이라는 품평을 받으며, 나는 역시 야간으로 고등학교까지 수료하였다. 나는 정말이지 잘도 견디어냈다. 지금 생각해도 그 시절의 몇 년은 불가사의로 다가오곤 한다.

그러나 많이 힘들지는 않았다. 돌아보면 누구라도 팍팍한 삶을 살고 있었다. 우리 인생에 무한대의 행복이 주어지는 것이 아님을 나는 이미 눈치채고 있었다. 그래서 내 인생이 남들보다 현저하게 나쁜 것은 아니라는 사실에 위로받곤 하였다. 자신을 지탱하기 위해 어린 나는 가능한 한 내 삶의 기대치를 한껏 축소하고 작은 꿈, 작은 행복에 만족하고자 했다.

그 무렵에 또한 나는 사람에게 품었던 원망이 부질없는 것임도 깨달았다. 나를 유기한 생모조차도 나는 용서했다. 나의 생모가 갓 태어난 연약한 목숨에는 손대지 않았다는 것, 방물장수를 물색하고 나를 넘기는 절차를 밟았을 어머니를 상상하면 오히려 못 견디게 그리움이 솟구쳤다. 나는 최소한도의 사랑이라도 어머니에게서 받긴 받은 것이었다.

피 한 방울 섞이지 않은 나를 내쫓기 위해 혈안이었던 양자 들어간 집의 누이들도 용서하였다. 너무나 보잘것없는 유산이라 해도 그것은 당연히 그녀들 몫이었다. 그 무렵 교회에서 집사로 봉직하던 큰누이는 제사를 모시지 않을 터라 양자도 필요 없다고 했다. 단지 제사 때문에 내가 필요한 것이라면 큰누이 말이 백번 옳았다. 지금은 하도 오래되어 얼굴조차 가물거리는 누이들, 대체 무엇을 원망하고 무엇을 용서한다는 말인가.

우리를 지배하는 저 아집, 분노와 환상과 욕망과 절망 따위의 것들이 시간 속에서 어떻게 분해되는가를 나는 보았다. 분해되어 먼지만 남을 아집에 끌려다니는 것을 나는 단호히 거절했다. 나는 오직 내 앞길에만 성실하도록 자신을 부추겼다.

그렇게 마음을 잡을 수 있었던 것은 행운이었다. 지금도 나는 그렇게 믿는다. 그것이 내 나이 마흔 살이 되도록 오직 두 번밖에 주어지지 않았던 인색한 행운의 첫 번째였다.

나는 남들이 의심할 만큼 성실한 청년으로 자라났다. 고등학교 졸업반 때 주산이며 부기도 익힌 나는 교장 추천의 유일한 학생으로 읍내 통조림공장의 회계 서무로 취직하였다. 완벽한 취직이었다. 생활을 꾸릴 만한 월급 외에 보너스도 있었다. 읍에서는 거의 하나뿐인 제대로의 봉급쟁이 직장이었기에 나의 기쁨은 대단하였다. 당시 누군가 통조림공장에 취직했다는 것은 미래가 평범하나마 기복 없이 펼쳐질 것이라는 사실을 증명하는 일이었다.

그곳에서 근무하다가 징집 영장을 받았다. 3년 후 제대한 뒤에도 수월하게 복직이 이루어졌다. 회사는 나를 기다리고 있었던 것처럼 두말없이 자리를 만들어주었다. 예전의 낯익은 사무실에 다시 들어서던 날, 기분 좋게 두근거리던 심장 박동이 지금도 느껴진다. 나는 이제 본격적으로 '살기만' 하면 되었다. 견디는 삶이 아닌 사는 삶, 나는 비로소 주인공이 되어 무대에 등장한 기분이었다.

제대 후의 생활도 그런대로 좋았다. 한 가지 의아한 일이 있기는 했다. 입대 전이나 제대 후에나 봉급 인상이 전혀 없다는 사실이었다. 얼마 지나지 않아 회사 사정이 전 같지 않다는 것을 알게 되었다. 대기업들의 시장 잠식에 밀려 지방의 통조림 생산은 공급처를 찾지 못해 매출이 떨어지고 있었다. 당연히 근무조건은 열악해졌고 젊은 사원들은 속속 도시로 빠져나갔다.

그래도 읍내 사람들은 아직 자본의 위력을 잘 몰랐다. 통조림공장은 읍내 경제의 핵심이었고 주변의 숱한 과수원들은 그 공장에 기대어 여전히 땅을 일구기만 하면 된다고 믿었다. 아침마다 자전거 바퀴를 신나게 굴리며 공장 정문으로 들어가는 직원들도 아직은 어깨가 당당했다.

회계 업무를 맡고 있어 공장 돌아가는 사정을 익히 알았던 나는 다가오는 실직의 그늘 때문에 점점 침울해지기 시작했다. 사장이 어떤 결단을 내려야 할 시기는 의외로 가까운 날일지도 모른다는 우려로 밤잠을 설치는 날도 있었다. 지나치게 인생을 소극적으로 이해하고 있던 나는 평생을 통조림공장의 회계 업무나 보며 살아도 좋다고 생각했다. 그 길이 나 같은 위인에겐 가장 좋은 선택이라고 단정했던 것도 같다.

나의 출생과 성장 과정을 고백했던 터이므로 이런 소박한 꿈도 이해할 수 있으리라 여겨지는데, 변명하자면 나는 들과 산이 있는 그곳이 내 인생의 경작지로 아주 적합하다는 생각도 함께 가지고 있었다. 나는 자석에 끌리듯이 자연에 끌려가는 사람이었다. 내 천성이 그런 모양이었다. 주변에서 나 이상으로 자연에 경탄하는 사람을 본 적이 없었다. 그들은 내가 모르는 것에만 경탄하고, 내가 알지 못하는 것을 향해 끝없는 동경을 키웠다. 그러나 나는 그들과 조금 비켜서 있었다.

완만한 구릉이 만들어내는 부드러운 선, 신록의 생명들 위로 아슴아슴 피어오르는 봄 아지랑이 따위를 보기 위해 휴일 하루를 다 바치는 사람이 나였다. 밤이면 무수히 빛나는 별들이 마음을 때려 잠을 못 이루고 뒤척였으며 석양의 퇴근길에는 지평선을 향해 하염없이 자전거 바퀴를 굴리곤 했던 기억이 여태도 생생하다.

나는 자연으로부터 감당하기 벅찬 애정의 소낙비를 맞고 있다는 생각에 때때로 전율하곤 했다. 세 끼, 아니 두 끼의 밥이라도 해결되고 짚방석의 누추한 잠자리만 주어진다면 그 무한한 애정의 세계, 자유로움의 단비를 비껴가야 할 까닭이 결코 없었다.

나는 어쩌면 훗날의 내 운명을 알고 있었던 것인지도 모른다. 천하에 홀로 떨어져 나와 온갖 신고 끝에 겨우 직장을 잡은 당시의 내 삶에 어찌 어려움이 없었으랴. 그러나 그 시절의 나는 숙련된 조련사처럼 마음속 가득 산천의 아름다움을 최대치로 쟁이고 또 쟁여 부족함이 없게 하였다. 춥고 어두운 미래가 약속된 인간에게는 돌아볼 과거만이라도 아름다워야 하지 않겠는가.

나는 운명이라는 말은 싫어하지만, 그러나 그렇게밖에 부를 수 없는 만남이 이루어진 것은 그 무렵이었다. 이미 말했듯이 나는 몹시 소심한 성격이어서 그 나이가 되도록 사귀는 여자가 없었다. 여자라면 막연한 공포부터 앞서곤 했으므로 도리어 내 쪽에서 피하는 형편이기도 했다. 말하자면 불륜의 어머니와 표독한 누이들이 내게 남긴 정신적 흠집이었다.

물론 내 나이 스물일곱, 주변의 아름다운 연인들이나 서로 의지하며 사는 부부들을 부러워하는 마음은 있었다. 그러나 애당초 내 몫이 아니라는 무의식 속의 고집은 뜻밖에 완강했다. 나는 혼자 살 수도 있다고 생각했다. 처음부터 혼자였으므로 독신으로 남는 일에 어색함도 없었다. 그 당시 누군가 내게 성직자의 길을 일러만 주었다면 아마도 나는 스님이 되었거나 신부의 길을 밟았을 것이었다. 그러나 누구도 다르게 사는 삶의 방식도 있다는 것을 가르쳐주지 않았다.

나는 지금도 전혀 부끄러움 없이 그 무렵의 내 깨끗한 영혼을 말할 수 있다. 사람들 대부분이 누리는 평범한 행복조차 내게는 주어지지 않았지만 대신 나에겐 순결한 영혼이 있었다. 그것만이 유일한 하늘의 선물이었다. 그때를 생각하면 지금의 나는 누더기일 뿐 아무것도 아니다.

그런 나에게 한 여자가 나타났다. 그것도 몹시 기이한 곡절 끝에. 이야기하자면 한없이 길다. 그러나 아주 간단히 설명할 수도 있다. 나는 보다 밋밋하게, 더욱 덤덤하게 그때의 일을 회상하고 싶다. 그렇게 떠올리는 것도 지금의 나에겐 형벌 이상의 고통이니까.

여자는 내가 근무하는 통조림공장의 총무과장을 찾아 서울에서 내려왔다. 총무과장은 일찌감치 결혼하여 중학교에 다니는 딸이 있음에도 총각이라고 여자를 속인 모양이었다. 그럴 만도 했다. 그는 누가 봐도 나이를 가늠하기 어려운 얼굴이었다. 서울 출장이 잦았던 그는 먼 곳에 애인 하나쯤 만들어놓고 즐긴들 그것에 무슨 도덕적 하자가 있으랴 생각했다. 그런데 예고도 없이 그녀가 들이닥쳤다. 나중에 하는 말로 아무래도 수상쩍은 기분이 들어서 단단히 결심하고 몰래 내려왔다고 했다.

토요일 오후였다. 별다른 일도 없이 퇴근을 미루며 빈 사무실을 지키던 내가 그 여자를 맞게 되었다. 일이 공교롭게 되느라 하필 나만 있었던 것이다. 총무과장에게 뒷날 두고두고 보복을 당하긴 했지만 그때 내가 취했던 행동을 후회한 적은 없다. 자기가 총무과장 송 씨의 약혼자라고 입을 떼는 여자에게 나는 무슨 오해가 있는 것 같다고 바로 지적했다. 총무과장이라면 분명 기차역 부근의 그림 같은 이층집에 사는 인물로, 그는 부인과 일남이녀를 둔 기혼자인 까닭에 댁처럼 젊은 약혼녀가 있을 리 없다고 곧이곧대로 말해버린 것이다.

그리고 다음부터가 운명이었다. 납빛 얼굴로 돌아서는 여자를 그냥 보내는 것이 너무 마음 아파서 줄줄 따라나선 내가 문제였다. 그냥 있을 수도 있었는데 그때 왜 그랬는지는 설명하기 힘들다. 어쨌든 역 대합실까지 쫓아가 친절하게 기차표를 끊어준 사람이 바로 나였다. 그녀가 마침내 흑흑 흐느껴 울 때 휴지를 건네준 사람도 다름 아닌 나였다.

기차 시간이 다 되어갈 무렵 우리는 개찰구 앞에서 헤어졌다. 그러니까 기차 타는 것까지는 지켜보지 못했다. 나는 곧장 하숙집으로 돌아와 늦은 점심을 먹었다. 밥상을 물리기도 전에 요란스레 안채의 전화벨이 울렸고 나는 무심히 수화기를 귀에 댔다가 기절할 만큼 놀라고 말았다. 천둥 치는 듯한 송 과장의 목소리가 고막을 때린 것이다.

"이 새꺄! 이 개새꺄! 너 죽으려고 환장했구나. 생전 보도 못 한 미친년을 왜 집으로 보냈어? 엉? 왜 보냈냐고! 나한테 무슨 유감이 있어서 우리 집을 쑥밭으로 만드냐고!"

아이들 울음소리, 여자의 악쓰는 소리로 미루어 송 과장 집인 듯했다. 송 과장은 당장에라도 날 고발하고 말겠다며 펄펄 뛰었다. 부인과 애들 앞에서 보란 듯이 시위를 벌이고 있음이 분명했다. 나는 아무런 대꾸도 하지 않았다. 그녀가 기차를 타지 않았다는 것이, 다시 돌아와 기어이 배신한 남자의 얼굴에 침을 뱉었다는 사실이 믿어지지 않을 뿐이었다. 나는 그 여자가 잔 다르크처럼 위대하게만 여겨졌다.

나중에 알고 보니 총무과장의 서울 행각에 대해선 나만 모르는 공공연한 비밀이었다. 당사자가 그렇게 흘려가며 은근히 자랑했었다는데 나는 몰랐다. 그러나 총무과장은 내가 계획적으로 자기를 골탕 먹이려고 여자를 집으로 보냈다며 볼 때마다 적의를 감추지

40세의 노트

않았다. 그의 말에 따르면 대충 위기를 넘겨놓고 자기를 불렀어야 했다는 것이었다. 그것이 남자들 사이의 의리가 아니냐고, 얼마든지 조용히 처리할 수 있는 일인데 네가 망쳤다고 나를 몰아세웠다. 더욱 기막힐 일은 다른 직원들도 총무과장의 말이 옳다고 입을 모으는 것이었다.

나는 느닷없이 배신자거나 혹은 성격 파탄자로 취급되었다. 그리고 그녀는 읍내 여자들 사이에서 미친년으로, 상습적인 가정파괴범으로 한동안 화제의 주인공이 되었다. 몹시 괴로운 날들이었지만 나는 참고 기다렸다. 늘 그렇듯 그런 일은 오래지 않아 사람들의 기억 속에서 스러지기 마련이었다.

예상대로 얼마 가지 않아 나는 그 사건에서 벗어났다. 생각보다 더욱 빠르게 그 일이 묻힌 까닭은 공장 경영의 악화 때문이었다. 마침내 어음을 막지 못해 일차 부도가 터진 것은 그녀가 다녀간 지 열흘도 채 되지 않아서였다. 예견했던 일이었지만 막상 일이 터지자 모두 내일 당장 실직자가 될 것처럼 전전긍긍했다.

서울에 있던 사장이 허겁지겁 내려와서 어떻게 구멍을 막긴 했으나 공장 분위기는 몹시 흉흉했다. 사장은 창업주의 아들로 오래전부터 사양길의 이 사업에 흥미를 잃고 있었다. 소문에 의하면 사장은 공장을 정리한 후 서울에 호텔을 지을 계획이며 이미 땅까지 사두었다는 식으로 이야기가 번져갔다. 말하자면 사장은 의도적으로 이 공장을 방치했다는 것이었다.

한참 뒤의 이야기지만, 지금 한강 변의 명물로 일컬어지는 G 호텔이 바로 통조림공장의 변신이었다. 어쨌거나 사장은 돈의 흐름을 제대로 알고 있는 사람이었다. 공장을 제 때에 처분하고 대신 서울의 금싸라기 땅에 호텔을 짓는 변신은 아무나 할 수 있는 도박이 아니었다.

사장은 시골 부자에서 서울 부자로 일약 자신의 지위를 상승시켰
다. 동화 속의 서울 쥐와 시골 쥐의 이야기는 결국 도시의 복잡다단
함에 질린 시골 쥐의 귀향으로 끝이 났어도 사장은 그렇지 않았다.
그는 일찍부터 세련된 사업가의 길을 꿈꾸던 사람이었다. 그 과정
에서 일자리를 잃고, 빚을 키우고, 적금을 해약해서 거처를 옮겨야
하는 어수선한 일들은 노동자에게 남겨진 몫이었다. 사장은 그런
일에 관심조차 없을 터였다.

나라고 다를 바 없었다. 일 년에 걸쳐 공장이 해체되면서 대부분
이 그랬던 것처럼 나 역시 월급이 밀려 있는데도 꾸준히 출근을 계
속했다. 그 당시 우리에게 남아 있던 최후의 보루는 퇴직금이었다.
사장은 공장만 팔리면 밀린 월급은 못 가리더라도 퇴직금만은 제대
로 지급하겠다고 수차례 공약했었다. 우리의 월급으로 지급되었어
야 할 자금이 모래로, 자갈로 바뀌어 호텔 기초공사에 투입되고 있
음을 미리 눈치챈 몇몇 사람은 남들 모르게 사장과 담판을 지어 퇴
직금을 받아냈다는 소문도 회사에 나돌았다.

결론만 말한다면 나는 한 푼의 퇴직금도 만져보지 못하고 빈손으
로 실업자가 되었다. 사장이 약속을 어긴 것은 아니었다. 공장은 오
랜 실랑이 끝에 아파트 건설업체가 시세대로 사들였고 이내 퇴직금
을 수령하라는 공고문이 나붙었다.

자신의 어리석음을 회고하는 일은 잔인하다. 게다가 그 어리석음
에는 눈먼 욕심이 포함되어 있었다. 나는 안정된 직장을 잃었고 앞
날이 어떻게 될지 몹시 불안정한 상태였다. 공장이 팔리기 직전부
터 총무과장은 여러 사람한테 공장 근처의 땅을 사두면 훗날 큰 이
득이 있다고 떠들었다. 공장 자리에 아파트가 들어서면 머지않아

근처의 과수원이나 밭도 개발되어 땅값이 뛸 것은 불을 보듯 뻔한 이치 아니냐는 송 과장의 주장만 믿고 몇 사람은 벌써 그에게 도장을 맡기기도 했다.

오래전부터 읍내 사람들은 서울 같은 대단위 아파트 단지가 들어선다는 말에 흥분해 있던 참이었다. 서울에서 이미 복부인들이 원정을 오기 시작했다는 소문도 있었으므로 퇴직금이 나오는 즉시 일시불로 땅을 매입하지 않으면 살 땅이 없다는 송 과장의 이론은 빈틈이 없었다.

나는 일 년 전의 그 여자 사건으로 송 과장과 사사건건 부딪쳐왔던 터라 그가 나를 끼워줄 리 없다는 생각에 지레 포기를 했던 것으로 기억된다. 많지 않아도 퇴직금으로 목돈이 나오면 읍에서 멀찍이 들어간 곳에다 낡은 농가나 한 채 살 수 있기를 바랐을 뿐이었다. 그런데 송 과장 쪽에서 먼저 추파를 던졌다.

"헤어지는 이 마당에 과거지사로 속 좁은 사내 소리는 듣고 싶지 않네."

그는 아마 이런 식으로 말문을 열었을 것이다. 그건 누가 보아도 화해의 신호였다. 내가 선뜻 도장을 내준 것도 행여 그가 무색할까 염려한 내 여린 마음이 크게 작용한 탓이었다. 물론 돈을 불릴 욕심이 전혀 없었다고 말하지는 않겠다. 나는 좀 더 안정된 생활을 하고 싶었다. 다시 떠돌이가 되는 상상을 하면 감당하기 힘든 두려움이 몰려왔다.

이제는 일의 결과를 말할 차례다. 짐작했겠지만 송 과장은 전형적인 수법으로 돈을 챙겨 잠적해버렸다. 피해자는 열넷이었고 그 속에 나도 들어 있다. 일 년 동안 월급도 받지 못하고 저축을 까먹고 앉아 퇴직금을 기다렸던 터라 빈털터리가 되는 것은 시간문제였다. 나는 절망했고 읍을 떠나기로 작정했다. 한동안은 밤하늘의 별을 보아도 무감각했고 달콤한 숲의 공기도 의미를 잃었다. 지금에 와서 생각하면 내가 빈털터리가 된 것은 뭐 당연한 이치라고 여겨졌다. 나는 태어날 때부터 아무것도 가진 게 없었다. 스물여덟이 되기까지 내가 소유한 모든 것들은 사실 내 것이 아니었다. 전부가 우연이었다. 그곳에서 얻었던 모든 것을 다 내주었으므로 이제 나는 떠나야만 했다.

78년 봄. 하늘까지 잔인하여 봄철 내내 비 한 방울 내리지 않던 지독한 가뭄이 초여름까지 이어지던 어느 날, 나는 오랫동안 몸을 의탁했던 그 고장을 떠나기 위해 역 대합실에 있었다. 가방 하나 달랑 들고 영등포까지 가는 기차표를 산 뒤, 나는 문득 일 년 전의 그 여자를 떠올렸다. 똑같이 송 과장한테 당했다는 동료의식이었는지 아니면 그 여자 때문에 이 꼴이 되었다는 원망이었는지 알 수는 없다. 아주 잠깐 그녀를 떠올렸을 뿐 곧 나는 내 미래에 사로잡혀 착잡한 심정으로 그곳을 떠났다.

제2의 인생을 시작할 곳으로 나는 서울을 택했다. 이 선택에는 전혀 이유가 없었다. 나는 결국 전원으로 돌아올 것이므로 중간 기착지는 어느 곳이라 해도 무방했다. 그래도 굳이 서울이었던 이유 하나를 대라면 거기가 서울이기 때문이었다. 인생학습의 진도를 나가자면 서울의 삶도 경험할 필요가 있었다.

그러나 서울에 도착한 즉시로 나는 알지 못할 배반감에 몸을 떨어야만 했다. '지독하다' 그밖에 표현할 길이 없는 광경이 내 눈앞에 펼쳐졌다. 당장의 하룻밤 잠자리에도 음모와 유혹이 난무했다. 골목이나 광장이나, 가만히 서 있기가 힘들 만큼 인파로 북적여서 정

40세의 노트

신이 나갈 지경이었다. 사람들은 내 어깨를 치고, 내 발을 밟고도 아랑곳하지 않았다. 모두 잽싼 걸음으로 총총 앞으로 달려갔다. 달리는 물결 속에 섞이지 못하는 어리둥절함은 그만두더라도 달리는 방향이 어딘지도 모른다는 혹독한 고립감이 가장 견디기 어려웠다.

나는 커다란 혼돈 속에 던져진 우주의 고아 같은 느낌이었다. 지금까지의 단순명료한 삶이 기적처럼 여겨졌다. 며칠간 서울의 밤거리를 배회하며 나는 몹시 외로웠고 혼자라는 사실이 이리도 뼈아픈 것임을 새삼 확인했다. 서울의 밤하늘에는 그나마 별도 없었다.

서울을 감내할 수 있을 것인가. 이것이 내가 붙잡고 있던 화두였다. 결론은 늘 '아니오'였다. 그런 뒤엔 저 잘난 인생독본들이 두고 쓰는 멋진 말들이 떠올랐다. 정복, 노력, 성취, 영웅……. 나는 그런 단어들이 가리키는 쪽에 미덕이 있다고 믿었다. 미덕에의 무모한 천착을 고집할 만한 나이, 젊음이 또한 내게 있었다. 서울이 아니더라도 삶은 어차피 무모한 도전으로 어긋나기 시작하는 법, 나는 마침내 정신을 차리고 행동을 개시했다. 주머니 사정이 결심을 재촉했던 것도 사실이었다.

취직은 어렵지 않았다. 너무 쉬워서 탈이었다. 구로동이나 가리봉동 쪽에서는 하루에 두 번씩이라도 일자리를 옮길 수 있었다. 그만큼 노임은 형편없고 하는 일은 거칠었다. 오갈 데 없는 고아였던지라 나름 힘겹게 살았다고 생각했으나 그 정도는 이곳에서 명함을 낼 자격도 없었다. 나로서는 한 시간도 견디기 어려운 일을 십 년씩이나 계속해온 노동자를 만나면 할 말을 잊었다.

그러나 오래지 않아 나도 그들처럼 버텨야만 굶지 않는다는 진리를 깨달았다. 게다가 열흘을 하든 스무날을 하든 한 달을 채우지 않으면 말짱 무료봉사인 것이 이 동네의 급료 풍토였다. 처음 몇 달은 이리저리 공장을 옮겨 다니다가 실컷 헛품만 팔고 말았다. 그래서 주물공장의 용해공으로 주저앉았다. 위험한 일이라 일당이 다른 데 비해 조금 높았다. 한두 달 다니다 보니 점점 이력이 붙었다. 나중에는 더 잘 이해하게 되었지만, 살기 위해서라면 사실 못할 일이 없었다.

나는 그 주물공장을 시작으로 서울 생활의 기반을 다져나갈 계획이었다. 일당이 3천5백 원. 잔업과 야근이 수시로 있었으니까 통조림공장의 회계보조만큼은 수입이 되었다. 그러나 시골과 서울의 돈이 다르다는 사실은 이내 나타났다. 시골에서는 하숙비를 치르고도 저축을 할 수 있었는데 서울에서는 한 달 내내 쇳물과 씨름하여 번 돈을 다 쏟아부어도 늘 자잘한 빚이 깔렸다. 이름도 들어보지 못한 갖가지 세금들, 나는 똥값까지 내면서 두 평짜리 골방에서 서울의 첫해를 보냈다. 그 첫해 겨울은 몹시 추웠고 방은 지독하게 냉골이어서 나는 늘 감기에 걸린 부실한 몸으로 서울을 살아냈다.

이듬해 봄이 되었을 때 나는 외형만으로는 틀 잡힌 노동자로 손색이 없을 만큼 단단한 모습으로 변했다. 그러나 시간이 흐를수록 마음은 더욱 스산하고 정신의 굳은살은 점점 자리를 넓혀갔다. 무거운 쇠스랑을 들고 온종일 뜨거운 쇳물만 휘젓는 생활, 쉴 새 없이 뿜어 나오는 유독 가스를 들이마시며 가슴을 쥐어뜯고, 물 부은 듯 흐르는 땀을 닦을 새도 없이 연신 소금을 입안에 털어 넣고, 달라붙은 쇳가루를 떼어내려 밤마다 허공에 작업복을 털어대는 기괴한 달밤 체조까지, 대체 이 생활을 언제까지 계속할 것인가.

이것이 정복인가, 성취인가. 노력의 길이 이런 것인가. 나는 돌아가고 싶었다. 어차피 목숨의 연명일 뿐이라면 산이 있고 들이 있는 어떤 곳으로 돌아가고 싶었다. 그때 그 여자가 나타나지 않았다면

40세의 노트

나는 틀림없이 서울을 떠났을 것이다. 틀림없이. 게다가 그 무렵 달궈진 쇳물이 팔뚝에 튀어서 심한 화상을 입고 말았다. 용해반에 갓 들어온 신참이 내가 옆에 있는 줄도 모르고 쇳물 속에 고철을 함부로 던져 넣다가 생긴 사고였다.

끼고 있던 토시가 살갗에 달라붙어 함께 짓무른 까닭에 상처의 면적은 좁았으나 정도는 매우 깊었다. 나는 이틀을 쉬었다. 그것도 고집을 부려서였다. 왼손의 화상쯤이야 한나절 휴식 구실도 못 된다는 용해반장의 불평을 정면으로 거스른 것도 다 생각이 있어서였다. 나는 화상을 치료하는 틈틈이 전국 지도를 들추며 돌아갈 만한 적당한 장소를 물색하고 있었다. 지도에 칠해진 녹색은 다 내 고향처럼 여겨졌다. 귀환을 앞둔 수용소의 포로가 아마 이런 느낌이었지 않을까. 산과 들이 아직 거기에 있다는 자체만으로도 나는 더는 바랄 것이 없었다. 나는 이 흉포한 도시를 용서하고 그만 잊고 싶었다. 그런데 거기에 또 운명이 끼어들었다.

귀환 계획이 착착 진행되던 늦은 봄날, 옆방에 두 처녀가 새로 이사를 왔다. 이 동네의 모든 벌집들이 다 그렇듯이 묻지 않아도 공단의 여공들임은 분명한데 나이가 꽤 들어 보이는 것이 좀 시선을 끌었다. 그뿐이었다. 나는 오직 이 지긋지긋한 품팔이 인생에서 벗어날 궁리뿐이었다. 바로 옆방에 처녀가 둘씩이나 옮겨왔건만 약간의 흥미도 못 느낀 채 사흘을 보냈다.

그런데 나흘째 되는 저녁, 잔업 없이 일찍 퇴근하는 나와 마주친 그녀가 화들짝 놀라며 먼저 나를 알아보았다. 영문을 몰라 어색해하는 나를 위해, 그때는 머리가 길었다며 어깨 아래를 짚어 보이는 시늉을 할 때야 나도 그녀를 기억했다. 놀랍게도 그 여자는 통조림

공장의 송 과장에게 농락당한 바로 그 서울 처녀였다.

여자는 그때보다 훨씬 성숙해 보였다. 하기야 햇수로 삼 년 만의 만남이었다. 여자의 매운 눈썰미는 그 뒤에도 종종 확인되었지만 하여간 별로 힘들지 않고 나를 기억해내는 여자가 왠지 반가웠다. 서울 땅에서 나를 알아보는 사람도 있구나, 하는 대견함 같은 것일 수도 있었다. 여자는 단 한 번도 송 과장을 거론하지 않은 채 사촌오빠나 만난 듯 곰살궂게 나를 대했다. 실제로 같이 방을 쓰는 친구에게 집안끼리 잘 아는 오빠라고 소개를 하기도 했다.

여자는 당장 팔뚝의 내 상처에 관심을 보였고 서슴없이 소독약과 새 붕대를 가져오라고 내게 명령했다. 그사이 여자의 친구는 내 몫의 저녁밥까지 준비했다. 나는 난생처음 여자들의 방에 들어가서 어색함을 감추며 밥을 먹었다. 풍겨오는 비누 냄새와 연한 로션 향기가 아찔하다는 느낌뿐이었다. 여자들이 보여주는 친절에 익숙하지 못한 내가 그녀들 눈에는 무척이나 냉정한 사람으로 비친 모양이었다. 저녁밥만 얻어먹고 별다른 인사치레도 내놓지 못하고 나오는데 여자의 친구가 속살거렸다.

"되게 무뚝뚝한 남자다. 그치?"

그러자 여자가 즉각 친구의 말을 부정했다. 아주 단호했다.

"아니야. 좋은 사람이야."

좋은 사람. 여자의 그 한 마디가 나를 두들겨 깨웠다. 그날 밤, 나는 한순간도 잠들지 못하고 오직 그 말만 되뇌었다. 좋은 사람. 좋은 사람.

나는 죽을 듯이 그 말에 매달렸다. 서로가 서로에게 좋은 사람이라는 말을 주고받으면서, 서로의 냉랭한 가슴을 위무할 수도 있다는 새삼스러운 삶의 이치가 희미하게나마 내 의식의 문을 두들겼다. 하늘의 별 대신에 마음에다 별밭을 가꿀 수도 있다는 것, 타인의 삶에 깊이 관여하며 사는 것도 구원의 한 방법일 수 있다는 것을 나는 골방의 어둠 속에서 깨우쳤다.

나는 여태 사는 방법을 모르고 있었다. 그런데도 계속 살고 있었다. 혼자서는 절대 넓어질 수 없다. 관계 맺은 만큼의 넓이로 인생은 경작된다. 도대체가 터무니없는 집착이었지만 나는 의례적인 표현에 불과했을 그녀의 한마디 말에 수백 가지 가능성을 얻었다.

그것이 사랑의 시작이었다. 그때는 몰랐어도 전형적인 사랑에 눈멀기였다. 하지만 나는 움터오는 사랑을 한사코 부정했다. 여자의 뒤에는 늘 송 과장의 동그랗고 실실거리는 얼굴이 함께 있었다. 내 퇴직금을 가로챈 송 과장에 대한 원한도 세월 밑에서 살아났다. 게다가 그녀는 송 과장의 정부였다. 나의 어머니도 불륜, 하물며 내 여자까지.

나는 할 수 있는 데까지 저항했다. 심지어는 여자를 피해 시골로의 귀향을 서두르기도 했다. 그러나 무언가 악착스럽고 지독한 끈이 내 발목을 움켜쥐고 놓지 않았다. 나는 차근차근 자신을 돌아보았다. 다시 시작한다면 온전하게, 박탈감 없이 출발하고 싶었다. 이런 식은 정말 내가 원하는 게 아니었다. 그러면서도 이 여자를 여기 두고 다시 시작하는 삶은 상상하고 싶지 않았다. 무슨 영문인지 몰랐다. 나는 정말 이상한 세계에, 낯설고 상상조차 못 한 세계에 발을 들여놓았던 것이었다.

나중에, 우리가 비로소 사랑이란 이름으로 서로를 인정했을 때, 그녀도 똑같은 갈등에 시달렸다는 것을 고백하며 울었다. 얼마든지 과거를 숨긴 채 다른 남자를 만날 수 있었으며 진정으로 그렇게 다시 시작할 생각이었다고 그녀는 말했다. 우리는 돌고 돌아서 결국은 다시 원점으로 되돌아왔다. 그것이 사랑의 힘이던가.

그렇게 우리는 서로에게 마음의 문을 열었다. 서울을 떠나겠다는 계획은 일단 유보한 채 나는 계속해서 주물공장에 나갔다. 떠나야 한다면 이제 혼자가 아니라 둘이어야 했다. 그녀, 미혜도 잔업 많기로 유명한 이웃 제약회사에서 포장공으로 열심히 일했다. 달라진 것이 전혀 없지는 않았다. 그녀의 친구가 거처를 옮겼고 그 기회에 내가 그녀와 방을 합쳤던 것이다. 말하자면 동거였는데, 굳이 변명할 필요는 없겠지만, 동거 이후에도 한동안 우리는 각자의 이부자리를 사용하였다.

우리가 방을 합친 이유는 아주 간단했다. 방세를 절약해서 결혼식 비용을 하루빨리 마련하겠다는, 단지 그 이유 하나였다. 나는 결혼도 하기 전에 여자를 공격할 마음은 티끌만큼도 없는 사람이었다. 내가 그런 뜻을 전달했을 때 미혜도 즉시 찬성했다. 이상하리만큼 빠른 찬성이어서 의아할 정도로. 지금 다시 생각하면 나의 그 터무니없는 금욕주의는 미혜의 과거를 의식한 일종의 복수로 오해받을 수도 있었다. 지킬 순결이 없는 여자로서 미혜는 얼마나 마음이 아팠을까. 나는 왜 그런 아픔조차 헤아려보지 않았는가. 지금 와서는 온통 후회뿐이고 찢어질 듯 가슴만 아프다.

나는 꽤 오랫동안 어리석은 약속에 집중했을 것이다. 사랑하는 여자를 팔 뻗으면 닿을 자리에 뉘어놓고도 잠은 어김없이 나를 무너뜨렸다. 낮 동안의 격렬한 노동이 있었기에 그 일이 별로 어렵지도 않았다. 육체의 사랑에 대한 공포도 없지는 않았다. 그것을 감추기 위해 나는 정신의 교감만을 강조하는 엄숙주의자로 처신했다. 그래도 그때 나는 하염없이 진지했다. 하기야 모든 바보가 다 어리석고 진지하다.

그렇지만 난 그녀를 진정으로 사랑했다. 그 사랑은 지금까지도 변함이 없으며 앞으로도 그럴 것이 틀림없다. 미혜에게 조금이라도 위로가 된다면 그녀의 무덤 앞에 각서를 바칠 수도 있다. 앞으로의 내 인생이 어디로 흘러갈지는 몰라도 내 앞에 여자를 둘 자리는 절대 생기지 않을 것을 서약할 수 있다. 결단코 그렇게 할 것이다. 나는 단 하나의 사랑에 평생을 걸었다. 우직하다고 해도 좋고 답답하다고 비난해도 할 수 없다. 그게 나였다. 그것이 내 사랑의 방법이니까.

그 시절의 우리는 진정 행복했다. 우리는 잔업이 없는 밤마다 거리를 쏘다니며 끊임없이 이야기를 나누었다. 그러다 다리가 아프면 시내버스를 타고 무작정 서울 시내를 빙빙 돌았다. 그런 날에도 튀김 이상의 주전부리는 꿈도 꾸지 않았다. 결혼식을 위한 저축액이 나날이 불어가는 재미에 미혜는 스타킹조차 기워서 신었다. 미혜에게는 병석의 노부모가 있어서 나처럼 월급 전부를 내놓을 처지가 못되었다. 그것이 미안해서 미혜는 늘 내 앞에서 고개를 들지 못했다.

그러나 나는 미혜와 달랐다. 한 달에 두 번 쉬는 날이면 그녀를 재촉해서 포천의 미혜 부모 집에 인사를 갔다. 땅을 일구고 사는 주름진 얼굴의 노인들을 내 가족으로 받아들일 수 있다는 기쁨이 나를 그렇게 하도록 했다. 지금은 모두 흙으로 돌아가 초라한 봉분으로 남은 분들이지만 내 마음의 갈증을 적셔주기 족할 만큼의 사랑을 나는 그분들에게 받았다. 우리가 대문을 들어서는 기척이 들리면 두 분 모두 맨발로 달려 나와 하염없이 등을 쓸어주던 모습이 지금도 눈물 속에 환히 떠오른다.

그분들께 다녀올 때마다 마음이 다급했다. 저분들이 저나마 움직일 수 있을 때 결혼식을 올리고 싶다는 초조함은 미혜보다 내가 더 컸다. 오랫동안 꿈꾼 온전한 가정의 설립을 위해서 절실하게 그분들이 필요했다. 어쨌거나 미혜는 그런 나 때문에 종종 울었다.

"나한테 너무 과분해……."

이것이 그녀가 우는 이유였다. 미래의 장인 장모에 대한 헌신적인 배려, 성실한 생활, 무궁하게 쏟아붓는 사랑, 이 모든 것이 그녀를 울렸다. 나 또한 그러했다. 치밀하고 애정 넘치는 그녀의 보살핌은 나를 벅찬 감격으로 몰아넣기 충분했다. 힘들고 지친 공장 생활에 시달리는 그녀였지만 나는 한 번도 식은 밥을 먹은 적이 없었다. 미혜는 회사 일이 끝나기 무섭게 달려와 쇳가루 박힌 나의 작업복을 빨고 콩나물 하나로도 서너 가지 요리를 만들어 밥상을 차렸다.

대충 먹고 대충 입는 데 길들었던 나는 하나하나가 모두 새롭고 벅찼다. 그때의 그 충만한 행복을, 터질 듯 가슴을 비집고 올라오는 희열을 어떻게 표현할까. 내가 알고 있는 빈약한 말들로는 그 꿈같은 시간을 제대로 표현할 길이 없다. 그러나 그런 날들의 달콤한 공기, 출근길의 가벼운 발걸음들은 얼마든지 떠올릴 수 있다. 아침에 일어나면 좁은 마당에 쏟아지는 햇볕이 온통 무지개로 보였다. 비라도 오는 날은 이제 안온하고 정결한 우리의 거처가 궁전보다 더 호화롭게 여겨져 뿌듯하기만 했었다.

아름다워라. 보이는 모든 세상 풍경이 우리 마음에 한없이 아름다웠다. 그때는 노동도, 궁핍도, 질병도, 아름다움의 질서에 순응하여 견디기 충분한 그 무엇이 되어버렸다. 사랑이 마약과 같다는 이야기꾼들의 수사는 확실히 맞는 말이었다. 이런 행복은 두 사람 모두에게 똑같은 부피로 다가왔다고 나는 믿는다. 사랑이 깊으면 그 혹은 그녀의 마음을 만지고 느끼는 일은 어렵지 않다.

미혜는 어여쁜 여자였다. 그린 듯한 입술은 특히 나무랄 데가 없었다. 다소 작은 눈과 약간 뭉툭한 코도 입술의 생생함에 힘입어 한껏 귀엽고 또록또록한 표정을 자아냈다. 미혜의 그 윤기 흐르는 섬세한 머릿결에 대해서도 말하지 않을 수 없다. 포장부의 독한 먼지 때문에 그녀는 매일 샴푸를 했다. 덕분에 나는 날마다 그녀의 머리에서 풍기는 찔레꽃 향기에 취할 수 있었다. 찔레꽃 향기는 언제나 내 마음을 서늘하게 만들었다. 흠뻑 들이마시면 핑 눈물이 돌기도 했다.

그 향기는 미혜를 울창한 숲의 습기 찬 바닥에서 자라는 한 포기 들꽃으로 보이게 했다. 그녀는 나의 이 도취를 잘 알고 있었다. 나는 미혜에게 매일같이 자연의 풍경들을 이야기했었다. 새벽의 풀잎이슬들, 거미줄 사이로 보이는 깨끗한 하늘, 날개를 접을 때의 나비가 보여주는 그 무한한 떨림, 꺾으면 흰 즙이 솟구치는 잡초의 아픈 비명. 나는 내가 아는 모든 것을 그녀에게 전달해주려 애썼다. 미혜는 어미에게 먹이를 받아먹는 어린 새처럼 끝없는 신뢰를 보내며 내 목소리에 귀를 기울였다.

자신의 아름다움을 모르는 이의 천진한 얼굴이 얼마나 눈부신지 나는 그녀를 통해 알았다. 사랑에 빠진 나는 또 얼마나 대견한가. 나는 그녀를 통해 가슴이 미어지도록 소중한 나를 깨닫곤 했다. 그것은 또한 매우 강렬한 감동이기도 했다. 나는 사랑의 저 위대한 법칙, 사랑은 서로를 살찌우고 정신을 고양한다는 사실에 완전히 자신을 내맡겼다. 그녀를 몰랐던 지난날이야말로 불우한 날들의 연속이었다고 새삼 과거를 안쓰러워하기도 했다. 그때 나에게 누군가 생애의 온갖 광휘와 그녀 중 하나를 택하라고 했다면 나는 서슴없이 그녀를 택했으리라.

그녀 없는 명예와 부가 대체 무슨 의미가 있단 말인가. 오직 그녀를 통해서만이 세계로 갈 수 있다는 그 시절의 진리는 사실 지금까지도 유효하다. 돌이켜보면 불같은 정열이었고 쇳물 같은 사랑이었다. 상상도 못 했던 온갖 열정이 나를 통해 그녀에게로 갔다. 당연히 나의 그 무모한 금욕주의도 점차 허물어지기 시작했다. 늦었지만 당연한 귀결이었다. 우리는 동거 다섯 달 만에, 길고 긴 시간을 지낸 후에야 초야를 경험했다. 미혜는 몹시 떨었으나 나는 떨지 않았다. 이 통과의례를 허겁지겁 치르지 않았던 자신을 후회하지는 않았으므로 나는 오히려 느긋했다.

그렇게 해서 나는 비로소 온전한 그녀의 남자가 되었다. 말할 것도 없이 우리는 더욱 완벽하게 행복했다. 그때의 사랑 이야기가 이토록이나 길고 장황한 것을 민망하게 생각하지 않겠다. 내 생애를 기록하기로 마음먹었던 바에야 이만한 뻔뻔스러움을 낯 뜨겁게 여기랴.

지금 심정 같아서는 차라리 이 노트를 여기서 끝내버리고 싶다. 여기까지만 기억하고 다 묻고 싶다. 이제 곧 다가올 시련의 시기를 꼭 노트에 기록해야만 할까…….

정신의 사랑은 백 년이 지나도 아이를 낳을 수 없다는 것, 오직 육체만이 생명을 탄생시킨다는 놀라운 섭리는 바로 내게도 적용되었다. 미혜가 내게 결혼식이 급해진 이유를 띄엄띄엄 설명하기 시작했을 때 내가 던진 첫마디는 두고두고 미혜를 웃겼다.

"뭐야! 아들을 가졌다고?"

미혜는 아이를 가졌다고 말했다는데 나는 거침없이 아들이냐고 소리쳤다. 이제야 하는 말이지만 나는 아이가 열 달씩이나 배 속에

40세의 노트

들어 있어야 한다는 법칙조차 원망스러울 만큼 급했다. 나는 미칠 듯이 아들을 갖고 싶었다.

아들이라는 존재가 어떻게 만들어지는지 전혀 모른 채 철이 들면서 줄곧 나는 아들을 희망했다. 물론 그 욕구는 피붙이에 대한 간절한 동경이 만들어낸 집착이었을 것이다. 그러나 보다 선명한 동기가 될 어느 날의 삽화를 들려줄 수도 있다.

삽화 속의 등장인물은 나를 야간 중학교에 넣어준 철물점 주인과 그의 막내아들이었다. 그들 부자는 종종 각자의 자전거 짐받이에 간단한 도시락과 낚시도구를 싣고 나란히 저수지를 향해 떠나곤 했다. 초등학교 졸업반이었던 주인의 막내아들은 안장에 엉덩이를 걸칠 만한 키가 아니어서 거의 선 자세로 페달을 밟았다. 쉴 새 없이 비쭉거리는 아이의 귀여운 엉덩이, 핸들을 움켜쥔 가느다란 팔목, 이 모든 것들이 참 보기에 좋았다.

나 역시 막내아들과 엇비슷한 어린 중학생이었음에도 그 애가 귀여웠던 것은 내가 그만큼 철이 들었다는 이야기일 수도 있다. 그 증거로, 나는 두 사람의 낚시 소풍을 뒤에서 지켜보면서 한 번도 누군가의 아들이 되고 싶다는 생각은 해본 적이 없었다. 대신 소풍에 동행할 수 있는 귀여운 엉덩이의 아들을 갖고 싶다는 소망은 자주 품었다.

어차피 누군가의 아들로 태어났지만 버림받았다는 절망이, 절망을 감추고 싶은 어린 자존심이 엉뚱한 아들 욕심을 불러일으켰던 것인지도 모른다. 아들의 손을 잡고 황혼의 들판에 서 있는 상상 속의 풍경화는 내 희망의 첫 페이지에 등장하는 그림이었다. 그 꿈이 현실로 나타난 이상 결혼식을 더는 늦출 수가 없었다. 다행히도 저축만으로 식을 치를 수 있다는 계산이 나왔다.

우리는 80년 가을에 허름한 변두리 예식장에서 결혼서약을 나누었다. 장인은 와병 중이었고 홀로 참석한 장모는 시종 손수건에 코를 풀며 훌쩍였다. 대여료가 싼 것 중에서 고르느라 가까이에서 보면 여기저기 누렇게 색이 바랜 웨딩드레스를 걸친 미혜는 입덧 때문에 핼쑥한 얼굴이었다. 그래도 미혜는, 아니 나의 신부는 정말 아름다웠다.

이제 남은 일은 아들의 아버지가 되는 것이었다. 나는 아내의 배가 불러오는 것을 초조하게 지켜보았다. 그리고 간절히 원했던 대로 아들의 아버지가 되었다. 기대 이상의 잘생긴 아들이었다. 아들을 처음 내 품에 안던 날, 나는 열 손가락과 열 발가락을 헤아리며 경탄에 경탄을 거듭했다. 신비로웠다. 아들이 태어난 이후 나의 매일 매일은 감동이었다. 나는 미혜에게 계속해서 아이를 갖겠다고 말했다. 내 소망은 아이를 다섯쯤 두는 것이었다. 뼈가 가루가 되도록 일할지언정 다섯 정도는 거둘 수 있다고 아내를 설득하다 종종 가벼운 말다툼을 하기도 했다.

미혜는 나보다 훨씬 현실적이었다. 대책 없는 잦은 출산으로 뿔뿔이 흩어졌던 그녀의 과거, 간신히 밥벌이나 하는 자식들을 보는 늙은 부모의 짓무른 눈자위를 그녀는 내게 환기시켰다. 아이는 하나로 충분하다는 미혜의 고집은 의외로 강했다. 당신이 정 원한다면 둘까지는 양보할 수 있으나 그 이상은 한 발짝도 물러설 수 없다는 아내가 섭섭했지만 어쩔 수 없는 일이었다. 미혜의 뜻이 그렇다면 받아들여야만 했다. 그리고 이내 과도한 내 욕심을 아내 앞에 사죄했다. 이만한 축복을 누리게 해준 그녀한테 무엇을 더 바라랴. 나는 보통의 젊은 아버지로 돌아와 첫아들의 재롱에 흠뻑 빠져들었다. 똑같은 날의 똑같은 풍경도 나날이 의미가 새로운 날이 이어져

갔다.

빛나는 삼중주, 나에겐 정말 찬란한 삼중주로 기억되는 그 시절이었다. 나는 날마다 힘차게 일터로 달려가 굵은 땀방울을 흘렸고 저녁이면 빈 도시락통을 달그락거리며 돌아왔다. 미혜는 회사를 그만두고 집에 들어앉았다. 고된 일에서 벗어나자 그녀의 안색도 환하게 피어났다. 젖 잘 먹는 아들 녀석도 통통하고 귀여웠다.

이 견고함, 넘치는 기쁨이 나를 공포에 몰아넣기도 했다는 사실을 설명할 차례에 이른 것 같다. 나는 때때로 겁이 났다. 내가 누리는 행복의 어딘가에 신의 착오가 있을지도 모른다는 막연한 불안에 악몽을 꾸는 날도 있었다.

아주 오랜 후에야 깨달은 것이지만, 그 두려움은 불행을 타고난 자들의 천성적인 방어 본능이었다. 나는 내게 다가오는 어두운 그림자를 막연하나마 예감하고 있었던 모양이었다. 처음에는 그것이 사회의 불안과 겹쳐 언뜻언뜻 내 마음을 서늘하게 만들었다가 스러지는 형태로 나타났다. 생애 처음 주어진 행복에 취해 깊이 생각한 적은 없었어도 사실 나의 서울 생활은 더할 나위 없이 살벌했던 정치의 격동기와 함께했다.

10·26, 12·12, 5·17, 5·18.

요약된 숫자 하나하나에 골이 파이고 피가 흘렀지만, 꿈 같은 나의 행복과는 무관하다며 돌아보지 않았다. 애써 지나쳤다. 그러나 생생하게 보이는 이웃들의 세상살이까지 무심히 넘길 수는 없었다. 당시 근무하던 공업사에서 철근 조립물이 넘어져 동료 하나가 압사했을 때도, 전에 일했던 주물공장에 화재가 발생해 옛 동료들이 모두 일자리를 잃었을 때도, 가난을 이기지 못한 이웃 여자가 자식과 남편을 버리고 집을 나간 후에 남편이 스스로 목숨을 끊은 사건을 옆에서 볼 때도 당장은 내 행복이 손상되지 않았음을 감사하는 마음이었다가 이내 두려움에 휩싸였다.

불행 뽑기의 순서가 점차 내 차례에 이르고 있을지 모른다는 압박감은 떨치기가 힘들었다. 배워서 깨닫지 않더라도 우리 같은 밑바닥 인생은 불행에 노출될 위험이 크다는 것을 나는 체험으로 알고 있었다. 우리는 불행에 맞서 싸울 도구가 전혀 없는 사람들이었다. 무너지기로 들면 모래성과 다름없는 행복 위에서 마냥 즐거울 만큼 천진난만한 나이도 아니었다. 나는 벌써 서른두 살이었다. 가족을 특히 아들을 보고 있으면 문득 불안했다. 혹시 내 아들을 끝까지 지킬 수 없는 '미래'가 내게 닥칠 때, 그때 나는 어떡하나.

그리고 이내 닥쳐온 것이 생활고였다. 미혜의 월급만큼 수입이 줄고 씀씀이는 둘이 벌 때보다 훨씬 불어났으니 당연한 일이었다. 공장 주변의 방값도 많이 올라서 인상된 집세 부담에도 허리가 휘었다. 우리의 첫 부부싸움은 그 무렵에 일어났다. 미혜가 나 모르게 아이를 유산시켰다는 사실을 알게 된 나는 반쯤 정신이 나갔다. 내 아이를, 불륜의 씨앗도 아닌 내 아이를 단지 밥 때문에 죽인다는 것은 상상도 못 할 일이었다.

그 엄청난 일을 상의도 없이 혼자 처리한 미혜가 끔찍해서 한동안은 얼굴을 쳐다보지도 않고 지냈다. 착한 아내는 그런 나의 마음을 돌려보려고 무진 애를 썼지만 나는 쉽게 그녀를 용서할 수 없었다. 우리가 화해한 것은 아주 오랜 시간이 흐른 뒤였다. 어느 날 미혜가 활짝 웃으며 말했다.

"성준이 동생 생겼대요."

성준이는 내 아들이었고 그 애의 동생은 지금 배 속에 있다는 뜻

273   40세의 노트

이었다. 그런 아내를 용서하지 않을 수 없었다. 아내는 잘못을 뉘우치고부터 곧장 임신을 서둘렀다. 그러니 나에게도 대책이 있어야만 했다. 나는 며칠을 심사숙고한 끝에 쉽지 않은 결정을 했다. 중동 취업. 아무리 생각해도 그 길밖에 없었다. 주변 동료 중에는 이미 두 번째 해외 취업을 나간 사람도 여럿 있었다. 몸이 곧 전 재산인 나 같은 인간에게는 그 길이 최선이었다. 나는 곧 준비에 들어갔다.

그때, 리비아로 가는 밤 비행기에서 난 무엇을 생각했던가. 공중에 떠 있던 열 몇 시간 동안 나는 거의 한 가지 생각에만 골몰했다. 늑대와 이리가 우글거리는 황야의 한가운데에 처자식을 던져둔 자의 그 갈팡질팡함, 온갖 불안과 근거 없는 불길함, 그리고 벌써 가슴을 옥죄어오는 한없는 그리움.

이 모든 것들을 짓이겨 혼합해놓은 먹먹함 속에서 나는 오로지 아내와 어린 아들의 눈물 젖은 미소만 떠올리고 또 떠올렸다. 어쩌면 내가 잘못 생각한 것은 아닌가. 미혜의 그 간절한 만류를 소홀히 넘긴 벌을 받게 되는 것은 아닐까.

이런 착잡함은 처음 몇 시간 동안 일행 모두의 공통된 정서였다. 우리는 K종합건설 소속이었고 우연인지 2차 출국자는 단 한 명도 없어서 다들 공항에서의 이별이 준 서글픔에 빠져 있었다. 그러다 점차 기운들을 회복하였지만 나는 트리폴리 공항에 도착해 숙소로 이동할 때까지도 여전했다. 그런 날 향해 누군가 잔뜩 경멸 어린 목소리로 퉁을 주었다.

"거 좀, 빠릿빠릿하게 굴어. 젠장. 죽기 아니면 살기여."

그가 바로 황(黃)이었다. 나는 황의 힐난에 저항할 힘조차 없는 정신 상태였다. 죽기 아니면 살기라는 황의 말은 분명 격려였다. 나는 그걸 믿었다. 덕분에 이국땅에서 내가 제일 먼저 한 일은 황을 친구로 받아들인 것이었다. 그를 알게 된 것은 내게 큰 행운이었다. 지금까지도 그렇지만 그는 여러모로 내게 많은 도움을 주었다. 현장에 배치되어 작업할 때도 황 덕분에 얼마 지나지 않아 조력에서 벗어날 수 있었다. 우리가 흔히 개잡부라고 부르는 조력은 기능공이 하지 않는 힘든 사역만 배당되는 데다가 시급도 적어서 그야말로 막일꾼에 불과했다.

황은 철골과 새시에 기능이 있어서 조력 사흘 만에 자기 직종을 찾아갔다. 그리곤 이내 나를 데려갔다. 내가 일할 곳은 관광호텔 신축현장이었다. 숙소에서 현장까지는 버스로 10분쯤 걸리는 거리였는데 그때를 제외하면 열사의 혹서에 무방비 상태로 노출되는 형편이었다. 숙소도, 비좁은 식당도, 선풍기만으로 더위를 견디어야 했다. 차라리 지붕을 얹은 공사장 건물 안에서 땀 흘리며 일하는 시간이 가장 더위를 못 느끼는 순간이었다. 이나마도 많이 나아진 작업환경이라고 했다. 중동 진출의 초기에는 천막 숙소도 있었고, 회사 본부에서 엄격하게 사생활을 통제하고 간섭해서 자주 항의 시위가 벌어지기도 했다.

어느 건설회사는 식사의 질이 좋고, 어디는 화장실이 최고이며, 또 어느 건설은 숙소가 괜찮다는 이야기는 우리 사이의 주요 화제였다. 이 말은 곧 노동자를 위한 시설이 두루 좋은 회사는 한 군데도 없다는 이야기였다. 충분한 복지시설이 있어도 힘든 더운 나라에서 우리는 그래도 있는 힘을 다하여 일에 매달렸다. 하기야 노동 외에 특별히 할 일도 없었다. 우리는 하루 스물네 시간을 오직 노동하기 위해 존재하는 숨 쉬는 기계에 불과했다.

시간으로 계산하는 임금이라서 야간작업이든 무어든 작업시간이 늘어야 수입도 늘었다. 기왕 여기까지 온 이상 한 푼이라도 더 벌어야 했다. 그래서 점심 후의 낮잠시간이 단축되었을 때도 누구 하나 불평하는 사람이 없었다. 낮잠 대신 한 시간 임금이 더 나오는 것이 훨씬 반가운 일이었다. 황과 나는 일 잘하는 사람으로 찍혀서 곧잘 야리끼리(능력제)에 투입되었다. 능력제로 뛰면 우선 야간작업을 면할 수 있었다. 정해진 분량을 몇 명이 한 조가 되어 미치도록 열심히 일하면 시간을 따먹고 일찍 들어가 쉴 수 있기 때문이었다.

그렇게 해도 하루치 일당이 지급되었기에 누구나 야리끼리로 일하기를 희망했다. 때로는 점심도 거른 채, 화장실도 마음대로 못 가고, 담배 한 모금을 빨 때도 옆자리 동료 눈치가 보이는 엄청난 노동이었지만 야리끼리의 인기는 대단했다. 야리끼리로 시간을 벌면 황과 나는 숙소에 일찍 들어가 고향으로 보내는 편지를 쓰곤 했다. 언제나 휴식시간이 부족한 형편이었으므로 큰마음 먹지 않고선 편지 쓰기도 힘들었다.

그렇지만 섭씨 50도를 오르내리는 한낮의 살인 더위를 맞받으며 날마다 고된 일을 해야 하는 생활은 상상 이상의 고통이 수반되었다. 이런 악조건은 숱한 인명피해를 자아냈다. 한 해에 백 명 이상의 노동자가 산업현장에서 목숨을 잃었고 그보다 많은 숫자가 질병과 부상으로 중도에 귀국행 비행기를 타야만 했다. 그래도 우리는 죽기 아니면 살기로 일에 매달렸다. 야리끼리로 뛰어서 확보하지 않는 한 날마다 야근이고 휴일은 한 달에 두 번뿐이다. 밀린 빨래, 밀린 잠을 해결하기에도 짧은 휴일, 기껏 식당에서 보여주는 조잡한 비디오가 유일한 볼거리였다.

가끔 단체로 근처의 유적지나 해수욕장에 가기도 하지만 황과 나는 몇 번 따라다니다가 곧 그만두고 숙소에 남아 편지를 쓰거나 모자란 잠을 채웠다. 황은 그런 점에서는 나와 매우 닮았다. 사람들이 북적거리고 떠들썩한 곳은 두 사람 모두 질색이었다. 그러나 우리는 많이 닮은 듯하면서 전혀 달랐다. 황은 나보다는 훨씬 세상에 대해 많은 것을 알고 있는 사람이었다. 황은 또 추진력이 있어서 몇 명만 모이면 곧 구심점 역할을 자처하는 성격이었다. 늘 소극적으로 대열의 후미만 따라다니던 나는 그런 그가 몹시 경이로웠다.

나는 매번 황의 트인 성격, 거침없는 자기표현에 놀라고 혹은 주눅 들었다. 나를 중학교에 보내준 옛 시절의 철물점 주인에 이어 황은 내 인생에 영향을 끼친 두 번째 인물이었다. 황이 아니었으면 그 시절을 견디기가 훨씬 힘들었을 것이다. 황을 만난 것은 정말 다행이었다. 그렇게 나는 점차 거친 일과 짧은 휴식, 정신까지 버석거리게 만드는 그 고장 특유의 모래바람에 길들었다.

서울에서는 한 달에 한 번쯤 편지가 왔다. 우푯값이 무서워서 자주 편지를 쓰지 못한다는 미혜였다. 부른 배를 안고 성준이까지 돌보면서 집에 일감을 가져와 악착같이 부업을 하고 있을 미혜를 떠올리면 숨이 막혔다.

'당신이 보내준 돈은 한 푼도 손대지 않고 고스란히 은행에 넣고 있답니다. 당신이 아무리 야단쳐도 그 돈으로는 절대 내 입에 들어갈 것을 사지 않아요.'

돈을 너무 아끼지 말고 몸이 축나지 않도록 입맛 당기는 것들을 사 먹으라는 나의 잦은 당부에 대해 그녀의 한결같은 대답이었다. 보다 못한 황이 한번은 내 편지 끝에 '성준이 엄마 때문에 이 친구까지 굶고 일한답니다. 쓰러지게 생겼어요.'라는 추신을 달아 미혜의 고집을 나무라기도 했다. 그다음에 온 미혜의 답장이 아주 걸작이었다.

'지난번 편지 읽고 당장에 돼지고기 반 근 사서 맛있게 구워 먹었어요. 이젠 정말 걱정하지 마세요.'

그 편지를 읽으며 나는 웃다가 울고, 울다가 웃었다. 지금 와서 고백하자면 꽉 막힌 미혜가 미워서 진심으로 욕을 중얼거린 적도 있었다. 앞뒤 재지 않고 죽기 살기로 절약만 하고 있을 그녀의 미련함은 내 근심만 부풀려줄 뿐이었다. 공사장 간부들의 아내는 살을 빼기 위해 에어로빅을 배운다거나 보너스로 피아노를 사는데, 그러면서도 언제 돌아오느냐 앙탈인데 내 마누라는 돼지고기 반 근 사먹은 것도 사건이라고 자랑스럽게 쓰고 있었다.

간부와 노동자 사이의 이 간극에 대해 나는 점점 의아심이 생겼다. 똑같이 소중하고 다 같이 귀한 목숨이 왜 계급 간 불평등으로 이리도 차이가 나는지 나는 날마다 황과 열띤 논쟁을 벌였다. 내게로, 내 가족에게로, 우리 모두에게로 끊임없이 밀려오는 공포의 실체가 무엇인지 나는 구체적으로 알고 싶었다. 헤쳐 나왔다고 생각하면 또 다른 절벽이 앞을 가로막는 노동자의 삶이 개인의 잘못이 아님을 어렴풋하게 인식하게 된 시기이기도 했다.

우리들의 논쟁은 깊이나 폭과 관계없이 늘 진지했다. 나는 비로소 내가 무엇을 잘못 생각하고 있는지 깨닫기 시작했다. 나는 지나치게 세상을 믿었다. 인간의 존엄을 무시하는 저 비열한 무리의 천박성에도 희망을 걸었던 나였다. 알고 보니 나는 인간의 도덕성에 무한한 믿음과 기대를 품은 인간이었다. 비열함이 빚어내는 온갖 형태의 불행을 눈으로 보면서도 나는 인간을 믿었다. 세상이 저 혼자 회개하여 내 앞에 무릎 꿇을 날이 올 것이라 믿었던 이 어리석음.

지금에 와서는 나도 안다. 빼앗는 자들과 빼앗기는 자들, 지배자들과 지배당한 자들끼리의 오랜 협상은 그 지루한 반복에도 불구하고 절대 쌍방이 만족하는 타협 따윈 기대할 수 없다는 것을. 그런 세상은 절대 오지 않는다는 것을.

일에서도 그랬고 생각에서도 황은 언제나 나보다 앞질러 가는 인물이었다. 지금도 의구심을 떨치지 못하는 부분이지만 나는 황이 노동운동에 관한 상당한 교육을 받은 게 아닌가, 늘 궁금했다. 본인은 거친 말씨와 억센 행동으로 짐짓 감추고 있었으나 문득문득 발견되는 황의 사상은 확실히 남달랐다. 하지만 지금까지도 황은 자신의 학력이 고교 중퇴라고 주장한다.

황은 이스트와 밥으로 막걸리를 빚는 솜씨도 뛰어났다. 현장에서나 숙소에서나 술은 엄격히 규제되었지만 우리는 종종 술을 담가 몰래 나누어 마셨다. 그때 황의 솜씨로 빚어낸 조악한 막걸리로 나는 술을 배웠다.

술을 곁들이면 신통하게도 하루가 빨리 넘어갔다. 나뿐만 아니라 대다수 동료가 술의 힘을 빌려 세월의 등을 밀어붙였다. 그해 초겨울 밀주를 나누어 마시고 히터 옆에서 자다가 화재가 발생해 일곱 명이 목숨을 잃은 사고도 있었지만 우리는 술을 포기할 수 없었다. 술까지 포기하기는 참 어려운, 그런 삶의 나날이었다.

그리고 겨울이 되었다. 중동에도 겨울은 있었다. 야간작업을 하다 보면 춥다는 느낌에 문득 낯설어지곤 하는 겨울이 왔다. 12월에는 고국에서 보내오는 우편물의 양이 급격히 증가했다. 소포와 카드가 많아지는 까닭이었다. 그러나 나에겐 한 장의 카드도 오지 않았다. 이상한 일이었다. 송년회가 열렸던 연말에는 울적한 심사 덕분에 몹시 취해 황을 괴롭히기도 했다. 황은 배달에 착오가 생긴 모양이라며 나를 위로했다.

지독히 불안한 나날을 보내다가 다음 해 1월 하순에서야 겨우 짧은 편지 한 장을 받았다. 겉봉을 뜯는 손길이 침착할 수 없었다. 그러나 내용을 읽고 나서는 기가 막혀 말이 나오지 않았다. 미혜는 예정일보다 40일이나 이르게 아들을 낳았다고 했다.

　조산이긴 했지만 모두 건강하니까 걱정하지 말라고, 몸을 추스를 동안 급한 대로 포천의 친정집에 가 있었다고 적었다. 포천의 장인이 오늘내일할 정도로 위독한 판국이고 장모도 역시 관절염이 심해 산모를 돌볼 여력이 없다는 것은 내가 잘 아는 사실이었다. 그런데도 미혜는 지독히 담담하게 아무 일 없다고, 모두 잘 있다고 썼다.

　그런 미혜의 말을 곧이곧대로 믿고 안심할 수는 없었다. 갓난아이는 병원에 있다는 것인지, 어디가 잘못되어 조산했는지, 그 와중에 성준이는 누가 돌보는지 모든 것이 다 불안하였다. 하지만 다른 방법이 없었다. 미혜는 드문드문 편지를 보내와 계속 괜찮다는 말만 거듭하였고 나는 오직 그 말에만 매달려 불안을 물리치기에 급급했다. 그런 속에서도 날은 흘렀다. 모래바람에 기관지가 상한 황은 쉰 목소리로 매일 나를 질타했다.

　"제발 정신 차려! 사고 난다."

　그 무렵에 바로 탈선한 마누라 소식에 맥 빠져 있다가 철근에 눈을 찔린 동료가 있었다. 고국에서 오는 소식에 평화만 담겨있는 것은 아니었으므로 여기서도 더러 계약을 종료하지 못하고 서둘러 귀국하는 이들이 있었다.

　귀국 날짜가 가까워지자 조금씩 마음이 가라앉았다. 혹시 잘못된 일이 있더라도 내가 가족들 곁에 있는 한 크게 어긋나지는 않으리라. 나는 일 년의 계약 기간을 마치고 7월에 귀국하였다. 그리고 미혜와 내가 처한 현실을 정확히 보았다.

미혜는 고개를 들지 못하고 잠자코 새로 태어난 생명을 가리켰다. 바르게 자랐다면 기어 다니며 온갖 말썽을 일으킬 개구쟁이 녀석은 여태도 강보에 싸여 잠만 자고 있었다. 하루 대부분을 이렇게 자기만 한다고 했다. 동네 병원에서는 큰 병원으로 가보라는 말만 했다는데 혼자서는 종합병원에 갈 엄두가 나지 않아 내가 돌아올 때만 기다렸다는 아내의 말은 나를 미치게 했다. 나는 당장 병원으로 달려갔다.

"인큐베이터에는 얼마나 있었어요?"

의사의 질문에 미혜는 기어들어 가는 소리로 "이틀……."이라고 말했다.

"그것만으로도 비용이 엄청났어요."

변명처럼 뒷말을 덧붙이는 미혜를 후려치지 않은 것은 의사와 간호사가 보고 있어서였다.

"돈 때문에 아이를 이 지경으로 만들어요?"

대신 의사가 엄격한 어조로 미혜를 비난했다. 이번엔 의사의 멱살을 잡아 흔들며 악을 쓰고 싶었지만 겨우 참아냈다. 금테 안경이라도 낚아채서 내동댕이치고 싶다는 난데없는 적개심은 왜였을까. 네가 이 여자의 돈에 대해 알기나 한가? 우리의 돈과 네 돈이 어떻게 다른지 감히 짐작이라도 할 수 있는가.

아마도 나는 그런 말을 하고 싶었을 것이다. 그러나 이내 평정을 되찾았다. 어쨌거나 회복할 수 있는 병인지 그게 중요했다. 나는 비굴하게 손을 비비며, 안온한 목소리로 희망이 있는지 물었다. 의사는 데데하게 "여러 가지 검사가 필요합니다."라고 답했다. 그리고 간호사에게 입원 수속을 지시했다.

조산으로 뇌의 발육이 진행되다 말았으나 인위적인 장치를 삽입

해서 뇌의 기능을 살릴 가능성이 전혀 없지는 않다. 출산 당시 충분한 기간을 인큐베이터에 넣었다면 아무 일도 없었을 것인데 정말 안타깝다…….

의사의 소견이 나온 것은 입원한 지 사흘만이었다. 당장 수술 날짜가 잡혔고 나는 병원에서의 피곤한 새우잠으로 지쳐갔다. 미혜는 내 눈치만 보느라 한 마디도 먼저 입을 열지 못하였다. 미혜의 어리석음이 용서되지 않아서 그토록 긴 이별 뒤의 만남에도 불구하고 나는 그녀에게 부드러울 수 없었다. 귀국한 이후 우리는 한 번도 서로를 향해 웃지 않았다. 내가 지나친 것은 결코 아니었다. 며칠간의 인큐베이터 비용을 아끼기 위해 무리하게 갓난아이를 집에 데려왔다가 결국은 저축한 돈 모두 까먹고도 아이까지 잃는 몇 곱절의 불행을 맞았으니까.

될 수 있으면 어린 생명의 죽음에 대해선 긴 이야기를 하고 싶지 않다. 그 어린 목숨이 보여준 투쟁, 있는 힘을 다해 살아보려고 애쓰던 푸른 이마와 떨리던 속눈썹을 지금 다시 회상하는 일은 너무 잔인하다. 그러나 나의 두 번째 아들, 일 년도 채 머무르지 않고 이 세상을 떠나버린 그 애를 결코 잊지는 않을 것이다. 죽어서도 나는 그 애를 잊지 않을 것이다.

아이를 잃은 후 나는 조금씩 난폭해지기 시작했다. 모든 상황이 내가 리비아로 떠나기 전보다 더 나쁘면 나빴지 좋아진 것은 하나도 없었다. 우리는 여전히 가난했고 내 아들 성준이는 야위어 얼굴에 마른버짐이 번졌다. 미혜는 거칠어진 나의 태도에 놀라 점차 말을 잃어갔다. 지금 생각하면 그때부터 이미 파국이었다.

아이를 잃었을 때 조금만 더 사려 깊게 행동했다면 뒤에 닥쳐올 불행을 미리 방지할 수도 있었다는 반성을 지금에서야 하는 나. 단한 번의 실책도 용서하지 않는 무서운 남편으로 각인된 내 모습 때문에 미혜는 훗날 일을 그르치고 말았다. 정녕 그게 아니었는데.

하지만 나도 곧 애쓰기 시작했다. 맥이 풀린 상태였지만 그런대로 우리 인생의 짜깁기를 시도했다. 감쪽같이 지울 수는 없더라도 보기 흉한 자국이 남지 않게 일을 꿰맞추려고 무던히 애를 썼다.

나는 가끔씩 잠든 성준이의 연약한 목덜미에 코를 묻고 아이에게서 풍겨오는 달콤한 냄새를 들이마시곤 했는데 그 무렵의 나에게 희망은 곧 그 달콤한 향기였다. 내가 아무리 깊은 어둠 속에 던져져 있더라도 아직 늦지는 않았다고 생각했다. 나는 얼마나 어리석었던가. 그때나 지금이나 내가 마주하는 어둠은 음흉하고 비참하기 짝이 없다. 불행은 절대 멈추지 않는다. 다만 때를 기다릴 뿐이다.

나는 83년 7월에 귀국했다가 이듬해 6월에, 그러니까 거의 일 년 만에 다시 중동 취업을 위한 서류를 준비했다. 여전히 그 길밖에 없었다. 미혜와도 잠깐의 이별이 필요했다. 나는 벌써 그녀를 용서하고 이해했으나 그녀에게 내 마음을 전달하지 못한 채 서먹함만 품고 있었다.

따지고 보면 그녀에게는 아무런 잘못도 없었다. 몸을 돌보지 않고 힘든 일을 계속하다가 달도 안 찬 아이를 낳은 것이고, 옛날 어머니들이 으레 그랬듯이 비싼 병원비 들일 것 없이 집에 데려다 잘 보살피면 탈 없이 자라리라 믿었다가 큰일을 당했을 뿐이었다. 미혜는 자신의 방식대로 최선을 다했던 것이고 운명은 또 제 방식대로 한껏 훼방을 놓은 결과였다.

나는 부산에 사는 황을 찾아가 2차 출국을 결심했다고 알렸다. 황은 열대에서 상한 기관지로 귀국해서도 몹시 애를 먹고 있었다.

그 또한 병원비로 적잖이 돈을 날린 눈치였으나 다시 취업할 생각은 없는 듯했다. 시장에서 생선 장사를 할까 마누라랑 포장마차를 할까 궁리하는 중이라 했다. 나는 황에게 우리 집을 부탁했다.

"서울에 올라올 일 있을 때 한 번씩 들려 살펴주게."

황은 고개를 끄덕였다. 헤어질 때 황은 부러 기운차게 내 어깨를 두들겼다.

"막걸리 생각나면 편지해. 제조 비법을 일러줄 테니까. 자네한테만 특별히."

황이 없는 열사의 혹독한 노동은 역시 배로 힘들었다. 게다가 첫 번 취업 때의 막연한 기대, 힘껏 벌어 안정적인 삶을 유지하겠다는 의욕도 많이 스러진 채였다. 팍팍했다. 당연히 하루를 넘기는 일이 한 달을 채우는 만큼이나 지루했다. 나는 묵묵히 맡은 일에만 신경을 썼다. 숙소에서나 현장에서 일어나는 크고 작은 사건들에도 전혀 아는 체를 하지 않았다. 돈은 이번에도 어김없이 매달 미혜에게 송금되었다. 예전처럼 편지도 자주 썼다. 그렇지만 자꾸 펜이 멈추곤 했으며 종이 한 장을 채우기가 수월하지 않았다.

이 말을 쓰면 미혜가 행여 상처받지 않을까, 이 구절을 읽다가 혹시 오해하지나 않을까, 걱정이 되어서 그랬다. 온갖 우려와 조심성으로 편지는 맨송맨송했을 것이 틀림없었고 미혜가 그걸 눈치채지 못했을 리가 없다. 나는 미혜를 위한 세심한 배려를 했다고 안심하였지만 정작 그녀는 끊임없이 내가 만든 거리에 고통받고 있었다.

드문드문 날아드는 미혜의 편지도 차츰 건조해지기 시작했다. 성준이가 글자를 깨우치고 있다는 둥, 내년에는 유치원에 보내야겠다는 둥, 온통 아이 이야기로만 간신히 여백을 메웠다. 우리의 사랑은 이미 흘러간 것일까. 이제는 다만 책임과 의무만 남은, 과거의 사랑은 부채로 변해버린 것은 아닐까.

가끔 이런 생각을 하기도 했지만 나는 크게 근심하지 않았다. 내가 변하지 않았듯이 미혜도 변할 리 없다는 믿음이 나를 그렇게 만들었다. 나는 우리에게 닥칠 시련의 목록에 배신이라든가 가출이라는 항목이 끼어 있을 줄은 꿈에도 몰랐다. 우리 부부는 단지 질병이나 궁핍, 예측할 수 없는 돌발적인 사고와 같은, 우리 힘으로는 도저히 어찌할 수 없는 불행만 조심하면 될 줄 알았다.

음식이 상하듯 사랑도 부패하는가. 만약 그렇다면 세상에 부패하지 않는 진실이 어디 있단 말인가. 나는 지금까지도, 굳건하게 우리의 사랑만큼은 믿는다. 그래서 황이 조심스레 '성준이 엄마가 몹시 야위었더라. 무슨 걱정이 있는지 알아보길 바란다.' 하고 편지로 알려왔을 때도 그녀의 지독한 절약이 영양실조를 부른 것은 아닐까 근심했을 뿐 다른 짐작은 하지 못하였다.

조금이라도 의심했다면 현장 소장이 나눠준 계약연기 신청서에 도장을 찍었을 리가 없다. 설계 착오로 공기가 연장되자 계약 만료된 몇몇 사람이 6개월 연장근무를 지원했다. 나도 기왕 버틴 김에 반년만 더 고생을 해보자고 연장근무를 결심했다. 나는 미혜에게 간단히 이 사실을 알렸다. 귀국이 반년쯤 늦어질 것 같다고. 함께 반년만 더 견뎌보자고.

그녀에게서 곧 답장이 왔다. 귀국을 늦춘 진짜 이유가 다른 데 있는 것은 아닌가 여러 차례 묻고는 마지막에 황 선생님이 나에 대해 무슨 엉뚱한 오해를 한 것은 아닌지 걱정된다고 썼다. 미혜는 몹시 허둥대고 있었다. 편지 행간마다 그녀의 불안이 고스란히 드러났다. 행여 오해할까 봐 걱정이라는 그녀의 해명이 그래서 더욱 의구심을 불러일으켰다.

하지만 그런 미심쩍음도 오래 가진 못했다. 다급해진 현장 상황은 연일 야근으로 뛰어도 회사의 성마른 독촉이 불같아서 노무자나 간부 모두 제정신을 못 차릴 지경이었다. 한창 일에 쫓길 때는 휴일도 반납했고 하루에 두 차례씩 야리끼리에 끼는 독한 동료도 생겨났다. 회사가 오히려 그걸 부추기는 실정이었다.

연장근무 기간에는 이런 현장 사정 때문에 미혜에게 편지도 변변히 하지 못했다. 집에 전화라도 있다면 잠깐 목소리나 들어보고 서로 안심하련만 미혜는 전부터 전화를 놓자는 나의 당부를 모른 척했다. 물론 돈 때문이었다. 지금 생각하면 이 모든 일이 얼마나 교묘한지, 자꾸 꼬이고 얽히는 씨줄과 날줄의 교합을 나 혼자 힘으로 어찌 다 막아낼 수 있었으랴 하는 체념이 앞서기도 한다. 불가항력이었다고 말하는 것이 아니다. 우리의 운명을 쥐고 흔드는 저 거대한 힘, 그 무자비함에 대항하는 일이 얼마나 많은 힘과 용기를 필요로 하는지를 고백하고 있을 뿐이다.

86년 2월, 연장근무까지 무사히 마치고 새까맣게 탄 얼굴로 공항에 내렸을 때 나를 맞아준 사람은 황이었다. 황은 미혜가 나오지 않은 것에 대해 처음에는 몸이 아파서, 라고 말했다. 그러나 나는 그의 곤혹한 표정과 불안정한 시선에서 이미 예감했다. 하지만 무엇을 예감했는지 구체적으로 털어놓으라면 할 말이 없다. 다만 나쁜 일이 생겼다는 짐작뿐으로 그 상황에 휩쓸린 쪽이 아들인지 아내인지도 전혀 감을 잡을 수 없었으니까.

정말 미칠 듯한 심정이었다. 무섭게 치솟는 격한 감정을 억누를 길이 없어 나는 쩔쩔매고 있었다. 그것은 신을 향한 반항심의 폭발 같은 것이었다. 어떤 불행이든 간에 단 한 순간만이라도 나를 좀 내버려 둘 수는 없단 말인가. 일 년 하고도 여섯 달 동안이나 혹독한 노동에 시달리다 이제 막 돌아온 나에게 또 무슨 시련을 주겠다는 말인가.

잠시의 평안도 주기 싫을 만큼 왜 신은 나에게만 가혹한가. 그래서 나는 황에게 더는 묻지 않았다. 내가 먼저 신에게 무릎 꿇고 주저앉아 시련의 정체를 공손히 물어보고 싶지 않았다. 공항을 나와 택시를 타고 시내로 들어올 때까지도 내 입은 굳게 닫혀 있었다. 나는 죽일 듯이 앞만 노려보았다. 황이 나에게 겁을 먹은 것도 무리는 아니었다. 훗날 황은 그 순간을 이렇게 표현했다.

"자네를 알게 된 것이 그때만큼 후회스러웠던 적이 없었네. 오로지 도망치고 싶은 심정뿐이었어."

나는 지금도, 때때로 내가 걷는 이 길이 믿어지지 않아 미칠 듯한 심정이 되곤 한다. 왜 나에게? 왜 꼭 나에게 이런 일이 일어나야 했던 것일까.

이제는 말하겠다. 나를 쓰러뜨린 흉악한 말발굽의 정체를.

그 전에 미리 말해 둘 것이 있다. 지금부터의 이야기는 내용도, 순서도 모두 엉망진창일 수 있다. 그럴 수밖에 없는 게 바로 그날부터 내 삶은 진행을 멈추었다. 시간의 순서가, 계절의 순환이 아무 의미가 없었으므로 내 기억도 길을 잃었다.

황이 말을 꺼내기 시작했을 때 모든 예감과 각오에도 불구하고 나는 내 귀를 의심했다. 우리들의 보금자리였던 셋방에 도착해 대롱거리는 자물쇠를 보았을 때도 나는 내 눈을 의심했다.

"나도 어제 알았어. 혹시 편지를 못 받았을 수도 있겠다 싶어 일부러 들렀는데……."

황은 주인 여자에게 받아온 열쇠를 내게 주었다. 나는 열쇠 구멍을 찾지 못해 오랜 시간 더듬거렸다. 방은 깨끗했다. 얼핏 보아서는 달라진 것도 없었다. 부엌도 지금 막 치우고 외출한 것처럼 정갈했다.

"성준이 아빠 온다고 비싼 배추 사다가 김치도 담가놓고선 기어이……."

주인아줌마가 혀를 끌끌 찼다.

"편지 받고는 온통 집을 다 뒤집어 털었어요. 빨래도 며칠을 하고 이불 홑청도 다 뜯어 새로 시치고."

그때는 미처 몰랐지만 미혜는 당분간이나마 나 혼자 생활하기에 불편이 없도록 여러모로 세심하게 배려하고 떠난 것이 틀림없었다. 귀국 날짜를 알리는 편지를 받고 미혜는 한동안 정신없이 살림살이들을 닦고 씻어내며 분주했다고 그랬다. 그리곤 내가 도착하기 사흘 전에 잠시 다녀올 데가 있다며 집을 나갔다. 나갈 당시에는 손가방 하나뿐이어서 조금도 의심을 하지 않았다는 것이다. 그래서 황도 처음에는 사고가 아닐까 근심한 모양이었다. 그런데 주인 여자가 단호하게 황의 추측을 부정했다.

"성준이도 같이 있는데 사고라면 여태 모를 리가 없고 집을 나간 게 틀림없다니까 그러네."

주인 여자가 사고가 아니라고 믿는 데는 그럴 만한 이유가 있었다. 오래전부터 미혜는 반쯤 넋이 나간 사람처럼 매사에 제정신이 아니었다. 성준이를 맡긴 채 외출이 길어져 밤늦게 돌아오는 일도 잦았다. 그렇게 열심이던 부업도 팽개친 지 오래였다. 얼마 전부터는 밤마다 목 놓아 우는 버릇까지 생겨 동네 사람들이 수군거리기 시작했다. 대체 굶는지 먹는지 종잡을 수 없도록 엉망진창인 그들 모자 대하기가 하도 성가셔서 방을 비우라고 말한 적도 있다는 주인 여자의 이야기를 전하며 황은 입을 다물었다.

"이게 어제 내가 들은 소식 전부야. 몇 번 들렀을 때마다 나도 이상한 느낌을 받곤 했어."

우리는 방에 선 채로 이야기를 나누었다. 밖에서는 주인 여자가 계속 인기척을 내며 더 말해줄 것이 있다는 신호를 보내왔지만 나는 무시해버렸다. 나는 의외로 쉽게 냉정을 되찾았다. 어쩌면 주인 아주머니나 황에 의해 미혜가 나쁘게 이야기되는 것이 싫어서 그랬는지도 몰랐다. 마치 내가 모욕을 당하는 듯한 기분을 참을 수가 없었다. 나는 짐짓 태연한 채 황을 돌려보냈다.

"제길. 자꾸 쫓아내려 하지만 말고 어디 가서 술이나 한잔하자. 별일이야 있겠나."

하지만 내 자존심은 황의 진심 어린 우정도 귀찮기만 했다. 별일 없으니 성준 엄마 찾는 거나 돕겠다는 황을 억지로 보낸 다음 나는 연탄불부터 살폈다. 해가 기울자 나는 우리 세 식구가 먹을 만큼의 쌀을 덜어내 밥을 지었다.

"성준 아빠 저녁 식사는 우리 집에서 준비했수. 괜히 밥할 것 없이 건너와요."

주인아줌마가 쌀 씻는 소리에 부엌을 들여다보고 펄쩍 뛰었다. 해수 기침 요란한 주인 남자도 마루에 나와서 자꾸 권했다.

"어여 이리 오슈. 낼 아침밥일랑 몰라도 오늘 저녁밥은 우리랑 먹어야지."

나는 그들의 간곡한 초대를 거절했다. 나는 티끌만큼도 사람들 속에 섞이고 싶은 생각이 없었다. 사람 좋고 입심 좋은 주인 내외의 성화가 더 진득했다면 내가 어떤 짓을 저질렀을지 스스로도 알 수 없을 만큼 나는 정상이 아니었다.

지금 생각해도 기이한 것은 그날 저녁 내가 비운 밥과 그 식욕이

40세의 노트

었다. 나는 미혜가 준비해둔 밑반찬과 햇김치를 골고루 섭렵하며 한 그릇을 말끔히 해치웠다. 물론 맛은 전혀 느낄 수 없었다. 그런데도 밥은 나를 놓아주지 않았다. 한 그릇을 다 비웠음에도 포만감은 없었다. 오히려 더욱 끈질긴 허기가 몰려왔다. 슬픔의 밥, 절망의 밥, 증오의 밥이었다.

밥을 먹은 다음에는 꼼짝도 하지 않은 채 방을 지켰다. 연탄 아궁이의 불구멍을 활짝 열어놓은 탓에 방바닥은 따끈따끈했다. 나는 온 신경을 곤두세워 바깥 동정을 살폈다. 그녀의 머뭇거리는 기척, 담벼락에 기대 뱉어내는 얕은 호흡을 놓칠까 봐 내 숨소리조차 자제했다. 오늘 내가 돌아올 줄 이미 알고 있는 미혜가, 그 착한 미혜가 돌아오지 않고 배기랴. 나의 사랑스러운 아들 성준이가 아버지를 찾아 달려오지 않을 수 있을까.

나는 부엌과 방의 불을 환하게 밝히고 숨죽인 채 내 식구들을 기다렸다. 밤이 깊을수록 내 심장은 무섭게 고동쳤다. 혈관의 피도 거세게 소용돌이쳤다. 이 현실이 사실이라면 나는 어찌해야 하나. 나의 미래는 어찌 될까. 밤의 정적 속에서 나는 끊임없이 묻고 또 물었다. 나는 어찌해야 하나.

시간이 흐를수록, 바깥에 인기척이 끊긴 지 오래인 것을 안타깝게 확인할수록 나의 기다림은 더욱 맹렬해졌다. 그리고 새벽이 되었다. 창밖의 미명이 나를 소스라치게 하였다. 내 인생의 수레바퀴가 절벽을 향해 치닫고 있음을 소름 끼치도록 명료하게 깨닫는 순간이었다.

나는 마지막 힘을 모아 보이지 않는 신을 향해 기도하였다. 그녀를 다시 내 곁으로 돌아오게만 해준다면 무엇이든지 하겠노라고. 제발, 제발 미친 듯이 구르는 이 바퀴를 멈추게 해달라고 나는 빌고 또 빌었다. 그때의 간절한 희구가 신에게 닿지 않았다는 것은, 신이 그토록 멀리 있었다는 것은 무엇을 뜻하는가.

처절했던 그 기도는 적어도, 중간에서라도, 그녀에게 도달했어야 옳았다. 그 새벽의 기도는 지금까지도 선연하게 내 귀에 울린다. 그 기도가 내게 준 깨달음이 있다면 그것은 아마도 조건 없는 사랑, 무한대의 그리움 같은 것이리라. 기도 덕분에 나는 미혜를 영원한 내 사랑으로 확고히 인식할 수 있었으니까.

결국, 햇살 찬연한 아침이 오고야 말았다. 나는 비로소 그녀가 돌아오지 않을 것을 알았다. 나는 초라했고 세상에 끊임없이 조롱당해서 잔뜩 의기소침해진 채로 내 앞에 밀려온 아침을 맞았다. 이제부터가 절대 시련의 시작이었다.

내 생애는 거기서 중단되었다. 진행을 멈춘 삶을 끌어안고 어떤 모습으로 견디었는지 짐작에 맡기겠다. 상상할 수 있는 모든 불행이 내 신경을 어떻게 갉아 먹었는지도 짐작에 맡기겠다. 나는 한동안은 사실을 알아볼 엄두도 내지 못했다. 사실은 진실을 아는 것이 몹시 두려웠다.

나는 실제로 그런 인간이었다. 할 수만 있다면 내게 주어진 운명의 향방, 신의 점괘를 미리 알아내 절대 반항하지 않고 그 길에 순종하고픈 사람이 나였다. 나는 미래의 삶에 내 의지를 개입시켜 지평을 확대하며 상승하고 싶은 욕망을 느껴본 적이 없었다. 나는 그냥 내 식구들과 소박하게 살고 싶을 뿐이었다.

모든 것을 잃었지만 아직 다 잃은 것은 아니라고 애써 믿으며 하루하루를 보냈다. 마음대로 지팡이를 휘두르는 우리 목숨의 주인, 저 심술궂은 군주의 지배를 고스란히 받아들였다. 어디까지 나락으

291   40세의 노트

로 떨어질 수 있는지 묵묵히 기다렸다. 그렇게 지내는 일도 그다지 나쁘지는 않았다. 살아보겠다고 발버둥 치는 사람들이 너무 신기하였다. 우스웠다. 나는 그들을 경멸했다. 죽으라면 죽으리라. 어차피 살 이유도 없는데.

나는 위로의 말을 준비하고 내게 다가오는 이들을 무조건 피했다. 도움을 주고자 하는 사람들도 무시했다. 사람들의 수군거림, 미혜가 남자를 만나 돈을 탕진한 끝에 나가버렸다는 소문도 나를 자극하지 못하였다. 어찌 되었든 간에 그것은 미혜의 잘못도, 나의 잘못도 아니었다. 이 모든 시나리오는 일찍부터 예정된 것이고 수정이 절대 불가능한 대본이었기에 우리는 애초 벗어날 도리가 없는 존재였다고 상황을 해석했다.

그럴 수밖에 없었다. 우리는 열심히 살았으나 결국은 이렇게 단숨에 버려져도 무방한 존재였음이 드러났다. 이럴 바에는 그녀나 나나 세상에 존재하지 않는 편이 훨씬 좋았다는 원망도 어리석은 독백일 뿐이었다. 세상이라는 무대에 강제로 등장시킨 연출자의 의도를 내가 어찌 깨우치랴. 지금 와서 생각하면 나의 지독한 운명주의가 혼란의 늪에서 나를 구해준 묘약이었다. 내가 운명 앞에서 설설 기는 비겁자의 자리를 지키는 동안 깨달은 것이 아주 없지는 않았던 것이다.

누구든 밑바닥까지 가라앉으면 어쩔 수 없이 위로 떠 오른다. 그 밑바닥에서 나는 무가치한 존재의 가치, 숨겨진 의문들을 탐구했다. 한없이 비참했지만 강렬하게 내 존재의 정당함을 찾고 싶었다. 죽으라면 죽으리라? 어차피 살 이유가 없다고? 헝클어진 사념 속에서 살 이유 하나가 떠올랐다. 성준이, 내 아들. 아들을 생각하면 무작정, 어떤 대가를 치르더라도 무작정 살고 싶었다. 그랬다. 내 미래는 아들이었다.

바로 그 무렵 미혜의 거처를 추측할 한 가닥 단서가 내 손에 들어왔다. 그녀가 사라진 지 꼬박 여덟 달 만이었다. 무기력한 태도로 현실을 수수방관하는 나를 대신하여 미혜가 갈 만한 곳을 뒤지고 다니던 장모가 어느 날 나를 찾아왔다. 안양우체국의 소인이 찍힌 편지가 도착했다는 것이었다. 혹시나 해서 떨리는 마음으로 펼친 편지는 역시 내가 수신인이 아니었다. 그저 늙고 병든 어머니의 염려를 덜어주려는 단순한 안부편지일 따름이었다.

장인이 죽고 난 뒤 그렇지 않아도 시름에 겨워 있던 장모는 딸의 가출로 벼락을 맞은 꼴이었다. 아픈 다리를 이끌고 사위한테 올 때마다 늘 '미친년, 때려죽일 년'이라고 먼저 딸을 단죄했다. 겉보기로는 나보다 더 미혜를 증오하고 원망하는 기색이 역력해서 오히려 내 말문을 닫게 만드는 사람이 바로 장모였다. 설령 그렇지 않더라도 불행에 찌든 장모에게 무슨 타박을 할 수 있으랴.

미혜의 편지를 읽고서 나는 비로소 움직일 생각을 하게 되었다. 미혜의 편지 내용을 곰곰이 뜯어보면 우리 사이가 완전히 뭉개진 것은 아니라는 암시가 보였다. 미혜는 자신이 사기당한 돈을 찾기 위해 집을 나왔으며, 돈을 찾으면 언제라도 집에 돌아오겠다고 분명히 적었다. 남편이 피땀 흘려 번 돈을, 목숨보다 소중한 그 돈을 찾으면 바로 돌아오겠다니, 정말이지 언제나 그 돈이 문제였다.

그녀의 어리석음에 나는 돌아버릴 것 같았다. 돈이, 고작 돈 따위가 내 삶을 이렇게 엉망진창으로 뒤흔들어놓을 수 있단 말인가. 애초에 우리에게 다른 돈이 있을 턱이 없고 내가 지난 일 년 반 동안 보낸 월급이야 생활비 떼고 나면 아무리 잘 모았어야 몇백만 원에 불과할 것이다. 단지 몇백만 원으로 우리 세 식구의 평화를 송두리째 앗아간 그녀의 어리석음이 나를 미치게 했다.

돈이라면, 단지 그것 때문이면, 그녀를 찾는 대로 집에 데려올 수 있다는 희망을 건진 것만도 내게는 큰 소득이었다. 나는 오랜 체념에서 훌훌 털고 일어섰다. 그녀를 만나면 팩, 고함이나 한번 치고, 별일 없었다는 듯 세 식구 함께 오면 모든 고통이 사라질 것이었다. 장모도 나의 행동 개시에 눈물을 쏟으며 고마워했다.

"할 말이 없네. 자네처럼 심덕 고운 이가 이게 무슨 마음고생인가. 성준 에미 데리고만 와. 그년 버르장머리는 내가 두들겨 패서 고쳐놓을 테니까."

매번 속으면서도 또한 매번 유혹하는 그 괴이쩍은 금언, 늦었다고 생각한 때가 가장 빠를 때라는 충고도 사실 한몫을 단단히 했다. 인생독본에 자주 인용되는 그런 경구들은 모두 내 나이 스무 살 무렵에 습득한 것이었다. 그 무렵 내 독서량은 꽤 많았고, 책 속에 담긴 경구들을 수집하는 일에 게으름을 부리지 않았다. 대부분 삶에 대한 환상을 키우는 그런 말들이었다. 물론 책 속의 명언이 현실에 크게 이익인 적은 거의 없었다. 일을 망치고 나서야 겨우 그런 말이 있었는데, 하며 회한을 키우는 데나 쓸모가 있었달까.

어떤 경로를 거쳐 그녀와 성준이가 세 들어 살고 있다는 안양천 부근의 지린내 풍기는 판잣집을 찾아냈는지, 그 과정은 생략하겠다. 행여 성공담이면 모르지만 실패한 인생행로인 주제에 떠벌릴 신명이 생길 턱이 없다. 아무튼, 편지를 유일한 단서 삼아 안양을 뒤지기 시작한 지 꼭 반년만의 결실이었으니 신의 도움이나 행운 같은 것은 이 경우에도 역시 없었다.

떨리는 마음을 애써 가누며 주소에 적힌 집의 삐딱한 판자 대문 앞에 도착했을 때, 눈 앞에 펼쳐진 광경을 어찌 잊을 수 있을까. 누구에게 묻기도 전에 열린 대문 사이로 문간방 툇마루에 홀로 앉아 시름없이 제 발밑만 바라보고 있는 내 아들 성준이를 발견했다. 아이는 인기척에 고개를 들었다가 나를 발견하곤 단 일 초의 망설임도 없이 맨발로 달려와 내 품에 와락 안겼다. 그 애의 입에서 "아빠!" 소리가 터져 나온 것이 신호였다. 나는 걷잡을 수 없이 쏟아지는 눈물을 주체할 수 없어서 내 아들의 이름을 불러주지도 못했다.

아버지를 단숨에 알아보는 아들, 그 아들 녀석의 얼굴에 너절하게 솟아난 부스럼과 냄새나는 머리칼이 모자의 비참한 생활을 짐작하고도 남음이 있었다. 갈퀴처럼 앙상한 두 손으로 내 어깨를 움켜쥔 채 떨어질 줄 모르는 성준이를 끌어안고 나는 통곡했다. 내 생애 그토록 찢어지는 통곡은 그 이전에도 이후에도 결코 없었다. 오열이 호흡까지 막아버려 질식할 것 같은 순간들이 지나고 나자 거짓말처럼 미혜가 나타났다.

아내 앞에서는 눈물도 꼬리를 감추었다. 그토록 다짐했건만 막상 얼굴을 대하니 불같은 원망이 나를 휩쌌다. 성준이를 먼저 만난 것이 잘못인지도 몰랐다. 내 아들이 이런 곳에서 시름에 겨워 홀로 아득한 시간을 견디고 있었다는 사실이 나를 못 견디게 했다.

미혜는 사시나무 떨듯이 벌벌 떨었다. 아마 나 역시 감정을 주체하지 못해서 온몸을 부들부들 떨고 있었을 것이다. 우리는 한동안 어떤 말도 나누지 못하고 그렇게 서 있었다. 성준이는 그새 제 엄마 옆으로 옮겨가 불안한 시선으로 우리 두 사람을 훔쳐보았다.

지금은 내가 얼마나 속이 좁고 옹졸한 인간이었는지 후회하기도 하지만 당시로써는 도저히 내가 나를 어쩔 수가 없었다. 조금만 너그럽게 굴었다면 그녀도 자존심을 숙이고 내 뜻을 따랐을지도 모

295   40세의 노트

른다. 하는 수 없는 일이었다. 나는 특별히 뛰어난 인간도 아니었고 수양을 많이 쌓은 위인도 못 되었다. 그때의 내 이성으로는 사태를 원만히 조정할 수 있는 감정의 통제가 불가능했다. 그러자니 내 어투에는 자연 격한 비난이 스몄고 그것을 감지한 미혜는 평소의 그녀답지 않게 단숨에 굴복하는 것을 결연히 거부하는 태도를 보였다.

미혜는 잃었던 돈은 곧 회수할 수 있으니 조금만 기다려 달라고 되풀이 말했다. 나는 돈 따위는 아무 상관도 없으며 문제는 당신의 마음이라고 주장했다. 오로지 돈만 중요해서 집안을 쑥대밭으로 만든 여자가 곧 당신 아니냐는 비난도 참지 않고 마구 퍼부었다. 미혜는 미혜대로 자기 입장을 설명하면서 정말 불가피했음을 강변하고 또 강변하였다.

우리는 결국 간단히 화해할 수도 있었던 마지막 기회를 놓치고 말았다. 운명을 알았다면 절대 놓치지 않았을 그 순간이 마지막이었다. 그러니 내가 바보였음이 확연히 드러나고 만다. 돈 따위는 전혀 중요하지 않다고 역설하면서도 그녀를 이해하기 위한 노력을 하지 않았다. 내가 현명했다면 돈 따위보다 훨씬 소중한 미혜를 있는 그대로 받아들였어야 했다.

하지만 나는 미혜의 터무니없는 고집에 점점 난폭해졌다. 내 판단으로는 정말이지 고집을 위한 고집이 분명한데도 돈을 받지 않으면 집에 돌아가지 않겠다는 그녀의 주장이 나를 미치게 했다. 나는 간절하게 만류하는 미혜의 눈빛을 번연히 보았음에도 자정이 가까운 시각에 그녀 혼자 남겨두고 성준이와 함께 그 집을 나와 버렸다. 당신이 그렇게 원한다면 당신 혼자 돈을 찾아서 오든지 말든지 하라고, 내 아들은 내가 책임지니 알아서 하라고, 가시 박힌 험한 말도 무수히 남겼다.

더욱 잘못한 일이 하나 더 있었다. 나는 별수 없이 옹졸한 인간이었다. 당신의 이런 태도가 결국은 내 아이 하나를 잃게 하지 않았냐고, 이제는 나와 성준이까지 이 땅에서 사라지게 할 작정이냐고, 묻어둬야 할 옛일까지 꺼냈다. 그때의 미혜 얼굴이 지금도 눈에 선하다. 벌어진 입술의 미세한 경련, 확대된 동공과 질린 낯빛으로 드러내는 경악, 나의 그 말은 그대로 칼이 되고도 남았으리라.

정말 왜 그랬는지 나도 모른다. 조금만 더 생각을 해봤으면 하지 않았어야 할 말과 행동들이 불행의 씨앗이 된다. 그때의 내가 그랬다. 그녀와 아이를 찾았으니 일은 무사히 해결된 것이라고 자만했을 수도 있다. 그래서 내가 성준이를 데리고 와버리면 목숨보다 더 가족을 사랑하는 미혜도 별수 없이 뒤따라올 것이라고 굳게 믿었던 것인지도 모른다.

미혜에 대해서, 아니 한 사람에 대해서 완전히 알고 있다는 생각만큼 어리석은 것이 또 있을까. 미혜는 곧장 내 뒤를 쫓아오기는커녕 일주일이 지나도 우리의 보금자리에 얼굴을 비치지 않았다. 그때 미혜는 적어도 최후의 배신, 부부 사이의 가장 기본적인 약속까지는 끝내 지켰기에 그처럼 꼿꼿했던 것 같기도 했다.

일이 그 지경에 이르자 이제 내가 뱉은 말이 나를 구속했다. 나는 공연히 내 말에 잔뜩 무게를 주었다. 돈을 찾은 다음에 오거나 말거나 하라고 했으므로 지금 와서 그 말을 번복할 수 없다고 생각했다. 돈 문제가 해결되면 어련히 돌아올까, 자식까지 떼놓고 돈을 찾으러 다니겠다는 여자를 무슨 수로 말릴 수 있을까. 나는 그렇게 내 미적거림을 변명하기도 했다.

미적미적 기다리며, 혼자 화를 내며, 한 달이 지났다. 한 달이 지나도록 아들 얼굴 보러 들를 생각도 없는 여자에 대해 나는 속으로

　　　　　　　　　　　　　　40세의 노트

놀라고 또 놀랐다. 나는 그사이 성준이를 종일반 유치원에 넣어두고 임시직 일자리를 얻어 새 생활의 설계를 꾸몄다. 내가 다시 그녀를 찾아갔을 때는 벌써 여름이었다. 성준이만 데려온 것이 4월이었으니 그새 두어 달이 흘러버린 것이었다. 성준이 유치원이 곧 여름 방학에 들어갈 것이므로 돌봐줄 엄마가 필요하다는 구실을 자존심 보호용으로 가슴에 담아두고 나는 안양으로 갔다.

그런데, 놀랍게도 그녀는 이미 그 집을 떠난 뒤였다. 아무도 그녀가 어디로 이사했는지 아는 이가 없었다. 그제야 나는 무언가로 호되게 뒤통수를 얻어맞은 사람처럼 번쩍 정신이 들었다. 다시는 미혜를 만나지 못할 것이란 불길한 예감은 왜 그리도 끈질겼는지, 그 공포는 나를 뒤죽박죽으로 흔들어놓았다. 나는 애가 달았다.

성준이를 장모한테 맡겨놓고 본격적으로 그녀를 찾아다니기 시작했다. 후회로 발등을 찧을 겨를도 없었다. 사람에겐 확실히 미래를 점치는 능력이 있다. 나는 그때 분명히 앞날의 불행을 온몸으로 느꼈다. 너무도 또렷하게.

나는 미혜의 행적을 뒤쫓기로는 너무 아는 게 없다는 사실을 아프게 깨달아야만 했다. 지난번 만났을 때 미혜는 마포의 윤자 언니한테 놓은 돈이 엉뚱한 곳으로 흘러갔다는 말을 잠깐 했었다. 그것 말고는 뚜렷이 떠오르는 게 없었다. 그 밖에 몇 마디, 돈을 빌려준 경위를 설명했지만 귀담아들은 것이 없어서 도움이 되지 못하였다. 그때 나는 진실로 과거의 실수에 대해선 알고 싶지 않다는 마음뿐이었다. 돈이야 어떻게 되어도 좋으니 예전의 우리로 돌아가고 싶은 마음뿐이었다.

지난 일을 시시콜콜 캐묻는 것은 내가 싫어하는 일 중의 하나였다. 나는 사랑하는 여자의 입에서 흘러나오는 변명도, 고백도 모두 거부했다. 덕분에 나는 어둠 속에 길을 잃고 던져졌다. 그래도 포기할 수는 없었다. 내가 아는 것은 마포의 윤자 언니라는 여자에게 찔끔찔끔 돈을 빌려주었고, 그 돈의 합이 6백만 원이 되었을 때 이자가 끊기고 원금 회수의 길도 막혔다는 것이었다. 새겨듣지는 않아도 곰곰 더듬어보니 다행히 몇 가지 단서가 떠올랐다.

윤자라는 여인은 파산했어도 그 여자의 사촌 형부가 돈을 책임지기로 했으니 틀림없다고 미혜는 거듭 강조했었다. 사촌 형부는 높은 직급의 실력 있는 형사라서 공무원 신분으로 절대 거짓말은 하지 않는다는 이야기도 했다. 나는 지푸라기 하나에도 희망을 걸고 문제의 윤자라는 여인을 수소문하기 시작했다. 정말 팍팍한 일이었다. 한강 백사장에서 흘린 동전 찾기보다 더 막막한 수색이었다.

또한 당장의 생계도 내가 해결해야 할 문제였다. 나 하나 입이면 모르지만 아들이 있었다. 성준이는 포천의 외가에서 밤마다 칭얼거리며 눈물로 얼룩진 얼굴을 베개에 묻고 잠들었다. 나는 정말 죽을 힘을 다하여 일하는 틈틈이 아내를 찾고, 다시 일하여 돈을 조금 만들면 아들한테 달려가는 생활을 되풀이하면서 87년 그해 가을을 어찌어찌 넘기고 있었다.

바로 그 무렵, 내가 그렇게도 찾아 헤매던 윤자라는 여인에게서 소식이 왔다. 미혜가 위독하니 급히 와달라는 전갈이었다. 어디가 어떻게 아프다는 것인지 윤자의 심부름으로 집에 온 젊은 청년은 아무것도 모른다고만 했다. 정말 기가 막힐 일이었다.

미혜는 역시 안양을 떠나지 않았다. 나는 미혜가 있다는 안양의 한 병원으로 허겁지겁 달려갔다. 얼마나 가슴을 조였는지, 이번에야말로 무조건 그녀를 용서하고 데려오겠다는 일념 하나로 병원에

40세의 노트

도착했지만 운명은 정말 우리 일에 지독히도 무관심했다. 내가 병원에 도착했을 땐 이미 모든 것이 다 끝난 뒤였다.

미혜는, 찔레꽃 향기를 좋아했던 그 여자는 나를 보지도 못하고 저 세상으로 황급히 떠나버렸다. 나는 마침내 그녀를 찾아냈으나 그녀는 이미 따뜻한 손도, 붉은 입술도, 부드러운 가슴도 모두 반납한 채 싸늘하게 누워 있을 뿐이었다. 그 싸늘함을, 그 주검을, 나는 도저히 인정할 수 없었다. 애타게 그녀의 이름을 부르고 또 불렀건만 미혜는 눈을 뜨지 않았다. 죽을 듯이 몸부림치며 식은 가슴을 문질렀어도 심장의 고동 소리는 더 이상 들려오지 않았다.

결국 나는 그녀의 죽음을 인정했다. 나는 그녀의 가슴에서 손을 떼고 몸을 일으켜 주위를 둘러보았다. 미친 시간이 지난 후 나는 눈물을 거두었다. 너무 기가 막히면 그렇게 되는 것일까. 오히려 내 눈에서는 뜨거운 불이 팍팍 쏟아졌다. 모두 내 시선을 피하느라고 고개를 돌렸다.

나는 고통에 일그러진 내 여자의 납빛 얼굴을, 허공을 움켜쥔 채 끝끝내 펴지 않았던 내 사랑하는 여자의 피맺힌 손톱을 두 눈 똑바로 뜨고 바라보았다. 그녀의 모든 것을, 이 세상의 마지막 모습을 나는 남김없이 내 가슴에 담아두었다. 스스로 목숨을 끊을 결심이었으면서도 최후에는 살고 싶었던 것일까. 미혜의 마지막 표정은 살려달라는 애원으로 가득해서 정말 두 눈 뜨고는 못 볼 형국이었으나 나는 눈을 부릅뜨고 그녀의 모습을 가슴에 담았다.

미안해요. 내가 바보였어요. 나는 너무 잘 속아요. 사람들을 너무 믿다가 이 꼴이 되었어요. 하지만 정말 억울해요. 당신한테는 정말 미안해요. 우리 성준이에게도 미안해요. 정말 미안하고 또 미안해요.

바보 같은 여자. 마지막 남긴 그 짧은 글에 무려 다섯 번이나 미안하다는 말을 적어놓은 여자. 사람들이 가만 내버려 두었다면 언제나 꽃처럼 아름다웠을 내 아내. 운명이 희롱하지만 않았다면 지금도 내 옆에서 햇살처럼 눈부시게 서 있을 내 아들의 엄마.

아내를 화장시켜 한강에 흘려보낸 뒤, 나는 윤자라는 여인에게서 자세한 이야기를 들었다. 하지만 그 추악하고 음흉한 사건을 시시콜콜 털어놓을 생각은 조금도 없다.

털어놓은들 또 무엇 하겠는가. 우리가 노상 보고 듣는 인간의 가증스러움 이외 당신들이 새삼 전율하며 언성을 높일 특별한 사건도 아니니까. 하나 마나 한 귀하신 말씀 몇 마디와, 당한 자의 부주의함을 질타하는 논평으로 간단히 마무리될 일상적인 사건 중 하나일 뿐이니까.

한 여자가 교묘한 속임수에 걸려 남편이 해외 취업으로 보내준 돈을 털리고 나중에 몸까지 유린당해 돌아갈 곳을 잃고 말았다. 남은 일은 스스로 목숨을 끊는 것뿐일 테고 그 여자는 그렇게 했다. 이런 이야기는 너무 흔해 당사자 외에 아무도 놀라지 않는다.

내가 이를 갈며 분노했던 것도 바로 이 사회의 치 떨리는 무심함이었다. 내게 닥친 일이 아니면 십 초 안에 망각 속으로 사라지고 마는 얼음장 같은 세상, 악덕에 대한 면역성, 그 지독한 불감증을 하나하나 겪으면서 나는 내가 할 일을 찾아냈다. 내 아내를 죽게 한 범인을 단죄할 사람은 나밖에 아무도 없었다.

미혜의 죽음에서 빠르게 벗어날 수 있었던 것도 모두 그 덕분이었다. 처음에는 복수의 일념만이 내 삶의 목적이었다. '복수'라는 단어는 지금도 불편하지만, 그리고 정녕 복수로 다 사라질 상처도 아니었지만, 반드시 되갚아주고야 말겠다는 불타오르는 적개심이 아

40세의 노트

니었다면 나는 다시 일어설 수 없었을 것이다. 일단은 일어서는 것이 중요했다.

시간이 흐르고 서서히 마음을 다잡기 시작한 뒤로는 복수에 사로잡힌 내가 부끄럽지도, 불편하지도 않았다. 이 복수가 단순히 미혜에게만 바쳐지는 개인적 사건이 아니라는 것을 깨닫고 난 후에는 좀처럼 오지 않을 것 같던 정신의 안정도 되찾을 수 있었다.

나는 그날부터 지금까지 꾸준히 이 복수의 질을 높이는 작업에 내 온몸을 바쳐왔다. 내가 원하는 것은 복수 이상의 그 무엇이었다. 그 길을 모색하는 것만이 내가 세상에 패배하지 않고 살아남을 수 있는 유일한 방법이었다. 또 그 길만이 마지막으로 시도해볼 가치가 있는 내 존재의 완성이라고 생각했다.

미혜를 죽음에 몰아넣은 사람은 윤자라는 이름의 여인이 아니었다. 알고 보니 그 여자도 피해자였다. 미혜가 윤자 언니의 사촌 형부라고 알고 있었던 '임용출'이라는 형사가 바로 내 표적이었다. 사촌 형부라는 것은 거짓말이었고 그 작자는 한때 정부였던 윤자를 미끼 삼아 계획적으로 미혜를 노렸다.

"그 인간이 가게 하나를 내주었지요. 일식 전문인 음식점이었는데 처음부터 적자 운영이었어요. 간신히 가게만 차려주었달 뿐 그 사람한테 더 도움받은 건 없어요. 오히려 이것저것 뜯기기만 했지요. 장사는 안되고, 종업원들 월급이랑 재료비는 자꾸 밀리고, 그러니 닥치는 대로 빚을 얻어 가게에 넣을 수밖에 없었네요. 나중에 얼마가 되든 빚 다 갚아주겠다고 그 인간이 늘 장담했고, 정 안 되면 가게 보증금도 있으니 그걸로 우선 미혜 돈은 갚을 수 있겠다 그리 생각했었지요."

미혜는 이자 받는 재미에 서너 번에 걸쳐 6백만 원을 윤자에게 빌려주었다. 피가 나게 모은 돈이었다. 윤자는 만약을 위해 매번 임 형사가 보는 앞에서 미혜의 돈을 받았다. 실제 채무자가 임용출이 란 전달도 분명히 했고 미혜는 그가 공무원 신분이라는 것만 철석같이 믿었다.

보지 않아도 뻔한 일이었다. 결국 윤자는 일식집에서 손을 뗐다. 믿었던 가게 보증금은 임 형사 손으로 넘어가 다시 돌아오지 않았다. 다그치면 곧 해결하겠다고 큰소리만 요란했다.

"나는 정말 그때 돈 문제에서 완전히 손을 뗐어요. 내 돈은 갚지 않아도 좋으니 미혜 것부터 해결하라고 했지요. 미혜도 그 사실을 다알아요. 그 작자 역시 미혜 돈만큼은 꼭 해결해주겠다고 그랬어요."

그 와중에 내가 귀국했다. 미혜는 내가 끼어들면 일만 복잡해지겠다는 판단으로 집을 나갔다. 잠깐이면 모든 일을 해결하고 돌아올 수 있다고 믿었겠지만, 임용출은 그렇게 호락호락한 인물이 아니었다.

미혜는 걸려도 몹시 더럽게 걸렸다. 이후 그 작자가 보여준 짐승 같은 행동을 나는 도저히 기록할 수 없다. 그것을 다, 모두, 빠짐없이 진술하라는 것은 지독한 고문이다. 윤자에게 이야기를 들을 때도 그랬고 나중에 그 작자를 찾아다니며 일일이 확인을 하면서도 나는 매번 피가 거꾸로 솟는다는 말을 절실하게 실감했다.

"한 일 년 혼자 살아보려고 무진 애를 썼지만 팔자가 더러운지 되는 게 없었어요. 일식집 때려치우면서 그 작자하고도 완전히 끝내려고 했는데 어쩌다 보니 일 년 만에 다시 그 사람하고 관계가 이어졌어요. 안양에 술집을 냈다고, 좀 도와달라고 그러대요. 그때 보니미혜가 여태도 돈을 못 받고 집에도 못 들어가고 있더라고요. 내 책임도 있어서 다른 식당에서 일하느니 주방일이나 도우면서 같이 힘

써보자고 그 애를 불러들였어요."

미혜는 착한 여자였다. 임 형사의 호언장담에 속아 장사만 순조
로우면 설마 돈을 안 주랴 싶어서 몸을 아끼지 않고 주방 일을 도왔
다. 그렇게 하고도 남을 여자였다. 제 몸 아끼지 않고 일해서 기껏
그 작자의 배만 채워주었을 미련한 여자.

그 무렵에 내가 안양의 그녀를 찾아낸 것이었다. 나와 성준이를
그렇게 보낸 뒤 바짝 애가 단 미혜는 그때부터 제정신이 아니었다
고 했다. 옆에서 보기에도 지독할 만큼 임 형사한테 매달려 채근을
거듭하더라고 했다. 윤자의 말대로라면 임 형사는 집요한 미혜의
추궁에 시달리다 못해 입막음으로 그 짓을 꾸민 것이 틀림없었다.
일은 마구 헝클어지기 시작했다. 끝없는 거짓말의 반복, 끔찍한 협
박과 폭력에도 포기하지 않은 미혜에게 잘못이 있다고 말할 수 있
는가. 이 더러운 일의 책임을 미혜 홀로 지는 것이 옳다고 할 수 있
는가.

미혜는 걷잡을 수 없는 길로 들어섰다. 임 형사 주변의 모든 이
들이, 그녀가 일하던 술집의 종업원들은 더욱 확실히, 미혜가 그의
'노리개'였다고 말한다. 그것도 무료봉사하는 천덕꾸러기 노리개로
전락했다고 증언한다. 증언의 자세한 내용은 듣자마자 바로 철저히
봉함했다. 그 뚜껑을 열 때는 지금이 아니다. 그날, 그날에 연다, 기
필코.

그 개새끼는 돈을 받아 가정으로 돌아가야 한다는 미혜 삶의 지표
를 뭉개고 짓밟았다. 어쩌면 그놈은 뭉개고 짓밟을 때마다 터져 나
오는 미혜의 처절한 비명과 고통의 신음을 즐겼을 것이다. 그 작자
의 지난 행적이 하나둘 드러날 때마다 내 추측은 더욱 견고해졌다.

더욱 가관인 것은 미혜였다. 바보 같은 내 아내는, 나의 여자는,

그럼에도 악착같이 돈만큼은 포기하지 않았다. 미혜가 그 수모를 다 견딘 것은 모두 나 때문이라고 윤자는 말했다.

"그 돈은 자기 것이 아니라고, 성준이 아빠가 피땀 흘려 번 돈이니 죽는 한이 있어도 그 사람에게 돌려줘야 한다고 그랬어요."

그리고 6월 항쟁이 터졌다. 그 작자 눈치가 이상해졌다. 여름 내내 안절부절못하며 기가 죽어지내다가 그 여름이 채 가기도 전에 슬그머니 사라졌다.

"나에게 맡겼던 술집도 감쪽같이 팔아 치웠어요. 나도 잘은 모르는데 그 작자가 고문해서 폐인 된 대학생도 여럿 있나 봐요. 도둑이 지 발 저리다고 미리 사표 내고 줄행랑을 놓은 거지요. 형사 짓도 더는 못할 형편이었대요. 하긴 민주화가 되었다고 세상이 시끌벅적할 때부터 똥줄이 타는 표정이었으니까요."

미혜는 완전히 실의에 빠졌다. 이제는 매달릴 남자도 없었다. 행적이 묘연했으니까. 게다가 그토록 믿었던 공무원 신분이라는 것도 무효가 되어버렸다. 어리석고 착한 내 아내가 그 상황에서 죽음을 떠올린 것은 너무나 당연했는지 모른다. 나락에 떨어진 자신과 비교하면 흠결 하나 없이 깨끗한 남편, 아무리 생각해도 그런 남편 앞에 나설 자신이 없었다. 그녀는 마지막까지도 아무 소용없는 그 미련한 계산에서 벗어나지 못했으리라.

"미혜한테는 정말 할 말이 없어요. 제가 죽을죄를 지었어요. 진짜 입이 열 개라도 할 말이 없네요. 어떻게든 집으로 돌려보내려고 저도 애를 썼는데……."

윤자라는 여인이 거짓말하는 것 같지는 않았다. 자기가 가진 것 전부라며 돈 얼마를 내놓기도 했는데 물론 나는 그 돈을 받지 않았다. 미혜도 가고 없는 지금, 나까지 그 돈에 끼어들 마음은 추호도 없었다. 다만 한 가지, 그녀에게 다짐한 것은 있었다.

"그 작자가 나타나거든 바로 내게 연락을 주시오. 소식을 듣더라도 곧장 내게 연락을 주기 바라겠소. 당신이 진정 미혜를 가엾이 여긴다면 꼭 그렇게 해주시오. 부탁이오."

윤자는 내 당부를 저버리지 않고 나중까지 성실하게 도와준 여자였다. 장모마저 세상을 떠난 뒤에는 때때로 갈 곳 없는 성준이를 돌봐주기도 했다. 지금은 나이 많은 남자의 후처로 들어가 그럭저럭 안정된 생활을 하고 있는데 서른셋의 나이로 원통하게 목숨을 끊은 우리 미혜에 비하면 복이 많은 여자였다.

미혜는 그렇게 갔다. 더럽고 추악한 밤의 사나운 발톱에 할퀴고 짓밟혀서 홀로 세상을 떠났다. 이 지구상에 나와 성준이만 남겨놓고 다른 별로 영영 옮겨가 버렸다. 그러나 나에겐 절망할 시간도 없었다. 그렇게나 찾아다녔던 미혜는 죽어서 내 앞에 나타났지만 찾아내야 할 사람이, 꼭 찾아야 할 사람이 다시 생겼기 때문이었다.

이제 복수가 시작되었다. 고마운 일이었다. 그 목표가 없었다면 나 또한 미혜 뒤를 따랐을지도 모른다. 죽음만큼 편안한 휴식이 어디 있겠는가. 그 무한한 정적, 떨림 하나 없는 은둔. 나는 때로 먼 하늘을 보며 미혜에게 속삭이곤 한다. 여보, 그곳은 평화로운가. 당신도 평안하신가…….

먼 하늘 다른 별에 사는 미혜의 평화가 부러울 때도 있었다. 임가 뒤를 캐고 다니는 내 삶에 평화 따위는 없었다. 들끓는 분노, 깊은 밤의 소름 끼치는 탄식, 그리고 허허로운 빈 가슴만이 내 것의 전부였다. 하지만 시간이 흐르면서 점차 나는 고요해졌다. 지층 저 깊숙한 곳에 무섭게 이글거리는 불꽃을 감춘 채 겉으로는 평온한 저 휴화산의 위태로운 고요함이었다.

미혜가 죽고 난 뒤의 내 삶은 돌아볼 필요도 없다. 이 말은 하등의 후회도 원망도 없다는 뜻이다. 나는 미혜 대신 살았을 뿐이다. 앞으로도 미혜가 하고자 했던 일을 내가 할 것이었다.

그녀를 생각하면 때로 미칠 듯한 후회에 가슴이 터지는 것 같았다. 나는 마땅히 해야 할 일을 성실히 하지 않았다. 전력을 다해 그녀를 사랑하지 않았다. 그래서 내가 그녀를 망치고 말았다. 나는 그녀가 살아 있다는 것에 만족할 줄을 몰랐다. 그보다 더 중요한 것이 있는 줄 알았다. 사랑하는 사람이 살아 있다는 것 말고 더 중요한 게 무언가.

나는 임가를 통해 내가 딛고 사는 이 땅의 사회적 지형을 확실하게 파악했다. 비로소 이 사회의 갖가지 풍경화 속에 원근법으로 표시된 개인의 위치를 읽어낼 수 있게 된 것이다. 내가 임가의 악덕을 채집하는 동안 만난 사람들은 무수히 많았으나 진심으로 나를 도운 자는 거의 없었다. 모두 고개를 젓고 입을 다물었다. 사람들은 아직도 그 작자를 두려워했다. 가장 정직하다는 사람들조차 침묵하였다.

세상이 바뀌었다고 하나 협잡은 여전히 계속되었다. 달라진 것이 있다면 거래가 보다 은밀해졌다는 것뿐이었다. 나는 보다 적극적으로 세상 돌아가는 일에 관심을 보였다. 신문도 열심히 읽었다. 그러나 혐오감만 짙어졌다. 사람들의 언어는 나날이 교활해지고 있었다. 신문 어디에도 순결한 언어는 없었다.

나는 그때까지도 인간의 저 위대한 정신이란 것을 믿고 있었으나 오래지 않아 생각을 바꾸었다. 정신 따위는 협잡에 금방 오염되었다. 세상은 곳곳이 함정이고 허방이었다. 믿을 것은 내 자신뿐이다. 누구도 나를 대신할 수 없다. 나는 점점 변하고 있었다.

40세의 노트

나는 더욱 명료하게 내 생의 목표를 주시할 수 있었다. 단지 나와 미혜만을 위한 복수로 축소될 뻔했던 생의 목표는 훨씬 확대되었다. 나는 순순히 변화를 받아들였다. 나는 피하지 않을 것이다. 내가 할 수 있는 일이면 무엇이든 하고야 말겠다. 나는 이 추악한 세계를 거부한다. 그래서 임가의 뒤를 쫓는다. 오직 그것뿐이다.

임가의 행동반경은 생각보다 넓었다. 꼬리도 여간 짧지 않았다. 잡았는가 하면 어느새 사라지고 보이지 않았다. 역시 민첩하고 교활한 인간이었다. 성준이와 함께 먹고사는 문제부터 해결하면서 작자의 뒤를 쫓는 데에는 한계가 있었다. 나는 별수 없이 아들과 헤어져 지낼 결심을 하였다.

성준이는 아버지가 있는데도 수녀들이 봉사하는 고아원에서 살게 되었다. 내가 교회나 성당 건물의 신축 공사장에서 일했던 것이 인연이 되어 환경이 그런대로 괜찮은 고아원을 선택할 수 있었다. 대신 녀석은 녀석대로, 나는 나대로 밤마다 허공을 할퀴며 베갯잇을 적시는 고통을 겪는다. 지금까지도 그렇게 살고 있다.

내 아들 성준이에 대해서 말할 때가 내게는 가장 괴로운 순간이다. 그 애는 아버지와 살고 싶어 날마다 고아원을 탈출할 계획을 세운다고 했다. 때로는 진짜 실행에 옮길 거라며 나를 협박하기도 한다. 하지만 그 애는 영영 나와 함께 살지 못할 것이다. 그 생각을 하면 가슴을 도려내듯이 아프다. 어떤 날은 모든 것을 다 팽개치고 아버지로 돌아가 그 애 곁에서 살고 싶기도 하다. 그 애가 나를 이해해주길 기대하는 것은 어리석다. 그 애는 너무 어리니까.

나는 일찌감치 황에게 성준이를 부탁했었다. 내게 무슨 일이 일어나면 황이 성준이를 보호해줄 것이다. 황은 내게는 과분한 친구다. 나는 황은 믿는다. 성준이 외에 내 삶에 거리낄 것은 없다. 내가 천하에 의지할 곳 하나 없는 외톨이라는 점도 그나마 다행한 일이 아닐 수 없다.

점점 때가 오고 있다.

나는 그 작자의 꼬리를 보았다. 임가는 여전히 거들먹거리며 잘 살고 있다. 나는 그 작자가 타고 다니는 차를 몇 번 보았다. 그가 서울에 오면 어느 술집에 가는지도 알고 있다. 임가와 대면할 날도 멀지 않다. 그것을 나는 온몸으로 느끼고 있다. 그럴 때면 움켜쥔 손등의 힘줄이 불거지고 머리칼 한 올 한 올이 뻣뻣하게 일어선다. 그날이, 기다리던 그 날이 저만치 앞에 있다.

이제 이 노트를 끝내야 할 시간도 다 된 것 같다. 내 나이 40세, 얼마든지 생의 손익계산서를 만들어볼 나이다. 나는 길고 지루한 꿈을 꾸었다. 악몽은 쉽게 부서지지도 않는다. 내 가위눌린 인생에 대해선 서글픔밖에 느껴지지 않는다. 그런데 노트까지 필요했던가. 나는 태어났고 주어진 시간을 애써 견디다 죽을 뿐이다. 그밖에 무슨 약속이 더 있었던가. 아무것도 없다.

나는 갑자기 이 노트를 찢어버리고 싶은 충동에 사로잡힌다. 끝내 변명을 남기고자 하는 정신의 천박함을 못 견디겠다. 그러나 기다려보기로 한다. 삶에 대한 변명도 만들어냈으니 노트를 위한 변명인들 못 만들까.

나는 이 노트에 헛된 탄식만을 적지는 않았다. 탄식이 탄식만으로 끝난다면, 대체 그 고통에 무슨 의미가 있겠는가. 적어도 나는, 아무 일도 없었다는 듯이, 감쪽같이 지난날을 잊었다는 듯이 살지는 않았다. 또 나는 현실을 피하고 뒤로 숨을 생각도 하지 않았다.

나는 당당하게 악과 대면하여 싸울 것이다. 내가 할 수 있는 일은 내가 한다. 곪아 터진 것은 째야 하고 썩은 것은 내다 버려야 한다.

40세의 노트

나이 40세에 이르러서야 나는 겨우 그 간단한 진실을 깨달았다. 한 평생을 살면서 인간은 대체 몇 가지나 터득하고 떠나는가. 40세에 겨우 하나를 깨달았을 만큼 내 삶은 오류투성이였다.

마침내 시간이 다 되었다. 먼 데서 때를 알리는 자명종이 울리고 있다. 빨리 멈춤 단추를 눌러야 저 쟁쟁한 울음을 그치게 할 수 있다.

나는 오늘 그 작자가 사는 집을 알아냈다. 두 번 세 번 확인했지만 틀림없었다. 그 작자의 얼굴도 먼발치서 보았다. 대문까지 마중 나온 그 작자의 피둥피둥 살찐 아내도 보았다.

그 작자도 많이 느슨해졌다. 꼬리를 감추는 일에 종종 게으름을 부린다. 행여 했지만 뭐 별일도 없더라는 그 작자의 자신감을 내 눈으로 보는 듯하다. 그 거들먹거림, 노회한 술수, 세련된 협잡이 슬슬 내 그물망 안으로 들어온다.

기다려라. 때가 되었다. 나의 준비도 끝났다.

아쉬운 게 있다면 단 하나, 너의 그 가증스러운 삶의 길이에 비하면 속죄의 고통을 맛볼 최후의 순간이 너무 짧다는 것이다.

6.

장마

○

끈끈하다. 어디를 만져도 손에 물기가 묻어난다. 습기 먹은 축축한 옷자락이 조심성 없이 몸에 감겨오니 자꾸 짜증이 솟는다.

오늘도 비는 줄기차게 쏟아진다. 검은 구름장은 지금이라도 추락해버릴 듯 제 무게를 감당하지 못하고 있다. 세상 전체가 모두 위태위태하게 보인다. 길도, 담벼락도 물기로 번들거리는 얼굴을 쳐들고 음산한 콧노래를 부르는 듯하다. 불행의 전주곡 같은.

축 늘어진다. 방바닥에 누웠다가 일어나면 찌익, 기분 나쁜 소리가 나고 화장실 문을 열면 역한 냄새가 진동했다. 비가 세상을 지배하고 우리는 그저 숨죽여 견디는 중이다.

장마는 길고도 지루했다. 나성여관 곳곳에 곰팡이가 번졌다. 집 전체가 그대로 거대한 곰팡이로 보일 정도다. 눅눅한 이부자리들은 솜 대신 자갈을 넣은 듯 무겁기 한량없고, 낡은 홈통은 중간중간에서 물벼락을 쏟아내고, 하수구는 걸핏하면 막혀 부엌을 시궁창으로 만들어버린다.

장마와 함께 나성여관은 손님이 뚝 끊겼다. 내실 쪽의 안채는 늘 텅텅 비었고 특실을 드나드는 시간 손님들이 겨우 손금고 밑바닥에 지폐를 깔아준다. 손님이 끊긴 이유가 장마 탓만은 아니다. 진짜 이유는 다른 데 있지만, 그것을 입 밖에 내어 말하는 사람은 아무도 없다. 도저히 이겨낼 수 없는 적, 상대가 되지 않는 거대한 적을 만나면 잠자코 입을 다무는 것이 낫다. 이웃에 새로 문을 연 '목화장'은 바로 그런 상대였다.

목화장은 보라색 타일로 외벽을 치장한 신축 3층 건물이다. 나도 들어가 보고 싶은 충동을 느낄 만큼 멋지다. 실제로 나는 은근슬쩍 현관을 통과해 안을 들여다보고 나온 적도 있다.

나성여관이 적막에 싸여 있을 때 목화장 앞에 가보면 창마다 불이 환하고 사람들이 분주하게 들락거렸다. 어머니는 어느 날 소리 없이 외출했다 돌아와 나성여관 현관 위에 부적 한 장을 붙였다. 한 번도 하지 않던 일을 마침내 어머니는 하고야 말았다.

그럴 만도 했다. 누나의 가출에 목화장의 개업, 그리고 기가 막히게도 아버지까지 사건을 일으켰다. 지난달 내내 우리 집은 그 문제로 낮이고 밤이고 어머니의 폭언에 시달려야만 했다. 아버지는 아버지대로 두 손을 동원하고도 모자라 발바닥까지 비벼대며 용서를 구하느라고 애간장이 타서 얼굴이 다 시커멓게 변했다.

아버지가 어떤 일을 저질렀는지를 말하려면 나는 속부터 느글느글해진다. 미리 말해두지만 나는 이런 일에는 결코 아버지 편을 들 수가 없다. 내가 때때로 아버지 역성을 드는 것은 아버지의 그 짓을 옹호해서가 아니라 아버지의 박살 난 자존심이 하도 처참해서다.

하기야 사건의 내막도 나는 잘 모른다. 알고 싶지도 않다. 아버지의 숨겨놓은 여자가 큰길 입구의 화장품가게 아주머니라는 것을 안 이후로는 그 집 앞을 지날 때 숨도 크게 쉬지 않았다. 고개 한 번 돌리지 않고 단걸음에 지나쳐와서는 막힌 숨을 뚫어주는 큰 호흡을 하곤 했다. 그럴 때면 조금은 쓸쓸하고 외롭다는 기분이 들었다. 뭐랄까, 별수 없이 옷자락에 오물을 조금 묻힌 기분이라고나 할까. 별수 없이, 라는 말은 아주 의미심장하다. 나는 이제 체념이나 포기에도 익숙한, 그럴 수밖에 없는 나이임을 시인한다는 뜻이 그 말 속에 담겼다.

정말 그렇다. 요 몇 달 사이 나는 많이 달라졌다. 나는 이미 예전의 내가 아니었다. 때때로 그 사실을 스스로가 확인하며 놀란다. 그 첫 증거로 나는 몹시 말수가 줄었다. 말을 한다는 사실 자체가 두려웠다. 이 이야긴 나중에 하기로 하자. 나에 관해 설명하는 일도 요즘은 자꾸 쑥스럽다.

아버지가 화장품가게 여주인과 올봄부터 깊은 관계였다는 사실이 밝혀진 것은 순전히 아버지의 부주의가 부른 결과였다. 아버지는 그런 사람이었다. 무엇 하나 제대로 해내는 일이 없다. 그러면서 심심치 않게 일을 만들어낸다. 하기야 그런 점에서는 나와 비슷하다.

아버지는 우연히 들른 화장품 외판원 아주머니와 어머니가 나누는 대화에 끼어들었다가 사달을 일으켰다. 물론 어머니는 화장품이라면 누나가 간혹 사주는 것 이외 자기 손으로는 로션이나 겨우 고르는 수준이었다. 화장품의 그 다양한 기능과 용도에 깜깜무소식인 어머니와 살면서 아버지가 화장품에 대해 정도 이상의 것을 알고 있다면 확실히 문제가 있는 게 아닌가.

아버지와 외판원과의 대화가 물 흐르듯 진행하는 것을 지켜본 어머니는 외판원이 가고 난 뒤 발톱을 치켜세웠다. 그렇지 않아도 얼마 전 아버지가 가루분 한 통을 사다 준 것이 늘 미심쩍었던 어머니였다. 아버지는 중언부언 알리바이를 내세웠지만 어머니의 발톱이 허공만 할퀴고 끝날 턱이 없다. 당장에 복덕방으로 전파상으로 쫓아다니며 대략 넘겨짚다가 사실을 알아냈다. 아버지 친구 중 제일 속이 무른 쌀집 아저씨가 첫 순서로 실토했다.

"난 몰랐어요, 내가 제일 나중에 알았으니 말리고 타이르고 할 계제도 아니었고."

이 말이 결정적이었음은 두말할 것도 없다. 어머니의 실력을 누가 당할 것인가. 없는 죄라도 불어야 할 판인데 저지른 짓을 어찌 감출 것인가. 그다음부터 부적이 붙던 날까지가 꼬박 한 달이었다. 정말 시끄럽고 괴로웠던 한 달이었다.

덕분에 소득이 있기는 했다. 그년 머리칼을 다 쥐어뜯고 말겠다느니, 지금 당장 나가서 그년하고 살라느니, 그년 남편한테 일러서 간통죄로 처넣어 버리겠다느니, 별의별 살벌한 말들이 오고 가는 와중에 나는 슬쩍 내 실속을 챙겼다.

"그만 좀 하세요. 어머니 아버지 때문에 올해도 난 글렀어요."

이것이 내가 던진 미끼였다.

"오냐. 집안이 요 모양 요 꼴인데 대학은 가서 뭐 허냐?"

어머니는 잘도 미끼를 물었다.

"좋아요. 학원이고 뭐고 다 때려치우고 말겠어요. 대학은 가서 뭐 해요."

나의 능숙한 연기에 대응하여 어머니는 한 박자를 더 높였다.

"네 맘대로 해, 이 망할 놈의 새꺄! 장사도 안 되는데 학원비라도 아끼면 나야 백 번 조오치. 잘 헌다. 애비는 기집질에 딸년은 화냥질, 아들 녀석 하나는 데모꾼에, 하나는 멍텅구리, 꼴들 조오타!"

이렇게 해서 내 문제는 얼결에 해결되었다. 어머니야 설마 했겠지만 나중에라도 들이밀 핑곗거리로는 충분하다. 그때부턴 학원에 가는 척 아침마다 집을 나설 필요가 없었다. 나는 보란 듯이 방에서 뒹굴었다. 이번 달 학원비도 나는 입 밖에 꺼내지 않고 있다. 어떻게든 살 방법은 있을 것이다. 인간 진우연의 품위 유지비 때문에 좀 곤란하긴 하겠지만 지내다 보면 방법이 또 생길 것이었다.

아버지의 불장난도 일단 해결이 되었다. 다시는 그 여자를 만나지 않을 것이며 이후에는 절대로 이런 불상사가 없도록 하겠다는 아버지의 애걸복걸 덕분이었다. 그다음에 등장한 것이 부적이었다. 어머니가 아버지 사건으로 꽤나 충격을 받았음은 부적으로 증명이 되고도 남았다. 어머니도 그냥 붙이기가 민망했던지 한 마디 토를 달긴 했다.

"니 누나는 동쪽에 있고 도연이 그 새끼는 북쪽에 있단다."

참, 그런 말은 나도 하겠다. 그렇지만 한 가지 유의할 점은 있었다. 어머니 말 속엔 돈을 훔쳐 달아난 형을 이제는 용서하겠다는 뜻이 분명 담겨 있다. 형이 어디 있는지 점쟁이한테 물었다는 사실이 그걸 증명한다. 말하자면 이제는 예전처럼 집에 돌아와 있는 정도쯤은 묵인하겠다는 발언인 것이다. 나는 이 사실을 형과 내가 편지 교환 장소로 쓰고 있는 책방에 쪽지로 급히 알렸다.

'청신호! 어머니가 마음을 움직였음. 돌아와도 구타나 추방은 없을 것으로 짐작됨. 집이 너무 쓸쓸하니 형이 돌아왔으면 좋겠음. 우연.'

그러나 연락은 아직 없다. 책방에 들러보니 형의 전화가 왔기에 그 쪽지를 읽어주었다는 말만 전해주었다. 웃기만 하고 대답은 없었다는 책방 주인 말이 좀 섭섭했다. 형은 정말 집을 잊었나. 아니, 형은 집 따윈 생각도 안 하나……

학원 수강을 포기한다는 공개발표가 있은 뒤부터 지금까지 나는 한 번도 어머니에게서 정다운 말을 들어본 적이 없다. 이 새꺄, 저 새꺄는 보통의 언어이고 이젠 숫제 모든 대화가 욕설로 시작해서 욕설로 끝났다. 오죽하면 뽕짝아줌마가 다 나섰을까.

"아이고오, 왜 그리 입이 험하다요? 자슥이라곤 인자 하나밖에 없는디 으째 저리 구박이 심할꼬. 늙어갖고 받아줄 자슥 없어 떠돌면서 후회하지 말고 좀 참으시오, 잉?"

"후회? 후회 같은 소리 하고 자빠졌네. 서방 복 없는 년이 자식 복은 무슨. 말년에 효도 받으려고 지금부터 새끼들 비위 맞추고 살아? 난 그리 못해. 흥. 서방도 자식도 다 소용없어. 늙어 죽을 때까지 난 내가 벌어 내 입 해결할 테니 그 쓰잘 디 없는 걱정일랑 하지를 말라고."

그런 나날 속에서 내게 힘이 돼주는 사람은 역시 찌르레기 아저씨였다. 일이 많다며 자주 방을 비웠지만 돌아올 때는 잊지 않고 내 방부터 찾아준다.

나는 물론 순백의 노트를 훔쳐본 사실에 대해 계속 함구하고 있다. 노트의 내용이 단순한 일기만 같아도 이처럼 께름칙하게 무언가를 담아놓고 견디지는 않았을 것이다. 하지만 노트의 내용이 너무 엄청났다. 사실대로 말하면 그 노트가 내게 주는 두려움은 말로 표현하지 못할 만큼 대단하다. 오늘까지도 나는 노트의 그 마지막 부분을 떠올리면서 진저리를 친다.

처음 얼마 동안은 밤마다 악몽을 꾸었다. 입에 피를 흘리고 있는 사람들, 야산으로 도주하는 범인의 등에 대고 총을 겨누는 경찰의 모습, 가끔은 깊고 푸른 물속에 둥실 떠 있는 시체의 모습도 나타났다. 악몽을 견딘 다음에는 분석이 뒤따랐다. 노트가 끝난 시점에서부터 오늘에 이르기까지 아저씨의 행동과 표정을 면밀하게 분석했다. 그 결론은, 아직은, 다행히 오늘까지는, 그 일이 실행되지 않았다는 것이었다.

의심 가는 날이 있기는 했다. 지난 늦봄의 어느 밤, 그러니까 내가 노트를 읽기 직전의 어느 밤중에 일어난 그의 발작 비슷한 행동은 어떻게 설명할까. 추리해보면 그날의 모습도 분석이 가능하기는 했다.

즉, 그날 찌르레기 아저씨는 일차 공격에 실패하였다. 흔적을 발견하고 달려가 기회를 노렸으나 마음의 동요로 실패하고 그냥 돌아온 것이다. 그래서 자신에게 혐오감을 느끼고 밤새 몸부림쳤다. 이 추리는 사실 무리가 없다. 누구라 한들 그 엄청난 일을 한 번에 성공시킬 것인가. 1차 시도, 2차 시도, 어쩌면 일고여덟 번의 실패가 뒤따를지도 모른다.

하지만 난 요즘이 특히 불안하다. 불안할 정도가 아니라 숨이 막힌다. 내가 불안해하는 까닭은 바로 이 지긋지긋한 장마 때문이다. 장마 동안 아저씨는 확실히 표정이 달랐다. 한 차례 집중호우가 쏟아지고 일기예보에서 장마 시작을 알릴 때 아저씨는 기다렸다는 듯이 집을 이틀 비웠다. 그 이틀을 내가 어떤 기분으로 뭉개고 있었는지 진정 말로 표현하기 어렵다. 이틀 후 그가 내 방을 노크했을 때는 그의 얼굴이나 옷에 핏방울이 묻었는지부터 살폈다. 핏방울은 없었지만 아저씨 표정은 정말 어둡고 음산했다.

그 뒤에도 아저씨가 집을 비우는 날이면 밤마다 공포에 떨었다. 이건 정말 지독한 고문이었다. 내 얼굴은 핼쑥해졌다. 누나를 찾아다니는 일도, 보라를 만나는 일도 나는 다 중단해버렸다. 도저히 이런 정신상태로는 거리에 나갈 자신이 없다. 때로 나는 내가 어떤 일을 무지무지하게 기다리고 있다는 느낌에 빠져 소스라치게 놀라곤 하였다. 나는 과연 그 일을 기다리고 있는가. 그 일이 어떤 일인지 잘 알면서도 무작정 기다리고 있는 이 태도는 또 무언가.

나는 이 기다림에 시달려 하루하루 야위어갔다. 내가 밥 먹고 하는 일은 신문 읽기 외엔 없었다. 조간이란 조간은 모조리 사서 읽고 석간도 나오기 무섭게 샀다. 사회면은 물론이고 혹시 몰라서 사건 기사는 남김없이 주의 깊게 읽었다. 나는 어느 날 내가 신문에서 읽게 될 기사의 내용을 미리 환히 외고 있을 정도였다. 그 기사를 읽게 되는 날, 나는 어떤 태도를 취해야 할까. 현장에서 범인이 잡히지 않을 경우에 대비해서 내가 취할 태도로 옳은 것이 무엇인지 미리 결정해야 한다는 게 내 생각이었다.

장마는 계속되고 내 끔찍한 기다림은 끝이 나지 않았다. 아저씨의 노트에서 읽은 대로 때가 다 되었다는 절박함, 시기가 임박했다는 불안감에 짓눌려 숨이 막힐 듯한 나날이 계속되었다. 아, 그러나 마침내 올 것이 온 모양이었다. 점심상이 준비되었는지 알아보려고 내실에 들렀다가 마침 현관문을 열고 들어오는 제복 차림의 경찰과 마주쳤다.

순간 온몸에서 스르르 힘이 빠져나갔다. 다행히 아저씨는 지금 없었다. 아저씨는 오늘 아침 늦게까지 자기 방에 있었으나 한 시간쯤 전에 외출했다. 그리고 지금 경찰이 온 것이다. 나는 발이 후들후들 떨려 내실에서 복도를 거쳐 뒤채로 넘어오기까지 제정신이 아니었다. 그런 내가 이상했는지 우산을 접던 경찰이 흘낏 나를 쳐다보았다. 뜨끔했지만 꾹 참고 최대한 자연스럽게 보이도록 조심하며 내 방으로 돌아왔다.

그리고 방문에 바싹 붙어서 바깥 동정을 살폈다. 얼마 지나지 않아 드디어 어머니와 누군가가 쪽문을 밀고 뒤채로 오는 기척이 들렸다. 나는 숨을 죽이고 그들의 발소리에 귀 기울였다. 소리는 점점 가까이 다가왔다.

"여기 이 방이에요."

어머니 목소리.

"지금 없어요?"

낯선 남자의 음성.

"모르죠. 들락날락하니까."

노크 소리. 문 여는 소리. 꿀꺽, 내 마른침 삼키는 소리.

그리고 다음 순간이었다.

"영감님, 일어나요! 시방 낮잠 잘 때가 아니고만요. 딸이 죽었대요! 경찰서끼리 연락이 닿아서 지금 이 양반이 기별하러 왔어요!"

잠시 정적이 흘렀다. 곧이어 갸르릉 소리가 심하게 섞인 노인의 헐떡이는 외침이 들려왔다.

"어케 됐다고? 무슨 소리가? 우리 덩순이가 죽었어? 아이고오, 그기 사실이가 거짓뿌렁이가?"

"사실입니다. 빗길에 미끄러진 자가용이 따님을 덮쳤답니다. 연고자는 영감님뿐이니까 어서 가보세요."

나는 너무나 긴장해서 처음에는 대체 무슨 소식인지 감을 잡을 수가 없었다. 하여간 9호실을 찾아온 것은 아닌 게 틀림없었다. 기다리고 있었던(아니, 이 표현은 언제나 좀 마음에 걸린다. 기다리다니, 뭘? 그런 일도 기다려야 하는가. 그게 내 운명인가?) 일이 벌어진 것은 아니지만 이건 또 무슨 말인가. 그 여자가, 볼에 긴 흉터가 있던 신정순이란 여자가 죽었다는 소식을 전하기 위해 경찰이 온 것이다. 바로 얼마 전에도 노인을 찾아 집 앞 골목에 서 있던 그 여자가.

그러자 번개처럼 하나의 얼굴이 떠올랐다. 콧물이 줄줄 흐르던,

더러운 얼굴이긴 했어도 자세히 뜯어보면 귀여운 구석도 꽤 보이던 그 작은 얼굴. 내가 군포의 더럽고 비좁은 방에서 허둥지둥 뛰쳐나올 때 녀석이 한 말도 떠올랐다.

"형, 가지 마. 나랑 놀아."

신정순이 죽었으니 그럼 그 애는 앞으로 어떻게 될까를 생각하고 있는데 노인이 방바닥을 치며 통곡하는 소리가 들려왔다.

"어이구, 어이구. 덩순아아. 죽을 목심은 니가 아닌데. 죽을 목심은 여기 따로 있는데. 어이구, 덩순아아."

노인은 통곡과 푸념으로 나성여관을 뒤숭숭하게 흔들어놓고 딸이 누워 있는 강남의 한 병원으로 갔다.

"세상에, 왜 그리 되는 일이 없냐. 나중엔 별꼴을 다 본다. 아이구 드런 세상. 터지는 일마다 지랄 같기는……"

어머니의 탄식은 내리는 빗소리에 묻혔고, 나는 공연히 뒤채가 무서워 그날은 밤늦게까지 어머니 눈치를 견디며 뭉개다가 방으로 돌아왔다.

10호실 노인은 사흘 만에 돌아왔다. 노인은 소리도 요란하게 현관문을 탁 밀치며 들어왔다. 빗물이 줄줄 흐르는 우산을 함부로 휘둘렀기 때문에 복도까지 흥건하게 젖어버렸다. 딸을 묻고 돌아온 아비의 모습치고는 정말이지 한없이 괴이쩍은 행동이었다. 어머니는 벌써 이마를 잔뜩 구기고 있다.

"아, 좀 조심을 해요! 안 그래도 끈끈해서 사람 죽겠는 판에."

노인은 어머니의 지청구에도 아랑곳없이 현관문 바깥에 대고 소리를 질렀다.

"날레 들어오디 않고 뭐 하간? 기쎄, 거기서 우산을 접으면 니 꼴이 어드러케 되나. 올티, 올티, 기렇디. 잘한다."

그러자 우산 하나가 또 쑤욱 들어왔다. 어머니와 나는 약속이나한 듯 카운터 쪽문에서 바라보다 얼른 현관으로 달려나갔다.

"인사해야디. 날레 인사를 하디 않고 뭐 하간?"

그 애가 인사를 할 줄 아는 아이인가. 나는 다시 보는 칠뜨기 녀석의 꾀죄죄한 몰골에 기가 막혀 말도 나오지 않았다. 이건 숫제 물에 빠진 누더기 꼴이었다. 두 사람 모두 그랬지만 특히 아이 쪽은 정말 너무 더러웠다.

"야가 내레 손자디요. 덩순이 아들이구만요. 오늘부턴 내레 데리고 있어야 되갓시요."

"뭐라고요?"

어머니도 기가 막히는지 뒷말을 잇지 못하였다. 자기 밥값도 외상으로 달아놓는 형편에 코흘리개 손자까지 데리고 있겠다니 어머니가 기함하는 것도 무리는 아니었다.

그런데, 노인은 어째서 저리도 당당하고 희색이 만면하단 말인가. 나는 아까부터 그것이 이상해서 좀이 쑤셨다. 며칠 전의 그 비굴한 태도는 씻은 듯이 사라졌고 이제 노인은 딴사람처럼 제법 격식을 갖추기 위해 애를 쓰고 있다.

"아니, 영감님이 저 애를 키울 생각이에요? 그것도 우리 집에서 함께?"

어머니는 우선 진실부터 확인하겠다는 자세이다.

"기러문요, 암 기러코말고요. 그러니깐두루 앞으로 야도 나성 여관 고객이 된다 이 말씀이디요."

"안 돼요!"

역시 어머니는 참을성이 부족했다. 나도 깜짝 놀랄 만큼 새된 소

장마

리로 단박에 노인의 말을 싹둑 잘라버렸다.

"절대 안 돼요. 이 영감님이 보자 보자 하니 사람을 우습게 보는
데, 내가 당신들 좋으라고 이놈의 여관 장사 벌여놓은 줄 아슈? 어림
도 없으니까 밀린 방값이나 계산하고 어여 다른 데 가서 알아봐요."

당신 주제에 밀린 방값 계산은 어찌할 것이냐는 경멸 어린 어머
니의 말은 확실히 효과가 있었다. 노인은 무언가를 골똘히 생각하
는 눈치로 잠잠히 서 있다가 호기롭게 입을 열었다. 노인은 아주 엄
숙한 표정으로 어머니에게 물었다.

"기럼 이케 하갔시요. 밀린 방값부터 일단 계산을 하고, 기러니간
두루 과거지사부터 해결을 해놓고설라무네, 앞으로 묵을 방값과 식
대는 선불로, 알갔시오? 선불로 다 계산을 하자우요. 어드레요, 이
러문 안 되갔소?"

말을 하는 노인의 표정, 그 당당한 어투는 실로 처음 보는 것이었
다. 예상치 못한 노인의 제안에 어머니는 잠시 말을 잃었다. 노인과
나, 그리고 민구 셋은 조용히 어머니 입만 주시했다. 이윽고 어머니
가 입을 열었다.

"그야 영감님이 돈을 제대로 치른다면 우리야 장사니까 뭐라 하
겠소만……."

훨씬 누그러진 어머니의 자세에 노인은 더욱 기세등등해졌다. 나
도 덩달아 어깨에 힘이 들어갔다.

"날레 계산을 뽑디 않고 뭐 하고 있소? 기쎄, 이거이 다 돈인
데……."

그러면서 후줄근한 점퍼 속주머니에서 천천히 꺼내 보이는 그것
은, 틀림없는, 위조지폐도 아닌, 만 원짜리 돈다발이 아닌가. 의심
많고 철저한 어머니도 돈다발을 본 이상 군소리를 할 수가 없다.

"웬 돈이요?"

"기런 것까지 알아야 하갔소?"

노인은 어머니 물음을 가볍게 퉁겨내고는 다시 속주머니에 돈을 넣었다.

이렇게 해서 노인과 민구, 약간 모자란 그 녀석까지 나성여관 식구가 되었다. 돈이 어디서 생긴 것인지는 곧 밝혀졌다. 그 돈은 딸의 죽음으로 받은 교통사고 보상금이었다.

나중에 아저씨한테 들은 바로는 가해자 쪽에서 노인을 만만하게 보고 터무니없이 적은 액수로 합의를 본 것이라 했다. 알만했다. 노인은 또 한없이 허둥거렸을 테고 세상 물정 빤한 가해자는 설렁설렁 잘도 빠져나갔을 것이다. 그것도 모르고 노인은 한동안 어깨에 힘을 준 채 지냈다.

민구가 뒤채의 새 식구로 들어온 후 나는 장마의 따분함을 좀 줄일 수 있게 되었다. 녀석은 뽕짝아줌마가 한바탕 씻기고 새 옷을 갈아입힌 덕에 상당히 준수해졌다. 그렇게 가꾸어놓고 보니 인물이 아주 제법이었다.

"시상에, 아홉 살이나 먹었담서 지 이름도 모른다니 야를 어디다 쓰겄어. 야 에미가 스무 살에 이걸 배가꼬, 띨라고 엄청스레 약을 퍼묵었는가벼. 야가 머리만 텅텅 빈 게 아니라, 몸땡이도 통 크덜 못했당게. 키만 훌쩍 컸지, 이것 봐, 살이라곤 약에 쓸래도 없당게."

뽕짝아줌마는 연신 혀를 차면서도 민구한테는 정말 잘해주었다. 하여간 인정 하나는 차고 넘치는 아줌마였다. 녀석도 새로운 환경이 서먹한지 얼마 동안은 할아버지 곁에 바싹 붙어서 좀체 방을 나오지 않았다. 오히려 내가 녀석을 보기 위해선 10호실을 방문해야 할 형편이었다. 그러나 시간이 좀 흐르자 상황이 바뀌었다. 뒤채 복도는 완전히 녀석의 놀이터였다. 손에 잡히는 모든 것이 다 녀석의 장난감이 되었다. 슬리퍼, 세면실의 대야, 노인의 재떨이와 돋보기까지 늘 복도에 너절하게 굴러다녔다.

이불을 끌고 다니며 끝을 뭉쳐 입에 넣고 빠는 버릇도 여전했다. 그래서 노인의 구질구질한 이불은 걸핏하면 복도를 닦아내는 걸레가 되곤 했다. 쥐 죽은 듯 고요하던 뒤채의 풍경은 민구 녀석이 온 뒤로 완전히 바뀌었다. 시간이 더 지나자 민구의 활동 범위는 점점 넓어졌다. 제일 골칫거리는 아무 때고 뒤채의 모든 방문을 두들기며 뛰어다니는 녀석의 새로운 놀이였다. 물론 내 방도 예외는 아니었다. 불쑥불쑥 거칠고 난폭한 노크 소리가 들려와 놀라는 때가 한두 번이 아니었다. 그러나 말귀도 제대로 못 알아듣는 녀석에게 당할 재주가 없었다. 게다가 녀석은 앵무새처럼 남의 말을 따라 하는 버릇까지 있었다.

"야, 문 두들기면 때려줄 거야."

그러면 녀석도 냉큼 "야, 문 두들기면 때려줄 거야." 이러는 것이었다.

"얌마. 까불지 말라니까."

"얌마. 까불지 말라니까."

"너 죽고 싶어?"

"너 죽고 싶어?"

이런 미칠 노릇이 어디 있겠는가 말이다. 녀석은 누구에게나 그렇게 했다. 9호실 찌르레기 아저씨도 녀석의 말 흉내에는 두 손을 들어버렸다.

"민구야. 저녁 먹었니?"

"민구야. 저녁 먹었니?"

"요놈, 그러면 안 돼."

"요놈, 그러면 안 돼."

"아이구, 내가 졌다!"

"아이구, 내가 졌다! 헤헤헤."

재미있다고 헤헤헤, 웃는 녀석을 쥐어박을 수도 없고 알아듣게 타이를 수도 없고 해서 우리는 아예 포기하기로 했다. 때로는 이따위 시시한 말장난이라도 불안을 가라앉히는 데 다소 도움이 되기는 했다.

그렇지만 어떤 것도 내 심장 위에 바위처럼 떡 버티고 있는 두려움을 밀어내지는 못하였다. 그것은 마치 거인 열 사람이 붙어서 밀어도 꿈쩍도 하지 않을 집채만 한 바위인 양 여겨졌다. 심장 위에 그처럼 무거운 바위를 얹고 있는 까닭에 나는 절로 축 늘어졌다. 걸음을 걸어도 발걸음이 천근만근이었고 몸을 움직이는 일에도 몹시 굼떴다. 내 정신은 오직 한 방향으로만 열려있었다. 그 외에는 모든 감응 장치의 나사가 다 풀린 상태라고나 말할 수 있을까. 나는 때로 미칠 듯이 옛날이 그리웠다.

옛날, 그랬다. 누나가 집을 나가기 전, 그리고 아저씨의 노트를 읽기 전의 시간이 멀고 먼 옛날처럼 여겨졌다. 그때의 나는 바람개비처럼 가볍고 좌우 상하 이동이 자유로웠다. 대학 문제가 고민이긴 했어도 이렇게 무겁지는 않았다. 내 인생의 어느 한 시점에 이런 복병들이 끼어들 거라곤 정말로 생각지도 못했던 나였다.

다시 말하지만 대학은 내게 커다란 문제가 아니었다. 나는 대학에 들어가 어깨에 힘주고 다니는 녀석들을 부러워하는 못난 인간이 아니었다. 물론 한때는 그랬다. 재수 시절의 얼마 동안은 지구 밖으로 쫓겨난 기분이긴 했다. 모두 초대장을 들고 멋진 파티에 참석하

　　　　　　　　　　　　　　　　　　　　　장마

러 가는데 유독 나에게만 초대장이 오지 않은 듯한 쓸쓸한 느낌은 사실 매우 고약했다. 하지만 지금은 아니다. 완전히, 라고는 말할 수 없어도 거의 그런 기분에서 벗어났다. 대학은 제법 괜찮은 인간인 나의 자존심을 팍 구겨놓긴 했어도 딱 거기까지였다.

나의 초조함에 비하면 찌르레기 아저씨는 너무나 담담했다. 그는 여전히 신중했고 내게는 따뜻했다. 물론 민구한테도 진심으로 잘했다. 그는 마치 뒤채 식구들의 자상한 아버지 같았다. 바깥에서 돌아오면 일일이 잘 지냈는지 확인하고 먹을 것이 담긴 봉투를 내밀곤했다. 때로는 내가 누나를 찾으러 다니는 일에 게을러졌다고 나무라기도 했다.

"비가 온다고 집에만 있지 말고 나가보지그래. 답답하지 않니?"

"괜히 옷만 버리잖아요."

"언제부터 빗물 튕기는 걸 그렇게 무서워했지? 우연이 너, 요새 좀 변했다. 고민 있나?"

언제부터냐고? 나는 그만 목울대에 가시처럼 박혀 있는 한마디를 칵 뱉어내고 싶어진다. 노트를 훔쳐본 것은 내 잘못이지만 그런 노트를 지닌 아저씨 잘못으로 내 꼴이 요 모양 요 꼴이라고 대들었으면 싶다.

이런 식으로 노트에 매달려 있다간 돌아버릴 것 같았다. 돌기에 딱 좋은 날씨인 것도 문제였다. 무겁게 누르는 습기 찬 공기는 아무리 심호흡을 해도 늘 성에 안 차서 사람을 헐떡거리게 했다. 나는 노트에서 물러나기로, 노트 그 자체를 깡그리 잊기로 마음을 먹었다. 다른 방법은 없었다. 노트는 어쩌면 사실이 아닐 것이란 의심도 마음을 진정시키는 데 효과가 있었다. 그 노트는 가짜다. 완전 허구다. 세상에 그런 일이 어디 있단 말인가.

그런 다음에는 찌르레기 아저씨와도 일정한 거리를 유지했다. 그가 어두운 얼굴이면 가슴이 철렁했다가, 민구와 복도에서 큰 소리로 노는 것을 보면 또 안심이 되는, 예측 불가능의 미래를 기다리는 짓도 정말 지긋지긋했다. 나는 복도에서 아저씨 목소리가 들리면 차라리 이불을 뒤집어썼다.

바보가 아니었으므로 그런다고 심장을 누르는 바위를 치울 수 있으리라 믿지는 않았다. 나는 노트에서 벗어나기 위해 바깥세상을 노크하기로 했다. 장마는 여전히 물러설 기색이 없고 구멍 난 하늘은 날마다 험상궂은 얼굴로 인간 세상을 향해 으르렁거렸다. 나는 모처럼 녹색 티셔츠를 꺼내 입고, 머리칼 몇 올로 이마 위의 여드름도 가리고, 부러 되바라진 표정을 지어보기도 하면서 나성여관을 탈출했다. 실로 오랜만의 외출이었다.

얼마쯤 걸어 나와 문득 여관을 뒤돌아보았을 때 나는 솔직히 조금 놀랐다. 내리는 빗속에 너부죽하게 엎드려 있는 궁상맞은 한옥의 자태가 너무 음산하다는 느낌, 흉가를 보는 기분이 이럴까. 나는 불현듯 몸을 떨었다.

집을 나설 때는 물론 학원 골목에 가서 녀석들 근황이나 알아보고, 특히 형무가 요즘 어떻게 지내는지를 알아볼 생각이었다. 그래서 나는 당연히 버스정류소를 향해 걷고 있었다. 그런데 갑자기 한 꼬마가 튀어나와 내 앞을 가로막았다.

민구였다. 녀석은 반갑다고 실실 웃었지만 손에 들려 있는, 기름 범벅인 돼지갈비 토막이 우선 내 눈에 거슬렸다. 나는 민구가 제멋대로 집을 나와서 쓰레기통을 뒤졌다고 단정했다. 민구라면 그러고도 남을 아이였다. 집을 나올 때 노인도 안 보이더니 마침내 이런

짓까지 하는구나 싶어 나는 일단은 잔뜩 인상을 구기고 엄히 녀석
을 나무랐다.

"야, 빨리 내버려. 더럽게스리."

"더럽게스리. 헤헤헤."

민구는 또 말 흉내로 나를 약 올렸다.

"버려! 그런 것 주워 먹으면 큰일 난다. 짜식아, 아무리 바보래도
그런 것도 모르냐?"

"……"

내 말이 길어지니까 한 마디도 따라 하지 못하고 녀석은 눈만 둥
그렇게 치뜬다. 나는 다시 일장훈시를 시작했다.

"그리고 말이야, 너 함부로 집 밖에 나오면 안 돼. 저기 자동차들
보이지? 잘못했다간 죽는 거야. 야, 너 죽는 것 알아? 모르지?"

"알아."

녀석은 헤헤 웃으며 고개를 끄덕인다.

"그게 뭔데?"

"엄마, 울 엄마 죽었어."

정신의 성장이 멈춘 이 꼬마도 엄마가 죽은 사실은 또렷이 인식
하고 있다. 나는 예민한 인간이니만큼 이야기가 이쯤 이르면 가슴
이 먹먹해서 할 말을 잊고 만다.

"알았다. 니네 엄마가 죽었지. 자, 형이 데려다줄 테니 할아버지
올 때까지 집에서 얌전히 놀아라."

내가 손을 내밀자 녀석은 뒤로 한 걸음 물러섰다.

"가자니까. 빨리. 조금 있으면 또 비가 올 거야. 얼른 이리 와."

"하부지, 하부지 저어기 있다. 하부지."

녀석이 가리키는 곳은 문을 활짝 열어놓은 돼지갈비 숯불구이 집

이었다. 오늘처럼 바람도 없는 날에는 고기 타는 냄새와 연기가 온 동네를 뒤덮곤 하는 바로 그 돼지갈빗집에 할아버지가 있다고 녀석이 말하는 것이었다.

나는 동굴처럼 어두운 홀 안을 들여다보았다. 장마가 생산하는 냄새 중에서도 가장 지독한 악취가 고여 있을 듯싶은, 더럽고 우중충한 식당이었다. 홀의 가장 깊은 쪽에 정말 노인이 있었다. 걸레 같은 손수건으로 연신 목덜미의 땀을 닦아내면서 볼이 미어지도록 고기를 씹고 있던 노인은 나를 보자 반색을 하며 손을 흔들었다.

"이리 오라우. 날레 이리 오라우."

정말이지 나는 노인과 함께 그 더러운 식당 구석에 앉아 돼지고기를 먹을 마음은 티끌만큼도 없었다. 그런데 노인은 몹시 단호했다. 내가 망설이고 있는 줄 알았던지 씹는 동작을 멈추지 않고 입을 오물거리며 내게 와서 손을 잡아끌었다.

"어른이 오램 날레 오디 않고 뭐 하간? 돈 걱정일랑 하덜 말구 이리 와 실컷 먹으라우. 엄청 맛있구만."

나는 별수 없이 노인의 맞은편 좌석에 엉거주춤 주저앉았다.

"민구도 그거 이리 내라우. 여기 이거이 뜨뜻하구먼. 기레, 기레. 이걸 먹으라우. 맛있디?"

노인의 기세가 대단했다. 종업원을 불러 고기를 더 주문하고, 상추쌈이 부족하다고 다시 소리를 치고, 그 틈틈이 타고 있는 고기를 뒤집고, 흘러내리는 땀을 닦느라 분주했다.

"덥디? 더울 땐 육미 생각이 간절한 법이디. 아, 솟증 나면 병아리만 쫓아다녀도 좀 낫다는 말도 있디 않아. 땀을 많이 흘릴 때는 그녀 고기가 데일이디."

나는 본래 고기를 그다지 밝히는 식성이 아니다. 몇 점이면 금세 질려버리고 특히 냄새가 독한 돼지고기는 냄새 그 자체로 벌써 질리는 식성이다. 나는 사람들이 불판에서 지글지글 타오르는 붉은 고기를 집어 입에 넣고 맛있게 씹는 것을 볼 때마다 늘 섬뜩하다. 나는 아직도 인간이 사냥꾼의 후예라는 사실을 인정하지 못한다. 그럴 바엔 구름의 후예, 바람의 후예이고 싶다.

노인은 내가 나타난 것을 빌미로 고기를 더 먹을 수 있게 되어 아주 흡족한 모양이었다. 새로 주문한 고기 역시 노인이 거의 먹어치웠다. 혼자 앉아 많은 양의 고기를 해치우기가 조금 민망했을 수도 있다. 나중에는 나에게 고기를 권하는 말도 없이 잘 익은 갈비를 뜯기에 여념이 없었다. 말하자면 나는 그저 주문용 고객이었던 것이다.

나는 슬그머니 약이 올랐다. 아니, 허겁지겁 고기를 뜯는 노인의 비지땀 흐르는 얼굴이 역겨워 심통이 났는지도 모른다. 요즘 노인이 돈을 헤프게 쓰고 다닌다는 이야기는 뽕짝아줌마의 주된 화제였다.

"알고 보니 참, 그런 주책바가지 영감탱이도 없드란 말여. 시상에, 당신 형편으로 바나나가 무슨 바나나여. 내 말이 믿기지 않거들랑 10호실 좀 들여다 보랑게. 접때는 이천 원에 다섯 개 하는 이따만한 백도를 한 보따리 사다놓고 날보고 먹으라는 거여. 하는 짓이 어찌 얄미운지 들은 척도 안 허구 나와버렸다니께. 아, 그게 어떤 돈이냐고오."

맞는 말이었다. 그게 어떤 돈인가. 한 푼 쓰지 않고 민구 뒷바라지에 쏟는다 해도 턱없이 모자랄 돈을.

"그만 잡수세요, 체하시겠어요."

이건 절대 노인을 걱정해서 하는 소리가 아니었다. 내 딴엔 가시를 박아서 하는 말이었다. 그런데 노인은 참 순진했다.

"자네보단 내 위가 더 탄탄할 거구먼. 걱정 말라우. 이 정도로는 문제가 없으니깐두루."

나는 기어이 하고 싶은 말을 해버린다.

"나중을 생각하셔야죠. 민구는 또 어쩌구요. 돈을 아껴야 민구 키우며 사실 거 아녜요?"

"엉?"

노인은 갑자기 고기 뒤척이던 손을 멈추고 나를 빤히 보았다. 하도 갑작스러운 반응이라 나는 찔끔해서 시선을 피해버렸다.

"기렇디? 기레, 기레야디. 기레야 하고 말고……."

노인의 눈자위가 붉어졌다고 느낀 것은 착각이었을까. 다음 순간 노인은 커다란 목소리로 종업원을 불렀다.

"술, 술을 가져오라우. 쐬주로다. 기레, 이럴 땐 쐬주여야 하니깐 두루 그거 작은 걸로 하나 가져오라우."

그리곤 또 금방 울먹이는 소리로 나에게 말했다.

"자네 말이 옳디. 기레, 이래 가디고야 어드르케, 어드르케 살 수 있갔어."

이건 완전히 일인이역의 연기였다. 나는 반쯤 정신이 나가버렸다. 하기야 언제나 이랬다. 노인을 상대할 때면 매번 정신이 하나도 없었다. 그렇지만 이 경우는 다르다. 지금 우리는 아주 민감한 문제를 두고 이야기하는 중이었다. 나는 정신을 바싹 차리고 자리도 고쳐 앉았다. 그때 술이 나왔다.

컵은 내 몫도 있었다. 바로 여기에서 나는 또 허둥지둥 당황해버렸다. 어쨌거나 예의는 갖추어야 한다는 게 내 고집인데 난 솔직히 아직은 술자리에 서툴렀다. 그래서 그만 노인이 부어주는 술부터 덥석 받고 말았으며 노인이 스스로 잔을 채우는 것도 방관해버린 무례를 범했다. 하지만 노인은 주도 따윈 안중에도 없는 눈치였다.

술 한 모금을 홀짝 털어 넣은 뒤 또 자신의 잔에 가득 술을 부었다.

"이게 말이디, 이 쐬주 말이야. 이거이 참 좋은 거디. 우리 덩순이가 늘 그랬거덩. 돈 많이 벌어서 아바이한테 쐬주 실컷 사주겠다고 그랬거덩. 이보라우, 자네도 한 잔 마시디 않고 뭐 하간? 아차차, 민구 이놈의 새낀 또 어디로 갔디?"

그리곤 민구야야, 목청대로 외친다. 금방 또 홀짝 넘어가는 한 잔 술, 술병은 금세 바닥이 나버렸다.

"덩순이가 준 돈이니께 쐬주는 괜찮디. 기레, 쐬주는 먹어도 괜찮디 않갔어?"

노인의 딸이 소주는 괜찮다고 했는지 그건 내가 알 바 아니다. 돈 벌어서 아버지에게 술을 많이 사드리겠다고 했다는데 그것 역시 의심 가는 구석이 많은 말이다. 내가 알기로 신정순 씨는 그처럼 사근사근하기는커녕 아버지한테 눈길 한 번 주지 않던 싸늘한 여자였다.

노인의 술타령을 오래 지켜볼 생각은 전혀 없었다. 갈빗집의 끈적거리는 의자에 앉게 된 일부터 내 뜻이 결코 아니었으니까. 나는 기회만 닿으면 내뺄 궁리에 골몰하느라 노인이 지나치게 술을 많이 마시는 것을 간과하고 말았다.

"어허허허, 불쌍한 우리 덩순이를 어떡하간. 으흐흑, 우리 덩순이를……."

갑자기 탁자 위로 엎어지며 노인은 딸의 이름을 부르짖었다. 그제야 나는 사태가 심각함을 깨달았다. 두 병째의 소주마저 깡그리 비운 뒤였다. 노인 혼자 그걸 냉수 들이켜듯 마셔버린 것이었다.

"자네는 몰라. 우리 덩순이가 어드르케 살았는디 아무도 모르디. 그게 애비를 잘못 만나가지고 설라무네, 그 어린 거이 기렇게 고생을 하디 않았간."

노인은 심하게 입술을 실룩였다. 술잔을 드는 손도 심하게 떨고 있다. 불콰해진 얼굴, 마늘 냄새와 섞여 훅훅 풍겨오는 술 냄새, 도대체가 인간의 모습이 이렇게도 추할 수 있는지 나는 정말 노인한테 정나미가 떨어졌다.

"집에 가세요. 취하셨어요."

"기레, 기레. 취했다. 늙으면 술 한 잔에도 몽씬 취하는 법이디. 이보라우. 내 젊어서 어드랬는줄 알간? 내가 이래 뵈도 피양내기들 가운데선 알아주는 멋쟁이였었디."

노인의 고향이 평양이었던가. 나는 지도책에서만 보아온 이북의 한 도시 이름 앞에서 몹시 낯설기만 했다. 평양도 평양이려니와 앞에 앉아 있는 이 추하고 냄새나는 노인이 멋쟁이였던 시절도 있었다니 진짜 웃기는 이야기였다.

"가만, 자네가 지금 몇 살이디?"

"스무 살입니다."

"옳지. 스무 살이랬디. 내레 자네 나이였을 땐 말이디, 얼굴도 이렇게 환했고 체구도 이만했으니간두루 동네 처녀들이 숨어서 훔쳐볼 만한 인물이었디."

얼굴이 이렇게 환했다면서 두 손으로 달덩이 모양을 만드는가 하면, 체구를 표현할 때는 두 팔을 있는 대로 벌리며 허풍을 떠는 노인은 영락없이 민구와 닮았다. 하기야 누구 손자인가.

"이제는 이눔의 손이 떨려서 다 글렀디만서두, 젊어서는 내레 풍금 연주를 기막히게 잘하디 않았간. 우리 집 대청마루에 풍금이 있었디. 기레, 기레. 이제 생각이 나누만. 「그집 앞」이라고 자네도 알디? 맨 처음은 그걸 먼저 연주하디. 왜냐고? 그거를 우리 오마니가 아주 좋아하셨거덩."

노인의 '오마니'가 좋아했던 곡이 「그집 앞」이고 집의 대청에 풍금이 있었다고? 젊고 잘생긴 청년이 어머니를 위해 오르간을 연주하면 그 옆에서 기품 있는 여인이 눈을 감고 음악을 감상했다고? 그 젊고 잘생긴 청년이 지금 내 앞에 앉아 있는 이 술 취한 노인이라고?

지금 이 노인의 나이가 못 되어도 칠십은 넘었을 테니 그가 스무살 적이라면 50년 전의 이야기이다. 아무리 50년 전의 옛날이야기라 해도 이건 너무하다. 상상을 해보려 애를 써도 내 생각에 노인은 태어날 때부터 저 늙은 얼굴이었을 것 같다.

"말도 말라우. 내레 풍금만 잘한 것이 아니었디. 내레 우리 고보의 배구선수였디 않았간? 우리 아바이가 운동을 좋아했디. 오마니는 음악을 좋아했디만 아바이는 농구나 배구를 죽자하니 즐겼디. 내야 외동이었으니깐두루 오마니랑 아바이가 서로들 마구 가르쳤디 않았간. 그래설라무네 근동에선 팔방미인이라구, 재주꾼 청년이라구 소문이 났었디."

노인은 아슴푸레 눈을 감고 그 시절로 돌아가기나 한 듯 행복한 표정을 지었다. 반쯤 벌린 입가로 언제 침이 흐를지 모를 일이지만 의외로 노인의 이야기는 흥미가 있었다. 마치 황당무계한 우주 전쟁 영화나 전설의 고향 같은 텔레비전 드라마를 보는 기분이었다.

그날 노인이 술김에 쏟아놓은 과거사는 실로 파란만장이었다. 노인이 서두에 침을 흘려가며 회상한, 풍금과 배구를 잘하던 미남 청년 시절은 말하자면 그의 전성기였던 셈이었다. 그는 유복한 가정의 외동아들로 태어나 위로 출가한 누님 둘과 밑으로 여동생과 함께 남부러울 것 없이 성장하였다. 그리고 스물다섯에 결혼했다. 물론 그때의 화려함도 노인은 입에 침을 튕기며 내게 설명하였다.

"극장을 빌려 예식을 치렀다문 말 다했디. 정말 대단했어. 우리 아바이가 일본놈한테 굽신거리디 않고서도 시장에서 도매 장사를 솜씨 있게 잘하디 않았갔어. 그때 우리 집이 피양선 제일 큰 건어물 가게를 했디. 아바이가 인심을 고루 얻은 양반이어설라무네 혼삿날 손님도 구름떼처럼 몰렸으니께 그런 굿이 없었디. 신부 집도 장사를 했는데 사는 모양이 우리네랑 비슷했댔으니깐 양쪽 집이 다 흡족한 혼사였디."

결혼 생활도 아주 대만족이었던 모양이었다. 연년생으로 남매를 낳고 육이오가 나던 해에 아내는 또 만삭이었다.

"모두 아들이라고 했는데 어드르케 잘 낳았는디…… . 딸년 홍역하는 거 보고 넘어왔댔는데 잘 낳았는디 모르갔어. 오마니랑 아바이가 잠깐만 피했다가 돌아오문 잘될 것이라 했거덩. 잠깐만이라고 그랬디. 아이구우, 잠깐만이 어드르케 사십 년이간? 이보라우, 기러니깐두루 이게 사십 년 아니간?"

잠깐이 사십 년이 되었다는 노인의 탄식은 나한테도 와 닿았다. 이산가족이 어쩌고 하는 이야기는 많이 들었어도 실제로 내 앞에서 절규하며 북에 두고 온 가족을 그리는 인물과는 첫 상면이다.

나는 신기했다. 아니, 이 말이 잘못되었다면 바꿀 수도 있다. 당사자의 고통을 신기하게 구경하는 것은 확실히 잘못된 일이다. 그렇지만 솔직하게 말하라면, 역시 신기했다. 역사라는 것의 실체를 눈앞에 두고 보는 기분이랄까, 어쨌거나 나는 이제 도망갈 궁리는 하지 않았다.

"참말 환장할 일 아니간? 내레 뉘기여? 엉? 내레 어떤 사람이었댔는데 이남 내려와설라무네 이 고생이냔 말여."

노인은 사뭇 고개를 흔들었다. 식당 안을 휘젓고 다니던 민구 녀석이 쪼르르 달려와 할아버지의 도리질을 흉내 내기 시작했다.

"날래 저리 가라우."

손자를 밀쳐내고 노인은 비 오듯 흐르는 땀을 더러운 손수건으로
닦았다.

"고향 땅에 부모가 있고, 내가 물려받기로 된 재산이 엄청 있는
데, 기레, 내레 이 무슨 꼴이간? 결혼도 기렇디. 처자식이 눈 번히
뜨고 살아 있는데 어드르케, 어드르케 새 장개를 가겠남? 기레 갖
고 내레 십 년은 족히 혼자 살지 않았간."

마흔 살이 훨씬 넘어서야 떠돌이 여자를 맞아들였다고 했다. 찬
물 한 그릇 떠놓고 혼사 흉내라도 낼 수는 있었지만, 그 짓마저 거
절한 이유는 두 번 결혼만은 하고 싶지 않았기 때문이라 했다. 말하
자면 남쪽에서는 정식 결혼이 아닌, 잠시 몸을 의탁하는 정도일 뿐
자기는 기필코 북의 처자식한테 돌아갈 작정이었다는 것이다.

"기레, 우리 덩순이를 낳았디. 덩순이 열 살 되던 해 할망구도 가
버렸디. 무슨 병인디도 모르고 몇 달 앓더니 죽어버렸디. 우리 덩순
이는…… 어허흐흑…… 덩순이는……."

노인은 또 탁자에 고꾸라져 통곡을 시작했다. 나는 가만있었다.
상관 않고 기다리면 금세 다른 얼굴로 새로운 연기를 보여줄 것이
었다. 노인은 그런 사람이었다.

그리고 나 또한 노인이 좀 울도록 내버려 둬야 한다는 생각을 하
고 있었다. 노인이 남쪽에서 겪은 고생담을 이야기할 때는 정말 내
가슴도 미어졌다. 고향 집의 풍금 소리가 그리워 초등학교에 숨어
들어 음악 시간을 엿보다가 도둑으로 오인되어 죽도록 두들겨 맞았
다는 이야기가 특히 그랬다. 풀빵 장수를 하다가 개천에 리어카를
처박아 밑천까지 날린 일, 공사장에선 뚝심이 없다고 내쫓기기 일

쑤였고, 보일러공으로 취직했는데 한여름 더위를 못 참아 그냥 도망쳤다는 식의 한심한 이야기가 없는 것은 아니었지만.

그때는 몰랐지만 나중에 곰곰 생각해보니 참 희한한 노인이라는 생각이 들었다. 내게 조금이나마 인간을 식별하는 능력이 있다면, 그래서 내 말을 믿어주겠다면, 나는 노인의 삶이 서른한 살 되던 그때 멈추었다고 단언하겠다. 사실이 그랬다. 노인은 대청마루에서 힘차게 페달을 밟으며 풍금을 연주하던 그 시절, 아름다운 아내의 배웅을 받으며 가게로 출근해 머지않아 자기 것이 될 재산을 관리하던 그 시절에서 절대 벗어날 생각이 없는 사람이었다.

그 뚜렷한 증거로 노인의 진득하지 못한 처신을 들 수 있다. 이남에 내려온 이후의 행적들, 그것도 노인 스스로가 털어놓은 것들만 살펴보아도 단박에 그걸 알 수가 있었다. 노인은 매사에 한 구멍을 파야 성공한다는 옛말과는 정반대의 길을 걸은 셈이었다. 자기 말로는 도무지 되는 일이 없어 가난을 면치 못했다고 하지만 어느 일이든 시작과 동시에 끝장을 내버리곤 하는 결과에는 문제점이 많았다. 하기야 이야기 도중에 노인 스스로 그 점을 시인하기도 했다.

"풀빵을 굽고 있을라믄 이거 사람 환장하겠다는 생각이 불쑥불쑥 솟아나지 않간? 보라우, 내가 어드렇게 살던 사람인데 이남에 와설라무네 이따우 졸때기 인생을 살아야갔어? 기레, 내레 풀빵이나 구워갖고 몇 푼을 벌갔나. 삼팔선만 뚫리믄 대지 이백 평짜리 고래등 같은 한옥이 내 집이고 창고에 산처럼 쌓여 있는 명태랑 미역이 다 내 것인데 풀빵 장수가 말이 되간?"

그런 노인이었으니 정순이를 낳은 그의 아내가 날이면 날마다 구박을 했을 것은 뻔한 이치였다. "할멈 죽고 나니 마음이사 편했디." 하는 소리가 다 그 뜻이었다.

정순이가 자라 여공으로 월급을 받아오기 시작하면서 노인은 본격적으로 딸에 기대 살았다. 통일의 동산이나 비무장지대 따위의 견학에만 열심이고 향우회에 뻔질나게 드나들며 젊은 시절 회상하는 재미만 누렸음은 보지 않아도 뻔한 일이었다. 오죽했으면 그 딸이 아비 되는 노인의 얼굴조차 제대로 바라보지 않으려 했을까. 군포에서 목격한 신정순의 지독한 가난에 노인이 큰 몫을 했다는 사실은 보지 않아도 바로 알아챌 수 있었다. 그래서 노인은 딸이 철든 이후 늘 딸 대하기가 어려웠을 것이고.

"덩순이 고것 말이야. 고게 어케나 속이 꽉 찼던지 말도 못한다우. 내레 필요하다문 어드르케 해서도 돈을 주었디. 내도 다 요량은 있었디. 피양에 두고 온 재산이, 그게 어디 가간? 통일만 되문 덩순이 하나 호강 못 시키겠남? 덩순이도 잘 알디. 이 애비가 어드런 사람인디 덩순이 갸도 잘 알았디."

그랬을까. 노인 말대로 죽은 신정순은 이북의 아버지 재산을 나눠 가질 날이 오리라고 믿었을까. 내 의문은 곧 풀렸다. 노인이 먼저 딸의 방자함을, 의심 많은 성품을 비난하기 시작했다.

"기런데 덩순이 고게 백수건달 녀석하고 살림을 차린 다음부턴 영 이 애비 말을 듣디 않았디. 건달 녀석 꾐에 빠진 거라우. 착한 덩순이가 어드르케 애비 말을 거역하갔어. 건달 서방이 옆에서 어케나 날 못살게 하는디, 덩순이가 울며불며 매달렸디만서두 내레 그만 딸 집을 나와버리디 않았갔어."

울며불며 매달렸다는 말은 사실이 아닐 것이다. 노인은 곧 죽어도 딸을 대놓고 비난하지는 않았다. 어쨌거나 노인이 여인숙 방을 전전하며 혼자 살기 시작한 것은 그 무렵부터였다. 신정순은 아들 민구가 자라면서 정상이 아닌 게 드러나자 악착같이 돈을 모으려 애를 썼다. 그러나 돈이 조금 모이면 남편이 온갖 협박과 횡포로 앗아가고 말았다.

　노인 말대로 '덩순이 고걸 반쯤 죽여놓고설라무네 돈을 가져가던 더러운 종간나'가 민구의 아버지였다. 신정순의 그 섬뜩한 흉터며 음산한 푸른 입술이 어떤 연유인지 나는 대충 짐작이 갔다.

　"덩순이 고것이 말은 안 했댔지만, 건달 서방이 있는 돈 탈탈 털어개지고 줄행랑을 놓은 뒤엔 목숨을 끊을 생각으로다 약도 줏어먹은 모양이여. 아이구구, 불쌍한 우리 덩순이. 이 애비가 돈을 산처럼 쌓아놓고 있는 사람인데도 남의 집 식모 살러 댕기다가 죽었디. 아이구구, 기다린 김에 더 기다릴 것이디, 기레 고걸 못 견디고 가남? 이 애비가 민구 병도 고쳐주고 저도 실컷 호강시켜줄 거인디, 고걸 못 기다리고 저리 날레 가야었어?"

　그날 노인이 콧물 눈물 할 것 없이 마구 뒤범벅된 얼굴로 뱉어놓은 마지막 말은 정말 충격이었다. 세상에 노인이, 나성 여관 10호실의 이 노인이 곧 해외여행을 떠난다는 것이었다.

　"이런 말을 해도 좋을디 모르겠다만서도, 자네만 알고 있으문 뭐 어드렇겠어? 내레 말이디, 곧 해외여행을 떠날 몸이디 않갔어? 자네, 쏘런 알디? 로시아 말이야. 내가 그곳을 가게 됐거덩. 준비만 잘 되문, 기러니까설라무네 못 해도 다음 달엔 출국하겠디. 쏘런에 가면 피양 가는 직통 비행기가 있다는구먼. 아주 잠시라거덩. 눈 깜짝할 사이에 데려다준대지 않갔어? 돈만 있으문 쏘런 가는 것이 문제가 아닌 세상이드구만."

　노인은 엄숙하고 진지했다. 이때만큼은 짜부라진 눈도 활짝 뜨이고 실룩이던 입술 근육도 고요히 가라앉았다. 그날 노인과 함께 나성여관으로 돌아오면서 나는 조심스레 물었다.

"할아버지, 그 말, 진짜예요? 소련 간다는……."

"쉿!"

노인은 급하게 내 말을 중단시키고 골목을 두리번거렸다. 이미 어두워 오는 골목에는 사람의 그림자도 없었지만 노인은 아주 작은 소리로 내 귀 가까이 냄새나는 입을 들이대고 속삭였다.

"조심하라우. 낮말은 새가 듣고 밤말은 쥐가 듣는다는 속담도 모르간? 자네한테만 살짝 일러준 것이께 입 꽉 다물고 있으라우."

그러더니 갑자기 허리를 쭉 펴고 큰 목소리로 말했다.

"간다우. 진짜 간다우. 내가 평생 졸때기 인생으로 살 줄 알았간?"

발걸음도 씩씩하게, 표정은 근엄하게, 그러나 역시 너무 늙어 쪼그라진 몸만은 자꾸 비틀거리며 노인은 당당하게 나성여관으로 향했다.

노인 덕분에 벼르던 나의 외출은 동네를 벗어나지도 못한 채 끝나고 말았다. 그러나 실망은 아직 일렀다. 내가 뒤채로 통하는 쪽문에 손을 대자마자 기다렸다는 듯이 전화벨이 울렸다. 나는 온몸으로 그 전화가 나를 찾는 것임을 알았다.

그럴 때가 있는 법이다. 갑자기 육체가 통째로 고도의 감응 장치가 되어 앞으로 일어날 일을 예감하는 경우가 나에겐 종종 있었다. 그때가 바로 그랬다. 나는 바람처럼 빠르게 달려가 울고 있는 전화기를 낚아챘다. 역시 나는 멋있는 놈이었다. 부드럽고 낭랑하고 달짝지근한 보라의 목소리를 듣는 순간 나는 감동하고 말았다.

"뭐 하느라고 꼼짝도 안 해? 나도 잊었니?"

보라를 잊었냐고? 천만의 말씀. 나는 보라가 앞에 있기나 한 듯

펄쩍 뛰며 성급히 아니라고 부정했다. 그러면서도 마음속으로 어찌 나 기분이 좋은지 콧구멍이 벌름거릴 지경이었다.

역시 종식이 말이 옳았다. 녀석이 그랬다. 여자는 자존심과 열등 감으로 똘똘 뭉쳐있는 족속이라 자존심을 키워주면 몹시 고달프다 는 것이었다. 자꾸 쫓아다니면 여자 콧대만 높아져서 남자가 피곤 한 이치도 그 때문이니 좀 멀리 두고 열등감을 공략하라, 이것이 종 식이의 전술이었다. 한동안은 전화도 말고 데이트 신청도 하지 말 라. 그러면 비로소 주제 파악을 한 여자가 슬슬 애가 달기 시작한 다. 대신 만나면 여자의 약점을 겨냥해서 집중적으로 칭찬하라. 그 러면 여자는 십중팔구 헷갈리게 되고, 서서히 무너진다.

"우울해. 따분해 죽겠어. 공부도 안 된단 말이야."

보라가 처음으로, 기적 같은 일이지만, 먼저 만나자는 말을 하려 고 전화를 했다. 나는 지금 당장 만나고 싶은 것을 꾹꾹 눌러 참고, 내일은 다른 약속이 있으니 모레 만나자고 점잖게 약속을 정하였 다. 물론 내일 약속이 있다는 것은 새빨간 거짓말이었다. 내게 무슨 약속이 있겠는가. 그렇지만 그런 거짓말도 필요하다는 것을 종식이 가 누누이 가르쳤다. 나도 이제는 방법을 좀 바꿀 때가 되었다고 생 각하긴 했다.

보라와 만나기로 한 날, 아침에 일어나 보니 지독한 빗소리부터 들려오는 것이었다. 행여 했는데 내 기대가 여지없이 깨진 것이다. 이미 말했지만, 비 오는 날의 외출은 정말 끔찍하다. 생각해보라. 바지 아래쪽을 흠씬 적시고도 모자라 엉덩이까지 흙탕물을 튕기며 걷는 고약한 걸음으로 어찌 체면을 지킬 수 있겠는가 말이다.

내가 고등학교에 다닐 때의 일인데 나처럼 더럽게 걷는 녀석이 또 있었다. 그 애의 비 오는 날 등교 풍경은 참 가관이었다. 카키색

장마

판초 우의를 둘러쓰고, 바지는 모내기하는 농부들처럼 허벅지까지 둘둘 걷어 올려서 다리의 흉한 털이 다 드러났다. 어머니가 그렇게 해서 내보낸다는 이야기였는데 녀석은 어린애처럼 집에 갈 때도 얌전하게 그 차림새를 고수했다. 참말이지 유치원에나 더 다닐 녀석이었다.

나에겐 그처럼 세심히 신경을 써주는 어머니가 없다. 물론 어머니야 있지만 어머니라고 다 똑같을 수는 없다. 보라와의 데이트 자금이 궁색해서 넌지시 운을 떼보다가 오늘도 나는 또 당했다.

"날도 궂은데 가만 자빠져 있지 않고 어딜 싸돌아다니려고 그래? 밑에 돈이 아아야 해도 이 새꺄, 너 줄 돈은 없다."

그렇게 고상한 말을 쏟아놓는 것도 부족해서 어머니는 들고 있던 복숭아씨를 하필 내 발에 던져버렸다. 기가 막힌다. 보아하니 내실 기후가 또 심상찮다. 아버지는 우두커니 앉아 줄담배질이고 어머니는 씩씩거리며 벌레 먹은 복숭아를 해치우고 있다.

어머니한테 돈 얻는 일은 포기하고 나는 비상수단을 강구해서 부엌으로 갔다. 다행히 뽕짝아줌마는 한가한 모양이었다. 부엌문을 활짝 열어놓고 비 오는 바깥을 내다보며 멸치 대가리를 따고 있었다. 라디오는 물론 켜놓고서다. 그런데 흘러나오는 노래는 뽕짝이 아니다. 뽕짝은커녕 나도 별로 들어본 적이 없는 최신 가요다.

"아줌마."

그러나 아줌마는 가만있으라는 시늉으로 입술에 손가락을 댔다. 노래에 열중했을 때는 그 노래가 끝날 때까진 면회사절이니까 나는 잠자코 기다렸다. 다듬어놓은 멸치를 주워 먹으며.

나는 바람이 되고 싶어요.

세상을 사랑하는 바람.

나는 바람이 되고 싶어요.

사랑의 바람이 되고 싶어요.

"하이고. 가사가 그냥 내 심금을 짠하게 울려부네잉. 나는 바람이 되고 싶다 이거제, 사랑의 바람 말여. 으떠냐? 우연이 너한테는 안 좋게 들리냐?"

아줌마는 열아홉 처녀처럼 애잔한 눈빛으로 나를 돌아보았다. 뽕짝아줌마한테 돈을 꾸기 위해서는 이럴 때 신중해야 한다.

"그러네요. 이 가수가 누구지? 테이프를 하나 사 올까요?"

"아서, 말라고오. 라디오 듣기도 시간이 모자란디 먼 테이프다냐? 근디, 하여간 내가 쬐께 이상해진 건 사실여. 요샌 신식 노래도 귀에 쏙쏙 들어온당게. 머시냐, 조용필이 일본 갔다 와서 부른 노래 있쟈? 추억의 머시라고 그러든디, 그것도 좋고 이별의 파틴가 뭔가도 나는 겁나게 좋드랑게. 확실히 내가 쪼메 젊어져부렀는가벼."

아이고, 정말 죽여준다. 그렇지만 아줌마와의 대화가 지루한 것은 아니다. 아줌마는 적어도 어머니보다는 말이 통하는 사람이다. 그 점이 중요하다. 아줌마는 절벽이 아니니까 데이트 자금 융통에 도움을 줄 수도 있으리라. 나는 본론을 꺼냈다.

아줌마는 역시 말귀를 금방 알아들었다. 만 원짜리 한 장을 빌리는 데 성공한 나는 바쁘게 외출 준비를 시작했다(데이트가 길어지면 짱박아 둔 비상금을 쓸 수밖에 없다. 비밀이지만, 내 허리띠 속엔 몇 장의 푸른 지폐가 숨어 있다. 난 정말 비상시가 아니면 이 돈을 꺼내 쓸 생각이 없다. 그런데, 내가 맞게 될 비상시기는 언제일까……).

한데 오랫동안 신경을 쓰지 않아서 마음에 드는 옷을 찾아낼 수가 없었다. 녹색 티셔츠는 노인과 돼지갈빗집에 있을 때 입었던 것이라 냄새가 장난이 아니었다. 나는 그 옷은 윗목에 집어 던지고 다른 것들을 뒤적였다. 그런대로 걸칠 수 있는 것이 하나 있긴 했다. 색깔도 베이지색이라 무난하고 남방 스타일이어서 단추를 하나쯤 더 풀어 남성미를 과시할 수도 있다. 문제는 그 옷을 입으면 나이가 좀 많아 보인다는 단점이 있다. 그 때문에 여간해선 입지 않았는데 오늘의 내 생각은 좀 달랐다.

이제는 원숙하게 보이는 차림으로 바꿀 필요가 있었다. 나는 고등학생으로 오해받는 게 싫었다. 기왕이면 대학교 고학년쯤으로 봐주면 보라와 함께 있는 일이 근사해질 수도 있다. 맞다. 나는 기가 막힌 생각이 떠오를 때면 늘 그렇듯 클클클 웃었다. 나는 형에게 물려받은 양복바지를 입었다. 스물다섯, 아니면 스물여덟으로 봐줄 복장을 물색한 결과였다. 머리도 가르마를 헝클지 않고 점잖게 옆으로 빗어 넘겼다.

그렇게 차리고 거울을 보던 나는 하마터면 으악, 소리를 지를 뻔했다. 거울 속에는 약간 유치한 표정의 형이 들어 있었다. 요사이 나는 부쩍 늙었고 덕분에 형의 얼굴을 닮아갔다. 하지만 이렇게 닮을 수도 있다는 게 신기했다. 기분이 나쁘지는 않았다. 그러자 번개같이 좋은 생각 하나가 더 떠올랐다. 나는 형 방의 열쇠를 챙겨서 부리나케 내 방을 뛰쳐 나왔다. 형의 방엔 형이 한때 쓰고 다녔던 도수 없는 검은 테 안경이 하나 있었다. 그것은 누구의 손도 타지 않고 서랍 안에 얌전히 들어 있다. 나는 검은 테 안경을 척, 콧등 위에 얹고 엄숙한 표정으로 형 방에서 나왔다.

내가 보라와 약속한 카페에 도착했을 땐 아직 시간이 꽤 일렀다. 바지에 물을 튕기지 않도록 천천히 걸어야 했으므로 그 시간까지 고려해서 일찍 나온 게 너무 일렀다. 그리고 바지도 이미 젖어버렸다. 아직 엉덩이까지는 버리지 않았지만.

나는 조금 망설이다가 결국 카페의 문을 밀치고 들어갔다. 밖에서 시간을 때울 수도 있었는데 그러다간 물에 빠진 생쥐 꼴을 각오해야 했다. 오늘은 좀 의젓한 진우연이면 좋겠다. 약속 시각에서 삼십 분 정도 빨랐기에 나는 홀을 살펴보지도 않고 구석 자리에 앉았다. 보라는 결코 삼십 분씩이나 일찍 나올 아이가 아니었다.

지금쯤은 자기가 먼저 전화를 한 것에 대해 심각한 고민을 하고 있을지도 모를 일이었다. 어쩌면 삼십 분 늦게 나오는 것으로 자존심을 만회하는 작전을 쓸 수도 있다. 여자들은 참 이상한 족속이다. 어쩌면 그리 복잡하게 머리를 굴리는지 신기하기도 했다. 여하튼 나는 종업원이 주문을 받으러 왔을 때 위스키를 한 잔 청하는 것으로 폼을 좀 잡았다. 술을 청할 때 약간 쩔끔했으나 종업원은 무표정하게 물러갔다가 곧 위스키를 쟁반에 받쳐 왔다.

기분이 근사했다. 음악도 분위기가 있었다. 비 오는 날은 이런 카페가 마구 분위기를 잡아주는 법이다. 나는 혀끝으로 술맛을 보며 주위를 둘러보았다. 바깥을 내다볼 수 있는 창 쪽 자리는 빈 좌석이 없었다. 창가 좌석은 언제나 그렇다. 나야 어디든 상관이 없지만 보라는 창가 좌석을 원할지 알 수 없는 일이었다. 나는 창 쪽의 테이블이 비는 대로 그곳으로 옮길 생각이었다. 혼자 앉아 있는 여자와 남자가 각각 한 명씩이니 빌 확률이 높았다.

그런데 내게 등을 보이고 앉아 턱을 괸 채 바깥 풍경만 바라보는 여자의 뒷모습이 몹시 거슬렸다. 어디서 많이 본 느낌이었다. 위스키 한 잔을 야금야금 핥아 마시는 동안 나는 줄곧 누구일까 생각했다. 그리고 어느 순간 번쩍 정신이 들었다. 세상에, 보라였다. 보라가 먼저 와 있었다.

나는 허겁지겁 창가의 테이블로 다가갔다. 틀림없었다. 안경을

장마

쓰고 머리 모양까지 바꾸었더니 내가 들어오는 것을 보지 못했던 것이리라. 나는 지금 막 도착한 것처럼 보라 앞에 털썩 주저앉았다.

"빨리 나왔구나."

보라가 힐끔 나를 보았다. 그리곤 다시 창으로 시선을 돌렸다.

"늦진 않았잖아? 아직 5분이나 남았는데 뭘 그래?"

보라는 대답도 없이 더욱 몸을 웅크리며 아예 창 바깥으로 튀어 나갈 듯 더욱 비 오는 거리만 죽어라고 쳐다본다.

"죽고 싶어."

한참 만에 보라가 내뱉은 말은 기가 막혔다. 죽고 싶다니, 이건 또 무슨 소리인가.

"왜 그래?"

"말 시키지 마."

밤송이같이 톡 쏘는 바람에 무렴해진 나는 가만 있었다. 그때 또 종업원이 왔다. 근데 눈치 없는 종업원이 산통을 깨고 말았다.

"계산, 이 좌석으로 합칠까요?"

그래도 보라는 전혀 표정의 변화가 없다. 나는 위스키를 다시 주문했다. 그리고 보라를 보았다.

"나도."

자기도 위스키를 마시겠다는 것이다. 믿을 수 없는 일이었다. 하지만 애들처럼 호들갑을 떨지는 않았다.

"공부는 잘돼?"

"좀 가만히 있어. 공부 소리 한 번만 더 하면 유리창 깨고 뛰어내릴 거야."

갈수록 끔찍하다. 너무 놀라 벌어진 내 입은 누가 도와주지 않는 한 닫힐 것 같지 않다. 나는 분주하게 머리를 굴려 이 상황을 정리했다. 이거야말로 삼차방정식보다 더 복잡해서 머리가 핑핑 돈다. 하지만 잔뜩 가시를 뻗친 보라 모습은 정말 아름답다. 누군가에게 그 모습을 보여주고 싶을 정도다.

그때였다. 보라가 휙 뭔가를 내게 던졌다. 나는 얼결에 그걸 받았다. 도장이 몇 개 찍힌 그것은 내게도 낯익은 것이었다. 학원의 여름 방학 특강을 신청하고 받는 수강증이다. 수강증 과목은 수학이다.

"뭐야? 날 보고 수학 공부 좀 하라는 뜻? 이런 것 필요 없는 몸인 줄 넌 몰랐니?"

"필요 없으면 찢어버려."

그렇다고 찢을 것까지야 있나 싶어 자세히 들여다보니 강사가 수학 과목의 귀신으로 알려진 윤모 씨였다. 이 사람 강의를 받으려면 신청하는 날 새벽부터 줄을 서야 한다. 보라도 아마 고생 끝에 수강 신청을 했을 것이다.

"찢기 아까우면 들고 가서 네 친구들한테 팔아. 프리미엄이 수강료보다 많다더라."

그럴 것이다. 방학 때는 재학생까지 몰려들어 수강 신청하기가 하늘의 별 따기니까.

"못 믿겠으면 지금이라도 가봐. 다음 주부터 강의 시작이니 지금이 최고 시세일걸. 팔아서 술이나 마시자."

점점. 이건 정말 미칠 노릇이다. 나는 당황해서 얼결에 위스키 잔을 홀랑 비워버리곤 가슴이 뜨끈뜨끈해지는 바람에 혼이 났다.

"그거 없애기 전에는 오늘 집에 들어가지 않을 거야. 내 동생이 자기 달라고 사정사정하는데 흥, 어림도 없지. 그럴 바엔 차라리 찢어버릴 거야."

보라 동생은 고3이다. 공부를 썩 잘한다는 말도 얼핏 들었다. 보라 언니는 알아주는 대학 영문과에 다닌다. 나 같은 놈은 죽었다 깨어나도 그런 대학에 들어갈 수 없을 것이다. 공부 잘하는 언니와 남동생 틈에 끼었으니 괴롭기는 할 것이다. 내 친구 쥬노도 꼭 그런 형편이다. 형이나 누나는 미국에서 석사, 박사 따오는 수재들인데 녀석은 영어 이원 젬병이다.

"치, 엄마라는 사람이 그렇게 불공평할 수 있어? 나 같은 재수생은 어차피 버린 몸이니 참으라는 거지 뭐야? 내가 애써 신청한 것인데 그걸 왜 동생을 주니? 그 애만 합격할 수 있다면 나 따윈 삼수를 하건 사수를 하건 상관없다 이거지 뭐."

그런 어머니가 있다. 아니, 나도 우리 어머니한테 많이 당했었다. 물론 형이 데모꾼이기 전의 일이다. 형이 무조건 최고였다. 형은 천재고 나는 돌대가리니까 무조건 형부터 해주고 나는 늘 뒷전이었다. 그래도 그때가 좋았다. 형은 염체 없이 주는 대로 받아먹는 사람이 아니었다. 어머니가 없으면 먹을 것도 나눠주고 새 옷도 팍팍 인심을 썼다.

말을 하다 보니 문득 간절하게 형이 그립다. 형은 정말 괜찮은 사람인데, 형만큼 괜찮기도 어려운데. 왜 형은 돌아오지 않을까. 무슨 할 일이 그리도 많은지, 언제나 형의 빈방에 사람 냄새가 풍기게 될지 정말 모르겠다. 내가 형 생각을 하는 사이 보라는 홀짝홀짝 위스키를 마셔버린 모양이었다. 볼이 발갛다. 처음 보는 모습인데 참 귀엽다. 나는 보라의 보호자가 되어야겠다고 다짐을 했다.

"화내지 말고 이것 도로 넣어둬."

"싫어."

"너만 손해야. 이 바보. 공부 열심히 해서 이번에 꼭 붙으면 되잖아?"

"또 그 소리! 나 정말 뛰어내린다?"

말은 그렇게 하면서 보라는 생글생글 웃었다. 오늘 처음 보는 미소였다. 하여간 계집애들 기분 변하는 것은 천방지축이다. 술 한 잔에 기분이 풀린 모양이다.

"여기 앉아서 너 걸어오는 것 다 봤다. 되게 웃기더라. 오리 궁둥이처럼."

"뭐? 그럼……."

"넌 왜 구석 자리만 좋아하니? 음흉하게."

이번엔 내 얼굴이 후끈 달아올랐다. 나는 꼭 이랬다. 무슨 일을 해도 제대로 성공하는 법이 없단 말이다. 제길, 남들은 잘도 하던데.

우리는 그곳에서 한 시간쯤 앉아 있다가 나왔다. 분명히 말하지만 나는 비 오는 거리를 쏘다닐 마음은 조금도 없었다. 하지만 보라가 갑갑하다며 자꾸 나가자고 했다. 우산을 나란히 쓰고 걸으면 그애까지 물에 빠진 생쥐로 만들어줄 텐데, 참 걱정이었다. 나는 별수 없이 또 오리 궁둥이로 걷는데 보라는 눈치도 없이 내 옆에 바싹 붙었다.

보라가 자기 우산은 접어버리고 내 우산 속으로 들어온 것이야 가슴 뛰는 일이었으나 빗줄기가 거의 3센티 정도로 굵은 것은 솔직히 좀 너무했다. 보라의 어깨와 닿아 있는 쪽을 제외하곤 백 미터도 가지 못해 나는 속옷까지 흠씬 물에 젖고 말았다. 바지는 찰싹 달라붙어 걷기도 불편해서 죽을 지경이었다. 다행히 백 미터 앞에 영화관이 보였다. 나는 속으로 쾌재를 부르며 보라에게 말했다.

"우리 영화 보자. 좋지?"

그런데 보라가 내 얼굴을 빤히 보았다. 마치 치한을 만났을 때의 시선이다. 그제야 나는 지금 상영 중인 영화가 무엇인지 살펴보았다. 그다음에 나는 갑자기 배가 아팠다. 머리도 아프고 피 순환도 순조롭지 않았다. 이 복합적인 증상은 두말할 것도 없이 영화 제목 때문이었다. 이건 첫마디부터가 섹스 어쩌고 하는 것이었다. 포스터의 그림도 반라의 여자가 야릇한 자세로 무릎을 꼬고 앉아 있는 모습이었다.

나는 어떻게 해야 할지 몰라 물에 젖은 옷을 연신 쥐어짜며 딴청을 피웠다. 물론 영화는 제목을 본 순간 이미 포기했다. 나는 그런 영화를 여자와 함께 볼 만큼 뻔뻔하지 못하다. 사실 이건 자랑이 아니다. 나는 더욱 낯이 두꺼워져야 한다. 한참 더 뻔뻔해야만 한다. 사람들이 나를 아주 이상한 녀석, 약간 제정신이 아닌 인물로 여기는 것도 모두 내가 나이에 어울리지 않게 순진한 탓이다. 사람들은 뻔뻔함과 세련됨을 자주 혼동한다. 뻔뻔하지 못하면 무식한 사람으로 오해받는 것이 세상 관습이다.

부끄러움으로 우왕좌왕하던 나는 또 무례한 짓을 저질렀다. 얼른 이 순간을 모면하고 싶은 마음에 뒤돌아 총총 오던 길로 뛰어갔다. 물론 우산도 함께다. 그럼 한번 상상해보길 바란다. 보라가 어떤 꼴이 되었는지.

보라는 갑자기 맨몸으로 폭우와 마주했다. 나는 한참 동안 그 사실을 깨닫지 못했다. 뒤에서 목이 터져라 "진우연!"을 외치는 것을 듣고서야 옆에 보라가 없다는 사실을 발견했다. 허둥지둥 달려갔지만 때는 이미 늦었다. 보라는 푹 젖은 옷을 탈탈 털어내며 나를 무섭게 노려보았다.

"아, 미안해. 깜빡 잊었어."

"넌 왜 그렇게 네 멋대로니? 이게 뭐야? 난 몰라."

난 쩔쩔매며 보라를 달랬다(나중에 깨달은 사실이지만, 보라는 제 우산이 있었다. 단추만 누르면 좌악 자동으로 펴지는 우산을 손에 들고 있었다. 그런데 왜? 하여간 여자는 수수께끼 같은 존재라는 사실을 나는 한 번 더 확인하였다).

　더욱 수수께끼 같은 일은 다음에 일어났다. 나는 똥 마려운 강아지처럼 낑낑대며 보라를 달래느라고 여념이 없었기에 그 애의 말을 미처 알아듣지 못하였다. 그러니까 보라가 "빨리 표 끊어." 했을 때의 이야기다.

　무슨 표를 끊으라는 것인지, 혹시 지옥행 티켓이나 끊어서 고생이나 실컷 하라는 야유는 아닌지, 그렇게 해석했을 수도 있다. 이래 보여도 나는 상상력이 풍부한 사람이다. 적어도 나는 말을 다각적으로 해석해보려고 애쓰는 정도의 사려 깊음은 지닌 사람이었다. 그런데 그게 아닌 모양이었다. 보라는 눈 하나 깜짝 않고 다시 내게 명령했다.

　"돈 없니? 네가 먼저 영화 보자고 그랬잖아? 빨리 표 끊어 오란 말이야."

　물론 내가 먼저 영화를 보자고 말했었다. 그건 사실이다. 하지만 그건 영화 제목이 저런 것인 줄 몰랐을 때의 발언이다. 맹세코 제목은 몰랐다. 나는 억울해서 미칠 것 같았다.

　"보면 어때? 우리는 미성년자가 아니잖아."

　보라 말대로 우리는 미성년자가 아니다. 그럼, 우리는 성인인가?

　"싫어? 싫으면 관둬. 바보. 나 혼자 볼 거야."

　보라의 성화에 못 이겨 결국 나는 주섬주섬 매표구 앞으로 다가갔다. 대학생이라 속이고 학생표를 살 수도 있었지만 심장이 두근거려서 그런 얄은꾀가 떠오르지 않았다. 그런 점에서는 보라가 나

　　　　　　　　　　　　　　　　　　　　　　　　장마

보다 훨씬 대담했다.

"왜 일반표를 샀어. 손해 봤잖아."

"학생증 보여 달라면 어떡해?"

"바보. 둘러댈 줄도 모르니? 네 친구들은 벌써 2학년 아냐? 우리가 대학 못 갔다고 극장에서까지 쫓겨날까 봐?"

그 말은 옳았다. 나는 좀 떳떳해지기로 했다. 그래서 표를 내고 들어갈 때는 눈알을 굴리지 않고 태연하게 보이려 애를 썼다. 시간은 잘 맞춰서 들어온 듯싶었다. 다음 프로를 관람할 손님들이 로비에 북적거렸고 시계를 보니 앞 영화 종영은 십 분쯤 남은 상태였다.

"잠깐 기다려. 전화하고 올게."

보라가 나를 두고 사라진 다음 나는 혹시 아는 사람을 만날까 봐 조심스레 주위를 살폈다. 아는 사람은 없었다. 그리고 내가 그처럼 인간관계가 넓은 것도 아니었다. 나는 다시 앞에 붙어 있는 포스터를 읽기 시작했다. 세계를 뜨겁게 달아오르게 한 「아주 품위 있고 지적인」 애정 영화.

아주 품위 있고 지적인, 부분에 꺾쇠까지 해놓은 글귀를 읽다 말고 나는 클클클 웃었다. 그건 아주 내 취미에 꼭 맞는 표현이었다. 나는 정말이지 섹스 영화를 보더라도 품위 있고 지적이기를 바란다. 이건 진짜다. 전화하러 갔던 보라가 돌아온 후 나는 점잖고 의젓한 태도를 유지하며 영화관 좌석을 찾아갔다.

사실, 여자와 단둘이 영화를 보는 일은 난생처음이었다. 고등학교 때 벌써 영화관에서 여자의 손은 물론이고 가릴 데 없이 다 주물러봤다고 떠들고 다니는 녀석이 여럿 있었다. 사실인지 아닌지 확인해볼 길이 없으니 믿거나 말거나 식의 허풍일지도 모른다. 하지만 사실일지도 모른다. 이렇게 캄캄하면 손쯤은 잡을 수도 있겠다.

나는 보라의 손이 어디 있는지 곁눈으로 훔쳐보았다. 세상에, 바로 지척에 그 애의 흰 손이 무방비 상태로 내던져져 있는 게 아닌가. 나는 침을 꼴깍 삼켰다.

화면에서는 남자 둘과 여자가 아까부터 밥을 먹고 있다. 한 녀석은 바람둥이 인상이고 다른 녀석은 정체를 모를 만큼 잘생겼다. 나는 즉시 잘생긴 남자를 혐오하기 시작했다. 얼굴이 잘생긴 녀석은 반드시 무슨 문제를 가지고 있다는 게 내 생각이다. 역시 그랬다. 잘생긴 녀석이 안주인을 쳐다보는 눈길이 심상치 않다. 나는 이 영화의 줄거리를 그만 다 짐작해버렸다. 뻔한 일이 아닌가. 친구 사이인 두 사내가 한 여자를 놓고 으르렁거리다가 끝나겠지. 젊은 아내의 불안정한 시선도 내 짐작을 도와주고 있다.

문제는 언제 낯 뜨거운 장면이 나오는가였다. 옆에 보라를 앉혀 놓고 그런 장면을 봐야 하다니 정말 낯이 뜨겁다. 집에서도 그랬다. 아버지랑 같이 비디오를 보다 농후한 러브신이 나오면 괜히 쓸데없는 말을 중얼거리며 분위기를 산만하게 만들어버린다. 화면만 빤히 쳐다보고 있다가 자신도 모르게 거친 숨소리를 낸다거나 상대의 숨소리를 듣는 것보다는 백번 나으니까.

그래서 나는 미리 한 가지 질문을 머릿속에 준비해두었다. 화면의 낌새가 이상하면 보라에게 귓속말로 "너 아까 어디에 전화했니? 집에 무슨 일이 있어?"라든가, "친구한테 전화한 거야? 저녁에 약속 있어?"라고 물을 참이었다. 그러고 나니까 마음이 좀 놓였다.

얼마 지나지 않아 내가 우려했던 장면이 전개되기 시작했다. 벌거벗고 침대에 누워 있는 남자, 안주인이 외출한 틈을 타 집으로 찾아온 고양이 같은 정부의 뜨거운 시선. 나는 때를 놓치지 않고 얼른 입을 열었다.

"너 아까 어디에 전화했니?"

"응? 뭐라구?"

"전화하러 갔었잖아. 집에다 했어?"

그러자 보라가 샐쭉한 표정으로 눈을 흘기며 톡 쏘아붙였다.

"이 바보. 화장실 갔다. 왜?"

나는 정말 울고 싶었다. 왜 울고 싶었는지 설명하고 싶지도 않다. 계집애들이 화장실 가면서 전화 핑계 대는 일은 종종 있다. 그런데 바보같이 그걸 잊다니. 아무래도 나는 진짜 구제 불능인지도 모르겠다는 절망감에 그만 맥이 탁 풀렸다. 나는 조용히 처박혀 있기로 했다(그러면 적어도 실수는 하지 않을 테니까).

그 뒤 영화가 끝날 때까지 난 온몸에 쥐가 나도록 굳어서 화면만 응시했다. 몇 번 숨이 탁 막히는 장면이 있었지만 심적 동요가 전혀 없다는 표시를 내기 위해 더욱 애를 썼다. 그러면서 속으로 얼마나 다짐했는지 모른다. 다시는 계집애를 데리고 영화관에 오지 않겠다고, 죽어도 이런 피곤한 짓은 되풀이하지 않겠다고.

얼마나 신경을 혹사하며 영화를 보았던지 벨이 울리고 불이 들어왔을 때는 긴 한숨이 터져 나올 정도였다. 온몸은 축 늘어져 파김치 꼴이 되었고, 금방 몸을 일으킬 수 없을 지경이었다. 나는 내 몸이 의자에 딱 붙어버린 것은 아닌지 걱정이 되었다. 내가 일어나면 의자까지 우두둑 뜯겨서 딸려올 것 같아 불안하기만 했다.

"왜 그래?"

보라가 이상하다는 듯 나를 보았다. 하는 수 없이 나는 조심스럽게 몸을 움직여보았다. 하지만 보라 얼굴을 정면으로 응시하려면 마음의 준비가 필요했다.

"폼만 잔뜩 재고, 뭐 그리 싱겁니?"

극장을 나서면서 보라가 투덜댔다. 아찔한 장면이나 대사가 염려했던 것보다 많지 않았던 것은 사실이었지만 그래도 아슬아슬한 곳이 몇 군데 있었다. 싱겁다고 말할 때의 보라 얼굴은 마치 산전수전 다 겪은 노련한 여장부 같아서 나는 더욱 기가 죽었다.

우리가 영화를 보는 사이 비는 대충 그쳤다. 이제는 저녁을 먹어야 할 시간이었는데 어둠은 내리지 않아 아직 주위가 환했다. 여름은 이렇게 낮이 길어서 좋은 점도 있다. 보라는 전혀 돌아갈 기색이 아니었다. 다른 때 같으면 너무 늦었다고 안달했을 시각이다.

어둡지는 않아도 그렇다고 밝지도 않은 시각, 나는 하루 중 이때가 가장 좋았다. 뭔가 좋은 일이 생길 것 같은 막연한 설렘은 이 시간만의 독특한 느낌이다. 영화관에 있을 때는 벗었던 안경을 다시 꺼내 걸치고, 눈가에 힘을 모아 세상 별 것 아니라는 표정을 만든 다음 나는 목소리에 힘을 주어 보라에게 말했다.

"어디 가서 저녁이나 먹을까?"

클클클. 이것이야말로 오늘 내가 한 발언 중 가장 근사하다. 제법 끼가 있다.

목소리를 좀 낮게 깔아주니까 확실히 효과가 있었다. 보라는 순순히 고개를 끄덕였다. 그리곤 슬쩍 내 팔뚝을 잡는 게 아닌가. 나는 또 균형을 잃었다. 이때 자연스럽게 팔을 벌리기만 하면 다정하게 팔짱을 낄 수 있다. 하지만 눈치도 없이 내 팔은 나무토막처럼 딱딱하게 굳어버렸다. 나는 열심히 스스로를 격려했다. 자, 팔을 껴. 해 봐. 임마. 아이구, 이 천치야.

노력 끝에, 엄청난 갈등 끝에 나는 딴 데를 보는 척하며 보라의 팔을 겨드랑이 밑에 확보할 수 있었다. 한참을 기다렸어도 보라에게 욕설이 나오거나 따귀를 얻어맞는 일은 벌어지지 않았다. 그런데 참 이상했다. 막상 팔을 끼고 걸어보려니 이게 도무지 자연스럽지가 않은 것이었다. 오른쪽 팔을 묶어놓은 채 걷는 일이 이렇게도 힘든 것일까. 그렇다면 수많은 연인들은 왜 이따위 힘든 짓을 하며 다니는 걸까.

백번 참고 이해하려 해도 팔짱을 낀 채 걷는 일은 도대체 내 생리에 맞지 않았다. 우선은 몸의 평형이 유지되지 않았다. 자꾸 사람한테 부딪치고 피하려 해도 물웅덩이로 쑥쑥 발이 빠진다. 보라는 어떤가 싶어 슬쩍 표정을 살피니 새침 이외 다른 기색은 찾아보기 어렵다. 나는 팔을 빼고 싶어 미칠 지경이지만 그러면 진짜 보라를 화나게 할까 봐 선뜻 실행에 옮길 수가 없다. 바로 그때였다. 앞에서 오는 사람들의 손에 들린 우산을 보고서야 나는 극장에 우산을 두고 온 사실을 깨달았다.

"우산, 우산을 놓고 왔어."

나는 일부러 화들짝 놀라며 그 김에 팔을 뺐다. 아니나 다를까, 보라는 김빠진다는 얼굴로 나를 노려보았다.

"우산 놓고 온 게 그렇게 큰일이야?"

한심하다는 보라의 비난이었다. 물론 우산을 잃어버린 경험은 타의 추종을 불허할 정도로 숱한 나였다. 하지만 다시 팔짱을 낀 채 걷는 것보다는 우산을 찾으러 오던 길을 되돌아가는 게 나았다. 이건 내 진심이다. 내숭 떠는 게 절대 아니다. 나는 부자연스런 것은 정말 질색이다.

"여기서 잠깐만 기다려. 금방 갔다 올게. 금방이야."

보라의 대답을 기다릴 것도 없이 나는 냅다 뛰었다. 두 팔을 맘껏 흔들며 달리니까 날아갈 것 같았다. 인간은 원래 네발 달린 짐승인지라 진화해서 두 발로 걷는 지금도 양팔을 움직이지 않으면 어색하다는 글을 어디선가 읽은 적이 있다. 직립보행의 인간이 되었어도 앞다리 두 개의 버릇에서 완전히 자유로울 수 없다는 것이다. 내가 앞다리 하나를 보라에게 묶어놓고 부자연스러워 헤맨 것도 다 본능의 거역에서 나온 것이라는 사실. 나는 이 괜찮은 해석에 고무받아 더욱 힘차게 팔을 휘두르며 뛰었다.

극장 앞은 한산했다. 벌써 다음 시간 손님들도 다 들어간 모양이었다. 표를 받는 사람에게 우산을 놓고 왔다고, 들어가서 가져올 수 없냐고 물었다가 야무지게 한 방 먹었다.

"그거 옛날 수법이야. 공짜 생각 있으면 머리를 좀 써."

아니, 내가 공짜 영화를 보겠다고 이따위 치사한 거짓말을 할 사람으로 보인단 말인가. 화가 머리 꼭대기까지 치밀었지만 사내의 덩치가 너무 엄청나서 참아야 했다. 그러나 암만 생각해도 억울했다. 표를 사서 들어갔다가 우산만 가지고 바로 나와 저 사내의 코를 납작하게 해줄까. 그런 생각도 했다가 얼른 고개를 흔들었다. 나란 놈은 겨우 이 정도였다. 그래 봤자 나만 손해 아닌가 말이다. 게다가 우산을 못 찾을 경우는 웃음거리가 되고 만다. 품위를 지키자. 나는 포기하고 극장을 나왔다.

그래도 아쉬워 문득 뒤를 돌아보다가 나는 내 눈을 의심했다. 덩치 큰 사내에게 표를 내밀고 극장 안으로 들어가는 흰 원피스의 여자가 나를 그 자리에서 얼어붙게 만들었다. 뒷모습이었지만 내 눈은 속일 수 없다. 누나가 분명했다. 얼굴 따윈 볼 필요도 없다. 동그란 어깨, 저 걸음걸이는 누나가 아니고선 어림도 없는 것이다.

뭘 더 생각할 겨를도 없이 나는 냅다 달렸다. 내가 덩치 큰 사내의 억센 팔뚝에 걸려 몸부림치고 있을 때 흰 원피스는 내 눈앞에서

장마

또박또박 걸어 극장 문을 열고 사라졌다.

"누나!"

악을 써봤지만 닫힌 문은 다시 열리지 않았다.

"야, 이 새꺄! 기껏 머리를 굴린 것이 이번엔 누나 타령이구나. 요 쥐새끼 같은 자슥. 너 한번 죽어볼래?"

"아니라구요. 우리 누나예요. 왜 이러세요?"

"얼씨구? 누굴 막대기로 아나?"

"이거 놓으세요. 표 끊어서 오면 될 거 아녜요?"

"어딜 도망가려고 수작이야. 너, 돈 있어? 돈도 있는 놈이 이따위 약은 수작을 부리나? 너 좀 혼나봐라."

사내가 나를 발끈 들어 올렸다. 이건 정말 횡액도 이런 횡액이 없다. 가볍게 멱살을 잡고 나를 대롱대롱 치켜든 사내 손에서 이제 박살이 날 판이다. 그때였다. 맙소사, 보라가 나타난 것이다.

"아저씨! 이 사람 다치면 책임지세요. 정말 우산을 놓고 나왔단 말예요."

야무진 목소리, 서슬 퍼런 기세에 사내도 찔끔한 모양이었다. 일단은 나를 내려놓았으나 멱살 잡은 손은 그대로다.

"보세요. 여기 극장표 두 장 있잖아요. 봐요. 확인해 보시라구요."

보라는 아까 입장할 때 돌려받은 반쪽짜리 극장표를 사내 코앞에 쑥 내밀었다. 물증, 그 물증이란 것이 중요하다고들 하더니 이처럼 속 시원한 물증이 어디 있겠는가. 나는 보라가 예뻐서 죽을 지경이었다. 물론 몇 대 얻어맞고 혼자만의 비밀로 간직하는 쪽이 체면을 위해서는 백 배 낫겠지만 당장은 사내의 야코를 납작하게 눌러준 것이 더 통쾌했다.

"정말이었어? 그럼 솔직하게 털어놓지 않고 사람을 놀려?"

정말 말도 안 되는 소리를 하고 있다. 나는 거짓말을 한 적도, 사내를 놀린 적도 없다. 그렇지만 구구하게 설명하고 싶지도 않았다. 그쯤 되어선 슬슬 구겨진 체통에 더 신경이 쓰인 탓도 있다.

"영화 시작했으니까 기다렸다가 찾아가든지 말든지."

사내는 손 탁탁 털고 제자리로 돌아갔다. 나는 입술을 깨물며 그를 째려보았다. 보라는 역시 착했다. 이번에는 한 번도 바보, 어쩌고 하지 않고 누나처럼 나를 위로했다.

"네가 참아. 극장표를 보여줬어야지. 저 사람 잘못도 아냐. 재수 없다. 빨리 가자."

보라가 내 손을 잡아끌었다. 그러나 나는 이곳을 떠날 수 없다. 누나가 지금 저 극장 안에 있다. 혹시 관람 도중에 나와버릴지도 모른다. 누나라면 얼마든지 그럴 수 있다. 그것만이 아니다. 누나가 나타나서 마음이 급한 것도 있지만 대체 이 구겨진 체통으로 무슨 분위기를 잡으랴. 예민한 나로서는 절대 불가능이다. 이제 보라와 저녁 시간을 즐길 마음 따윈 십 리 밖으로 사라지고 말았다.

"이 기분으로는 안 되겠어. 너 먼저 갈래? 그런 거 있잖아. 혼자 있고 싶은 기분일 때의 축축한 느낌 말이야. 지금이 그래."

"뭘 그래? 그러지 말고 날 따라와. 기분전환 시켜줄게. 기분 풀어준다니까."

"아냐. 그렇게 안 돼. 미안하다."

"고집부리지 말라니깐?"

보라가 역정을 냈다.

"오늘은 여기까지. 먼저 가. 빨리."

"흥, 좋아. 네 맘대로 해. 쳇."

보라는 냉큼 돌아서 빠른 걸음으로 내 곁에서 멀어졌다. 아직 보라를 달랠 기회는 있다. 얼른 쫓아가서 잘못했다고만 말하면 된다. 그러나 나는 그렇게 하지 않았다. 그 대신 극장 입구가 잘 보이는 장소가 어디일까를 생각하며 좌우를 두리번거렸다. 어두워지기 시작했으므로 어디든 몸을 숨길 수는 있을 것 같았다.

그나마 비가 그쳐 이곳저곳 자리를 옮겨가며 시간을 때울 만은 했다. 처음에는 그랬다. 시간이 좀 흘러서는 다리도 아프고 배도 고프고 짜증도 났다. 영화는 밤 열한 시가 넘어서야 끝났다. 극장 문이 열리고 사람들이 나오기 시작하자 나는 정신을 똑바로 차리고 집중했다.

나는 눈으로는 열심히 누나를 찾으면서도 머릿속으로는 제일 좋은 방법이 무엇일까를 궁리했다. 아무래도 오늘은 직접 누나 앞에 나서지 말고 미행을 하는 편이 나을 듯싶었다. 거처를 알아내는 데 성공할 수만 있다면 그 이상의 방법도 없다. 그 뒤는 다시 차근차근 생각해도 늦지 않다. 서둘다간 이 행운을 와장창 부숴버릴지도 모른다. 난 늘 그랬다. 하지만 이번만큼은 그럴 수 없다. 많이 지쳐 있긴 해도 난 잘해 낼 수 있을 것이다. 자신을 격려하며 나는 정신을 가다듬었다.

누나는 흰 원피스를 입었다. 그런데 기가 막히게도 나오는 여자마다 흰색 옷이 가장 많았다. 흰 티셔츠가 아니면 하다못해 흰 바지라도 입고 있어 나를 헷갈리게 했다. 그러나 내가 어찌 누나를 놓치랴. 어림도 없었다. 우리 사이의 질긴 끈이 잠시 멀어졌다고 닳아질 까닭이 있겠는가. 나는 기어이 누나를 찾아낼 것이다.

그리고 기어이 누나를 찾아냈다. 혹시 했는데 들어갈 때처럼 혼자가 틀림없었다. 머리를 질끈 동여매서 그런지 몹시 야위어 보였다. 어딘가 혼이 나간 듯한 멍한 시선, 허공을 차는 불안정한 걸음걸이 등 마지막 보았을 때보다 훨씬 피로한 모습이었다. 내 가슴이 얼마나 뛰었는지 아마 만져볼 수 있다면 누구나 다 깜짝 놀랐을 것이다. 나는 침착하기 위해 무진 애를 썼다. 할 수만 있다면 정신없이 뛰어대는 심장을 떼어 잠시 주머니 속에 보관하고 싶었다.

누나는 극장에서 멀지 않은 택시 정류소를 향하여 무심히 걸었다. 나도 누나 뒤를 밟았다. 누나는 열 사람쯤 줄을 서 있는 택시 정류소에서 멈추었다. 이건 좀 곤란했다. 늦은 이 시간에 바로 누나 뒤를 쫓을 수 있게 빈 택시가 올 것이라는 보장은 전혀 없다. 최소한도의 기대나마 해보려면 바로 누나 뒤에 나도 줄을 서야 한다.

나는 잠시 망설이다가 누나 뒤에 다른 사람을 세우고 바로 그 뒤에 줄을 섰다. 이제 남은 일은 신의 축복뿐이었다. 내 앞에서 택시를 기다리는 사람은, 그러니까 누나 바로 뒤에 서 있는 사람은 다행히 우량 청년이었다. 서 있는 것도 힘들어 땀을 줄줄 흘리는 비만이었다. 얼마나 땀을 흘리는지 혹시 빗방울이 굵어졌나 해서 하늘을 올려다보면 여전히 가랑비였다.

택시는 자주 왔으나 거의 다 합승을 원하는 차들이어서 줄은 쉽게 짧아질 기색이 아니었다. 성질 급한 뒷줄의 손님들은 차도로 나가 행선지를 외치며 차를 잡느라 분주했다. 얼마나 지났을까. 갑자기 누나가 줄에서 빠져나갔다. 나도 얼결에 누나를 따라 차도에 내려섰다가 황급히 몸을 피했다. 안경도 썼고 옆가리마로 변장을 했으니 안심은 되지만 누나 또한 냄새만으로도 나를 분별해낼 사람이니 조심해야 했다.

누나는 본격적으로 합승을 시도할 작정인 듯했다. 드디어 하늘이 나를 돕기 시작할 모양이었다. 적어도 방향은 알 수 있을 것이다. 그렇게만 되어도 또 다른 묘수를 짜내 누나 거처를 확인할 가능성

　　　　　　　　　　　　　　　　　　　　　　장마

은 얼마든지 있다.

아, 그런데 하늘은 완벽하게 내 편이었다. 누나는 서초동, 혹은 잠실이라고 외치지 않았다. 그 대신 누나는 "선화 아파트!"라고 외쳤다. 나는 똑똑히 들었다. 그것도 아주 여러 번 누나의 목소리가 '선화 아파트!'라고 발음하는 것을 확인했다.

누나는 한참 만에 같은 방향의 택시에 합승했다. 누나가 탄 차의 번호판을 외어놓고 나 또한 즉시 "선화 아파트!"를 외치며 이리 뛰고 저리 뛰었다. 택시만 곧바로 탈 수 있다면 누나가 선화 아파트 몇 동 몇 호로 들어가는지 내 눈으로 똑똑하게 확인할 수 있으리라.

하지만 운명은 거기까지만 내 편이었다. 택시는 좀처럼 잡히지 않았다. 나는 곧 포기했다. 그러나 조금도 낙심하지 않았다. 여기까지 성공한 것도 거의 기적이었다. 선화 아파트는 내일 찾아가도 늦지 않다. 방법도 있다. 사진 봉투를 들고 가서 현관 경비들한테 나누어주면 쉽게 확인된다.

행여 일이 어긋나더라도 걱정할 필요가 없다. 이 잡듯이 뒤질 것이다. 한 달이고 두 달이고 잠복해서 지키면 된다. 누나가 선화 아파트에 사는 이상 찾아내는 일은 시간문제니까 초조하게 생각할 필요도 없다.

지난번의 일차 수색 때 선화 아파트는 대상에서 제외되었다. 선화 아파트라면 강동구 어디쯤일 것이다. 나는 확실한 신념으로 강남구만 뒤졌다. 강동구는 좀 멀다고 생각했다. 그러고 보면 어머니가 받아온 점괘가 맞았다. 어머니가 그랬다. 네 누나는 동쪽에 있다고. 그렇지만 물론 어머니한테는 비밀이다. 아버지도 마찬가지다. 나는 안다. 누나는 나 이외 누구도 만나고 싶어 하지 않을 것이다.

7.　철새들도 집을 짓는다

○

입안에 아직도 청량음료의 단맛이 남아 있는데 벌써 갈증이 슬슬 목을 간지럽히며 덤벼든다. 나는 애타는 심정으로 건너편 상가의 슈퍼마켓을 돌아보았다. 냉방이 잘되어 있어서 들어가기만 해도 갈증 따윈 싹 가시는 곳이었다.

오후 3시.

이건 정말 미친 짓이다. 쇠라도 녹일 것 같은 불볕이 텅 빈 아파트 광장을 달구고 있을 뿐 지나다니는 사람도 전혀 보이지 않는다. 그런데도 나는 이미 두 시간 이상 아스팔트 열기를 받으며 얄팍한 나무 그늘을 의지해 견디고 있다. 아파트 경비원이 이렇게 비협조적일 줄은 미처 상상도 못 했다. 이건 말도 제대로 못 붙일 만큼 험악하다. 사진을 보여주고 집을 알아내기는커녕 여차하면 경찰에 신고하겠다는 태도여서 어안이 벙벙했다.

결국 나는 몸으로 때우는 방법 이외 다른 묘안을 찾지 못했다. 방법이 없었다. 내게는 경비실의 거센 냉대를 물리칠 자금도 없고 말로 설득할 만큼 능변도 아니다. 게다가 어느 구멍, 아니 어느 동의

철새들도 집을 짓는다

경비실을 주로 공략하면 되는지 그것조차 파악하지 못했다. 선화 아파트는 생각보다 아주 큰 단지였다.

그래서 나는 꼬박 사흘째 이곳에 출근하고 있다. 아파트 단지 중 가장 통행이 빈번한 길목을 잡아 하늘이 도우시길 기도하며 누나를 기다리고 있다. 그러다 경비원이라도 나타나면 하다못해 산보 나온 흉내라도 내면서 그의 의심스러운 눈길을 속여야 하는 고역까지 치르고 있다.

그날 극장 앞에서 누나를 발견한 이후 나는 완전히 누나 생각뿐이었다. 좀 더 정확히 말하자면, 누나 일에만 몰두하려고 무진 애를 쓰고 있었다. 정말이지 그러고 싶었다. 도대체가 나성여관 일은 생각만 해도 골치가 지끈지끈 쑤셨다. 찌르레기 아저씨 일만 감당하려 해도 내 심장이 오그라질 판인데 민구의 외할아버지, 즉 10호실 노인의 소련 방문 비밀까지 떠맡게 되었으니 내가 온전할 수 있겠는가.

그뿐이 아니었다. 아버지가 어머니에게 그토록 당하고서도 다시 화장품가게 여주인과 만나는 장면까지 목격한 나였다. 선화 아파트로 가기 위해 택시 정류소에 서 있던 첫날, 나는 아버지가 화장품가게 여주인과 택시에서 내리는 것을 보고 말았다.

"너는 집에 안 있고 또 어딜 가냐?"

화장품가게 여주인은 합승 손님이었던 척 뒤도 안 돌아보고 총총 사라졌고 아버지 역시 시침 딱 뗀 채 내게 지청구를 하였다.

"니가 뭔 돈이 있다고 택시를 기다리냐, 기다리길."

아버지 말은 영 옳지가 않았다. 돈으로 말할 것 같으면 아버지나 내가 모두 똑같은 신세였으니까. 말하자면 우리 두 사람 모두 나성여관 금고를 관장하는 어머니한테서 모기 눈물만큼씩 용돈을 얻어

쓰는 처지가 아닌가 말이다. 나로 말하면 오늘은 아주 중요한 날이어서 눈물을 머금고 택시를 탈 생각이었지만 아버지는 도무지 제정신이 아닌게 분명하다. 아버지는 아마도 이런 나의 속마음을 눈치챈 것 같았다. 금세 지루한 변명으로 말을 돌리면서 연신 얼굴에 흐르는 땀을 닦았다.

"복덕방 정 씨 아저씨 알지? 그 아저씨네 장모가 세상을 떴어. 오늘 초상 치른다기에 얼른 다녀오는 길이다. 에, 그러니까 뭣이냐, 불광동 시외버스터미널 부근이라서 택시비도 몇 푼 안 나오거든. 아 참, 너 또 오해할라. 아까 그 여자는 합승 손님이니까 느그 엄마한테 딴소릴랑 말거라. 에헤, 흠흠……."

헛기침과 괜한 사설이 뒤죽박죽된 아버지의 변명은 다음과 같이 의미심장한 말로 매듭이 지어졌다.

"하기사 너도 다 큰 사내 녀석이니 애비 입장 곤란한 입놀림이야 삼가겠지만서두."

다 큰 사내면 또 모를까 사내 녀석은 무슨. 나는 그 와중에도 아버지의 말이 우스워 속으로만 킬킬 웃었다. 그렇다고 아버지를 이해했다거나 용서한 것은 결코 아니었다. 물론 어머니에게 일러바쳐 한 번 더 나성여관을 뒤엎을 생각 또한 눈곱만큼도 없었다.

다만 한 가지, 이상하게도 화장품가게 여주인의 인상이 내 마음을 잡아끌었다. 고백하자면 나는 그동안 진열대 뒤에 서 있는 그 여자를 몇 번 훔쳐본 적이 있었다. 아버지의 연인에 대한 불쾌감과 호기심은 똑같은 비중이었으므로 나로서도 어찌할 수 없는 노릇이었다.

그렇지만 대낮의 밝은 길에서 아무 장애물 없이 정면으로 얼굴을 본 것은 그때가 처음이었다. 생각했던 것보다 훨씬 왜소한 몸피, 바람만 조금 세게 불어도 날아가 버릴 듯한 조그마한 체구는 어머니

　　　　　　　　　철새들도 집을 짓는다

와는 정반대였다. 아버지의 연인이 비정상일 만큼 작고 마른 여자였다는 사실을 확인한 뒤 아버지에게 품었던 적의가 상당량 감소했음은 확실했다. 나는 아버지가 왜 그 여자를 좋아하는지 이유를 알 수 있을 것 같았다.

그리고 또 하나 중요한 것은 화장품가게 여주인은 절대 어머니의 적수가 못 된다는 사실이었다. 어머니는 마음만 먹으면 단 한 방으로 그 여자를 쓰러뜨릴 것이다. 어머니가 거대한 몸에 바람을 일으키며 화장품가게로 돌격하는 모습은 상상만 해도 아찔하다. 이런 판국이니 아버지 문제도 늘 위태위태한 살얼음일 수밖에 없다. 화장품가게의 진열장이 박살이 나고, 유리 파편을 짓밟고 선 어머니가 쥐면 한 줌밖에 안 될 시앗을 덮치는 상상이 현실로 나타나지 말란 법은 없으니까.

그런 북새통을 떠날 수 있게 누나와의 숨바꼭질이 시작된 것은 차라리 천만다행이었다. 적어도 나는 그랬다. 나는 조금이라도 나성여관에서 멀어지고 싶었다. 불볕더위래도 좋았다. 기약할 수 없는 기다림이라 해도 관계가 없었다. 기다림이 깊으면 만남의 기쁨도 그만큼 깊어진다. 나는 누나가 처한 상황이 제발 괜찮은 것이길 마음속으로 빌고 또 빌었다. 그래야 누나에게 기대어 쉴 수가 있다.

그러나 그날은 언제일까. 나는 겨우 사흘째인 지금도 벌써 절망이 목구멍까지 차올랐다. 이런 무모한 방법이 먹혀들기론 나와 행운이란 존재 사이의 거리는 멀고도 멀다.

절망이 덤벼들 때마다 나는 머리를 식히려고 슈퍼마켓으로 갔다. 음료수를 하나 사서 쭉쭉 빨아먹고 있으면 다소 희망이 보이기도 했다. 시원한 슈퍼마켓 안에 있으면 뙤약볕 아래 한 달을 지내라 해도 놀라지 않을 것 같다. 그러나 정작 더위 속으로 나와 원래 위치에 서 있으면 오 분도 안 되어서 개처럼 헐떡거렸다. 다시 목이 마르고, 숨이 가쁘고, 가끔은 퀴퀴한 나성여관 속의 내 방이 그립기도 하였다.

누나가 아니라면, 한때는 내 목숨과 동격이라고 여겼고 지금도 거의 그와 비슷한 느낌으로 소중하게 간직하는 누나의 향기를 되찾는 일이 아니라면, 이 짓은 나처럼 참을성 없고 금방 지치는 인간이 도전할 만한 일이 아니었다. 하지만 나는, 장담하지만, 이 파수꾼 노릇을 중도에서 포기하지는 않을 것이다. 그건 자신할 수 있다. 이 일 외에는 사실 할 일도 없는 나였다. 이 무덥고 칙칙한 여름에 내가 할 일이 있다는 것만 해도 반갑다고 해야 옳았다.

물론 학원 친구들의 유혹이 없었던 것은 아니었다. 진휘와 종식이는 지금쯤 어느 바닷가에서 웃통 벗어부친 채 신나게 놀고 있을 것이다. 쥬노도 한 사흘쯤 쉬어도 좋다는 부모의 허락이 떨어졌다면서 강릉의 이모 집에 갔다. 나랑 동행해도 좋다는 연락이 있었으나 나는 점잖게 사양했다. 학원을 그만둔 이후 쥬노와 거리가 생긴 것은 그렇다 치더라도 요즘 나는 쥬노와 같이 있는 시간이 좀 따분해서 줄곧 녀석의 전화를 따돌리고 있다. 쥬노 같은 애송이 녀석하고 시간을 보내기론 난 좀 늙어버린 것인지도 몰랐다.

그 애들과 죽치고 앉아 수학이 어쩌고 미팅이 어쩌고 하는 일은 정말이지 하품 나는 노릇이었다. 현재 내가 주무르고 있는 세계는 수학이나, 계집애들과 뽑기를 하는 미팅과는 차원이 다른 것이었다. 적어도 나는 복수, 살인 혹은 소련과 평양이 아니면 불륜과 밀회 같은 보다 난해하고 복잡한 세계로 진입한 수준이므로 저들이 유치하게 여겨지는 것은 당연하다.

아무리 생각해도 누나의 통행로는 여기가 아닌 모양이었다. 길목

철새들도 집을 짓는다

을 지킨 지 닷새, 나는 비로소 이 우직한 방법에 깊은 회의를 품었다. 닷새 동안 누나의 그림자도 발견하지 못한 나는 지칠 대로 지쳐버렸다. 인내에도 한계가 있는 법이었다. 나는 내가 포기했던 묘책들을 다시 점검해보았다. 아무래도 경비실의 협조 외 다른 좋은 방법을 찾을 수 없었다. 나는 우선 각 동의 현관 분위기를 조사해보기로 마음먹었다. 인상이 좋은 경비원을 만나면 눈물로 호소할 연기력쯤은 닦아두고 있는 나였다. 설령 안 된다 해도 밑져야 본전이었다.

선화 아파트는 모두 여덟 동으로 이루어진 대단지다. 주의 깊게 살펴본 결과 그중 3동과 8동의 경비원이 가장 고약한 인상이고, 4동은 진즉에 나를 잡아먹을 듯이 굴던 작자가 지키고 있으니 말할 게 없으며, 아무래도 5동의 경비원이 내가 감당할 만큼 양순한 인물임이 확인되었다. 나는 곧장 행동으로 들어갔다. 죽기 아니면 살기였다. 닷새 동안 더위를 먹었으니 제정신 아닌 용기도 생길 법했다.

"어디 가요!"

내가 무작정 엘리베이터를 향해 돌진하니까 경비원이 화들짝 뛰어나왔다.

"여기 8층에……"

"8층 어디?"

"모르겠어요."

"몰라? 모르다니, 당신 혹시 책 장수야?"

양순해 보이는 인상과는 달리 말투는 제법 거칠다. 나는 불현듯 기발한 생각이 떠올라 능청을 부리기 시작했다.

"어? 아저씬 정말 도사네. 내가 책 장수인 줄 어떻게 아셨어요?"

"이 짓이 몇 년째인데 그것도 모를라고."

과히 싫지 않다는 듯 경비원은 어깨에 힘을 주었다.

"진짜 기절하겠네. 내가 책 장수인 줄 어떻게 금방 알아내지?"

"헛소리 그만하고 얼른 나가요. 이 아파트는 절대 잡상인 출입금지야."

경비원은 금방이라도 내 어깨를 밀어낼 기세였다.

"아니에요. 책 팔러 가는 게 아니라요, 책값 떼어먹고 이사 온 사람이 있어서 잡으러 온 겁니다. 자그마치 18만 원을 떼어먹었다니까요?"

"어느 집? 8층 몇 호인데?"

"모르겠어요. 수소문 끝에 여기 8층으로 이사 왔다는 것만 겨우 알아낸 거니까."

경비원은 한결 누그러진 기세로 8층에는 근래 이사 온 집이 없다고 말했다. 나는 또 나대로 내가 이 돈을 받기 위해 서울 시내를 얼마나 헤맸는가를 입술에 침 발라가며 열심히 떠들어댔다.

"대체 어떤 인간이 그따위 더러운 행세를 하고 다니나, 다니길……."

마침내 경비원은 혀를 끌끌 차며 내 처지에 깊은 동정심을 표하기 시작했다.

5동 경비원에게 최대한의 협조를 보장받은 것은 우리가 대화를 시작한 지 거의 한 시간이 지난 뒤였다. 누나는 책값 18만 원을 떼먹고 도망친 얌체 독신 여성이고, 나는 그 돈을 받지 못해 대학 등록을 포기한 불우한 고학생으로 변신했더니 경비원의 의협심에 불이 붙었다.

"5동에선 이런 얼굴을 본 적이 없지만서두 분명 낯이 익고만 그래. 자네가 동을 잘못 안 게야. 선화 아파트에 사는 게 틀림없다면 이 여자 잡는 건 시간문제니깐 걱정할 것 없어."

철새들도 집을 짓는다

"선화 아파트는 틀림없어요. 잡기만 하면 돈은 못 받더라도 실컷 욕이나 퍼부어줘야 속이 후련할 것 같아요. 날 얼마나 골탕 먹였는지 말로 다 못 한다니까요."

누나의 사진을 보여주며 확인한 결과 5동은 아닌 게 확실했다. 그래도 아군을 한 사람 확보했으므로 그의 말대로 이제는 시간문제였다.

"알았으니까 이젠 가보라구. 내가 다른 경비원들한테 좀 물어볼 테니까 며칠 후에 다시 와. 쯧쯧. 얼굴은 깔끔하게 잘 빠졌는데 뒤끝이 그리 구려서야 사람 대접받긴 애당초 그른 여자구만."

그가 누나의 사진을 보며 나오는 대로 지껄이는 말을 듣는 내 심정, 특히 애당초 사람 대접받긴 그른 여자라는 표현은 팔뚝에 소름이 돋을 만큼 섬뜩했다.

집으로 오는 버스 안에서도 줄곧 내 귀엔 경비원의 그 악담이 들려왔다. 그건 어쩌면 누나한테 품은 내 의혹의 거친 표현인지도 몰랐다. 극장 앞에서 누나를 처음 발견했을 때부터 줄곧 가시지 않던 의혹, 혹시 돌이킬 수 없는 상황이면 어떻게 할지 나는 두려웠다. 누나가 돌아올 수 없는 다리를 건너 아예 다른 삶으로 접어들었다면, 끝내 예전의 누나로 돌아오지 않겠다고 버틴다면, 나는 누나를 찾아도 찾은 것이 아니다. 그러면 내가 누나에게 갈 길이 없다.

그 길이 봉쇄되면 나는 끝이었다. 나는 생애 처음으로 질식할 것 같은 위기감을 느꼈다. 내 삶에, 내 미래에 누나가 없다면 산다는 게 도대체 무슨 의미일까. 집에 돌아와서 나는 오래도록 찬물을 뒤집어썼다. 사시사철 퀴퀴한 곰팡내가 배인 세면실은 내가 한 시간 이상 틀어박혀 있었는데도 노크 소리 한번 들리지 않았다. 그럴 정도로 손님이 뚝 떨어졌다는 이야기다.

들어오면서 슬쩍 들여다본 내실 풍경은 요즘의 나성여관이 어떤 꼴인가를 한눈에 말해주고 있었다. 어머니와 아버지 두 사람이 서로 엇비슷하게 누워서 세상모르고, 아니 세상이 다 귀찮다는 듯 하염없이 낮잠을 즐기고 있다. 그리고 그들 위로 푸른 빛 나는 파리들이 정신없이 원을 그리며 공중을 지배하고 있었다.

나성여관에 파리만큼 흔한 것도 없다. 방마다 도배지 위로 무늬를 그린 파리똥도 보기에 따라서는 정다운 풍경이기도 했다. 뽕짝 아줌마가 일하는 부엌 천장에는 사시사철 파리사냥 끈끈이가 두어 개씩 매달려 있었다. 끈끈이의 표면은 서서히 풍화되는 수많은 파리 시체들로 여백이라곤 찾아볼 수도 없었다.

그렇긴 해도 올해는 파리가 더욱 유난한 게 사실이었다. 장마가 길었다는 것으로 파리 떼의 극성을 다 설명하긴 어렵다. 그것보다는 파리의 사망률이 현저히 감소하였다는 것으로 설명하는 게 더 쉬울지 모른다. 매년 나성여관으로 날아드는 파리들을 여지없이 무찌르곤 했던 파리채는 어디에 처박혀 있는지, 왜 어머니는 빈방마다 찾아다니며 파리약을 뿌리던 버릇을 잊은 척하고 있는지.

나성여관이 그런대로 잘 굴러갔던 시절에는 어머니나 아버지 모두 파리채를 휘두르는 것에 꽤나 재미와 열성을 느끼고 있었다. 도망가는 파리 한 마리를 잡기 위해 그 큰 엉덩이를 실룩이며 나성여관 복도를 엉금엉금 기던 어머니의 모습은 정말 가관이었다. 심심한 일상을 벗어날 궁리에 자나 깨나 골몰하던 아버지 역시 파리 사냥의 짜릿한 맛을 즐겼다. 아버지의 특기는 날아가는 파리를 공격하여 한 번에 후려치는 것이었다. 정확한 조준, 빈틈없는 자세, 놀라운 집중력의 삼박자가 어우러져 그 일은 매번 백발백중이었던 것

철새들도 집을 짓는다

도 나는 환히 기억하고 있다.

하지만 요즘의 나성여관에서는 누구도 파리를 잡지 않는다. 심지어는 움직이고 있는 밥숟가락 위로 끊임없이 착륙을 시도하는 파리까지도 관대히 살려두고 있다. 어머니는 이미 나성여관의 영화를 포기한 사람처럼 보였다. 동네에 목화장이 생기기 전에는 불경기에도 희망을 버리지 않던 어머니였다. 무슨 무슨 호텔은 시설이 어떻고 방값이 어떻고 하는 이야기에도 콧방귀만 뀌던 어머니였다.

"그런 데서 자는 인간들 등짝에는 다이아몬드라도 박혔나? 하룻밤 유하기론 우리 집 정도도 사실 과한 거 아냐? 그게 무슨 미친 지랄이람."

그러나 당장 눈앞에 목화장이 들어서자 팽팽하던 어머니의 자존심도 일시에 오그라들었다. 나성여관에서 하루 자는 요금에 단돈 5천 원만 더 얹으면 목화장의 쾌적한 환경을 누릴 수 있다는 사실은 어머니에겐 정말 요령부득이었다. 어머니는 나성여관의 숙박료가 과하다곤 한 번도 생각해본 적이 없었다. 그것 받아선 겨우겨우 현상 유지만 할 수 있을 뿐인데 목화장은 무슨 재주로 방마다 에어컨 돌리고, 텔레비전 틀어주고, 넘치도록 뜨신 물 보내주는지 이해할 수 없다는 거였다.

솔직히 내가 손님이라 해도 그 정도 요금 차이면 나성여관 따윈 쳐다보지도 않겠다. 어머니도 그쯤은 알고 있었다. 하지만 목화장 객실 수가 나성여관보다 몇 곱절 많다는 것, 낮과 밤으로 객실을 돌릴 수 있게 홍보에도 과감한 투자를 해야 한다는 것 등, 자본으로 밀어붙이면 까짓 나성여관쯤이야 하루아침에 사라지게 할 수도 있다는 경제 원리를 어머니가 깨닫기는 좀 무리였다.

어쨌거나 나는 나성여관이 이리도 쉽게 무너지는 것을 보고 있기가 몹시 괴로웠다. 무너진다 해도 이건 너무 처참했다. 어머니는 요즘 골똘하게 생각에 잠기는 시간이 많아졌다.

샤워를 마치고 다시 내실에 나왔을 때 나는 어머니가 잠에서 깬 채 그대로 누워 있는 것을 발견했다. 어디 먼 곳을 보는 듯 정처 없는 눈길, 부스스 흘러내린 앞 머리칼이 어머니의 얼굴을 몹시 늙어 보이게 했다. 어머니는 예전처럼 내가 대학을 포기하고 학원을 그만둔 것에 대해 애달파 하지도 않는다. 장사가 이렇게 시원찮으면 삼수생 노릇을 집어치운 것이 되려 효도가 될 판이다.

나는 생각에 잠긴 어머니 얼굴이 낯설어서 슬그머니 뒤채로 돌아왔다. 10호실마저 문이 닫혀서 뒤채는 텅 비었다. 노인은 요즘 부산하게 나돌아다니는 눈치였다. 처음엔 요령껏 민구를 따돌리고 혼자 가뿐히 출타하곤 했는데 엊그제 어머니에게 싫은 소릴 들은 다음부턴 아이도 함께 데리고 다녔다.

"늘그막에 애들 뒤꽁무니 쫓아 다닐라니 세상에도 귀찮아 죽겠소. 영감님이 데리고 다니시든가 그게 싫거든 영감님도 할멈 하나 얻어 살림을 차리든가……"

10호실 노인이 소련으로 떠난 뒤엔 민구를 돌볼 사람이 누구일지 나는 그것이 늘 마음에 걸렸다. 그렇다고 노인에게 앞으로의 계획을 미주알고주알 캐묻기도 싫었다. 실제로는 노인이 정말 소련에 갈 수 있는지, 대체 그 일이 노인 같은 형편에 가능키나 한지 미심쩍은 마음이 가득해서 일단 두고 보는 것이다.

만약에 내가 찌르레기 아저씨의 노트를 읽지 않았다면 노인의 고백을 들은 즉시로 나는 그에게 모든 사실을 털어놓았을 것이다. 하지만 나는 그럴 수가 없었다. 그것은 아저씨와 나 사이에 벽이 생겼다는 뜻이 아니라 오히려 내가 그를 더욱 돈독하게 이해하기 시작

철새들도 집을 짓는다

했다는 뜻이다. 그는 자기 일만으로도 세상살이가 지옥인 사람이었다. 더는 그의 정신을 어지럽히고 싶지 않았다. 같은 이유로 나는 그에게 누나의 수색작업도 보고하지 않았다.

그는 긴 장마 뒤에 새롭게 교회건축 현장에 매달려 있다. 준공은 초겨울쯤이라 하지만 그가 맡은 일은 머지않아 마무리된다 했다. 그는 미친 듯이 일에 빠져 있었다. 첫새벽에 방을 나가 해가 떨어지면 돌아왔다. 그가 곁을 스치면 후끈 열기가 풍겨오고 작업복은 물에 적신 듯 축축했다. 덥지 않냐고 물으면 중동은 이보다 몇 곱절 지독하다고 답했다. 그뿐이었다. 그의 눈은 번들거렸고 저녁 식사 후엔 손가락 하나 들어 올릴 힘이 없는 사람처럼 쓰러져 깊은 잠 속으로 추락해버리곤 했다.

적막했다. 집에 있어도 마음 둘 곳이 없어 쓸쓸하기만 했다. 잠시라도 마음을 의지할 대상이라곤 눈을 씻고 찾아도 없었다. 모두 내가 몸을 기댈까 봐 미리 뾰족한 바늘을 준비했다는 생각이 들 정도였다.

5동 경비원에게 누나를 찾아다닐 시간을 줘야 했으므로 나는 사흘쯤 집에서 쉴 작정이었다. 사실 몸살이 나도 좋을 만큼 몸도 마음도 지친 상태였다. 나는 사흘 동안만 숨도 쉬지 않고, 먹지도 않고, 눈도 뜨지 않고 지낼 수 있다면 얼마나 좋을까를 생각했다. 나비의 애벌레가 그렇게 하듯 고치를 지어 칩거하고 싶다는 열렬한 소망은 그러면 그렇지, 그날 밤 당장 박살 났다.

밤늦게 돌아온 노인과 민구가 문제였다. 노인은 노인대로 세면실과 방을 들락거리며 설쳤고 민구는 복도를 뛰어다니며 이 방 저 방 사정없이 문을 두들겼다.

"좀 맞을래! 네 방에 가서 자. 잘 시간이야."

"좀 맞을래? 좀 맞을래?"

민구는 내 말을 흉내 내며 비칠비칠 물러섰다가 내가 보이지 않으면 또 시작이었다.

"할아버지. 제발 애 좀 재우세요. 미치겠다니까요."

"이눔의 새꺄. 날래 이리 못 오간? 사람 새끼문 말을 들어야디."

노인은 제법 목에 힘줄을 뻗치며 손자를 나무라는데 그 음성이 다른 날과는 달리 영 생기가 넘쳐흐른다.

"할애비도 피곤해 죽갔는데 기러문 어떡하간. 기쎄, 날래 자래니간. 어케 이리 말을 안 듣는단 말이가."

노인은 민구를 끌어다 강제로 눕힌 다음 한결 낮은 목소리로 내게만 들리도록 소곤거렸다.

"내레 지금 한숨 눈 붙인 뒤에 또 나가봐야 한다, 이 말씀이디. 무신 놈의 약속이 꼭두새벽으로 맞추어 놓았는디, 시간에 잘 댈랑가 모르갔구먼."

"정말 소련 가세요?"

마지못해 관심을 표한 것이 실수였다. 기다렸다는 듯 노인은 낡은 손가방에서 주섬주섬 서류뭉치들을 꺼내놓았다.

"이리 와보라우. 이게 다 뭐시냐. 출국서류라덩가 입국서류라덩가 뭐 기런 것들 아니갔어. 해달라는 서류가 어드르케나 많은지 덩신을 차릴 수가 없지 않갔어."

"할아버지가 직접 수속하러 다니시는 거에요?"

설마 하면서 내가 물었다.

"아니디. 나 같은 귀신이 그걸 어드르케 다 하갔어?"

"쏘련 관광객만 전문으로 취급하는 여행사 딕원이 일은 다 해주

철새들도 집을 짓는다

디. 돈이 벌써 팔십만 원씩이나 넘어갔다댔는디, 일본으로 먼저 가개지고 거기서 쏘련 가는 비행기를 탄다누만."

그럴싸했다. 널려 있는 서류도 그러했고 일을 추진하는 곳이 소련 전문 여행사라니 맹탕 헛물켜는 꼴이 되지는 않을 모양이었다. 정말 노인이 떠나면 민구는 어떻게 할 작정인지 그렇다면 묻지 않을 수 없다.

"그럼 민구는요?"

"민구 말이가? 민구가 왜?"

노인은 무슨 뚱딴지같은 소리냐고 나를 빤히 쳐다보았다.

"민구는 어떡하실 거냐고요."

"민구를 어떡하긴 어떡한단 말이가? 민구도 가야디. 이남에 와서 겨우 요거 하나 얻지 않았간? 이걸 데리고 가야디 어떡하갔어."

"그렇게 할 수 있대요?"

"미스터 박이……."

"미스터 박이 누군데요?"

"오호, 자넨 참 모르디, 뭐라드라, 그렇디, 내 담당이라 하드만. 아주 똑똑한 청년인데 그 청년이 다 알아서 처리한대댔디. 정말이라우. 쏘련 전문이니깐두루."

내 방에 돌아와서 곰곰 생각해보니 민구한테 마냥 짜증을 낼 일도 아니었다. 우선은 영원한 이별이 곧 닥칠 것이다. 게다가 정상이 아닌 그 애가 걷게 될 미래의 행로도 마음에 걸렸다. 나는 당분간이라도 민구에게 관대해지기로 마음을 다졌다. 따지고 보면 녀석도 귀여운 구석이 많았다. 맑고 투명한 눈빛이 그랬고 나만 보면 손가락을 입에 문 채 줄줄 따라다니는 모습도 안쓰러웠다. 예뻐하기로 작정만 한다면 무슨 짓인들 못 참으랴.

다음 날 이른 아침, 나는 자지러지는 아이 울음소리에 잠을 깨고 말았다. 눈을 뜨자마자 시계부터 보았는데, 젠장맞을, 겨우 일곱 시였다. 간밤에 모처럼 마음먹고 긴 일기를 쓰느라 늦게 잠이 들었는데 이 시간의 꿀 같은 단잠을 훼방 놓는 울음소리에 나는 그만 격분했다. 나는 다짜고짜 10호실로 달려갔다.

"야! 넌 잠도 안 자? 좀 자자. 제발 잠 좀 자게 내버려 두라고!"

민구는 잽싸게 울음을 삼킨 채 어리둥절한 눈으로 나를 쳐다보았다. 눈물, 콧물에 홀렁 벗어던진 아랫도리의 꼴이라니. 나는 간밤의 결심도 잊고 계속 화를 냈다.

"지금이 몇 신데 이렇게 울어대는 거야? 엉? 왜 그래?"

"하부지, 하부지…… 으앙!"

내 고함에 놀라 할아버지를 몇 번 부른 아이는 다시 굉장한 목청으로 왕왕거리며 울기 시작했다. 그제야 나는 노인이 여행사 일로 새벽에 민구 몰래 나갔다는 사실을 깨달았다. 잠에서 깨어난 아이는 옆에 할아버지가 없는 걸 발견하고 즉각 성능 좋은 사이렌을 울린 모양이고.

그때였다.

"민구, 이리 와. 아저씨 방에서 같이 있자."

언제 나왔는지 찌르레기 아저씨가 10호실 앞에 서 있었다.

"자, 아저씨 방에 오징어 있다. 빨리 가보자."

민구는 얼른 그에게 달려가 안겼다. 나는 좀 머쓱해져서 눈곱 떼는 시늉이나 할 뿐이었다.

"민구야. 네가 이해해. 형이 요즘 괴로운 일이 많아서 그렇대. 괴로움에는 잠밖에 약이 없거든. 그 약을 네가 빼앗았으니 화가 난 거야. 알겠니?"

"알겠니? 알겠니?"

민구는 그새 울음을 뚝 그치고 끝말 흉내를 내기 시작했다. 기가
막혔다. 도대체 언제 울었냐는 얼굴이다. 나는 순간적으로 얼굴이
확 달아오를 만큼 당황했다. 그의 말이 뭔가 의심쩍었다. 혹시 내가
그의 노트를 훔쳐본 걸 알았는지 걱정하지 않을 수 없다.

그럴 만도 했다. 나는 요즘 거의 그의 방을 찾지 않았다. 그가 지
독하게 피곤해하는 탓도 있었지만, 그의 얼굴을 똑바로 볼 자신이
없어서였다. 그가 진심으로 물으면 노트를 보았다고 자백할 것이
두려워 일부러 피하기도 했다. 나는 정말 순진한 인간이다. 뒤로 거
짓을 숨기고 앞에서 태연한 척 얼굴 까는 짓은 정말 역겹고 싫어서
못한다.

"우연인 얼른 들어가라. 잠 다 깨기 전에 빨리 들어가."

아저씨는 민구를 안고 자기 방으로 들어가 버렸다. 나도 별수 없
이 내 방으로 돌아왔다. 그러나 다시 잘 생각은 조금도 없었다. 한
참 만에 나는 9호실을 찾아갔다.

"일 나가셔야죠. 민구는 제가 데리고 있을게요."

나는 민구 녀석의 머리통을 쓰다듬으며 계면쩍게 웃었다.

"응? 그만 잘래?"

"네. 잠이 깨버렸어요."

"그랬어? 안됐네. 너, 요새 좀 피곤해 보이더라."

"괜찮아요. 어서 준비하세요."

"아냐. 나는 오늘 일이 없어. 대충 끝이 났어. 내일모레 임금 계산
해주면 돈 받아 여길 떠나야지."

"네에?"

"뭘 놀라?"

찌르레기 아저씨가 흰 이빨을 드러내며 환히 웃었다. 놀라는 내 꼴이 썩 우스웠던 모양이었다. 오랜만에 보는 아저씨 웃음이라 나도 좋았지만 그게 문제가 아니었다.

"서울을 떠나요?"

"그래야겠지. 할 일도 있고. 일자리는 천천히 알아봐도 돼."

"내일모레 가실 거예요?"

"아직 날은 안 정했다. 되는대로 하지 뭐."

그 말이 왜 그리 의미심장하게 들리는지 나는 그만 말문이 막히고 말았다. 날짜를 확실히 정하지 않았다면, 그렇다면 그가 나성여관을 떠나기 직전이거나 직후가 운명의 시간일 수 있다. 나는 애써 무표정하게, 아주 무심하게 행선지를 물었다. 그는 조금도 망설이지 않고 대답했다.

"부산에 볼일이 있어. 거기로 갈 거야."

그때 나는 놓치지 않고 그의 표정이 변하는 것을 보았다. 또 하나, 나의 추측이지만 그가 공사장 인부들의 농성 직후에 급히 시도했던 일차 공격의 장소도 부산이었다. 내가 현장에 찾아갔을 때 총감독이 분명 부산에 내려갔다고 말했었다. 나는 여기서 그만 질문을 멈췄다. 아무 소용 없는 일이었다. 마침내 때가 되었다는 절박감만으로도 나는 벌써 숨통이 조이는 느낌이었다.

"누나 소식은 영 없나?"

그가 먼저 화제를 돌렸다. 기회는 좋았으나 나는 끝까지 누나 일을 함구했다.

"네."

"함께 찾아볼 생각이었는데 내 사정이 여의치 못해서 무심했다. 미안하다."

철새들도 집을 짓는다

우리는 함께 몽타주도 만들고 여러 방법을 의논하기도 했었다. 이것 역시 추측이지만 누나의 가출 직후 임 형사의 꼬리를 잡았음이 분명했다. 그 무렵부터 아저씨는 복잡해졌으니까.

"섭섭하다. 넌 좋은 녀석이었는데."

그가 눈꼬리에 주름을 만들며 희미하게 웃었다.

"더 계시면 안 돼요? 아저씨가 일할 곳도 서울에 더 많을 거고."

하나 마나 한 소리를 나는 하고 있다.

"누나든 형이든, 누구라도 한 사람 돌아와야 네가 덜 외로울 텐데. 여관도 요즘은 장사가 시원찮은 모양이고."

그런 일이 무슨 문제인가. 지금 그가 계획하고 실행에 옮기려는 일에 비하면 정말 아무것도 아니다. 우리는 잠시 침묵했다. 민구는 오징어 다리를 입에 문 채 모자란 아침잠을 채우느라 꾸벅꾸벅 졸고 있다. 나는 문득 방문에 붙은 기도하는 노인의 그림으로 말문을 돌렸다. 고아들의 아버지라고 했던가.

"저 그림, 볼 때마다 힘들어요."

정말 그랬다. 나는 한 번도 마음 편히 저 그림을 본 적이 없다. 이마에 모은 두 손과 노인의 깊은 주름살은 세상살이의 모진 고통을 웅변하고 있다.

"고통 없는 기도가 어찌 하늘에 닿겠니. 굳은 빵 한 조각을 구하는 간절한 기도를 모른 채 어찌 세상을 말하겠니. 너는 힘들다고 하지만 지금 난 저 노인의 삶이 정말 부럽다. 헐벗은 영혼들을 위해 고개 숙여 기도하는 저 노인이 부럽다……."

나직한 그의 목소리, 지나온 그의 삶들, 결국 나는 다시 노트 속으로 되돌아오고 말았다.

'……내 아들 성준이에 대해서 말할 때가 내게는 가장 괴로운 순간이다. 그 애는 아버지와 살고 싶어 날마다 고아원을 탈출할 계획을 세운다고 했다. 때로는 진짜 실행에 옮길 거라며 나를 협박하기도 한다. 하지만 그 애는 영영 나와 함께 살지 못할 것이다. 그 생각을 하면 가슴을 도려내듯이 아프다……'

자기 아들은 고아원에 맡겨놓고, 그는 자신이 거처하는 방에 '고아들의 아버지'라는 그림을 걸어두었다. 그 심정을 나 같은 모자란 녀석이 어찌 다 헤아리랴.

아저씨가 곧 나성여관을 떠난다는 소식에 나 이상으로 상심하는 사람은 역시 뽕짝아줌마였다.

"얼래, 공사 끝날라믄 아직 멀었다는디 무슨 소리다냐? 서울을 떠난다고?"

고구마 줄기를 벗기던 아줌마의 손도 그 자리에 딱 붙어버렸다. 언제나처럼 켜놓은 라디오에선 때맞추어 사랑의 배신자야, 하는 노래가 구성지게 흘러나왔다.

"다신 서울에 오지 못할걸요."

나는 나대로 아줌마 가슴에 못을 치고 만다. 실제로 아저씨는 다시 나성여관이나 서울 거리에 모습을 나타내지 못할 것이다. 뽕짝아줌마는 내 말을 엉뚱하게 해석해버렸다.

"서울 말고 촌구석에 가서 살림을 차리면 차렸지 왜 서울엔 못 온다냐? 넌 알것제. 으떤 백여시가 저 통나무 같은 인간을 홀렸을꼬, 누구여?"

"아니, 아니에요. 여자는 무슨……."

나는 하도 기가 막혀 그냥 실소하고 말았는데 그게 실수였다. 더욱 강력하게 아줌마 말을 부정하고, 의심을 뿌리 뽑아주었더라면

철새들도 집을 짓는다

아줌마가 그날 밤 그런 추태는 부리지 않았을 것이다.

사실은 나도 일이 벌어진 뒤에야 알았다. 첫잠의 그 깊고 진득한 수렁에서 허우적거리다 눈을 떴을 때는 자정 삼십 분 전, 밖에서 두런두런 말소리가 들려왔지만 모처럼 안채에 단체 손님이 든 모양이라고 대수롭지 않게 여겼다. 그런데 갑자기 뽕짝아줌마의 목소리가 내 귀를 후벼팠다.

"그라요, 이년이 시방 눈이 뒤집혀갖고 남정네 자는 방에 뛰어들었소. 당신 땜시로 내가 아주 미친년 되는고만요."

뽕짝아줌마가 나성여관에 있을 시간이 아니었다. 아줌마는 저녁 설거지를 마치면 집으로 돌아갔고 오늘 저녁에는 내 눈으로 아줌마의 귀가를 확인하기도 했었다.

"그랑께, 내 말 좀 들어보소. 난 오늘날꺼정 기면 기고 아니믄 아닌 것으로 딱딱 짜개가믄서 살아왔구만요. 사람 우습게 보들 마시요 잉. 이래 빼도 수절과부 몇십 년에 내 몸뗑이 흐릿하게 굴린 적은 한 번도 없었응게."

그쯤에 이르러서야 나는 아줌마가 지금 무슨 이야기를 하고 있는지 짐작할 수 있었다. 게다가 아줌마 말소리에는 누구라도 짐작할 수 있게 술기운이 묻어 있었다. 내가 조심조심 손잡이를 돌려 살짝 문을 열었을 때, 때마침 아저씨도 그 점을 지적하며 애써 말을 돌리는 중이었다.

"아주머니가 지금 좀 취하셨어요. 술김에 뭐 화나신 일을 풀러 오신 모양인데 내일 이야기하도록 합시다. 제가 잘못한 일이 있다면 우선 사과드릴게요."

그러자 아줌마가 나성여관이 들썩하도록 팩 소리를 질렀다.

"그려요. 나 취했소. 긍게 어쩔라요?"

아줌마 고함에 내 심장이 덜컥 내려앉는 기분이었다. 저러다가 내실에서 달려오면 무슨 망신인가 싶어서 내가 다 초조할 지경이었다. 나는 뽕짝아줌마가 공개적으로 망신을 당하는 꼴은 결코 보고 싶지 않았다. 다행히 내실 쪽에서는 아무 기척도 없었다. 하지만 아줌마의 기세는 좀체 누그러지지 않았다. 이번엔 통곡이었다.

"당신이 머시 그리 잘났소? 사람을 요렇게 무시허믄 벌 받을 거시요. 내가 근게 첨부터 뭐랍디까? 조용히 할 이야그가 있응게 문 좀 열라고 안 합녀? 아흐흐…… 시상에, 무슨 발정 난 개잡년 취급을 해갖고 내 오장육부를 이리도 찢어놓고, 머시여? 취했능갑다고? 그려, 어떤 년이 맨정신으로 이런 말을 할 수 있겄소? 그런 화냥년이기나 했으믄, 아이구, 내가 그런 재주라도 있었으믄, 오늘날 요 모양 요 꼴로 살지는 않았을 것인디……."

그러고는 방문 닫히는 소리와 함께 푸념이 잦아들었다. 여태까진 활짝 열려 있던 9호실의 방문이 닫힌 것이었다. 다른 사람들이 깰까 봐서 아저씨가 취한 조치인 듯싶었다. 내 방문을 더 열어보아도, 슬쩍 복도로 얼굴을 내밀고 귀를 세워보았어도 더는 내용 파악이 불가능이다.

물론 한동안은 아저씨의 나직한 음성이 들려와 그가 뽕짝아줌마를 달래느라 애를 쓰고 있다는 것은 확실히 알 수가 있었다. 아줌마의 훌쩍이는 소리도 그에 따라 조금씩 누그러져 갔다. 나는 작은 기척이라도 놓칠까봐 방문의 열린 틈에 얼굴을 대고 납작 엎드려 있었다.

그렇게 얼마나 시간이 흘렀을까. 그 사이 두 사람이 나누던 말소리도 그쳤다. 나는 내가 깜박 졸았던 것은 아닐까 의심했다. 그럴지도 몰랐다. 그때 뽕짝아줌마가 9호실을 나와 돌아갔을지도 모를 일

철새들도 집을 짓는다

이다.

어쨌거나 나는 한밤중의 느닷없는 소란이 끝난 것으로 판단했다. 나는 방문을 닫고 다시 잠자리에 누웠다. 내일 아침에는 선화 아파트를 가야 했다. 어쩌면 누나와 맞닥뜨릴지도 모를 운명의 날일 수도 있었다.

그뿐이었으면 뽕짝아줌마나 아저씨 모두에게 얼마든지 태연함을 가장하고 어젯밤 일은 모른척했을 것이다. 뽕짝아줌마가 아저씨에게 품은 특별한 감정이야 일찍이 알았던 일이고, 아저씨가 아줌마의 감정을 무턱대고 받아들일 사람이 아니라는 것도 잘 아는 나로서는 새삼 놀라고 어쩌고 할 일도 아니었으니까.

그런데 놀라운 일은 새벽에 일어났다. 하기야 그 새벽에 잠을 깬 내게도 문제가 있었다. 나는 늘 첫 새벽에 화장실을 가는 버릇이 있었다. 오줌이 몹시 마려워도 얼마 동안은 견디며 뒤척거리다가 더는 참을 수 없을 지경에 이르면 벌떡 일어나 달려가는 그 버릇이 그날 아침 그 광경과 마주하게 했다.

내가 막 방문을 열려고 할 때 그와 동시에 건너편에서도 문이 열리는 기척이 들렸다. 나는 손가락 하나가 들어갈 만한 틈새로 이미 환해진 복도를 내다보았다. 뽕짝아줌마였다. 흐트러진 머리를 추스르면서 아줌마는 살금살금 복도를 빠져나가고 있었다. 기가 꽉 막혀서 나는 오줌 마려운 것도 잊고 방 가운데에 우뚝 섰다. 간밤에 뽕짝아줌마는 9호실에서 밤을 보낸 것이었다. 아줌마는 돌아가지 않았다.

나는 맥이 탁 풀렸다. 내가 좋아했던 두 사람에게 동시에 배신을 당한 이 기분은 정말 고약했다. 뽕짝아줌마는 그렇다 처도 아저씨한테 당한 것은 도저히 참을 수가 없다. 아니, 이건 생각만 해도 구역질이 나오려고 했다.

아침 내내 나는 방에서 한 발자국도 움직이지 않았다. 두어 번 노크 소리가 들렸으나 대꾸도 하지 않았다. 뽕짝아줌마의 얼굴도, 아저씨의 얼굴도 맨정신으로는 볼 수가 없었다. 점심때가 되어서야 나는 슬그머니 방문을 열었다. 뒤채는 조용했다. 민구와 노인이 나가는 것을 확인하고 방을 나왔기 때문에 조심할 사람은 아저씨밖에 없었다.

나는 누구의 눈에도 띄지 않고 감쪽같이 집을 나왔다. 일단 요기부터 해야 했으므로 정류소 근처의 분식집에 들어가 주문을 하기까지 내 신경은 온통 주위 사람에게 쏠려 있었다.

저들도 지난밤에 음흉한 짓거리들을 해치운 것은 아닌지, 밤사이의 축축한 욕망일랑 아침 햇살에 말리고 뻔뻔하게 시침을 떼는 저들의 얼굴을 똑똑히 봐둘 필요가 있었다. 그래서 나는 음식을 가져온 처녀의 얼굴도, 저쪽에서 신문을 읽으면서 국수 가닥을 빨아들이는 남자의 얼굴도 예사로 보아 넘길 수 없었다. 달착지근하고 메슥거리는 입안의 느낌, 나는 자꾸 토할 것 같은 기분이었다.

선화 아파트 앞에서 버스를 내렸을 때는 실제로 지독한 욕지기에 죽을 지경이었다. 아까 분식집에서 억지로 욱여넣은 쫄면이 얹힌 모양이었다. 경비원에게 빈손으로 갈 수 없어 음료수라도 몇 개 살 양으로 들른 슈퍼마켓 안에서 나는 헬쑥한 내 얼굴을 확인했다. 슬펐다. 퀭한 눈과 핏기없는 내 얼굴에 저절로 설움이 복받쳤다. 나는 솔직히 누나도 포기하고 싶은 심정이었다. 만사가 다 귀찮았다. 나성여관이 예전처럼 평온했다면 정말 미련 없이 내 방으로 철수했을지도 모른다. 그런데, 행운이라면 행운이 하필 그때 내게로 왔다.

철새들도 집을 짓는다

내가 시들한 걸음걸이로 5동 현관 앞에 도달했을 때 나는 거짓말처럼 누나를 보았다. 정말 누나였다. 현관 입구에서 경비원과 이야기를 나누고 있던 누나도 나를 보더니 얼굴이 하얗게 바래졌다.

"어이, 마침 잘 오네. 내가 뭐랬어? 낯이 익은 아가씨랬지? 바로 6동에 살고 있었어."

경비원은 침을 튕기며 이야기를 계속했다.

"이 아가씨가 집에 있으면서도 인터폰을 안 받는 것을 보니 돈 떼먹은 곳이 한두 군데가 아닌 모양이야. 어찌나 딱 잡아떼던지 내가 지금 이리 끌고 와서 자네가 놓고 간 사진을 보여주는 참이네. 에끼, 아가씨. 남의 눈에 피눈물 내고는 못 사는 법이네."

누나는 이윽고 얼굴빛을 회복했다. 역시 누나였다. 둘러대는 내용도 입이 쩍 벌어질 만큼 치밀했다.

"기가 막혀서, 따라와요. 본사로 책값 송금하고 받은 영수증이 있으니 따라와서 확인하세요. 전화로 입금된 것까지 확인했는데 무슨 생사람 잡을 소릴……."

누나가 휙 돌아섰다. 찬바람이 일 정도였다. 나보다 더 당황한 경비원은 자꾸 내 얼굴만 쳐다보았다. 나는 엉거주춤 누나 뒤를 따르다 말고 손에 들고 있던 음료수에 생각이 미쳐 다시 경비원에게 갔다.

"뭔가 착오가 있나 봐요. 그럴 리가 없는데. 암튼 고맙습니다."

"이거, 괜히 실수한 거 아냐? 영 찝찝한데."

경비원은 연신 고개를 갸웃거렸다. 하지만 그를 상대할 시간이 없었다. 나는 또 번개같이 달려가 6동 입구로 들어가는 누나 뒤에 바짝 붙었다.

"어떻게 된 겁니까? 저 사람이 그 책 장수예요?"

6동 경비원도 나와서 아는 척을 했다.

"맞아요. 집에 영수증이 있으니까 데려가서 확인해야지요."

누나를 위해서, 아니 누나의 명예를 위하여 내가 변명을 좀 할까 했으나 엘리베이터 문이 활짝 열려 기회를 놓쳐버렸다. 11층. 누나는 11층 단추를 누른 다음 팔짱을 꼈다. 엘리베이터 안은 우리 둘뿐이었다. 누나가 나를 흘겨보았다.

"맹추, 기껏 책값 떼어먹은 여자로 소문을 내?"

나도 질 수가 없었다.

"유부남 따라 가출한 여자로 소문을 내는 것보다야 낫지."

"그게 뭐 어때서? 요새 세상에 그런 소리 듣고 놀라 기절할 사람이라도 있을 줄 알았어?"

그때 나는 얼핏 누나의 입에서 담배 냄새를 맡았다. 내 코는 무엇도 속일 수 없다. 나는 또 깨달았다. 누나의, 누나만이 지닌 그 향기를 여태 맡지 못했다는 것을.

누나의 몸에서 누나의 향기가 사라졌다는 것은 결코 예사로운 징조가 아니었다. 나는 누나가 세상에 긁히고 할퀴어서 그만 자신의 향기를 잃었다고 믿고 싶지 않았다. 이제라도 비어 있는 나성여관의 누나 방에 돌아와 주길, 다시 나의 누이로 남아 풀꽃 향기를 풍겨주길 소망하는 내 심정이 그런 상상을 용납하지 않았다.

하지만 내 소망은 하나하나 무너졌다. 누나 집에 있었던 한 시간 남짓 동안 나는 열 가지도 넘는 의혹의 징후들을 발견했다. 하나의 의문이 목구멍에 가시처럼 걸려 있는데 또 다른 의혹이 입을 쑤시고 들어오는 꼴이었다.

그 첫 번째가 누나 아파트의 호화로움이었다. 금빛 침대와 멋진 소파, 주름 커튼과 으리으리한 욕실 따위 모든 것이 누나의 뒤에 붙어선 돈 많은 남자를 떠올리게 하였다.

그 두 번째는 이 호화로움을 누리는 누나의 태도였다. 누나는 태어날 적부터 이 정도 사치는 누려왔던 사람처럼 너무나 자연스러웠다. 아무렇지도 않게 "샤워할래?"라고 묻는다거나 식탁 위에 놓인 값비싼 주전부리들을 땅콩 주워 먹듯 하는 모습은 정말 나성여관 출신답지 않았다. 누나가 언제 심심풀이로 호두알이나 아몬드 혹은 말린 바나나 과자를 먹었단 말인가.

의혹의 세 번째는 탁자에 놓인 사진 봉투였다. 누나가 나 대신 샤워를 하는 사이 대충 훑어보니 사진 속의 남자는 전혀 모르는 사람이었다. 맹세코 한 번도 본 적 없는 젊은 남자였다. 내가 알고 있는 대머리 사내에 비하면 매형으로 맞아들인들 별달리 하자가 있으랴 싶은 새로운 인물이었던 것이다. 이 의혹만큼은 그냥 넘겨버릴 수 없었으므로 누나가 욕실에서 나오자 곧장 사진을 들이밀었다.

"누구야?"

"알아서 뭐하게."

누나는 시큰둥했다.

"대머리에 배불뚝이랑은 헤어졌어?"

"얘가, 호랑이 담배 피우던 시절 이야기하고 있네."

누나가 집을 나온 지 고작 다섯 달이 못 되는 이 판국에 호랑이 담배 피우던 시절이라니. 나는 치밀어 오르는 울화를 꾹 참고 한마디 더 물었다.

"둘이 여행도 한 모양인데 이 사람이랑 결혼할 거야?"

사진 속의 두 사람은 이미 신혼여행 중인 것처럼 정다웠다.

"결혼? 얘, 난 그런 것 안 한다."

누나가 가소롭다는 듯 픽 웃었다.

"왜?"

"왜냐고? 그 사람, 결혼했어. 근데 또 해?"

그때 이미 희망을 버렸어야 했다. 그러나 나는 도저히 그럴 수가 없었다. 나는 누나가 일부러 내 비위를 거스르게 하려고 그러는 줄 알았다. 아니, 그렇게 믿고 싶었다. 그리고 잠시 후, 다섯 번째 의혹과 맞닥뜨리고서야 나는 정신이 번쩍 났다. 누나는 내게 돈을 주려고 했다.

"너, 나한테 책값 받으러 왔지? 얼마 줄까? 진짜 18만 원이 필요해? 내가 떼먹은 돈이 18만 원이라며?"

누나가 안방에 들어가 작은 손지갑을 들고 나왔다. 필요 없다고 말했으나 누나는 아랑곳하지 않고 지갑을 열었다. 꼭 보려고 했던 것은 아니었지만 지갑 속의 빠닥빠닥한 수표들이 눈에 확 들어왔다. 대단한 돈이었다.

"그 돈 누구 거지?"

나로서는 당연한 의문이었다.

"누구 거긴, 모두 내가 번 돈이다. 왜?"

"누나가?"

"그래. 돈 버는 일, 그거 암것도 아냐. 맘만 먹으면."

"누나아!"

나의 울부짖음에 누나가 입을 다물었기 망정이지 안 그랬으면 내가 누나를 한 대 후려쳤을지도 몰랐다.

"누나, 왜 그렇게 됐어? 누나, 정말 타락한 거야?"

아, 이 어리석음. 나는 고작 이렇게밖에 물을 수 없는 자신이 싫어 미칠 지경이었다. 누나는 이미 타락 이상의 타락에 접어들었는데 나는 기껏 정말이냐고 묻는 것 말고 할 수 있는 게 없다.

"바보. 넌 여태도 그 모양이니? 타락? 그게 뭔데? 그게 그렇게 중

철새들도 집을 짓는다

요해?'

누나는 빤히 내 얼굴을 쳐다보며 빈정댔다.

"누나가 이렇게 된 줄 알았으면 찾아다니지도 않았을 거야. 정말이야. 이건 말이 안 돼."

아마 내 목소리는 그때부터 잠겨 있었을 것이다. 나의 울먹임에 누나는 혀를 끌끌 찼다.

"맙소사. 너 왜 그러니? 제발 칭얼대지 좀 말아. 지겨워."

누나는 정말 지겹다는 듯 수표 두 장을 꺼내 내 바지 주머니에 구겨 넣고 어깨를 으쓱했다.

"네가 몰라서 그러는 거야. 우연이 네가 너무 순진해서 그러는 거라니까. 네 누나, 타락도 뭐도 안 했어. 모르겠니? 여길 봐. 난 처음부터 이렇게 살길 원했잖아. 너도 알지? 난 구질구질하게 사는 일은 딱 질색이야. 난 지금 행복해. 왜? 내가 불행하게 보이니? 비련의 여주인공처럼 그렇게 보여?"

확실한 것은 비련의 여주인공으론 보이지 않는다는 점이었다. 그렇지만 누나 말처럼 행복하게 보이지도 않았다. 이런 것은 행복이나 불행 같은 단순한 언어로는 절대 표현할 수 없다. 그럼 무언가. 이번엔 내가 혼란에 빠져버렸다.

나는 입을 조심하기로 했다. 혼란에 빠진 상황에서 아무 말이나 되는 대로 지껄였다간 나중에 꼭 후회하게 되는 법이었다. 나는 좀 신중할 필요가 있었다. 이렇게 꽉 막힌 동생으로 누나한테 찍혔다간 다시 만나주지도 않을 것이다. 나는 잠시 입을 다물고 의자에 깊숙하게 누웠다. 귀에서 붕붕거리는 소리가 들릴 만큼 몹시 피곤한 상태이기도 했다. 쾌적하고 편안한 이곳에서 한숨 푹 쉬고 저녁이나 얻어먹고 돌아갈까. 아주 짧은 순간 이런 유혹도 있었다.

안락함은 마약과도 같다. 누나가 곰팡이 냄새 자욱한 나성여관으로 돌아가길 겁내는 것도 이해할 수 있다. 누나는 아주 좋은 사람이다. 누가 뭐래도 나에게는 그랬다. 이렇게 오랜만에 누나를 만났는데 서로 감정 상하여 상처만 입힐 수는 없다. 나는 작전을 바꿔 너그럽게 굴기로 했다. 그래서 누나에게 이 느글느글한 속을 가라앉힐 소화제 같은 것이 혹시 없냐고 정답게 물었다. 누나는 이내 초록빛 당의정을 한 움큼 가지고 돌아왔다.

"예쁘지?"

누나는 한 알을 꺼내 내 동의를 구했다. 색깔은 예뻤지만 처음 보는 소화제여서 냉큼 주워 먹기가 좀 꺼림칙했다.

"소화제 맞아?"

"그래. 직방이야. 외제거든."

"외제?"

"응. 색깔이 예뻐서 몽땅 사두었어."

기가 막혔다. 색깔에 관해서라면 누나를 따를 자가 없지만 이건 너무 심했다. 그런데 누나는 내친김에 하나 더 자랑하지 않고는 못 견디겠다는 듯 쪼르르 달려가서 하늘하늘한 블라우스를 들고 왔다.

"우연아. 이것 봐. 어때? 숨이 막히게 예쁘지? 난 이 옷 발견했을 때 진짜 숨이 막혔어. 넌 안 그래?"

안 그러냐고? 물론 색깔 도사인 누나가 그 정도로 감탄한 옷이니까 멋진 것은 두말할 나위도 없다. 하지만 맹세코 숨이 막히지는 않았다. 나는 그동안 색깔에 둔해졌거나 훨씬 멍청해진 것이 틀림없었다. 도대체가 누나의 반의반도 반응이 오지 않았으니까.

예전엔 이렇지 않았다. 누나가 숨이 막히는 것이면 내 호흡도 깔딱 넘어갔고 누나가 화들짝 놀랄 일이면 나 역시 꼭 그만큼 놀랄 수

철새들도 집을 짓는다

있었다. 누나도 내 시들한 반응에 속이 상한 눈치였다.

"너 왜 그래? 이 옷 사면서 네 생각 많이 했는데. 네가 보면 나만큼 기절해줄 줄 알았는데."

누나는 한숨을 쉬며 옷을 소파에 던져버렸다.

"이십만 원이나 준 건데. 치, 재미없다, 애."

누나는 정말 재미없다는 표정이었다. 그런 표정일 때는 십 년쯤 더 나이가 들어 보였다. 누나는 20만 원짜리 블라우스를 가졌어도 재미가 없다고 했다. 나는 문득 슬펐다. 정말 나 역시도 재미가 없었다. 모든 일이 다 재미가 없었다. 나는 소리 내어 엉엉 울고 싶을 지경이었다. 그러나 내게는 그럴 기운조차 없었다. 이젠 서서히 배가 뒤틀리고 있다.

"외제 약이 사람 죽이네. 배가 꼬여 미치겠어."

나는 의자에 뻗어버렸다. 그때 누나가 흘낏 시계를 보더니 내게 명령했다.

"앞으로 삼십 분 후에 손님이 와. 그 전에 집에 가라."

배가 꼬여 미치겠다는 동생한테 누나는 그만 가라고 말하고 있다. 자존심으로 똘똘 뭉쳐진 내가 가만있을 수 있겠는가.

"지금 갈 거야."

"조금 더 있어도 돼."

"지금 간다니까."

"그래, 잘 가. 엄마랑 아버지한테 입 다물어."

나는 신발도 제대로 신지 않고 아파트를 뛰쳐 나왔다. 배가 너무 아파서 이대로 숨이 멎는 것은 아닐까 불안했지만 나는 꼿꼿하게 걷기 위해 무진장 애를 썼다. 한참 뒤에야 나는 누나가 넣어준 수표 두 장을 생각해냈다. 그걸 내팽개치고 왔으면 누나를 약 오르게 할 수도 있었는데. 그 와중에도 나는 수표를 꺼내 숫자를 확인해보았다. 누나의 블라우스 한 장 값이었다. 이만한 액수면 며칠 동안은 재벌 아들 같은 기분을 누릴 수 있겠지만 내 기분은 영 고약했다. 벌레 씹은 기분이다, 라는 말을 이해할 수 있을 것 같았다.

나는 아무거나 탈 것이 오면 올라타겠다는 심정으로 아파트 입구에 서서 담배를 한 개비 꺼냈다. 여간해선 나는 길에서 담배를 피우지 않는다. 아주 가끔, 그러니까 학원 시절에는 강의 시간에 쫓겨 미친 듯이 뛰면서 담배를 피운 적도 있었다. 그럴 때는 꼭 필요 없는 어떤 짓이라도 아주 중요하게 여겨지던 시절이었다.

담배를 벌레 씹듯이 기분 나쁘게 피우면서 나는 택시 한 대를 손짓으로 불렀다. 될 대로 되라는 심정이었는데 택시는 아주 공손하게 내 옆에 멈추었다. 문도 자동으로 열렸다. 그것이 내 기분을 좀 낫게 만들었다. 그러나 복통은 여전했다.

집에 돌아와서는 숫제 엉금엉금 기어 내 방으로 들어갔다. 누구에게도 내 꼴을 보이고 싶지 않아서 서둘러 방문을 닫는데 여우같이 10호실에서 민구가 튀어나왔다.

"형아! 나 닭 먹어. 닭고기 맛있어."

녀석이 쥐고 흔들며 자랑하는 것은 통통한 닭 다리였다.

"민구야. 뭐하간? 날레 들어오라우."

러닝셔츠 바람의 노인도 닭 다리를 하나 들고 민구 뒤를 쫓아 나왔다.

"우연이 왔나? 왔으면 이리 와라."

10호실에서 들려오는 목소리는 찌르레기 아저씨였다. 이런, 모두 그곳에 있었던 모양이었다. 나는 아저씨 목소리에 찔끔했으나 이내

철새들도 집을 짓는다

민구에게만 한마디 하고 문을 닫아버렸다.

"형아 지금 아파. 아파서 말도 못 하겠으니까 민구나 많이 먹어."

그러자 작은 손이 내 방문을 두드리기 시작했다.

"형아 아파? 아파? 아파?"

이건 완전히 앵무새였다. 나는 아예 귀를 틀어막고 싶은 심정이었다. 할 수만 있다면 벽을 뚫고 어디론가 사라져버리고 싶었다. 지겨웠다. 밖에선 계속해서 민구가 문을 두들기며 "아파?"를 되뇌었다. 참을 수가 없었다. 나는 벌컥 문을 잡아당겼다. 그 서슬에 민구가 앞으로 고꾸라질 뻔했다가 아슬아슬하게 몸의 균형을 잡았다. 대신 닭 다리가 내 책상 밑으로 튕겨 들어갔다. 나는 닭 다리를 주워 민구에게 내밀었다.

"네 방으로 가! 알았지?"

이빨을 악물고 잡아먹을 듯이 말했지만 목소리를 높일 수는 없었다. 이때 아이가 또 말했다.

"아파?"

놀랍게도 민구의 눈에는 눈물이 가득했다. 그 눈물이라니, 나는 놀라서 주춤 뒤로 물러섰다. 맑고 검은 눈에 찰랑찰랑 고여 있는 눈물은 이내 넘쳐흐르기 시작했다. 민구가 이렇게 우는 것은 처음 보았다. 악을 쓰며 울 때를 제외하곤 늘 표정 없는 얼굴이었는데 지금은 달랐다. 그렁그렁한 눈물은 흘러내려도 쉼 없이 채워졌다.

"왜 울어? 왜 우냐고?"

"형아, 아파? 아파?"

아이는 똑같은 질문을 매번 똑같이, 아주 진지하게 던졌다. 그리고 그 눈물.

이런 젠장맞을. 나는 민구의 눈물을 이해했다. 그러자 갑자기 내게서도 눈물이 솟구치기 시작했다. 이건 정말 뜻밖의 현상이었다. 나는 얼른 돌아섰다. 방문을 닫고 앉아서 나는 소리 없이 울었다. 울음을 그치려고 노력했지만 그게 쉽지가 않았다. 민구가 밖에서 한 번씩 "아파?" 할 때마다 펌프질하듯 눈물이 쏟아졌다. 내가 아프다고 했을 때 민구처럼 울어줄 사람이 또 있을까. 나는 사무치게 외로웠다.

울던 자세 그대로 나는 방바닥에 모로 누웠다. 다리를 펴면 배가 아팠다. 한 마리 벌레처럼 웅크리고 누워서 나는 어두워지는 동쪽 창문을 쳐다보았다. 한참 그러고 있으니 딸꾹질이 나왔다. 울음이 가라앉으면서 복통도 서서히 잦아들었다. 방은 완전 어두워졌다. 하루가 다 지났다는 표시였다. 길고 긴 하루였다. 졸음에 삼켜지기 직전 나는 마지막으로 요란한 딸꾹질을 했다.

조심스러운 노크 소리에 눈을 떴을 때는 내가 어디에 있는지도 모르는 상태였다. 어둠 속에서 나는 나를 찾았다. 나와라, 진우연. 숨지 말고 손들고 나와.

다시 노크 소리가 들렸다. 나는 간신히 숨어 있는 나를 찾아냈다. 나는 아직도 방바닥에 엎드려 있었다. 한숨 달게 잔 듯싶었다. 의외로 말짱한 기분이었다. 배도 씻은 듯이 나았다. 나는 방문객이 아저씨라는 것을 짐작했다. 그렇게 노크를 하는 사람은 아저씨뿐이었으니까.

"잤니?"

문을 열자마자 쏟아져 들어온 불빛 때문에 눈을 뜰 수 없었다.

"들어갈까? 아니면 내 방에 올래."

나는 잠시 망설이다가 방문을 더 열었다. 그리고 스위치도 올렸다.

철새들도 집을 짓는다

"저녁도 안 먹었지? 자, 맛이 괜찮더라."

그는 들고 있던 종이봉투를 내밀었다.

"뭔데요?"

"만두. 분식집에 밥값 남은 게 있어서 셈해주고 조금 사 왔다. 이별 회식이 있어야지. 안 그래?"

우리는 만두를 앞에 놓고 대결이나 하듯 마주 보고 앉았다. 실컷 잠재워 놓았던 고약한 기분이 서서히 발톱을 드러내기 시작했다.

"널 다시 만나기는 어려울 거야. 그래도 네 생각은 많이 할 것 같다."

나도 잘 아는 이야기였다. 우리는 절대 다시 만날 수 없으리라. 내가 감옥의 그에게 면회를 신청한다면 또 모르지만.

"나한테 불만 있어? 그런 얼굴인데?"

그도 참을 수 없는 모양이었다. 내 떨떠름한 표정을 지적하는 그에게 나 또한 참을 수 없었다.

"아줌마는요? 그냥 이대로 떠나버리면 아줌마는요?"

한참 후 그가 내 질문에 답했다.

"넌, 너무 많은 것을 살펴보는 것이 탈이야. 하기야 그것 또한 네가 원해서가 아니지만."

그 말은 맞았다. 대체 내 시야에 잡히지 않고 저들끼리 해치울 수는 없는가.

"난 아주머니 인생에 맺힌 피멍을 못 본 척할 수 없었다. 그것뿐이야. 피멍을 지워주기엔 내가 빌려준 하룻밤 잠자리가 턱없이 부족하다는 것도 알아."

그 설명만으론 나도 부족했다. 눈치 빠른 그가 말을 보탰다.

"사실을 사실대로 밝히는 일이 얼마나 어려운지 넌 모를 거다. 차라리 그만두자. 돌이킬 수 없을 짓은 하지 않았다. 그런 생각만은 변함없이 지키고 있으니까."

만두는 식은 채 표면이 굳어가고 있다. 우리는 잠자코 그것을 지켜보았다. 긴 침묵 후에 내가 입을 열었다.

"몇 시 차예요?"

"새벽 열차. 시간은 중요하지 않잖아?"

그가 희미하게 웃었다. 나는 시계를 보았다. 새벽까진 아직 시간이 있었다. 사실 시간은 중요하지 않다. 인생을 마감하려는 자의 표정이 저렇게도 온유할 수 있는 것이 나는 도무지 믿기지 않았다. 그는 마치 가라앉은 배처럼 보였다. 너무 오랫동안 물밑에 잠겨 있어서 푸른 이끼가 잔뜩 낀 침몰선 같았다.

이제 시간은 다 되었다. 아저씨는 마지막 장면의 시나리오를 손에 쥐었다. 한 인간을 해치우기 위해 그는 새벽 기차를 타고 서울을 떠날 것이다. 기차가 목적지에 닿으면, 그리하여 그가 예정한 대로 일을 해치우면, 그의 생도 함께 종료된다.

그런데도, 비록 희미하긴 해도 어쨌든 그는 웃고 있다. 마음속엔 복수의 칼날이 번뜩이고 있지만 내 앞의 얼굴은 천연하다. 그의 이런 완벽함은 어쩐지 섬뜩했다. 동시에 내가 믿고 있는 노트의 진실이 행여 엉뚱한 것은 아닌지 의혹이 솟구치기도 한다.

어쩌면 이 의혹의 집요한 추궁이 나로 하여금 첫새벽에 눈을 뜨게 했는지도 모른다. 아니, 내가 취한 행동을 설명하거나, 아니면 변명이라도 하고 싶은 생각은 털끝만치도 없다. 솔직히 나는 충동적인 인간이다. 그걸 나도 알고 있다. 충동적인 것이 나쁘다면 이 세상살이에 무슨 재미가 있겠는가.

나는 첫새벽에, 충동적으로, 자리를 박차고 일어났다. 칼로 단숨

철새들도 집을 짓는다

에 베듯이 그렇게 잠에서 깨어나 나는 황급히 가방을 꾸렸다. 가방을 꾸리는 순간에서야 나는 이 충동적인 생각이 지독하게 그럴듯하다는 사실을 깨달았다. 나는 닥치는 대로 배낭 안에 물건들을 쑤셔 넣기 시작했다. 무얼 넣는지도 모를 지경이었다. 기준은 있었다. 장기체류. 그랬다. 나는 가벼운 여행 가방을 꾸리는 게 아니라 아주 오래 집을 떠나 있을 작정으로 물건들을 챙겼다.

그러다가 이내 가방의 용량에 한계가 있다는 걸 깨달았다. 그러려면 네모반듯하고, 덩치도 크고, 아예 바닥에 바퀴까지 달린 가방이 필요했다. 내겐 그런 가방이 없었다. 우리 집에도 없었다. 있었다 하더라도 나보다 먼저 가출한 형과 누나가 가로챘을 것이다.

나는 곧바로 합리적인 여행자가 되었다. 콘택트렌즈를 착용하는 자의 여러 필수품, 당장의 여벌 속옷과 두툼한 옷 한 벌, 그리고 일기장과 수첩만 가져가기로 했다. 내겐 누나가 준 돈이 있었다. 그 돈이면 어지간히 견딜 만할 것이다. 이렇게 해서 누나는 몇 푼의 돈을 던져주고 내 엉덩이를 차버린 꼴이 되었다. 그러나 누나를 증오하지는 않기로 했다. 누나를 생각하면, 솔직히 내 장기체류에 자신이 없기도 했다. 누나를 버려두고 얼마나 오래 버틸 수 있을까. 하지만 길게 망설일 시간이 없었다. 내가 준비를 완료했을 때, 거의 같은 시각에 9호실의 방문이 열리는 소리가 났기 때문이었다.

아저씨는 곧장 세면장으로 들어가는 눈치였다. 나는 살금살금 복도를 지나 소리 나지 않게 뒷마당으로 통하는 쪽문을 열었다. 그가 수도꼭지를 열었기 때문에 크게 긴장할 필요는 없었지만 그래도 나는 그렇게 했다. 나는 곧장 큰길로 나가서 인적 없는 거리를 질주하는 빈 택시를 잡았다.

"서울역이요."

내 모습이 허둥지둥하는 것으로 보였던지 택시기사가 열차 시간이 언제냐고 물었다.

"모르겠어요. 나가면 있겠죠."

"경부선 타십니까?"

기사는 아마도 열차 시각표를 대충 외우는 모양이었다. 경부선이라면 아직도 한 시간쯤 남았으니 충분하다고 했다. 그 말이 옳을 것이다. 아저씨가 지금에서야 움직인 것으로 봐서는. 택시는 그야말로 단숨에 서울역으로 날 데려갔다. 광장은 새벽임에도 대낮처럼 번다했다. 택시를 기다리는 승객의 줄도 끝이 보이지 않을 정도였다. 이 느닷없는 복작거림이 좀 당황스러웠다.

내가 생각한 새벽 여행은 이런 풍경이 아니었다. 빛바랜 가로등이 밝혀주는 쓸쓸한 광장을 홀로 터벅터벅 걸어 역사 안으로 들어가는, 뭐 대충 그런 식의 호젓한 낭만을 상상했었다. 그런데 이건 남대문 시장에 잘못 온 것은 아닐까 여겨질 정도로 대혼잡이었다. 역사 안은 더욱 그러했다. 간신히 경부선 매표구를 찾아 줄을 섰을 때는 새벽 여행이고 뭐고 표가 있을지 그게 더 걱정이었다. 나는 마치 구겨진 휴지처럼 음산한 얼굴로 표를 팔고 있는 남자한테 돈을 내밀고 "부산."이라고 말했다. 다행히 표는 있었다.

시간보다 일찍 개찰구 앞에 줄을 섰던 것도 나름대로는 한참 머리를 굴린 결과였다. 나는 개찰구의 쇠문을 부여잡고 꼼짝도 하지 않은 채 앞만 쳐다보고 서 있었다. 이대로 이십 분 정도 기다리면 역무원이 문을 열어줄 것이다. 그때까진 절대 뒤돌아보지 말 것, 옆에도 쳐다보지 말 것. 행여 아저씨한테 걸리면 나는 고스란히 부산행 기차표만 날릴 것이 분명했다.

이십 분은 이십 시간보다는 훨씬 짧았다. 뒤통수가 근질거렸지만 나는 잘 참아냈다. 개찰이 시작되었을 땐 딱 한 번만 뒤를 돌아보고 싶다는 유혹이 정말 굉장했지만 그것도 참아냈다.

나는 무사히 5호 차 39번 내 자리를 찾아 앉았다. 기차가 출발할 때까지 아무 일도 일어나지 않았다. 이제는 말끔하게 깨어 서서히 하루를 시작하는 바깥 풍경을 내다보며 나는 다시 수원을 지날 때까지 조용히 기다렸다. 수원을 지난 다음에 행동을 개시할 작정이었다. 차근차근 좌석을 뒤지리라. 그리하여 찌르레기 아저씨가 정녕 부산행 열차를 탔는지 확인해보리라.

기차가 수원을 지난 후 나는 1호 차의 1번 좌석부터 훑어보기 시작했다. 새벽 기차여서 그런지 드문드문 비어 있는 좌석도 많았고 열차 승객 중에는 벌써 입을 헤벌리고 잠에 떨어진 이들도 더러 있었다. 1호 차에는 그가 없었다. 2호 차로 넘어가면서 나는 숨을 한 번 크게 쉬었다. 그를 찾으면 첫마디를 어떻게 꺼낼까. 좀 그럴듯한 말을 머릿속에서 꺼내보려고 애를 썼지만 도통 떠오르지 않았다. 안녕하세요, 는 좀 우습고, 그렇다고 같이 갈까요, 라고 말하기엔 너무 음흉하다.

2호 차도, 그다음도 아저씨는 없다. 나는 조금 걱정이 되기 시작했다. 생각해보니 이건 무모한 짓이기도 했다. 설령 부산이 목적지라고 해도 중간에 들를 곳이 있을지도 모르고, 서울에 일이 남아 계획을 변경했을 가능성도 없지 않다. 5호 차는 내 좌석이 있는 칸이다. 이미 살펴보았으므로 곧장 6호 차로 넘어갔다. 역시 없었다. 마지막 칸이 가까워지자 일이 잘못되었다는 생각이 더 커서 기대도 없이 7호 차 객실 문을 열었다. 내 의혹을 비웃기라도 하듯 문을 열자마자 아저씨의 얼굴이 나타났다.

그는 창턱에 팔을 얹고 창밖을 내다보고 있다. 아침 햇볕이 그의 얼굴에 출렁였다. 붉게 충혈된 두 눈이 그가 간밤에 한숨도 못 잤다는 사실을 일러주었다. 여름 내내 땡볕에 시달린 검붉은 얼굴과 붉은 눈자위. 아저씨는 누구 눈에도 뜨일 만큼 새벽 열차의 기묘한 승객이었다. 나는 곧장 그에게 다가갈 수 없었다. 그러기는커녕 오히려 뒤돌아서 다시 문을 열고 나왔다. 객실 사이 통로에서 나는 한참을 망설였다. 그러면서 잠깐잠깐 유리문 저쪽의 그의 얼굴을 훔쳐보았다. 비어 있는 그의 옆자리가 용기를 내라고 나를 부추겼지만 쉽지 않았다.

그는 전혀 움직이지 않았다. 창밖 풍경을 보는 눈빛은 서늘했고 완강하게 닫힌 입술은 그지없이 단호했다. 그 얼굴은 이제껏 내가 보아온 모습과 전혀 달랐다. 나는 지금 전혀 다른 아저씨의 모습을 보고 있다. 그래서 더욱 발을 떼지 못했다. 내 망설임이 길고도 길었음에 대해서는, 이제 무슨 못할 말이 있을까 싶어 하는 소리지만, 그의 표정에 드러난 음산한 냉기에 책임을 물어야 할 것이다. 한마디로 그것은 살의였다. 누구 말대로, 그야말로 살의가 번득였다. 살인자의 얼굴에 어떤 표적이 있는 것은 아니다. 누구라도 때에 따라서는 살인자가 될 수 있다고 바로 아저씨의 노트에서 읽은 바도 있다. 그럼에도 나는 감히 그에게 접근할 수 없을 만큼 두려웠다.

객실 밖 통로도 편한 자리가 아니었다. 화장실을 들락거리는 승객이나 밀차를 끄는 홍익회 판매원들은 노골적으로 나를 향해 눈을 부라렸다. 말하자면 나를 치한이나 불량 청소년쯤으로 여겨 무시하는 것이다. 이러지도 저러지도 못하고 망설이던 나는 결국 내 자리로 돌아왔다. 이럴 때는 마음을 안정시켜야 했다. 생각을 정리한 다음에 다시 돌격하리라. 아직 시간은 충분하고 그가 부산으로 간다는 사실은 확실하니까.

철새들도 집을 짓는다

얼마 후 마음을 다잡고 다시 7호 차로 들어갔을 때 그는 아까와 똑같은 자세로 앉아 있었다. 다른 게 있다면 그 자세 그대로 눈을 감았다는 정도. 정말 다행이었다. 나는 용기를 내 조용히 그의 옆 좌석에 앉기로 했다. 그렇지만 그는 대단히 민감했다. 내가 의자에 엉덩이를 내려놓기도 전에 눈을 떴다. 물론 그는 굉장히 놀랐을 것이다. 한동안은 내가 진우연인지 아닌지를 확신할 수 없다는 듯 눈을 껌벅거렸다. 나도 섣불리 입을 열 멍청이는 아니었다.

"무슨 짓이지?"

그가 먼저 이 상황이 뭔지 따졌다. 무슨 짓이냐고? 이 말은 좀 심했다. 마치 더러운 짓을 하다 들킨 것 같은 모멸감이 얼굴을 후끈 달아오르게 했다.

"너, 이렇게 생각이 모자라는 녀석이었어? 이렇게 네 마음대로 하나?"

점점 궁지로 몰아넣는 그 앞에서 나는 쩔쩔맸다. 힐난도 힐난이지만 그의 얼굴이 어찌나 표독한지 입이 얼어붙었다. 이런 식의 반응일 줄은 미처 생각지 못했다. 꾸중이야 당연했지만 어디 한구석 비집고 들어갈 틈은 있을 것으로 예상했었다.

"돌아가. 다음 역에서 내려. 더 말할 것 없다."

그는 얼음처럼 차가웠다. 나는 최고로 용기를 내어 더듬더듬 그에게 대들었다.

"이건, 아저씨하고는 전혀, 그래요, 순전히 우연이라고요. 아저씨하곤 상관없는 나만의 여행이라니까요."

"그 말, 네 진심이야?"

"그래요."

"어머님이랑 아버님도 알고 계시나?"

"……."

"모르시는 일이지?"

"곧 알릴 생각이에요."

"그래. 우연이라 치자. 그래도 내가 안 이상 그냥 내버려 둘 수는 없다. 다음 역에서 내려 나랑 함께 돌아가자."

"그럴 수는 없어요."

나는 발딱 일어나 내 자리로 돌아와 버렸다. 말이 안 통했다. 기가 막혔다. 나는 완전히 김이 빠져버렸다. 얼마나 서운한지 눈물이 찔끔 나오려고 했다. 정말이지 기분도 찝찝하고, 이게 무슨 꼴인가 싶으니 섣불리 그를 아는 척했던 게 너무나 후회스러웠다. 얼마나 지났을까. 그가 5호 차 문을 밀고 들어오는 것이 보였다. 나는 시선을 창밖으로 돌리고 눈을 감아버렸다.

"아침 안 먹었지?"

짐 챙겨서 따라와라, 뭐 이럴 줄 알았더니 예상외의 말이었다. 나는 아저씨가 내미는 김밥 도시락을 마지못해 받아 무릎에 놓고 뚱한 표정으로 묵묵히 바깥만 내다보았다. 다행인지 불행인지 내 옆자리는 비어 있지 않았다.

"내 자리에 와서 같이 먹을래?"

아저씨는 작전을 바꾼 모양이었다. 이젠 회유로 변했다. 그랬다 해도 찝찝한 내 기분은 쉽게 바뀌지 않았다. 내 자존심은 원래 유명하니까.

"같이 먹자니까."

그는 조르는 어린애처럼 내 어깨를 툭툭 쳤다. 그래도 나는 꼼짝하지 않았다.

"좋아. 이따 내릴 때 보자."

철새들도 집을 짓는다

내릴 때? 어디에서? 그는 이따 보자며 도시락만 건네주고 돌아 갔지만 내 궁금증은 하늘에 닿을 듯 부풀어 올랐다. 동행을 허락한 다는 뜻으로 해석해도 좋을까? 그가 잡은 운명의 날까지는 나와 함 께 있기로 마음을 먹은 것일까. 그렇다면 그의 결심을 되돌릴 기회 가 생길 수도 있지 않을까.

구름처럼 부풀어 오르던 희망은 꼭 이십 분 만에 깨어졌다. 잠시 후엔 대전에 도착한다는 안내방송이 끝나기가 무섭게 그가 커다란 배낭을 둘러메고 내게로 왔다. 나성여관에 처음 찾아왔을 때의 바 로 그 배낭이었다.

"다 왔다. 내리자."

그는 마치 이곳에서 하차하기로 미리 합의되었던 사람처럼 스스 럼없이 말했다. 기가 막혔다. 더욱 기가 막힌 것은 옆자리 청년의 행동이었다. 청년은 친절하게도 내가 쉽게 빠져나갈 수 있도록 무 릎을 한껏 안으로 모으고 말없이 나를 재촉했다.

"뭐 해? 꾸물거리지 말고 빨리 나와!"

이번엔 자못 목소리가 높았다. 건너편 승객까지 내 느린 행동을 질타하는 시선을 보냈다. 그럴 만도 했다. 기차는 벌써 속력을 늦추 고 있었다.

"녀석, 되게 꾸물거리네."

아저씨는 마지못해 자리를 빠져나오는 내게서 가방과 도시락을 받아주며 불평을 늘어놓았다. 실제로 그는 상당히 짜증스럽다는 표 정이기도 했다. 이해는 할 수 있었다. 치밀하게 계획을 세우고 하나 하나 시간을 맞춰가는 지금의 그에게 나는 불청객이 분명했으니까.

나는 이렇게 대전역에서 도중하차를 하게 되었다. 아저씨도 나와 함께 기차를 버렸다. 역 광장을 터벅터벅 걸어오며 그가 어금니 사이로 씹어뱉듯이 말하였다.

"여기서 두 시간 이상 지체할 수 없는 사정이 있다. 널 아침이나 먹이고 고속버스에 실을 작정이니까 그렇게 알아."

아저씨에게 약간의 빈틈만 있었다면, 내가 뚫고 들어갈 만한 바늘구멍 하나 정도의 부드러움이 있었더라도 이야기는 달라졌을 것이다. 이제까지 내가 알고 있던 아저씨는 이런 사람이 아니었다. 이건 인간 자체가 완전히 딴 사람으로 바뀐 느낌이었다.

우리는 둘 다 돌 씹은 표정으로 말 한마디 나누지 않은 채 고속버스 터미널에 도착했다. 그가 표를 사는 동안 나는 터미널 대기실의 그 복잡함을 이용하여 도망칠 생각도 해보았다. 얼마든지 가능한 일이었다. 그의 낡고 큰 배낭을 맡고 있었지만 까짓 나 몰라라 하면 그만이었다. 하지만 사실 나도 완전 김이 새버린 상태였다. 도망한들 또 어디에 숨으랴 싶었다. 이 여행에 걸었던 기대나 희망이 사라진 마당에 굳이 고집부리고 싶지 않았다. 이제 아저씨를 되돌리기 위해 내가 할 수 있는 일은 없다. 그는 결국 그의 길을 갈 것이다.

아저씨는 쉽게 돌아오지 않았다. 나는 하릴없이 대기실의 대형 텔레비전이나 보고 있었다. 하필 무협 영화였다. 검객이 바람을 가르며 공중으로 날아오르면 밑으로는 우수수 졸개들이 쓰러지는 결투 장면이 그저 심란했다. 이런 영화를 볼 때마다 나는 늘 주인공보다는 시체 역할을 하는 엑스트라들을 유심히 보았다. 혹시 숨은 쉬지 않는지, 무심코 손가락은 움직이지 않는지, 죽은 자세가 불편해 카메라 몰래 돌아눕지는 않는지, 그런 것들을 살폈다.

언젠가는 시체가 벌렁 나자빠진 채 껌을 질겅질겅 씹는 장면도 목격한 나였다. 설령 그렇다 해도 내 기분이 나빠질 까닭은 없었다. 도리어 실수를 발견하면 영화에 정다워진다. 전투 장면에서 분명히 죽었던 군인이 한참 후 운전병이 되어 장교를 태우고 달리는 것을 보고는 손뼉 치며 좋아했던 적도 있었다. 그 엑스트라는 코가 유별난 주먹코여서 누구 눈에도 잘 띄었을 배우였는데 모두 무시하고 다시 살아났다. 그게 좋았다. 살았으면 된 것이다. 무협 영화가 막바지에 이르러 주인공이 사부의 무덤 앞에서 통곡하고 있을 때 아저씨가 나타났다.

"우동 한 그릇씩 먹을 시간밖에 없다."

나는 말 없이 그를 따라 한쪽 구석의 분식집으로 갔다. 퉁퉁 불어 나무젓가락이 닿기만 하면 끊어지는 맛없는 우동을 다 먹도록 그는 내게 시선 한 번 주지 않았다. 나는 이미 여행을 포기한 까닭에 아저씨의 의식적인 냉정함을 고스란히 감수하고 싶지 않았다.

"심심한데 엑스트라 아르바이트나 해볼까요. 재미있을 것 같아요."

"엑스트라?"

"잠깐 출연해서 금방 죽어 자빠지는 시늉만 하면 된대요."

그의 얼굴이 순식간에 일그러졌다. 동시에 내 얼굴도 일그러졌다. 하필 아저씨 앞에서, 그것도 지금 이 시각에 이런 이야기를 꺼낸 것은 분명 생각이 모자란 짓이었다. 나는 잘못된 이야기를 돌리려고 엑스트라의 실수라든가 죽었다 살아난 주먹코 운전병에 대해서 중언부언 떠들어댔다. 그러고도 모자라 어떤 방법으로 죽는가에 따라 출연료도 다를 것이라고 장황한 설명을 시작했다. 이상했다. 아무리 멈추려 해도 말 같지 않은 말이 자꾸만 쏟아졌다. 나는 자포자기, 내 입을 방치했다.

"그렇잖아요? 칼로 난자당해서 피범벅이 된 몸으로 용쓰는 장면을 찍을 때는 출연료도 더 줘야 할걸요. 다다다다, 따발총에 맞아

우수수 쓰러지는 졸병 중의 하나로 출연하는 것보다야 백 배 힘드
니까."

"가자."

"몇 시 차인데요?"

"가자."

딱딱하게 굳은 얼굴로 그는 우동값을 치렀다. 나는 부끄럽지 않
았다. 기왕 이렇게 된 일, 아저씨의 운명을 바꿀 수 있다면 이보다
더한 말이라도 할 수 있었다. 나는 아저씨가 여느 사람들처럼 평범
하게 살다 평범하게 늙기를 간절히 바란다. 고아원에 맡긴 아들이
아들을 낳을 때까지 살아주기를 바랄 뿐이다. 내가 이러는 까닭이
야 쑥스럽게 여러 말로 할 것도 없다. 이런 말이 가능하다면, 나는
세상에 태어나서 처음으로 아무 불만 없이 좋아할 수 있는 사람을
만난 것이었다. 나는 아저씨가 많이, 정말 많이 좋았다.

누나를 사랑하지만 누나에게는 평범을 강요할 수 없다는 불만이
있다. 형도 좋아했지만 형은 바람 같은 사람이어서 형체를 잡을 수
없다. 또 있다. 보라를 만나면 가슴이 뛰고 호흡이 가빴던 나날도
있었으나 여자와 같이 있을 때의 온갖 제스처가 사실은 지겨웠다.
보라 앞에서는 어떤 식이건 내가 나답지 못하다. 그 부자유스러움
은 나를 쉽게 지치게 했다.

나는 마지막으로 그에게 내 마음을 전달해보고자 애를 썼다. 내
가 타야 할 서울행 버스가 승강장에 닿기를 기다리면서 나는 자꾸
만 나오는 대로 지껄였다. 예의 시체 역할의 엑스트라 이야기가 또
나오기도 했다. 이야기는 그와 잇대어서 계속 죽음이니 자살로 이
어졌다. 아저씨는 끝내 아무런 제동도 걸지 않았다. 내 참을성도 한
계에 이르렀다. 나는 불쑥 말했다.

"부산에는 무슨 일이에요? 아저씨 얼굴이 심상찮은데요. 마치 원수 갚으러 떠나는 자객 같아요. 왜 중국영화 보면 그런 주인공 많잖아요."

"……"

그는 입술 양쪽 끝을 위로 말아 올리며 웃는 시늉만 했다.

"혹시 「대부」란 영화 봤어요? 거기 마피아 두목이……."

"입 닥쳐라."

그가 하도 낮고 조용한 음성으로 말했기 때문에 난 내 귀를 의심했다.

"네?"

"버스 왔다. 잘 가. 딴마음 먹지 말고. 형과 누나가 집을 나간 마당에 이제 너까지 가출하겠다고? 그건 용서할 수 없는 불효다."

나는 그에게 밀려 버스 앞으로 갔다.

"알아요. 집에 간다고요."

이렇게 아저씨와 헤어질 수는 없다. 나는 비로소 정신이 번쩍 들었다.

"서울 오시면 연락 주세요."

나는 손을 내밀었다. 그가 서울에 나타나 내게 연락할 일 따위는 절대 일어나지 않으리라.

"넌 곧 나를 잊게 될거야."

그는 내 손을 잡아주기는 했다. 그러나 가출은 절대 용서할 수 없다는 표정이 역력했다.

"오늘 밤에 전화한다. 확인해보고 귀가하지 않았다면 부모님께 당장 가출신고를 하도록 말씀드리겠다."

지독했다. 이건 내가 두 손 두 발 다 들 수밖에 없다.

"아, 그리고 한 가지."

헤어지려는 순간 그가 나를 돌려 세웠다.

"혹시, 만약에 말이다. 10호실 할아버지에게 무슨 일이 생겨서 민구가 혼자 남게 된다면 네가 좀 도와줄 수 있겠니?"

"무슨 말이에요?"

"내 이야기는 행여 그런 일이 생겼을 때 네가 민구를 믿을 만한 기관에 의탁하는 정도의 수고를 해줄 수 있겠냐는 것이다. 어렵다면 형한테 도움을 청해도 좋고."

"알겠어요. 그래야죠."

"민구는 영원히 천사로 살 아이야. 내가 실패한 삶을 살지만 않았어도 그 애를 도와줄 수 있었는데……."

그는 말끝을 흐리며 먼 곳을 보았다. 내가 타야 할 고속버스의 기사가 우리 곁을 지나 운전석 문을 여는 것이 보였다.

"날 잊어라. 스쳐 가버려. 넌 앞으로 더 좋은 사람들을 만날 거야."

우리들의 이별은 이제 시작이었다. 나는 눈자위가 붉어지는 것을 감추기 위해 운동화 코만 내려다보았다. 뭔지 모를 아득한 느낌이 나를 휩쌌다.

"어서 타."

나는 버스에 올랐다. 좌석에 앉아 안전벨트를 맨답시고 한참을 꾸물거리다 슬며시 밖을 보니 그는 아직도 그 자리에 못 박은 듯 서 있었다. 마침내 버스 바퀴가 미끄러졌다. 나는 황급히 창문을 두들겼다. 그는 웃을 듯 말 듯한 얼굴로 오른손을 조금 들었다.

아저씨, 제발, 그 일만은…….

나는 오랫동안 참아왔던, 미칠 듯이 하고 싶었던 그 말을 홀로 중

철새들도 집을 짓는다

얼거리다 말았다. 버스가 몸을 비틀었고 아저씨도 그 순간 몸을 돌렸다.

서울에 도착했을 때는 아직도 쨍쨍한 대낮이었다. 여느 날 같았으면 지금쯤 겨우 눈곱을 떼며 세수나 하고 있을까. 나성여관에서는 필시 내가 여태도 늦잠에 빠진 걸로 미루어 짐작하고 신경조차 쓰지 않으리라.

나는 버스에서 내리자 이내 참았던 담배부터 피웠다. 담배 연기 한 모금에 머리가 핑 돌았다. 발바닥 움푹 팬 곳까지 나른한 기운이 뻗치고 어딘가 주저앉고 싶었다. 나는 사람이 뜸한 곳에 가방을 깔고 앉아 담배 한 대를 야무지게 피웠다. 이젠 어디로 가나. 막막했다. 물론 집에는 갈 것이었다. 그러나 아직은 아니다. 아예 처박혀 있을 때라면 모르지만 나성여관은 이처럼 벌건 대낮에는 결코 들어가고 싶지 않은 곳이다.

나는 오가는 시내버스를 주의 깊게 살폈다. 학원 근처로 간다거나 집 근처로 가는 버스는 쉽게 눈에 뜨이지 않았다. 대신 내 눈에 들어온 것은 '선화 아파트'라는 굵은 고딕 글씨였다. 더 망설일 것이 없었다. 잠시 들렀다가 이번엔 서로 좋은 말만 남기고 헤어지고 싶었다. 그뿐이었다.

누나가 꼭 집에 있으리라 생각한 것은 아니었지만 정말 대실망이었다. 아무리 벨을 눌러도 문을 열어주는 사람은 없었다. 내가 그냥 내려오자 경비원이 의심에 찬 시선으로 이리 오라고 손짓을 했다. 아까 들어갈 때는 자리에 없더니 뒤늦게 깐깐히 굴 모양이었다.

"몇 호 손님이슈?"

경비원은 책 장수 사건을 일으킨 내 얼굴을 기억하지 못했다. 하기야 총명하기로는 그의 나이가 너무 많았다. 나는 되는 대로 말해 버릴 생각이었으나 입에서는 사실이 튀어나왔다.

"천백삼 호 동생이요."

"아가씨 동생?"

"그래요."

"하긴. 좀 닮았군 그랴."

"누나는 집에 없던데요?"

"없겠지."

없겠지, 라니. 분명 별이 꼴린다는 말투다. 그래도 난 순진하게 묻는다.

"어디 갔을까요?"

"어디 갔냐고? 그걸 내가 어찌 아누. 어젯밤 안 들어왔기도 십상 이고. 쯧쯧."

혀까지 차다가 이내 자신이 좀 과했다고 생각했는지 경비원은 얼른 딴전을 부린다. 이럴 때는 말꼬리를 잡고 똑 부러지게 따져봐야 하는데 난 그런 일엔 원래 젬병이었다. 게다가 이 아저씨가 무슨 말을 하고 싶은지 대충 짐작이 가는 형편에 다른 말이 더 필요한가.

경비원이 미처 하지 못한 말을 나는 6동의 주차장에 있던 두 여인네한테서 들어버렸다. 르망 승용차를 정성스레 닦고 있던 반바지의 여자와 슈퍼에 다녀오는 길인 듯 비닐봉지들을 주렁주렁 든 여자 사이에 오가는 대화는 곁을 지나던 내 걸음을 묶어버렸다.

"천백삼 호 내놓았다니 인제 그 드런 꼴 안 보겠네. 근데 누가 그래? 엊그제도 내가 부동산에 들렀거든. 내 사촌이 아파트 사려고 방방 뛰잖아. 그래서 알아보는 중인데 그런 말 없었거든."

"어제저녁에 내놓았대. 가능한 한 빨리 팔아달라고."

"집주인이 그 여자는 아니잖아?"

"몰랐어? 집주인은 돈 많은 사장이고 그 여자는 이거 아냐. 천백 삼 호는 남자가 그냥 잡아놓은 거래."

"글쎄. 전에 섭이네 전세 잘살고 있는 것 쫓아낼 때 주인이 들어온다고 그랬거든. 근데 이거 들여앉히려고 그랬다니 정말 웃기는 세상이야."

두 여자는 새끼손가락을 쳐들고 서로서로 '이거'라고 말하였다.

"아니, 더 웃기는 게 뭐냐면 이 젊은 이거가 지독한 바람둥이라는 거야. 하긴 우리도 봤잖아. 밤엔 대머리가 오고 낮엔 젊은 사내 녀석들 들랑거리는 드런 꼬락서니 말야."

"아, 그래서 요즘 그 대머리 아저씨가 얼씬도 안 했구먼. 엘리베이터에서 가끔 보이는데 요샌 통 못 봤어."

"맞아. 한 달 전쯤 되게 싸우더라고. 말도 마. 우리 집 천장이 밤새 울리더라니까."

"다른 날 밤엔 안 울리고?"

"아이고, 이 주책."

두 여자는 깔깔깔 웃어댔다. 사람을 기다리는 척 나무 그늘에 앉아 있는 내가 두 여자 눈에는 보이지 않았던 모양이었다. 이야기는 계속되었다.

"그럼, 그 여잔 쫓겨나는 셈이네."

"무슨 소릴. 여자가 제 발로 나간다고 그랬겠지. 또 하나 물은 게 틀림없어. 지난번 왜 볼보라든가 하는 외제 자동차 타고 함께 오던 남자, 우리 둘이 봤잖아. 경비아저씨가 그러는데 요즘 둘이 죽고 못 산대. 하여간 재주도 좋아."

"인물은 정말 반반하더라."

"인물 반반하니 그렇게 드럽지."

나는 그만 머리가 터질 지경이었다. 더 앉아 있다간 공룡의 비명 같은 괴성을 지르며 두 여자를 덮칠 것 같았다. 나는 슬그머니 일어나 너덧 걸음 뒤로 빠져 여자들 시선에 걸리지 않게 모퉁이를 돌았다. 모퉁이를 돌자 이내 공중전화가 나타났다. 문득 혼돈과 고통 속에서 형의 얼굴이 떠올랐다. 형이 적어준 전화번호. 형은 말했다. 아주 급한 일이 아니면 연락하지 말라고. 나는 이제 내 어깨의 짐을 내려놓고 싶었다. 누나 문제도, 내가 알고 있는 아저씨의 모든 것까지 형한테 털어놓겠다고 작정했다.

이제는 형뿐이다. 나는 수첩을 꺼내 오랫동안 형의 전화번호를 들여다보았다. 어떤 문제부터 이야기할까. 급한 순서대로 하면 아저씨 일이 우선이어야 할 것이다. 아저씨는 지금 누군가의 목숨을 빼앗기 위해 부산으로 가고 있을 테니까.

어쨌든 형을 만나야 한다. 그것도 지금 당장. 나 혼자 힘으로 수습할 단계는 이미 지났다. 모든 걸 형에게 떠넘기고 나는 이제 스무 살의 일상으로 그만 돌아가고 싶었다. 나는 세상의 온갖 희망을 다 끌어모아 손가락에 걸고 하나하나 숫자판을 눌렀다. 신호가 가기 시작했다. 한 번, 두 번, 세 번 만에 통화가 되었다.

"여보세요."

누군가 몹시 다급한 목소리로 전화를 받았다.

"진도연 씨를 부탁합니다. 동생이에요."

"동생? 누구?"

"진우연요. 틀림없는 동생이니까 걱정 말고 바꿔주세요."

"잠깐, 지금 나갔을 텐데. 가만있어 봐라."

그러고는 붕붕 자동차 소음만 들려왔다. 큰길에 면한 집인 듯싶었다. 어디일까. 미라와 아직도 같이 있는 것일까. 형은 대체 무슨 일을 하고 다니는 것일까. 한참 만에 전화기 저쪽에서 부스럭 소리가 났다. 형이었다. 나는 금방 형의 음성을 알아들었다.

"우연이냐? 하필, 하필이면 지금……."

형은 웬일인지 몹시 낙담하는 기색이었다. 전화를 건 시기가 아주 좋지 못하다는 것만은 확실했다. 나는 대번에 기가 죽었다. 아주 급한 일이 생겼을 때만 전화를 하라던 형의 당부가 다시 떠올랐다. 형은 어떤 말을 해도 위엄이 있다. 나는 함부로 형의 말을 거역할 수 없었다.

"지금 사정이 안 좋으면, 그러면 나중에 다시 할게."

"아니다. 무슨 일이 생겼나?"

"그런 건 아니고……."

저렇게 단호하게 물으면 할 말이 없어진다. 어떤 일이 오늘, 지금 갑자기, 불쑥 터진 것은 분명 아니니까.

"그럼 됐다. 집에 일이 생긴 줄 알고 좀 놀랐는데."

형은 의외로 너그러웠다. 나는 이때를 놓치지 않고 목소리를 낮게 깔았다.

"형에게 할 이야기가 있어. 중요해."

"그래? 헌데 나중에 하면 안 될까? 내가 지금 아주 급한 일이 있어서 나가려던 참인데."

"언제 돌아와?"

그러자 형은 문득 말을 끊었다.

"빨리 만났으면 좋겠어. 여러 가지 문제가……."

그때 형이 내 말을 가로막았다.

"알았다. 내가 연락하마. 이 전화번호는 오늘로 철수다. 수첩에서 지워버려."

"어디로 옮기는데?"

"아직 모른다. 아무튼 지금은 시간이 없으니 내가 나중에 연락할
게."

"알았어."

나는 실망을 감추지 않고 풀 죽은 음성으로 대꾸했다. 다들 바쁘
고, 다들 어디론가 떠난다고 한다. 남는 자는 나 하나뿐이다. 전화
를 끊으려 했을 때 형은 재빨리 그런 나를 위로했다.

"우연아. 네 목소리 들은 것만도 반갑다."

그뿐이었다. 나는 다시 기댈 데 없는 혼자가 되어버렸다.

철새들도 집을 짓는다

8. 복수

○

도저히 늦잠을 잘 수가 없다. 아침의 달콤한 게으름을 잊은 지 이미 오래, 나는 새벽잠 없는 노인처럼 미명부터 깨어 바깥의 기척에 귀를 모은다. 골목길을 구르는 자전거 바퀴 소리가 들리면 살금살금 현관문을 따고 나가 툭 떨어질 조간을 기다린다.

신문 하나로는 절대 안심할 수 없다. 정류소 가판대가 문을 여는 오전 아홉 시 무렵엔 나는 이미 거리에서 서성이고 있다. 보이는 대로 조간을 사 들고 내 방으로 돌아와 점괘를 펼치는 무당처럼 신중하게, 가슴 죄며 사회면을 훑어간다. 밤새 많이도 다치고 많이도 죽는다.

그리고 다시 점심. 모래알을 씹듯이 밥알을 세고 있으면 어머니는 모질게도 옆구리를 쥐어박았다.

"이런 우라질 녀석. 밥 처먹는 꼴 좀 보래지. 복이 천리만리 달아나고도 모자라 삼 년간 재수 옴 붙고도 남겠다."

그래도 전혀 느낌이 오지 않는다. 어머니의 욕설은 왼쪽 귀로 들어와 미끄러지듯 오른쪽 구멍으로 빠져나가 버린다. 내 신경은 오

복수

직 석간이 가판대에 깔릴 시간에 가 있으니까.

잉크 냄새가 물씬 풍기는 석간들을 끌어안고 다시 나성여관으로 돌아오면 다리에 기운이 쑥 빠졌다. 석간만 통과하면 오늘 하루도 무사하니까. 그렇지만 텔레비전 뉴스도 기어이 나를 잡아당긴다.

"요샌 뉴스 시간 하나 꼬박꼬박 잘 지키는구먼. 왜? 느그 형 나온 다디?"

어머니는 아예 형을 사고뭉치로 취급하는 까닭에 나의 돌연한 행동이 행여 형과 연관되는 것인지 넘겨짚으려고 했다. 그런 말에 내가 달리 반응할 까닭도 없다. 나는 완전히 신경이 차단된 상태다. 열려 있는 신경은 단 하나. 부산에서 일어날 살인사건에 관한 정보뿐이다.

텔레비전의 9시 뉴스를 다 보고 나서는 어슬렁거리며 또 집 앞 정류소에 가본다. 내일 조간들이 미리 나오기도 하니까 그것 또한 놓칠 수 없다. 그렇다고 새벽에 배달되는 신문을 허투루 살피는 것은 절대 아니다. 같은 날짜라 해도 자세히 보면 빠진 기사가 있고 새로 들어간 기사가 있다. 신문과 뉴스에서 해방되는 시간이 밤 열한 시. 나는 창백한 얼굴을 하고 자리에 눕는다. 오지 않는 잠을 기다리며, 때로는 지체되는 살인사건을 기다리는 꼴임을 깨닫고 깜짝 놀라면서 웅크린 채 얕은 잠속으로 들어간다.

그런 나날이 꼭 나흘, 그러니까 아저씨가 부산으로 떠난 지 꼭 나흘째 되던 날, 석간 뭉치를 껴안고 방으로 들어오던 나는 윗목에 놓인 유리컵을 걷어차고 말았다. 컵은 책상다리에 부딪히며 요란한 소리와 함께 박살 났다. 유리 파편이 방 안 가득 깔렸다. 나는 등줄기를 타고 흐르는 섬뜩한 예감에 부르르 몸을 떨었다.

나는 일단 신문 뭉치를 책상 위에 놓았다. 그러고도 미심쩍어 영어사전으로 꽉 눌러두었다. 마치 신문 갈피에 숨어 있는 악귀가 새어 나올까 봐 두렵다는 듯이. 그리고 차근차근 깨진 유리컵 파편들을 수습하기 시작했다. 완벽하고 치밀하게 그것들 하나하나를 휴지통에 넣으면서 나는 한 번씩 뒤를 돌아보곤 했다. 신문들은 얌전히 거기에 있었지만 내 뒤통수는 여전히 따가웠다.

한참 만에 방은 말끔해졌다. 안 하던 짓이지만 정성 들여 구석구석을 물 묻은 휴지로 닦기도 했다. 그래야 먼지 같은 유리 조각까지 다 닦아 올릴 수 있다. 유리컵 파편들을 남김없이, 모조리 치운 뒤에는 더는 할 일이 없다는 사실에 낙담할 지경이었다. 이제는 별수 없이 운명을 맞아들여야 했다.

미룰 대로 미루었다가, 마침내 나는 영어사전을 들어내고 맨 위의 신문부터 펼쳐보았다. 사회면을 이 잡듯이 뒤졌지만 부산에선 한 건의 사건보고도 없었다. 모두 아침에 보았던 조간과 엇비슷한 기사를 담고 있었다. 그러면 그렇지. 나는 서서히 내 자발 맞은 예감을 나무라며 다른 신문을 집어 들었다. 언제나 그랬다. 첫 신문에 게재되지 않은 사건 기사는 다른 신문도 다루지 않기가 십상이었다.

두 번째 신문은 방바닥에 펼쳐놓고 읽었다. 우선은 여유를 되찾자는 생각으로 만화부터 읽었다. 읽기는 하지만 내용은 좀체 머리에 들어오지 않았다. 나의 이 몽롱한, 반쯤 얼빠진 상태는 정말 지겹다. 나는 흡사 머리가 텅 빈 식충이처럼 한없이 띨띨하다.

나는 한숨까지 내쉬며 만화에서 시선을 옮겨 기사의 제목들을 훑었다. 그리고 어느 순간 정말 완벽하게 호흡이 멎었다. 머리를 돌로 친 듯 일순 눈앞도 캄캄해졌다. 나는 후들후들 떨리는 손으로 신문을 움켜쥐고 몇 번씩 마른침만 삼켰다. 얼마 후 나는 위아래 이빨을 달달달 부딪쳐가며 죽을힘을 다해 기사를 읽기 시작했다.

복수

'16일 새벽 4시경 부산 동래구 연산 2동 임용출 씨(48 · 유흥업소 사장) 집 앞길에서 집주인 임 씨가 예리한 흉기에 찔려 신음하고 있는 것을 임 씨의 부인 윤혜자 씨(45)가 발견, 병원으로 옮겼으나 중태이다.

윤 씨에 의하면 새벽 4시경 30대쯤의 남자 음성으로 전화가 걸려와 대문 앞에 남편이 쓰러져 있다는 사실을 통고하고 급히 전화를 끊었다고 했다.

경찰은 피해자 임씨가 광복동에서 나이트클럽을 운영하고 있다는 사실에 주목하여 그 지역 조직 폭력배들을 상대로 수사를 펼치고 있으나, 강도의 우발적인 범행 가능성도 배제하지 않고 있다.

한편 중태에 빠진 임 씨는 전직 경찰공무원으로 최근 복직이 거의 확실시되어 운영하던 나이트클럽을 정리하려 했던 것으로 알려졌다.'

기사를 스무 번쯤 읽고 나서야 비로소 사건의 내용이 파악되었다. 이건 내가 돌대가리여서가 결코 아니었다. 나는 너무도 경황이 없었고 앞뒤를 맞춰가며 사고를 할 만한 정신적 상태가 전혀 아닌 탓이었다. 그렇지만 오래 지나지 않아 나는 기사의 내용에 의문을 표하기 시작했다. 내가 상상 속에서 읽고 또 읽었던 아저씨 관련 기사와는 적어도 두 가지에서 크게 어긋나고 있었다.

그 하나는 이 살인이 미수로 그쳤다는 것이었다. 내가 알기로 아저씨는 오랜 시간 줄곧 복수에만 몰두해온 사람이었다. 그가 얼마큼이나 치밀하고 철저하게 준비를 했을지는 보지 않아도 충분히 알수 있다. 그런 그가 임 씨를 중태에 빠뜨리는 것으로 복수를 끝냈다. 왜 그랬는지는 오직 그만이 알 일이었다.

두 번째 의문점은 기사에서 말하고 있는 전화 제보자였다. 그는 누구일까. 가해자와 제보자는 동일인물일 수 있다. 나는 그렇다고 믿었다. 제보자가 만약 찌르레기 아저씨임이 확실하다면 아저씨는 왜 그런 짓을 했을까. 그것도 아저씨가 치밀하게 꾸민 각본 속에 미리 들어 있던 것일까.

다음 날 새벽의 조간신문은 제보자에 대해 나와 의견이 달랐다. 중태에 빠진 사람이 나이트클럽의 사장이고 전직 경찰관이었다는 것에 초점을 맞춘 것은 석간과 대동소이했다. 다만 새벽에 전화한 남자가 사건의 목격자일 가능성이 커 이웃 중에서 그 목격자를 찾고 있다고 보도한 것이다.

처음 기사를 보았을 때부터 나는 전화 제보자가 아저씨라고 생각하고 있었다. 얼마든지 아저씨다운 행동이었다. 오랜 시간 노려왔던 작자를 해치웠다, 그는 피를 뿜으며 쓰러져버린다, 의식을 잃은 원수의 모습을 지그시 노려보다가 이윽고 원수의 아내에게 전화한다, 당신의 남편이 쓰러졌으니 데려가라…….

그러나 내 추측이 빗나갈 수도 있다는 생각에 나는 진저리를 치며 몸을 떨었다. 경찰은 전화 제보자인 목격자가 범인의 보복이 두려워 신원을 밝히지 않는 것으로 해석했다. 게다가 제보자는 경찰에 신고하는 대신 직접 피해자의 집에 전화해 남편이 쓰러졌다고 알렸다. 집의 전화번호를 알고 있는, 아저씨 이상으로 임 형사를 잘 아는 그는 누구일까.

그 사람만이 아니다. 목격자는 더 있을지 모른다. 얼마든지 그럴 수 있다. 사방에 사람의 눈이 있다. 아무리 깊은 밤이라 해도 범행 장소가 주택가 골목이라면 근처의 어딘가 잠들지 않은 눈이 사건

현장을 낱낱이 지켜볼 수도 있다는 가정은 얼마든지 할 수 있다.

그렇다면 이건 대단히 위험하다. 임 형사도 살아 있다. 지금은 의식을 잃고 있지만 정신이 들면 자신을 죽이려 했던 자에 대해 소상히 털어놓을 것이다. 게다가 아저씨는 이미 얼굴이 노출되었을 가능성도 크다. 전화를 건 사람이 누구인지, 아저씨거나 우연한 목격자이거나, 혹은 제삼자냐에 따라 사건 해결에 큰 차이가 날 것이다.

몇 번씩이나 강조하는 바지만 나는 아저씨가 치밀한 계획 아래일을 해치웠을 것을 믿어 의심치 않는다. 그는 절대 어리숙한 사람이 아니다. 나는 새삼 그의 완벽한 준비에 희망을 걸기 시작했다. 그는 적어도 범행 현장에 단서를 남기는 짓은 하지 않았을 것이다. 주변에 예기치 못할 시선이 있을 것을 염려했다면 집 앞을 범행 장소로 선택하지 않았다고 나는 추리한다. 오직 살인만이 목적이고 도주는 포기한 복수라면 몰라도.

맞다. 그럴 수도 있다. 나는 다시 원점으로 돌아가 생각을 정리했다. 아저씨는 이 살인을 범죄로 여기지 않는 사람이다. 잡히는 것을 두려워할 사람도 아니다. 그는 당당하게, 거침없이 살인을 해치우고 때가 오면 순순히 자신의 죄를 시인할 생각이었다. 노트의 기록을 보아도 아저씨는 복수 이후에 대해선 한마디도 쓰지 않았다. 그의 계획에 도주는 없었다.

어쩌면 지금 이 순간 경찰은 이미 아저씨를 용의자로 지목하고 행적을 뒤쫓을지도 모른다. 사건은 곧 밝혀진다. 임용출의 의식만 회복되면 당장 범인을 체포할 수 있다. 목격자가 신원을 밝히고 나타날 경우에도 마찬가지다. 완전범죄가 되기에는 여러 상황이 아저씨를 불리하게 만들고 있다.

둥근 아침 해가 또렷하게 떠오른 시각, 내가 얻은 결론은 너무 참담했다. 사건은 어차피 수일 내로 그 전모가 드러날 것이다. 수갑을 찬 찌르레기 아저씨의 얼굴을 신문에서 보게 될 날은 어쩌면 바로 오늘일지도 모른다. 나는 또 버릇처럼 몸을 부르르 떨었다. 지난 저녁부터 내내 이랬다. 등줄기로 후르르 냉기가 치달리는 이 기분 나쁜 느낌은 좀체 익숙해지지 않는다. 이런 일이 나한테 일어나다니.

물론 예감은 했고 긴 시간 초조하게 지켜보긴 했어도 막상 사실이 되어 눈앞에 닥치니까 도무지 생각의 갈피를 잡을 수가 없었다. 내가 이토록 겁이 많다는 사실도 처음 알았다. 말하기 부끄럽지만 나는 계속해서 사시나무 떨듯이 떨고 있다. 도대체 내가 왜 이렇게 공포에 질려 떨고 있는지 그것조차 알 수 없었다. 살인사건이 일어났고, 나는 범인이 누구인지 명확히 알고 있다. 나보다 더 명료하게 범인의 인적사항을 알고 있는 사람은 범인인 아저씨 외에는 없다. 자, 그러니 이제 어떻게 해야 한단 말인가.

나는 이윽고 내가 취해야 할 행동에 생각이 미쳤다. 칼에 찔린 사람은 죽을지도 모른다. 이건 엄청난 사건이다. 지하철 안에서 실수로 남의 발을 밟은 따위의 사건이 아니다. 잘은 모르나 입 다물고 가만히 있는 것도 죄가 될 것이 틀림없다. 나는 국민의 한 사람으로 신고해야 할 의무가 있다. 신고를?

미쳤는가. 미치지 않고서야 어떻게 그런 짓을. 나는 휘휘 고개를 내둘렀다.

나는 우선 그간에 정신없이 사 모았던 신문 뭉치부터 처리해야겠다고 결심했다. 아저씨가 부산으로 떠난 날부터 모아온 신문들이 책상 밑에 적잖이 쌓여 있었다. 누가 봐도 이건 수상쩍은 일이었다.

누가 봐도?

나는 내 속의 혼잣말에 찔끔 놀랐다. 이건 말도 안 된다. 내가 공범이라도 된다면 모르지만 이런 식의 호들갑은 좀 유치하다. 하지만 나는 불안한 정신상태였다. 나도 모르는 사이 살인자의 공범이 되어 함께 얽혀드는 것은 아닌지, 내 상상력은 마침내 푸른 수의에 수갑을 찬 진우연의 모습까지 그려내는 중이었다.

이건 정말 미칠 노릇이었다. 상상력이란 괴물의 죽죽 늘어나는 발톱은 가릴 데 없이 날 마구 긁어댔다. 아저씨가 이미 체포되었다는 쪽으로 가정하면, 배후를 조사하던 경찰이 나를 의심해서 지금 나성여관으로 오고 있다는 대목까지 일사천리로 소설이 쓰였다.

나는 머리를 싸매고 방바닥을 데굴데굴 굴렀다. 머리통이 와지끈 터져나갈 것만 같았다. 오, 이럴 때 형이 있어야 했다. 형이라면 단 몇 마디로 팔짝팔짝 뛰는 내 심장을 가라앉혀줄 것이다. 나는 미치도록 형이 그리워 주먹을 입에 물고 어린애처럼 징징 울었다.

그때였다. 누군가 조심스럽게 내 방문을 노크하는 사람이 있었다. 울고 있던 나는 얼마나 놀랐는지 하마터면 책상 밑으로 기어들어 갈 뻔했다. 그렇지만 부끄러운 줄도 몰랐다. 부끄럽다니, 지금은 그런 것을 생각할 때가 아니었다. 나는 서둘러 눈물을 훔치고, 신문들을 모아 이불 밑에 숨긴 다음, 천천히 문을 열었다.

"나 좀 보라우."

방문 앞에는 뜻밖에도 10호실 노인이 어깨를 축 늘어뜨린 채 서 있다. 한눈에도 노인이 안색이 매우 심상치 않음이 드러났다. 노인은 내 얼굴을 똑바로 바라보지 못했다.

"자네 방에서 이야기 좀 하자우. 미안하디만 좀 들어가야갔어. 내레 다리가 후둘후둘 떨려갖고 이래개지고서야 서 있을 힘도 없구만."

나는 활짝 문을 열어주었다. 노인은 들어서자마자 털썩 주저앉으며 벽에 등을 기댔다. 진이 다 빠져 흡사 지푸라기 같은 노인의 꼴이 하도 이상해서 나도 괜히 가슴이 철렁 내려앉았다. 이건 또 무슨 소식일까. 혹시 이 노인네 역시 찌르레기 아저씨의 일을 샅샅이 알고 있는 것은 아닐까.

"왜 그러세요?"

"왜 그러나 마나, 이 일을 어드르케 해야 옳갔어? 엉, 이게 무신 날벼락인디 참말 모르갔구먼."

노인은 벽에 숫제 머리를 짓이겨가며 몸부림을 쳤다.

"아이구, 그 미시타 박인디 뭔디 하는 놈이 순 사기꾼이라디 않아. 사기꾼!"

가래 끓는 노인의 목소리가 사기꾼을 외칠 때에야 나는 언뜻 상황을 이해했다. 아니, 그럼 소련 여행이 모두 사기꾼의 농간에 넘어간 헛소리였다는 말인가. 그제야 나는 할 말을 잃고 멍하니 노인의 얼굴을 바라보았다.

"내 이 꼴이 뭐이간? 내 여태 살아서리 결국은 이런 꼴까지 당하간?. 머리 처박고설라무네 진즉에 칵 죽었어야 했디. 아이구구. 내레 죽어서 우리 덩순이 얼굴을 어드르케 본단 말이가."

노인의 낙심천만한 얼굴은 차마 눈 뜨고 못 볼 형국이었다.

"그 사람, 어딜 가면 만날 수 있어요?"

"누구? 미시타 박씨? 그 간나이 새끼 말이가?"

눈물 콧물로 범벅인 얼굴로 날 빤히 보다 말고 노인은 마구 고개를 휘저었다.

"틀렸어. 내레 다 알아봤디. 기러니깐 자그마치 사백만 원 돈을 그 새끼한테 주지 않았갔어? 벌써 날랐디. 기럼, 벌써 날라버렸디."

두 사람 비행기표 끊는대서 사흘 전에 삼백만 원, 일 착수할 때 미리 건네준 팔십만 원, 그 밖에도 만날 때마다 십만 원씩 오만 원씩 받아 간 것을 합하면 사백만 원도 넘는다는 노인의 고백에 나는 기가 차서 말문이 막혔다.

"그렇다고 당하고만 있어요? 그 여행사가 어디에 있어요? 내가 가서 다시 확인해볼게요."

노인은 그래도 고개만 가로저었다. 나는 별 대책도 없으면서 계속 노인을 다그쳐 마침내 여행사 이름과 위치를 알아냈다.

"자네가 가봐도 소용없다지 않간. 내레 거기서 뒹굴어도 봤고 사정도 다 해보디 않았갔어. 애저녁에 글러터진 일인 줄 이 늙은 것도 알갔든데. 기러지 말고, 부탁이 있는데 좀 들어주갔어?"

노인은 내 손을 꽉 붙잡았다.

"이러케 앉아서 굶어 죽을 수는 없지 않갔어. 어드르케 목구녕에 풀칠이라도 할 만한 일자리를 좀 구해주구레. 아이구, 덩순이가 남긴 그 돈으로 민구 저 자슥이나 입히고 멕였어야 했는데, 이 늙은 게 거저 고향 갈 생각에 눈이 멀어갖구설라무네."

"알아볼게요."

나는 별수 없이 노인에게 일자리를 알아보겠다고 다짐한다. 말도 안 되는 소리였다. 누가 저런 노인을 쓰겠다고 나설 것인가.

"꼭 좀 알아봐 줘야갔어. 낸중에 저승 가서 우리 덩순이 얼굴을 어드르케 보갔나. 내레 목심 붙어 있는 날까장은 기러니깐 마구 벌어야 한단 말이야. 마구 벌어야 우리 민구놈 멕이고 입히디."

마구 돈을 벌어야만 한다는 말을 수십 번도 더 되뇌다가 노인은 비척비척 10호실로 건너갔다. 정말 뒤죽박죽인 날이었다.

시간은 더디 흘렀다. 나는 날로 수척해졌다. 허리띠 제일 안쪽 구멍으로 조여 매도 바지는 헐렁헐렁했다. 나의 초췌함은 얼마 지나지 않아 어머니 눈에 시빗거리로 발각당했다. 아침 밥상을 앞에 두고서였다. 그 우람한 몸집 어디에 그런 세심한 신경이 숨어 있는지, 하여간 어머니의 눈치 하나는 알아줘야 했다.

"너 이 새꺄! 요즘 무슨 못된 짓을 하고 다니길래 얼굴이 누렇게 떴어?"

"어허, 어린 자식한테 말하는 것하고는……."

아버지가 심히 민망하다는 표정으로 한마디 내놓기 무섭게 벼락은 순식간에 아버지에게 옮겨갔다.

"왜요? 당신 얼굴도 누렇게 떴는데 왜 말 안 해주나 싶어서 섭섭하시오? 어제저녁은 그년 집에서 상다리가 휘어지도록 차려 먹었는데 이놈의 집구석 아침 밥상을 보니 기가 차요? 그 드런 년은 팔자가 상팔자라 처먹고 하는 짓이 화냥년 짓이고, 이년은 팔자가 박복해서 맨날 서방 자식 뒷바라지에 허리가 굽소."

"거 참, 다 끝난 일 가지고 또 왜 그러는지, 다 끝난 일 아니여?"

"다 끝났어? 흥. 그래서 어제저녁엔 딴 년 만나느라 열두 시까지 사무가 바쁘셨구먼! 대쇼! 이번엔 또 어떤 년을 후렸어? 마누라 치마폭에서 돈 뜯어다가 또 어떤 년한테 처발랐냐고."

"돈은 언제 주기나 했남?"

아버지는 그래도 지지 않고 구시렁거리며 숟갈을 내려놓는다.

"그럼 박 씨한테는 뭔 돈을 몇십만 원씩이나 꾸었수? 어디 다 쓰느라고?"

"그거야 친목회비 낼 때마다 모자란 돈 빌려 넣고, 또 뭐야, 손장난 좀 하다가 진 노름빚이라고 몇 번 말했나."

나는 쓴 입맛을 달래기 위해 콩나물국만 몇 숟갈 떠먹다 말고 두 사람이 실컷 싸우라고 자리를 피했다. 그러나 어머니는 실로 좌충 우돌이었다. 내실을 나오는 내 뒤통수에 앙칼진 목소리로 마지막 공격을 퍼부었다.

　"우연이 이 새꺄! 정신 차려. 시방은 좋다고 헬렐레 싸돌아다녀도 난중에는 피눈물깨나 흘릴 거다. 멍청한 새끼, 나성여관을 들어먹 는 한이 있어도 저 새끼 대학 뒷바라지는 해줄 판인데 지 복을 지가 차는 걸 누가 말려. 아이구, 썩을 년의 팔자! 서방복 없는 년은 자식 복도 없다드니 참말 옛말 그른 거 없어."

　나는 지긋지긋한 어머니 넋두리를 뒤로하고 부엌으로 갔다. 부뚜 막에 앉아 허벅지 장단을 맞추며 라디오에서 흘러나오는 유행가에 젖어 있던 뽕짝아줌마가 힐끗 돌아보았다.

　"벌써 다 먹었어야? 빠르네 잉."

　"시끄러워서 먹지도 못했어요."

　아줌마는 히힝 웃었다.

　"시상에 느그 엄마같이 독헌 사람도 없제. 아침에 눈 뜨면서부터 아예 콩을 볶는당게. 달달 달달 볶아대. 느그 아버지가 박 씨 아저 씨한테 오십만 원씩이나 빚을 졌디야. 그 빚 갚아주고 또 오십 일을 콩 볶듯이 볶아댈 것이구먼. 두고 봐. 틀림없당게."

　아줌마 수다는 여전했다. 뽕짝아줌마는 아저씨가 떠난 이후로도 밥 잘 먹고 잠 잘 자는 눈치였다. 사랑의 상처 따위는 눈을 씻고 찾 아보려야 찾아볼 수 없었으므로 그날 밤의 일을 기억하고 쭈뼛거리 는 내가 오히려 이상하게 생각될 지경이었다. 그런데 참 이상한 것 은 뽕짝아줌마가 예전의 뽕짝아줌마로 여겨지지 않고 마치 육친처 럼 가깝게 느껴진다는 사실이었다. 무슨 말인가 하면 아줌마와 함께 있는 시간만큼은 두려움도, 미칠 듯한 괴로움도 어느 정도 엷어지는 것을 느낄 수 있다는 뜻이다.

나는 나 말고도 찌르레기 아저씨에 대해 무조건적인 신뢰를 보내는 인물이 여기 또 한 사람 있었다는 사실을 깨달았다. 그 신뢰가 아직도 여일한지 지금 확인해 봐야겠다.

"아저씨가 없으니 나성여관이 텅텅 빈 것 같아요. 그렇지요?"

이는 순전히 동료인지 적인지를 구별하기 위한 밑밥용 질문이었다.

"그랴. 증말 점잖은 양반이었는디. 후유, 어딜 가서 살아도 복 받고 잘살 양반잉게 걱정일랑 말어."

아줌마 표정이나 말이나 모두 너무 확실해 의심의 여지가 없다. 우리는 아저씨에 관한 한 틀림없는 아군들이었다. 나는 비로소 부엌에 들른 용건을 꺼냈다.

"혹시 형에게서 나 찾는 전화 오지 않았어요?"

"몰러, 나는 요새 통 전화는 안 받았으니께."

"나 찾는 전화도 없었고요?"

"긍게, 내실서 허구헌 날 저러코롬 티각태각 해싸니께 내사 부엌에 처박혀 있는 게 질로 속이 편하당게. 그렇다고 손님이나 많이 들어야 말이제. 아이구. 느그 엄니 인상 피고 웃는 날 보긴 애저녁에 글른 것 같구만. 어저껜 딱 한 방에만 손님을 재웠다니께."

"형이 연락한다고 그랬는데……."

"그려. 전화벨 울리면 눈치껏 해볼 텡게 걱정 말어."

다짐을 받고 돌아서 나오는데 내실에서 아버지가 나왔다. 물린 밥상을 들고 복도를 건너오는 모습이 참 처량하게 보였던 때문일까. 나는 문득 누나가 준 돈이 생각났다. 수표 두 장은 아직도 고스란히 남아 있다. 나는 밥상을 놓고 파자마를 추스르며 다가오는 아버지 앞에 십만 원짜리 수표 한 장을 내밀었다.

"이거 쓰세요."

"엉? 이게 뭐냐."

"아르바이트해서 벌었어요. 얼른 넣어두세요."

그러나 아버지는 내 말이 미처 끝나기도 전에 이미 감쪽같이 수표를 사라지게 하는 묘기를 보여주었다. 묘기와 거의 동시에 내실에서 어머니가 나왔다.

"흠흠, 그래그래. 알았다."

아버지는 연신 헛기침을 하며 태연하게 내 곁을 지났고 나는 아버지의 민첩함에 완전 얼이 빠졌다.

누나가 준 나머지 수표 한 장이 10호실 노인에게 간 것은 그날 저녁이었다. 이로써 나는 누나가 '블라우스 한 장 값'이라고 간단히 표현해버린 이십만 원을 모두 떠나보냈다. 나에게는 실로 거금이었지만 섭섭함은 전혀 없었다.

10호실 노인에게 나머지 십만 원을 줘야겠다는 생각을 굳힌 것은 여행사를 다녀온 뒤였다. 노인이 일러준 대로 찾아가니 여행사는 쉽게 발견할 수 있었다. 하지만 내가 미스터 박인가 하는 사내의 이야기를 꺼내기가 무섭게 영업부장이란 사람은 고개를 설레설레 흔들었다.

"미리 말씀드립니다만 그 사람은 우리 여행사와 아무 관계가 없습니다. 작년에 입사해서 두 달 만에 해고당한 친구니까요. 그때도 금전 사고였고요. 이번에 그 어르신 말고도 한 사람 더 당했는데 안타깝긴 하지만 우리로서는 속수무책입니다. 경찰에 신고는 했으니까 거기에나 희망을 걸 밖에요. 그래도 돈을 다시 찾기는 어려울 겁니다. 종적을 감춰서 잡기도 어렵고, 찾아낸들 돈이 어디 남아 있겠어요. 그런 친구들, 법 무서운 줄도 몰라요. 전과가 있걸랑요. 몸으로 때우고 나오면 또 사기 치고, 뭐 그런 식이죠."

영업부장이란 사람은 깍듯했지만 무섭도록 냉정했다.

"그 어르신네를 우리는 엊그제 처음 봤어요. 우리 회사엔 한 번도 오지 않으셨으니 도와줄 수도 없었고요. 바깥에서 우리 여행사 이름 팔아 사기 치는 작자들까지 우리가 어떻게 다 책임집니까. 미리 조심하셨어야죠. 그리고 애초에 그런 케이스는 비자 내기가 불가능해서 우린 취급도 안 합니다. 정말 안타깝네요. 도와드리고 싶은데 방법이 없어요."

나는 그냥 여행사를 나왔다. 안타까운 일임에는 분명하나 우리 책임은 눈곱만큼도 없다는 입에 발린 위로와 치밀한 발뺌은 정말 역겨웠다. 나는 죽어도 저렇게 번드르르한 말은 하지 못할 것이다. 안타까운 마음은 티끌만큼도 없으면서 연신 안됐다, 딱하다고 되뇌는 인간을 만나면 나는 정말 미쳐버린다.

을지로 여행사에서 돌아와 노인의 방문을 열어보고 나는 섬뜩한 느낌에 주춤 뒤로 물러섰다. 민구와 노인이 나란히 누워 있는 모습이 영 불길했다. 부리나케 민구부터 깨웠더니 녀석은 금방 반짝, 하고 눈을 떠주었다.

"코 자자. 응? 엉아도 코 자자."

노인도 부스스 깨어났다.

"몇 시가? 아이구, 미련스럽게도 잠이나 퍼자고 있으니 뭐가 되간. 기래 늙으면 죽어야 한다고 그러디."

노인은 금세 눈물을 글썽거렸다. 그 눈물은 정말이지 완전자동이었다.

"이거요. 두었다 쓰세요. 여행사에서 교통비나 쓰라고 내놓았어요."

"이거이, 이거이 자네가 받아온 돈이가? 어이구, 이 미련한 것보다는 역시 자네가 영 낫구만. 암, 기렇디. 낫구 말구디."

그 돈이 여행사에서 나온 것이라고 대충 둘러댄 까닭은 물론 노인의 길어지는 푸념을 막기 위해서였다. 솔직히 나는 지쳐 있었다. 가방 안에 들어 있는 석간들도 빨리 확인해야 했다.

나는 여전히 신문을 사 모으고 있었다. 나는 이제 사건 속보, 그러니까 범인 체포를 알리는 기사를 기다리고 있는 셈이었다. 내 정신이 아직도 혼미하고 띵한 것은 그러므로 너무나 당연했다. 누군가의 푸념을 들어줄 여유가 내겐 없었다. 나는 또한 누군가를 위로하는 일에는 젬병이기도 했다. 그런 자리에 오래 있으려면 몸에서 열이 났다.

노인이 수표를 들여다보고 또 들여다보고 하는 사이에 나는 바람같이 내 방으로 날랐다. 아니, 날랐다고 생각했다. 하지만 내가 방문을 열고 들어서는 순간 누군가 나보다 한발 앞서서 나를 밀치고 방으로 쏙 들어가는 것이었다. 민구였다.

"네 방으로 가!"

기가 막힌 나는 으르렁거렸다. 물론 이렇게 해서는 민구를 쫓아낼 수 없다는 것을 나는 잘 알았다.

"형아랑 놀자. 응? 놀자. 놀자."

나는 녀석의 옴싹거리는 작은 입술을 바라보다 말고 갑자기 좋은 생각이 떠올라 주머니를 뒤져 동전을 몇 개 꺼냈다.

"자, 이것 갖고 나가서 껌 사 먹고 놀다 들어와. 알았지?"

녀석은 냉큼 돈을 받아들고 또 말했다.

"그래도 놀자. 형아랑 놀자."

온종일 방구석에 처박혀 있어서 되게 심심한 모양이었다. 마음이 약한 나는 이럴 때 더는 으르렁거릴 수가 없다. 결국 나는 녀석이 내 방에 머물도록 허락하고 만다. 민구는 당장에 신이 나서 뒤척거리는 걸음으로 책상 앞으로 달려갔다.

녀석이 책상 서랍들을 뒤져 온갖 잡동사니들을 꺼내는 사이 나는 석간들을 훑어보기 시작했다. 부산에서 일어난 살인미수 사건의 속보기사는 그러나 어느 신문에도 실리지 않았다. 아직 아저씨는 무사하다. 나는 가슴을 쓸어내리며 안도의 숨을 내쉬었다.

민구는 그새 책상 탐험을 마친 모양이었다. 이제는 내 이부자리 위에서 이불깃을 잘근잘근 씹으며 동전들을 갖고 놀았다. 녀석이 어질러놓은 책상을 정리하다 말고 나는 누렇게 바랜 봉함엽서를 발견했다. 맞았다. 바로 그것이었다. 언젠가 누나가 보여준 형의 쓰다 만 편지.

아마 미라의 발작이 있던 날 밤에 그 편지를 둘이서 읽었을 것이다. 형의 여자친구가 수신인이었고 미라에 대해 적혀 있던 편지다. 나는 이 엽서를 누나가 가출한 이후 누나의 방에서 찾아내 간직했다. 그렇지만 이제껏 까맣게 잊고 있었다. 형의 행방을 알 수 없는 지금, 혹시 형을 찾을 수 있는 단서가 될지도 몰라 나는 차근차근 엽서에 쓰인 형의 글씨, 형의 언어를 분석해보기 시작했다.

'……네가 나의 무사함에 관심이나 있는지, 대체 나라는 사람을 기억이나 하고 있는지, 그것조차 자신할 수 없으면서 이 소식을 전한다. 무사하다는 그 말, 그 언어의 실질적 내용과는 전혀 무관하게 나는 무사하다……'

형과 홍정미라는 여자는 서로의 근황을 모를 만큼 관계가 소원하다. 편지의 몇 줄은 능히 그 사실을 짐작케 한다. 그렇지만 홍정미는 86년 형의 입대가 있기 전까지 형과 가까운 사이였음은 분명했다.

그 봉함엽서는 형이 입대를 앞두고 처참한 심정으로 쓴 것이다. 그 후 많은 세월이 흘렀다. 겉봉의 주소에 홍정미가 계속 살고 있다는 보장도 없다. 설령 산다 해도 홍정미가 느닷없이 나타난 진도연의 동생이라는 작자를 만나줄지도 의문이다. 다 쓸데없는 짓이었다. 이미 결혼해서 아이 엄마가 되었을지도 모르는데, 이런 식의 이야기는 유치한 영화에서나 종종 쓰이던 수법 아닌가.

그렇다면 편지는 어떨까. 매일 숨 막히는 심정으로 신문만 뒤적이며 시간을 보내느니 무엇이든 시도하면 방법이 나오지 않을까. 나는 당장에 편지를 쓰기로 했다. 그래서 민구를 내보내기로 했다. 나는 혼자가 아니면 절대 한 줄의 글도 쓸 수 없다. 어떤 글이든 옆에 누가 있으면 자꾸 헛소리가 나오려고 한다.

"가? 나가? 형아 바빠?"

녀석은 떠밀려 나가면서도 연신 물음표를 던진다.

"나가? 가? 왜? 왜?"

민구의 말은 모두 이런 식이다. 요즘은 좀 나아졌어도 처음엔 아주 미칠 것 같았다. 뭐든 한 단어로 압축해서 끝없이 반복하는 녀석의 말투는 아무도 못 당한다. 그래도 요새는 녀석과 제법 말이 통하는 편이다. 이를테면 "나가?"라고 물을 때는 얼른 "응." 하는 것이 상책이다. 녀석이 되물을 여지가 없게 하면 다음 대화로 빨리 넘어갈 수 있다.

간신히 민구를 내보내고, 나는 몇 장인지 헤아릴 수 없을 만큼 많은 종이를 구겨버린 뒤 겨우 편지 쓰기를 끝마쳤다. 다 옮겨 적을 수 없을 정도로 무수한 문장이 머릿속을 가득 채웠기 때문에 그것을 정리하는 데 많은 종이가 필요했다. 그렇지만 실컷 요약한 편지는 단 두 줄에 불과했다. 난 언제나 그랬다. 과정은 요란해도 늘 결과는 부실했으니까.

어쨌거나 나는 단 두 줄의 편지를 쓴 뒤 그것을 큰 소리로 읽어보는 짓을 몇 번씩 되풀이하였다.

'저는 진도연의 아우, 진우연입니다. 느닷없다고 여기시겠지만 편지 보시는 대로 연락을 주시면 즉각 달려가 만나 뵙고 싶습니다.'

감정은 와글와글 들끓어도 절제하여 내놓는 문장은 차갑고 건조해야 한다. 이것은 내가 가장 좋아하는 글쓰기의 첫 번째 신조였다. 내가 만약 작가가 된다면 하수구의 오물처럼 되는 대로 말을 내뱉는 짓은 하지 않을 것이다. 나는 화가나 작가, 혹은 음악가, 무용가 따위의 명칭에 심한 혐오감을 품고 있다. 그 이유야 아주 간단했다. 이제까지 살아오는 동안 그들이 나를 위로해준 적이 한 번이라도 있었다면 거짓말이다.

위로는커녕 나는 매번 그들 때문에 몹시 당했다. 그 많은 작가의 이름과 작품과 경향과 연대들. 나는 시험 시간마다 늘 구시렁거렸다. 한 위대한 예술가가 탄생할 때마다 우리의 암기 항목이 추가되는 불행도 동시에 태어난다고. 게다가 위대한 예술가는 또 왜 그리 많은지 참 알 수가 없었다.

편지는 즉시 우체통에 넣었다. 나온 김에 형과 나의 연락처였던 책방에 들렀지만, 거기서도 형 소식은 들을 수 없었다. 책방 주인은 형과 동기동창이었다. 형이 사는 방법에는 공감하지 않으나 형을 좋아하는 사람이었다. 사실, 형에 대해서 그와 나는 생각이 같았다.

집에 돌아와 또 안절부절못하다가 하루를 보냈다. 아침이 되면 허겁지겁 신문을 챙겼다. 조간신문 탐독의 시간이 지난 뒤에야 어느 정도 여유가 생긴다. 부산에서의 사건을 신문들은 벌써 까맣게 잊고 있는 것 같다. 수사 진행이 어느 정도인지는 몰라도 어쨌든 안달복달할 이유가 더는 생기지 않았으니까 숨쉬기가 한결 나았다.

사건 발생 닷새째가 되는 날, 오후부터 비가 주룩주룩 내리기 시작했다. 나는 내실의 어머니 앞에서 자꾸 얼씬거렸다. 전화가 걸려오면 내가 부재중이지 않음을 확인시킬 필요가 있었다. 어두워지면서 비는 더욱 거세졌다. 긴긴 장마에다 잦은 가을비에, 이미 나성여관을 뒤덮은 곰팡이가 마를 새도 없이 올해는 궂은 날씨가 많았다. 저녁밥을 먹고는 아예 현관문을 열어놓은 채 복도에 앉아 비 구경을 했다. 어머니는 막힌 부엌 하수구를 뚫기 위해 저녁 밥상을 물리자마자 꼬챙이를 들고 씨름했다. 이런 일은 아버지가 해야 마땅했는데 아버지는 또 출타 중인가 보았다.

"이 인간이 완전히 넋이 나갔구만. 집이 떠내려가도 모르고 어느 년 치마폭에 싸여 시시덕거리는지."

어머니 넋두리가 길어지려는 그때 전화벨이 울렸다. 나는 짐짓 느릿느릿 전화를 받았다. 어머니는 부엌에 있고, 아버지는 돌아오지 않았고, 시기는 아주 적당했다. 이럴 때 형이 전화를 했으면, 아니, 홍정미의 전화라도.

"나야. 살아 있긴 했구나. 살았는지 죽었는지 확인해보려고."

전화는 뜻밖에도 보라였다. 그러니까 지난번 누나를 발견했던 극장 앞에서 헤어진 이후 처음이었다. 속으로 나는 좀 놀랐다. 솔직히 잊은 것은 아니더라도 내 생각의 우선순위에서 밀려난 것은 사실이었다. 나는 보라가 섭섭하지 않게 대단히 반가운 척을 해야 했다. 실제로 많이 반갑기도 했다.

"일요일에 뭐 할래?"

보라는 그간의 우리 관계가 다소 껄끄러웠다는 것을 싹 무시하고 관계 개선에 나선다.

"일요일?"

그러자 문득 일요일에 관한, 그간 잊고 있었던 일요일의 온갖 달콤함이 그리움처럼 몰려왔다. 아주 오랫동안 일요일에는 환장한 인간처럼 이곳저곳을 싸돌아다니던 나였다. 일주일의 온갖 괴로움을 그 하루에 다 없애기론 늘 시간이 부족했지만.

하지만 이제 내게는 일요일이든 월요일이든 다 똑같은 날이 되고 말았다. 그러나 보라는 아니다. 보라에겐 아직 일요일이 유효하다. 학원 골목을 어슬렁거리는 녀석들한테도 그렇다. 오직 나에게만 효력이 상실한 일요일이라는 사실이 조금 쓸쓸했다.

"일요일에 나랑 명동 갈래? 거기 뮤즈라는 카페가 있는데 내 친구가 그곳에 취직했대. 내 친구가 거기 전속 가수가 되었대."

보라 친구가 노래를 부른다는 카페에서 일요일 오후 3시에 만나기로 하고 전화를 끝냈다. 수화기를 내려놓기 무섭게 또 전화벨이 울렸다. 이번엔 아버지였다.

"엄마 바꿔드려요?"

"아니다, 아니야. 엄마에게 장 씨 아저씨네 집에서 자고 간다는 말이나 전해라. 비가 워낙 쏟아지니 밖에 나갈 수가 있어야지. 가봤자 오늘 같은 날 손님도 없을 게고. 흠흠, 그럼 끊는다."

나는 부엌에 가서 아버지가 말한 대로 어머니에게 일렀다. 어머니는 대번에 안색이 변해서 펄펄 뛰었다.

"장 씨? 장 씨가 누구여? 인제는 나오는 대로 주워섬기는구먼. 어디 두고 보자. 이 인간이 끝장을 보자고 덤비니 낸들 별수 있나."

복수

"아이구 왜 그런가 몰르겄네. 비는 저러코롬 퍼부어쌓고, 와봤자 개미 새끼 하나 들 것도 아닌디, 아저씨가 뭐 땜시 헐레벌떡 뛰어오겠어요. 그냥 하룻밤 자고 올 수도 있는 문제구먼 그걸 갖고 자꾸 그래싸면 어디 쓰겄소."

뽕짝아줌마가 보다 못해 한 마디 끼어드는 것을 어머니는 또 야박스럽게도 못을 박았다.

"혼자 사는 여자가 남편 간수하는 법을 어찌 안다고 나서? 아, 자네 같으면 비 조금 온다고 시방 집에 안 가버리고 여기서 잘 거여? 그래도 돼?"

"나야 여잔디 아무 데서나 자 버릇 허면 되겄소. 새끼들도 기둘리고……."

아줌마는 기어들어 가는 목소리로 응수하며 입을 비죽거렸다. 밤이 깊도록 비는 그치지 않았다. 빗발이 얼마나 굵은지 함석 차양에서는 쉴 새 없이 타악기의 불협화음이 연주되고 하수구로 쏟아져 들어가는 물소리도 엄청 요란했다.

이 밤도 나는 끝내 잠을 이루지 못했다. 어둠 속에서 뒤척이는 것도 라디오의 심야프로가 끝나기까지는 비교적 견딜 만했다. 하지만 방송이 모두 끝나버리는 새벽부터는 오직 빗소리뿐이었다. 잠을 이루지 못할 때는 시간이 함부로 내딛는 발소리가 선명하게 귓전을 때린다. 나는 시간이 저벅저벅 걷는 모습까지 보고 있다. 시간과 시간 사이, 일 초와 일 초를 이루는 그 간격이 죽음보다 더 깊다는 사실도 잠 못 드는 밤에 깨닫는다. 내 영혼이 그 웅덩이에 빠져 허우적거리는 것을 느낄 때는 심장이 조이는 공포에 휩싸이기도 했다.

많은 것을 원했던 시절이 있었다. 달리기에 편한 운동화, 주머니가 많은 책가방(주머니마다 비밀품목들을 저장하고 싶은 그 아찔한 욕망!), 가수의 침 삼키는 소리까지 들려주는 음질 좋은 일제 카세트 라디오, 빨수록 색깔이 나는 본바닥 청바지.

그런 시절에는 상처도 깊지 않았다. 운동화나 청바지만큼의 깊이, 그 깊이라면 내일의 희망까지 저당 잡힐 이유가 없다. 찌르레기 아저씨만 아니라면 나는 아직 그 시절에 있을 것이다. 시간을 무시하고 갑자기 어른의 세계로 건너뛰었다는 생각이 들면 그때가 그리워 종종 목이 메었다. 순서나 절차가 중요하다는 이 깨달음이야말로 내가 나이 들었다는 중요한 징조이기도 했다.

비가 언제 그쳤는지 모르겠다. 간신히 잠 속으로 빠져들 때도 빗소리는 여전했었다. 민구가 문을 두들기지 않았다면 오전 내내 세상모르고 잘 수 있었는데 정말 아까운 일이었다.

"형아, 비 온다. 방에 비 온다."

그러나 바깥은 비가 그친 뒤였다. 하늘은 여전히 흐리고 묵직했으나 빗방울은 보이지 않았다.

"무슨 소리야? 어디에 비가 와?"

나는 그 애의 손을 잡고 10호실로 가보았다. 방 윗목에 세숫대야가 놓여 있다. 밤새 받은 빗물인지 누런 물이 제법 그득했다. 노인은 내가 들어갔어도 아는 척도 하지 않고 벽을 보며 누워 있다.

"비가 새네요."

세숫대야의 물을 세면실에 버리고 들어오면서 큰 소리로 말했지만 노인은 좀처럼 움직이지 않았다. 모로 치켜 올라간 어깨가 심하게 오르락내리락, 거친 호흡이 좀 이상했다. 나는 걱정이 되어 슬그머니 노인 얼굴을 살펴보았다. 벌건 얼굴이 심상치 않았다. 노인은 내가 몸을 흔들어도 잠에서 깨지 않았다. 얼굴은 불덩어리고 사지는 축 늘어졌다. 나는 깜짝 놀라 얼른 뽕짝아줌마를 불러왔다.

"에이그머니나. 이 노인네가 혼절을 했는갑다. 어쩌끄나 잉. 큰일이 났네."

노인을 둘러업고 병원으로 갈 사람은 나밖에 없었다. 어머니는 눈 하나 깜짝하지 않았으니 애가 닳는 사람은 나하고 뽕짝아줌마뿐이었다. 아버지는 아직도 돌아오지 않았다.

"정류소 앞에 머시냐, 박 병원인가 뭔가 있잖어. 어여 그리로 가자고."

허둥대는 나와 아줌마를 향해 어머니가 기어이 한소리 쏘아붙였다.

"무슨 정성들인지 모르겠네. 황천길 떠날 때 다 된 노인네 깨나거나 말거나지. 그나저나 빈손 들고 가면 누가 주사는 공짜로 놓아준대? 우연이 저 새끼 정신머리 없는 것 허고는. 쯧쯧."

"아이구. 그렇제. 돈이 있어야 병원을 가도 갈 것 아닝개벼."

"옛수. 저 영감 깨어나면 받아야 하니깐 영수증 끊어 오슈."

어머니의 돈을 받아오며 뽕짝아줌마는 한쪽 눈을 찡긋했다.

"느그 엄니가 아주 독헌 사람은 아니랑게, 그자?"

비 그친 후의 길은 온통 물웅덩이였다. 노인은 생각보다는 훨씬 가벼웠지만 내 등은 이미 축축해졌다. 노인의 몸에서 나오는 열이 그만큼 대단했다.

"전신 쇠약에서 오는 일종의 몸살입니다. 워낙 고열이라서 오늘 하루는 여기 계시게 하고 열이 내리면 집에서 푹 쉬도록 하세요. 며느님 되시나요?"

의사의 말에 뽕짝아줌마가 고개를 휘휘 저었다.

"아녀요. 우리 손님인디, 아침에 보니 저 꼴이지 않겠어요? 그나저나 별일은 없겠다니께 다행이구먼요."

우리는 노인을 입원실에 눕혀놓고 병원을 나왔다. 물론 어머니가 준 돈으로 당장의 진료비는 치렀다. 내일 노인이 퇴원할 때는 상당한 금액이 청구될 텐데 걱정이었다. 어머니는 노인에게 꽤 많은 돈이 남은 것으로 믿는 눈치였으니 내가 먼저 노인은 이미 빈털터리라고 떠벌릴 수는 없다. 뭐, 결국은 어머니 지갑에서 다시 돈이 나올 게 뻔한데 미리 염려할 것도 없다.

우리가 늦은 아침을 먹고 상을 물릴 때까지 아버지는 돌아오지 않았다. 다시 비가 내리기 시작했고 그와 동시에 어머니의 악담도 시작되었다.

"집에 오다 물구덩이에라도 빠졌는갑다. 지은 죄가 많은 인간이니까 그럴 법도 하지. 흥. 망할 놈의 인간, 집에 들어오기만 해봐라. 당장에 보따리 챙겨서 그년 집으로 쫓아내고 말 테니까."

나성여관에 손님의 발길이 끊기면서 늘어난 것은 어머니의 지독한 악담뿐이다. 나성여관이 절대적 위기에 봉착하자 어머니는 하루하루를 푸념과 악담으로 지새웠다. 정말 지긋지긋한 일이었다. 구두쇠 어머니가 손금고를 껴안고 발발 떨며, 입으로는 온갖 저주를 퍼붓는 광경은 너무나 끔찍했다.

비 오는 하루는 길고 지루했다. 점심때 민구와 함께 잠깐 노인에게 들렀다. 노인은 눈만 껌벅거리며 말을 잊은 사람처럼 멍했다. 열은 여전히 높은 모양이었다.

"하부지 하부지."

민구가 얼굴을 잡고 흔들어도 초점 없는 시선으로 어디 먼 곳을 보는 노인의 표정은 몹시 낯설었다. 내가 늘 보아온 비굴하고 꾀죄죄한 노인이 아니었다. 뭔가 분위기가 달랐다. 정확하게 끄집어낼 수는 없어도 전체적으로 많이 달라진 것을 한눈에 알아차렸다.

우선은 나에게 보내는 치하의 말이 상당히 묵직했다. 이전 같았으면 횡설수설에 눈물까지 찐득찐득 보냈을 터인데 오늘은 그저 "수고했디." 한마디뿐이었다. 말수가 도통 줄어버린 노인에게서 풍기는 어색함을 민구도 알아차린 모양이었다.

"하부지? 하부지? 죽었어?"

침대 위로 기어오르는 민구를 밥풀 떼어내듯 간단히 밀쳐내고 돌아누우며 노인은 휘파람 같은 한숨을 길게 내쉬었다. 그리곤 혼잣말처럼 중얼거렸다.

"피양이라……서울서 피양이 기렇게 멀간. 거저 엎드리면 코 닿을 곳을 놓고설라무네……."

병원에 노인을 남기고 돌아오면서 나는 민구에게 괜스레 이것저것 말을 붙여보았다.

"민구야. 너 이담에 뭐가 되고 싶나?"

"민구. 민구가 되지."

"아니, 어떤 사람이 되고 싶어? 대통령? 장군? 뭐 그런 거 있잖아."

"대통령 싫어. 난 민구 될래. 민구가 좋아."

녀석은 악착같이 계속 민구가 되겠단다. 그것도 아주 완강하게. 고통이 뭔지, 바보가 뭔지, 희망이 뭔지를 모르는 민구. 가만 생각하니 민구의 대답이 정답 같기도 했다. 마땅히 민구는 괜찮은 민구가 되고, 진우연은 아주 괜찮은 진우연 되는 것이 옳지 않겠는가. 그래서 나는 육교를 건널 때 녀석을 업어주었다. 녀석은 기분이 좋다고 뒤에서 계속 엉덩이를 들썩거렸다. 비쩍 마른 녀석은 조금도 무겁지 않았다. 나는 또 녀석을 집적거렸다.

"민구야, 넌 이 세상에서 뭐가 제일 좋나? 빵? 오징어? 할아버지?"

"빵? 오징어? 형아, 그거 먹고 싶다. 먹고 싶다. 먹고 싶다."

"이런 먹통, 네가 제일 좋아하는 게 뭐냐고. 먹고 싶으면 다야?"

"이거, 이거가 좋다. 이거가 좋다."

그러면서 녀석이 등에 업힌 채 팔짝팔짝 뛰는 시늉을 했다. 내 등에 업혀 있는 게 최고로 좋다는 뜻이었다. 이것이 좋다? 나는 그런 민구를 위해 신나게 달렸다. 녀석은 내 목을 끌어안고 깔깔깔 숨넘어가게 웃었다.

참 이상한 일이지만, 민구를 업고 달리는 기분이 정말 좋았다. 그 순간만은 아저씨의 복수도, 누나의 탈선도 까맣게 잊었다. 나는 집까지 달리며 녀석처럼 중얼거렸다. 좋다, 이거가 좋다…….

아마 금요일이었을 것이다. 노인이 퇴원한 다음 날이었으니까. 어머니와 아버지 사이에 대판 싸움이 일어났다. 외박 사건이 어쩐지 조용히 넘어간다 했더니 기어이 터지고 말았다.

두 사람의 싸움은 정말 무시무시했다. 예전엔 이 정도까진 아니었다. 이유야 자명했다. 아버지 입장에서 보면 어머니와는 절대 싸우는 것이 아니었다. 싸우는 사람은 어머니였고 아버지는 고스란히 당해주기만 했다. 그래야 한다고 믿었던 아버지였다. 그런데 이번엔 아니었다. 아버지도 말 그대로 싸웠다. 이 획기적인 사건 앞에서 뽕짝아줌마와 나는 두 눈이 튀어나올 만큼 놀랐다. 솔직히 말해서 약간 신나고 통쾌한 기분이기도 했다. '이럴 수도 있구나'라는 깨달음은 이어서 '이래도 되는가'라는 의문으로 이어졌다.

아버지의 싸움 실력은 물론 어머니에 비하면 별것 아니었다. 어머니가 온갖 비유와 지독한 욕설, 적절한 고함을 자유자재로 사용하며 아버지를 몰아세우는 광경은 차마 눈 뜨고는 보기 어렵다. 처음에는 아버지도 늘 그렇듯이 어어, 아니라니까, 참으라고, 뭐 이런 말로 위기를 모면하는가 싶더니 마침내 생애 처음 공격을 시작했다.

일단 주전자를 걷어찼고, 두루마리 휴지를 축구공 차듯 복도까지 날려 보냈고, 달려드는 어머니를 왼팔로 막아 벽으로 밀어붙였으며, 마지막으로 장롱을 열어 자신의 옷을 되는대로 꺼내 방바닥에 패대기를 쳤다. 처음 보여주는 아버지의 이런 실력행사는 어머니를 극단으로 몰아넣기에 충분한 행동이었다.

"오냐. 인제 이판사판이다 이거지! 그래! 다 때려 부수고 너 죽고 나 죽자구우. 네가 그년한테 못 가서 환장한 모양인데, 어림없지. 이날 입때껏 공짜로 먹여주고 재워준 값, 그년이 다 물어주기 전엔 어림 반 푼어치도 없지."

"그래. 내가 어딜 가더라도 네년한테처럼 더런 꼴 보고는 안 산다. 에잇! 이놈의 집구석. 계집이 외고 패고 해대는 꼴 더는 못 본다."

아버지는 아마도 가방을 꾸리는 모양이었다. 부엌에서 내실의 소란을 엿듣던 뽕짝아줌마와 나는 이 돌연한 아버지의 반격이 하도 통쾌해서 손에 땀을 쥐고 서 있다가 이어지는 아버지의 비명에 흠칫 놀랐다.

"아이구우우. 이년이 이제 보니 미친개로세. 미친개야. 이게 어딜 물어뜯어?"

"누구 때문에 이 꼴인데. 잘난 서방님 모시고 살다가 나처럼 미친개가 된 년 있으면 나와보라고 해! 왜? 인제 그 썩은 정신이 번쩍 깨냐!"

쯧쯧쯧.

뽕짝아줌마는 누구에게랄 것도 없이 혀를 차고, 나는 비명이 자지러지는 내실로 들어갔다. 정말 아수라장이었다. 발 디딜 데가 없다.

"뭐하러 기어들어 와! 빨리 안 나가, 이 새꺄!"

핏발 선 눈으로 으르렁거리는 어머니는, 아무리 그래도, 한풀 단단히 꺾였다.

"에이. 전화기 가지러 왔어요. 괜히 부숴버릴 것 없잖아요."

"에구, 저 웬수. 정말 드런 놈의 팔자로세. 에구 에구. 어느 누가 이년 썩어 문드러지는 속을 알아줄꼬. 에구우."

어머니는 내가 나타난 것을 빌미로 흐드러지게 통곡을 터뜨렸다. 통곡 또한 우리 어머니를 따를 자는 아무도 없다. 그 질펀한 사설에, 줄기찬 근력에, 몇 시간이고 하자 없이 지속되는 목청에.

나는 이 뻘밭에 행여 발이라도 빠질세라 서둘러 전화기만 챙겨 내실을 뛰쳐 나왔다. 나는 정말이지 어머니의 사설은 죽기보다도 듣기 싫은 놈이었다. 어머니의 이야기를 듣고 있으면 나 또한 미친 개가 되려고 했다. 어머니는 하여간 상대방을 미치게 만드는 데에는 비상한 재주가 있었다. 전화기를 카운터 아래 안전한 곳에 모셔 두고 나는 다시 부엌으로 돌아갔다.

"우연아. 너 이런 노래 들어봤냐?"

뽕짝아줌마가 갑자기 뽕짝 한 곡조를 흐드러지게 뽑았다. 겨울이 가고 어쩌고로 시작하는 노래인데 계속해서 '말없이 나는 가야지'가 되풀이되는 노래였다.

"넌 잘 모르쟈? 그럴 꺼여. 이게 문정숙이가 불른 「나는 가야지」라는 노랜디 참말로 가사가 똑 내 이야그드라 이거여. 옛날에 이 노래 부름시 참 징허게도 울었어야."

아줌마는 한 번 더 '다시 못 오는 머나먼 길을 말없이 나는 가야지'라는 후렴구를 구성지게 부른 다음 내 팔뚝을 잡아당겼다.

"안즉도 뭔 말인지 몰르겄냐? 얼레, 왜 그렇게 멍청한 얼굴로 서

있다냐? 그렁께 내 말은, 이 나성여관 밥데기 노릇도 얼마 남지 않
았다, 이 말여. 모르겄다, 올해나 넘길랑가."

여관으로 들어오는 골목의 집들이 소방도로 확장공사를 위해 철
거된다는 소식은 나도 들어 알고 있었다. 큰길 건너편도 예정된 도
시계획에 따라 모두 철거한 후 아파트가 들어선다는 이야기도 있었
다. 도로계획에 들어간 집은 싫더라도 땅을 팔아야 했고 이참에 이
지저분한 동네도 깡그리 모습을 바꾸게 될 것이라 했다.

정확한 것은 모르지만 나성여관인들 온전하랴. 나성여관에서의
시간이 많이 남지 않았음을 나는 새삼 깨달았다. 개발 바람이 아니
라도 요즘처럼 손님이 들지 않으면 나성여관은 결국 문을 닫아야
했다. 뽕짝아줌마는 진즉에 이 현실을 예감하고 있었던 것이다.

"워메, 쌈 구경허다 멀국이 다 쫄아붙었어야. 이걸 워쩌야 쓸꼬
잉. 니 엄니는 멀국이 많아야 좋다는 사람인디."

아줌마의 호들갑을 뒤로하고 나는 부엌에서 나왔다. 내실의 어
머니와 아버지는 격투의 후반전으로 들어선 모양, 어머니의 끝없는
사설만 새어 나올 뿐 아버지 소리는 들리지 않았다. 밖으로 나오니
또 비였다. 아직은 빗방울이 굵지 않아도 하늘을 보니 오늘 밤사이
어지간히 쏟아질 낌새였다.

나성여관이 없어진다. 아니, 우리 집이 없어진다. 빛바랜 간판,
흔들거리는 백열구, 납작 엎드린 처마. 나는 곧 울어버리고 말 기분
이었다. 어쨌거나 나성여관이 이 지구상에서 홀연 사라지는 것을
상상하면 되게 슬펐다.

이것은 나성여관을 사랑했다는 뜻과는 전혀 다른 것이다. 나성여
관은, 누구라도 다 떠나고 싶어 했던 곳이다. 그렇지만 나성여관 그
자체가 떠나버리는 것은 많이 슬프다. 나성여관은 여기 있고, 내가

떠나는 것이 옳다. 이건 너무 복잡한 생각이지만, 하여간 그랬다.

홍정미는 바로 그 순간에 나타났다. 물론 처음에는 내 앞의 여자가 홍정미라고는 꿈에도 생각하지 못하였다. 곧 날이 어두워질 시각인데다 비까지 추적거리고 있으니 갈 길이 먼 과객이 여관 간판을 보고 들어온 것이려니 여겼다. 하긴 여자 혼자인 것이 좀 괴이쩍긴 했었다.

손님과 맞닥뜨리면 나는 절대로 시선을 부딪치거나 먼저 말을 걸지 않는다. 손님 쪽에서 방이 있냐고 물어도 난 입을 열지 않는다. 그리곤 가능한 한 빨리 뒤채로 사라졌다. 집에 아무도 없어서 별수 없이 내가 손님을 받아야 할 경우라면 모르지만 그렇지 않고서는 절대 딴전을 피운다는 것이 내 원칙이다.

그래서 이번에도 원칙대로 행동했다. 이 시간에, 그것도 반반하게 생긴 젊은 여자 혼자서, 이따위 싸구려 여관을 찾다니 너도 볼장 다 봤다, 는 표정을 감추며 나는 슬그머니 돌아섰다. 사라질 생각이었던 것이다. 그때 여자가 얼른 내 이름을 불렀다.

"우연 씨? 맞죠? 형하고 닮았어요."

그때야 나는 직감적으로 이 여자가 바로 홍정미라는 사실을 깨달았다. 뭐라 말할 수 없지만 그 차분한 표정이며 나직한 말투가 형의 분위기와 많이 닮았다. 나는 허둥지둥 아는 척을 했다. 편지는 한껏 무게를 잡아서 써놓곤 첫 대면은 왕창 구긴 것이 영 억울했지만 할 수 없는 일이었다. 난 늘 중요한 순간만 골라서 실수를 저지르는 놈이니까.

"여전하네요. 이 여관, 조금도 변하지 않았어요. 신기할 정도로."

여자는 나성여관이 손톱만큼도 변하지 않은 게 지극히 놀랍다는

복수

표정을 감추지 않고 계속 이곳저곳을 두리번거렸다. 참말이지 이런 경우에는 무슨 말을 어떻게 해야 하는지, 미리 준비해두지 못한 게 너무나 억울해서 나는 미칠 것만 같았다. 잘할 수도 있는 일을 못 하게 되면 나는 정말 화가 난다.

어쨌거나 당장 급한 일은 나성여관을 빨리 벗어나는 것이었다. 내실 쪽이 지금은 휴전상태인 게 천만다행이긴 하지만 언제 또 어머니의 돌격전이 개시될지 그것은 아무도 모른다.

"나가서 이야기를, 아니, 드릴 말씀이 있습니다."

나는 먼저 골목으로 튀어나왔다. 흰 블라우스에 자줏빛 치마를 입은 홍정미는 느릿느릿 내 뒤를 따라왔다. 그 태연함은 도무지 나이를 짐작할 수 없게 하는 일종의 관록처럼 보여서 묘하게 사람을 압도하였다.

우리는 나성여관에서 멀지 않은 다방에 마주 앉았다. 이런 다방은 또 난생처음이었다. 군데군데 할 일 없는 노인네들이 진을 치고 앉아 있고 담배 냄새에 찌든 다방 공기는 숨도 크게 못 쉴 판국이었다. 게다가 흘러나오는 노래까지 완전 카바레음악 메들리였다.

우리는 둘 다 커피를 주문했다. 가까이서 보니 홍정미는 전혀 화장기가 없었다. 일백 프로 맨얼굴이었다. 이건 또 이상한 일이었다. 뽕짝아줌마도 눈썹하고 입술은 열심히 칠하는데, 길거리에서 만나는 여자들 모두가 한결같이 색칠한 얼굴로 다니는데.

"대학교 1학년? 아니면 2학년?"

여자는 고개를 갸웃하며 붙임성 있게 물었다. 그 짧은 질문에 내가 두 번씩이나 마음이 상했음을 홍정미는 알 턱이 없을 것이다.

"삼수 중퇴요. 난 형하고 달라요. 돌대가리거든요."

클클클. 난 억지로 기분 좋은 웃음소리를 내기 위해 무진 애를 썼

454

다. 자조적인 발언 뒤에 몰려오는 야릇한 쾌감은 이 경우 없었다. 그리고 커피가 왔다. 여자가 먼저 커피에 손을 대길 기다렸으나 좀 체 관심을 둘 기색이 아니어서 나 먼저 설탕 치고 프림 치고 해서 훌훌 마셔버렸다.

"형이 전하라는 말이 뭐지요?"

"네?"

"도연 씨가 부탁한 게 아닌가?"

홍정미는 내가 형의 심부름으로 연락했다고 믿은 모양이었다.

"그게 아니고, 제가 형에 대해서 아니, 형 소식을 혹시 알 수 있을 까 하고……."

이런 젠장. 나는 또 더듬거리고 있었다. 그래서 몹시 기분이 나빴 다. 나는 이렇게밖에 말할 줄 모르는 스스로가 마음에 들지 않아 일 단 입을 다물었다. 좀 더 자연스럽게, 유창하게 말할 수도 있었는데.

홍정미는 한동안 아무 말도 하지 않았다. 무언가 깊은 생각에 빠 져 있는 눈치였다. 나는 다음에 할 말을 준비하려고 머리를 굴리기 시작했다. 그런데 그녀가 먼저 입을 열었다.

"내 주소는 어떻게?"

나는 또 당황했다. 최근에 형이 연락을 끊어서 몹시 답답하다는 말을 준비하고 있었는데 그녀는 다른 질문을 해온 것이다. 하여간 엉망진창이었다. 나는 이제 포기하기로 했다. 그리곤 편지를 보관 하고 있던 것과 형의 제대 이후가 어떠했는지를 두서없이 털어놓았 다. 일단 포기를 하니까 어설퍼도 말은 술술 나왔다.

"그랬군요. 사실은 도연 씨 소식을 나도 지금 애타게 기다리고 있 었어요. 나뿐만 아니라 동아리 선후배들 모두, 도연 씨를 찾는 중이 에요. 그래서 집으로 소식이 왔나 보다 여겼지요."

그렇다면 형은 봉함엽서 이후에도 홍정미를 만나고 있었던 것일까.

"형하고는 계속 접촉이 있었던가요?"

연락, 만남, 사귐, 관련 등등, 온갖 단어를 떠올린 끝에 나는 '접촉'이란 말을 사용했다. 형의 동네에선 아마도 그런 단어를 즐겨 쓰리라 미루어 짐작하면서 선택한 말이었다. 내 질문에 대답하기 전 홍정미는 커피잔을 들어 올렸다. 하지만 마시지는 않았다. 다시 탁자 위에 내려놓고 여자는 핸드백을 뒤져 뭔가를 찾기 시작했다.

여자가 자신의 핸드백을 뒤지는 모습을 멍청하게 바라보고 있을 수는 없기에 나는 잠깐 시선을 돌렸다. 내가 그 핸드백 속에서 담배가 나오리라 상상이나 했겠는가. 그렇지만 분명 딸깍, 라이터 켜는 소리와 동시에 흰 연기가 한 움큼 공중으로 솟았다. 분명히 밝히지만 여자가 담배를 피우는 것에 대해 난 요만큼도 고까운 생각을 품은 적이 없다. 디스코장이나 카페에 가면 고삐리들도 서슴없이 담배를 피운다. 나는 양심 없는 어른이 아니기에 이건 옳고 저건 그르다, 고 말하지 않는다. 그런 흰소리는 뒤가 구린 인간들의 입에 발린 말로 믿어온 지 오래다.

그런데도 홍정미가, 화장기 없는 담백한 얼굴과 단정한 옷차림과 사근사근한 말씨의 그녀가 담배를 피우는 것을 보고는 펄쩍 뛸 만큼 놀라고 말았다. 그것은 아마도 나의 고정관념 때문일지도 몰랐다. 나는 고정관념이 많은 인간이다. 아니, 나는 고정관념으로만 똘똘 뭉친 녀석이다. 내 고정관념은 세상 사람들과 전혀 다른 쪽의 것도 있어서 남들과 똑같이 많거나 그 이상이다.

나는 한 방 먹은 기분으로 홍정미를 보았다. 스물넷이나 다섯쯤의 나이 든 여자는(나한테는 스물만 넘어도 다 늙은 여자가 된다) 숙녀

이거나 거리의 여자, 두 종류뿐인 줄 알았다. 나는 홍정미를 숙녀라고 단정했고 그다음부터는 별수 없이 고정관념으로 추측했을 것이다. 그럴 수밖에 없다. 나는 이 여자에 대해 아는 것이 너무나 적었다. 나를 한 방 먹일 줄도 아는 이 여자가 그러나 나는 싫지 않았다.

"형하고 어떤 사이인지, 그게 궁금하다는 말이지요?"

홍정미는 일단 아까의 내 질문을 자기식으로 정리했다.

"간단히 말할게요. 우리는 같은 길을 걷는 동지이고 서로 사랑하는 사이기도 하고, 아, 그런데 지금 내 말의 순서가 중요해요. 도연 씨를 사랑해서 이 길을 걷는 게 아니라, 세상의 변혁을 위해 뛰다가 그를 만나 사랑하게 되었으니까. 일테면 지금 도연 씨 소식을 모르는 것에 대한 내 변명이기도 하지요."

세상에, 나는 여자의 똑 부러지는 한 마디 한 마디 말에 거듭거듭 놀랐다. 형에게 사랑하는 여자가 있었다는 것도 놀라운 일이거니와 그 여자 역시 형처럼 운동권이라는 사실은 충격이었다.

"도연 씨는 원칙에 충실한 사람이라 때로 범접하기 어려운 구석도 많아요. 나보다 우연 씨가 더 형을 잘 알겠지만."

말을 끊고 그윽이 날 보는 홍정미의 시선은 뭐랄까, 전혀 남처럼 여겨지지 않는 따사로움이 가득했다. 이렇게 해서, 그러니까 형이나 누나가 지구 상의 어딘가에서 한 번도 본 적 없는 전혀 낯선 인간 하나를 데려와도 몇 분 후 바로 '가족'이 될 수 있는 것이다. 필요한 것은 단 하나, 마음과 마음이 소통하는 몇 분이면 족했다. 이 새삼스러운 이치 앞에서 나는 진실로 감격했다. 형이 선택한 여자라면 적어도 악다구니 족속은 아닐 것이다. 그런 점에서는 형을 믿어도 좋았다.

"우리 모두 그를 찾고 있어요. 도연 씨는 얼마 전, 독자적 활동을

복수

선언하고 우리한테도 소식을 끊었거든요."

"그럼 미라, 아니, 이정하라는 형 선배, 그 사람은 어디 있는지 아세요?"

"정하 선배가 한동안 나성여관에서 지냈다는 소식은 나도 들었어요. 정하 선배는 지금 경기도 부근의 한 농가에서 요양 중이에요."

이정하 이야기가 나오니까 그녀는 또 담배 생각이 나는 모양이었다. 이번엔 나한테 "담배 안 피워요?"라고 물으며 라이터를 켰다. 물론 나는 고개를 저었다. 나는 도저히 홍정미처럼 당당하게 담배를 피울 수 없을 것 같았다. 공부도, 운동도 하지 않는 주제에 담배를 피울 자격이 없다는 생각까지 들었다.

"도연 씨 못 본 지가 여러 달 되었어요. 그는 내 연락처를 알아요. 일부러 소식을 끊은 거지요. 종종 이런 적이 있어요. 그가 잠적하면 다른 사람을 통해 근황을 전해 들으며 나도 가만히 기다리죠. 지금은 좀 위험한 일이 있어서 이렇게 찾아다니긴 해도 우리 사랑은 늘 이랬어요. 우습죠? 하지만 일 년에 한 번 만난다 해도 우린 아무 상관 없어요."

우습지는 않았다. 다만 형의 여자를 통해 형의 사랑 이야길 듣는 게 다소 어색해서 좀 껄끄러울 뿐이었다. 헤어지면서 그녀는 내게 두 개의 전화번호를 주었다. 밤에는 집으로, 낮에는 구로에 있는 사무실로 전화하라고 했다. 구로의 사무실에 대해서는 아주 짤막한 설명만 있었다.

"노동자들 뒷바라지하는 곳이에요. 말이 그렇다는 것이지 그들을 통해 내가 더 많이 배우고 있지만요."

홍정미와 헤어져 돌아오면서 나는 아주 오랫동안 '노동자들 뒷바라지'가 무언지를 생각했다. 형의 세계와 홍정미의 세계가 같은 것이라면 그 '노동자들 뒷바라지' 또한 운동의 한 영역일 것이었다. 거칠고 투쟁적인 형의 운동권 사전 속에 '뒷바라지' 같은 따습고 소박한 용어도 들어 있었던가.

아니, 그보다는 홍정미처럼 명문대 출신의 잘생긴 여자가 구로공단의 노동자들 뒷바라지를 하며 저리 당당한 모습으로 살 수 있는 비결은 무엇일까. 언젠가 형이 그랬다. 아는 것은 곧 실천이라고. 행동이 따르지 않는 지식은 쓸모없는 생선 대가리라고. 형의 세상은 내가 알고 있는 것보다 훨씬 광활하다. 그런데 대체 형의 세상은 어디까지 닿아 있는 것일까.

다만 내가 아는 것은 단 하나, 나는 지금도 간절히 형을 그리워하고 있다는 것, 바로 그 명확한 느낌뿐이었다.

일요일 아침은 너무 청명했다. 한 주일 내내 억척스럽게도 비가 쏟아지더니 그날은 말끔하게 푸른 하늘이 드러났다. 가을 날씨답게 노란 햇살도 부드러웠다.

이번 비로 세상이 온통 축축하게 젖어버렸다. 한강이 범람한다고 야단법석을 하던 게 엊그제였다. 물론 넘지는 않았다. 신문은 물소식에 바쁘더니 요즘은 한 면 가득 증명사진 실어대기에 분주하였다. 수해의연금이었다.

나성여관은 부엌 수챗구멍이 막히고 몇 개의 방에 물이 새는 것으로 큰비를 넘기기는 했다. 지대는 낮아도 하수도 하나는 대짜로 묻어놓았다는 것이 동네 사람들의 말이었다. 하기야 이 동네는 애초 지하실이 없었다. 근래 새로 지은 건물이라곤 아예 없다는 뜻이다. 건너 동네의 지하실 방들이 흠씬 잠겼다는 소식은 그래서 재개발 지역의 처마 낮은 한옥에 사는 우리 동네 사람들에겐 딴 나라 이야기이다.

비 온 뒤의 시리게 푸른 하늘은 정말 눈이 부셨다. 장대비와 함께 내 속의 불안과 초조도 흘러 바다로 가버린 것일까. 모처럼 내 기분도 날씨처럼 확 개었다. 사건 발생 일주일, 나는 영구 미제로 남은 공포영화의 완벽한 살인사건들을 떠올리며 한시름 놓을까 말까 생각 중이었다.

그러고 보면 보라와 만나는 날치고는 이만큼 좋은 날씨도 없었다. 약속은 오후 3시였다. 느긋하게 일어난 나는 10호실부터 들여다보았다. 노인이 된통 앓고 일어난 후부턴 그렇게 하기로 작정한 나였다. 노인은 없었다. 민구 혼자 이불깃을 입에 처넣고 몸을 오그린 채 잠에 떨어져 있다. 내실에 얼굴을 내밀기 전에 세수를 할까 했는데 돌연 어머니의 높은 목소리가 귓전을 때렸다.

"아니, 이 늙은이가 영 노망이 났구만. 기가 막혀서! 난 그렇게 못해요!"

나는 한걸음에 내실로 뛰어갔다. 역시 어머니는 굉장한 사람이었다. 팔짱을 턱 끼고 서서 악을 써대는데, 그 모습이 마치 늑대가 울부짖는 듯이 여겨졌다.

"내레 면목이 없지만서두, 어쩝네까. 글쎄, 그 돈을 사기로다 몽땅 날려갖구설라무네 이 지경이지 뭡네까. 한 번만 사정을 봐주면……."

"아이구, 왜 이래요. 난 그렇게 못한다니까. 흙 파서 장사한대도 더는 영감님 사정 못 봐줘. 지긋지긋해요!"

"간신히 일자리도 구했고, 거저 저 어린 것 불쌍히 녀겨서라도 좀 봐주구레."

"시끄럽소! 백날을 떠들어도 난 모르는 일이니까. 하여간 지난달 방값이랑 식대 밀린 것하고 지난번 병원비 빌려 간 것 합해서 딱 사십만 원 내놓고 나가든가 말든가, 아휴우, 징그럽소, 징그러!"

표독한 어머니 표정은 얼음이 뚝뚝 돋는 것처럼 무서웠다. 어머니한테 실컷 당하기만 하고 어깨를 축 늘어뜨린 채 뒤채로 건너온 노인은 한숨만 푹푹 쉬었다. 그래도 예전 같으면 눈물을 찔끔거리며 지접게 되풀이했을 푸념은 싹 거두어들인 것이 신기했다.

"취직하셨어요?"

"했디."

"어디에요?"

"고물상에서 고물 정리하고 묶는 일이라누만. 거저 빌다시피 해개지고 간신히 일하기로 했디."

"힘들지 않겠어요?"

"으휴우."

노인은 갑자기 폭포 같은 한숨을 내뿜더니 누워 있는 민구의 머리통을 주물러대기 시작했다.

"말도 말라우. 어제 하루 일했는데 그거이 어디 늙은이 완력으로 당할 일이가써? 기렇디만도 이 나이에 내레 멀 할 수 있갔어? 내레 뎌것만 아니믄……."

노인은 민구를 한참 처다보더니 주머니에서 꽁초를 꺼내 불을 붙였다.

"모르갔어. 내레 고물상 일도 영 자신이 없으니께. 자네 모친헌테도 헐 말이 없디. 밥값도 못 내는 주제에 저 녀석꺼정 봐달라고 했으니끼 저럴 만도 하디."

"민구는 내가 돌볼게요."

민구만 해결되면 노인의 생계도 해결된다니 마음 약한 내가 가만 있을 수 없다.

"아니야. 그러디 말라우. 팔팔한 자네가 애보기나 할 수는 없디 않았어. 야, 정말 막막하구먼. 기러티만 저 어린 것 때문에 나 혼자 빠더나갈 수도 없구 말야."

확실히 노인은 달라졌다. 좀, 아니 많이 점잖아졌다는 말이다. 누구든지 열이 사십 도를 넘어 온몸이 후끈후끈 달구어지면 저렇게 개조되는 것일까. 고열로 끙끙 앓고 난 뒤부터 노인이 영 경위 발라진 것에 대해 나는 여태도 떨떠름한 상태였다. 노인은 처연한 시선으로 한참을 잠든 민구만 보더니 문득 히잉, 말 울음소리를 내며 웃었다.

"기레. 기럴 수도 있갔어. 그렇디? 자네도 알지 않간? 요새들 판문점으로 잘도 왔다 갔다 하디 않아? 그거이 걷기로 하문 몇 걸음 되갔어."

"에이, 말도 안 돼요. 큰일 나게요."

"아니야. 난 할 수 있디. 난 할 수 있다는데도 기래. 이 늙은 게 얼씬거린다구 설마 총질이야 하가서? 몇 걸음이문 될 걸 괴얀히 쏘련이다 일본이다 해갖고 돌아갈 궁리만 했으니."

이거야 원. 그제야 나는 깨달았다. 노인은 점잖아진 게 아니라 이상해진 것이었다. 사십 도 고열이 달구었으니 참 그럴 만도 했다. 나는 술 취한 사람, 제정신 아닌 사람하고 이야기하는 것은 딱 질색이었다. 그런 사람들은 멀쩡한 것도 바득바득 우겨서 사람을 피곤하게 한다. 나는 그만 노인 곁에서 달아나고 싶었다. 하기야 슬슬 보라와의 약속에 댈 준비도 해야 했다.

카페 뮤즈를 찾기 위해 내가 얼마나 명동 거리를 헤집고 다녔는지 말로 다 할 수가 없다. 이건 정말 짜증 나는 일이었다. 돌체 다방

옆에 있다는 보라의 설명에 아는 척을 했던 내 잘못도 크지만 일요일 오후의 복잡한 명동에서 몇 사람을 붙들고 물어봤어도 돌체 다방을 안다는 이가 없었다.

한 시간에 걸쳐 겨우겨우 돌체를 찾아내고, 그 옆의 뮤즈도 발견하고 말았을 때 나는 완전히 성난 고슴도치였다. 누구라도 내게 닿기만 하면 사정없이 찔러대고 쏘아줄 기세였다. 보라라 해도 예외일 수 있겠는가.

그런데 보라는 보라대로 화가 잔뜩 나서 나를 보고도 눈썹 한 번 까딱하지 않는 것이었다. 정확히 삼십사 분을 내가 늦었다는 이유였다. 정확히 삼십사 분을 일찍 뮤즈에 도착할 수 있도록 집에서 출발한 나로서는 겹친 짜증에 억울함까지, 정말 미칠 일이었다.

"지겹게 굴지 마."

보라와 만난 이후 나는 한 번도 이런 식의 말투를 사용해본 적이 없었다. 보라의 얼굴이 심하게 구겨졌다.

"진우연! 너 말 다했니?"

"말 다하긴. 아직 시작도 안 한 사람을 보고 요게."

"요게? 정말 기가 막혀서."

"그만두자. 너랑 입씨름하는 일도 이제 질린다."

"질렸다고? 나한테 질렸다 이 말이지?"

보라는 하얗게 바랜 얼굴로 무섭게 날 노려보았다. 나도 은근히 겁이 났으나 기왕에 벌어진 싸움, 오늘은 참고 싶지 않았다. 오늘따라 요놈의 입이 도통 가만있을 생각을 않는 게 문제이긴 했지만.

"너한테 질렸다곤 말하지 않았어."

"그게 그거지 뭐야. 그렇다면 여긴 뭐하러 나왔니?"

"할 일이 없어서."

복수

이거야말로 끔찍하게도 정직한 대답이었다. 아차 실수, 하고 속으로 찔끔했을 때는 이미 늦었다. 보라는 순식간에 내 눈앞에서 사라지고 말았다.

"어머 보라야. 너 왜 가니? 다음이 내 순서야."

입구에서 노래를 부른다는 친구가 보라를 붙잡았지만 어림도 없는 일이었다. 그야말로 칼처럼 휘익 끊듯이 나가버렸다.

물론 나도 곧장 뮤즈를 뛰쳐 나왔다. 늘 그랬듯이 또 서너 시간가량 매달려 보라의 비위를 맞춰주면 원상복귀를 기대할 수 있다는 것을 알기 때문이었다. 그러나 보라는 감쪽같이 증발하고 없었다. 허겁지겁 뛰어다니며 보라 비슷한 계집애들의 뒷모습에 홀리고 있다가 나는 그만 영영 그 애를 놓치고 만 모양이었다. 그랬지만, 분명히 말해서, 더는 보라를 찾는 일에 힘을 쏟고 싶지가 않았다. 이상한 일이었지만 정말 그랬다. 이건 사실이다.

그때부터 난 슬슬 붐비는 명동을 즐기고 다녔다. 아무 데고 마구 쏘다니다가 다리가 아프면 거리의 나무의자에 앉아 쉬기도 했다. 또, 아주 예뻐서, 단지 그 이유만으로 셀로판지로 감싼 오백 원짜리 장미 한 송이를 사기도 했다. 구경거리는 많았다. 사람들이 모인 곳이라면 어디든지 눈요기할 것 천지였다. 복음성가를 부르는 어린이 선교대원들의 율동, 모금함을 앞에 놓고 수재민 돕기 공연을 펼치는 젊은 예술가들, 낮술에 취해 길바닥에 드러누워 자는 취객.

그렇게 시간을 보내다가 어둠이 깔릴 무렵에서야 나는 다시 뮤즈로 갔다. 특별한 이유는 없었다. 어디든 들어가 앉아 커피나 한 잔 마시며 느긋하게 담배를 피우고 싶어서였다. 뮤즈에서 난 단박에 보라의 친구라는 계집애한테 걸리고 말았다.

"어머, 보라는 어디에 있어요?"

어디에 있는지 알면 혼자 왔을까.

"망할 계집애. 첫 공연이라고 꼭 봐준다며 설쳐놓고선. 근데 왜 그렇게 서 있어요? 자, 이리로 앉아요. 내가 칵테일 한잔 대접할게요."

이건 또 내가 가장 싫어하는 유형의 여자다. 혼자 설레발을 치고 능숙한 척 사교계의 여왕 흉내를 내는 계집애라면 난 정말 질색이었다. 그런데 난 꼼짝없이 이 계집애한테 붙들렸다. 계집앤 금방 노래에 대해 줄줄, 좔좔 쏟아놓기 시작했다.

"이게요, 관객이 있을 때와 없을 때가 영 다르다니까요. 아세요? 왜 쟁이들의 끼라는 것 말에요. 잘 안 되던 부분도 무대에 서면 즉흥적인 감정 몰입이 이루어지거든요. 그런 외국 가수도 많잖아요? 반나체거나 아예 옷을 벗어 던지며 노래하는 여가수들도 이해가 돼요. 그게 바로 끼거든요. 내가 아마 그런 케이스인가 봐요. 아까는 정말 굉장했어요. 이 자리에서 노랠 부르다가 죽어도 좋겠다는 생각까지 했다니까요."

오늘 처음, 그것도 시시껄렁한 카페의, 게다가 낮 동안의 헐렁한 시간대에 노래를 불러놓곤 뭐라고? 죽어도 좋다고? 아휴, 이럴 때 나는 정말 미친다. 이 가짜를 어떻게 껍데기 벗겨야 좋은지 방법만 알면 어떻게든 해보고 싶지만 나로선 속수무책이다.

나는 한참이나 가수 지망생의 어설프고 허세 가득한 음악이론을 듣고 있어야 했다. 잠깐이라도 공백이 있었다면 그 틈에 어떻게든 작별을 고하고 내뺐겠지만 이 계집애는 그럴 틈도 주지 않았다. 보라가 틀림없이 다시 들를 거라면서, 그동안 자기가 말 상대나 되어주겠다며 껌처럼 질기게 붙어있는 여자애를 어떻게 따돌린단 말인가.

참말이지 이 계집애는 노래에 미친 모양이었다. 노래 이야기에

열중할 때는 그 손으로 내 얼굴을 주무르거나 할 듯이 가깝게 덤벼
드는 것이었다. 그뿐이랴. 걸핏하면 손가락 두 개를 집게처럼 펼쳐
서 제 코를 뜯어내는 시늉을 미친 듯이 하고 있다.

이 계집애는 탁자 한가운데에 팔을 괴고 코를 잡아 뜯는 것이 취
미인지라 내가 조금만 몸을 기울이면 언제라도 얼굴이 맞닿을 형편
이었다. 남들이 보면 우리 둘 사이가 상당한 관계라고 의심할 만했
다. 그래서 자꾸 뒤로 몸을 젖히다가 하마터면 의자와 함께 굴러떨
어질 뻔도 했다. 내가 몸을 뒤로 젖히면 젖힐수록 여자애는 점점 더
내 쪽으로 다가오니 필경 한 번쯤은 의자에서 굴러떨어지고 말 것
이다.

그러나 더욱 불행한 순간이 닥치고 말았다. 나는 맹세코 보라가
카페에 들어온 것을 모르고 있었다. 멜라니 샤프카의 퇴폐적인 음
색에 깃든 마력이 어쩌고 하며 침을 튕기던 계집애도 물론 몰랐을
것이다. 우리 둘 사이 간격은 물론 코가 닿을 정도, 내가 원한 것은
절대 아니지만.

"신나는군. 잘해 봐. 두 사람 아주 잘 어울리네."

팔짱을 끼고 서서, 빙글빙글 웃기까지 하면서, 보라는 그렇게 내
뱉듯이 말하곤 확 등을 돌려 뛰어나갔다. 그런데 이번엔 나도 결사
적이었다. 계단 아래에서 보라를 낚아채는 데 성공한 나는 앞뒤 잴
것도 없이 폭발하고 말았다.

"넌 뭐든 네 맘대로야? 이럴 수 있어?"

"미안하지만 어깨에 놓인 손 좀 치워주실 수 있겠어요? 너무 무
리한 청인가요?"

"어쭈, 이게 정말!"

간죽거리는 데는 정말 못 당한다. 나는 금방이라도 터져버릴 것

같았다. 보라는 눈 하나 깜짝 않고 이죽댔다.

"한 대 치시려고요? 맘대로 해보시지그래."

빤히 날 쳐다보는 그 애의 눈빛이 유리처럼 차갑다. 이제까지의 우리 만남, 쌓아온 시간의 두께가 일시에 낯설어지는 저 냉랭함. 나는 문득 끝없는 나락으로 떨어지는 느낌에 막막해지고 만다. 돌이킬 수 없다는 생각과 더불어 나는 갑자기 맹렬하게 보라가 미워지기 시작했다. 아니, 더 정확히 말하면 이런 짓거리 모두가 한없이 지루하다고 생각되었다.

이 지루함이 나의 모든 힘을 다 앗아가 버렸다. 무의미한 다툼으로 정신을 닳게 하고 싶지는 않다. 이런 식의 유치한 아웅다웅 혹은 투닥거림을 즐길 만큼 내 정신이 느슨하지도 않다. 보라는 모른다. 내가 얼마나 이 세계의 혼돈에 멀미 느끼고 있는지. 내가 원하는 것은 뾰족함이 아니라 부드러움이다. 나는 한껏 고조되었던 분노를 일시에 바람 빼듯 빼버리고 보라 곁을 지나 거리로 나섰다. 어서 빨리 나성여관의 침침한 내 방에 돌아가 콘택트렌즈 좀 빼버리고 맨눈깔로 돌아다니고 싶을 뿐이었다.

버스를 타기 위해서는 한참 걸어야만 했다. 배도 고팠고 지독히 우울했다. 머릿속이 와글와글 끓고 있었다. 색깔이 변해버린 누나, 피 묻은 칼을 쥐고 있는 아저씨, 그리고 형과 아버지. 이제는 보라까지 내게 등을 돌렸다. 나는 정신이 휘청거리는 것을 깨달았다. 이러다가 지독한 병에 걸려 곧 죽고 말 것이란 생각도 들었다(나는 이 지독한 혼돈 속에서도 잘 견디는 스스로가 혐오스러울 때도 많았다. 병마의 검은 손아귀 안으로 피해버리고 싶었던 순간마다 나는 우직한 내 건강에 경멸을 서슴지 않았었다).

병이라면 폐렴에 걸리는 것이 좋을 것이었다. 그것만큼 손쓸 사

복수

이 없이 급하게 운명하는 병은 본 적이 없다. 아주 어려서 읽은 만화책에도 그런 이야기가 있었다. 다른 것은 생각나지 않지만 주인공이 폐렴으로 죽으면서 남긴 마지막 말만큼은 지금도 또렷하게 기억하고 있다.

모든 것들이여, 안녕.

만화의 주인공은 이 말을 남기고 고요히 죽었다. 고요히, 말이다. 나는 정말 고요해지고 싶다. 나는 고요히 죽을 수 있다면 폐렴이 아니라도 좋다고 생각했다. 그러자 갑자기 무섭도록 슬퍼져서 나는 엉엉 울며 어두운 길을 걸었다.

나성여관 간판을 비치는 붉은 백열전구 등을 멀리서 바라보며 나는 내 얼굴에 남아 있을 눈물의 흔적을 수습하기 위해 시간을 조금 사용했다. 보라와는 이제 끝장일 것이었다. 두렵지는 않았다. 보라만이 아니었다. 이미 모든 것들의 끝을 예감하고 있었다.

호수가 있고, 호수 너머엔 푸른 숲이 있으며, 풀밭에 앉으면 따뜻한 햇볕이 우르르 쏟아지는, 그런 곳이 있다면 가방을 꾸려 떠나고 싶다. 하지만 이 세상에 그런 곳이 있을 턱이 없다. 나는 어느 사이 집에서 도망치고 싶다는 욕망까지 사라졌음을 깨달았다. 나는 또 폐렴을 생각했다. 그러자 갑자기 순백색의 흰 티셔츠가 필요할지 모른다는 강렬한 느낌에 휩싸였다.

어디에 쓰러지든, 그리하여 어느 곳에 창백한 얼굴로 누워 있든 간에 잡티 하나 묻지 않은 순백의 티셔츠를 입고 있어야 딱이다. 색깔도사 누나가 아니더라도 그쯤은 알고 있다. 나는 내일 당장에라도 흰 티셔츠를 사야겠다고 다짐했다. 그리고 고요히 폐렴을 기다릴 것이었다. 나는 슬슬 집을 향해 걷기 시작했다.

손님이 드물어지고 누나가 집을 나간 이후 나는 언제나 현관을 거쳐 뒤채로 넘어가고 있었다. 뒷문 열쇠는 늘 호주머니 속에 들어 있었지만 어느 의미에서든 그 열쇠는 녹이 슬어 쓸모가 없게 되었다. 정말이지 뒷문으로 나다닐 때가 좋았다.

집은, 아니 나성여관은 아까 나갈 때와는 영 다른 공기 속에 놓여 있는 듯했다. 나는 공기 속에 떠 있는 공포의 냄새, 침입자의 냄새를 맡았다. 나는 우선 카운터의 쪽문으로 내실을 들여다보았다. 먼저 눈에 들어온 것은 뽕짝아줌마의 넓적한 등이었다. 쪽문을 다 가리다시피 한 아줌마 등 때문에 다른 낌새는 맡을 수가 없었다.

다른 날 같았으면 그 정도로 곧장 내 방으로 건너갔을 것이다. 그러나 냄새가 문제였다. 기가 막히게 발달한 내 코가 한사코 물고 늘어지는 침입자의 냄새를 확인하지 않고서는 그냥 물러설 수가 없었다. 나는 비긋이 열린 내실 문으로 들어가기 전에 안채의 객실들에 전혀 손님이 들지 않았다는 것부터 확인했다. 여덟 시, 아직은 공치는 것으로 단정하기엔 좀 이른 시각이긴 했다.

"위메, 어딜 갔다 인자 온다냐? 하필 오늘 같은 날 집구석에 나만 있어갖고 증말 기겁을 했어야."

뽕짝아줌마는 나를 보자 우선 원망부터 퍼부었다. 그러나 보다 더 놀라운 일은 어머니가, 그 무쇠 같은 어머니가 이마에 물수건까지 얹고 자리 보존해서 누워 있는 모습이었다. 이건 맹세코 철들어서 처음 보는 일이었다. 어머니도 물론 감기나 몸살 정도는 앓았겠지만 그걸 핑계로 자리에 누워 끙끙거리는 일 따위는 한 번도 하지 않았었다. 게다가 이마에 하얀 물수건이라니.

"왜 그래요? 무슨 일이에요?"

"아이고메, 워디서부터 말혀야 헐지 몰르겠다. 시상에, 엎친 데

덮친다고 허드니 오늘 일이 꼭 고 짝이구먼."

아줌마의 푸념이 듣기 싫었던지 어머니는 이마의 물수건을 팽개
치며 말했다.

"아따. 사설은 이따 풀고 가서 냉수나 한 사발 가져와 봐. 입이 쩍
쩍 달라붙어서 사람 환장하겠구만 그러네."

"아이구, 내 정신. 쪼매만 기다리쇼. 후딱 물 떠갖고 올랑게."

뽕짝아줌마가 발소리도 요란하게 부엌에 간 사이 어머니가 엄숙
하게 말씀하셨다.

"아무도 필요 없다. 나, 아무도 필요 없어. 이 새끼, 너도 맨날 집
에서 도망갈 궁리만 하고 있지? 오오냐, 그래. 가. 가라구. 나, 서방
도 새끼도 다 귀찮고 미련도 없는 년이니까 어서 가."

어떤 대답을 해야 할지 몰라 쩔쩔매고 있는데 쟁반에 물을 받쳐
들고 아줌마가 들어왔다.

"아줌마. 오늘은 장사 못 하니까 바깥에 불 끄고 현관문도 잠궈버
리슈. 아등바등 애쓸 일이 뭐가 있다고……."

그때 아줌마가 내게 눈짓을 했다. 뭐든 한 마디 네 어미를 위로할
말을 해보라는 재촉 같은데, 참말이지 무슨 일인가를 알아야 입을
벌려도 벌릴 것이 아닌가. 그래서 나는 멍청하게도 낮에 무슨 일이
있었냐고 물었다가 벌집만 더 쑤셔놓았다.

"이 새꺄! 나가버리라니깐 말 안 듣고 귀찮게 해. 아이고, 아줌마
도 인제 나가, 다 귀찮어. 어서 저 새끼 데리고 나가."

쫓겨나다시피 내실을 나와서 나는 아줌마가 이끄는 대로 부엌으
로 갔다.

"저녁 안 먹었지? 10호실은 오늘 저녁일랑 외식으로 배 빵빵하게
채우고 올 모양인게 우리끼리 여그서 한 숟갈 뜨자. 시상에, 나도

시방꺼정 다리가 후들후들 떨려서 못 살것네."

"아버진 어디 가셨어요?"

"느그 아버지? 아이그, 말도 말어라. 정말 느그 아부지가 그럴 줄 은 나도 까맣게 몰랐웅게. 증말로, 찬바람이 씽씽 불더라니께. 느그 엄니가 딱 버티고 서 있는디도 겨울 잠바까지 다 챙겨 갖고 뒤도 안 돌아보고 나가버리드랑게."

"나가요? 어디로요?"

"아, 말로야 방 얻어 혼자 살드라도 이놈의 집구석보담은 낫겄다 고 큰소리지만 니 엄니가 그 속 모르겠냐? 화장품가게도 낼모레 옮 긴디야. 복덕방서 그르드래. 방 딸린 가게로 구해봐야 쓰것담서 진 즉에 내놓았디야."

"설마 아버지가."

"말도 말어, 설마가 사람 잡는디야. 나도 느그 아부지가 고렇게 박절한 사람인 줄은 증말 몰랐어야."

"그래서 어머니가 누워 있는 거예요?"

"느그 엄니가 속이야 어쩔망정 그만 일로 쓰러지겄냐? 그럴 양반 은 아니랑게. 니 아버지 나간 뒤로 삼십 분도 안 돼갖고, 위메, 형사 세 명이 들이닥치는디, 나도 간 떨어지는 줄 알았당게."

형사 세 명이 들이닥쳤다고? 아줌마 표현에서 한 치도 어긋남이 없이 실제로 내 가슴속에서 철렁 간 떨어지는 소리가 났다. 태연하 려고 애썼지만 도저히 그럴 수가 없었다.

"그래갖고, 한 사람은 숙박부를 싸그리 뒤지고, 두 사람은 방마다 뒤지고 다니는디, 서슬이 퍼런 것이 말 한마디 잘못했다간 당장 잡 혀갈 것 같아서 난 니 엄니 뒤에서 벌벌 떨고 있었당게."

"어디를 뒤졌어요?"

　　　　　　　　　　　　　　　　　　　복수

혀가 말린 것처럼 말이 나오지 않았다. 나는 온몸을 부들부들 떨었다.

"그랑게, 뒤채에서 한참 있었지. 느그 엄니 보고 자식들 방은 왜 모두 열쇠를 채웠냐고 호령하는 소릴 들었구만. 니 방도 뒤지는 것 같등만 그래도 도연이 학상 방에서 질 오래 시간을 잡드랑게."

"내 방도?"

"그려. 수련이 방도 열어봤는디 말해 뭐혀. 10호실 노인네 방도 들여다보고. 그 노인네는 운이 좋았지. 민구 데리고 어린이공원에 간다고, 니 나간 뒤에 금방 따라 나가서 흉한 꼴은 안 보게 됐당게."

아줌마는 설레설레 고래를 흔들며 오래도록 혀를 찼다. 나는 숫제 숨이 막혀 오그라드는 기분이었다. 귀에서 붕붕 소리가 나기 시작하고 심장의 박동 소리가 모터 소리만큼이나 요란하게 느껴졌다.

"니 엄니 성질에 저만헌 게 다행이여. 징해라, 그 흉헌 소릴 듣고 어찌 살겠어. 이것 봐라, 잉. 느그 엄니 뒤로 넘어질 때 받친다고 덤볐다가 손가락이 삐끗했어야."

아줌마는 퉁퉁 부은 왼쪽 손가락 하나를 내보였다.

"니 엄니가 그 새긴 진즉에 내다버린 자슥잉게 이 집구석에 와서 뒤질 것도 없다고 달라들었제. 처음에사 니 엄니도 땅땅 큰소리를 쳤당게. 그러니깐 형사들이 그러는 거여. 그러게 왜 독사 같은 새끼를 낳았냐고, 그 새끼가 무슨 짓을 저지르고 댕기는지 알기나 허냐고. 아이구, 겁나대. 도연이 학상이 일을 쳐도 아예 큰일을 쳤는개벼. 그렇게 온 집안을 다 뒤집어놓고 가제."

형이 아니다. 나는 알고 있다. 형사들이 우리 집을 덮친 것은 형 때문이 아니었다. 아저씨의 신원을 확인한 것이리라. 우리 집의 장기투숙객이었던 것이 드러나고 하필 그 집에 말썽 많은 전력의 형이 있는 것을 알고 들이닥쳤을 것이다.

"혹시 9호실 아저씨에 대해선 묻지 않았어요?"

"숙박부를 샅샅이 뒤졌응게 그 냥반 이야기도 나왔제. 하여간 하룻밤 자고 간 사람이래도 쪼매만 수상허면 나랑 니 엄니한테 꼬치 꼬치 캐묻드랑게. 특별히 9호실 그 냥반이 언제부터 얼마나 묵었는지 세세하게 따지고, 또 하는 일도 묻드만. 그리고 왜 나갔냐고도 묻더랑게. 그래서 내가 그랬제. 서울이 싫어서 어디 지방서 노가다 일하며 살랑갑드라고. 지방 어디냐고 캐묻는만 알아야 대답을 허제. 하여간 증말 징허드라고."

그뿐이었다면 경찰은 아직 아저씨가 범인이라는 확실한 증거를 갖고 있지 못한 모양이었다. 수사가 나성여관에까지 미친 것은 순전히 형에 대한 오해였을 것이다. 아니, 아니다. 임용출 사건에 형이 얽힐 일이 무엇인가. 그렇다, 이것은 전혀 다른 일인지도 모른다. 형이 그사이 정말 다른 사건을 터뜨렸을 수도 있다. 부산의 살인사건 수사가 아니라 형이 관계된 전혀 다른 사건. 그제야 나는 맹목적으로 뻗어가던 추리의 방향을 돌렸다.

"형이 무슨 일을 저질렀다는 이야긴 안 해요?"

나는 형이 관계된 사건이라면 살인이나 복수와는 무관할 것이기에 제발 형 쪽의 일이길 빌었다.

"똑 부러지게 말이나 해주믄 속이나 씨원허지. 암튼 니 엄니가 쓰러진 건 그 독사 새끼 소리 때문이었응게. 자식을 독사로 낳아놓고도 나 몰라라 허믄 그 새끼가 나라를 팔아묵든 사람을 쥑이든 아주머니는 모르는 일이냐고 막 호령을 하드랑게. 그러는디 니 엄니가 볏단 쓰러지드끼 푹 넘어져부는 거여. 하이고, 얼매나 놀랐는지……."

틀림없다. 형은 행방을 감춘 뒤 또 어떤 일에 끼어들었다. 그래서 홍정미도 형의 신변이 걱정스러워 수소문하며 찾는 것이리라. 아저씨에 대한 조사는 단지 숙박부에 이름이 적혀 있기 때문이고.

나는 대충 오늘의 일을 이렇게 정리하고 두근거리는 가슴을 진정시키려고 애를 썼다. 그리고 뒤채로 건너와 내 방으로 들어갔다. 책상 서랍이 열려 있는 것 외엔 크게 뒤진 흔적은 없었다. 나는 재빨리 참고서들 뒤에 숨겨놓은 일기장부터 확인했다. 별다른 것은 없겠지만 아저씨 이야기가 드문드문 적혀 있어 불안했기 때문이었다. 다행히 일기장은 그대로 있었다. 내 방은 형식적으로 수색했음이 분명했다.

하지만 형 방은 난장판이었다. 형은 떠나면서 중요한 것들은 다 가져갔기에 뒤진대도 나올 것은 없다. 그래서 더 악착같이 뒤진 모양이었다. 방 한가운데 되는대로 던져놓은 책들, 떨어져 나뒹구는 판화 액자와 달력, 일일이 펼쳐본 듯 여기저기 흩어져 있는 노트와 종이뭉치로 빤한 구석이라곤 한 군데도 없었다.

나는 조용히 형 방으로 들어가 문을 닫았다. 그리고 차근차근 어질러진 것들을 치우기 시작했다. 그것은 마치 상처투성이인 형을 보살피고 있는 느낌과 흡사했다. 나는 형을 어루만지듯 형의 책과 노트와 종이들을 조심조심 챙기며 문득 심장 근처가 뜨끈해지는 것을 느꼈다.

9.

잘 가라 밤이여

○

넓은 모래밭이었다. 그 너머엔 자갈밭이 펼쳐졌고 뒤돌아보면 진흙이 뻘겋게 드러난 황폐한 산이 있었다. 삭막하기 그지없는 곳이었다.

물도 없었다. 모래가 드문드문 묻어 있는 타원형의 유리 조각을 손에 들고 나는 오랫동안 식은땀을 흘리고 있다. 분명 무언가 잘못되었다. 나는 그걸 잘 알고 있었다. 그렇지만 유리 조각을 내 눈 속에 집어넣어야만 한다는 사실도 엄연히 잘 알고 있었다.

언제부터인지 모른다. 나는 한시라도 빨리 콘택트렌즈를 끼고 어딘가 가야만 했다. 그런데, 기가 막히게도, 렌즈는 뾰죽하고 두께도 상당한 유리 조각으로 변해 있었다. 시간은 자꾸 흐르고, 나는 어쩔 줄 몰라 당황하다가 점점 두려움에 빠져들고 있다. 침침한 눈, 흐릿한 세상, 렌즈 없인 한 발자국도 못 옮기는 나로서는 정말 미칠 것 같은 시간이었다.

물이라도 흐르면, 그러면 모래를 씻어내고 눈에 넣어본다지만 아무리 둘러보아도 유리 조각을 씻을 데가 보이지 않았다. 하기야 렌

잘 가라 밤이여

즈를 끼고 있지 않으니까 먼 곳에 계곡이 흐른다 한들 보일 턱이 없었다. 내가 눈에 집어넣어야 할 콘택트렌즈라는 것이 바로 이 커다란 유리 조각이니까 말이다.

이건 절대 내가 늘 눈알에 붙이고 있는 그 렌즈가 아니었다. 거의 세 배쯤 컸고 다섯 배쯤 두께가 더 있는 데다가 모서리가 거칠어서 눈에 닿기만 해도 상처가 날 것이 틀림없는 유리 조각이었다. 그런데도 나는 모래밭 속에서 찾아낸 이 유리 조각을 내 콘택트렌즈라고 굳게 믿고 있는 것이었다. 이걸 눈에 집어넣겠다고 벼르면서 식은땀을 흘리고 있는 것이었다.

이건 어쩌면 꿈일지도 몰랐다. 이런 꿈을 수도 없이 꾸어보았다. 언제나 날카로운 유리 파편을 콘택트렌즈라고 믿으며 눈에 넣기 위해 식은땀을 흘리는 장면의 되풀이였다. 그렇지만 한 번도 눈에 넣지는 않았다. 대개는 그쯤에서 벌떡 잠에서 깨어나곤 했다.

그러나 지금은 아니었다. 유리 조각을 앞에 두고 두 개의 내가 있었다. 이건 결코 렌즈가 아니라고 우기는 나와, 아닐지는 몰라도 다른 렌즈가 없으니 결국은 눈에 넣고 봐야 한다며 용을 쓰는 또 하나의 나였다.

나는, 넣어보겠다고 애를 쓰는 쪽의 나는, 바위에다 유리의 절단면을 문질러보기도 했다. 그렇게라도 해서 크기도 좀 줄이고 날카로움이 스러지길 원해서였다. 이건 렌즈가 아니라고 울부짖는 또 하나의 나는 겁에 질려서 진짜 내 것이 혹시 나타날지 몰라 허겁지겁 모래밭을 헤집어보았다.

모래밭에 코를 박고 죽을 듯이 헤맸어도 진짜 내 것, 작고 동그라며 종이처럼 얇은 내 콘택트렌즈는 보이지 않았다. 이윽고 또 하나의 나는 바위에 연마한 유리 조각을 눈앞에 쳐들고 후우, 먼지를 불어낸 다음 이를 악물고 하나 둘 셋을 세었다. 이거라도 눈에 집어넣어야 앞이 보인다는 절박함 때문이었다.

하나, 두울, 세엣.

아악! 눈이 찢어질 듯이 아프다. 아무리 눈을 크게 떠도 크고 두꺼운 유리 조각은 검정 동자에 사뿐 달라붙지 않고 지독한 고통만 주었다.

아악. 나는 계속해서 비명을 질러댔다. 눈에서 핏물이 줄줄 흘러나왔다. 누군가 나를 도와주어야 이 미친 짓을 끝낼 수 있다. 아아악! 나는 숨이 막히는 고통 속에서도 있는 힘껏 비명을 질러 구조를 요청했다.

내 소리에 내가 놀라 눈이 번쩍 뜨였다. 정말 꿈이었다. 얼른 눈을 만져보았지만 핏물은 없었다. 책상 위에 놓인 렌즈곽도 열어보았다. 밤사이 편히 쉰 렌즈 두 개가 나란히 엎어져 있다.

새벽이었다. 동창이 환히 밝았다. 땀을 닦아내며 나는 또 눈언저리를 손바닥으로 쓸어보았다. 말짱하다. 그 끔찍한 유리 조각으로 눈을 쑤셔대지 않은 것은 확실하다. 정말 다행이었다. 콘택트렌즈를 끼기 시작하면서 이런 더러운 꿈을 수도 없이 꾸었다. 정말 지긋지긋한 꿈이었다. 그래도 오늘 꿈이 가장 끔찍하다.

형도 가끔 가위눌리는 꿈을 꾼다고 했다. 꿈속에서는 늘 감옥에 갇혀 있고, 사지를 쥐어트는 고문을 당한다고 했다. 그러다 자신의 비명에 놀라 잠이 깨면 감옥이 아닌 현실이, 고통 없이 존재하는 자기 모습이 믿기지 않아 오래오래 두리번거린다고 했다.

경찰이 다녀갔기 때문일까. 나는 요즘 이런 꿈을 자주 꾸었다. 제발 부탁이지만 꿈 없이 달게 자고 싶은 것이 요사이 내 소망이다. 잠이 깬 김에 나는 방을 나와 민구 혼자 자고 있을 10호실을 들여다보았다. 이불을 다 걷어찬 채 납작 엎드려 자는 녀석을 보니 오늘 밤부턴 그만 내 방에서 데리고 자야겠다는 생각이 들었다.

노인은 추석을 이틀 앞두고부터 돌아오지 않았다. 한동안 어린이 대공원이라든지 만화영화 따위 민구로서는 생전 처음일 호강을 맛보게 하더니 결국 민구를 버리고 어디론가 사라졌다. 추석 지난 지가 벌써 일주일이 다 되어간다. 그동안 민구는 할아버지를 기다리며 혼자 잤다. 나 역시 녀석을 끼고 자는 일이 징그러워 그렇게 하도록 버려두었다. 물론 어머니는 뒤채 형편에 아는 척도 하지 않았다.

노인이 나성여관으로 돌아오지 않은 열흘 남짓 동안 민구는 완전히 내 책임이었다. 어머니는 여전히 극심한 저기압이어서 민구가 안채에 얼씬거리지 않도록 한시도 눈을 떼지 않고 민구를 살폈다. 노인이 어떻게 되었는지는 아무도 몰랐다. 노인이 일하던 고물상에도 가보았지만 영 모르겠다고 했다. 추석 쇠라고 돈 이만 원 얹어준 것으로 퇴직금까지 겸해 내보냈다는 설명이었다. 말하자면 일주일쯤 일하고 목이 잘렸다는 뜻이다.

뽕짝아줌마는 노인이 먹고살 궁리가 없으니 혼자 내뺀 것이 분명하다고 말했다. 하기야 가장 그럴듯한 추리였다.

"뻔할 뻔자지 뭘 그랴. 자기 몸도 못 추슬리는 판국인디 혹까장 달렸응게 어디 꼼짝달싹을 헐 수 있었겠어. 그랑께 민구는 여그다 떠맡기고 혼자 날랐제."

어머니는 짧지만 으스스한 말로 노인을 비난했다.

"요것들이 아예 날 밟아 죽이려는 심뽀여. 오냐, 두고들 보자. 사지가 벌벌 떨려서 말도 안 나오네."

하지만 난 달랐다. 노인이 지난번 열이 치솟아 병원에서 하루 자고 나온 뒤부터 썩 달라졌다는 것을 나는 알고 있었으니까. 노인은 그때부터 확실히 좀 이상해졌다.

"아니야. 난 할 수 있다. 난 할 수 있다는데두 기래. 이 늙은 게 얼씬거린다구 설마 총질이야 하가서? 몇 걸음이믄 될 걸 놓고설라무레 괴얀히 쏘런이다. 일본이다 해갖고 돌아갈 궁리만 했으니."

노인이 돌아오지 않던 날부터 주욱 머릿속에서 맴도는 말이었다. 그렇게 말하던 노인의 표정도 생생히 떠올랐다. 눈이 모처럼 반짝거리고 얼굴에도 희색이 만면했었다. 그냥 해보는 말이 아니라 분명코 그리된다고 믿는 것이 틀림없는 표정이었다. 그래서 약간 돌았지 않나 의심도 했던 나였다.

"그거이 걷기로 하믄 몇 걸음이나 되갔어? 안 그래?"

당장이라도 걸어서 북으로 올라갈 듯 열에 들떠 떠들던 그 말대로 혹시? 나는 벌써 몇 번째나 똑같은 생각을 반복하고 있는지 모른다. 노인은 휘엉청 달이 밝은 한가위 대보름을 이틀 앞두고 길을 떠났다. 추석은 고향 집에서 쉬겠다는 일념으로.

그리고? 그다음은?

여기서부터 나는 막힌 생각을 뚫지 못하는 중이다. 그러고도 벌써 열흘 가까이 시간이 흘렀다. 걸어서 갔더라도 서너 번은 평양에 도착했으리라. 아니, 노인이니까 더딘 걸음을 고려해도 도착은 충분히 가능하다. 그런데 실제로 거기를 걸어서 갈 수 있단 말인가. 내가 알기로 이건 엄청난 계획이다. 도저히 불가능하다. 그렇다면 노인은 왜 돌아오지 않을까. 남과 북, 그 경계 어드메에서 영영 하늘로 증발해버리기라도 했단 말인가.

노인이 걸어서라도 평양의 고향 집에 가겠다고 떠난 것이란 추리는 아무에게도 털어놓지 않았다. 그런 씨알도 안 먹히는 소리를 했다간 노인과 더불어 나까지 미친놈 취급당하기 딱 알맞으니까. 그

잘 가라 밤이여

렇지만 난 믿는다. 노인이 지금도 어딘가에서 고향을 향해 걷고 있으리라는 것을. 길을 잘못 들었거나 영영 딴 길이라 해도 그게 중요하지는 않다. 아무튼 노인은 쉼 없이 걷고 또 걸을 테니까.

그래서 난 노인을 기다리지 않았다. 문제는 민구일 뿐이었다. 내가 민구를 키울 수는 없다. 그건 정말이다. 난 아직도 어머니의 주머니에서 나오는 푼돈으로 연명하는 형편없는 신세이다. 이런 때 또 형이 필요해진다. 도대체 내겐 이런 일을 의논할 사람이 하나도 남지 않았다. 모두 나만 여기 떨궈놓고 잘들 날아가 버렸다. 슬프다. 우울하다. 그러나 방법이 없다. 정말 미칠 일이다.

민구에게 이불을 덮어주고 잠든 그 애의 얼굴을 가만히 들여다보다가 나는 10호실을 나왔다. 자식이 인물은 아주 좋다. 어디 한군데 비뚤어진 곳 없이 반듯반듯하다. 어찌어찌해도 벌써 녀석한테 상당한 정이 든 것은 사실이다. 어차피 나와는 함께 살지 못하겠지만 민구를 떠나보낼 생각을 하면 그것 또한 아찔했다. 한동안은 녀석 생각에 마음을 잡지 못할 것이다. 그러나 녀석과 함께 있을 방법도 없다.

나는 마음이 착잡했다. 얼마든지 아침잠을 더 많이 즐길 수 있었지만 이대로 이불 속에 들어가기도 싫었다. 그러다 문득 어머니가 떠올랐다. 아버지가 자기 짐을 꾸려 나가버린 후 어머니는 손님도 없는 안채를 홀로 지키는 중이었다.

나는 발소리를 조심하며 안채로 건너왔다. 어젯밤 안채에 손님이 들었는지 확인하기 위해 현관의 신발장을 열어보았다. 2호실 신장에 농구화와 낡은 여자 구두가 나란히 들어 있다. 손님이 들긴 들었다. 조금 안심이 되었다. 그리곤 쪽문으로 가만히 내실을 들여다보았다. 콘택트렌즈를 끼지 않았기 때문에 잘 보이지 않았다. 그때였다.

"쥐새끼처럼 뭘 훔쳐보고 지랄이냐. 미친 자식."

어머니였다. 어머니도 진즉에 잠이 깬 모양이었다. 나는 찔끔해서 얼른 쪽문으로부터 멀어졌다.

"나이 스무 살이나 처먹은 놈이 웬 개꿈은 그리 요란하게 꾸어대. 집이 다 들썩거리게."

가위눌린 내 꿈이 어머니까지 깨웠던 것이다. 이상했다. 여느 때와 달리 어머니가 자식의 가위눌린 비명을 가려듣는 귀도 있었다는 사실에 나는 감동을 하고 말았다. 하긴 욕설이 반이나 섞인 말투였지만 신새벽의 나직나직한 목소리는 욕까지도 정답게 들렸다.

"벌써 일어나셨어요? 더 주무시지."

나도 곰살맞게 대꾸가 나간다. 어머니한테 이런 말을 해보는 것도 참 오랜만이다. 내 입이 다 근질근질할 정도로.

"지금 이 판국에 잠이 오길 오겠냐. 내 인생 헛살았다. 얼른 이 더러운 꿈에서 깨어나 정신을 차려야 세상 것들한테 보란 듯이 살 건데."

어머니가 하여간 무지 외로웠던 것만은 틀림없었다. 혼잣말처럼 하고는 있지만 정말 사근사근하고 의논성 있는 말투여서 나는 이제 귀까지 근질거렸다. 그날 아침 어머니는 안 하던 누나 이야기까지 꺼내는 것이었다.

"그년은 대체 죽었다냐, 살았다냐. 미친년. 똥구멍에 바람 들면 그냥 붕 떠버리는 성질머리 하난 꼭 지 애비를 빼다 박았어. 벌써 찬바람이 부는데 장사 시원찮지, 새끼들은 다 기어나가서 소식도 없지, 이런 년의 팔자가 세상천지 어디 또 있을꼬."

그래도 자존심이 남아서 팔자타령에 아버지 집 나간 것은 안 붙이는 어머니였다. 하기야 아버지가 나가봤자 몇 달이지 아주 나갈 거냐고 믿는 구석도 있을 터였다. 그런 점에선 나와 같았다. 어떤 년이든 그 인간 게을러터진 꼴을 한 달 이상 봐넘기면 표창장이라도 주겠다고, 뽕짝아줌마한테 장담을 했다는 어머니였다.

나 역시 아버지는 길게 집을 비울 사람이 아니라는 믿음이 있었다. 아버지가 집을 나가버린 데 대해서 이만큼 덤덤할 수 있는 것도 사실은 그 때문인지도 몰랐다. 아버지는 형과는 다르다. 또 아버지는 누나하고도 많이 다르다. 아버지는 곧, 어쩌면 내일이라도 어머니 눈치 보며 들어와 언제나처럼 파자마 차림으로 아랫목을 차지하고 빈둥거릴 것이다. 나성여관처럼 아버지한테 어울리는 곳이 또 어디 있으랴.

아침에 어머니에게 누나 이야기를 들어서가 아니라, 사실 난 조만간 누나를 만나야겠다는 생각을 하고 있었다. 아버지마저 등을 돌린 나성여관으로 누나가 돌아와 줘야 했다. 지금 돌아오면 어머니도 못 이기는 척 간단히 누나를 용서할 수 있을 것이다. 지금이 누나에게는 돌아온 탕자 역할의 최적 시기라고 나는 믿었다.

그때 들었던 동네 여자들 수다가 사실이라면 누나가 집을 옮겼을 가능성도 없지 않았다. 벌써 한 달 전의 일이다. 더 늦기 전에 누나를 만나야 했다. 누나에게 때가 좀 묻었다고 해서 누나를 포기할 수는 없다. 누나에 대한 내 사랑은 포기하겠다고 해서 사라지는, 그런 것이 결코 아니다.

나는 정말로 누나가 돌아오길 간절히 원했다. 설령 예전의 누나로 되돌릴 수 없더라도 나성여관의 누나 자리를 채워놓고 싶었다. 누나가 떠난 뒤 너무나 많은 일이 벌어졌다.

그리고 화요일이 되었다. 누나가 백화점에 다닐 땐 화요일이 휴일이었다. 그때의 오손도손한 풍경이 떠오르자 나는 참을 수 없을 만큼 누나가 그리웠다.

나는 민구의 옷을 갈아입힌 다음 그 애의 손을 잡고 집을 나섰다. 민구는 좋다고 깡충깡충 뛰어댔다.

"어디 가? 어디 가?"

"누나한테. 누나 만나러 가는 거야."

"누나? 누나가 뭔데? 누나가 뭐야?"

젠장. 녀석은 누나가 뭔 줄도 모른다. 녀석은 구름이 뭔지, 별이 뭔지, 슬픔이 뭔지, 일요일이 뭔지 하나도 모른다. 설명하기 곤란한 것은 다 모르는 것이다. 차라리 삼투압이라거나 금융 긴축이라면 모르지만 슬픔이나 구름에 대해선 그럴싸하게 설명하기가 너무나 어렵다.

녀석의 밑도 끝도 없는 호기심은 버스를 타고서도 여전했다. 나는 있는 힘을 다해 녀석에게 누나를 설명했다. 누나가 얼마나 아름다운지, 누나가 선택한 색깔들은 또 얼마나 근사했는지, 그리고 내가 누나를, 누나가 나를 얼마나 아끼고 사랑했는지도 열심히 설명했다. 누나에 대해 누군가에게, 그 상대가 민구라 해도, 말하는 일은 몹시 즐거웠다. 나는 그 즐거움에 기대어 단숨에 선화아파트까지 갈 수 있었다.

역시 누나는 떠나고 없었다. 예상하지 못한 일은 아니었어도 그 소식 앞에서 난 맥이 풀려버렸다. 6동 경비원은 이번에도 나를 알아보지 못하였다. 딴 사람이 이사 온 지 벌써 얼만데 새삼스레 이사 간 사람을 찾고 있냐는 심드렁한 말투에 비위가 상해서 나는 온 김에 한번 올라가 보겠다고 고집을 부렸다.

"젊은 사람이 그건 또 무슨 어거지야? 대체 천백삼 호 아가씨하고는 어떤 사이요?"

"동생, 친동생이라고요."

나는 친동생을 강조했다.

"그래? 허긴 좀 닮았구만."

지난번 두 번째 찾아왔을 때도 똑같은 소리를 했었다.

"어디로 갔는지는 모르세요?"

이사한 것은 틀림없는 사실일 테고, 마지막으로 행여 해서 던져본 말이었는데 이 답답한 아저씨가 그때야 화들짝 놀라며 이러는 것이었다.

"이놈의 정신. 아니, 진짜 동생이요? 맞아? 그 아가씨가 이사하고 사나흘 지났을까, 암튼 며칠 뒤에 찾아와선 동생 왔다 갔냐고 묻더니 안 왔다니까 여기 쪽지를 두고 갔는데. 그게 어딨더라."

경비원은 서둘러 서랍이며 고무판 밑을 뒤적거리기 시작했다. 그 기억력으론 누나가 맡기고 간 쪽지를 제대로 찾아낼 것 같지 않아서 나는 참 조마조마하였다. 여기서 누나하고 연락이 끊기면 영영 누나와는 이별이었다. 너무 늦게 왔다는 생각으로 후회를 거듭하고 있는데 경비원이 순찰일지 갈피에서 문제의 쪽지를 찾아냈다.

"여기 있었구만."

나는 얼른 쪽지를 받았다. 쪽지엔 전화번호 하나와 '윤수진'이라는 이름만 달랑 적혀 있을 뿐 다른 메모는 전혀 없었다.

"이거, 누나가 준 메모가 맞아요? 확실하죠?"

벌써 자기 일로 돌아가 열심히 계산기를 두들기던 경비원은 내 다그침에 고개만 끄덕거릴 뿐이었다. 나는 당장에 5동 앞의 공중전화 박스로 달려가 메모에 적힌 번호를 눌렀다. 그러나 신호는 갔지만 받는 사람이 없었다. 포기하기는 이르다. 전화를 받을 때까지 기다려야 한다.

"가자. 짜장면 사줄게"

"짜장면? 짜장면이 뭔데?"

"이 새꺄. 먹어보면 알아. 기가 막히게 맛있는 거야."

우리는 아파트 단지를 벗어나 가까운 중국요리집에 들어갔다. 짜장면을 한 입 맛본 민구 녀석은 "짜장면 좋다! 짜장면 좋다!"를 연발해서 나는 좀 창피하기도 했다. 하여간 못 말리는 녀석이었다.

짜장면을 먹고 나서도 윤수진이라는 여자와는 통화할 수가 없었다. 민구만 아니라면 어디 으슥한 카페에 들어가 죽치고 앉아 계속 전화를 해보겠지만 이건 혹이 하나 달려 있으니 그럴 수도 없다.

기왕에 마음을 먹은 것, 통화에 성공하기 전엔 집에 가고 싶지 않았다. 나도 그런 고집 쯤은 있는 놈이다. 하여간 공중전화에서 멀리 떨어져 있어서는 안 되겠기에 다시 선화 아파트로 들어갔다. 공중전화 옆엔 마침 어린이 놀이터가 있었다. 나는 쭈뼛거리는 민구 녀석을 데리고 놀이터로 들어갔다. 처음엔 머뭇거리더니 녀석은 금세 난리가 났다.

민구는 완전히 붕 떠버렸다. 미끄럼틀을 탈 때는 괴성을 질러대서 함께 있던 여자애가 뒤로 주춤 물러났다. 그네도 난생처음 타보는 물건이어서 녀석은 내가 조금만 세게 밀면 마구 소리를 질렀다. 다른 아이들보다 영 빈약한 몸집이었어도 소리를 내보내는 목청 하나는 기차 화통보다 못할 게 없는 놈이라 정말이지 노는 꼴은 기가 막히게 요란했다. 그러다간 오줌이 마렵다고 오 분에 한 번씩 모래밭에서 바지를 까내렸다. 민구 표현대로 하면 미끄럼틀이나 그네는 모두 '오줌 만드는 기계'라고 했다. 가만 생각하니 정말 그럴싸한 표현이었다.

그 틈틈이 윤수진에게 전화를 했다. 해가 서산에 걸리는 다섯 시

쯤에도 그 전화번호의 주인은 부재중이었다. 어두워질 때까지 놀이
터에서 견딜 심산이긴 했지만 그래도 정말 지겨웠다. 너무 지겨워
담배를 한 갑 사서 마구 피웠다. 놀이터의 애들도 모두 집으로 돌아
갔다. 대신 민구의 흥은 여전했다. 어느 정도 놀이기구들의 특성을
파악한 녀석은 이제 괴성도 많이 죽인 채 혼자서 즐기기에 여념이
없었다.

슬슬 어둠이 깔리기 시작했다. 좀 추워졌다. 담배 한 갑이 다 바
닥났다. 목구멍도 칼칼하고 가슴도 따끔따끔 아팠다. 이번이 마지
막이라고 생각했더니 놀랍게도 두 번 신호에 딸깍 전화기 들어 올
리는 소리가 들렸다. 나는 허겁지겁 윤수진 씨냐고 물었다. 젊은 여
자였기 때문이었다.

"누구세요?"

"수련이 누나 동생인데요. 누나가 어디에,"

"아, 진양 동생?"

여자는 성미가 매우 급했다. 처음부터 내 말을 딱딱 잘라서 자기
말만 하더니 시종 그런 식의 말투를 썼다.

"그러잖아도 동생한테 연락 오면 안부나 잘 전해달라고 부탁받았
지. 잘 있어. 하여간 잘 있을 거야."

"안부만요? 누나 새로 옮긴 집을 알려주라고 하진 않았어요? 그
랬을,"

"알았어. 누나를 직접 만나려면 설명이 좀 복잡하니까 내일 다시
전화해. 난 지금 바쁘다구."

"죄송하지만 지금 알려주십시오. 부탁입니다. 꼭 알아야 할 일이
있어서 그래요."

"젠장. 그년이 내 말이라면 콧방귀도 안 뀌고 잘난 척 엄청 하더니

귀찮은 일만 남겼네. 하여간 일러주긴 할 텐데 안 가는 게 좋을걸. 가더라도 오전에 가보라고. 그래야 딴 주머니 찬 것 털어주겠지."

알 수 없는 단서를 붙이더니 여자는 빠른 어조로 누나 집의 위치를 설명하기 시작했다. 선화 아파트에서 멀지 않은 곳이었다. 신사동과 압구정동의 중간이라는 전제 아래, 병원 이름 하나와 은행 이름을 하나 대더니 그 사이에 있는 '빛'이란 이름의 술집을 찾으라 했다. 그러면서 별로 크진 않으나 이름이 특이해서 금방 찾을 것이라고 여자는 쉽게 단정했다.

나는 정말 기가 막혔다. 나는 누나의 집을 찾았지, 술집을 찾은 게 아니었다. 누나가 결국은 술집에 나가고 있다니, 이건 도저히 상상할 수 없는 일이었다.

"누나가 언제부터 거기에 나갔어요?"

"이거 왜 이래? 진양이 언제 적 진양인데. 암튼 낼 가봐. 아파트 하나 구할 때까진 거기서 먹고 자고 한다고 했으니깐. 그럼, 끊읍시다."

찰칵. 전화가 끊기고 나는 머리가 띵해서 휘청했다. 말이 안 나왔다. 억장이 무너진다더니 지금이 꼭 그랬다. 어둠이 깔린 놀이터에서 여전히 분주하게 놀고 있는 민구를 바라보며 나는 지금부터 어떻게 해야 할지를 생각해보려고 애를 썼다. 하지만 아무것도 떠오르지 않았다. 그저 '빛'이란 이름의 술집, 깔깔대며 술을 마시는 누나의 모습만 아른거렸다. 정말 미칠 것 같았다.

"가자!"

나는 다짜고짜 놀이터로 달려가 민구의 손목을 잡아끌었다.

"어디 가? 하부지한테?"

"아니. 누나한테."

"누나? 누나 찾았어? 누나 예쁘지?"

나는 씩씩거리며 아파트 단지를 빠져 나왔다. 도로로 나오자 곧 택시가 왔다. 민구 녀석은 계속해서 뭐라 떠들었지만 난 한 마디도 대답하지 않았다. 벌써 휘황하게 불을 밝힌 도시의 밤거리, 끊임없이 스치고 지나가는 네온 불빛 속의 수많은 술집 상호에 심장만 벌떡벌떡 뛸 뿐이었다.

　술집, 아니 룸싸롱이라는 '빛'도 여자 말대로 쉽게 발견했다. '정아'라든가 '수정궁' '장미향' 따위의 비슷비슷한 술집이 줄지어 들어선 환락가였다. 나는 다짜고짜 이층 계단으로 쳐들어갔다. 아래는 이태리식 식당이었고 '빛'은 이층에 있었다.

　계단부터 굉장히 멋지고 고급스럽게 꾸민 술집이었다. 이건 진짜 양탄자였다. 쿵쾅거리며 올라갔어도 발소리 하나 나지 않았다. 민구는 그게 또 재밌다고 자꾸 발을 굴렀다. 계단을 다 오르자 웅장하게 보이는 검은 문이 나타났다. 나는 호흡을 가다듬고 점잖게 문을 열었다.

　문이 열리자 의외의 공간이 펼쳐졌다. 입구에 카운터 비슷한 곳이 없었다면 남의 집 거실에 잘못 들어온 것은 아닐까 의심할 지경이었다. 회색 카펫에 아이보리 색깔의 소파가 술집 같은 분위기는 영 아니었다. 이 공간 양쪽 끝으로 똑같은 문이 있는 것으로 미루어 진짜 술 파는 곳은 그 뒤에 있는 모양이었다.

　나는 민구의 손을 꼭 잡고 누군가 나오기를 기다렸다. 소파에 여자의 겉옷이 길게 걸쳐진 것으로 미루어 어딘가에 사람은 있을 것이다. 거기까지는 언제라도 선연히 떠올릴 수 있다. 소파 위의 베이지색 바바리코트, 실내에 떠도는 습습하고 매캐한 냄새, 폭신한 카페트.

　그리곤 이내 엉망진창이 되어버렸다. 오, 나는 그것을 제대로 기억해낼 수가 없다. 수천 번, 아니 수만 번 돌려서 빗금이 좍좍 그어진 옛날 영화를 보는 듯한 느낌뿐이다. 그 낡은 필름조차도 극도의 처참한 심정에 녹아 군데군데는 구멍이 나버린 것이 틀림없다.

누나는 금방 나타났다. 아니, 누나와 두 사내가 함께였을 것이다. 그들 셋이 동시에 나타나서 나와 민구를 발견하곤 "어라, 이것들 좀 봐라." 하는 표정을 지었던 것 같다. 거기서 내 머리꼭지가 핑글 돈 까닭은 누나의 해롱거리는 얼굴, 홍조와 짙은 화장의 겉늙은 얼굴 때문이었다. 눈도 개실개실 풀려 있고 말도 혀가 꼬부라져 알아듣기 힘들었을 뿐 아니라 내용 또한 종횡무진이었다.

"으응? 너 우연이 맞지? 우리 우연이? 근데 저 드러운 아이는 또 누구야? 너 정말 우연이 맞아?."

처음엔 이랬을 것이다. 누나는 그러면서 애써 정신을 차리려고 눈에다 힘을 주긴 했다. 기가 막혔다. 냄새엔 귀신이라고 장담하는 내 코에는 술 냄새가 전혀 닿지 않았다. 그런데도 누나는 완전히 몽롱한 상태였다. 걸음을 떼어도 흡사 나비처럼 나풀나풀이었고 이유도 없이 방싯방싯 웃어대며 즐거워 미치겠다는 표정을 지었다.

누나가 왜 저러는지 어렴풋이나마 감을 잡은 것은 소파에 앉아 동물원에 구경나온 사람들처럼 우리를 쳐다보던 두 남자의 대화를 듣고서였다. 분명 누나를 두고 하는 말이었다.

"완전히 갔구먼. 쟤가 요즘 겁도 없이 많이 하더라고. 쯧쯧. 완전히 갔어."

"쟤, 저러고 장사해? 그것도 나쁘진 않은데? 인생은 즐거워, 장사도 즐거워, 이런 식이잖아. 귀엽잖아. 한입에 잡아먹고 싶잖아. 이 자식이, 너 그 재미로 쟤한테 비싼 약 마구 대주는구나."

"야, 내가 누구냐? 걱정을 말아라. 내가 밑지는 장사를 할 놈이

잘 가라 밤이여

야? 호호호."

그 지저분하고 추한 웃음소리에 난 그만 꼭지가 돌아버린 것이었다. 그 순간부터 내 눈엔 보이는 게 없었다. 소파 팔걸이에 걸터앉아 해롱해롱 웃고 있는 누나의 팔을 확 낚아채며 나는 목이 터져라 악을 썼다.

"미쳤어! 누나 미쳤어? 빨리 가자. 집에 가잔 말이야. 안 그러면 누난 영영 미쳐버려! 알아?"

누나는 가벼웠다. 내가 잡아당기는 대로 마른 짚단처럼 끌려왔다. 난 한 손에 누나를 잡고, 또 한 손으론 민구를 끌어당기며 냅다 뛰기 시작했다.

"왜 이래. 우연아. 너 왜 화를 내고 그래? 좋잖아? 이 세상이 얼마나 멋있니?"

누나는 날 따라 고꾸라질 것처럼 계단을 내려오면서 노래하듯이 종알거렸다. 정말 미치다가 폴짝 뛸 일이었다.

그다음은 어떻게 되었는지 모르겠다. 우리는 분명히 뒷골목이라고 생각되는 좁은 길을 택해 죽으라고 뛰었는데 어느 순간 내가 잡고 있던 누나의 손이 떨어져 나가고 민구마저도 "형아!"라는 외침과 함께 내 곁에서 사라졌다. 그리곤 정말 별이 한 다섯 개쯤 눈앞에서 번쩍거리는 순간이 덮쳐왔다.

"쥐알만한 자슥이 거 되게 웃기네."

얼굴을 서너 방 맞은 다음 이어 옆구리에 무지막지한 주먹이 기습해온 것도 알 수 있긴 했다. 쥐알만 하다고 말한 사내가 내 옆구리를 쳤고 그 외에도 족히 서너 명은 더 내 주위에 몰려 있었다.

"왜 때려! 우리 누날 내놔!"

난 악에 받쳐서 울부짖기 시작했다. 캄캄한 뒷골목, 이대로 맞아 죽을 것이 분명한데 에라, 되는 대로 소리나 질러보자 싶었을 것이다.

"얼씨구. 누굴 내놔? 이게 자다가 봉창 터지는 소리 하고 자빠졌네."

그러면서 한 놈이 모질게도 내 배를 쥐어박았다. 아팠다. 정말 숨이 턱 막혔다. 이내 또 한 방이 허벅지 부근을 습격했다. 이건 구둣발임이 틀림없었다.

"이 깡패 새끼들! 마약꾼들! 인신매매단 놈들!"

나는 닥치는 대로 주워섬겼다. 불안해서였다. 이대로 죽는다고 생각하니 당장의 아픔보다 공포가 더 지독했다. 내가 주워섬기는 욕설은 공포에 저항하는 진우연만의 고상한 자존심이 만들어내는 것이었다. 비겁하게 찍소리도 못하고 죽는 것은 결단코 내 자존심이 용납하지 않는다.

"너 이 새끼! 말 잘한다. 야, 이 새끼 주둥이 문대버려."

차갑고 건조한 억양의 말이 끝나기 무섭게 주먹과 발길질이 무수히 날아들었다. 어디를 어떻게 두들겨 맞는지도 몰랐다. 나는 정신을 잃지 않으려고, 오직 그것만을 위해 죽을 힘을 다했다. 맞으면서도 날 때리는 놈들을 기억해두려고 용을 썼다. 한 가지 분명한 것은 지금 날 때리는 놈들 속에 아까 '빛'에서 누나랑 함께 있었던 두 명의 남자는 없다는 것이었다. 그들 목소리는 한 번도 들리지 않았다.

"어이, 그만 가지. 적당히 손만 봐주라고 그랬잖아. 이까짓 병아리 같은 놈, 자꾸 패면 옷만 더럽히지. 봐, 벌써 오줌을 질질 싸고 있잖아?"

거짓말. 나는 땅바닥에 길게 뻗어 있으면서도 녀석의 거짓말에 미칠 듯이 화가 났다. 입안에 찝찝한 핏물이 하나 가득 괴어 있고 눈과 볼이 시큰거리고 축축한 느낌이긴 해도 오줌을 싸지는 않았으

　　　　　　　　　　　　　　잘 가라 밤이여

니까. 난 온 힘을 다해 몸을 일으켜보려고 꿈틀거렸다.

"자식, 되게 질기네."

그때 한 녀석이 구둣발로 정강이를 사정없이 걷어찼다. 비명을 지를 사이도 없이 또 다른 구둣발이 옆구리를 쥐어박았다. 이젠 정말로 숨을 쉴 수가 없었다. 이대로 죽는구나, 생각하면서 몸의 긴장을 풀어버린 순간 정신도 깜빡 내 육체를 벗어나 버렸다. 난 그대로 뻗어버린 것이다.

얼마나 오래 컴컴한 뒷골목에 뻗어 있었는지는 모르겠다. 몇 시간쯤, 아니, 단 몇 분일 수도 있다. 이상하게도 정신을 잃었던 시간이 얼마였는지 전혀 가늠할 수 없었다. 나는 다만 민구 녀석의 그 기차 화통 삶아 먹은 것 같은 울음소리가 지겨워 슬몃 눈을 떴다.

"형아! 형! 일어나. 그만 자!"

녀석은 나를 흔들어대다가, 또 하늘을 쳐다보고 앙앙 소리치며 울다가, 하여간 두 가지 일을 기가 막히게도 잘 해내고 있었다. 나는 한 손을 쳐들어 녀석의 찢어진 입부터 틀어막았다. 정신이 하나도 없었기 때문이었다.

그래도 녀석이 내 곁에 있어 준 게 얼마나 큰 위안이 됐는지 모른다. 좀 시끄럽게 굴긴 했어도 녀석마저 없이 홀로 정신이 들었다면 되게 쓸쓸했을 것이 틀림없었다. 나는 간신히 몸을 일으켜 한 발자국 걸어보았다. 배가 쑤시고 발목이 시큰하긴 했지만 병신이 된 건 아닌 모양이었다. 나는 한 발 한 발, 아픔을 깨물며 조금씩 걸었다. 일단은 골목 입구의 불빛 밝은 곳까지 걸어가서 어디를 얼마나 다쳤는지 확인해볼 생각이었다.

그때까진 좋았다. 말라깽이 민구 녀석한테 의지해서 절뚝절뚝 걷는 기분은, 솔직히 아주 나쁘진 않았다. 아, 이렇게 맞아도 죽는 것은 아니구나, 라는 감회, 어쨌든 사나이답게 한번 당해봤다는 괜한 자부심도 있었다. 죽어버렸으면 이런 기분도 못 느낄 테니 말이다. 그런데 골목 끝까지 다 와서 갑자기 민구 녀석이 불침 맞은 개처럼 팔팔 뛰기 시작하는 것이었다.

"피! 피! 형아, 피!"

녀석이 얼마나 호들갑을 떨며 소리를 질러대는지 이건 도저히 말로 설명할 수가 없었다. 그제야 난 얼굴을 쓱 문질러보고 손바닥에 벌겋게 묻어난 피를 확인했다. 그뿐이 아니었다. 옷도 완전히 걸레였다. 군데군데 흉측한 핏물이 배었고, 땅바닥에 뒹굴었던 덕분에 누가 봐도 치열한 전투에서 구사일생으로 살아난 패잔병 꼬락서니였다. 나는 그만 주저앉고 말았다.

"형아. 아파? 피 나온다. 아프지?"

민구는 어쩔 줄 몰라 하며 내 주위를 맴돌았다. 앉아서 가만있어 보니 실제로 많이 아팠다. 아직도 피가 흐르는 것을 확인했으므로 더욱 아팠다. 눈 옆이 크게 다친 듯싶었다. 거기만이 아니었다. 이젠 옆구리도, 다리도, 발가락까지도 다 아팠다. 한 발자국도 움직일 것 같지 않았다. 나는 암담했다. 민구는 피 흐르는 내 상처를 손가락질하며 미친 듯이 울부짖었다.

"형아, 죽지 마! 죽지 마! 형아!"

녀석이 하도 절박하게 부르짖으니까 가만있던 내 눈물샘까지 자극을 받았다. 나는 쭈그리고 앉은 자세 그대로 무릎에 얼굴을 처박고 쿨적쿨적 울기 시작했다. 어느새 민구도 내 곁에 쪼그리고 앉아 내 어깨에 머리통을 기대고 앙앙 울었다. 이젠 녀석의 울음소리도 전혀 거슬리지 않았다.

"짜식. 넌 왜 울어?"

잘 가라 밤이여

난 녀석의 작은 머리통을 주무르며 더욱 격렬하게 울었다.

더 말하기도 싫다. 한동안 앓았다. 그뿐이다.

누워 있는 동안 가을이 깊어졌다. 밤이 되면 뽕짝아줌마가 내 방 아궁이에 연탄을 넣어줬다. 새벽에 잠이 깨어 등짝이 훈훈하면 한결 기분이 좋아진다. 덕분에 달고 살던 민구의 누런 콧물도 말끔히 사라졌다.

난 줄곧 민구와 지냈다. 이젠 민구가 안 보이면 마음이 불안했다. 어머니는 내 꼴이 보기 싫다고 뒤채에 얼씬도 하지 않는다. 그날 거의 기다시피 걸어서 현관문을 열던 나를 보고 깜짝 놀라던 어머니, 오냐, 인제는 싸움질까지, 하는 얼굴로 날 노려보던 어머니의 기막혀하던 표정이 생각난다.

요즈음 어머니는 구청으로, 동사무소로 정신없이 쫓아다니는 눈치였다. 하기야 이 동네 사람이면 요새 너나없이 모두 분주하다. 본격적으로 개발 바람이 닥친 까닭이었다. 도시개발 계획에 따라 집들이 잘리거나 사라지는 경우도 생기므로 모두 마음이 붕 떴다. 도시계획에 걸리지 않은 집도 이 기회에 땅값이나 올려 받을까 싶어 너도나도 복덕방을 기웃거렸다. 나성여관도 귀퉁이가 도로 경계선에 걸린 모양이었다. 한쪽을 뜯어내더라도 나성여관에는 큰 문제가 없을 만큼 아슬아슬하게 걸쳤다고 뽕짝아줌마가 일러주었다. 어쨌거나 그것은 어머니가 결정할 문제였다.

하지만 난 알고 있다. 어머니가 이미 마음을 굳혔다는 것을. 그리고 어머니가 밤마다 갖가지 문서와 통장 따위를 꺼내놓고 오랜 시간 '공부'를 하고 있다는 것도. 어머니의 '공부'는 나성여관 이후의 인생 설계일 것임은 자명하다.

몸에 난 상처는 쉽게 딱지가 앉아 겉보기로는 말끔해진 것 같았다. 처음의 그 흉측한 모습에 비하면 원상복귀는 아주 빠른 셈이었다. 하지만 내밀한 상처는 쉽게 아물지 않았다. 원래 그런 법이었다. 내가 오래 누워 있었던 것도 모두 그 깊은 상처의 진물 때문이었다. 난 몹시 지쳐 있었다. 내 정신의 두께가 어느 날은 큰 바위처럼 두껍다가도 또 어느 날은 종잇장처럼 얇게 느껴지기도 했다.

누나에 대해서라면 조금 더 생각해볼 참이다. 아직은 잘 모르겠다. 그날 머리통을 되게 얻어맞아서 누나에 대한 깊은 상념에 흠집이 생겨버렸다는 기분도 든다.

누워 있는 동안 내 입에 담배를 물려주고, 신문을 가져다주고, 창문을 열거나 닫아준 사람은 민구였다. 녀석은 어쩌면 바보가 아닐지도 몰랐다. 누가 뭐라든 녀석과 나는 아주 잘 통했다. 그러고 보면 내가 바보라서 민구와 잘 통한다던 어머니의 말이 아주 틀린 것은 아니었다. 그렇지만 바보라는 게 이런 것이라면 난 바보이고 싶다. 정말이다. 이 평화로움은 일찍이 민구 이외 누구도 내게 맛보여주지 못한 것이었다.

그러던 어느 날, 우리 중의 작은 바보가 내게 전화가 왔다고 일러주었다. 난 느릿느릿 일어나서 안채로 건너갔다. 어머니는 없었다. 난 마음 놓고 전화를 받았다. 혹시 누나일지도 모른다는 생각에 착잡했으나 이건 엉뚱하게도 쥬노였다.

"넌 맨날 어딜 싸돌아댕기냐? 전화 한 번 통하기 되게 어렵네."

"얌마. 총정리에다 예상문제 공략으로 눈코 뜰 새 없는 놈이 전환 왜 해?"

난 누나가 아닌 게 억울해서 볼멘소리로 쏘아붙였다.

"암튼 이따 좀 만나자. 형무 소식도 넌 모르지? 그 애, 영 갔어. 정신이 휙 가서 지금 병원에 있다니까. 같이 가보자."

그건 정말 금시초문이었다. 하기야 요즘엔 그쪽 애들과 전혀 어울리지 않았으니 다른 소식인들 알 턱이 없다.

"정말이야? 입원까지 했단 말이지?"

"그으래. 한참 되었다고. 지난번에 진휘랑 종식이 데리고 면회를 갔었는데 얼굴도 안 보여주더라. 면회금지래. 세상에, 그럴 수가 있니? 갤 그딴 곳에 가두어놓고 우리도 못 만나게 하다니."

쥬노는 원래 감정이 풍부한 녀석이다. 녀석이 어떤 문제를 놓고 한탄을 하면 주위 사람 모두가 감염되어 연신 한숨을 쉬지 않고는 못 배긴다.

"면회금지라며? 그럼 가더라도 헛수고잖아."

"아냐. 방법이 있어. 어쨌든 형무를 볼 수는 있으니까 나와."

도대체 무슨 방법인지, 하여간 형무를 볼 수 있다면 나가야 했다. 가방에 휴대용 무스나 헤어 스프레이 따위를 꼭꼭 챙겨 다니던 춤꾼 형무가 정신병원에 갇혀 있다니 정말 기가 막힐 일이었다. 어떤 날은 검정 티, 검정 통바지로 좍 빼입고 나타나던 녀석, 또 다음날은 백색 의상으로 통일하고 선글라스까지 걸친 채 폼을 잡던 그 녀석이 후줄근한 환자복으로 갇혀 있다니 이건 너무 심하다.

걸핏하면 "우와, 졸도하겠네."를 외치던 종식이나 진휘 같은 녀석은 멀쩡하게 나돌아다니는데 형무가 병원에 입원했다는 것을 보면 확실히 이 세상은 거꾸로 돌아간다. 나는 형무 녀석의 여린 심성을 잘 알기에 더욱 가슴이 아팠다. 녀석은 제 아버지의 우격다짐만 아니었어도 제 앞길쯤은 잘 헤쳐나갈 수 있었을 것이다. 대체, 노래 부르고 춤추며 사는 게 소원이라는 자식을 두들겨 패 가며 재수생 합숙소에 집어넣는 그런 아버지들이 이 세상엔 너무나 많다. 두들겨 패면 안 되는 일이 없다고 말하는 어른들과 만나면 나는 소름이 끼친다. 모처럼의 외출 준비를 하면서도 나는 그래서 계속 팔뚝에 오스스 소름이 돋았다.

이번 외출은 어쩔 수 없이 혼자여야 했으므로 민구는 뽕짝아줌마에게 부탁할 수밖에 없었다.

"그려. 염려 말어. 우연이 넌 난중에 복 받을 거여. 하여튼 넌 난중에 크게 복 받을 거여."

아줌만 내가 나중에 큰 복을 받을 것이란 소릴 잘한다. 그게 언젠지는 모르지만 자꾸 들으니 복이 내게 큰 외상을 지고 있는 기분이어서 삼삼하긴 했다. 어쨌든 지옥에나 가버려라, 하는 저주보다는 백 배 나으니까.

우리는 정릉 근처의 한 제과점에서 만났다. 쥬노가 나보다 십 분이나 늦게 나타났다. 녀석은 길이 막혀서 택시를 탔지만 이 모양이라고 마구 엄살을 떨어댔다. 그 엄살이며 희멀건한 얼굴은 오랜만에 만났어도 전혀 변함이 없다. 그런 쥬노를 보노라니 마치 시간이 그 애한테는 비껴간 듯싶고 나만 세파에 부대꼈다는 억울한 생각도 들었다.

"병원은 어디야? 이 근처엔 그런 병원이 있을 것 같지 않은데?"

"있어. 그건 걱정 마. 저기 육교 보이지? 육교 저쪽 이층이 병원인데 여기선 간판이 안 보여."

육교 끝에 삼층 건물이 있긴 했다. 쥬노가 가리키는 이층엔 흔히 실내 야구장이나 골프 연습장에서 볼 수 있는 녹색의 그물 철망이 난간을 따라 담처럼 둘려졌다.

"저건 그럼 뭐지? 저어기, 거대한 새장 같은 시설 말이야."

"바로 저거야. 저게 운동장인 셈이지. 정말 웃겨. 저게 정원이고 운동장이고 썬탠하는 곳이야. 저기에 환자들이 늘 나와 있더라니까."

쥬노 녀석은 혼자 신바람이 나서 자기의 계획을 털어놓기 시작했다. 그로데스크니, 굿 아이디어니, 하여간 녀석의 영어 끼워 넣기 버릇도 여전했다.

쥬노의 계획이란 건 사실 계획이랄 것도 없었다. 무작정 기다리다가 운이 닿으면 형무를 볼 수 있다는 것이다. 지난번 면회가 이루어지지 않았던 데는 형무 아버지의 방해가 큰 이유라는 것이 쥬노의 의견이었다. 담당 의사에게 미리 친구들을 만나지 못하도록 면회금지 처방을 당부했을 것이 틀림없다고 쥬노는 말했다.

"대체 그 짜식이 어떻게 돌았다는 거야?"

나는 아무리 생각해도 형무가 정신병원에 감금되었다는 현실이 실감나지 않았다. 초호화판 버라이어티 쇼를 준비하기 위해 합숙소에서 맹연습 중이라면 몰라도 하여간 형무를 감금한다는 것은 말이 안 되는 처사였다. 그 자식은 도저히 갇혀서는 못 사는 자식이다. 손바닥을 옆으로 뉘어 머리에 빗질하는 시늉이 버릇이던 녀석의 빤질빤질한 머리칼이 생각난다. 갇혀서도 녀석은 꼭꼭 무스를 처바를 것이다. 형무는 그런 녀석이다.

"낸들 아냐? 약간 이상하긴 했어도 그게 대수냐 했지 뭐. 근데 어느 날 갑자기 걔네 아버지가 다짜고짜 병원에 집어넣은 거야. 짜식이 헛소리 좀 하는 거 갖고."

형무의 헛소리는 전해 듣기만 해도 재미있었다. 정말이다. 이건 쥬노 말대로 그로데스크한 것이 절대 아니다. 형무는 낯선 사람이 주위에 얼씬거리기만 하면 "저기 봐, 또 극성팬이야." 이런다는 것이다.

밤이건 낮이건 전화벨만 울리면 "나 없다고 해. 전화번호 바꾸라니까 왜 안 바꿨지?" 이러면서 귀찮아 죽겠다는 표정을 짓는단다. 말하자면 스타가 되었을 때를 대비해 연습을 좀 하는 것인데, 그런 헛소리 외엔 아주 말짱한 녀석을 걔네 지독한 아버지가 쇠창살 속에 가두어버린 것이다.

"형무가 우릴 되게 웃긴 적이 있는데 말야. 하여간 끝내줬어. 학원 점심시간에 애들이 우르르 쏟아져 나오니까 이 짜식이 갑자기 펜과 메모지를 꺼내더니 싸인을 해서 한 장씩 나누어주는 거야. 애들은 애들대로 대체 뭐길래 그러나 싶어 가지도 않고 모여서 차례를 기다리고. 그러니 짜식은 아주 신바람이 나서 막 난리도 아닌거야. 팬 관리를 잘해야 한다면서 엄숙한 표정으로 싸인을 해대는데 정말 배꼽 잡고 웃었다니까. 우리는 또 어쨌는 줄 아니? 진휘 자식이 꼬드겨서 형무 보디가드처럼 양옆에서 쫙 폼을 잡아줬지 뭐."

나도 대굴대굴 구르듯이 웃어댔다. 그러자 지독하게 형무 그 자식이 보고 싶었다.

"야, 가자. 빨랑 가자니까. 어디? 저 육교로 가면 돼?"

내가 앞장을 섰고 쥬노가 뒤를 따랐다. 쥬노가 내놓은 아이디어라는 것이 순전히 운수가 좋고 나쁨에 따라 성공이거나 실패가 결정되는 터라 마음이 조급했다. 우리는 지금 육교에서 마주 보이는 거대한 새장 속에 형무가 나타날 때를 무작정 기다릴 생각인 것이다. 그러니까 언제고 간에 녀석이 나타나기만 하면 되었다.

"봐. 잘 보이지? 차 소리가 시끄럽긴 해도 이야기는 얼마든지 나눌 수 있어."

진짜 그랬다. 우리는 육교 위 병원이 보이는 곳에 자리를 잡았는데 거기에 서 있으면 병원의 녹색 그물망이 손에 닿을 듯 가까웠다.

잘 가라 밤이여

"저기 저거, 창이랍시고 그물을 한 겹 벗겨놓은 것도 보이지?"

쥬노가 가리키는 대로 창문도 있긴 있었다. 그러니까 쇠창살만 드러나 있고 네모나게 그물망은 잘라낸 것이다. 그런 식의 창이 서너 개 있었는데 이미 두 명의 환자가 그중 두 개의 창을 차지하고 서서 망연자실, 차가 끊임없이 왕래하는 아래 큰길을 내려다보고 있었다.

"잘 봐. 저기 탁구대 뒤에도 환자가 한 사람 있잖아. 혹시 형무 아냐?"

눈이 나쁜 나는 쥬노에게 잘 살피라고 자꾸 채근한다. 그러면서도 정신병원의 쇠그물에 갇힌 사람들은 어떤 모습일까 궁금해서 나 또한 열심히 눈알을 굴린다.

"저 사람, 정말 혼이 나간 사람 같다. 봐, 부스스한 머리칼 하며 뼈가 드러난 팔뚝이 진짜 어폴링한데? 너 알지? 어폴링."

아이구, 이 자식이 또 시작이다. 알지, 해가며 영어 스펠링까지 읊조릴 태세니 사람 또 긁는 것이다. 나는 녀석이 미워서 슬쩍 딴소리를 한다.

"원서 낼 날이 한 달 남았나?"

쥬노는 금방 울상이 되어 죽는 소리를 한다.

"말도 말아라. 우리 어머니 과대망상은 알아줘야 해. 들먹이는 대학 이름 듣다 보면 내 속이 탄다. 약 올리는 것도 아니고."

그때였다. 녹색 그물 안으로 사람 그림자가 어른거렸다. 몇 명이 더 나타난 것이다. 우리는 바싹 긴장해서 뚫어지게 그물 안을 쳐다보았다.

"없어?"

"없어. 다 나이 든 사람들인데."

쥬노는 고개를 흔든다. 하기야 기다리기 시작한 지 이제 얼마나 되었다고 행운이 그렇게 빨리 덤벼들 까닭이 없다. 나는 적어도 두 시간은 기다려야 형무를 볼 수 있으리라고 생각했다. 쥬노는 자꾸 형무 이름을 불러보자고 그랬다. 아니면 나와 있는 사람들에게 형무를 불러 달라고 부탁을 해보든가, 하여간 무작정 기다리지는 말자는 것이었다.

"시끄러, 임마. 그러다 산통 깬다. 너 대체 정신병원에 의사만 있다고 생각하니? 저 안엔 이따만한 어깨들이 득시글거린다고. 두 눈 부릅뜨고 환자들을 감시하는데 여기서 소란 피웠다간 형무 얼굴도 못 보고 가야 한단 말이야."

나는 쥬노보다야 기다리는 데 이골이 난 녀석이다. 쥬노처럼 참을성 없이 촐랑거리지는 않는다. 그런 점에선 나도 썩 괜찮은 인간인데 세상이 몰라도 너무 몰라준다. 그런데 쥬노 자식이 반란을 일으켰다. 느닷없이 형무 이름을 소리쳐 부르기 시작한 것이다.

"왜 이래? 입 다물라니까?"

내가 쥬노의 입을 틀어막았지만 허사였다. 바깥에 나와 있던 환자들이 일시에 녹색 철망에 매달려 우리를 쳐다보았다.

"형무를 불러주세요! 형무 아시죠? 걔가 우리 친구예요. 친구가 찾아왔다고 전해주세요."

쥬노가 환자들을 향해 이렇게 서너 번쯤 외쳤을까. 그때 드디어 형무가 앞자리 사람을 밀쳐내며 철망에 모습을 드러냈다. 진짜 형무였다. 푸른 줄이 세로로 좍좍 그어진 낡은 환자복을 입고 녀석은 철망에 입술을 끼워 넣은 채 냅다 대화를 시도했다.

"야! 늬들 왔구나? 우연아! 준호야! 나야, 나 여기 있어. 보이니?"

"보인다, 이 짜식아. 아주 잘 보여."

　　　　　　　　　　　　잘 가라 밤이여

나는 막 흥분해서 육교 난간에 몸을 아슬아슬하게 걸쳐놓고 손을 흔들어댔다. 한번 흥분하면 걷잡을 수 없는 놈이 바로 나였다. 드디어 내가 발동이 걸린 것이다(고백하자면 요즘 난 발동이 걸리고 싶어 안달이 나 있다. 아무 때든, 무슨 일이건, 닥치는 대로 발동의 빌미가 될까 싶어 일단 흥분부터 해보는 것이다. 그렇게라도 하지 않으면 정말 미칠 것 같아서다).

"늬들만 왔어? 근데 왜 이렇게 늦게 왔어?"

형무는 이젠 철망 사이로 손가락까지 내밀며 난리다. 하는 짓으로 봐선 녀석이 왜 저 안에 들어 있어야 하는지 알 수가 없다.

"야, 형무 네가 사달라던 목 긴 구두 사났어. 이태원까지 갔단 말이야. 내가 잘 보관하고 있으니깐 걱정하지 마!"

쥬노가 입 나팔을 만들어 소식을 전하니까 형무는 완전히 하늘로 날아올랐다.

"야호! 수고했다. 그거 잘 모셔두어라. 공연할 때 꼭 필요하니까."

녹색 철망을 앞에 놓고 우리는 육교 위에서, 형무는 철망 안에서 목의 힘줄을 돋워가며 이야기를 나누었다. 물론 구경꾼은 이쪽저쪽에 모두 많았다. 육교를 지나던 사람들은 이게 무슨 일인가 싶어 한명 두명 모여들어 이내 무리를 이루었고 형무 쪽도 철망 안 좁은 공간에 푸른 환자복이 가득 찼다.

"괜찮아? 지내긴 어때?"

내 물음에 형무는 대답 대신 철망을 두들겼다. 답답해 죽겠다는 몸짓이었다. 쇠창살을 뚫고 훨훨 날아가겠다는 형무의 간절한 몸짓은 정말 애달팠다. 내가 슈퍼맨이라면 당장에 녀석을 구해내겠지만 나한텐 그런 힘도 없다.

"부탁할 것 없어? 필요한 것 없냐고."

"내가 여기 있는 것 기자들 알면 정말 큰일 나. 늬들이 그것만은 집중적으로 막아줘야 해."

아이구 저 자식. 나는 그만 열이 확 솟구친다.

"이 새꺄! 정신 차려."

"우연이 너 왜 그래? 내 팬들이 네 뒤에 꽉 찼단 말이야. 너 그렇게 함부로 말할 수 있어? 그리고 늬들 좀 비켜봐. 어차피 팬들이 여기까지 쫓아왔으니 인사라도 해야지. 얼른 비켜."

그러자 뒤에 모였던 행인들이 와, 웃었다. 녀석은 팬들의 환호에 입이 찢어졌다. 정말 기가 막혔다.

"팬 여러분, 감사합니다. 고맙습니다. 조금 쉬었다가 다시 열심히 뛸 것입니다. 걱정 마세요. 이따 무대에서 만나요."

녀석은 운집한 팬들에게 일장 연설을 마치고 손을 흔들었다. 쥬노가 킥킥 웃어댔다. 나는 형무의 반짝반짝 빛나는 얼굴과 당당한 몸짓에 전염되어 하마터면 짝짝 손뼉을 칠 뻔했다.

"굉장하잖아. 쥬노야, 형무는 지금 최고로 행복한 거야. 행복이 철철 넘쳐."

나는 쥬노에게 녀석의 행복을 깨지 말자고 이를 참이었다. 형무를 행복하게 해줄 수 있다면 까짓 진실이 무슨 의미가 있겠는가 말이다. 나는 정말 그렇게 생각했다. 아니, 누구라도 도심의 소란스러운 육교 위에 서서 간절한 마음으로 철망 안에 갇힌 형무를 보고 있으면 나처럼 생각하게 될 것이다.

그런데 바로 그때 형무의 행복이 산산조각으로 부숴져 버렸다. 흰 운동복을 입은 건장한 사내 두 명이 어디선가 나타난 것이었다. 그들은 철망에 달라붙은 형무를 인정사정 볼 것 없이 확 뜯어냈다. 그리고 양쪽 겨드랑이를 불끈 들어 올리더니 끌고 가기 시작했다.

"우연아! 준호야! 날 살려줘……."

"형무야아! 형무를 놓아줘요!"

쥬노와 나는 미친 듯이 악을 썼다. 나중에는 겁도 없이 "이 새끼들
아! 내 친구한테 손만 대면 다 때려죽일 거야." 하고 외치기도 했다.
우리가 발악을 하는 사이 녹색 철망 너머의 환자들은 모두 안으로
쫓겨 들어갔다. 텅 빈 철망 안에 대고 우리는 계속해서 악을 썼다.

"이 새끼들아! 우리의 최고 스타를 내놓아! 형무를 내놓아!"

감정이 풍부한 쥬노 녀석은 벌써 눈물을 찔끔거렸지만 난 울지는
않았다. 그러나 기분은 몹시 묘했다. 이런 상태를 두고 혹시 '충격
을 받았다'라고 말하는 것인지도 모르겠다. 나는 새처럼 팔딱팔딱
뛰는 가슴을 부여잡고 육교 난간에 머리통을 찧어댔다. 눈물도 나
오지 않는 이 먹먹함, 정말 뭐가 뭔지 하나도 모르겠다.

"우연아, 그만 가자. 저 새끼들이 쫓아 나올라."

쥬노는 훌쩍거리며 내 어깨를 잡았다. 아직도 가지 않고 우리를
구경하던 몇 사람이 슬쩍 길을 터주었다. 우리는 맥빠진 걸음걸이
로 육교 계단을 터벅터벅 내려왔다. 다 내려와선 한 번 더 녹색 그
물망을 올려보고, 그리곤 되는 대로 길을 따라 걷기 시작했다.

"갈래?"

내가 쥬노에게 물었다.

"어디?"

쥬노가 눈을 문대며 되물었다.

"이대로 헤어질 순 없잖아?"

"그건 그래. 어디로 갈까?"

"아무 데나. 너, 술값은 있지?"

"걱정 마."

그날 우리는 둘 다 코가 비뚤어지도록(우리들의 코는 몇 잔에도 금방 비뚤어지니까) 마셨다. 우리의 스타 형무를 몰라보는 이 못된 세상을 통탄하며 우리는 주머니가 바닥날 때까지 마시고 또 마셨다.

길고 긴 시월이었다.

끌려가는 형무의 뒷모습을 먹먹한 가슴으로 지켜보고, 쥬노랑 한바탕 술 난리를 친 것으로 이 지겨운 시월이 끝난 줄 알았다. 그것만으로도 내겐 족하고도 또 족했다.

나는 밤마다 내 인생을 쥐고 흔드는 주인공들을 만났다. 한결같이 모두 악몽이었다. 피 묻은 칼을 쥐고 막다른 골목에서 허둥대는 찌르레기 아저씨는 내 악몽의 단골이었다. 흐느적거리는 누나, 누더기를 걸치고 헤매는 10호실 노인, 때로는 어머니를 패는 아버지도 등장했다. 그 옆에서 나는 늘 날카로운 유리 조각을 콘택트렌즈라 믿으며 밤새도록 진땀을 흘렸다. 가위눌린 꿈의 그 지긋지긋한 공포, 나는 정말 괴로웠다.

그러나 그 많은 꿈에 좀체 형은 나타나지 않았었다. 형은 언제나 목소리로만, 혹은 그림자 같은 존재로만 꿈의 배경에 머물렀다. 꿈속에서도 형은 늘 외출 중이었다. 형은 실체는 없이, 바람처럼, 그렇게 꿈의 공간을 흔들기만 했다. 형이 꿈에서도 내게 오지 못한 데는 다 이유가 있었다. 내가 몰랐을 뿐이었다.

대체 이 소식을 어디서부터, 어떻게 말해야 할지 모르겠다. 그 소식을 들은 처음엔 웃고 말았다. 말도 안 되는 소리를 하고 있으니 실소할밖에. 그런 일이, 도대체 그런 일이 어찌 일어날 수 있단 말인가. 그런 일은, 정말, 꿈속에서도, 생각해본 적이, 한 번도, 없었다. 이건 정말 악몽보다도 지독한 소식이었다.

잘 가라 밤이여

나는 지금 완전히 뒤죽박죽이다. 나는 분별력을 잃었고, 분별력을 잃었으므로 지금은 아무런 말도 할 수가 없다. 이럴 때 냉정을 잃지 않고 조리 있게 사건을 설명하는 인간이 있다면 맹세코 그건 사람도 아니다. 도저히 그럴 수는 없다.

형이 체포되었다.

바람 같은 형을, 잡아놓아도 공기처럼 새 나가버리는 형을 누군가 가장 확실한 방법으로 보호하고 있다. 나는 도저히 '체포'라거나 '구속'이란 단어를 사용하고 싶지 않다. 이게 전부가 아니다. 이게 전부였다면 얼마나 좋았을까.

형이 체포되었다. 형이, 형은, 아, 형은 살인미수죄로 체포됐다. 똑똑히 새겨들어야 한다. 시위선동이라거나, 불온서적 유포죄라든가, 또는 국가전복을 계획했다거나 하는 따위가 아니다. 그런 것이 형을 가둔 죄목이 아니란 말이다.

형의 죄목은 '살인미수'. 그러나 난 진짜 아무것도, 요만큼도 모르는 일이다. 난 정말 미치겠다. 내가 털끝만큼이라도 그런 기미를 챘다면 이렇게 엉망진창이 되지는 않을 것이다. 내가 미치겠다는 건 꼭 형이 살인미수의 흉악범이어서가 아니다. 세상에, 여기까지도 일의 전부가 아니다. 미칠 일이 더 있었다. 형이 죽이려 했던 사람 때문이다. 그게 누구냐고?

그게 누구냐고?

그렇다. 나는 이제 한세상 다 살아본 늙은이처럼 담담하게 (제발!) 벌어진 일들에 대해 말하겠다. 내 마음은 놀라움에 눌려 갈라졌고, 분별력을 잃었으므로 이 설명이 부디 담담하기를 바랄 뿐이다. 가능할지는 모르지만.

형이 칼로 찌른 사람은 천만뜻밖에도 임 형사였다. 나는 그의 이름을 기억한다. 전직 형사 임용출. 내가 굳건히 믿었던 바로는, 한 번도 의심 없이 믿었던 바로는, 임 형사를 찌른 자는 찌르레기 아저씨였다. 대체 형이 왜, 무엇 때문에, 그 작자를 죽이려고 덤볐단 말인가. 난 정말 돌아버리겠다.

이제, 지금의 내 처량한 꼴을 당신도 이해할 수 있을지 모르겠다. 이런 일이 당신에게 닥쳤다면 당신들도 아마 내 심정과 조금도 다를 수 없을 것이다. 당신들이나 나나, 도대체 이런 일이 터질 것이라고 어찌 상상이나 했겠는가 말이다.

그러니까 난 형의 일로 두 번 까무러쳤다. 처음엔 이른 새벽의 홍정미 전화가 형의 체포 사실을 일러주었을 때였다. 그땐 형의 죄목이 살인미수란 것에 기겁했다. 이건 누구라도, 형을 한 번이라도 본 사람이면, 나처럼 까무러칠 소식이었다. 형이, 형 같은 사람이 어떻게 사람을 죽이겠는가.

그리곤 이어서 아침 신문들이 나를 두 번째로 습격했다. 신문들은 지난 9월 16일 부산에서 있었던 전직 형사 살인미수 사건의 진범이 진도연, 바로 내 하나뿐인 형임을 소상하게 밝히고 있었다. 신문들은 어이없게도 나성여관의 이름까지 환하게 드러냈다. 도저히 빠져나갈 구멍이 없었다. 살인미수 혐의로 쇠고랑을 찬 사람은 분명 형이었다. 틀림없이 형이었으며 찌르레기 아저씨는 이 사건에 관한 어느 기사에도 나타나지 않았다. 모든 신문을 이 잡듯이 뒤졌지만 아저씨에 관한 언급은 단 한 줄도 나오지 않았다.

이젠 정말 기운이 하나도 없다. 그러나 신문이 밝힌 몇 가지 사실 (오, 진정 그것이 사실일까?)을 마저 털어놓기는 해야겠다. 나는 그 기사를 다 외웠다. 저절로 그렇게 되었다.

형은 강원도의 한 탄광촌에서 붙잡혔다. 신문은 형이 위장취업

잘 가라 밤이여

자였다고 적었으며, 피해자인 임 씨가 형사로 재직했던 팔십년대에 주로 시국사건들을 담당했고, 범인이 극렬운동권인 점으로 미루어 원한에 의한 보복일 것으로 추리했다.

원한. 보복.

물론 나는 그런 단어들이 지닌 절망과 고통의 깊이를 알고 있다. 내가 이렇게 말할 수 있는 것은 모두 찌르레기 아저씨 때문이다. 나는 그의 노트를 읽었고, 그의 생애를 알았으므로 원한이나 보복이 밀어붙일 살인을 숨죽여 기다렸다. 나 따위는 감히 그 살인을 제어할 수도, 간섭할 수도 없다. 하지만 원한이나 보복이 형의 세계까지 파고들어 흙탕물을 튕길 줄은 정말 몰랐다. 형의 인생행로가 아저씨의 그것과 같을 수 있다니, 내 머리로는 도저히 상상할 수 없는 일이었다.

형의 체포 소식은 어머니를 쓰러뜨리고야 말았다. 어머니는 고목이 넘어지듯 쿵 쓰러져버렸다. 이번에는 진짜였다. 나성여관은 발칵 뒤집혔다. 나는 어머니가 죽은 줄 알았다. 쓰러진 어머니 옆에서 나는 사시나무 떨듯이 그렇게 떨고만 있었다. 나는 정말 제정신이 아니었다. 생각이라고 할 수 있는 것은 모조리, 하얗게 사라져버린 텅 빈 머리를 그때 난 처음으로 경험했다.

나성여관이 생긴 이래 최초로 의사가 왕진 가방을 들고 찾아왔다. 의사가 왔을 땐 어머니도 이미 정신을 차린 뒤였다. 그러나 의사를 되돌려보내진 않았다. 오히려 의사가 시키는 대로 순순히 말을 잘 들었다. 어머니는 이빨 빠진 호랑이 같았다. 민구가 와서 호령해도 벌벌 떨며 말을 잘 들을 것 같았다.

의사가 돌아간 다음 어머니는 손짓으로 내게 가까이 오라고 일렀다. 내가 어머니 쪽으로 몸을 기울이자 어머니는 한 마디 한 마디

힘을 주어 이렇게 말하였다.

"오늘부터 손님 받지 마라."

형의 소식을 들은 이후 처음 입 벌려 한 말이 그거였다. 그 말은 또한 나성여관 폐업에 관한 최초의 발언이기도 했다. 오랜 역사를 지녔던 우리의 나성여관은 형이 살인미수 혐의로 체포된 날 동시에 영업을 끝내고 문을 닫았다. 아무도 예상하지 못한 결말이었다.

그날부터 당장 어둠이 내려와도 여관 간판을 밝히는 백열전등에 불이 켜지지 않았다. 밤이 찾아오자 나성여관은 그나마 붉은 불빛마저 사라져 폐가처럼 한량없이 어둡고 을씨년스러웠다. 아니다. 어둡고 을씨년스럽다는 말도 한참 뒤의 짐작에 불과하다. 당시의 나는 여전히 멍한 상태였고 주변을 관찰할 어떤 여유도 없었다.

그날 하루의 일은 아주 띄엄띄엄 떠오른다. 마치 징검다리를 건너는 것처럼 꼭 그랬다. 오후에 동네 사람 몇이 들여다보고 갔다. 낯선 여자들 몇이 기웃거리던 것도 생각난다. 뽕짝아줌마가 그들을 향해 대야 가득 물을 끼얹었다.

"얼라, 무신 구경거리 나섰디야? 불난 집에 부채질 해쌓지 말고 얼렁들 못 가요, 잉!"

그 짤막한 신문기사의 위력은 대단했다. 모두 형이 저지른 일을 알고 있었다. 전화벨도 쉼 없이 울렸다. 나중에는 전화선을 뽑아버렸지만, 벨이 아무리 울려도 뽕짝아줌마와 난 꼼짝도 하지 않았다. 어머니는, 말없이 드러누워 천정만 물끄러미 올려다보던 어머니 또한 시끄러운 전화벨 소리에 미동도 하지 않았다.

그리고 그 밤에 그림자가 스며들 듯이 아버지가 돌아왔다. 아버지를 본 어머니는 그제야 눈물을 철철 흘렸다. 조용히 들어와 내실 윗목에 물끄러미 서 있는 아버지에게 힐끗, 눈길 한 번 주더니 다시 천정만 올려다보며 어머니는 하염없이 눈물을 흘렸다.

아버지는 그렇게 돌아왔다. 오랜만에 보는 아버지는 그사이 많이 늙어있었다. 어쩌면 그날 하루 사이에 그렇게 늙어버렸는지도 모른다. 그래도 내실에 아버지가 앉아 있으니까 훨씬 마음이 놓였다. 이제까지 아버지가 그토록 거대해 보인 적은 한 번도 없었다. 아버지는 말없이 어머니의 손을 잡고 있을 뿐이지만, 눈물로 흘려보낸 서러움 탓인지 어머니 안색도 눈에 띄게 나아졌다.

그날 저녁은 민구를 부둥켜안고 나 역시 오지 않는 잠을 기다리느라 새벽까지 부대끼고 또 부대꼈다. 민구는 잠들기 전에 내게 물었다.

"형은 밤이 무서워? 무서워?"

밤이 무섭냐고? 나는 고개를 끄덕였다. 그랬다. 전에는 낮이 구역질 나도록 싫었지만 지금은 이 밤이 두렵다. 어둠 속을 배회하는 온갖 영혼과 분노의 유령들이 무섭다. 정말 싫다.

"형아. 왜 밤이 있지? 왜 캄캄해야 하지?"

민구는 연거푸 밤은 왜 있냐고 묻다가 새근새근 잠이 들었다. 녀석의 코 고는 소리는 여간 귀엽지 않다. 가늘게 들려오는 녀석의 코 고는 소리는 너무나 평화롭다. 어쩌면 이런 평화를 위해 밤이 존재하는 것인지도 모르겠다. 아니다. 평화를 깨뜨리기 위해 밤이 있는 것인지도 모를 일이다. 난 정말 모르겠다. 그런 걸 묻다니, 민구를 바보라고 생각하는 세상 사람들이 정말 바보인 게 분명하다.

이튿날 아침, 전화를 연결해놓기 무섭게 벨이 울렸다. 아버지가 전화를 받아 나를 바꾸어주었다. 홍정미였다.

"괜찮아요?"

따뜻한 목소리였다. 어머니는 여전히 탈진해서 누워 있다. 새 아침이 왔어도 전혀 괜찮지 않은 집안 풍경을 훑어보며 나는 사실대로 말하였다.

"아뇨. 엉망진창이에요."

"그럴 거예요. 하지만, 난 괜찮아요. 난 도연씨를 믿거든요. 그는 절대 그른 일은 하지 않아요."

찌르레기 아저씨가 범인이라고 믿을 때는 나도 그랬다. 살인사건에 관한 기사가 실린 날부터, 아니, 찌르레기 아저씨가 임용출 그 작자를 죽일 계획임을 알고 난 뒤부터 아저씨에 대해 꼭 그렇게 생각하고 있었다. 아저씨가 저지르는 일이라면, 그것이 살인이라 할지라도 그를 비난하지 않겠다고. 그런데 이젠 홍정미가 형에 대해 똑같은 소리를 하고 있다. 난 하루가 지났어도 여전히 형의 범행을 반신반의하고 있을 뿐인데.

"지금 서울역에 있어요. 부산에 갈 생각이죠. 어제 몇 사람이 다녀왔는데 면회를 시켜주지 않는대요. 그래도 난 가겠어요. 도연 씨가 갇혀 있는 곳 근처에라도 머물다 돌아올래요."

홍정미는 나에게 함께 갈 수 있냐고 묻지 않았다. 나 역시 동행해도 되겠냐고 묻지 않았다.

"누구지?"

전화 끊기를 기다리던 아버지가 물었다. 누구냐고? 나는 홍정미를 어떻게 설명해야 좋을지 알 수 없어서 머뭇거렸다. 어떻게 말해도 제대로 그녀의 존재를 설명할 것 같지 않았다. 그러나 이제는 형 옆에 홍정미라는 여자가 있다는 사실을 말해야 한다.

더욱 솔직히 말하자면, 지금에 와서는 형 대신에 홍정미가 그 자리를 채워줘야 한다는 것이 내 생각이었다. 형이 단지 '여행 중'이거나 '외출 중'이었을 때는 형의 자리가 이렇게 큰 줄을 몰랐었다. 하지만 지금은 달랐다. 형은 갇혀 있고 자유롭게 집에 돌아올 처지가 아니다. 나는 형이 남기고 간 빈자리의 무게에 눌려 질식할 것만 같다. 나만이 아니다. 어머니도, 아버지도 이미 질식했다.

"누구냐고오?"

아버지는 집요하게 내 입에서 설명이 나오길 채근했다. 이건 전혀 아버지답지 않은 모습이었다. 아버지는 누구에게든 두 번씩 되묻지 않는 사람이었다. 그렇게까지 해서 알아내고 싶은 비밀이란 게 아버지한테는 도무지 없었다. 아버지는 오직 자기 일만 알면 되었으니까. 그러나 이제는 다르다. 아버지는 벌써 입술을 달싹이며 세 번째 독촉을 할 태세였다. 나는 얼른 입을 열었다.

"형 뒤를 보살펴줄 여자예요. 형과 친하대요."

아버지는 눈을 껌벅이고만 있다. 내가 너무 말을 점잖게 한 탓이었다.

"그럼, 거, 뭣이냐, 애인이란 말이지?"

나는 고개를 끄덕였다. 그러자 아버지는 아주 잰걸음으로 누워 있는 어머니에게 갔다. 아버지가 어머니에게 무슨 말을 할 것인지 나는 듣지 않아도 잘 안다.

난 어머니가 날 부를 줄 알았다. 홍정미에 대해 적어도 나이나 직업쯤은 물어볼 것으로 생각했다. 그러나 형의 애인에게 전화가 왔다는 이야기를 듣고도 어머니는 잠잠했다. 정말 이상했다. 형 사건이 터진 이후 어머니와 아버지는 사뭇 딴사람처럼 굴었다. 나에겐 그것조차도 영 못 견딜 일이었다.

그럼에도 불구하고 나성여관의 일상은 계속되었다. 끼니때가 되면 부엌에선 아줌마가 밥상을 차렸다. 하지만 이미 예전의 나성여관이 아님은 누구나 다 느끼고 있었다. 나성여관 안의 사람들은 마지못해 움직였고, 움직였으므로 살아 있는 듯이 보일 뿐이었다. 뽕짝아줌마는 끼고 다니던 라디오도 멀리했다. 유행가가 들려오지 않는 부엌이나 수돗가는 나성여관의 침울함을 가장 확실하게 드러내는 곳이었다.

나성여관이 이토록 정적에 휩싸인 것은 진정 처음이다. 나는 그 정적 속에서 형의 자리를 보았다. 형의 얼굴, 형의 목소리, 형이 저지른 일도 그 속에 있다. 그러나 아무도 형에 대해 입을 벌리지 않았다. 오직 한 번, 아버지가 "그 처녀가 부산에 갔냐?" 하고 물었을 뿐이었다. 형의 그림자가 가득 찼음에도 우리는 그것에 대해 단 한 순간도 이야기를 나누지 않았다.

하루를 지내는 일은 몹시도 힘이 들었다. 밖의 하늘은 지독히도 음산했다. 나는 아버지에게 전화를 잘 받아달라는 부탁을 했다. 홍정미가 서울에 돌아오면 곧 전화하리라 믿었기 때문이었다. 그녀가 있어서 얼마나 다행인가.

나는 민구를 위해 종이공을 접으며 시간을 견디었다. 엊그제부터 기온이 뚝 떨어졌기 때문에 민구는 다시 누런 콧물을 흘리고 다녔다. 가끔 내실을 들여다보면 어머니는 고개를 푹 숙인 채 장판을 쓰다듬으며 골똘히 생각에 잠겨 있다. 아버지 또한 멍한 얼굴로 복도를 오락가락하거나 카운터 쪽문으로 힐끗 어머니를 쳐다보며 무언가 할 말을 눌러 참는다는 표정을 짓는다.

종이공은 민구를 즐겁게 했다. 마지막 순간인, 그 바람 넣기 순서에 이르면 녀석은 데굴데굴 구르며 웃어댔다. 공기가 주입되면 종이가 부풀어 오르는 것이 민구에게는 끝없는 수수께끼였다. 하기야 세상 모든 것이 민구에게는 다 수수께끼고 전부 불가사의였다. 민

515

구에게 별일 아닌 일은 없다. 민구는 나성여관에 떠도는 음습한 기운과는 전혀 관계없이 지내는 유일한 인물이었다.

홍정미를 기다리는 것 이외 나는 아무 일도 하지 않았다. 그 점에 관해서라면 어머니도, 아버지도 똑같았다. 그 무렵 드디어 동네에 철거가 시작되었다. 나성여관을 중심으로 사방에서 망치 소리가 종일 방구들과 벽을 울렸다. 홍정미가 떠난 지 사흘째 되던 날, 아버지가 저녁 밥상에서 문득 입을 열었다.

"특실 두 칸이 뜯기면 안채도 헐어야지, 뭐."

어머니는 아무런 대답도 하지 않았다.

"김 씨네 쌀집, 오늘 계약했다네. 공사는 내년 봄부터 하기로 하고 겨울엔 전세 살기로 했다는구먼."

어머니는 여전히 대꾸하지 않는다. 도로가 뚫리면서 시에 편입되는 땅 말고도 이 기회에 쓰러져가는 불량주택을 집 장사에게 팔아넘기고 동네를 뜨는 사람이 적지 않았다. 그런 점에선 도로와 붙은 나성여관 자리가 금 매기기엔 썩 유리하다는 이야기였다. 아버지의 말엔 도통 입을 떼지 않던 어머니가 내게 물었다.

"정당한 살인이란 것이 뭐냐? 죄가 안 되는 살인도 있어?"

나는 깜짝 놀랐다. 느닷없이 형 이야기가 나와서 놀란 게 아니었다. 어머니의 그 표정, 마치 교사에게 모르는 문제를 질문하는 듯한 그 진지함이 나를 놀라게 했다. 어머니의 말 속엔 절대 형을 향한 비난 따윈 담겨 있지 않았다.

"어떤 인간이 밥 먹고 할 일도 없는지 전화를 했드만. 저도 도연이를 모른대. 그렇지만 하도 속 시원한 일을 해주어서 가만있을 수가 없다던가, 뭐라던가……."

말끝은 흐리지만 역시 기분 나쁜 얼굴은 아니다. 어머니는 참 희한한 일도 다 보겠다는 표정을 짓고 있다. 어머니가 형에 관계된 이야기를 그토록 온화한 표정으로, 그만큼이나 길게 이야기한 것 또한 처음 있는 일이었다. 형과 어머니가 엇갈려 가기 시작한 이래 나는 한 번도 이런 어머니 모습을 본 적이 없었다.

그건 아버지도 똑같이 느끼는 바였을 것이다. 국물을 뜨다 말고 무심결에 아버지는 나를 돌아보았다. 그때 또 물이 새듯 그렇게 힘없이 어머니가 혼잣말을 흘렸다.

"고문 기술자래. 도연이가 죽이려고 했던 인간이……."

나는 이제 어머니의 마음을 읽어낼 수 있었다. 어머니는 어떻해서든 다시 일어나고 싶은 것이다. 형이 어머니를 치욕의 나락으로 떨어뜨렸지만, 그랬지만 어머니는 안간힘을 써서라도 기어오르고 싶은 것이다. 그런 어머니를 위해 한 익명의 독지가 밧줄을 던져 주었다. 어머닌 밧줄이 어디서 내려왔든 잡을 수밖에 없었다.

그렇다면 이제 홍정미가 모습을 드러내서 형에 대해 요모조모 말한다 해도 문제 될 일은 아무것도 없었다. 어쩌면 어머니는 나 이상으로 홍정미를 기다리고 있을지도 몰랐다.

기다렸던 홍정미 대신 난데없는 노인의 사망통지서가 날아든 것은 그녀가 부산으로 떠난 지 닷새째로 접어든 날이었다. 상황이 상황이었던 터라 관에서 발송한 행정우편을 받는 일은 몹시 끔찍했다. 게다가 발신지가 강원도 철원군 갈말읍이었다.

그 낯선 지명은 한 번쯤은 휴전선을 떠올리게도 했으련만 봉투를 열기 전에는 노인 생각을 전혀 하지 못했다. 나는 형이 강원도의 한 탄광촌에서 붙잡혔다는 기사만 생생하게 기억할 뿐이었다. 나는 도저히 그것을 뜯어볼 용기가 생기지 않았다. 그래서 아버지에게 그

잘 가라 밤이여

임무를 떠맡겼다.

"신철호? 신철호가 누구여?"

아버지는 대뜸 어머니를 돌아보았다. 어머니는 잠시도 머뭇거리지 않고 그 이름의 주인이 10호실 노인임을 알려주었다.

"군포서 돈 부쳐올 때마다 신철호 씨 앞으로 옵디다. 근데, 뭐라고 썼소?"

"그 양반이 죽었다네. 행려병자로 처리되어 갈말읍 공동묘지에 가매장했다는 연락이구만."

그 말에 대한 반응은 어머니도, 나도 없었다. 나는, 나로 말할 것 같으면, 정말이지 기가 막혀서 입이 떨어지지 않았다. 나는 숨이 막혔다. 이건 해도 너무했다. 모든 충격적인 사건들이 때를 대비하다가 물밀 듯이 쳐들어오고 있다는 그 기분은 어떻게도 표현할 수가 없었다.

어머니는 아버지에게서 봉투를 받아 겉봉의 주소부터 찬찬히 살핀 다음 이윽고 주의 깊게 내용을 읽기 시작했다. 아버지는 담배 한 개비를 꺼내 현관으로 나갔다. 나는 멍멍했고, 몹시 비참했으며, 한 없이 모호한 상태였다. 나는 개울에서 구르는 돌멩이 같았다. 물길에 휩싸여 구르고 떨어지는, 여울을 거칠 때는 몇 번씩이고 바위에 부딪쳐 모서리가 닳아지는 비참한 운명의 자갈이었다.

뒤채로 건너와 민구의 얼굴을 보았을 때의 내 심정을 어떻게 말할까. 나는 민구의 앞날을 두려움 속에서 떠올렸다. 속수무책이었다. 그리고 나는 지독한 겁쟁이였다. 그런 자신에게 나는 깊은 수치감을 느꼈다.

노인은 죽었다. 노인은, 이름도 모르는 낯선 땅에서, 행려병자라는 명찰을 달고 눈을 감았다. 딸이 죽었을 때 노인이 어떻게 애통해

했던가. 아이구, 기다린 김에 조금만 더 기다릴 것이디 기레 고걸 못 참고 가야간? 이 애비가 피양에 있는 재산을 다 팔아설라무네 민구 병도 고쳐주고 저도 실컷 호강시켜줄 것인디, 그걸 못 기달레 갖구 저리 날레 가야갔어……

평양에서의 젊은 시절을 노래 부르듯 외고 다녔던 노인의 짓무른 눈자위와 냄새나는 목도리가 떠올랐다. 그러자 기다렸다는 듯이 노인이 쏟아놓은 말들이 일시에 내 기억창고 밖으로 튀어나오기 시작했다. 아까는 너무 막막해서 호흡이 답답할 지경이었는데 이제는 머릿속을 기어 다니는 노인에 관한 숱한 기억들로 숨쉬기가 불편할 정도였다.

나는, 아무리 숨기려 해도, 노인의 엄살 심한 탄식과 현실의 비참함에 늘 진저리를 쳤었다. 털어놓는 사연들도 부질없는 욕망과 작위적인 드라마가 범벅이라고 느꼈을 뿐이었다. 남과 북의 이쪽저쪽 땅에 떨구어놓은 노인의 삶은 어느 쪽이든 다 갇힌 운명 같아서 내가 도와줄 만한 것이 눈곱만큼도 없었다. 그것이 나로 하여금 노인의 비탄에서 한 걸음 뒤로 물러서게 했는지도 모른다.

그것이 부끄럽다고는 말하지 않겠다. 부끄러움 따위는 문제도 아니다. 정말이다. 아, 진정 난 모르겠다. 나는 어떤 의미에도 접근하지 못했다. 형의 체포, 노인의 죽음을 받아들이며 내가 홀로 탄식한 것은 바로 그것이었다. 나는 진심으로 무엇이든 하고자 했으나 아무것도 하지 못했다. 난 천둥과 번개 속에 끼어 있던 약간 푸른 하늘인 것으로 끝이었다.

그러나 노인은 갇힌 운명으로만 살지 않았다. 그래서 아주 비싼 대가를 치렀다. 나는 아주 짧게 노인의 죽음을 설명할 것이다. 정말 그러고 싶다. 물론 아버지가 갈말읍에 전화로 확인한 사실에만 의

존해야 하는 탓도 있지만, 그보다는 내가 노인의 죽음에 대해 너무 나 아는 것이 없다는 데 진짜 이유가 있다.

노인은 정말 휴전선을 향해 나성여관을 떠났다(이건 추측이지만 거의 틀림없는 사실이다). 노인이 추석날의 보름달을 어디서 보았는 지 그건 알 수 없다. 노인이 갈말읍에 나타난 것은 추석을 쇠고도 열흘이 지나서였다.

"시외버스 대합실에 쓰러져 있는 것을 병원으로 옮겼고, 일주일 만에 숨졌대. 나성여관 주소를 대면서 거기 손주가 있다고, 손주를 부디 좋은 데로 보내 달라는 게 유언이었다네."

아버지가 전화로 들은 말은 그게 다였다. 연고자가 아니므로 사 망통지서를 수령할 수 없다는 아버지에게 직원은 이미 처리된 일이 니 걱정할 것 없다고 말했다. 그것으로 어머니와 아버지에겐 노인 의 죽음이 더는 문제 되지 않았다. 약간의 돈을 영원히 떼먹히긴 했 어도 그 정도야 죽음 앞에서 떠들고 자시고 할 게 못 되었다.

그러나 나는……

나는 어쩐지 노인의 죽음에서 영원히 벗어나지 못할 것 같은 예 감을 느꼈다. 노인은 기어이, 걸어서라도, 소련이나 일본으로 돌아 가지 않고 평양으로 직진하겠다고 했다. 그 말을 나는 귓등으로 들 었다. 아마 속으로 비웃기도 했을 것이다. 노인이 철원군 갈말읍에 서 죽은 이유를 아는 이는 오직 나 한 사람이다. 아무도 노인이 하 필 거기까지 가서 죽었는지 알지 못한다. 하긴 알려고 애쓰는 사람 도 전혀 없다. 노인의 죽음을 올바로 해석할 수 있는 사람은 나밖에 없었다. 나는 이제 노인의 죽음에 어떤 책임까지 느낀다. 미치겠다. 내가 왜 이러는지 모르겠다.

숙제는 또 있다. 민구 말이다. 아버지는 경찰서에 데려다주면 적당한 고아원으로 보낼 것이라고 했다. 지금의 형편으론 빠르면 빠를수록 좋다고 서두르는 아버지를 내가 간신히 막았다. 단 일주일만, 아니 사흘만이라도, 민구를 보낼 준비를 할 수 있게 시간을 달라고 했다. 실제로 내겐 생각을 정리할 시간이 필요했다. 나는 한꺼번에 너무 많은 일을 겪고 있다.

하기야 내 정신상태에 대해 세세하게 설명하는 일이 무슨 의미가 있으랴. 그것은 조금도 중요하지 않다. 어떻게든 나는 이 혼돈 속에서 벗어나려고 노력했다. 정말 갸륵한 몸부림이었다. 아마도 내 몸속에 나도 모르는, 파멸을 두려워하는 저항 에너지가 숨어 있는 모양이었다. 그 사실은 정말 놀라운 발견이었다. 나는 비로소 내 속의 또 다른 나를 알게 되었다. 이것이야말로 이 지독한 혼돈의 시월에 내가 추수한 유일한 수확물이었다.

가까스로 마음을 정리해 나가던 어느 순간 민구의 거처를 홍정미와 상의하면 좋겠다는 생각이 떠올랐다. 아니, 민구 문제를 떠안으면서 바로 은밀한 마음속 어디에 홍정미가 있었음을 고백해야겠다. 그 기대가 어떤 연유에서 싹튼 것인지는 모르겠다. 어려움이 닥칠 때마다 나는 늘 형을 떠올렸었다(그러나 형은 언제나 내 곁에 없었다. 그래도 난 포기하지 않고 늘 형을 부르곤 했다). 하지만 지금은 형 대신 홍정미가 내 부름의 대상이 되었다. 이건 내가 형만큼이나 홍정미를 믿는다는 뜻일 수 있다.

나는 홍정미에게 노인의 찢기고 구겨진 삶의 조각을 펼쳐 보여주고 싶다. 노인의 인생이 왜 이렇게 되었는지 질문도 하고 싶다. 민구에 대해서는, 저 침 흘리는 귀여운 녀석에게만은 절대 잘못을 저지르고 싶지 않은 내 심정도 털어놓겠다. 홍정미는 금방 내 마음을 헤아려줄 것이다.

잘 가라 밤이여

다시 이틀이 지났다. 이틀 동안 나는 홍정미의 연락만을 기다렸고 한순간도 민구에게서 떨어지지 않았다.

나는 때때로 민구에게서 생생한 감각, 살아 있음의 천진난만함이 얼마나 아름다운지를 배우곤 했다. 민구를 볼 때마다 나는 닳아빠진 무엇, 굳어진 무엇이 되고 싶지 않다는 다짐을 하게 된다(그러나 실제로 나는 잔뜩 닳아빠졌고 온통 굳어 있다).

그리고 홍정미가 왔다. 그녀는 서울역에서 곧장 나성여관으로 달려왔음을 온몸으로 표현하고 있었다. 허름해진 입성과 입술에 앉은 딱지가 그녀의 고된 여독을 일러주었다. 그녀는 쭈뼛거리지 않았다. 오히려 오랜 시간 우리 집을 드나든 사람처럼 익숙하고 당당했다. 그녀가 나타나자 나성여관 전체가 아주 낯설게 도드라지는 것을 나는 똑똑히 보았다.

홍정미는 어머니와 아버지 앞에서 여행에 관한 보고를 시작했다. 그녀는 입을 열자마자 우리 모두를 압도해버렸다. 우리는 모두 그녀의 입만 쳐다보았다. 그녀 앞에서는 어머니도, 아버지도 늙고 쇠약한 노부모 이외 어떤 존재도 아니었다.

"검찰에 송치되는 것을 보고 올라오는 길입니다. 매일 면회 신청을 했어요. 첫날은 못 만났지만 제가 당장 서장한테 쫓아갔지요. 이미 자백을 했고, 범행동기까지 본인이 소상하게 밝힌 마당에, 무슨 기밀 유지가 필요해서 면회를 거절하는지 정당한 이유를 말해달라고 따졌어요."

아, 얼마나 뚜렷하고 당찬 모습인가. 그녀는 한 마디 한 마디를 마치 영혼을 담아서 내미는 듯한 어투로 말하는 사람이었다. 반짝이는 검은 눈과 그 말투는 완전히 우리를 사로잡았다. 어머니만 봐도 그것은 충분히 입증되었다. 어머니는 얼굴 가득 놀라움을 담아 이렇게 말했다.

"수고했어요. 고마워요."

"걱정일랑 조금도 하지 마세요. 저희도 최대한 연대하고 투쟁해서 재판에 영향을 미치도록 노력하겠습니다. 그리고 반드시 그렇게 될 거예요. 도연 씨는 징역을 살아도 몸만 갇히지 정신까지 갇히진 않아요. 도덕적으로 도연 씨는 무죄예요. 부모님께선 납득하시기 어렵겠지만, 그는 정말 큰일을 해냈어요. 우리가 용기라고 부르는 그것에 참다운 값을 해낸 거예요. 절대 주눅 들지 마세요. 절대로요."

이 부분에서 마침내 어머니가 눈물을 흘렸다. 우리 어머니가 말이다. 어머니는 그렇게도 구구절절이 자신이 붙잡은 밧줄을 밀어주는 홍정미 앞에서 참지 못하고 눈물을 보인 것이었다. 홍정미는 스스럼없이 어머니의 손을 잡고 위로했다. 여러 말이 있었으나 어머니는 단 한 번도 그녀의 말에 반대를 표하지 않았다. 그건 어머니답지 않은 태도였다. 어머니는 언제라도 상대방의 말을 물고 늘어지는 것으로 자신을 내세우는 사람이었다. 그런 어머니의 모습이 몹시 놀라웠지만 아무것도 모르는 홍정미는 지극히 살뜰했다. 어머니와 아버지는 저녁이나 들고 가라고 홍정미를 붙잡기까지 했다. 그녀는 너무나 피곤해서 이대로 돌아가 쉬었으면 좋겠다고 간곡히 사양했다.

나는 그녀를 배웅하기 위해 함께 집을 나섰다. 그만 되었다고, 어서 들어가라고 등을 미는 데도 나는 주춤주춤 홍정미와 함께 큰길까지 나왔다. 나는 아직 한 마디도 입을 열지 못했다. 하고 싶은 말이 너무나 많았다. 아니, 그보다는 잠시라도 그녀 곁에 함께 있고 싶기도 했다. 홍정미의 떳떳함은 정말이지 너무도 편안했고 몹시 신선해서 아무리 같이 있어도 질릴 것 같지 않았다.

"수일 내로 기소될걸요. 그들이 일부러 사건을 확대하지 않는 한은."

사람들이 오가는 길목에 서서 그녀는 비로소 깊게 숨을 내쉬었다. 피곤에 지친 그녀의 옆얼굴이 꺼칠했다.

"도연 씨는 좀 야위었지만 아주 잘 견뎌요. 그는, 정말, 대단한 사람이에요. 수사팀들도 많이 놀랐답니다. 체포될 때 처단의 변이랄까, 자신의 범행 이유를 밝히는 글도 미리 준비해서 가지고 있었대요."

홍정미는 매고 있던 커다란 가방을 열어 형이 쓴 글을 꺼냈다.

"부산에서 복사를 많이 해왔어요. 자요, 한 부 줄 테니 읽어봐요. 형을 이해하는 데 큰 도움이 될 거예요."

이건 정말 뜻밖이었다. 형의 고백으로 이 사건을, 내가 그토록 알고 싶어 발버둥 치던 이 사건을 이해할 수 있다면 얼마나 다행인가. 나는 형이 마치 이런 나를 예상하고 글을 써둔 것으로 생각될 지경이었다.

"나도 형을, 형이 어떤 사람인가를, 믿어요."

나는 띄엄띄엄 말을 꺼내놓았다. 나도 그녀처럼 또렷하고 확신에 찬 어조로 말할 수 있다면 얼마나 좋으랴.

그 부러움이 하도 커서 막상 민구에 관한 이야기를 시작했을 때 나는 좀 중언부언, 말이 형편없었다. 그녀를 길에 세워둔 채 장황한 설명을 이어가는 스스로가 너무 민망했다. 역시 그녀는 편한 사람이었다. 이야기가 길면 다리가 아프니 다방에 들어가자고 말했다.

우리는 처음 만났던 그 다방으로 들어갔다. 그녀는 커피 대신 우유를 시켰다. 나는 앞뒤 가리지 않고 대뜸 노인에 대한 설명부터 시

524

작했다. 더듬거릴 때가 아니었다. 다방에 들어오면서부터 난 빨리 그녀를 쉬게 해줘야 한다는 강박관념에 시달리고 있었다.

너무 서둘렀기 때문에 노인의 삶을 제대로 전달하진 못했을 것이다. 노인이 젊었을 적 오르간으로 「그집 앞」을 연주했다는 이야기도 빠뜨렸다. 그런 사실들을 알면 노인의 누추한 말년을 더욱 확실하게 이해할 수 있겠지만 시간이 없었다. 민구, 민구에 대해 말해야만 했다. 그 애가 얼마나 귀여운 녀석인지도 적당한 몇 마디로 강조하고 싶었으나 그것 또한 뜻대로 되지 않았다. 난 정말 한심한 놈이었다. 하지만 내가 한심한 만큼 그녀의 이해 또한 빨랐다.

"민구를 고아원 이상의 고아원, 그러니까 고아원을 피할 수는 없더라도 거기보다는 조건이 좋은 곳으로 골라서 보내고 싶다는 말이지요? 그래요. 알아들었어요. 정말 다행히도 내가 도와줄 수 있을 것 같아 기쁘네요. '햇빛마을'이라고, 선배가 봉사하는 고아원이 천안 부근에 있어요. 내가 가장 존경하는 선배인데, 그 선배를 보면 우연 씨도 마음이 놓일 겁니다. 내일이라도 당장 함께 가봐요. 가서 잘 살펴보고 우연 씨 마음에 들면 민구를 거기에 맡깁시다. 이젠 됐지요?"

마치 이런 부탁을 기다리고 있었다는 듯이 그녀는 시원시원하게 해결책을 제시했다. 그 고아원은 버림받은 정신박약 아동들을 거두는 곳이고, 나이 어린 정박아를 정성 다해 보살피는 자신의 선배가 일하는 터전이니 이보다 더 적합한 곳은 없을 것이라는 홍정미의 설명에 나는 감동하고 말았다. 그랬다. 나는 간절하게 그런 곳을 원했던 것이다.

나는, 진심으로, 정말 진심으로 감격해서 눈물이 쏟아질 것 같았다. 그러나 울지는 않았다. 이게 행운이라면, 그것은 곧 민구의 몫

잘 가라 밤이여

이었다. 내 호들갑이 민구에게 혹시 누가 될까 봐 나는 이를 악물고 자제했다.

그리고 집에 돌아와 하염없이 나만 기다리고 있던 민구에게 저녁밥을 먹인 다음, 녀석을 등에 업어 재웠다. 이제는 정말 녀석과 헤어질 때가 되었다. 하지만 터질 듯한 슬픔은 많이 가라앉았다. 나는 형을 믿듯이 홍정미를 믿었다. 민구는 이제 새 식구를 만날 것이고 그들은 따뜻하고 부드럽게 민구의 아픔을 만져줄 것이다. 그렇게 생각하면 헤어짐도 크게 괴롭지 않았다.

자신의 앞날을 알 턱이 없는 녀석은 내 등에 납작 엎드려 끝없이 종알거렸다. 나는 건성으로 대꾸하며 가끔씩 녀석의 엉덩이를 토닥거려주었다. 그러다가 녀석은 내 등에 얼굴을 비비면서 꿈나라로 들어갔다. 나는 조심스레 녀석을 이부자리 위에 눕혔다. 그래도 내 등에는 여전히 녀석의 따뜻한 체온이 배어 있어 몹시 훈훈했다.

그 모든 일을 끝낸 후, 나는 마침내 형이 남긴 글을 펼쳤다.

인생이란 하나의 선택이다. 나는 생각하고 생각한 끝에 마침내 하나의 길을 선택했다.

내가 선택한 길의 옳고 그름을 따지는 것은 무의미하다. 이미 내 손에서 떠난 문제고 화살은 날아갔다. 나는 이 결정이 두 목숨을 함께 죽이는 일임을 잘 알고 있다. 그도 죽고 나도 죽는다. 나는 이의 없이 여기에 동의했다. 이 죽음으로 나는 동지들의 삶에 더욱 강하게 연대 될 것이다. 내가 어찌 주저할 것인가.

나는 정신이상자도 아니고 욕구불만의 편집광도 아니다. 나를 정신이상자나 편집광으로 다루려는 의도가 있다면 그것은 분명 불순한 정치적 음모 이외 아무것도 아님을 밝힌다. 나는 지금 두려움에 떨면서 훌륭한 동기를 찾아내기 위해 몸부림치는 것이 아니다. 동기라면 계획 이전에 충분히 성찰했고 확인되었다.

내가 죽이고자 했던 대상은 한낱 술집 주인이 아니었다. 술집 경영 이전에 그의 직업은 고문자였다. 하지만 단지 고문자여서 그를 죽인 것은 아니다. 그는 우리가 노동을 해서 번 돈으로 처자를 먹여 살리듯 고문을 행한 대가로 빵과 옷을 산 사람에 불과했다. 그런데도 나는 그를 죽이고자 했다.

왜.

나는 수많은 낮과 밤을 그 질문에 시달렸다. 사람이 사람을 죽이는 행위가 과연 온당한가. 그 오랜 질문은 모든 이성적인 인간이 이미 내린 해답과 동일했다.

그러나, 수백 번의 질문에 시달리면서 어느 날 나는 인간의 이성이란 것에 혐의를 두기 시작했다. 이성은 불의에 침묵하기 일쑤였고 침묵으로 시대의 야만을 인정하거나 혹은 복종했다. 이 땅은 넘치도록 이성을 덧칠한 야만의 얼굴로 가득 차 있다. 그 얼굴들이 이성의 이름으로 가짜 용서와 가짜 화해를 남발하고 있다. 그들의 순결하지 못한 정신으로 인해 우리의 역사는 어둠 속에서 빠져나오기는커녕 더욱 빠져들고 있다.

되풀이되는 시대의 비극을 막기 위해선 명확한 마침표가 필요하다고 나는 믿는다. 그래서 내가 나섰다. 그 길만이 임용출, 그자와 내가 이 땅에 태어난 값을 할 수 있는 마지막 기회라고 생각했다. 우리는 이제 이 시대의 번제물이 되어야 한다. 그와 내가 함께 제단에 놓여 불태워져야 한다. 나는 쌍둥이들이 느끼는 형제애를 동시대를 산 그에게서 느꼈다.

삶은 하나의 상징이다. 나는 오래도록 이 명제를 붙들고 있었다.

삶이 상징이라면 구체적이고 명징한 행위가 그것을 완성한다. 나는 하나의 구체적인 악에 비수를 꽂았다. 이 행위야말로 상징이다. 이 땅의 새날에 내가 한 알의 씨앗으로 남았다면, 이 상징은 완벽하다고 나는 믿는다. 또 거기까지가 내 몫이라고 나는 주저 없이 말할 수 있다.

이제 나는 '이정하'란 이름을 거론해야 한다. 그는 지금 자기를 설명할 수 없는 폐인으로 살고 있다. 어쩌면 영원히 그렇게 살지도 모른다. 만약 그를 증명하고자 한다면 누군가 대신 입을 열어야 한다.

나는 그를 생각할 때마다 저 86년 가을, 한 대학의 폐허 같았던 옥상을 떠올리지 않을 수 없다. 그와 나는 거기에 있었다. 우리는 다른 동료들처럼 눈만 내놓고 복면을 하였다. 손에는 불이 붙은 솜방망이를, 이마에는 구호를 갈겨 쓴 머리띠를 둘렀다. 옥상 아래로는 경찰들이 새까맣게 진을 치고 있다. 눈을 들면 윙윙거리는 헬리콥터가 우리를 목표로 근거리 사격이라도 해댈 것처럼 배회했다. 사흘 낮 사흘 밤의 투쟁이었다. 파멸이 멀지 않았음을 누구나 느끼고 있었다.

이정하는 나의 선배였다. 정신의 선배였고, 운동의 선배였고, 실천의 선배였다. 우리 사이에서 그는 가장 뛰어났고 가장 신중했다. 우리 아직 이십 대, 우리는 삶의 방법도 터득하기 전에 먼저 이 땅을 사랑하는 법부터 배워야 했다. 그것은 모순이었지만 그러나 눈돌릴 수 없는 우리의 사명이었다.

그날, 옥상의 어느 순간 이정하가 내 곁으로 바싹 붙었다. 돌아보니 그는 코피를 흘리고 있었다. 그도 몹시 지쳐 보였다. 코피가 멈추기를 기다리는 그 짧은 동안 우리는 몇 마디 이야기를 나누었다.

그가 말했었다. 의분(義憤)이 많은 땅에 평화가 있다. 그는 성경을 인용하는 듯했다. 대화를 나눌 수 없을 만큼 소란스럽고 살벌한 싸움터였건만 그의 말은 더할 나위 없이 단아했다. 어쩌면 그런 극한 상황에 처해야만 낼 수 있는 맑고 깨끗한 영혼의 목소리였다.

그는, 의에의 굶주림, 그 목마름만이 우리를 지탱하는 힘이라고 말했다. 그의 코피는 좀처럼 멈추지 않았다. 나는 붉은 피와 그을음으로 더럽혀진 그의 얼굴을 보며 자신에게 되물었다. 피투성이가 되도록 우리는 왜 싸우는가. 그리고 이런 광란 속에도 맑은 정신을 견지하고 있는 그에 대한 경이로 몸을 떨었다.

그때 이미 그는 옥상 투쟁의 마지막 설계를 끝낸 뒤였다. 그는 처참한 최후를 눈앞에 두고 동료들을 구하기 위해 적의 먹이 역할을 자청했다. 구속된 후 최소한도의 진술에 응하되 모든 책임소재는 내 이름 밑으로 던져라, 그건 수치가 아니라 우리 조직의 다음 활동을 담보하는 유일한 전술이 된다…….

우리는 그의 말대로 했고 전술은 성공적인 듯 보였다. 그는 핵심 주동자로 구속되었고 우리는 바로 풀려나 다음 투쟁에 집중했다. 경찰의 혹독한 심문을 받으며 이정하도 홀로 투쟁했다. 하지만 오래가지는 않았다. 몇 달이 지나지 않아 이정하는 우리 조직의 와해와 함께 몸도 마음도 철저히 무너졌다.

이정하의 영혼을 짓밟은 자가 바로 임용출이었다. 이정하는 임용출 때문에 살아 있는 미라가 되어버렸다. 임용출에 의해 칠성판에 눕혀져 짐승의 시간을 보낸 동지는 그 말고도 많다. 힘이 군림하는, 오직 번들거리는 광기뿐인 그 시간에는 네발로 기는 수치와 처절한 비명만 허용된다.

그 속에서는 시간도 정지된다. 나는 내가 아니고 너는 네가 아니다. 그들이 원하는 것은 힘에의 굴종이고 스스로를 조소하는 자아의 괴멸뿐이다. 우리의 고통은 그들의 일상이다. 아니 무료와 권태 속의 한 오락이다. 이 무슨 미친 짓인가.

부서진 정신, 유리처럼 위험천만인 육체를 안고 이정하는 간신히 살아 돌아왔다. 예전의 이정하는 아니었다. 그를 지배하는 것은 공포, 오직 공포였다. 그런 이정하를 볼 때마다 나는 삶의 당연한 진실을 떠올렸다. 인간의 삶은 존엄 위에서 지탱된다. 인간의 존엄을 위협하는 모든 것은 적이다.

임용출을 죽이고자 했던 것은 복수에 대한 강박관념과는 전혀 무관하다. 그에게 개인적인 원한을 가지고 있지도 않다. 그가 고문 기술자가 된 것은 권력의 필요에 의한 것이지 그가 원해서가 아님도 알고 있다.

그런데도 나는 그를 처단하기로 결심했다. 그것은 우리에게 새로운 아침이, 추악한 밤을 보낸 후의 눈부신 새 아침이 정녕 필요하다는 믿음 때문이었다. 예고된 새날의 고통을 무시한 채 다시 시작해 보겠다고 다짐한들 무슨 소용이 있겠는가. 우리는 다 같이 고통을 겪었고, 그 고통의 청산 없이는 새날 또한 오지 않는 것임을 잘 알고 있다. 누군가 밤이 지났음을 알리는 나팔을 불어야 했다.

의분이 많은 땅에 평화가 있다.

나는 이정하의 이 언질을 사유 속에서만 키우지 않았다. 사유하는 것만으로 인생이란 드라마의 해설자로 남으려는 지식인들을 나는 경멸한다. 우리 사회의 여러 모순, 무소불위한 권력의 횡포나 분단의 통한, 그리고 골 깊은 계급 간격은 필연적으로 의분을 불러일으킨다. 평화의 시간이 목전에 있기 때문이다. 나는 내 몫 이상으로 타인들의 삶이 소중하다는 진실을 이정하에게서 배운다.

악을 증오하지 않는 것은 선을 사랑하지 않는 것이다.

옳은 말이다. 악을 소멸하려는 의지가 없다는 것은 선의 도래를 기다리고 있지 않다는 뜻이 된다. 이 비열함은 도처에 널려 있다. 우리에게는 비열함에 대항하여 싸울 무기로 정직밖에는 가진 게 없다. 지식은 이 투쟁을 위한 준비요 발판이 되어야 한다. 머리로 들어온 인식은 반드시 두 손과 두 발로 실천되어야 현상에 이바지한다. 나의 테러가 자폭에 이를 것을 우려하며 나를 저지했던 동료들에게 이제 나는 말할 수 있다. 정의에 헌신하는 것처럼 즐겁고 행복한 일상은 없다고.

나는 이 죽임과 죽음에 더는 아무것도 걸지 않겠다. 여기에 또 다른 의미도 곁들이고 싶지 않다. 나는 어떤 명분도 빌리지 않는다. 나는 대리 수행자가 아니기 때문이다. 이 처단은 내 깊은 사색의 발현이다. 나는 말로써 주장하지 않고 행동으로써 말했다.

임용출의 뒤를 쫓았던 지난 일 년 동안 나를 채찍질한 것은 오직 한 가지, 자신의 임무에 충실해야 한다는 그지없는 성실에의 욕구뿐이었다. 나는 이 땅에 태어난 빚을 갚고 싶었고 그래서 이 역할을 기꺼이 수락했다. 정당한 역할을 찾기 위해 그렇게나 오래, 그렇게나 멀리 가야 한다고는 생각하지 않았다. 아직도 증오 속에서 몸을 떨고 있는 사람들에게, 분노와 저주로 질식해 있는 이웃들에게는 여태까지의 기다림도 너무 처참했다.

나는 온 힘을 기울여 살았고 여기에 도착했다. 처음에 나는 모순에 가득 찬, 헐벗은 젊음에 지나지 않았다. 그러나 세계의 혼란이 나를 단련시켰다. 나는 사회에서 통용되는 계산표에 나를 투항하지 않았다. 그것을 거부하고 달려온 지금, 나는 삶의 다른 가치를 발견할 수 있었다. 내가 발견한 가치는 그대로 내게 혹독한 짐이 되었지만 나는 아무 데나 그 짐을 부리지 않았다.

이제 모든 것은 끝이 났다. 나는 준비한 대로 한 인간을 죽였다. 내가 죽이고자 했을 때 그도 죽었다. 그 이후의 경과는 내게 전혀 문제 되지 않는다.

임용출이 쓰러진 직후, 나를 미행했던 동료가 임가의 집에 전화로 알려 그가 소생할 기회를 주었던 것도 나는 알고 있다. 그러나 나는 이 점 또한 전혀 개의치 않기로 했다.

이미 말했듯이 내가 죽였을 때 그는 죽었다. 임용출을 죽음에서 부활시킨 것은 내 동료들의 신중함이었다. 동지들은 내가 인간의 한계에 결박당할 것을 근심하고 최후까지 나를 보살폈다. 이제 나는 임용출이 새롭게 태어날 수 있을지를 지켜보는 즐거움까지 얻었다.

나 또한 그럴 수 있을까. 나 또한 세상의 많은 아름다움에 연결되어 다시 태어날 수 있을까. 그러나 나는 더 이상 아무것도 바라지 않는다.

내 마음은 잔잔하다. 마음처럼 탄광촌의 이 밤도 고요하다. 하늘에 별이 있는지 그것이 궁금하다. 오래도록 별을 보지 못했다. 문밖의 말라버린 개울에도 별빛이 닿을까. 잎사귀를 떨군 나무의 앙상한 가지에도.

이 정적을 얼마나 더 누릴 수 있을지 모르겠다. 요즈음이야말로 진정으로 내게 속한 시간을 보내고 있다. 그러나 시간이 많지 않다. 나는 그것을 알고 있다. 하루의 노동을 마치고 편안한 휴식을 취하는 옆자리 동료의 호흡에 잠시 귀를 기울여보며 나는 지나온 날들을 생각한다. 그리고 나의 어머니, 아버지, 누이와 아우를 떠올린다. 나는 더 많은 아름다움, 더 깊은 지혜가 그들의 것이 되길 간절히 희구한다.

밤의 심연을 지난 지도 꽤 되었다. 어둠이 하늘로부터 서서히 분리되고 있다. 창밖의 나뭇잎들조차 미동도 하지 않고 아침을 준비하고 있다.

나는, 창을 열고, 아침이 다가오는 것을 조용히 기다린다. 분노에서 이제는 사랑으로 가는 길을 보여주며 이 밤이 가고 있다. 밤. 나에게 너무나 많은 생의 비밀을 가르쳐주었던 밤.

잘 가라, 잘 가라, 밤이여.

나는 울었다.

모르겠다. 형의 글이 눈물이 나올 만큼 슬펐다고 말할 수는 없다. 오히려 그 반대였다. 읽는 동안 몇 번이나 온몸에 소름이 돋았고 무서웠다.

그런데 다 읽고 나자 곧바로 눈물이 흘렀다. 형이 저지른 일을 다 이해할 수는 없었지만 적어도 형의 마음만은 알 수 있었다. 문장 사이사이에 형의 얼굴과 표정이 보였다. 더욱 형 가까이 다가간 느낌, 형이야말로 온전히 내 편이라는 느낌이 슬프고도 좋았다. 나는 어쩌면 형을 둘러싸고 있는 장벽 안으로 뛰어든 것인지도 모른다.

모르겠다. 정말 모르겠다. 그러나 나는 울며 속삭였다. 형을 사랑한다고.

10. 눈꽃

○

벨이 울렸다.

그리고 문이 열렸다.

그 짧은 동안 나는 얼굴이 오그라드는 듯한 팽팽한 긴장감을 어쩌지 못해 기어이 몸을 일으켰다. 벨 소리와 함께 주위가 일시에 소란해져서 앉아 있을 수도 없다. 부산한 구둣발 소리, 어느 방에선 다짜고짜 통곡이 터져 나오고 또 누군가는 끊임없이 외마디 소리만 질러대고 있다.

그런데 비긋이 열린 문은 잠시 그대로, 폭을 더 넓히지도 않고, 다시 닫히지도 않고 내 애를 태웠다. 뭔가 잘못된 것일까. 혹시 면회가 취소된 것은 아닐까. 평일이고 연말이 겹쳐서 면회객은 많지 않은 편이었다. 여기까지 와서 혹시 일이 어긋나는 것은 아닐까.

나는 형을 가둔 저쪽 세계에 대해 아무것도 알지 못한다. 일방적으로 면회가 취소된다 해도 당할 수밖에 없다. 나는 있는 힘을 다해 형의 기척을 들어보려고 애를 썼다. 하지만 옆방의 면회자들이 내는 소음 외 어떤 기미도 잡히지 않았다.

나는 마음을 가라앉히기 위해 다시 의자에 앉았다. 그러자 내가 서 있어서 형을 들여보내지 않은 것처럼 순간 문이 다 젖혀지고 드디어 형이 모습을 드러냈다. 형은 웃고 있었다. 그것도 활짝. 여태까지의 내 불안과 초조를 한꺼번에 뭉개주겠다는 듯이.

한복을 입고 있어서일까, 형은 마치 아버지의 젊었을 적 모습이 저러했겠다 싶은 분위기였다. 형에게서 아버지를 읽어내는 것은 처음이었다. 나는 형을 좀 더 가깝게 보고 싶어서 자꾸 쇠창살에 얼굴을 박았다. 주먹도 드나들 수 없을 만큼 촘촘하게 박아놓은 쇠창살, 게다가 손가락 하나 만져볼 수 없게 구멍 송송 뚫린 유리 칸막이를 덧씌워놓아 우리는 서로를 자세히 볼 수 없었다. 형도 이 장애물에 신경이 쓰이는 모양이었다.

"답답하지?"

그리고는 이내 덧붙였다.

"네가 보고 싶었는데."

형이 말한다. 보고 싶었다고. 혹여 내가 주변의 소음 때문에 듣지 못할까 봐 큰 목소리로 보고 싶었다고 말한다. 나는 형처럼, 여기까지 내려오면서 내내 간직했던 그리움을 그렇게 쉽고 자연스레 표현할 수 없어 당황했다. 나는 입술을 말아 올리며 조금 웃는 게 고작이었다.

"어떻게 됐지?"

단지 그 말뿐이었어도 나는 형이 어제 끝난 학력고사에 관해 묻고 있음을 금방 알아들었다. 형은 어제 내 생각을 많이 했을 것이었다. 형에겐 아직도 내가 삼수생일 테니까.

"형. 나, 대학 안 가."

못 가는 게 아니라 안 가는 것이라고 말할 정도의 자존심은 아직 남았다. 나도 모르게 얼굴이 붉어졌으나 그것 또한 쇠창살이 가려 주었다.

"좋아. 그것도 좋아. 난 네가 결정했다면 그걸로 좋아."

좋다는 말이 무려 세 번이었다. 형은 내가 겁에 질려 있다고 생각하는 것이 틀림없다. 난생처음 이 살벌한 교도소의 여러 풍경을 접하는 아우의 질린 얼굴이 안쓰럽다는 표정이 역력했다. 그래서 형은 자꾸 환하게 웃는 모양이었다.

"그래. 지금 우리 사회에서는 대학 진학을 포기하겠다는 결심도 쉬운 게 아니지. 입시 공부보다 훨씬 괴로운 결정이었을걸."

형은 얼마나 따뜻한가. 그럼에도 얼어붙은 내 입은 조금도 말랑말랑해지지 않는다. 말랑말랑한 것은 싫지만, 그래도 이때만은 마구 그렇게 되었으면 싶다. 내가 두려워한 것이 있다면 그것은 바로 이 더듬거림이었다. 더듬거리는 것으로 짧은 면회 시간을 다 잡아먹게 될까 봐 식은땀이 날 지경이었다.

"게다가 나 때문에, 이 형 때문에도 마음이 많이 상했을 테고. 그랬을 거야. 네가 말 안 해도 얼굴에 다 쓰여 있다. 형이 어떻게 해주면 좋겠니?"

형은 지그시 내 눈을 들여다보며 말했다. 괜찮다고, 그런 걱정은 하지 말라고 대답하고 싶었지만 입이 떨어지질 않아 나는 입술만 깨물었다. 정말이었다. 형이 날 위로하는 것은 견딜 수 없었다. 마음이건 몸이건 상한 쪽으로 치자면 어떻게 형에 댈 수 있겠는가.

형의 사건은 시간이 흐를수록 더욱 유명해졌다. 한동안은 빠짐없이 형과 임용출에 관한 기사가 적잖은 지면을 채우며 등장해서 우리 식구 모두를 전전긍긍하게 했다. 신문들이 보복살인, 고문자 처단 등등의 용어로 형 사건을 해부하고 논의하기 시작한 것은 한 신문이 전재한 형 글이 불러일으킨 반향이었다. 형의 동료들이, 특히 홍정미가 앞장서서 모든 언론기관에 형의 글을 우송했다고 들었다.

나는 물론 그전부터 신문에 코를 처박고 열심히 기사를 읽었었다. 나는 신문들의 그 아리송한 말투에 질려버렸다. 도대체 무슨 말을 하자는 것인지 알 수가 없었다. 뒤로는 도망갈 자리를 야무지게 다져놓고, 이쪽저쪽이 다 나쁘다는 식으로 나가다간 끝내 형을 영웅주의의 치졸한 망상에 사로잡힌 인간으로 속단하기가 일쑤였다. 조금 나은 수준이라고 해봐야 개인이 직접 나서서 단죄하는 이 현상을 정치권이 책임져야 한다는 식이 전부였다.

그러다가 홍정미와 형의 동료들이 나선 것이었다. 한 신문이 우편으로 받은 형의 글 전문을 게재했다. 기사 내용도 형에게 호의적이었다. 나치의 전범들이 종전 후 어떤 식으로 추적당하고 군사재판에 회부 되어 어떻게 죗값을 받았는지 상기할 필요가 있다고 그 신문은 말하였다. 그리고 형 사건의 정당성을 짚어내고자 시리즈로 일주일간 계속해서 고문 피해자들의 증언을 실었다. 끔찍한 증언들이 이어지면서 형은 살인마에서 피해자로 조금씩 자리를 옮기는 듯했다.

나로 말할 것 같으면, 형이 저지른 일을 이해하기도 전에 미리, 사건의 정당성 여부와는 관계없이, 어쩔 수 없는 형의 아우였다. 그렇지만 형이 칼을 치켜 올려 피를 부르는 그 순간을 상상하면 너무나 끔찍해서 다른 생각은 전혀 떠오르지 않았다. 하지만 형이 꼭 그 일을 해야 했다면, 그렇다면, 형을 그렇게 만든 이 세상이 너무 많은 죄를 짓고 있다는 믿음은 굳게 지녔었다. 형은 자기를 위해 누구를 죽일 생각을 하는 사람이 절대로 아니었다.

지금도 그랬다. 넉넉한 회색 한복으로도 감출 수 없는 형의 마른 몸피는 도저히 칼을 든 자의 형상이 아니었다. 아니, 오히려 칼을 맞은 자의 초췌함, 그러면서도 너그러운 표정 쪽에 더 가깝게 닿아 있다. 그런데, 자세히 보니 형은 진짜 너무 말랐다. 뼈만 남았다.

내가 우물쭈물하는 사이 형이 먼저 식구들의 안부를 물었다. 누나는, 하고 말을 시작하려다 말고 나는 숨을 훅 들이쉬며 짧게 답하고 말았다.

"다들 잘 계셔. 누나도."

형은 그것으로 더는 식구들 이야긴 꺼내지 않았다. 나는 누나에 대해 다른 말을 꺼내지 않은 게 다행이었다고 생각했다. 접견일지를 기록하던 교도관이 그때 내 얼굴을 힐끗 쳐다보았다. 마치 '너이 자식, 거짓말 마.' 하는 표정이어서 속으로는 좀 찔끔했다. 나는 얼른 아주 중요한 소식 한 가지를 떠올렸다. 나성여관이 팔렸다는 것, 그것보다 나성여관이 헐려 감쪽같이 사라지게 되었다는 소식부터 말해야 한다.

"형, 우리 집 말이야. 나성여관이 팔렸어. 큰길이 뚫리는데 우리 집도 조금 먹혀들어서, 그래서 아예 다 팔아버렸대."

나는 숨도 안 쉬고 말을 이어붙였다. 행여 형 때문에 부랴부랴 집을 팔고 이사하는 것으로 여길까 봐 겁이 났기 때문이었다. 사실 그런 점도 전혀 없지는 않았다. 형이 체포되던 날, 그날이 바로 나성여관이 문을 닫은 날이었다. 그날 이후 어머니는 장사에서 손을 뗐다.

집이 팔렸다는 내 말에 형은 잠시 말을 끊었다. 형의 얼굴을 스치는 여러 표정을 나는 보았다. 그러나 형은 다른 것을 캐묻지는 않았다. 형은 이윽고 아주 담담하게 말했다.

"그럴 때도 되었지."

그러면서 형은 벽시계를 힐끗 돌아보았다. 그것은 형의 버릇인 듯 보였다. 들어올 때도 형은 시계부터 확인했다. 우리는 둘 다, 째 깍거리는 초침의 날카로운 비명에서 자유롭지 못했다. 시간이 모자란다고 생각하니 더욱 다음 말을 잇기가 어려웠다. 할 말은 정말 많았다. 어떤 말부터 해야 좋을지 아직 순서도 정하지 못할 만큼 내 가슴속엔 아우성치는 말들로 들끓었다.

그러나 난 고개를 숙이고 한참 동안 코르덴 바지의 보푸라기만 뜯어내고 있었다. 속이 답답했다. 공기도 이상했다. 냉기는 뼈에 사무치지 않았지만 뭔가 알 수 없는 섬찟한 기류를 내 민감한 코가 잡아냈다. 나는 바싹 붙어 앉아 있는 교도관의 옆얼굴을 노려보았다. 그가 쉼 없이 이상한 공기를 내 쪽으로 흘려보낸다고 생각했다. 그가 나의 한마디 한마디 말을 받아 적는다고 생각하니 미칠 것 같았다. 공기의 저항, 내가 잡아낸 냄새는 바로 그것인지 몰랐다.

"참, 강용우 씨가 두어 번 다녀갔어. 여러 가지로 뒷바라지를 많이 해주었지."

이번에도 형이 먼저 입을 열었다. 강용우. 나는 얼핏 그 이름이 생각나지 않아 뭐라고 대답을 하지 못했다.

"네 이야길 많이 했다. 우린 참, 뭐랄까, 생각할수록 기이한 인연이었어."

아, 찌르레기 아저씨. 그제야 나는 정신이 번쩍 들었다. 아저씨가 형을 만날 것을 나는 어째서 짐작조차 못 했을까.

"우연이 네가 자기 계획을 눈치챈 듯싶어서 그간 걱정을 많이 했다고 그러더라. 사려 깊고, 성실하고, 정말 훌륭한 인생 선배를 만나서 참 좋았다."

형의 입에서 찌르레기 아저씨 소식을 듣는 기분은 정말 묘했다. 그간의 지독한 기다림, 갈피 잡을 수 없던 우울한 나날들을 떠올리자 가슴이 꽉 메는 느낌이었다.

"처음엔 그의 말이 믿어지지 않았지. 그가 어떤 사람인지 몰라 경계도 좀 했어. 그리곤 경악하고 말았지. 하지만 이젠 놀라지 않아. 지난 시대는, 그 흉포한 시대에는 충분히 있을 수 있는 일이었거든. 얼마든지."

나는 맥이 풀렸다. 내가 형과 찌르레기 아저씨 사이에서 납작하게, 표본 당한 곤충처럼 습기 없이 말라가고 있던 날들도 그랬듯이, 지금 역시 세상을 훤히 바라볼 수 없다는 사실은 참말이지 맥 풀리는 일이었다. 두 사람, 그러니까 형과 아저씨는 이쪽과 저쪽에서 따로따로 동시대를 살다가 극적으로 조우하여 삶의 매듭을 공유했다지만, 난 게임에서 처음부터 구경꾼에 불과했다. 그것은 정말 서글픈 일이다. 나도 거기에 끼고 싶다. 나도 좀 넓어지고 깊어지고 싶다. 그때 형이 나지막한 목소리로 내 이름을 불렀다.

"우연아."

나는 고개를 들었다. 그리고 깜짝 놀랐다. 형의 눈에, 두 눈 모두에, 거짓말처럼 가득 눈물이 고여 있다. 더욱 놀라운 것은 믿어지지 않겠지만, 눈물 그렁그렁한 눈과는 달리 형은 터질 듯이 활짝 웃고 있는 것이었다. 나는 형의 웃고 우는 얼굴을 홀린 듯이 바라보기만 했다.

"우연아."

형은 한 번 더 내 이름을 불렀다. 그러자 볼을 타고 한줄기 눈물이 주르르 흘러내렸다. 하지만 여전히 얼굴 가득 채워진 웃음, 그리고 흐르는 눈물, 나는 숨이 막힐 것 같았다.

"우연아. 잘 들어라."

나는 열심히 고개를 끄덕였다.

"난 조금도 부끄럽지 않다. 넌 이해할 수 없겠지만, 이렇게 널 만나니까 부끄러운 짓을 하지 않았다는 게 더할 나위 없이 다행이라는 생각이 드는구나. 난 내 몫을 했을 뿐이다. 힘들었어도 후회는 전혀 없다. 살아 있는 우리는, 너와 나 그리고 모두 다, 서로 부끄럽고 그러면서도 한없이 소중한 존재들이야. 스스로 나서지 않으면 그 누구도 우리를 돌아보지 않아. 우리에게 주어진 사명을 직시하고 행동하지 않으면 이 삶을 지탱할 수 없어. 알겠니? 형은, 영혼조차도 비명을 지르는 시대에 살았다. 강용우 씨를 생각해봐. 비명이 너무 끔찍하지 않니?"

　한 마디 한 마디를 힘주어 말하던 형이 문득 말을 그쳤다. 복받치는 감정을 참느라고 형의 얼굴이 조금 일그러졌다. 우리는 묵묵히 각자의 감정을 다스렸다. 하지만 벽시계는 계속 초침을 밀어 올리고 있다. 이제 시간이 없다. 형에게 어떤 말이든 해주고 싶어 난 애가 탔다. 나는 자꾸 입술만 달싹거렸다. 이윽고, 형이 가라앉은 음성으로 다시 말을 이었다.

　"난 네가 올 줄 알았어. 아니? 내가 널 참 좋아했다는 것을. 내가 무엇을 하건, 어떤 일을 하든, 내 속엔 늘 네가 있었지……."

　나는 마침내 말문이 트일 모양이었다. 내 입술의 긴장이 풀어지고 있었다. 무슨 말이든 하지 않고는 견딜 수 없었다. 나는 떨리는 목소리로 '나의 말'을 시작했다.

　"형, 난……."

　그때 자지러지게 벨이 울렸다. 면회 종료를 알리는 벨 소리에 내 말은 그대로 묻혀버리고 말았다. 그래도 난 계속해서 말하고자 했다. 이대로 끝낼 수는 없었다.

　"형이 없어서 얼마나 외로웠는지 알아? 난,"

거기까지 말하고 나니까 울컥 목이 메었다. 난 다음 말을 이을 수
가 없었다.

"그래그래. 언제나 너한테는 시간에 인색했지. 지금도 그렇구나.
미안해."

형은 자리에서 일어났다. 교도관이 형의 등에 손을 댔다. 이제 끝
났다는 신호였다. 형은 웃음을 지우지 않은 채 내 얼굴을 들여다보
았다.

"넌 좀 많이 먹어야겠다. 많이 먹어."

그 말을 끝으로 형은 돌아섰다. 재촉하고 있던 교도관이 가볍게
형을 밀었다. 칸막이 유리를 두들기며 내가 소리를 지른 것은 그 순
간이었다.

"꼭 그랬어야 했어? 형은 현명하잖아. 꼭 그 길밖에 없었던 거
야?"

형의 뒷모습이 돌처럼 굳어지는 것이 눈에 보였다. 그 슬픈 뒷모
습이 나를 다시 늪 속에 떨어뜨렸다. 나는 마구 울부짖었다.

"아냐, 괜찮아. 형! 그래도 난 형을 좋아해. 정말이야. 믿어도 돼.
난 계속 형을 좋아할 거야……."

형은 문밖으로 사라졌다. 문 닫히는 소리가 내 고막을 때렸다. 나
는 두 손에 얼굴을 묻고 흑흑 흐느껴 울었다. 가슴속엔 아직도 못다
한 말들이 들끓고 있어서 내가 나를 손댈 수 없었다. 나는 그렇게
잠시 나를 내버려 두었다. 면회대기실의 직원이 와서 나를 끌어낼
때까지 나는 원 없이 울었다.

면회의 끝이 이럴 것을 예감하긴 했었다. 그랬어도 더욱 잘할 수
는 없었을까. 생각할수록 화가 났다. 내 뒤통수에는 언제나 또 다른

내 눈이 찰거머리처럼 붙어 나를 감시한다. 나는 이중삼중으로 갇혀 있다. 갇혀 있는 것은 형이 아니라 나였다. 이 울적함, 이 감당할 수 없는 외로움은 형 때문이 아니라 내게서 기인한다. 나는 정말 어리석다.

긴 복도를 걸어 현관까지 오는 동안 나는 아뜩한 느낌에 여러 번 휘청거렸다. 내가 한 모든 말이 후회스럽고, 내가 하지 못하고 가슴에 간직했던 모든 말 또한 괴이쩍었다. 나는 마치 물살 센 개울의, 건들거리는 징검다리에 발을 디딘 사람처럼 어지럽고 두려웠다. 무사히 저쪽에 닿을 수 있을까.

건물 현관에서 정문 경비실이 있는 곳까지는 또 한참이었다. 바깥에 나오니 와락 추위가 몰려왔다. 아직 마르지 않은 눈물 자국을 수습하다 문득 돌아보니 앞마당에 시동을 걸고 있는 호송 버스가 보였다.

법정으로 나가는 죄수들을 태운 버스였다. 버스 창문을 가린 커튼을 들추고 밖을 내다보는 죄수들의 강렬한 눈빛이 그만 내 발을 묶어버렸다. 버스는 출발 직전으로 보였다. 나는 앞지르지 않고 버스를 먼저 보내기로 했다. 그들의 시선, 두 발로 자유롭게 걷는 내게 쏟아지는 시선이 너무 강렬해서 그들 앞에선 한 발자국도 걸을 수 없을 것 같았다.

얼마 지나지 않아 호송 버스의 바퀴가 움직였다. 뒷좌석 죄수 한 사람이 포승에 묶인 두 손으로 유리창의 성에를 벗기려고 애쓰는 모습이 내 눈에 들어왔다. 한없이 애달픈 광경이었다. 멀어지는 버스 뒤를 쫓아 터벅터벅 걸으며, 나는 이제 포승에 묶인 두 손만 생각하고 또 생각했다.

축 늘어진 어깨가 몹시 무거웠다. 등 뒤로 철문 닫히는 소리가 심장까지 울렸다. 나는 천천히 언덕을 내려왔다. 마음이 하도 황량해서 삭풍조차도 가슴에 닿아 그대로 얼음이 되는 듯했다. 저만큼 밤색 털목도리를 휘감은 보라가 보였다. 멀리서도 그 애의 추워하는 모습이 역력하게 느껴졌다. 제과점에서 기다리기로 했건만 언제부터 나와 있었는지 발을 잠시도 제자리에 붙여놓질 못하였다. 난 파카의 목깃을 추켜올려 바람을 막은 다음 거의 뛰다시피 보라에게 갔다.

"만났어?"

보라는 내 안색부터 살피며 조심스럽게 물었다.

"응."

내 힘없는 대답에 보라는 더 말을 잇지 못하고 내 등 뒤, 거대한 잿빛 건물만 묵묵히 바라보았다. 밤새 열차로 달려와 꺼칠해 보이는 그 애의 얼굴이 안쓰럽긴 했지만 내 기분이 너무 엉망진창이어서 어떤 위로도 떠오르지 않았다. 우리는 서로 되게 싸운 사람들처럼 조금 떨어져서 걸었다.

형에게 가겠다는 계획은 12월 들면서부터 벼르던 것이었다. 처음에는 신문들이 너무 떠들어서 엄두를 못 냈다. 어머니나 아버지 모두 형을 만나기 위해 구치소까지 찾아갈 사람들이 아니었다. 우리 집에서 형을 면회하러 갈 사람은 나밖에 없었다.

그렇지만 마음이 너무 어수선했다. 그사이 민구가 떠났고 겨울이 닥쳤다. 나는 나성여관 뒤채에 홀로 남아 썰렁한 집과 어둠 속의 적막에 익숙해지려 애썼다. 밤을 보내고 아침을 맞으면 밤새 십리 길을 뛰고 달린 사람처럼 온몸이 노곤했다. 낮 동안에도 안정은 없었다. 형의 사건이 던진 온갖 파문들, 게다가 동네엔 철거가 시작되고 있었다. 그 지독한 망치 소리, 땅을 울리는 기계 소리. 나는 완전히 내동댕이쳐진 기분이었다.

그렇긴 해도 내심 날짜는 정해두었다. 학력고사가 끝나는 날, 바로 그날 저녁 야간열차를 타리라. 일 년, 아니 중학교부터 치더라도 꼬박 육 년을 갇혀 지낸 수험생들의 해방잔치가 벌어질 그 밤에 서울에 있고 싶지 않았다. 그 밤의 광란이라면 나는 너무나 잘 알고 있었다. 그건 완전히 미친 짓이었다. 피어오르는 맥주 거품에 코를 묻고 쓰러지는 녀석, 어깨동무를 길게 하고 거리를 휩쓸며 고래고래 불러대는 유행가, 담배를 입에 꼬나물고 떼 지어 몰려다니는 덜 떨어진 자식들.

골목마다 밟히는 토사물과 방뇨의 흔적은 또 얼마나 역겨운가. 여기저기서 들려오는 계집애들의 비명과 숨넘어가는 웃음소리는 또 어떻고. 하루 동안은, 그 하루만큼은 최대치의 탈선도 다 허락된다고 믿는 녀석들의 미친 짓은 정말이지 다시 보고 싶지 않았다. 그래서 난 그날 저녁, 어두워지기 전에 가방을 다 꾸려놓고 숨죽여 시간이 되길 기다리고 있었다. 그게 바로 어제였다.

그런데 바로 그때 보라가 전화를 했다. 지난번 명동에서 다투고 헤어진 후 처음 걸려온 전화였다. 물론 나도 만나자고 추근대지 않았다. 도대체 그럴 경황이 아니기도 했고 왠지 그리 하고 싶지도 않았다. 때로 그 애가 떠오르기는 했었다. 동그란 얼굴, 깜박이던 속눈썹, 부드러울 때는 한없이 상냥하던 음성. 하지만 그 모든 것이 되찾을 길 없는 먼 과거처럼 아득하게만 느껴지던 것은 왠인지 모르겠다. 나는 기억 속에서 그 애를 추억했을 뿐 거기에선 한 걸음도 더 나가지 않았다.

"뭐 하니?"

보라는 다짜고짜 그렇게 물었다. 보라는 늘 그런 식이었다. 바로 어제 만나고 헤어졌던 사이처럼, 격조했던 동안의 앙금 따윈 까맣게 잊었다는 투로 다가오는 게 그 애의 버릇이었다.

그렇다고 나 역시 대뜸 여행을 떠날 계획이라고 대답할 수는 없었다. 나는 그렇게 능청스럽지가 못했다. 게다가 보라 또한 형의 사건을 알고 있으리란 짐작 때문에 내 말은 자연스럽지 못했다. 오히려 퉁명스러웠다.

나는 사실 보라의 전화가 반갑지 않았다. 하필 이때, 어쩌면 해방잔치에 심심풀이로 내가 생각날 수도 있다는 추측은 내 자존심과 상당한 관계가 있었다. 어쨌든 보라는 학력고사를 치렀고 해방의 기분에 들떠 있을 참이었다. 그러나 나로서는 전혀, 눈곱만큼도 그 기분에 동참할 상황이 아니었다. 그래서 난 그 애의 만나자는 제의를 아주 깨끗이, 한마디로 거절할 수 있었다. 그리곤 기차 시간이 임박해 이 전화조차 길게 할 수 없다고 냉랭하게 말해버렸다.

그래도 보라는 한없이 너그러웠다. 정말 알다가도 모를 일이었다. 내가 그토록 박정하게 대응했건만 전혀 개의치 않았고 뿐만 아니라 대뜸 자기도 함께 가고 싶다고 간절하게 조르기까지 했다.

"여행? 오늘 밤 떠나는 기차로? 정말이야? 제발, 나도 함께 가게 해줘. 얌전히 따라만 다닐게. 귀찮게 하진 않겠어."

내가 마음이 약한 것을 보라는 잘 알았다. 나는 결국 보라를 이번 여행의 동반자로 허락하지 않을 수 없었다. 보라와 단둘이 여행을 한다고 생각하니 금방 정신이 산란해지긴 했으나 어쩔 수 없는 일이었다.

막상 보라와 함께 간다고 생각하면 적잖이 설레는 것도 사실이었다. 나는 형을 면회하고 돌아오는 길에 천안까지 들러 민구를 만날 계획이었다. 민구와 헤어진 지도 벌써 한 달이 되었다. 녀석이 어떻

눈꽃

게 지내고 있는지 궁금해서 못 견딜 지경이었다. 만나고 돌아올 땐 또 가슴이 아프겠지만 그래도 녀석이 너무 보고 싶었다. 이 우울한 순례에 보라 같은 동반자라면, 글쎄, 나도 확실한 판단이 서지 않았다.

그렇게 해서 보라와 함께 야간열차를 타고 서울을 떠났다. 보라는 약속대로 몹시 고분고분하게 굴었다. 누나 같은 얼굴로 삶은 달걀을 사서 껍질을 벗겨주고 달걀을 다 먹고 나면 얼른 콜라병을 내밀어 빨리 마시라고 재촉했다. 열심히 창밖 풍경을 내다보다가도 어느 순간 조심스레 내 표정을 살피기도 했다. 말은 하지 않아도 보라 역시 형 사건에 대해 알고 있음이 분명했다. 내 예상이 맞았다. 내가 마침내 형에 관해 털어놓기 시작하자 그 애도 머뭇거리며 토로했다. 난 그 애의 한 마디 한 마디를 숨죽여 들었다.

"몇 번이나 너에게 전화하려다 말았어. 만나고 싶었지만 네가 어떻게 생각할지 몰라서 망설이기만 했어."

보라의 말이 내게는 큰 위로가 되었다. 내가 좀 더 뻔뻔스러운 놈이었다면 그 애의 손을 잡고 더 많은 위로를 기대할 수도 있었다. 그래도 보라는 화를 내지 않았으리라. 우리는 알게 모르게 미끄러지듯이 가까이 다가갔고 그 심정의 여운을 밤새 간직하며 부산까지 왔다. 사흘 밤 사흘 낮을 더 달린다 해도 배가 고프거나 잠이 올 것 같지 않은 시간이었다.

무슨 얘기를 해야 할지 모르겠다. 밤을 달리는 기차 안에선 적어도 이런 기분은 아니었다. 하지만 지금, 포승에 묶인 두 손이 아른거리는 내 가슴은 답답하면서도 찜찜하다. 이럴 줄 알았으면 차라리 혼자 오는 것이 더 홀가분했을지도 모르겠다. 낯선 이 도시의 이곳저곳을 내키는 대로 기웃거리며 시간표의 구속 없이 아무 데나 자신을 방기할 수 있게. 여자애를 데리고서는 얼굴 뜨뜻하지 않게 나다닐 수 있는 곳이 드물다.

"배고프지?"

결국 나는 먹는 이야기 따위나 지껄인다. 이 기분으로 음식을 삼키다니. 그러나 나는 식솔을 거느린 가장의 심정으로 깨끗하고 안온한 식당을 찾아보았다. 곰탕, 족발, 해물잡탕, 두부찌개……. 음식 이름들마저 어쩐지 날 조롱하듯이 보인다. 아침에 부산역 구내에서 먹은 떡국이 여태도 위에 남았는지 식욕이라곤 조금도 없었다.

보라도 입에 혓바늘이 돋았다고 했다. 우린 늙고 병든 길거리의 개들처럼 힘없이 거리에 서 있었다. 그때 길게 주차된 한 무리의 택시들 쪽에서 우리를 향해 날아오는 목소리가 있었다.

"천안, 천안 갑니다. 곧장 출발해요."

보라와 난 누가 먼저랄 것도 없이 서로의 얼굴을 쳐다보았다. 밥보다도 어디 따뜻하고 푹신한 곳에 처박혀 한잠 달게 자고 싶었던 우리에겐, 아니 나에게는 귀가 번쩍 뜨일 만큼 반가운 소리였다.

난 보라의 의견을 묻지도 않고 비어 있는 뒷자리로 기어들어 갔다. 앞에는 화사하게 차려입은 중년 부인이 앉아 있었다. 묻지 않아도 난 대번에 앞 좌석 부인의 심경을 알아차릴 수 있었다. 뻣뻣하게 굳은 어깨, 말없이 앞만 노려보는 서늘한 뒤통수. 이 모든 것들이 나에게도 있었다. 부산역에 내려 이곳 주례동까지 올 때도 그랬지만, 다시 저 뒤에 형을 남겨놓고 떠나는 지금 기분은 더욱 비참하였다.

택시가 경부고속도로에 들어서면서부터 나는 피곤한 잠 속에 떨어져 버렸다. 택시를 타고 천안까지 가게 될 줄은 몰랐지만 이만한 휴식의 대가라면 나중에 요금을 흥정할 필요도 없을 것 같았다. 형에게 가는 것을 눈치챈 어머니가 깜짝 놀랄 만큼 넉넉하게 준 돈은 영치금 넣고도 여비로 충분했다. 어쨌거나 오늘 해지기 전에는 용강리 '햇빛마을'까진 닿을 수 있게 되었으므로 마음도 편안했다.

떠나올 때부터 이 낯선 도시에서 보라와 하룻밤을 묵게 될 일이 사실은 큰 근심이었다. 호텔이나 여관 간판이 예사롭게 보이지 않고 가슴이 쿵쿵 뛰는 것 같더니 이젠 안심이었다. 민구를 만난 다음 다시 야간열차로 상경하면 여관 따윈 들어가지도 않고 두 밤을 보라와 함께 지낸 셈이 된다. 조금 빡빡한 여정이 되겠지만 그런 것은 문제 되지 않았다. 나는 오직 품위를 지키고 싶을 뿐이었다.

천안으로 가는 택시 뒷좌석에서 나는 내내 꿈속에 처박혀 있었다. 중간중간 무서운 속도로 질주하는 택시 속의 현실로 돌아오기도 했으나 곧바로 꿈의 어지러운 치마폭에 빠져들었다. 그 몽롱함, 나른함은 수천 번씩 몸을 뒤척이게 할 만큼 힘들었다. 잠도 노동만큼이나 에너지를 빨아들인다. 마침내 눈을 떴을 때 나는 손끝 하나 움직일 기운이 없었다. 내 얼굴이 보라의 어깨에 얹힌 것도 몰랐다. 보라가 조심스레 어깨를 빼며 밖을 가리켰다.

"다 왔어. 여기서 용강리 들어가는 버스를 타야 한대."

보라가 내릴 채비를 했다. 택시기사는 고향 동네라 이쪽 지리에 훤하다고 말했다. 차가 멈추고, 나는 주머니를 뒤졌다.

"관둬. 벌써 냈어."

보라는 나이 그윽한 누님처럼 내 등을 밀었다.

"빨리 밥이나 먹자. 배가 고파 쓰러지겠어. 너도 죽을상이야."

우리는 서로의 꾀죄죄한 몰골을 가리키며 비로소 조금 웃을 수 있었다. 달게 잔 것은 아니었으나 그래도 잠의 효과인지 머리가 다소 개운해졌다. 보라는 나보다는 씩씩했다. 여행의 시작부터 지금까지 내 기분을 건드리지 않으려고 조심하는 것이 내 눈에 환히 보였다. 그럴 땐 저 옛 시절의 누나 같았다. 누나, 나는 또 가슴이 저렸다.

식당에 들어가기 전 우리는 '햇빛마을' 식구들에게 나누어줄 과자와 사탕 따위 군것질감들을 사고, 마침 통닭구이 집이 눈에 뜨이길래 그것도 넉넉하게 주문을 했다. 지체 장애 아동만 열댓 명 거두고 있다 했으니 모자라지 않게 신경을 써야 했다.

"시간이 많으면 민구 데리고 여기도 올 수 있는데⋯⋯."

늦은 점심을 먹는 내내 나는 그것이 아쉬웠다. 녀석을 데리고 나와 좋아하는 과자라도 고르라고 해서 잔뜩 안겨주고 싶었다. 녀석은 그래 봤자 오징어 아니면 껌밖에 고를 줄 모르겠지만.

홍정미를 따라 나성여관을 떠나던 날도 껌을 한꺼번에 세 개나 입속에 욱여넣어 말도 제대로 못 했었다. 아줌마 따라서 좋은 데 먼저 가 있으면 형이 금방 보러 간다고 어르니까 "껌, 껌 사 와!" 하던 녀석이었다.

나는 주머니 속에 따로 챙겨둔 몇 통의 껌을 만지며 시계를 보았다. 벌써 4시 반, 잔뜩 무거운 구름 탓인지 산과 들에는 이미 그늘이 짙다. 그래도 민구를 만날 생각을 하니 다시 힘이 났다. 나는 입맛도 모른 채 밥 한 그릇을 다 비웠다. 보라와 속도를 맞추기 위해선 그럴 수밖에 없었다. 흐린 날씨에는 어둠도 일찍 찾아올 것 같아 은근히 조바심이 났지만 보라한테 내색하지는 않았다.

식사를 마치고 나왔을 땐, 기어이, 한 잎 두 잎 눈발이 흩날렸다. 처음엔 눈이 아닌 줄 알았다. 어디서 불티가 날거나 낙엽 부스러기 따위 티끌이 바람에 배회하는 거로 생각했다. 하지만 이마에 닿는

눈꽃

그 선뜻한 감촉, 땅에 내리자 이내 스러지는 그 흔적 없음은 분명 눈이었다.

"눈. 눈이 와!"

보라가 먼저 탄성을 터뜨렸다. 묵직한 하늘을 보니 잠깐 흩뿌리다 그칠 것 같지는 않았다. 혹시 큰 눈이 내리면 어쩌나 걱정할 새도 없이 우리는 발길을 재촉했다.

보라와 나는 꽤 부피가 큰 선물 봉투를 하나씩 나누어 들고 버스에 올랐다. 도시 외곽을 도는 시외버스들이 그렇지만 어지간히 털털거리는 낡은 버스였다. 다행히 좌석은 여유가 있었다.

"따뜻해. 무릎이 따끈따끈해."

무릎 위에 얹은 닭 봉투를 가리키며 보라가 활짝 웃었다. 그리곤 이내 나를 끌어당겨 창밖을 보게 하곤 나직이 속삭였다.

"좋아. 산이랑 들이랑 모두 모두 좋아."

햇빛마을.

나뭇결이 그대로 드러난 목간판에 삐뚤빼뚤한 글씨로 새겨진 '햇빛마을'이란 이름. 그 이름을 마주하니 저절로 마음이 뜨거워졌다. 환한 이름의 간판과 뜨거운 마음의 나와는 정반대로 하늘은 회색이고 차가운 눈발은 점점 굵어지고 있다. 보라도 간판 앞에서 자꾸 그 이름을 되뇌고 있다. 예쁜 이름이야. 정말 예뻐.

언덕 밑에 옹기종기 모여앉은 열 몇 가구쯤의 동네, '햇빛마을'은 그중에도 가장 안쪽에 자리 잡고 언덕을 뒷마당 삼아 조그맣게 지은 단층 슬래브집이었다. 햇빛이 쏟아지면 정말 하얗게 칠한 집 전체가 그대로 빛 무더기가 되어 반짝반짝 돋보일 것 같았다.

망설이던 우리가 조심조심 앞뜰을 가로질러 현관으로 가고 있을 때 문득 뒤꼍에서 아주머니 한 사람이 연탄집게를 들고 나타났다.

"햇빛마을에 오신 손님들인가요?"

그 상냥한 말씨로 나는 단박에 이 사람이 바로 홍정미의 선배라는 사실을 알아차렸다.

역시 틀림이 없었다. 내가 홍정미의 이름을 대자 이내 "어머, 민구 형이 오셨군요. 잘 오셨어요. 민구가 무척 좋아할 거예요." 하면서 얼른 현관문을 열어주었다. 여느 가정집들처럼 문 앞엔 거실이 있고 거실 옆으로 돌아가며 방문들이 보였다. 보라와 나는 신발을 벗고 안으로 들어갔다. 뒤따라 올 줄 알았던 여자는 연탄을 마저 갈고 오려는지 소식이 없고, 우리는 쭈뼛거리며 거실에 서 있었다. 바닥은 불이 들어오는 듯 발에 닿는 느낌이 따뜻했지만 의자나 가구가 일절 보이지 않아 왠지 썰렁한 느낌이었다.

"민구야! 형이 왔는데 뭐하니?"

그때 여자가 손을 비비며 들어와서 맑고 낭랑한 목소리로 민구를 불렀다. 그러자 방문 세 개가 일제히 열리며 처음 보는 광경이 펼쳐졌다. 기가 막혔다. 다리의 발육이 중단되어 온몸이 뒤틀린 아이, 몸통보다 큰 머리를 벽에 기대고 서서 물끄러미 손가락을 빠는 아이, 끊임없이 고개를 흔들며 우리를 빤히 쏘아보는 아이.

보라가 먼저 아, 하는 신음을 삼키고 내 손을 잡았다. 그 순간 어디선가 공처럼 민구가 튕겨 나와 와락 내게 매달렸다.

"형아! 형아 왔네. 형아가 왔네."

녀석은 사정없이 내 가슴을 파고들며 노래를 부르듯이 '형아가 왔네'를 외었다. 짧게 깎은 머리통을 품에 안고 난 별수 없이 눈물을 찔끔거렸다. 냄새, 바로 민구의 냄새 때문이었다. 세상에, 민구에겐 뭔가 쌉쌀하고 매캐한, 홀로 사는 아이들 특유의 그 냄새가 배

눈꽃

어 있다. 얼굴이랑 입성은 내가 데리고 있을 때와는 비길 수 없게 깨끗했어도, 그래도 그 외로움의 냄새는 정말 지독했다.

"잘 있었니? 어디 보자, 음. 코 밑도 깨끗하고 눈곱도 없구나. 아주 미남이 되었어. 민구, 정말 미남이네."

나는 되는 대로 지껄이며 간신히 울음을 삼키고 있었는데 그 순간 누군가 엄청나게 큰 소리로 울음을 터뜨렸다. 계집아이였다. 짐승의 울부짖음처럼 그렇게 엄청난 울음소리를 내는 아이는 작은 몸에, 초점을 못 맞추는 눈동자를 지닌 여자애였다. 그러자 옆의 사내애가 혀 짧은 목소리로 "큰고모, 선애가 또 울어요!" 하고 심각하게 일러주었다.

"뚝! 우리 선애 착하지. 그마안."

큰고모라고 불리는 아까의 아주머니가 달려가 불끈 안아 올리니까 아이는 거짓말처럼 울음을 그쳤다.

"손님만 오면 이 애는 자기부터 안아달라고 이렇게 통곡을 한답니다."

여자는 나머지 아이들을 모두 방으로 데리고 들어가며 민구에게 말했다.

"민구야. 한 시간 후에 저녁 식사니까 그때까지만 형하고 있는 거다. 안 그러면 다른 친구들이 오래오래 속상해하잖아."

나는 낯이 뜨거웠다. 왜인지 몰랐다. 여자의 맑고 부드러운 음성을 듣고 있으니 괜히 부끄러웠다.

"가엾어."

아이들이 사라진 방문을 쳐다보며 보라가 울먹였다.

"선애는 울보야. 철호는 혹이 달렸다. 등에 이만한 혹이 있어. 형은 모르지?"

민구가 무슨 말을 하는지 귀 기울이지 않아도 금방 알아들을 수 있어 나는 깜짝 놀랐다. 한 달밖에 되지 않았는데 발음도 훨씬 분명해지고 말도 썩 조리가 있어서 너무 반가웠다.

"이 고모 누구지? 무슨 고모야?"

민구가 보라를 가리켰다. 햇빛마을에선 여자 어른이면 모두 고모로 통하는가 보았다. 나는 보라가 대답하도록 가만있었는데 보라는 웃기만 했다. 보라는 처음 보는 민구를 어떻게 다뤄야 할지 알 수가 없는 모양이었다. 나는 민구를 무릎에 앉히고 주머니에서 껌을 꺼냈다. 민구 얼굴이 대번에 밝아졌다.

"껌이다. 야! 껌이다."

녀석은 또 몇 개씩 껍질을 벗겨 한입에 넣고 힘겹게 단물을 빨기 시작했다. 입가에 흐르는 침을 닦아주려니 처음 녀석을 만나던 날이 생각났다. 노인을 따라 군포에 갔던 날이었다. 허우대로 봐선 초등학교를 다녀도 한참을 다녔을 사내 녀석이 맨엉덩이를 내놓고 뗏국물 흐르던 이불깃을 잘근잘근 씹던 모습이 지금도 눈에 선하다. 쉼 없이 흐르던 침, 누런 콧물과 비틀릴 만큼 여윈 다리를 가지고 어두운 방구석에서 뒹굴던 아이.

그래도 까맣고 맑은 눈빛만은 이상하게도 잊히지 않고 오래 마음에 남았다. 난 새삼 녀석의 눈을 들여다본다. 아직도 맑고 예쁘다. 난 가만히 녀석의 머리통을 끌어안았다.

"형도 여기 살아. 하부지도 데려와."

내 품에 안겨서 민구는 기분이 좋다. 녀석은 자꾸 할아버지도 데려와서 전부 여기서 살자고 말한다. 난 그 말에 대답할 수가 없다. 녀석 말대로 서울을 버리고 이런 곳에 틀어박혀 사는 꿈도 꾸지 않았던 것은 아니다. 서울을 떠나버릴 수도 있다. 그러나, 그럴 수는 없다. 서울을 떠나고 싶기에, 그런 까닭에 더욱 서울을 버릴 수 없음을 어떻게 몇 마디로 설명할 수 있겠는가.

민구와의 한 시간은 손바닥에 날아앉은 한 송이 눈이 녹듯이 짧았다. 한 시간이 지나자 어김없이 아이들의 큰고모가 나타났다. 그 뒤에는 또 울고 싶은 표정의 아이들이 우르르 달려 있다. 아이들은 식사 준비인 듯 턱 밑에 흰 냅킨을 똑같이 두르고 있었다.

"자, 민구도 목수건 매야지. 이리 오세요. 식사나 하시고 떠나라고 준비시켰어요."

나는 멈칫거렸다. 그런데 보라가 재빨리, 그리고 몹시 상냥하게 대답을 했다.

"고맙습니다. 하지만 지금 가봐야겠어요. 다른 아이들한테도 미안하고."

"아쉽네요. 두 분 덕택에 오늘 저녁은 닭고기 성찬인데."

아이들의 큰고모는 굳이 붙잡지는 않았다. 문득 홍정미가 해준 말이 떠올랐다. 이름 붙은 날이나, 아니면 자기들 내킬 때만 떠들썩하게 찾아와 아이들 마음에 바람만 넣는 자선가들 때문에 일부러 한적한 시골을 찾아간 것이라던. 성치 않은 몸의 아이들은 스스로 일어설 생각보다 언제 올지 모를 예기치 않은 손님들을 기다리며 외로움부터 배운다고.

나는 민구의 목에 흰 수건을 매주었다. 녀석은 이미 눈치를 챘는지 죽을 듯이 내 얼굴, 내 시선만 쫓는다. 그리곤 절대 놓지 않겠다는 듯 내 허리춤을 두 손으로 꽉 붙들고 있다. 내 가슴에도 서서히 통증이 퍼지기 시작한다.

"형아. 가지 마. 밥 먹어. 응? 여기서 살아라."

녀석이 발을 동동 굴렀다. 내가 아무 대답도 하지 않자 "나도 가자, 나도 가자."며 녀석은 사뭇 악을 썼다.

큰고모는 냉정했다. 떨어지지 않으려고 발버둥 치는 민구와 눈을 마주치고 또박또박 말했다.

"민구는 햇빛마을 큰형이지? 동생들이 보는 앞에서 큰고모 묻는 말에 똑똑히 대답해봐. 민구가 큰형이지? 그렇지?"

"네에."

녀석, 네, 라고 대답할 줄도 안다.

"형을 따라가고 싶으면 함께 가도 좋아. 그 대신 여기 친구들은 민구 보고 싶다고 매일 밤 슬프게 울 거야. 민구도 친구들과 헤어지면 슬프겠지. 어떻게 할까? 모두 다 슬프게 할래, 아니면 우리 민구만 조금 슬프고 큰형답게 참아볼래. 잘 생각해서 대답해줘."

눈물을 글썽이며 녀석은 나와 친구들을 번갈아 바라보았다. 그 작은 얼굴에 고민하는 마음이 그대로 드러나 있다. 나는 어둠에 잠겨가는 마을 앞의 뿌연 산을 보며 민구의 대답을 기다렸다. 민구의 고민이 깊은 모양이다. 답이 쉽게 나오지 않는다.

"아직 생각이 끝나지 않았어? 더 기다릴까?"

아이들이 빤히 지켜보는 앞에서 큰고모가 부드럽게 재촉했다. 부엌에 있던 두 명의 작은고모들도 거실에 나와 민구를 지켜보고 있다. 녀석은 슬그머니 내 허리춤을 잡고 있던 손을 내려놓았다. 그리곤 또 두리번두리번 여러 사람의 얼굴을 하나씩 하나씩 두루 바라보았다. 마침내 민구가 더듬더듬 입을 열었다.

"민구만 혼자 슬플래. 다 우는 것은 싫어. 무서워."

큰고모가 벙싯 웃으며 녀석의 볼에 입을 맞춰준다.

나는 터지려는 눈물을 죽을 힘 다해 참으며 말없이 돌아섰다. 보라도 입을 열지 않고 내 뒤를 따랐다. 큰고모가 말했다.

눈꽃

"자, 그럼 의젓하게 인사해봐. 민구야, 어서. 안녕히 가세요, 이렇게."

나는 운동화 끈을 꿴다고 고개를 숙여버렸다. 가슴이 빠개지는 것 같아서 녀석과 웃으며 헤어지긴 글렀다고 생각했다. 나는 정말 울고 싶지 않았다. 녀석에게 우는 모습을 보여주고 싶지 않다. 나는 오래도록 운동화 끈을 꿰었다. 그러나 뭐든 작별의 말을 하긴 해야 한다.

"민구야. 또 올게. 보고 싶을 때마다……."

녀석이 주춤 앞으로 나섰다.

"안, 녕, 히…… 가세요……."

그 동그랗고 까만 눈에 반짝이는 눈물을 나는 물끄러미 쳐다보았다. 녀석이 대견했고, 대견한 만큼 너무나 안쓰러웠다. 마지막으로 민구의 조그만 손을 한번 잡아주고 나는 등을 돌렸다. 녀석이 혹시 "형아!"를 외치며 붙잡지 않을까 걱정했지만 그런 일은 일어나지 않았다.

햇빛마을에선 내리는 눈발도 햇빛 이상으로 밝다. 그믐밤이라 달도 없는데, 몇 채 안 되는 동네 집들의 한 점 불빛은 창문도 채 밝히지 못하는데, 신작로를 걷는 우린 조금도 어둡지 않다. 오히려 환하다.

사그락사그락.

눈은 그새 밟으면 신발이 덮일 만큼 쌓였다. 전선 위에 솜처럼 얹힌 눈이 바람에 은박지 날리듯 흩어지는 모습도 딴 세상인 듯 아름답다. 나는 눈만 보고, 눈만 생각하기로 한다. 민구에 대해선 녀석의 대견함만 간직하기로 한다. 그렇게 하기로 한다. 그래서 난 '햇빛마을'을 돌아보지 않는다. 난 자꾸 앞만 본다.

눈은 계속 쌓인다. 보라는 아까부터 말이 없었다. 눈길이 좋다고 일부러 버스 한 대를 그냥 보낸 보라였다. 그리곤 내내 침묵이었다. 햇빛마을을 나서면서 "울고 싶어. 여기 와서 보니 내 모습이 더욱 초라해." 하고 한숨처럼 내뱉더니 여태도 우울한 얼굴이다.

나는 시험을 망쳤다던 보라의 말을 이제야 떠올린다. 집이 싫다 던 하소연도 이제 생각난다.

"식구들은 내게 관심도 없어. 그저 내 남동생이 잘못될까 오직 그 것만이 최대 관심사니까."

보라의 고3 남동생은 우리나라 최고의 대학에, 그것도 최고의 학 과에 원서를 넣었다. 보라의 언니도 바로 그 대학에 다니고 있다. 가운데 낀 보라의 처지가 어떨지는 알 만하다. 그래서 보라는 집으 로 돌아가야 하는 이 시간이 싫은 것인지도 모른다.

생각해보니 형과 민구를 만날 일에만 몰두해서 보라에게 너무 무 심했다. 새삼 묵묵히 내 곁을 지켜준 보라가 고마웠다. 이제 계획한 일을 모두 마쳤으니 지금부터는 보라를 돌볼 시간이라고 나는 마음 먹었다. 그 정도 배려쯤은 잊지 않는 사람이 바로 나니까.

얼마나 걸었을까. 발이 푹푹 빠져서 걷기가 여간 힘들지 않다. 그 러고 보니 언제부터인지 아예 자동차들의 왕래도 끊겼다. 많지는 않았어도 드문드문 차들이 지나가곤 했는데 사위가 한없이 고요하 다. 나는 젖은 운동화 속의 발가락이 시려서 점점 걷기가 힘들었다.

"언제까지 걸어야지?"

버스가 아예 오지 않을지도 모른다는 불안을 호소하고 싶었는데 보라는 내 말 따윈 무시하고 앞질러 가버린다. 그런 보라의 등에 장 난처럼 눈을 흩뿌리며 나는 다시 말했다.

"그만 가자. 어차피 버스를 타야잖아."

그러자 보라가 내 흉내를 내며 "어차피?" 하고 되물었다. 흡사 시비라도 걸겠다는 투다. 하지만 난 참았다. 보라를 배려하기로 작정한 것도 이유지만 사실 난 보라와 싸우는 게 두렵다. 이젠 누구와도, 보라하곤 더욱, 싸우기만 하면 돌이킬 수 없을 것 같다는 생각이 들었다.

"답답해. 넌 괜찮아? 털털거리는 버스 따윈 타고 싶지 않아서 그래. 이대로 마냥 걸었으면 좋겠어."

보라가 앞을 보며 걷는 자세 그대로 외치듯이 말했다. 시무룩한 목소리였다.

"걸어선 집에 갈 수 없잖아."

나로선 그래도 보라를 위로한다고 한 소리였다. 그런데 보라는 내 말에 또 마음이 상한 모양이었다.

"집, 집, 집. 그래, 넌 집밖에 모르는 어린애야. 덩치는 커다래도 역시……."

역시, 할 때는 분명 경멸이 담겨 있다. 이건 정말이지 느닷없는 야유였다. 특히 덩치만 커다랗고 어쩌고 하는 말은 참아넘길 수 없을 만큼 기분이 나빴다.

그것이야말로 내가 가장 듣기 싫어하는 말 중의 하나였다. 내가 어른도, 아이도 아닌 채 어정쩡하게 중간지대에 머무르게 된 것은 내 탓이 아니다. 그런 점에서 나는 몹시 억울하다. 도대체 언제 이 모호한 지대를 벗어나게 될지 그것조차 알 수 없다. 그렇다고 어른이 되지 않을 방법도 없다. 벌어지기 시작한 뼈대를 무슨 힘으로 조이랴. 어차피 자라야 한다면 빨리빨리, 뼈대가 불끈불끈 자라서, 그렇게 막 잡아당겨서라도 어른으로 가는 고개를 넘고 싶은 적도 있었다.

그러나 어느 쪽도 내 뜻대로 되는 일이 아니었다. 그런 문제는 늘 내 소관이 아니었다. 내게 주어진 것은 세상이 만들어놓은 갖가지 장애물 앞에서 설설 기기, 이쪽저쪽 눈치 보며 소심하게 살아내기, 오직 그뿐이었다. 정말 한심한 일이었다.

내가 화가 난 것은 어쩌면 그 한심함 때문일지도 몰랐다. 한심함이라면 이젠 돌아보기도 싫을 만큼 지긋지긋했다. 그것이 물이라면 넘쳐서 줄줄 샐 정도였고, 그것이 밥이라면 목구멍까지 꽉꽉 차서 더는 삼킬 수 없을 지경이다. 그것에 대한 역겨움은 이미 위험수위를 돌파하고 있다.

"제발, 날 건들지 마."

난 음울하고, 그리고 비정하게 내뱉었다. 보라가 눈을 뭉쳐 내 발등에 던지며 톡 쏘아붙였다.

"건들면? 건들면 어떡할래?"

"나, 폭발할지도 몰라. 그럼 나도 책임 못 진단 말이야. 알겠어?"

그러자 문득, 우스울 만큼 갑자기, 나는 온몸에서 불끈 거친 기운이 솟는 것을 느꼈다. 난 정말 난폭해지고 싶었다. 눈밭을 성난 들개처럼 뒹굴면 뼈가 부쩍부쩍 늘어날지도 모를 일이었다. 나는 두 주먹과 두 다리에 힘을 주고 보라를 노려보았다.

놀랍게도 보라는 아무 말도 하지 않고 슬픈 눈으로 나를 가만히 쳐다보았다. 무어라 한마디 할 법도 한데 그냥 가만히 바라보기만 하는 것이었다. 나는 노려보고, 보라는 슬프게 쳐다보고. 이럴 땐 어떻게 해야 할지 난 알 수가 없다. 나는 어떻게 굴어야 난폭한 것인지 그것조차 모르고 있었다.

무렴해진 나는 먼저 눈길을 돌렸다. 보라도 시선을 거두고 꾹꾹 눌러 눈 뭉치를 만들더니 멀리 던지기 시작했다. 한참 후 보라는 덥다는 듯 목에 감고 있던 털목도리를 풀었다. 그리곤 받으란 말도 없이 그것을 내게 휙 던졌다. 얼결에 품에 안은 그 애의 목도리에선 달짝지근하고 야릇한 냄새가 풍겨왔다. 그러자 불끈거리던 성질은 녹아 스러져버리고 조금씩 기분이 이상해졌다. 나는 사방을 둘러보았다. 아무도 없었다. 푸르스름한 대기의 광채 속에 빛나는 보라와 나, 둘뿐이었다.

나는 목도리를 품에 안은 채 보라를 바라본다. 눈 뭉치를 던져대는 일이 그 애를 달궈놓아 얼굴은 온통 발갛고 쌔근쌔근 내쉬는 숨도 몹시 가쁘다. 그런 그 애 앞에 서 있기가 문득 말할 수 없이 불편해졌다. 마음대로 숨을 쉴 수도 없을 만큼 호흡도 자유스럽지가 못했다. 이상했다. 정말 이상한 일이었다.

마침내 난 그 불편함에 질식당하기 전에 도망가기로 작정했다. 난 마구 달렸다. 죽을 듯이 달렸다. 내 발길에 차여 흩날리는 눈가루가 안개처럼 그런 나를 감싸주었다.

나는 미친 듯이 달리면서도 내가 왜 뛰고 있는지 알 수 없어 여전히 불편한 마음이었다. 천지는 너무 고요한데, 은빛 세상은 너무 아름다운데, 그러나 뭔지 모를 두려움은 왜 이리 끈질긴 것일까. 그게 뭘까.

달리다 문득 돌아보니 아득히 먼 곳에 하나의 점으로 보라가 박혀 있다. 홀로 깜박이며 다가오는 그 점의 모습이 내 가슴을 쳤다. 무엇이 두려워서 이렇게 도망치는가. 헉헉, 몸부림치듯 어지러운 입김을 공중에 흩뿌리고 서 있다가 난 그대로 눈길에 주저앉아버렸다. 갑자기 물밀 듯이 서러움이 몰려왔다. 그 두려움이 무엇인지는 모르지만, 그러나 도망치고 싶지는 않았다.

나는 눈밭에 길게 누웠다. 하늘에서 나비 떼 같은 눈이, 흰 눈이 내 얼굴로 쏟아졌다. 얼굴을 간지럽히는 차가운 눈송이들이 나를 달래주는 것 같았다. 조금 지나니 이젠 숨쉬기도 편해졌다. 여기 이렇게 누워 온몸에 눈을 묻히고 하늘을 보기까지 참 오래도 걸렸구나 하는 생각이 들었다.

그 생각에 눈시울이 뜨거워졌다. 이대로 눈에 덮여 흔적도 없이 사라졌다가 눈 녹은 봄날 전혀 다른 모습으로 나타나고 싶다. 하지만 그건 꿈이다. 나도 그걸 잘 안다. 나는 지금 눈 위에 있는 것이다. 여기 이렇게. 이게 바로 나다…….

나는 하늘을 향해 힘껏 두 팔을 뻗었다. 낮게 가라앉은 하늘에 손을 대보고 싶었다. 만져보고 싶었다. 하늘에 닿기론 턱없이 짧은 두 팔을 공중에서 흔들어보기도 했다. 나풀나풀 떨어지던 눈송이들이 내 두 팔에 닿을까 봐 놀라 사방으로 흐트러진다. 나는 이대로 눈꽃이 되어도 좋겠다고 생각했다. 흰 눈 속에 피어나는 흰 꽃, 그것의 아름다움을 생생하게 떠올리기 위해 나는 눈을 감았다.

그런데, 왜 이리 고요할까. 눈을 감으니 사방의 고요함이 더 간절하게 느껴진다. 길을 잘못 든 것은 아닌지. 눈이 우리를 홀려서 지금 허허벌판을 헤매는 것인지도 몰랐다. 이 길의 끝은 바다일 수도 있다.

하지만 길이 아닌들 어쩌랴. 감은 눈에 힘을 주고, 나는 마음속으로 이 무구한 정적을 받아들이려고 정신을 모은다. 길이 아닌들 어쩌랴. 애초 내겐 길다운 길이 주어진 적도 없다. 나는 이제 두려워하지 않을 것이다. 나는 주문을 외듯 그렇게 중얼거렸다. 두려움 따윈 두렵지 않다…….

안온했다. 추위를 이불 삼아, 내리는 눈을 노래 삼아 조용히 기다리면 눈꽃 같은 흰 잠을, 흰 꿈을 내 것으로 가질 수도 있으리라. 그

눈꽃

때, 알 수 없는 무엇이 날 흔들었다. 처음엔 그것이 무엇인지도 몰랐다. 공기 중에 알 수 없는 냄새가 섞였다고 느낀 순간, 내 뺨에 차갑고 축축한 그 무엇이 살짝 닿았다.

그것이 입술인 줄을 나는 나중에야 깨달았다. 차갑고 축축한 그것은 보라의 입술이었다. 상상조차 하지 못한 일이었다. 내 몸은 순식간에 돌처럼 굳어버렸다. 이어서 더욱 숨 막히는 일이 일어났다. 보라는, 머뭇거리지도 않고, 내 입술에 제 입술을 포개버린 것이었다.

눈앞이 아득했다. 무슨 일이 일어나고 있는 걸까. 난 눈도 뜨지 못하고 그 애의 입술을 받았다. 가득 찬 유리잔이 출렁이듯 온 정신이 심하게 일렁거렸다. 물이 발칵 쏟아질까 봐 난 손가락 하나 움직일 수 없었다.

입술은, 두 사람의 입술은 얼마 동안 그렇게 멈춰 있었다. 그 어떤 것도 우리를 방해하지 않았다. 은빛 세상은 한없이 고요하고 움직이는 것은 아무것도 없다. 나는 다만 내 심장의 고동 소리가 밖으로 새나가지 않기만을 빌고 또 빌었다.

얼마 후, 보라의 입술이 조금씩 자리를 옮기기 시작했다. 그 애의 꽃잎 같은 입술이 내 얼굴 곳곳을 더듬었다. 입술이 내 떨리는 눈꺼풀에 닿았을 땐 나도 모르게 한숨이 새어 나왔다. 보라는 오래도록 내 눈에서 입술을 떼지 않았다. 그 애의 훈훈한 콧김이 내 이마 위에 부어지고, 나는 조금씩 조금씩 마음이 평안해졌다.

다시 그 애의 입술과 내 입술이 포개졌을 때, 나는 조심스레 팔을 뻗쳐 그 애를 안았다. 서로의 심장이 뛰는 소리, 우린 그렇게 가만히 있었다. 훈훈했다. 조금도 춥지 않았다. 그 애도 내 품 안에서 따뜻함을 느꼈으면. 나는 정성을 다해서 그 애를 가슴 가득 껴안았다. 알지 못할 평화가, 설명할 길 없는 편안함이 나를 감싸고, 우리를 에워쌌다.

이윽고 보라가 먼저 몸을 일으켰다. 나도 팔을 풀었다. 우리는 몸에 묻은 눈을 털어내며 행여 시선이 부딪칠까 애써 딴 데를 보았다. 무슨 말이든 하고 싶었지만, 그래서 이 어색함을 지우고 싶었지만, 도무지 적당한 말이 떠오르질 않았다.

우리는 다시 길을 떠났다. 서로 말은 하지 않았어도 아직 마음은 훈훈했다. 도중에 내가 손을 내밀자 보라는 뿌리치지 않고 내 손을 잡았다. 우리는 그렇게 손을 꼭 잡고 눈길을 헤쳐나갔다.

그 밤, 우리는 밥을 사 먹었던 읍내까지 걸어와서 천안행 버스를 탔다. 폭설에 묶여 다른 노선은 모두 운행이 중단되었고 오직 하나, 천안행 버스만 운행을 계속했다. 사람들은 모두 엄청나게 내리는 눈에 대해 말했다. 웅성거리는 음성들, 밝은 불빛들, 연속극이 나오는 텔레비전을 만나니까 지금까지 보라와 내가 머물렀던 세계가 꿈결처럼 아득하게 여겨졌다. 거리로 나오면서 줄곧 잡고 있던 손도 슬쩍 놓았다. 나는 두고 온 그곳의 평화가 그리워서 버스 안에서도 내내 허퉁했다.

그리고 우린 서울행 밤 기차를 탔다. 나란히 앉아 스쳐 가는 창밖의 어둠을 지켜보았다. 위로 올라올수록 점점 눈 풍경이 희미하더니 새벽의 서울역 광장은 거짓말처럼 말끔했다. 지난밤 서울엔 싸락눈조차 내리지 않았다. 잿빛 도시의 우중충한 새벽을 둘러보면서 정말이지 난 뭔가에 홀린 기분이었다.

연말이 가까워지자 비로소 망치 소리가 멈췄다. 쉴 새 없이 고막을 울리던 소리는 사라졌어도 귓가엔 여전히 길고 둔중한 여운이 달라붙어 있다. 날은 다행히 푸근했으나 철거 바람이 일으킨 황량함은 수은주와 관계없이 마음을 얼어붙게 했다.

동네는 말 그대로 폐허가 되었다. 아직 철거하지 않은 집이라도 붉은 페인트로 섬뜩하게 그어놓은 가위표 때문에 집의 온기는 다 빠져나간 셈이었다. 뼈대만 남은 시멘트벽, 바람에 너덜거리는 누런 벽지, 발길에 차이는 부서진 기왓장들. 밖에 나갔다 들어올 적엔 그것들이 보고 싶지 않아 부러 땅만 쳐다보았다.

"한 시도 못 살겠어. 귀신이 나올 것 같아서라도 이 동네엔 이제 못 있겠네."

그러면서도 어머닌 내내 망설이고 있었다. 구해놓은 전셋집은 잔금까지 지급해서 진즉 비어 있지만 어머니는 쉽게 나성여관을 버리고 떠나려 들지 않았다. 까짓거 아무 날이나 하루 잡아 옮기면 될 거 아니냐고, 좀 더 두고 보자고만 그러는 것이었다.

뿐만 아니라 어머니는 여태도 "인제 뭘 해서 입에 풀칠하나"로 고민 중이었다. 마음에 둔 일은 많겠지만 아직은 똑 부러지게 결정하지 못하는 이유를 어머니는 "정신이 시끌시끌해서"라고 말했다. 형이 확정판결을 받은 다음이면 모를까, 이 지경에 먹고살 일을 궁리하고 그것을 실행에 옮기기론 어머니도 많이 지쳐 있었다.

형의 소식은 홍정미를 통해서 상세히 듣고 있었다. 내가 형한테 다녀온 직후 재판날짜가 잡혀서 형의 첫 공판이 열리던 지난 월요일 홍정미가 다시 부산으로 갔다. 홍정미를 비롯한 형의 동료들, 그리고 몇몇 재야단체들이 방청석을 가득 메웠다는 소식은 신문에서 읽었다. 돌아와서 집에 들른 그녀는 절대 걱정하지 말라고, 거듭 항소를 하게 될 테고 따라서 싸움은 이제 겨우 시작이니 느긋하게 대처하자고 말했다.

첫 사실심리 때 형은 그럴 수 없이 침착하고 당당해서 방청석을 메운 이들에게 깊은 인상을 주었다는 이야기도 홍정미의 보고 내용 중 하나였다. 어떻게 그럴 수 있을까. 형은 홍정미에게 자신이 10년 징역을 살든 20년 징역을 살든 아무런 문제도 되지 않는다고 말했다. 실제로 형 사건의 경우 법정최고형이 사형인 까닭에(이 말을 들었을 땐 숨이 멎는 것 같았다), 검찰 구형이 어떻게 떨어질지 상당히 비관적이라는 설도 있었다.

나는 형에 관한 보고를 들을 때마다 형의 가슴속에 숨겨진 뜨거운 불길에 손을 댄 느낌으로 어쩔 줄을 모르게 된다. 그 불꽃은 너무나 뜨겁다. 마치 세상의 모든 풀무를 동원해서 있는 힘껏 일궈놓은 불의 덩어리 같다. 내 형의 어디에 그런 불덩이가 숨겨져 있었는지 나는 정말 알 수가 없었다.

형도 그렇지만 홍정미 또한 경이롭다. 그녀는 법정최고형 운운에는 늘 코웃음을 친다. 변호인단 역시 사기충천해 있다고 전한다. 홍정미가 아니면 우리 가족에게 누군들 이만한 희망의 기운을 안겨줄 수 있겠는가. 어머니나 아버지는 아예 신문 따윈 보려고도 하지 않고 홍정미의 말만 신뢰하기로 작정한 사람들처럼 보였다.

이사 날짜가 정해진 것은 형의 1심 공판이 끝난 후였다. 어머니는 마침내 망설임을 접고 해를 넘기기 전에 이 지긋지긋한 동네를 뜨겠다는 결심을 했다. 어차피 새달 중엔 이 집을 철거한다는 통고가 있었으므로 어머니의 미적거림도 한계에 달해 있긴 했다.

그와 동시에 대입 합격자 발표가 있었다. 쥬노는 어쨌든(제 표현대로 하자면, 옛날 같으면 쳐다보지도 않았을) 대학생 자격을 얻었다. 진휘와 종식은 처음부터 전기엔 응시조차 하지 않았으니 관계가 없다.

쥬노에게 보라 소식도 들었다. 보라는 불합격이었다. 형무같이 정신병원에 처박힌 놈도 있는데 보라 정도면 아직 기회가 많이 남앉으니 걱정할 것 없다는 녀석의 느긋한(합격자니까) 해설을 들으면서 난 가슴이 아팠다.

그러나 보라한텐 어떤 연락도 하지 않았다. 불합격의 경험이라면 나도 충분히 있었다. 그럴 땐 차라리 내버려 두는 게 훨씬 낫다. 세상의 온갖 아름다운 말도 귀에 닿지 않는다. 보이는 모든 것들이 다 싫고 들려오는 갖가지 소리에 빠짐없이 상처를 입는다. 이번에 또 떨어지면 일부러라도 언니나 남동생이 가장 경멸하는 대학을 골라서 후기원서를 넣겠다던 보라였다. 걱정은 되었으나 그 애를 도울 방법이 없었다.

뽕짝아줌마의 조바심 덕분이었는지 다행히 날은 연일 푸근했다. 아줌마는 요즘 "이 추위에 어쩌끄나."가 입버릇이었다.

"뭔 일을 새칠로 시작헐랑간 모르지만 사람이 필요하믄 언제라도 부르시요, 잉. 미우네 고우네 해싸도 이놈의 인정맨치 찔긴 게 없당게요. 으휴, 써운해서 똑 죽겠고만 잉."

아줌마의 유행가 소리도, 말끝마다 따라붙던 그 '잉' 소리도 이젠 마지막이었다.

그 며칠 동안 내 꿈은 늘 눈물로 질펀했다. 현실에서보다 꿈속에서 나는 이 결별을 더 슬퍼했다. 어떤 꿈에선 눈물의 홍수가 콘택트 렌즈를 밀어내서 결국 렌즈를 끼지 못하고 더듬더듬 외출하는 참사가 일어나기도 했다. 그즘 나는 긴 잠으로 아침까지 미끈하게 도달한 적이 한 번도 없었다. 잠에서 깨면 벌떡 일어나 복도에서 서성거렸다. 혹시 뒷문이 덜컹거리면 정신없이 뛰어나가 녹슨 문고리를 벗겨내고 음산한 골목길을, 폐허의 쓰레기더미 뒤까지 살펴보고 들어왔다.

난, 고백하자면, 줄곧 누나를 기다리고 있었다. 어머니가 이삿날을 결정하자 난 어쩔 수 없이 누나를 떠올렸고, 그리고 '빛'에 전화를 했다. 누나하고 직접 통화하진 못했어도 전화를 받은 이가 꼭 전해주겠다고 다짐했다.

누나는 꼭 올 것이다. 나는 믿는다. 다른 사람은 모른다. 누나나 형, 그리고 내가 나성여관에 품고 있는 사랑을. 그것은 때로 누추했고 더러는 끔찍했으나 그보다 더 많이 오밀조밀했고 아늑했다. 우리들의 사랑 속에 담긴 분노와 증오와 슬픔 없이 어찌 이처럼 질긴 애정의 끈을 묶어낼 수 있었으리.

내 기다림은 옳았다. 꿈결 같았어도, 정녕 그림자인 듯 홀연 사라졌어도, 누나는 나성여관에서의 마지막 밤을 용케도 놓치지 않았다. 하지만 누나의 귀가에 대해 난 도저히, 어떤 말로도, 제대로 설명할 길이 없다. 정말이다. 새벽에 일어나 누나가 사라진 것을 확인하곤 나는 이것이 꿈이었으려니 여겼을 정도였다.

누나는 잊지도 않고 뒷문을 두들겼다. 아니, 두들겼다기보다 어루만지고 있었던 것이 틀림없다. 난 늦게까지 내 방의 짐을 꾸리면서 바깥의 기척에 귀를 곤두세우고 있었지만 문 두들기는 소리는 분명코 듣지 못했다. 그럼에도 내가 어느 순간 무엇에 홀린 듯 뒷문을 열어준 것은 누나의 소리 없는 부름에 대한 내 마음의 자동응답이었으리라. 이제는 쓸쓸함으로 말하지만, 누나와 난 그런 사이였다.

내가 문을 열었을 때, 누나는 검은 외투의 깃으로 얼굴을 감추며 뒤로 물러섰다. 누나가 올 줄 알았으므로 난 호들갑 따윈 떨지 않았다.

"내 방으로 갈래."

누나의 첫마디였다. 그 밤에 누나는 딱 두 번밖에 입을 열지 않았는데, 자기 방으로 가겠다는 말과 또 하나는 형에 관해서였다.

"오빠한테 내 말 하지 마. 절대 하면 안 돼. 면회 가서도 하지 말고 편지에도 쓰지 마. 그럼, 네가 말해버리면 난 죽어버릴 거야."

그러더니 "정말이야." 하면서 부르르 몸을 떨었다. 누나가 쓰던 전기담요를 꺼내 깔아주고, 그러고도 비워 둔 방의 냉기가 걱정되어 내 방으로 가자고 여러 번 말했지만 누나는 그 뒤론 전혀 입을 열지 않았다. 누나는 완전히 딴 모습이었다. 향기로운 꽃 같았고, 날아다니는 나비 같았던 예전의 모습은 씻은 듯이 사라지고 없었다. 삭정이처럼 윤기 없고 메마른 누나를 보자니 절로 목이 메어 나도 입을 열지 못했다.

나는 누나를 혼자 두었다. 누나도 간절히 혼자 있고 싶은 눈치였다. 나 또한 그 창백한 얼굴과 쉴 새 없이 두리번거리는 불안에 찬 눈길을 오래 보고 있을 수가 없었다.

누나를 혼자 남겨둔 채 나는 새벽이 가깝도록 누나 방의 연탄불을 지켰다. 내 방에 들어 있는 윗 불을 빼다 누나 방에 넣은 다음 불구멍을 있는 대로 터놓았다. 그리곤 활활 잘도 타는 연탄불을 꺼뜨리지 않고 제시간에 갈기 위해 추운 줄도 모르고 뒤꼍을 들랑거렸다. 나는 오직 누나가 따뜻한 방에서 한숨 달게 잘 수 있기만을 빌었다.

두 번째 새 연탄을 갈아 넣고, 동쪽 하늘이 부옇게 밝아오는 것을 확인하고, 그런 뒤 잠시 잠이 들었던 모양이었다. 잠이라 해도 실낱같이 가늘고 옅은 것이었을 텐데 바로 그 순간에 누나는 감쪽같이 집을 빠져나가고 말았다. 두 번째 새 연탄을 갈 때 분명히 누나의 구두를 확인했었다. 얌전히 놓인 구두를 두 번 세 번 쳐다보며 좋아했었다. 누나의 곤한 단잠에 훼방이 될까 봐 내가 얼마나 조심했는데. 누나가 따끈따끈한 방에서 자고 있다는 생각에 내가 얼마나 행복했는데.

그러나 누나는 가버렸다. 언제 다시 오겠다는 말도 없이, 네 덕분에 정말 따뜻한 밤을 지냈다는 인사도 없이 가고 말았다. 아직 누나의 냄새가 남은 빈방을 들여다보며 나는 지난밤 긴 꿈을 꾼 것이라고 여겼다. 너무도 생생해서 꿈이라고 말하기조차 이상한 그런 꿈을 꾼 것이라고.

아무도 누나가 다녀간 사실을 눈치채지 못했다. 누나는 그렇게 나성여관의 자기 방에서 짧은 밤을 보내고 다시 자기 세계로 건너갔다. 그것은 마치 날개옷을 잃어버린 천사가 밤에만 별빛을 타고 하늘나라에 다녀가곤 한다는 동화 속의 이야기처럼 슬프고 허망한 만남이었다.

하지만 난 누나를 미워하거나 원망하지 않기로 했다. 누나는 누나 방식대로 나성여관과의 이별의식을 치뤘다. 누나는 나성여관을, 나를, 우리 가족을 여전히 사랑하고 있다는 것을 그렇게 보여주었다. 그것만으로도 난 충분하다.

다음 날 아침, 이사가 시작되었다. 크고 작은 보퉁이들을 골목에 내놓다 말고 아버지는 '나성여관'이라고 쓰인 빛바랜 나무 간판을 오랫동안 들여다보았다. 그 간판을 아버지는 버리지 못했다.

"가져가자. 언제라도 버릴 수는 있으니까."

그러면서 아버지는 그것을 짐 보퉁이 사이에 끼워 넣었다. 어머니도 아버지와 똑같았다. 두고 가자니 자꾸 돌아보게 된다며 낡은 손금고를 이불 짐 속에 함께 꾸렸다. 그리고 바로 트럭과 인부들이 당도했고, 모두 그 트럭에 실려 떠났다.

그러나 나는 남았다. 운전석 옆엔 자리가 모자랐어도 인부들과

　　　　　　　　　　　　　　　　　　　　눈꽃

함께 짐칸에 박혀 떠날 수도 있었다. 하지만 난 이삿짐과 식구들을 따라가지 않았다. 정말이지 이렇게 우르르, 떠밀리듯 가버리고 싶지는 않았다. 지금 가버리면 그만이었다. 머지않은 날에 불도저가 밀어붙이면 나성여관은 사라지고 말 것이었다. 흙먼지를 날리며 쓰러져 내릴 나성여관을 떠올리면 내 가슴도 쿵 무너지는 듯했다.

추위도 느끼지 못하고 그렇게 하염없이 텅 빈 나성여관 이곳저곳을 서성거렸던 시간이 얼마쯤이었을까. 그만 가야겠다고 생각하며 집을 나오는데 골목 저쪽에 누군가 나타났다. 나는 내 눈을 의심했다. 설마 했지만 틀림없었다. 흰 이빨을 드러내며 웃고 있는 사람은 분명 찌르레기 아저씨였다.

그를 보자 불현듯 눈앞이 흐려왔다. 나는 뻑뻑한 눈을 문지르며 그가 가까이 올 때까지 기다렸다. 내가 그에게 갈 수도 있었지만 왠지 발이 떨어지질 않았다. 나는 기다렸다. 사금파리같이 차갑게 빛나는 겨울 햇살을 사그락사그락 밟으며 그가 내게로 왔다. 목까지 올라오는 검은색 털 스웨터, 아저씨는 예전보다 훨씬 근사하게 보인다.

"우리, 이렇게 다시 만났구나."

아저씨가 말했다. 예전의 그 얼굴, 그 목소리. 아, 정말 이렇게 만날 수도 있구나. 나 역시 그를 보는 순간부터 줄곧 그 생각을 하고 있었다.

"언제 이렇게 됐지?"

아저씨는 쓰레기들만 나뒹구는 나성여관을 돌아보았다.

"오늘. 지금 막 떠났어요."

나 또한 스산한 집을 둘러보며 새삼스럽게 침울해진다.

"그런데, 넌?"

아저씨가 빤히 내 얼굴을 쳐다보았다.

"그냥요. 그냥 남고 싶었어요."

"자식, 아직도 여전하구나."

아저씨는 내 머리통을 넓고 따뜻한 손으로 마구 주무른다. 내 말버릇이 여전하다면 아저씨의 머리통 주무르는 버릇도 변하지 않았다.

"한 번 들어가 볼까? 곧 철거된다면서?"

아저씨가 먼저 삐걱거리는 현관문을 젖히고 안으로 들어갔다. 우리는 신발을 신은 채 뒤채부터 기웃거렸다. 방문을 열 때마다 땟국물에 젖은 붉은 커튼이 펄럭였다. 세면실엔 가래처럼 풀어진 싸구려 세숫비누 한 조각이 버려져 있다. 아저씨는 자기가 묵었던 9호실의 방문을 열었다. 오랫동안 사람이 들지 않은 방에선 바깥보다 더한 냉기가 스며 나왔다.

"맞아. 처음 너를 만났을 때부터, 그때부터 예사롭지 않았어. 넌 몰랐겠지만, 나는 늘 네게서 큰 힘을 얻곤 했었지."

그의 목소리가 가늘게 떨렸다.

"생각할수록 기이한 인연이야. 너를 뿌리치고 부산으로 달려가 만반의 준비를 하고 있을 때도 종종 너를 떠올렸지. 그러나, 네 형이 나보다 빨랐어. 처음엔, 내가 그토록 궁금하게 여겼던 사람이 네 형이란 사실이, 정말이지 도저히 믿어지지 않더라."

형도 그랬었다. 믿을 수 없었다고. 하지만 우리의 지난 시대에서는 충분히 있을 수 있는 일이라고 말했었다. 그날의 그 말들을 나는 한마디도 잊지 않고 기억하고 있다.

"넌 좋은 형을 두었더구나. 너한테 그랬던 것처럼, 네 형도 만나자 금방 좋아졌어. 형에게 가면 우린 네 이야길 많이 하지. 형도 그러면 아주 즐거워해."

나는 숨을 크게 들이쉬었다. 그러자 매캐한 먼지 냄새가 훅 들어

오더니 등으로 한 줄기 소름이 돋았다. 추웠다. 나는 10호실을 들여
다보는 아저씨에게 아주 짧게, 노인의 죽음을 알리고 민구의 소식
을 전했다.

그때 아저씨가 내게 던진 일별은 뭐랄까, 참 설명하기 복잡한 것
이었다. 그것은 이를테면, 천방지축인 이 세상살이의 애환에 보내
는 마흔 살 남자의 쓸쓸함 같은 것이 흥건하게 배어 있는 시선이었
다. 예전의 섬뜩할 만큼 불꽃 튕기던 눈빛은 이제 사라졌을까. 나는
한 번 더 그를 살폈지만 쓸쓸함의 그림자 외엔 아무것도 읽어낼 수
없었다.

우리는 다시 마당으로 나왔다. 텅 빈 집보다는 햇볕을 두르고 있
는 바깥이 훨씬 따뜻했다. 우리는 대문을 반듯하게 여며놓고 나란
히 골목길을 걸어갔다. 무너진 건물의 잔해에도 고루 쏟아지는 겨
울 햇발, 그 쓰레기더미 사이에서 버려진 고양이 한 마리가 무심한
눈길로 우리를 바라보았다. 똑같은 생각을 하고 있었던 걸까, 그가
문득 민구가 보고 싶다고 말했다.

"낮엔 할 수 있는 한 힘껏 일하고, 밤엔 아들 녀석 뒤처진 공부 돌
봐주고, 아비 노릇이 아직은 벅차긴 해도 차차 나아지겠지. 좀 나아
지면,"

말을 끊고 한참 생각에 잠기다가 이윽고 그의 얼굴에 슬며시 웃
음이 번졌다.

"난 한때 아들을 열 명쯤 낳고 싶었지. 진심으로 그랬어. 되게 외
로웠던 모양이야. 그런데 지금은 성준이 그 애밖에 없어. 성준이도
혼자 외롭겠지. 아들이 하나 더 생기면 아주 즐거울 거야. 아주 많
이……."

나는 그가 민구를 말하고 있음을 잘 안다. 그러나 나는 말 없이

걷기만 한다. 이럴 땐 어떤 이야기를 해도 어울리지 않고 어색해지기에 십상이다. 나는 눈을 찡그리며 부신 해를 올려다보았다. 둥근 태양은 붉은 보석 같았다. 삭풍 몰아치는 음산한 겨울에도 하늘엔 보석 같은 해가 있다는 게 새삼 신기했다.

우리는 큰길이 보이는 곳에서 작별의 인사를 나누었다. 그는 끝내 나에 대해서, 아니 내 앞에 가로놓인 미래에 대해서 한 마디도 묻지 않았다. 그렇게 해준 그가 몹시 고마웠다. 헤어지면서 그는 또 내 머리통을 주물렀다. 간판들이 숲을 이룬 거리로 사라져가는 아저씨의 넓은 등을 나는 한참 동안 지켜보았다.

그리고 나도 돌아섰다. 생각 없이 골목 안으로 몇 발짝 걸음을 옮기다 말고 나는 우뚝 서버렸다. 방들이 서로의 맨몸을 부비며 칭얼거리고 있을 나성여관은 이제 내가 돌아갈 곳이 아니었다. 나는 망연해져서 낯익은 주변 형상 하나하나에 스며 있는 시간의 부스러기들을 보았다. 그 멈춘 시간 속에서 나는 공기조차 떨지 않는 고요를 보았다. 그러나 그 고요를, 이루 말할 수 없이 평온했던 순간의 고요를, 휘몰아쳐 내달려온 바람이 일시에 헝클어버렸다.

다시 되돌아 나오다 나는 바로 옆에서, 제대로 풀칠이 되지 않아 깃발처럼 나부끼는 전봇대의 광고지 한 장을 발견했다. 그것은 누더기같이 덕지덕지 붙은 다른 광고지에 비해 최근의 것인 듯 가장 깨끗하게 보였다. 나는 가까이 다가갔다. 생산직 남녀사원 00명 모집. 초보자 환영. 깃발같이 펄럭였던 그것은 구인광고였고, 내가 읽은 것은 그 두 문장과 전화번호였다.

〈끝〉

눈꽃

지난 일 년간 오직 이 소설만 썼다.

이렇게 말할 수 있는 날이 오기를, 마지막 한 문장을 써넣고 미련 없이 의자에서 일어나버릴 그 날이 오기를 간절히 기다리며 버틴 일 년이었다. 이제 그날이 왔지만, 마음은 여전히 갇혀있는 듯 후련 하지만은 않다.

이 소설은 1990년 1월부터 쓰기 시작한 것이다. 날짜가 가리키듯 새로운 연대(年代)에 대한 강렬한 '희망'이 나를 책상 앞에 붙들어놓 았다. 나는 우리 모두를 멍들게 했던 지난 시대, 그 시대의 깊은 상 처에 위로가 되고 또 위무 받을 수 있는 살풀이를 꿈꾸었다.

내가 스무 살의, 게다가 대학입시에 매번 낙방하는 한 젊음의 눈 을 선택했다는 것은 그러므로 당연한 결정이었다. 그 미지(未知)의 눈이야말로 세상을 바라보는 초정밀 렌즈이며 인식의 덧칠 없는 순 결함이다. 나는 그 스무 살의 렌즈로 세상을 통과하면서, 생에 대한 간절한 사랑이 없고서는 세상은 새롭지도, 또 새로움에의 꿈도 꿀수가 없다는 사실을 확인했다. 또한 시대가 괴롭고 어두울수록 그것에 대응할 만한 경쾌하고 따뜻한 정신이 필요하다는 것에도 동의했다. 그것은 현실에 대항하는 삶의 한 방법이기도 했다.

스무 살짜리 우리의 주인공은 마구간과 같은 '나성여관'의 둘째 아들로 여관 뒤채의 골방에서 기거한다. 하기야 우리 모두는 이 여관의 숙박부에 주민등록번호 따위를 기재하고 살아가는 투숙객이 아니겠는가. 그곳에는 향락의 노래를 부르는 사람들, 원한과 탄식으로 자신을 마멸시키는 사람들이 뒤섞여 살고 있다. 추억과 회한의 뒷걸음질만 거듭하는 이도 방을 하나 얻고 있다. 방들의 비밀, 생의 비밀을 추적하면서 나는 꿈의 헐벗음에 한없는 추위를 느꼈다. 허름한 이부자리와 깜박이는 낡은 형광등 밑에서는 삶만이 유일한 진실이다.

이제 나로서는 첫 장편인 이 소설을 내 손에서 띄워 보낸다. 이 소설에서 놓여난 것은 기쁘나, 그러나 놓여남을 받아들이는 마음은 황량하기만 하다.

– 1990년 『잘 가라 밤이여』 초판을 내며

작가의 말 2

  많은 생각 끝에 소설의 제목을 바꾸어서 재판을 찍기로 하였다.
'희망'이란 표제는 이 소설의 첫 줄을 쓰기 시작할 때부터 내 마음속
깊은 곳에 각인되어 있던, 소설을 이끌고 나가던 화두 같은 것이었
다. 이번에 나는 그 마음의 낱말을 표제로 드러낼 것을 결정하였다.
  그 결정에는 여러 가지 다른 이유도 고려되어 있으나, 가장 크게
작용한 것은 '잘 가라 밤이여'의 은유에서 벗어나 명료하게 희망으
로 가고 싶다는 스스로의 희망 때문이었다.

                                    – 1991년 『희망』 재판을 내며

　이상한 일이지만, 『희망』에 대해서는 단 한 번도 마음에서 놓아
본 적이 없다. 이렇게도 줄곧 애가 쓰이는 경우는 처음이었다. 이
책이 절판되어 사람들에게 잊혀가는 모습을 지켜보는 일은 그러므
로 내겐 형벌이었다. 다시 인쇄에 들어간다는 소식에 접했을 때 나
는 표지라도 바꿔줘야 한다고 생각했다. 새 옷을 입혀서 따습게 내
보내고 싶다는 이 사랑은, 나로서도 어쩔 수 없는 운명적 사랑이다.

– 1996년 『희망』 3판을 내며

 소설 하나를 두고 네 번째 작가의 말을 적는다.

 앞에 놓인 작가의 말들을, 나는 남이 쓴 글처럼 읽는다. 그랬구나, 하다가 세 번째에 이르러서는 얼굴이 좀 뜨거워진다. 저런 '고백'을 아무렇지도 않게 책에 쓰다니, 지금의 나로서는 받아들이기 힘들다.

 다행인 것은 이 소설에 가진 애정만큼은 아직 그대로라는 점이다. 교정을 위해 정말 오랜만에 소설을 다시 읽으며 그 사실을 확인했다. 많은 시간이 흘렀음에도 내가 삶을 대하는 태도나 정신이 첫 장편의 시간에서 멀어지지 않은 것도 안심이 된다. 시대의 배경은 바뀌어도 삶은 남는다. 그렇기에 우리 각자가 품은 '희망'들은 여전히 유효하다.

 '나성여관'에 살았던 그들의 근황이 궁금하다. 특히 우연이는, 지금 어디에서 어떻게 살고 있을지 가끔 생각난다. 그저 건재하기만을 바란다.

– 2020년 6월 『희망』 5판을 내며

여관에서 집으로, 집에서 마을로

김 훈 (소설가)

이야기의 선(善)한 힘

양귀자의 소설을 읽을 때 나는 늘 이야기가 삶에 대하여 행사하는 힘에 관하여 생각하곤 했다. 국면의 기발한 전환이나 내 뒤통수를 갈겨줄 파격적인 종결처리를 나는 기대하지 않았다. 나는 그런 것들보다는 양귀자의 소설 속에서 얽혀지고 짜여지는 삶의 이야기들을 읽으면서 '아, 그런 것이었구나' 혹은 '그랬을 테지, 족히 그랬을 거야'라고 느껴질 때 글 읽는 자의 내밀한 기쁨을 느꼈다. 삶을 통과해 나온 이야기는 그것을 읽는 사람에게 삶의 내용과 질감을 확인시켜준다.

살아 있는 인간의 마음의 켜와 결을 건너뛰지 않고 꼼꼼하게 통과해 나온 이야기는 편안하고 무리 없이 삶 속으로 되돌아가 자리 잡는다. 이야기된 삶 앞에서 '아, 그런 것이었구나'라고 느낄 때, 그 이야기는 이야기로써 드러난 삶을 반성할 것을 드러내놓고 요구하지는 않지만, 그것을 읽는 사람의 '아, 그랬었구나'라는 느낌 속에는 삶에 대한 반성이 이미 잠입해 있다. 그런 반성은 도덕적인 것이라기보다는 정서적인 것일 터인데 정서적 반성이 갖는 환기력은 도덕적 반성까지를 포함하는 것이며, 그것은 삶에 대하여 유효한 정서이며 선한 충동이다.

'아, 그랬었구나'라는 느낌의 회한이나 안타까움 혹은 답답함의 확인일 경우에도 이야기된 삶은 살아가는 삶의 질(質)을 개선하는 데 기여한다. 그리고 이야기된 삶은 살아가는 삶을 남과 공유할 수 있는 개방성의 자리로 밀어 올린다. 이야기된 삶은 그런 개방성을 드러내놓고 표방하지는 않지만, 읽는 사람의 '아, 그런 것이었구나'라는 느낌은 이미 그 개방성을 바탕에 깔고 있다. 몰래, 혹은 은연중에 공유된 개방성의 바탕이 없다면 '아, 그랬었구나. 그랬을 테지'는 불가능하다.

양귀자의 소설은 이야기를 피륙의 날줄과 씨줄로 삼아, 이야기를 다져나감으로써 그 짜여짐 위에 삶의 크고 작은 문양들을 자리 잡게 한다. 양귀자의 소설은 어느 페이지를 펼쳐서 읽어도 재갈거리고 지지고 볶는 이야기가 짜여지고 있다. 그렇게 다져지는 이야기 위에 시대의 무늬와 삶의 무늬, 그리고 마음의 풍경과 꿈과 상처의 무늬가 자리 잡는다. 양귀자의 글들은 이미지나 상징을 동원해서 그 문양에 접근할 때도 그 이미지나 상징은 반드시 이야기 속에 녹아들어 있다. 그것들은 반드시 인간에게 쓸리우고 인간을 통과해 나온 연후의 모습으로 나타나게 되는데, 그렇게 해서 쓰여지는 문장들은 시적(詩的)인 것들을 배고픔이나 목마름, 추위나 더위, 돈 걱정이나 반찬 걱정처럼 일상 속에서 몸으로 체득할 수 있는 구체적이고 확실한 것으로 변용시킨다.

양귀자의 글 속에서 내가 가장 좋아하는 대목은 시적인 것들을 삶 속의 구체적인 사물이나 이야기로 바꾸어놓고, '자, 손으로 만져봐. 만질 수 있지?'라고 말하듯이 독자 앞에 내밀어줄 때이다.

그것은 만져진다! 시적인 것이 만져지다니. 그것이 기적이나 마술이라면 나는 아무런 기쁨도 느낄 수 없다. 그것이 일상(日常)이기 때문에 나는 양귀자의 글을 읽고, 그 글 속에서도 내가 결국은 버리지 못할 지독한 편애의 표를 질러둔 페이지들만을 따로 찾아서 읽는다. 만질 수 없었던 것을 만질 때, 나는 만져지는 것들에 관하여 더 이상 따지거나 몽상하지 않는다. 내 그리움이나 아쉬움은 거기서 일단 끝난다. 나는 내가 만지고 있는 것들의 온도와 질감, 그 따스함이나 서늘함, 축축함이나 메마름, 땀과 눈물의 냄새, 젊은 여자(가령 이 소설 속의 누나)의 살의 향기 같은 것들이 내 속으로 기어들어 와 삶의 일부로 자리 잡는 것을 즐겁게 방치해버린다.

글과 글 읽는 사람 사이를 만질 수 있는 확실성으로 연결하고, 이야기된 삶을 살아가는 삶 속으로 되돌려주는 것, 나는 그런 것들이 이야기가 삶에 대하여 행사하는 선(善)한 힘이라고 믿는다. 그리고 이미지나 상징을 이야기 속에 녹여낼 때도 양귀자의 글은 정밀한 이야기꾼의 산문성(散文性)을 허물지 않는다.

'난 그저 이야기를 끌어나가고 있을 뿐이야'라고 양귀자는 시치미를 떼고 있다. 이 시치미가 양귀자의 글에 작은 보폭으로 나아가는 전개의 안정성을 가져다주고, 그의 이야기가 높은 곳을 날아가지 않고, 땅 위를 한 걸음씩 걸어가게 한다. 이 짧은 글이 겨누는 것은 그 이야기 위에 짜여진 한 시대(時代)의 풍경과 그 시대를 살아온 사람들의 마음의 무늬에 관하여 몇 마디 말해보는 것이다. 잘 말해보고 싶지만, 나에 의하여 말하여지는 그 무늬들이 소설 위에 이미 찍혀 있는 무늬보다 선명해질 수는 결단코 없으리라. 무늬는 직

작품해설

녀(織女)가 짜는 것이고 나 같은 독부(讀夫)가 짜는 것이 아니다.

여관과 방과 사람들의 풍경

나성여관의 여러 방들 속에는 1980년대의 한국을 살아낸 한국인들의 꿈과 욕망, 상처와 원한, 절망과 탄식들이 기식하고 있다. 그것들이 기식하는 방들의 풍경은 정주(定住)가 아니라 유목(遊牧)이나 혈거의 풍경이다. 마구간처럼 다닥다닥 붙어 있는 한 칸씩의 방 속에 그것들은 곰팡이처럼 들러붙어서 서식하지만, 그 욕망과 꿈, 상처와 원한의 주인인 인간들은 그 여관에 속해 있지 않다.

소설 속에서 우연이의 일가는 여관이 집일 터이고, 나머지 장기 투숙객들에게 여관은 그야말로 여관에 불과할 테지만, 주인 일가족의 삶의 모습도 여관을 집으로 받아들이지 않는 유목이나 혈거의 풍경을 이루고 있다. 어머니만이 여관의 방바닥에 엉덩이를 단단히 붙이고 있지만, 꿈 없는 삶, 꿈이 불가능한 삶의 비속함에 몸과 마음이 깊이 파묻혀 있는 어머니는 자식들이나 장기투숙객들의 상처와 교신하지 못한다.

꿈과 그리움을 버려야만 살아남을 수 있는 시대를 살아남기 위하여 살아낸 어머니의 비속함과 악착스러움은, 어쨌든 살아남기에 대한 긍정 위에 바탕한 것이지만, 그것은 밖을 향해 열려져 있지 않은 폐쇄적인 긍정이다(어머니가 비로소 열려짐의 희미한 싹수를 보여주는 것은 여관의 철거가 임박하고, 운동권 큰아들이 고문 기술자 형사를 칼로 찌르는 파국 속에서이다).

나성여관의 이 방 저 방에서 서식하는 인간들의 삶이 정주(定住)

의 풍경을 이루지 못하는 까닭은 '눈부신' 세계에 대한 욕망(누나) 때문이기도 하고, 두고 온 고향과 고향에서의 삶에 대한 미칠 듯한 그리움(노인) 때문이기도 하다. 아버지는 이미 가망이 없어진 미국행 초청 이민에 눈멀어 있고, 찌르레기 아저씨와 운동권 학생인 형은 시대가 개인에게 가한 상처를 수습하거나 해소하지 못하는 한 삶 위에 정주할 수 없다. 그들의 상처는 크고 깊은 것이어서, 얼버무리는 위안이나 체념, 또는 삶 속에서의 다른 가치를 설정하는 행위에 의하여 보상될 수도 치유될 수도 없는 상처이다.

나성여관에서 사람들은 욕망, 그리움, 눈먼 기다림 그리고 상처와 원한을 끌어안고 각자의 방 속에서 뒹굴거나, 세상을 겉돌고 헤맨다. 어머니의 악다구니가 그 겉돌고 헤매는 인간들을 여관이라는 질서 안으로 어느 정도는 강제로 편입시키지만, 어머니의 악다구니는 그 겉돌기와 헤매기, 상처와 욕망에 대하여 처음부터 무력하다. 사람들이 나성여관에 서식하고 있는 풍경은, 나성여관이 이 도시 안에 자리잡고 있는 풍경과 흡사하다.

나성여관에 좋은 점이 있다면 뒷문이 있다는 사실이다. 손님들이야 앞문으로 들어왔다가 앞문으로 나가지만 우리 식구들은 뒷문으로 잘 다녔다. 특히 누나와 나는 절대로 뒷문만을 이용하였다. (15쪽)

나성여관이 자리 잡은 동네는 예전에 무슨 방죽 자리가 아니었나 하는 의심이 들 만큼 지대가 몹시 낮았다. 서대문이나 마포 쪽에는 이렇게 푹 꺼진 동네가 많았다. 나성여관은 서대문과 마포의 경계선 부근에 있다. 자전거 두 대도 간신히 비켜 가야 할 나성여관 앞의 좁은 골목은 어느 쪽으로도 통했다. (37쪽)

작품해설

그 여관이 지상에 처해 있는 모습은 엉거주춤하다. 여관은 그 방마다 서식하고 있는 고통과 상처와 원한과 그리움의 무게의 총화에 의하여 땅 위에 착지(着地)되는 것이 아니라, 여관은 그 무게의 총화를 허물어 무게를 각자의 방으로 되돌려보내 유폐시키면서 재개발을 앞둔 지상에서 표랑하고 있다. 여관은 이쪽과 저쪽의 경계 부근에 있고, 움푹 꺼진 저지대의 재개발지역에서 철거를 기다리고 있다. 정주(定住)의 집과 마을을 꿈꾸는 주거 부정한 인간들의 꿈이 그 방 안에서 풍화(風化)되어가고, 꿈의 풍화를 수락할 수 없는 인간들의 또 다른 고통이 그 방 안에서 잉태된다.

　그 여관은 시대의 야만성과 도시의 비속성에 깊이 침윤되어 있고, 닥쳐올 시간 앞에서 불안하게 떨고 있다. 그 여관은 많은 방들로 공간 구획되고, 인간의 상처와 욕망과 그리움은 그 구획된 공간의 한 칸에 서식하지만, 그 상처와 욕망과 그리움은 서로 소통되지 않는다. 그러므로 그 여관이 세상에 처해 있는 풍경은 구석기시대의 야만성과 고도자본주의의 첨단기술이 야합하는 시대, 폭력과 광기가 기술적으로 세련되고 제도적으로 일상화되는 시대 속에 한국인의 삶이 처해 있는 풍경과 흡사하다.

　그 여관은 뒷문으로 드나들어야 할 부끄러움의 자리에 처해 있다. 그러나 내가 더 힘주어 말해야 할 대목은 이 소설의 세팅으로 설정된 여관의 풍경보다는, 그 구획된 공간들의 유폐성의 벽을 뚫고 소통과 교신을 이루어내는 인간들의 마음의 풍경이라야 마땅하다. 세계와 자아(自我)에 대한 벼락 맞은 듯한 깨달음, 또는 존재의 혁명적 전이, 이런 것들에 의하여 그 소통과 교신이 소양댐 둑이 무너지고 천지가 개벽하듯이 대규모적으로 그리고 근본적으로 이루어질 수도 있겠지만, 그것은 모두 선가(禪家)네 집안일이라서 '뭐 좀 만져볼 것 없나' 하면서 책 속이나 기웃거리는 나로서는 이렇다 저렇다 말할 처지가 아니다.

내가 사는 속가(俗家)의 마을에서는 소통과 교신은 대체로 세상과 이웃과의 은밀한 내통이나 삼투, 세상 속에서의 올망졸망한 작은 발견들, 세상의 빛깔과 냄새, 눈물과 웃음, 보이는 것과 들리는 것들에 대한 친화력, 이런 자잘한 것들 위에서 이루어지는 것인데, 양귀자의 소설 속에서도 교신과 소통은 그렇게 이루어진다.

우연이의 마음

이 소설 속에서 교신과 소통을 능동적으로 이루어내는 인물은 일인칭 화자인 우연이다. 우연이는 찌르레기 아저씨의 상처와 교신하고, 세상에 대한 형의 꿈과 교신하고, 월남한 실향 노인의 냄새 나는 외로움과 교신하고, 누나의 욕망과 교신하고 그리고 자신을 둘러싼 재수생 사회의 그 경박성, 비속성, 방황들과 교신한다.

우연이는 여관집 둘째 아들이고 대학 진학을 포기한 삼수생이다. 우연이의 마음은 단순성과 직접성이라는 주파수의 채널을 통해 세상과 교신한다. 우연이는 공부를 잘하는 아이가 아니지만, 우연이의 마음속에는 사유되지 않은 세계에 대한 두려움이 없다. 우연이의 마음속에는 세상에 감응하는 직접회로가 들어앉아 있고, 우연이의 직접회로는 언제나 정밀하게 가동 중이다. 우연이의 직접회로 속에는 사유나 논리의 장치가 없다. 우연이의 직접회로는 세상을 언어화해놓고 안심하는 고물회로가 아니다. 우연이의 직접회로는 단순한 회로지만, 삶의 복합구조들은 우연이의 그 단순한 회로

작품해설

에 의해 삽시간에 포착되어버린다.

우연이 마음의 감응력이 작동되는 풍경은 논리 일관하게 설명되지 않는다. 우연이는 욕망의 꼭대기에서 땅바닥으로 떨어져 버리는 누나의 타락을 미워하지만, '부신' 세상에 대한 누나의 동경, 세상의 온갖 색깔들에 대한 누나의 그 자지러지는 열광을 '욕망'이라는 이유로 미워하지 않는다. 우연이는 그것들을 긍정한다. 우연이는 타락한 누나의 젊은 몸이 풍기는 '풀꽃 같은 향기'를 사랑하고, 그 향기를 탈환해 오기 위해 애쓴다. 우연이는 월남한 실향 노인의 몸에서 풍기는 악취, 늙어서 음식을 탐하는 노인의 천함을 혐오하지만 노인의 더러움과 비천함 속에서 노인의 그리움과 외로움을 감응해낸다. 그리움이 삶을 부수어버리는 파괴력 앞에서 허물어져 버린 노인의 삶―그리움 때문에 비천해지고, 비천함 때문에 그리움이더욱 모질어지는 노인의 삶 속으로 우연이의 마음은 삼투한다. 그마음은 아주 가볍고 재빠른 마음이고, 판단이나 따지기보다 앞서서삶과의 직접성을 확보하고 그 위에서 가동되는 마음이다.

그(찌르레기 아저씨)의 어디가 괜찮은지 묻는다면 사실 할 말도 없다. 어디가 어떻다고 딱 부러지게 대답할 수 있을 만큼 그에 대해 잘알지도 못했다. 그냥, 아무 이유도 댈 수 없지만 그냥 내 마음에 어긋나지 않고 역겹지 않으며 정답다. 그렇지만 나는 나의 이 '그냥'에 한해서는 대단한 자부심을 가지고 있다.

여태까지 살면서 특별하고 거창한 사람이나 물건이 흡족하게 제 몫을 다 하는 것을 나는 본 적이 없다. 그런 것을 쫓아다니다간 시간만 헝클어놓기 딱 알맞다. 나는 그런 것을 믿지 않는다. 나는 그냥 나의 '그냥'을 믿는다. (206쪽)

이렇게 우연이는 자신 마음의 가동 원리를 밝혔다. '그냥'이 과학성(科學性)이나 논리성에 대한 반대말은 아닐 것이다. '그냥'은 반대말은 아니지만 앞서 있는 말이다. 우연이의 '그냥'은 세계와 이웃을 수용하는 통로이며, 단순성과 직접성이 합쳐져서 이루어내는 민첩함이고 그 민첩함이 인간의 마음속에 들어앉아 있는 모습이다.

'그냥'은, 말하자면, 사랑인 것이다. '그냥'은 가동되는 사랑이다. 그 우연이는 '자기주장' '홀로서기' '영웅찬가'처럼 '지랄 같은 헛소리'들만을 골라서 간판에 써 붙인 싸구려 카페에서 희망이 세워지지 않는 막막한 시간들을 죽이면서 자기네 또래 재수생 사회의 악덕에 어쩔 수 없이 물들어간다. 우연이의 삶의 외양은, 제도 속에 자리 잡은 어른의 눈에는 골 빈 날나리의 경박하고 희망 없는 삶으로 비칠 만하다.

복수의 내면

우연이의 저러한 마음이 찌르레기 아저씨와 형 그리고 노인의 상처, 원한, 그리움, 외로움들과 내통하고 교신하면서 그것들을 받아들여 마음의 무늬 위에 짜 넣고, 그 상처와 그리움을 무너진 삶에 작용하는 긍정적인 힘으로 바꾸어나가는 과정은 이 소설의 가장 중요한 대목일 것이다. 『잘 가라 밤이여』라는 제목이 말하고 있는, 한 야만적인 시대에 대한 송별의식은 고문 기술자 임 형사에 대한 형과 찌르레기 아저씨의 복수 속에서 외형적으로 그리고 불가피하게 저질러지지만, 그 송별의식은 시대가 개인에게 혹은 집단에 가한 상처 앞에서 허물어져 내린 인간들에 대한 우연이의 내통과 삼투에

작품해설

의하여 내용적으로 완성되고 수습된다.

시간의 흐름 위에 실려서 다만 멀어져갈 뿐인 한 야만의 시대의 뒤통수에다 대고 '잘 가라 밤이여!'라고 외쳐본들 밤은 사라지지 않는다. 말이 좋아 청산이지 있었던 일은 영원히 없어지지 않을 것이고 있었던 일이 쓰레기를 치우듯이, 잘못 쓴 연필 글씨를 지우개로 지우듯이 사라져주고 없었던 것으로 '청산'될 수 있다면 그것은 역사도 아니고 삶도 아니다. 희망과 따스함이 그 상처와 무너짐 속에서 돋아나지 않는 한, 기만적인 지우개를 들고 그 상처를 지우려는 '청산'은 코흘리개의 장난질이거나 또 다른 밤을 불러들이는 예비 음모에 불과할 것이다.

희망과 따스함은 어떻게 싹터오는가. 이 소설 속에서 희망과 따스함은 상처와 무너짐에 대하여 끝끝내 정직하려 했던 무너진 자들에 의하여 그들의 파국 속에서 싹 틔워지고, 그 무너진 자들의 삶의 속살과 생(生)의 직접회로로 교신하고 내통하는 우연이의 마음의 힘에 의하여 키워지고 인간 속으로 수습된다. 그리고 그 희망과 따스함은 상처나 무너짐의 반대말이 아니다. 그 말들의 관계는 서로 적대(敵對)하지 않고 앞서거나 뒤따르지도 않는다. 그것들은 서로에게 발생 근거를 의지하면서 나란히 가는 말들이다.

그러므로 그 말들은 말이 아니라 삶이며, 살아서 꼼지락거리는 희망과 따스함이다. 찌르레기 아저씨가 이 세상에 세우려 했던 것은 대단한 것이 아니다. 찌르레기 아저씨의 숨통을 조이고 그를 세상과의 싸움터로 내몰았던 꿈과 갈망의 내용은 눈물겹게도 평범하고 옹색한 것이다. 그것은 이 세상 속에서 '집'을 건설하는 것이다. 처자식과 밥 세 끼, 그리고 거기에 바쳐지는 건강한 노동, 그것이 그의 갈망이었다(아, 처자식과 밥 세 끼의 그 무서움!). 그 갈망은 평범할수록 더욱 목마른 것이며, 자연의 아름다움에 대한 그의 친화력처럼 땅 위에서 살아남기를 원하는 모든 사람들의 사랑이며 싸움이었다. 평범한 것들의 간절함, 그것들이 인간을 사로잡는 힘의 그 무서움을 보여주는 양귀자의 산문(散文)은 평이하고도 간절하다. 그것은 손에 만져지는 이야기의 힘이다.

그러나 나는 미혜(아내)와 달랐다. 한 달에 두 번 쉬는 날이면 그녀를 재촉해서 포천의 미혜 부모 집에 인사를 갔다. 땅을 일구고 사는 주름진 얼굴의 노인들을 내 가족으로 받아들일 수 있다는 기쁨이 나를 그렇게 하도록 했다. 지금은 모두 흙으로 돌아가 초라한 봉분으로 남은 분들이지만 내 마음의 갈증을 적셔주기 족할 만큼의 사랑을 나는 그분들에게 받았다. (266쪽)

그의 평범하고도 간절한 꿈이 시대의 야만성과 악(惡)에 의하여 무너져버렸을 때, 찌르레기 아저씨는 그 상처 앞에서 끝까지 정직하다. 그는 상처를 피해 가지도 않고 위안을 추구하지도 않는다. 그는 상처에 직면한다. '집'이 무너져버렸으므로 그는 여관에 기식하지만 인간의 동네 언저리를 떠나지 않는다. 상처에 대한 정직성 위에 그는 자신의 삶을 재건하려 한다. 재건은 쉽사리 이루어지지 않는다. 상처에 대한 정직성은 그의 삶을 두 갈래의 상반된 길로 나아가게 한다. 그는 그 정직성을 통해 이웃의 고통을 자기화(自己化)할 수 있는 도덕성에 도달한다. 그때 그는, 피로한 노동의 저녁에 한 조각의 빵을 나누며 기도하는 자의 모습을 갖는다. 그러나 그는 '아무 일도 없었다는 듯이, 감쪽같이 지난날을 잊었다는 듯이 살지는' 못한다. 응분의 갚음이 갚아지기를 아우성치는 상처는 여전히 살아 있다. 그가 거기에 대해서까지 정직하려 할 때 그는 한 생애를 걸고 임 형사의 뒤를 추적하는 복수의 길로 나선다. 그는 두 갈래의 삶의 길이 합쳐지기를 꿈꾼다. 그 합쳐짐 위에서만 무너진 삶의 재건은 가능할 것이었다.

나는 그날부터 지금까지 꾸준히 이 복수의 질을 높이는 작업에 내 온몸을 바쳐왔다. 내가 원하는 것은 복수 이상의 그 무엇이었다. 그 길을 모색하는 것만이 내가 세상에 패배하지 않고 살아남을 수 있는 유일한 방법이었다. 또 그 길만이 마지막으로 시도해볼 가치가 있는 내 존재의 완성이라고 생각했다. (302쪽)

그러나 임용출에 대한 복수는 운동권 학생인 형의 칼에 의해 이루어진다. 형이 이 세상에 세우려 했던 것은 찌르레기 아저씨가 세우려 했던 것보다 크고 원리적인 것이다. 형과 그 친구들은 이 세상에 '마을'을 세우려 했다. 형은 마을을 세우지 못한다. 마을을 세우기에 앞서서 철거해야 할 것들이 너무나도 완강하게 땅 위에 들러붙어 있었다. 형에게 남은 것은 고문으로 백치가 되어버린 친구 이정하의 앙상한 육체와 황폐한 정신뿐이었다. 형이 그 상처에 대해서 정직할 때, 형은 복수로써, 죽음과 죽음을 잇댐으로써 마침내 땅위에서의 삶에 연대되기를 원했다.

찌르레기 아저씨가 자신의 '복수의 질'을 높임으로써 정직성 때문에 갈라지는 두 갈래 삶의 길—편하게 말하자면 복수의 길과 유대의 길을 통합하려 했듯이, 형은 그 복수로써 '세상의 많은 아름다움에 연결되어 다시 태어날 수' 있게 되기를 꿈꾸면서 임가의 가슴에 칼을 박는다. 사랑, 유대 또는 그 밖의 어떤 아름답고 믿을 수 있는 가치로도, 그 상처를 침묵시킬 수는 없었고, 결국 다시 세상과 연대되기를 꿈꾸면서 세상과 차단되는 삶의 길을 선택하는 형과 찌르레기 아저씨의 비극은 정직성의 비극이라고 할 만하다.

인간의 집, 인간의 마을

형의 '범행'으로 세상이 발칵 뒤집히고 나성여관의 철거가 임박하자 그 파국을 받아들이고 수습하는 과정에서 이 소설은 살아서 가동되는 희망과 따스함의 싹들을 보여준다. 어머니는 형이 꿈꾸었던 세상에 대한 이해 또는 형의 범행의 명분에 대한 공감 때문에 이성적으로 마음이 열리는 것이 아니다. 어머니는 애초에 그럴 사람이 아니다. 어머니는 단념할 수 없는 삶을 다시 살아갈 수밖에 없으며, 가느다란 끈이나마, 어디선지 인간으로부터 그 끈이 내려와 자신들의 파국에 개입하려 한다는 사실 앞에서 형을 받아들일 수 있을 만큼 마음이 열린다.

"고문 기술자래. 도연이가 죽이려고 했던 인간이……."
나는 이제 어머니의 마음을 읽어낼 수 있었다. 어머니는 어떡해서든 다시 일어나고 싶은 것이다. 형이 어머니를 치욕의 나락으로 떨어뜨렸지만, 그랬지만 어머니는 안간힘을 써서라도 기어오르고 싶은 것이다. 그런 어머니를 위해 한 익명의 독지가가 밧줄을 던져주었다. 어머닌 밧줄이 어디서 내려왔든 잡을 수밖에 없었다. (517쪽)

어머니는 자신이 살아온 생애의 방식대로만 세상을 향해 열려지는 인간이다. 그것을 비속함 또는 무지스러움이라고도 말할 수 있 겠지만, 이 작은 열려짐 속에는 허위나 허세가 개입되어 있지 않다.

우연이는 그 마음속의 단순성과 직접성의 회로를 통해 형이 저지 른 파국을 받아낸다. 우연이는 상황을 정리하거나 취사선택하지 않 고 해석하지 않는다. 우연이는 그 파국에 자신의 마음을 밀착시키 고, 단순하게 그러나 종합적으로 그 파국을 받아낸다.

나는 어쩌면 형을 둘러싸고 있는 장벽 안으로 뛰어든 것인지도 모 른다.

모르겠다. 정말 모르겠다. 그러나 나는 울며 속삭였다. 형을 사랑한 다고. (533쪽)

한복을 입고 있어서일까. 형은 마치 아버지의 젊었을 적 모습이 저 러했겠다 싶은 분위기였다. 형에게서 아버지를 읽어내는 것은 처음이 었다. 나는 형을 좀 더 가깝게 보고 싶어서 자꾸 쇠창살에 얼굴을 박았 다. (538쪽)

지금도 그랬다. 넉넉한 회색 한복으로도 감출 수 없는 형의 마른 마 른 몸피는 도저히 칼을 든 자의 형상이 아니었다. 아니, 오히려 칼을 맞은 자의 초췌함, 그러면서도 너그러운 표정 쪽에 더 가깝게 닿아 있 다. (540쪽)

인용된 세 토막의 문단들은 '범행'을 저지른 형의 존재가 우연이 의 마음속에 자리 잡아가는 모습을 보여준다. 이 단순하고 민첩한 마음은 구속된 형의 모습에서 젊었을 적 아버지의 모습을 읽는다.

아버지! 우연이네 아버지는 얼마나 한심하고 무능력한, 쓰레기 같은 인간이었던가. 그 아버지의 세월을 거슬러 올라가 우연이는 아버지의 아름답고 북받치는 청춘에 가서 닿는다. 그리고 우연이의 마음은 칼을 휘두른 형의 살의(殺意)의 밑바닥에 고인 부드러움과 교감하고, 형의 운명 속에 교직된 사랑과 증오, 가해와 피해, 찌르기와 찔리우기가 결국은 다른 것이 아니며 한 덩어리라는 그 난해한 복합구조물을, 아주 선명하게 그리고 삽시간에 파악한다.

우연이의 마음은 그 복합구조물을 분리시키지 않고, 있는 그대로 긍정해버리고, 그것을 마음의 무늬 위에 짜놓는다. 형을 면회하고 돌아오는 길에 우연이는 눈 속에서 보라와 입 맞춘다. 여자아이가 달려들어서 입술을 포개는 이 입맞춤은 순결과 평화 속에서 포개지는 고전적인 입맞춤이고 세상의 고통과 세상의 뒤엉킨 복합구조에 대한 이해와 긍정 위에서 이루어지는 성년의식과도 같은 입맞춤이다.

이 입맞춤은 지독히도 감각적인 입맞춤이지만, 곧 감각이 얼얼해지는 입맞춤이다. 아이들인지 어른인지 아직은 구별되지 않지만, 아이의 말투와 아이의 민첩함이 아직도 남아 있는 이 어린 인간들이 고전적인 입을 맞출 수 있다. 그 입맞춤은 키를 자라게 하는 입맞춤이라고 할 만하다. 소설 전편에 번져 있는 우연이와 보라 사이의 관계의 경박성(이것이 그들 세대의 한 가엾은 불행일 것이다)은 이 입맞춤에 의하여 비로소 극복된다. 그래서 좀 더 키가 커진 우연이는 나성여관이 헐리기 전날, 타락한 누나의 귀가를 기다리며 이렇게 말할 수 있게 된다.

누나는 꼭 올 것이다. 나는 그것을 믿었다. 다른 사람은 모른다. 누

작품해설

나와 형, 그리고 내가 나성여관에 품고 있는 사랑을. 그것은 때로 누추했고 더러는 끔찍했으나 그보다 더 많이 오밀조밀했고 아늑했었다. 우리들의 사랑 속에 담긴 분노와 증오와 슬픔 없이 어찌 이처럼 질긴 애정의 끈을 묶어낼 수 있었으리. (571쪽)

소설의 말미에서, 그 우연이가 한 시대의 밤을 송별하고 있다. 밤은 형이나 찌르레기 아저씨의 칼에 맞아 사라지지는 않는다. 밤의 고통과 증오와 시달림을 받아내고 거기에 삼투하고 거기에 대하여 정직한 여러 마음이 모여 만든 삶들에 의하여 우리들의 기나긴 밤은 비로소 송별될 수 있을 것이다.

밤은 맨입으로 사라지지 않는다. 이 소설이 보여주는 것처럼, 밤은 인간의 마음과 삶 속으로만 사라진다. '생산직 남녀사원 00명 모집. 초보자 환영'—우연이가 바라보는 찢어진 구인광고 너머로 우리는 찌르레기 아저씨의 무너진 '집'과 우연이네 형의 파괴된 '마을'이 다시 돋아나고 아물어가는 희망의 가녀린, 그리고 끈질긴 싹들을 본다.